1980년대
운동으로서의 글쓰기

1980년대 운동으로서의 글쓰기

6
한국 여성문학 선집

여성문학사연구모임 엮음

민음사

책머리에

『한국 여성문학 선집』을 구상하고 모임을 꾸린 2012년 이후 12년 만에 책이 출간되었다. 연구 모임 구성원 중 김양선, 김은하, 이선옥, 이명호는 1990년대 한국여성연구소 문학분과에서 페미니즘 문학을 함께 공부하던 인연이 있었고, 이희원은 한국영미문학페미니즘학회와 협업을 모색하면서 인연을 맺었다. 마지막으로 현대시 전공자 이경수가 객원 에디터로 참여하면서 다양한 장르와 비교문학적 검토를 할 수 있게 되었다.

사실 우리 연구 모임은 더 오래전에 시작되었다. 지금으로부터 30년 전, 옹색하지만 활기만은 넘쳤던 사당동 남성시장 골목에서 큰 가방을 메고 '한국여성연구소'라는 현판이 걸린 2층 연구소로 향하던 한 무리의 여학생들이 있었다. 한국여성연구소는 1980년대 여성운동과 여성 연구의 발전을 토대로 탄생한 진보적인 여성 학술 운동 단체였고, 그 여학생들은 연구소 문학분과의 구성원이었다. 여학생들은 국문학의 문서고를 뒤져 오랫동안 '규수'라는 멸칭으로 '퉁'쳐지고 '여류문학'이라는 이름으로 게토화된 여성문학사를 함께 찾고 읽었다. 이들 중에 우리도 있었다. 이러한 회고는 우리 중 몇몇을 페미니즘 문학 연구의 기원으로 내세우며 역사를 사유화하려는 것이 아니다. 1980년대 후반부터 1990년대 초반까지 제도권 바깥에 일었던 진보적 학술 운동의 바람 속에서 자신을 페미니스트로 정체화하고 한국문학의 남성중심성과 불화하며 이를 의심하고 깨고자 하는 여성들은 어디에나 있었기 때문이다. 이 선집은 그 역사의 일부이자 불온한 여성 독자이기를 자처한 여성 연구자들의 보이지 않는 협업의 산물이라고 해도 좋을 것이다.

페미니즘 문학을 공부해 온 연구자라면 누구나 여성 글쓰기의 역사를 계보적으로 정리하겠다는 꿈을 품었을 것이다. 왜 우리에게는 『다락방의 미친 여자』 같은 전복적인 여성문학사, 『노튼 여성문학 앤솔러지』 같은 여성문학 선집이 없는가? 왜 한국의 여성 연구자는 이 작업을 수행하지 못하고 있는가? 이런 아쉬움과 부채 의식이 우리가 여성의 시선으로 여성문학의 유산을 정리해 보자는 무모한 길로 이끌었다. 『한국 여성문학 선집』 출판 모임을 결성한 후 우리는 2주에 한 번 정도 작품과 관련 비평문을 읽고 연구사를 검토했다. 근대 초기부터 1990년대까지 한국문학장에서 정당한 평가를 받지 못했던 여성 작가들을 찾아내고 이들의 작품 중에서 선집에 수록할 작품을 선별했다. 사실상 근현대 100년을 아우르는 방대한 시대를 포괄하는 터라 작품을 읽는 것도 고르는 것도 만만치 않았다. 작품 선정을 둘러싼 의견 차이로 합의를 보지 못하고 수차례 논쟁만 이어 간 날도 많았다. 생각보다 기간이 길어지면서 모임을 오랫동안 중단한 때도 있었다. 그러나 우리가 그 세월을 버티며 작업을 계속해 올 수 있었던 것은 여성 연구자의 손으로 여성문학 선집을 출판해야 한다는 책무감 때문이었다.

지금까지 한국문학(사)은 남성 중심의 문학사와 정전을 굳건하게 구축해 왔기에 여성문학은 전통을 이어 왔으면서도 그 역사적 계보와 독자적인 문학적 가치를 온전히 인정받지 못했다. 여성 작가의 '저자성'과 여성문학의 '문학성'은 언제나 의심받으며 주류 문학사에서 배제되거나 주변화되어 왔다. 여성문학을 문학사에 온전히 기입하기 위해서는 여성의 관점으로 독자적인 여성문학사가 서술되어야 하는 이유다. 그리고 독자적인 여성문학사 서술 이전에 선행되어야 하는 것이 바로 여성문학 선집이다. 여성의 시선으로 선별된 일차 텍스트들이 만들어진 이후에야 여성문학사 서술 작업을 시작할 수 있기 때문이다. 지금까지 간헐적으로 여성문학 선집이 출판되었으나 시기적으로는 일제강점기나 1960년대까지로 국한되고, 장르는 주로 소설에 한정되었다. 우리 선집은 특정 시기와 장르에 국한되지 않고 근현대 한국 여성문학의 성취 전체를 포괄하고, 여성의 지식 생산과 글쓰기 실천을 집대성하고 아카이빙한 최초의 작업이다.

우리가 작품을 선별한 기준은 남성 중심 담론과 각축하는 독자적인 여성 주체의 부상과 쇠퇴, 그리고 여성주의적 글쓰기의 새로운 내용적·형식적 전환을 보여 주는 작품의 등장이다. 여성 작가들은 남성 중심적 질서에 한편으로는 포섭되고 다른 한편으로는 저항하면서 나름의 전통을 형성해 왔다. 여성 작가들은 포섭과 저항, 편입과 위반의 이중성 가운데서 흔들리면서도 주체적인 여성의 목소리를 발화하고 그것을 드러낼 수 있는 새로운 미적 형식을 창조해 왔다. 우리는 여성 작가들이 수행해 온 주체화와 미적 형식의 창조를 작품 선정의 일차 기준으로 삼았다. 식민지 근대와 탈식민화의 과정을 겪어 온 근현대 한국의 역사에서 여성은 단일한 존재가 아니라 민족, 계급, 섹슈얼리티 등 다양한 사회적 범주가 교차하는 복합적 존재이다. 우리는 여성들의 이런 다면적 경험을 표현하는 글쓰기에 주목해 작품을 선정했다. 기존의 제도화된 문학 형식만이 아니라 잡지 창간사, 선언문, 편지, 일기, 독자투고, 노동 수기 등등 여성문학의 발전에 토대를 이루는 다양한 글쓰기들도 포괄했다.

여성문학 선집이 지닌 '최초'의 의미와 자료적·교육적 가치를 고려해 모든 작품은 초간본 원문을 우선해 수록했다. 근대 초기 작품은 가

독성을 고려해 현대어 표기를 함께 실었다. 각 권의 총론과 작품 해설을 겸한 시대 개관에서는 작품이 생성된 문학(사) 바깥의 맥락을 고려하고자 사회·정치·문화적 배경을 함께 서술했다.

『한국 여성문학 선집』은 시대별로 구분한 7권의 책으로 구성되었다.

1권은 근대화 시기인 1898년~1920년대 중반을 '한국 여성문학의 탄생'으로 조명한다. 시대적으로 한국 근대문학의 출발기인 이때, 신문과 여성잡지 등 공론장에 글을 읽고 쓰는 '조선의 배운 여자들'이 등장했다. 기존 근대문학사 서술에서 축출되었거나 폄하되었던 이 시기 여성 작가들은 계몽적·정론적 글쓰기와 문학적·미적 글쓰기를 횡단하며 '여성도 작가'임을 입증하고자 했다.

2권은 해방 전 일제강점기인 1920년대 후반~1945년 여성문학의 특징을 '계급·민족·여성의 교차'로 제시한다. 식민 통치가 공고해진 이 시기는 여성문학이 계급·민족·성의 교차성을 고민하고 이를 형상화하며 여성 작가로서의 정체성을 확보하려 한 근대 여성문학의 형성기이다. 사회주의와 민족해방, 여성해방에서 변혁의 가능성을 모색하고, 여성주의적 리얼리즘을 실험하는 방향으로 글쓰기의 성격이 뚜렷하게 변화한다.

3권은 해방과 한국전쟁을 거친 1945년~1950년대 여성문학을 '전쟁과 생존'이라는 주제로 바라본다. 해방과 한국전쟁, 포스트 한국전쟁기를 여성문학의 침체기라고들 하지만, 개인 혹은 작가로서 생존을 모색하던 여성작가들은 급진적 글쓰기 활동을 했다. 좌우익이 갈등하던 해방기에는 정치 현안에 적극 반응하면서 문학적 시민권을 획득하고자 했으며, 한국전쟁 후에는 가부장적 국가 재건의 흐름 속에서 실질적이고도 상징적인 폭력 가운데 놓인 여성들을 대변했다.

4권은 1960년대 여성문학을 4·19혁명의 자장 아래에서 일어난 '세

책머리에

대교체와 저자성 투쟁'으로 다룬다. 한국 여성문학이 여성문학장과 제도를 독자적으로 형성한 시기이다. 본격적으로 '여류'라는 용어가 심판대에 오르고 이전 세대의 불온한 여성들이 물러나면서, 지성을 갖춘 여성 주체들이 대거 등장하는 여성주의 문학으로의 갱신이 이루어졌다.

5권은 1970년대 개발독재기 여성문학에 나타난 '개발 레짐과 여성주의적 각성'을 다룬다. 개발독재기의 젠더 통치가 가시화된 1970년대에 여성의 신체와 섹슈얼리티는 혐오와 처벌의 대상이었다. 이런 통치에 대한 부정과 저항은 '중산층 여성의 히스테리적 글쓰기'와 '여성 노동자의 체험적 글쓰기'로 나타났다. 또한 페미니즘 이론이 번역 출판되고, 1975년 세계여성대회를 계기로 여성운동이 본격화되었다.

6권은 1980년대의 '운동으로서의 글쓰기'를 다룬다. 노동운동을 비롯한 조직적인 사회운동과 민족·민중문학론 논쟁이 활발하게 진행되었던 1980년대에는 민족·민중문학과 페미니즘의 교차성 그리고 민족·민중·젠더의 교차성이 여성문학의 핵심 의제로 부각되었다. 민중 여성의 삶을 반영한 시와 소설이 발표되었고, 마당놀이와 노래극 등 민중적 장르가 재현되었다. 또한 페미니즘 잡지의 발간과 함께 여성해방 문학 비평이 본격화되었다.

7권은 민주화가 이루어진 87년 체제 이후 1990년대 여성문학을 '성차화된 개인과 여성적 글쓰기'로 조명한다. 민족·민중문학이라는 거대 서사가 사라지고, 그로 인해 억압되었던 것들의 회귀가 여성문학에서 본격적으로 이루어진 시기이다. 성, 사랑, 욕망 등 사적인 일상의 영역이 새롭게 발견되며 '여성적 글쓰기'가 본격적으로 성장했다. 여성 작가와 여성문학은 더 이상 게토화된 영역에 머무르지 않고 한국문학의 중심에서 한국문학을 견인했다. 여성 작가의 증가와 함께 성차화된 개인 주체의 다양한 여성적 글쓰기가 이루어졌다.

이 선집이 국문학 연구자뿐 아니라 일반 독자들도 한국의 근현대 여성문학의 계보를 이해하고 여성주의 작품을 감상하는 데 길잡이 역할을 할 수 있기를 기대한다. 마지막으로『한국 여성문학 선집』은 여성문학의 종착점이 아님을 밝힌다. 여성문학 선집은 앞으로도 시대마다 문학 공동체마다 다시, 그리고 새롭게 쓰일 것이다. 본격문학과 국민문학을 넘어 대중문학과 퀴어문학, 디아스포라문학을 포괄하는 다양한 선집을 후속 과제로 남겨 두고자 한다. 선집 이후의 선집을 위한 도전이 계속되기를 바란다.

마지막으로 이 선집의 발간을 기대하고 지원해 준 많은 사람들이 있었다. 여기저기 흩어진 원본 자료들을 찾고 정리하는 수고를 한 정고은 선생님, 작가 소개 원고를 집필한 한국 여성문학 연구자들, 그리고 까다로운 저작권 작업과 더딘 작업 속도에도 교정과 출간 작업을 꼼꼼하게 진행해 준 민음사 편집부를 비롯해 모든 관계자분들께 감사드린다. 무엇보다 우리가 다채롭고 풍부한 여성문학의 전통을 담을 수 있었던 것은 이 역사를 만들어 온 작가분들 덕분이다. 고개 숙여 감사드린다.

여성문학사연구모임 일동

일러두기

1. 수록 작품은 초간본을 중심으로 삼았고, 초간본을 구득하지 못한 경우 최초 발표 지면 글을 수록했다. 저작권자나 저작권 대리인의 요청이 있는 경우 개정판 작품을 실었다. 출처는 각 작품 말미에 최초 발표 지면, 초간본, 개정판 순으로 밝혀 적었다.

2. 작품 수록 순서는 작가 출생 연도를 따랐고, 출생 연도가 같은 경우 이름의 가나다순을 따랐다. 작품의 최초 발표 연도 확인이 어려운 경우가 있어 한 작가의 여러 작품을 수록한 경우 시, 소설, 희곡, 산문 등 장르 순으로 정리했다.

3. 저작자, 저작권 대리인의 요청으로 작품을 수록하지 못한 경우, 분량상의 문제로 장편소설의 일부만 수록한 경우, 해당 작품과 부분을 선정한 이유를 '작품 소개'로 밝혀 적었다.

4. 어문학적 시대상을 고려해 맞춤법 및 외래어, 기호 표기는 원문을 그대로 살렸다. 띄어쓰기와 마침표는 현행 맞춤법 규정을 따랐다. 단, 현대어본을 별도 수록한 작품은 띄어쓰기를 원문대로 수록했고, 시의 경우에도 시인이 의도한 리듬감과 운율을 위해 띄어쓰기를 원문대로 수록했다.

5. 작품에서 오식·오타·탈락 글자가 있는 경우 원문대로 적고 주석에 이를 밝혀 적었다. 원문의 글자를 판독하기 어려울 때는 □ 기호로 입력했다.

6. 작품에서 뜻풀이나 부연 설명이 필요한 낱말과 문장에는 각주를 달았다. 한자는 원문대로 표기 후 한글을 병기했다.

차례

운동으로서의 글쓰기와 여성 의식
─ 민중·민족·젠더의 교차

1980년대 주체, 매체, 지식장

우리에게 기억이 없다면 시간도 존재하지 않는다. 시간은 기억의 연쇄가 만들어 내는 인간의 인지적 효과라는 말처럼 '무엇을 기억할 것인가, 어떻게 기억할 것인가'에 대한 우리의 결정은 개인의 기억이면서 집합적 기억이 되고 역사의 시간을 기록하는 문제가 된다. 기억과 기록의 문제가 최대의 사회적 관심사가 된 1980년대는 글쓰기도 5·18민주화운동이라는 당대성의 자장 안에서 이루어졌다. 여성문학은 민족·민중문학과의 관계 속에서 규정되었고, 여성 주체의 글쓰기는 광장에서 어떤 주체로 목소리를 낼 것인가를 주요한 과제로 삼았다. 따라서 여성문학은 '역사의 증언자로서 글쓰기'와 '광장에 선 여성 주체의 글쓰기'가 중심이 되는 한편 페미니즘 글쓰기가 주류 담론과 교차 혹은 갈등하는 특징을 볼 수 있다. 민족문학과 페미니즘의 교차 혹은 갈등이라는 시대 변화 과정에서 여성 글쓰기 주체는 어떻게 대응해 나갔는지 살펴볼 것이다.

이 시기의 여성문학을 이해하는 첫 번째 쟁점은 민족·민중문학과의 관계 속에서 여성문학을 고민하며 민족문학과 페미니즘의 복합성을 탐구했다는 점이다. 시와 소설 모두 민족과 계급의 현실을 반영하는 민중문학 작품들이 중심이 되었으며, 여기에 여성 현실이 중첩되는 작품들이 창작되었다. 희곡과 수기에서도 민중성·전통성이 결합된 마당극이나 노동 수기 등 다양한 민중문학 계열의 작품들이 창작되었다. 농촌 여성, 근로 여성, 매춘 여성, 여교사 임신 퇴직, 버스 안내양 자살 등등 사회 각계각층의 여성 문제를 다룬「여성문화 큰잔치 연희마당」(여성평우회, 1984) 등이 대표적 예이다.

두 번째 쟁점은 여성 주체의 복합성에 대한 인식이 페미니즘 서적 번역 출판 등 이론적 배경과 함께 연구되었다는 점이다. 특히 이 시기는 대학의 여성학과를 중심으로 서구 페미니즘 이론이 번역 소개되어 교재로 사용되었다. 1970년대 후반부터 번역 소개되기 시작한 페미니즘 이론서들은 시몬 드 보부아르의『제2의 성』(1974), 케이트 밀릿의『성의 정치학』(1976), 베티 프리던의『여성의 신비』(1978) 등 초기 자유주의 페미니즘이 중심을 이루었다면 1980년대에 소개된 이론들은 주로 급진주의 페미니즘, 사회주의 페미니즘이 주류를 이루었다. 줄리엣 미첼의『여성해방의 논리』(1981), 슐라미스 파이어스톤의『성의 변증법』(1983), 아우구스트 베벨의『여성과 사회』(1982) 등 고전적인 저작과 여성해방 의식을 다룬 다양한 도서들이 소개되었다.

세 번째 쟁점은 페미니즘 운동의 전파와 여성적 글쓰기의 발화가 본격화되기 시작했다는 점이다. 1980년대는 페미니즘 잡지《여성》(1985)과《또 하나의 문화》(1985)가 여성문학 운동을 활발하게 이끈 시기였다. 이들은 MF(마르크스주의 페미니즘)와 SF(사회주의 페미니즘)의 논쟁이라 불리는 여성문학의 이념적 지향성에 대한 서로 다른 관점의 이론을 내놓기도 한다. 이른바 '박완서 논쟁'은 여성주의 문학의 쟁점인 여성주의 정치성과 미학성에 대한 본격적인 논쟁을 이끌었다. 민족과 여성이 교차하는 증언으로서의 글쓰기와 중산층 여성의 가부장제 비판을 다룬 작품에 대한 여성주의 비평의 평가가 엇갈리면서 민족문학과 여성문학의 갈등이 새로운 변화를 맞이한다.

그럼에도 이 시기의 주도적 흐름은 여전히 민족·민중문학과 광장의 주체를 다룬 글쓰기였다. 그런 흐름 속에서 균열된 여성의 경험을 단일한 민족 이야기로 봉합하지 않고 그대로 드러내는 글쓰기, 민중이라는 추상적 주체가 남성으로 전유되지 않도록 여성의 경험을 기입하는 글쓰기가 어떻게 진전되었는지를 살펴보겠다. 크게 다섯 가지 특징으로 나누어 볼 수 있다. 첫째는 광장에 선 여성 주체와 역사의 증언자로서 글쓰기, 둘째는 중산층 소시민의 삶을 다룬 작품들에 나타난 중산층 주부들의 욕망과 불안 그리고 그 딸들의 이야기, 셋째는 여성적 주체를 표명한 여성주의 시인들의 등장, 넷째는 페미니즘의 대중적 인기 속에서 소설과 연극 등으로 이어진 대중 장르로서 페미니즘 글쓰기, 다섯째는 여성주의 평론과 산문의 활성화 흐름이다.

광장에 선 여성 주체와 역사의 증언자로서 글쓰기

이 시기 여성문학의 첫 번째 특징은 민족·민중문학의 흐름 속에서 이루어진 작품 창작이다. 홍희담 중편소설 「깃발」(1988)과

김향숙 연작소설 「그물 사이로」(1986), 윤정모 장편소설 『고삐 1』(1988)과 강석경 단편소설 「밤과 요람」(1983) 등은 5·18민주화운동과 분단, 위안부 문제에서 양공주의 현실까지 민족의 거대 서사를 다루는 작품들이다. 여성의 히스테리적 신체성을 드러내던 1970년대 작품과 달리 여성도 남성과 함께 민족의 구성원으로 역사적 사건과 대면한다는 점에서 확연한 차이를 보인다. 1970년대 여성문학이 가부장제의 억압 아래 말할 수 없던 주체의 병리적 증상을 히스테리적 글쓰기로 드러냈다면 1980년대는 여성도 민족의 성원으로서 말하기를 꿈꾸는 열광의 시기였다. 그러나 열광의 순간이 사라지면 역사적 경험은 남성적 민족주의로 환원되고 젠더적 차이가 지워진다는 점에서 여성문학의 한계를 지적할 수밖에 없는 아쉬움이 남는다.

홍희담의 「깃발」은 5·18민주화운동 당시 광주의 도청에 남아 있던 사람들의 이야기이다. 죽은 사람들과 살아남은 사람들에 대한 증언이면서 애도의 글쓰기라 할 수 있다. 군인들에 의한 학살을 목격한 민중들이 무장 투쟁을 선택하고 죽음을 맞이하는 마지막 시기를 상세하게 기록한 작품이다. 시민군으로서 죽음을 선택하는 형자와 살아남아 시민군들의 마지막을 기록하며 역사적 투쟁을 해 나가는 순분을 주인공으로 민중들이 이끈 무장 투쟁의 의미를 보여 준다. 지식인 운동가와 달리 생존을 위해 죽음으로 투쟁했던 시민들을 기억하는 민중주의적 관점이 두드러진다.

김향숙의 「그물 사이로」 연작은 일본에 남아 조총련 활동을 하는 아들과 그 아들의 이야기를 할 수 없었던 가족들을 그린다. 일본에 있는 아들을 한 번도 만나지 못하고 비극적으로 생을 마감하는 언양댁의 가족사가 이 시기 민주화의 바람과 함께 소설화되었다.

사실 이런 소재들이 언급조차 될 수 없었던 엄혹한 시절을 떠올려 보면 이 소설은 증언만으로도 충분히 가치 있다. 그럼에도 아쉬운 점은 민족 문제를 다룬 많은 작품들이 그렇듯 남성에 대한 관대함과 여성적 시선의 약화이다.

윤정모의『고삐 1』은 특히 문제적인 작품이다. 이 작품은 정신대부터 양색시까지 여성의 섹슈얼리티에 대한 폭력과 수탈을 외세의 침략과 수탈로 풀어낸 민족·민중문학의 대표작이다. 자전적 소설로도 주목받았던 이 작품의 주인공 정인과 여동생 해인은 미군 부대 주변에서 준매춘 상태로 살아온 자매들이다. 정인은 사회운동가인 남편 한상우를 만나 여성의 성적 수탈이 일제에서 미군으로 이어진 민족 수탈이라는 사실을 깨닫고 남편의 사회운동을 이해한다. 미군과 결혼한 동생 해인이 제국주의의 관점으로 사회운동을 비난하자 정인은 자매의 연을 끊고 민주화실천가족운동협의회의 어머니들과 연대하는 삶으로 나아간다. 이 작품은 성매매 여성들의 섹슈얼리티 경험이나 여성 신체에 대한 생생한 묘사로 당시 대중적으로 상당한 인기를 끌었다. 작가는『고삐 2』를 다시 쓰며 억압된 여성 섹슈얼리티의 재해석을 위해 여성 신체의 경험을 민족적 피해자로 그려 내지만, 그 때문에 가부장제에서 그녀들이 겪은 수치심의 경험은 가려지고 말았다. 민족·민중문학의 하위 범주로 여성문학이 위계화되며 젠더가 억압되는 것이다.

여성의 경험과 역사적 사건을 결합시킨 1980년대 대표적인 작품은 단연 박완서 연작소설 「엄마의 말뚝」이다. 「엄마의 말뚝 1」(1980)은 일제강점기를 배경으로 '나'의 어린 시절을, 「엄마의 말뚝 2」(1981)는 한국전쟁을 배경으로 오빠의 죽음을 다룬다. 1은 고향 박적골을 떠나 현저동 꼭대기 괴불 마당 집에 '말뚝을 박은' 엄마의 이야기이면서 도시의 이방인으로 정체성 혼란을 겪는 '나'의 성장소설이다. 이 작품에는 딸이 신여성이 되기를 소망하는 엄마의 기대로 대처로 나온 나의 도시 입사initiation 과정이 생생하게 그려진다. 유리창처럼 차갑지만 반짝이는 근대의 매혹과 대처에 입성해서도 언제나 경계에 말뚝 박힌 듯한 근대인의 정체성 혼란을 보여 주는 작품이다. 특히 신여성이라는 근대 여성의 성장 모델이 어떻게 이해되고 삶의 방식으로 동기화되었는가를 엿볼 수 있다는 점에서도 의미가 있다.

「엄마의 말뚝 2」는 지금은 중산층 주부가 된 '나'의 시점으로 기억 저편에 묻어 놓았던 전쟁의 경험을 불러오는 이야기다. '나'는 외출할 때면 가족들에게 불의의 사고가 생기는 이상한 징크스가 있는데, 어머니가 크게 다치는 사고에는 그 예감도 작동하지 않았다. 이렇게 불의에 닥친 어머니의 수술로 시작된 죽음의 공포는 점점 커진다. 수술 후유증으로 섬망 증세를 보이던 어머니는 한국전쟁 때 죽은 오빠를 불러내고 결국 전쟁의 기억은 현실로 소환된다. 인민군에 입대했다 탈영한 오빠는 이데올로기의 소용돌이 속에서 처참한 죽음을 맞이한다. 인간으로서의 존엄성을 모두 잃고, 후퇴하는 인민군 장교에게 발각되어 사살된 오빠에 대한 기억은 모녀가 입 밖에 낼 수 없는 전쟁의 상처다. 이런 끔찍한 전쟁의 기억을 어머니의 사고와 섬망을 통해 소환하고 재현한다는 점에서 이 작품은 신체로 기억된 여성적 역사라 볼 수 있다.

시의 경우도 민족·민중문학의 영향으로 민중시, 노동시 등이 주류를 형성했다. 또한 동인지가 활성화되고 무크지가 발간되는 등 문학운동으로서의 시 운동이 활발해지는 시기였다.《시운동》(1980),《오월시》(1981),《민중 교육》(1982),《우리 세대의 문학》

(1982), 《평민시》(1983), 《분단시대》(1984) 등 무크지와 시 동인지의 활성화는 1980년대 시단에서 특기할 만한 현상이다. 박노해 시집 『노동의 새벽』(1984)이 베스트셀러가 되었던 현상도 1980년대 시단에서 빼놓을 수 없는 사건이다. 기존 시단의 경직성을 흔들 만한 새로운 창작 주체의 출현, 서사시, 장시, 연작시, 공동 창작시, 벽시, 굿시 등 새로운 장르의 확대 또한 1980년대적 현상으로 언급할 수 있다. 이런 시 운동과 시의 대중화를 배경으로 여성 시인들의 활동 또한 활발해졌다. 여성주의와 민중시의 접합을 통해 젠더·민중·민족의 교차를 보여 주는 흐름이 등장하는데, 고정희, 허수경, 차정미로 이어지는 경향이 이 흐름을 대표한다. 허수경의 「폐병쟁이 내 사내」, 「아버지, 나는 돌아갈 집이 없어요」(1988)에서 보여 준 민중 여성의 강인함과 너그러움, 차정미의 「이름도 없이 빛도 없이 10 ─ '정신대'를 생각한다」(1989)에서 재현한 민중 여성의 아픈 역사는 당시 독자들에게 상당한 호응을 받았다. 여성 노동자의 목소리를 드러낸 정명자, 최명자의 시나 일하며 야학에 다니는 여성의 모습을 그린 김경미의 시도 민중 여성들의 삶을 언어화한 민중문학의 흐름으로 등장했다.

1980년대 여성 시는 비로소 페미니즘적 인식에 기반한 목소리를 본격적으로 내게 되는데, 그 상징적인 분기점에 놓인 시인으로는 고정희가 있다. 5·18민주화운동을 겪으며 고정희는 민족·민중의 문제에 각성했고 《또 하나의 문화》 창간 동인으로 활동하며 젠더 문제에도 선구적인 인식을 보여 준다. 「상한 영혼을 위하여」(1983)는 고통과 시련을 피하지 않고 직면하며 마침내 아름다운 연대로 극복하는 모습을 그린 시다. 「우리 동네 구자명씨 ─ 여성사 연구 5」(1987)는 고정희의 '여성사 연구' 연작시 중 한 편이다. "일곱 달 된 아기 엄마"인 "맞벌이부부 우리 동네 구자명씨"의 고단한 하루를 출근 버스에 오르기가 무섭게 조는 모습을 통해 보여 주는 이 시에서 여성의 삶은 "팬지꽃 아픔"과 "안개꽃 멍에"로 그려진다. "여자가 받쳐 든 한식구의 안식"은 여자의 일방적인 희생을 요구한다는 점에서 위태롭다. "죽음의 잠을 향하여/ 거부의 화살을 당기"는 것은 한 식구의 안식과 여자의 안식이 다르지 않음을 이야기하는 동시에 여성의 역사를 향한 시적 주체의 겨냥이라는 의미로도 읽을 수 있다. 고정희의 시는 민중 여성의 고단한 삶을 그리면서 아버지의 말을 흔들고 전복적 언어 실험을 한 작품으로 꼽힌다. 이성 중심적인 절대적 진리, 단일 에고를 부정하면서[1] 인권, 노동, 민중 여성의 목소리를 드러내고자 했던 민중 여성 시의 경향은 소설과 달리 정서적 파열음을 그대로 드러냄으로써 여성의 목소리를 민중성에 담아내는 데 일정 정도 성과를 거두었다.

중산층 주부들의 욕망과 불안 그리고 그 딸들

이 시기 여성문학의 또 다른 흐름은 중산층 여성의 삶을 다룬 작품에서 나타났다. 국가 주도의 산업화로 급속하게 형성된 중산

---

1 김승희, 「상징질서에 도전하는 여성 시의 목소리, 그 전복적 전략들」, 《여성문학연구》, 한국여성문학학회, 1999, 136~139쪽. 이 글에서는 1980년대 초반부터 여성 시인들이 전복적 목소리를 내는 텍스트적 혁명을 시도했다고 평가하면서 고정희, 최승자, 김혜순, 김승희, 박서원, 이연주, 김정란으로 이어지는 시인들의 시 쓰기 전략을 분석했다. 1970년대 후반의 반독재운동, 인권운동, 노동운동, 민중운동, 여성운동의 영향으로 확산된 개인 해방의 욕구와 페미니즘적 인식은 여성 시인들의 작품 생산에 많은 영향을 끼쳤다고 설명한다.

충의 속물성이나 소시민의 소외를 다루면서 작가들은 여성적 시선과 경험을 글쓰기로 반영한다. 이 흐름은 중산층 여성의 현실 인식을 다룬 오정희, 박완서 등에서 출발하여 양귀자, 강석경, 김채원 등의 작가로 이어진다. 이들은 급속한 산업화가 진행되는 시기 중산층 주부로 재편된 여성의 고립감과 가부장제로 인한 억압, 도시 소시민이 느끼는 소외 등을 다룬다. 대표적인 작품은 김채원 단편소설 「겨울의 환」(1989), 양귀자 단편소설 「원미동 시인」(1986) 등이다. 「겨울의 환」은 마흔세 살 중년의 여자가 자신의 삶을 발견해 가는 고백체 소설이다. 아무런 희망도 욕망도 없는 삶을 이어 가던 여자가 "나이 들어 가는 여자의 떨림"(185쪽)에 대해 써 보는 일, 글쓰기를 통한 자기 발견 서사라 볼 수 있다. 외할머니, 엄마, 자신으로 이어지는 "따뜻한 밥상을 차리지 못하는"(190쪽) 자신의 계보를 이해하는 일은 여성의 역사에 대한 성찰로 나아간다. 가부장제와의 불화를 상징하는 앞선 세대 여성들과의 화해가 자기성찰로 이어지는 것이다.

학생운동에 가담했다가 지금은 동네 바보처럼 살아가는 몽달 씨의 고난을 순수한 소녀의 시선으로 바라본 양귀자의 「원미동 시인」은 당시의 사회 현실을 비판한 작품이다. 원미동이라는 소외된 공간을 중심으로 바보 몽달 씨와 형제슈퍼의 김 반장의 이야기를 일곱 살 소녀 경옥의 시선으로 그려 낸다. 바보 몽달 씨를 순교자처럼 바라보는 소녀의 시선에서 소외된 자들에 대한 삶의 연민을 느낄 수 있다.

이 시기의 중산층 여성 문제를 다룬 소설에서는 중산층의 한계를 비판하고 민중적인 관점을 지향하는 '딸들'이 새롭게 등장한다. 이들은 공적 영역에 등장한 다양한 여성들의 주체 정립 과정을 보여 주는 인물들로 여성문학이 거대한 사회 변화와 맞물려 가는 과정을 다룬다. 김향숙 단편소설 「종이로 만든 집」(1989)의 우혜, 강석경 중편소설 『숲속의 방』(1985)의 소양은 이 시대의 이념적 갈등을 보여 주는 상징적 인물이다. 운동권 여자 대학생 우혜가 등장하는 「종이로 만든 집」은 우혜의 엄마인 중산층 주부 영옥이 서술자이자 주인공이다. 영옥의 친구 문자의 딸 인애 역시 모범생이었으나 운동권 대학생이 되어 학교를 그만두려 한다. 이들은 중산층 엄마의 속물적 욕망을 비난하면서 자신들의 민중 지향적 이념의 정당성을 주장하기도 하고(인애), 스스로 광기에 가까운 혼란을 겪기도 한다(우혜). 강석경의 『숲속의 방』의 주인공 소양은 스스로 중산층적 존재의 한계와 사회의 이념적 소용돌이에 갇혀 자살한다. 이들은 중산층의 이념적 계급 분화를 드러내는 인물로 민족·민중·젠더가 교차하는 이 시기 대표적 표상의 하나로 보아야 할 것이다. 중산층 계급의 딸이지만 민중 지향적 이념을 선택하고, 중산층 주부의 삶의 보수성을 성찰할 수 있는 여성 지식인의 탄생을 의미하기 때문이다.

여성적 글쓰기, 해체와 전복의 시적 상상력

시에서는 김승희, 김혜순, 최승자, 황인숙으로 이어지며 여성주의적 목소리를 드러내는 경향이 등장한다. 이 시인들은 도시 시와 해체시의 흐름, 형태 파괴와 실험, 환유적 상상력이라는 점에서 일정 정도 문제의식을 공유하며 여성주의적 목소리를 드러냈다.

1970년대에 등단해 『태양미사』(1979) 등 의미 있는 시집으로 여성 시의 독보적인 자리를 열어 갔던 김승희 시인은 1980년대에 고정희와 함께 '또 하나의 문화' 동인으로 활동하며 본격적인 여성주의 시의 목소리를 내기 시작한다. 「내가 없는 한국문학사」는 『달걀 속의 생』(1989)에 수록된 시로, "무의미시 순수시의 시대"에도 "참여시의 시대에도" "해체시의 시대에도" "상업주의적 사랑시의 시대에"도 "민중시의 시대에도" 한결같이 한국문학사에서 배제되어 온 여성주의 시인으로서의 자기 정체성을 통찰한다. "깨끗이 도배된 벽지처럼 무늬 맞춰 발라진/ 한국문학사 앞에서/나 오늘 한 마리 쥐벼룩/여류 쥐벼룩"임을 선언하며 한국문학사를 비판적으로 성찰하고 여성 주체로서 당당히 설 것을 선언한다.

여성 시인으로서 자의식을 강하게 드러낸 1980년대 대표 시인으로 김혜순이 있다. 두 번째 시집 『아버지가 세운 허수아비』(1985)부터 김혜순은 여성으로서 시를 쓴다는 자의식을 드러낸다. 「기어다니는 나비」에서는 두 날개가 짓뭉개져 기어다니는 나비의 표상을 통해 시대와 남성적 세계의 폭력 앞에 짓뭉개진 여성 주체를 적나라하게 그린다. 「딸을 낳던 날의 기억—판소리 사설조로」는 어머니가 되는 출산의 경험을 '어머니—외할머니—외증조할머니—외고조할머니'로 이어지는 여성들의 가계와 반복되는 억압적 삶을 통해 보여 준다. "청천벽력./ 정전. 암흑천지./ 순간 모든 거울들 내 앞으로 한꺼번에 쏟아지며/ 깨어지며 한 어머니를 토해내니" "손가락이 열 개 달린 공주"였다는 출산의 장면은 강렬한 이미지를 남긴다.

이 시기 최승자의 시는 버림받은 사랑과 광주 학살로 표상되는 시대 현실의 폭력에 맞서 자기 모멸의 태도로 부정 정신을 드러낸다. 여성의 몸으로 체험한 자기 모멸의 감각과 그럼에도 살아가야 하는 생활의 감각을 "비유"가 아닌 "구체적"인 "콘크리트"이자 "주먹"(「그리하여 어느 날, 사랑이여」)으로 표현하며 여성 시의 주체가 반전의 계기를 마련하는 방식을 보여 준다. 첫 시집 『이 시대의 사랑』(1981)의 첫 시 「일찌기 나는」에는 "일찌기 나는 아무것도 아니었다"라는 존재 부정의 선언이 등장한다. 이 선언에 '일찌기'라는 부사가 역사성을 부여한다. 자신의 몸을 "마른 빵에 핀 곰팡이" "벽에다 누고 또 눈 지린 오줌 자국" "아직도 구더기에 뒤덮인 천년 전에 죽은 시체"로 표상하다 마침내 "내가 살아 있다는 것"을 "영원한 루머"라고까지 말하는 이 시는 자기혐오와 부정의 정동을 드러낸 1980년대 여성 시를 대표하는 주체 선언이다. 두 번째 시집 『즐거운 일기』(1984)에 수록된 「Y를 위하여」는 버림받은 후 낙태 시술을 받는 여성의 처참한 경험과 심경을 그린 시다. 여성의 몸으로 경험한 수치심과 슬픔과 분노의 정동은 1980년대의 시대 현실과 만나 보편적 정서로 확장된다. 자궁이 무덤이 되는 상상력, "널 죽여" "내 속에서 다시 낳고야 말 거"라는 서늘한 말은 우리의 몸과 마음에 강렬한 아픔을 아로새긴다.

황인숙은 1980년대 말에 첫 시집 『새는 하늘을 자유롭게 풀어놓고』(1988)를 출간했다. 황인숙의 초기 시에는 "내 가슴은 텅 비어 있고/ 혀는 말라 있"으며 "울지 않"고 "웃지도 않"는 주체가 등장한다. 그는 "햇님이 뜨건 말건/ 빗줄기가 문을 두드리건 말건" "상관 안" 하지만 "은사시나무숲" "꿈을 꾸"(「잠 자는 숲」)는 주체이다. 현실에선 텅 빈 가슴과 말라버린 혀를 지니고 있을망정 꿈꾸기를 포기하지 않는 이 새로운 주체는 길들지 않은 상상력, 밝고 생기 넘치는 감각으로 1980년대 여성 시의 주된 흐름과는 다른 개성을 민들어 간다. 그것은 도시적 감각이기도 하다는 점에서 1990년대 시로 이어지는 징후로도 읽을 수 있다. 「나는 고양이로 태어나리라」에서는 "툇마루에서 졸지 않"고 "사기그릇의 우유도 핥지 않"으며 "가시덤불 속을 누벼누벼/ 너른 벌판으로 나가" "들쥐와 뛰어"노는 "고양이로 태어나리라"고 선언한다. 야생의 고양이로 표상된 자유로움은 거대 담론에 포섭되지 않고 시대 현실과 거리를 두는 몽상의 주체로 자기 목소리를 내는 새로운 여성 시를 선보였다.

페미니즘의 인기와 소설·연극에서의 대중 장르 페미니즘 글쓰기

박완서의 『서 있는 여자』(1985), 『그대 아직도 꿈꾸고 있는가』(1989), 이경자의 『절반의 실패』(1988) 등 페미니즘 소설이 대중적인 센세이션을 일으켰다는 점도 특기할 만하다. 가부장제에 대한 분노의 서사이면서 여성들 간 격려와 희망을 나누는 이 소설들은 서로의 감정을 소통하고 사회적 담론을 형성하도록 이끈 작품들이다. 그런데 왜 페미니즘 소설은 늘 '대중소설'로 존재했는가. 여성문학사에서 이 작품들은 어떤 평가를 받아야 하는가. 정치적 올바름과 미학성 사이에서 이 작품들에 대한 평가는 가장 고민되는 질문이다. 여성들 간의 분노나 슬픔, 연민을 공유하는 감정 서사로 분석해 보면 이러한 페미니즘 소설은 문학 제도에서 밀려난 여성의 신체 경험을 공유하는 글쓰기의 공간이라 볼 수 있다. 호주제 폐지를 둘러싼 여성들의 분노를 다룬 『그대 아직도 꿈꾸고 있는가』나 남편의 외도, 폭력, 이혼 등 가부장제의 억압적 경험을 다룬 『절반의 실패』의 분노를 감정 서사의 측면에서 해석한다면 전형적인 메시지나 플롯의 대중 장르적 단순성을 넘어서는 여성문학적 특성으로 재평가할 수 있을 것이다. 이념 문학의 특징으로 페미니즘 문학은 강력한 감정이 추동된다. 가부장제를 고발하고 독자들과 분노 감정을 소통하기 때문이다. 감정은 단순히 육체에 속한 것이 아니라 가늠(appraisal) 또는 가치에 대한 판단으로, 항상 어떤 대상의 중대함이나 중요함에 대한 생각과 결합되어 있다. 그러한 의미에서 슬픔, 두려움, 기쁨, 희망, 분노, 감사, 미움, 질투, 질시, 동정, 죄의식 등 감정은 육체의 욕구와 구분되며 대상에 대한 중요성을 판단하는 윤리적 기준이 된다.[2] 특히 가부장제에 대한 분노의 감정이 토로되기 어려웠던 당시의 문학장을 생각해 보면, 여성문학이 민족·민중문학의 하위 범주로 위치 지어지면서 여성의 육체와 감정은 중요하지 않은 것으로 배제되며 문학 제도 외곽에 분리되어 존재할 수밖에 없었으리라고 생각한다.

연극계의 유행도 대중소설의 흐름과 궤를 같이한다. 정복근이 각색한 「위기의 여자」(1986) 유행은 가부장제에서 탈출하고 싶은 중산층 여성의 욕망을 반영한 현상으로 해석된다. 『위기의 여자』는 중년 여성의 실존적 무의미를 다룬 시몬 드 보부아르의 소설이다. 오증자 번역으로 정우사에서 출간될 당시(1975) 중년 여성의 실존적 의미 탐구보다는 한국적 상황을 반영해 남편의 불륜과 중년 여성의 위기를 강조해 번역되었다. 이후 정복근의 각색을 거친 희곡 「위기의 여자」가 공전의 히트를 치면서 이 극은 한국 최초로 중년 여성 관객을 끌어모은 여성 연극 공연의 시발점이 되었다. 번역극에 이어 정복근은 「덫에 걸린 집」(1988)을 발표하며 중산층 여성의 섹슈얼

---

2   마사 누스바움, 조형준 옮김, 『감정의 격동: 1 인정과 욕망』(새물결, 2015), 26~30, 64~65쪽.

리티 문제를 다루었다. 이 작품은 성폭행을 당한 아내가 그 사실을 신고하고 알리려 하자 이를 감추기에 급급한 대학교수 남편, 시댁과 친정 가족 모두의 모습으로 중산층 가정의 허위성을 보여 준다.

대중적 붐이라 불릴 정도로 두드러진 대중 장르와 대중매체에서 페미니즘의 유행 현상은 중산층 여성들의 자각과 맞물려 있다. 그러나 민족·민중문학이 남성 중심의 단일성에 대한 과잉 상상력으로 전유되면서 여성의 일상과 몸의 이야기가 대중서의 영역으로 밀려난 문화 현상이라고도 볼 수 있다. 민족·민중문학에서 민중 주체의 보편성이 남성으로 규정되면서 여성 문제의 해결이 지연되거나 여성적 경험이 하위적 위치로 위계화되기 때문이다. 이 시기 작품들에서 여성의 신체성(경험)과 민족·계급의 재현이 분리되어 나타나는 경향은 그래서 문제적이다.

여성주의 평론과 산문의 활성화

이 시기 페미니즘 지식장의 변화를 이끈 것은 페미니즘 서적 출판과 여성문학 운동 잡지의 출간이다. 전문적인 여성문학 연구자 단체가 설립되고 여성문학 잡지가 발간되기 시작한 시기는 1980년대 후반 들어서다. 1984년 12월 '또 하나의 문화'가 설립되어 이듬해 잡지《또 하나의 문화》가 창간되었고, '여성사연구회'는 잡지《여성》을 발간했다. 민족문학작가회의 여성문학분과위원회에서 발간한《여성운동과 문학》1, 2(1988, 1990)도 이 시기에 발간된 여성문학 무크지였다. 이와 함께 여성 작가의 활동도 활발해져 여성 작가의 시대라 할 만큼 성과가 두드러졌다.

여성문학 비평에서는 여성문학의 이념적 지향성에 대한 논쟁이 벌어지기도 했다. 자본주의와 가부장제를 여성 억압의 핵심 지배 구조로 파악하고 이에 대한 명확한 인식을 보여 주는 문학을 여성문학이라 평가하는 이른바 '정치적 올바름'에 대한 이론적 출발점이 이 시기라 볼 수 있다. 《여성》 1호에 실린 정은희 외 「여성의 눈으로 본 한국문학의 현실」은 한국문학사의 대표적인 남성 작가의 작품에 나타난 여성 이미지의 왜곡상을 분석한 본격 여성주의 비평의 신호탄이었다. 이후 여성주의 비평의 이론적 논쟁은 '박완서 논쟁'으로 이어졌다. 《여성》 그룹과 《또 하나의 문화》 그룹의 비평이 여성주의 리얼리즘에 대한 논쟁으로 팽팽하게 맞선 것이다. 《여성》 그룹은 『나목』, 『목마른 계절』 등 전쟁 체험의 증언을 민족과 여성의 복합성을 담아낸 우수한 작품으로 평가한 반면 《또 하나의 문화》 그룹은 「닮은 방들」, 「해산바가지」, 『휘청거리는 오후』, 『서 있는 여자』 등 중산층 여성을 통한 가부장제 비판을 대표적인 작품으로 꼽았다. 한국전쟁의 민족적 비극과 개인적 기억이 교차하는 증언으로서 문학의 중요성을 강조하며 민족과 젠더의 복합성을 추구하는 관점과 중산층 여성의 가부장제 비판을 중시하는 관점으로 엇갈리는 논쟁은 지금까지도 이어진다. 여성 주체의 복합성과 여성적 글쓰기의 가능성을 강조할 것인가, 여성 정체성의 차이에 주안점을 둘 것인가가 이 논쟁에서부터 출발했다.

1980년대 문학이 발견한 주체의 복합성

1980년대는 여성이 공적 영역의 주체로 성장하고 이러한 성장을 글쓰기의 재현으로 이끌어 낸 시기로 여성문학도 민족·민중문학의 큰 흐름 속에서 창작되었다. 그러나 여성=민족의 피해자라는 거대 담론의 프레임이 오히려 여성을 민족의 정신을 상징하는 추상적 존재로 도구화했다는 비판이 제기되기도 했다. 그로 인해 여성의 가부장적 경험은 억압되고, 자기 목소리를 내기 어려운 여성은 하위의 젠더 위계로 밀려났다는 분석이다. 광장에서 여성의 목소리가 발화되었다는 긍정적 평가와 엇갈리는 지점이기도 하다. 그럼에도 운동권 여학생, 여성 노동자, 중산층 여성 등 다양한 여성 주체의 문학적 재현이 이루어졌고, 노동 수기, 마당굿 등 노동현장과 연결된 민중 여성들의 발화가 문학장으로 나오며 다양한 장르의 확산이 이루어진 점은 이 시기의 성과로 보인다.

자본주의와 가부장제가 교차하는 여성의 삶에서 어느 요소에 무게중심을 두느냐에 따라 평가가 나뉘지만 1980년대 여성문학 논의는 여성 경험의 재현에 중심을 둔 리얼리즘의 관점 이론 자장 안에서 이루어졌다. 여성 신체의 기입을 주장하는 프랑스 페미니즘이 등장해 몸으로 글쓰기, 여성성의 발현으로 페미니즘 글쓰기의 갈래가 본격 진화하는 시기는 1990년대 이후이다. 그런 점에서 《또 하나의 문화》 9호가 「여자로 말하기, 몸으로 글쓰기」(1992)라는 표제로 프랑스 페미니즘을 소개했다는 점도 특기할 만하다. 이후 가부장제와 대결하는 래디컬 페미니즘의 갈래가 본격 등장할 것을 예고하고 있기 때문이다. 엘렌 식수의 *Le Rire de la Méduse*(1975; 국내 번역 『메두사의 웃음』, 2004)를 소개하는 글이 실렸고, 구술사와 자전적 글쓰기 등 여성적 글쓰기의 전략이 소개되었다.

페미니즘 대중 장르의 유행과 소설, 연극에서 여성 독자와 관객의 증가도 이 시기의 두드러진 문학 현상이었다. 박완서, 이경자

등의 페미니즘 소설과 정복근이 각색한 「위기의 여자」의 대흥행은 가부장제에서 탈출구를 찾던 여성들의 욕망이 분출된 것으로 볼 수 있다. 그러나 대중적 문화 현상으로 페미니즘 붐은 여성의 신체성과 경험이 억압되고 있음을 반증하는 것이기도 하다. 이러한 남성 중심 문학사에 대한 도전과 해체의 측면에서 본다면 이 시기 여성의 경험으로 역사가 재현되는 글쓰기를 실천한 박완서, 고정희의 작품은 정치성과 미학성이 결합된 대표작으로 꼽을 수 있다. 민족·민중·여성의 복합성에 대한 고민이 잘 드러나 있기 때문이다. 대중 장르로 비껴나 있었던 여성들의 가부장제 비판은 1990년대로 이어지면서 여성문학의 중심 흐름을 이끌게 된다.

그렇다고 1980년대를 민족·민중문학, 1990년대를 페미니즘 문학으로 이분법적으로 이해하는 것은 여성문학에 대한 이해를 공사公私 이분법의 프레임에 가둘 우려가 있다. '광장'과 '일상'을 구분 짓는 편견을 거두고 나면 여성의 글쓰기가 지속적으로 고민해 온 주체의 복합성이라는 흐름을 발견할 수 있을 것이다. 이렇게 다시 보기를 해 보면 여성의 삶에서 교차하는 민족·민중·젠더 중에서 각 시기마다 우선되는 요소는 다를지언정 시대와 교감하면서 주체의 교차성을 고민해 갔던 여성 글쓰기의 역사적 흐름이 발견된다. 이런 글쓰기 주체의 복합성에 대한 인식은 여성문학이 민족문학의 단일성 주체라는 과잉된 상상력에 균열을 내는 대안적 존재로 지속할 수 있었던 힘이다.

이선옥, 이경수

박완서(朴婉緒·1931~2011)

　　박완서는 1931년 경기도 개풍(개성)군 묵송리 박적골에서 태어났다. 네 살에 아버지가 별세한 뒤 오빠를 데리고 서울로 떠난 어머니 대신 조부모와 고향에서 어린 시절을 보냈다. 행복했던 고향 생활이 끝나고 여덟 살에 서울로 와서 어머니와 살게 되어 맞닥뜨린 근대 도시를 매혹과 충격으로 받아들이게 된다. 이때의 경험이 「엄마의 말뚝」(1980) 등 작가의 자전적 소설에서 다양한 방식으로 재현되었다. 매동초등학교, 숙명여고를 나와 서울대 국문과에 진학했으나 전쟁으로 다니지 못했다. 근대도시로의 입성과 전쟁 체험을 원체험으로 하는 소설들은 근현대사의 격동기를 기록해 낸 여성적 기억으로 많은 주목을 받았다. 1970년 『나목』으로 《여성동아》 여류 장편소설 공모에 당선되어 등단한 박완서는 수많은 문학상을 수상한 한국문학의 대표 작가다. 「엄마의 말뚝 2」(1981)로 이상문학상, 『미망』(1990)으로 대한민국문학상, 『그 많던 싱아는 누가 다 먹었을까』(1992)로 중앙문화대상, 「꿈꾸는 인큐베이터」(1993)로 현대문학상, 「나의 가장 나종 지니인 것」(1993)으로 동인문학상, 「너무도 쓸쓸한 당신」(1997)으로 만해문학상, 「그리움을 위하여」(2001)로 황순원문학상 등을 수상했다. 수필, 동화 작가로서도 많은 작품을 남겼다.

　　박완서는 1남 4녀를 둔 주부로 40세의 늦은 나이에 여성 잡지를 통해 등단한 특이한 이력을 지녔으며, 대중성과 문학성을 모두 지닌 작가로 손꼽힌다. 소설 작품은 주제별로 크게 중산층 도시 소시민의 속물성과 허위의식, 전쟁 체험, 페미니즘 등으로 나뉜다. 「닮은 방들」(1974), 『도시의 흉년』(1975), 「포말의 집」(1976), 『휘청거리는 오후』(1977) 등 주로 초기 작품에서는 중산층 생활양식의 변화와 속물성, 허위의식 등을 비판하고 풍자하는 데 주력했다. 특히 『휘청거리는 오후』(1977)에서는 초희, 우희, 말희 세 딸의 결혼을 통해 중산층 가정의 신분 상승 욕망이 만들어 내는 가족 갈등과 도덕적 붕괴 과정을 포착했다. 『그해 겨울은 따뜻했네』(1983)는 전쟁기에 버린 여동생 오목(수인)을 또다시 버리는 언니 수지의 이야기를 통해 중산층 만들기의 배타성과 속물성을 냉정하게 파헤친다. 이 작품들은 타자를 배제하며 중산층의 정체성을 형성해 가는 과정을 주부의 위치성에서 보여 주었다는 점에서 한국문학사에서 독특한 특징을 지닌다.

자전적 전쟁 체험 소설로는 『나목』, 「엄마의 말뚝 1, 2, 3」(1980, 1981, 1991), 『그 많던 싱아는 누가 다 먹었을까』, 『그 산이 정말 거기 있었을까』(1995), 「그 남자네 집」(2002) 등이 있다. 증언의 문학, 집합적 기억의 기록 등으로 평가되는 전쟁 체험 소설들은 등단작 『나목』 이후 조금씩 변형되면서 다시 쓰기를 지속해 나간다. 전쟁 체험의 다시 쓰기는 박완서 글쓰기의 핵심이다. 박완서의 소설은 빨갱이 콤플렉스에 갇혀 오랫동안 침묵했던 짐승의 시간을 다시 쓰기라는 서사 전략으로 재소환하고 재통합하는 지난한 과정을 보여 준다. 좌우로 분리된 분단국가에서 애도가 불가능한 죽음들을 불러내고 상처를 치유하는 박완서의 자전적 글쓰기는 생존의 글쓰기로서 전쟁과 죽음을 애도하는 여성 글쓰기의 전형으로 손꼽힌다. 페미니즘 주제를 직접 다룬 소설들도 박완서 작품에서 빼놓을 수 없는 성과이다. 『살아 있는 날의 시작』(1980), 『서 있는 여자』(1985), 『그대 아직도 꿈꾸고 있는가』(1989) 등은 페미니스트 잡지 《또 하나의 문화》 동인들과 교류하면서 여성을 억압하는 현실을 직접적으로 비판하는 소설들이다. 계몽성이 좀 더 짙은 작품들로 평가되기도 하지만 대중적인 페미니즘 소설이 그 시대 여성들의 감정 구조를 반영한다고 본다면 박완서의 페미니즘 소설이 드러내는 분노와 슬픔의 감정은 좀 더 적극적으로 평가될 필요가 있다. 당시 여성들의 자각과 가부장적 현실의 격차에서 빚어지는 분노의 감정 구조를 반영한 것이라 볼 수 있기 때문이다.

이선옥

엄마의 말뚝 1

농바위 고개만 넘으면 송도(松都)라고 했다. 그러니까 농바위 고개는 박적골에서 송도까지 사이에 있는 네 개의 고개 중 마지막 고개였다. 마지막 고개답게 가파랐다. 이십 리를 걸어온 여덟 살 먹은 계집애의 눈에 고개는 마치 직립(直立)해 있는 것처럼 몰인정해 보였다. 그러나 무성한 수풀을 뚫고 지나간 것처럼 고갯길이 끝나면서 뺑하게 열린 하늘은 우물 속의 하늘처럼 아득하게 괴어 있어서 나를 겁나게도 가슴 울렁거리게도 했다.

나는 타박타박 쉬지 않고 걸었다. 양손을 엄마와 할머니가 잡고 있었다. 엄마도 할머니도 머리에 커다란 임을 이고 있었다. 내 걸음걸이가 지쳐 보일 때면 엄마와 할머니는 서로 눈을 맞추고는 양쪽에서 내 겨드랑 밑에 손을 넣어 번쩍 들어 올려서 그네 태우듯이 대롱대롱 흔들면서 몇 발자국 종종걸음을 치고 나서 내려놓아 주곤 했다. 무거운 임을 인 두 분에겐 그것이 힘겨운 일이었겠지만 나는 그동안이 너무 짧아 번번이 아쉬웠다.

그러나 농바위 고개를 오르면서는 두 분은 약속이나 한 듯이

37

내 지치고 부르튼 발에 그만큼의 아첨도 하려 들지 않았다. 그 대신 양쪽에서 두 분의 손이 각각 질이 다른 끈적거림으로 내 작은 손을 점점 더 아프게 옥죄기 시작했다. 나는 미지의 고장으로 어쩔 수 없이 끌려가고 있는 중이었다. 끌려가고 있다는 생각 때문에 가파른 고개를 오르면서도 추락하고 있는 것 같은 아찔한 공포감과 속도감을 맛보고 있었다.

마침내 우리는 고개의 정상에 섰다.

"봐라, 송도다. 대처(大處)다."

엄마는 마치 자기가 그 대처의 주인이라도 되는 것처럼 자랑스럽게 말했다. 아닌 게 아니라 송도는 엄마가 방금 보자기에서 풀어 놓은 것처럼 우리들의 발아래 그 전모를 남김 없이 드러내고 있었다.

내가 최초로 만난 대처는 크다기보다는 눈부셨다. 빛의 덩어리처럼 보였다. 토담과 초가지붕에 흡수되어 부드럽고 따스함으로 변하는 빛만 보던 눈에 기와지붕과 네모난 이층집 유리창에서 박살나는 한낮의 햇빛은 무수한 화살처럼 적의(敵意)를 곤두세우고 있었다.

내가 그보다 먼저 딱 한 번 만난 적이 있는 대처 사람의 인상도 그랬다. 그 대처 사람은 외삼촌이었다. 할머니는 사돈의 뜻하지 않은 방문에 쩔쩔매면서 시골 구석이라 대처 사람 대접할 게 변변치 못하다는 말을 수없이 하셔서 나는 그가 대처 사람이란 걸 알 수가 있었다. 나는 그 대처 사람이 싫었다. 그는 검정빛 양복을 입고 있었다. 양복장이가 처음은 아니었다. 언젠가 동구 밖을 자전거 탄 사람이 지나간 적이 있는데 아이들이 '순사다'라는 바람에 혼비백산 집으로 뛰어드느라고 자세히는 못 봤지만 그것 비슷한 옷을 입고 있었다. 그러나 양복보다 더 기분 나쁜 건 눈에 쓴 안경이었다.

오빠는 나보다 훨씬 먼저 엄마가 대처로 데려갔는데, 그때 오빠는 자기의 귀중품을 나에게 고스란히 물려주고 갔다. 마을에서 시오 리[1]나 떨어진 면 소재지에 있는 소학교를 졸업하고 중학교에 가기 위해 대처로 가는 오빠는 별의별 걸 다 가지고 있었다. 새총, 팽이, 제기, 연, 딱지, 썰매, 크레용, 지남철, 유리 조각…… 그중에서 내가 정말 갖고 싶었던 건 지남철뿐이었다. 지남철로 오빠가 화로를 휘저어 쇠붙이란 쇠붙이를 모조리 끌어올리는 것도 재미있었지만, 내가 온종일 찾다 못한 할머니가 바느질하다 놓친 바늘이 오빠의 지남철 끝에서 방금 낚아 올린 붕어처럼 비늘을 반짝이며 파르르 떨고 있는 걸 볼 땐 시샘과 경탄으로 숨이 막힐 지경이었다. 고 신기한 게 마침내 내 것이 된 것이다. 그러나 오빠는 나에게 더 신기한 걸 가르쳐 주고 떠났다. 그건 유리 조각의 쓸모였다. 오빠는 그 동그란 유리 조각으로 햇볕을 모아 불을 일으키는 법을 가르쳐 준 것이다. 유리 조각을 통과한 빛이 종이 위에서 창백하고도 뜨거운 느낌으로 송곳 끝처럼 오무라드는 걸 지켜볼 때 내 심장도 그만한 크기로 옥죄였고 마침내 그곳에서 파란 연기가 모락모락 피어오르자 나는 온몸이 오싹오싹하면서도 가슴은 화끈했고 곧 오줌이 마려웠다. 그날 밤 나는 내가 직접 그 짓을 하는 꿈을 꾸다가 정말 오줌을 싸고 말았다. 그래선지 나는 지금까지도 아이들 버릇 가르치기 위한 이런저런 항간의 속설 중 '불장난하면 오줌 싼다'는 말은 믿는 편이다.

오빠는 화경을 물려주면서 어른 몰래 간수하란 소리는 안 했

1 십 리에 오 리를 더한 거리.

다. 그러나 그것으로 할 수 있는 장난의 그 오싹오싹함에서 죄의 맛을 감지한 나는 그것을 어른 몰래 감추었고, 장난도 어른들이 안 보는 데서만 했다. 그러나 언젠가 잘 마른 짚북더미 위에서 그 짓을 하다가 그만 짚북더미로 불이 옮아 붙어 하마터면 집을 태울 뻔한 큰일을 저지르고 말았고, 그 바람에 나는 화경을 당장 빼앗기고 엉덩이가 부르트도록 얻어맞았었다.

외삼촌은 그 무서운 화경을 하나도 아니고 둘을 양쪽 눈에 하나씩 붙이고 있었다. 안경의 번쩍거림 때문에 나는 그 속의 눈을 볼 수가 없었다. 나는 그렇게 번쩍거리는 사람이 싫고 무서웠다. 외삼촌은 웃으면서 나에게 손을 벌렸지만 나는 할머니 치마꼬리에 휩싸여 막무가내 그 앞으로 가지 않았다. 외삼촌이 주머니에서 반짝이는 은전을 한 푼 꺼내 보이면서 나를 유혹했다. 나는 조금도 동하지 않았다. 나는 은전의 쓸모를 몰랐다. 그건 안경과 마찬가지로 외삼촌의 몸에서 빛을 내는 것 중의 하나일 뿐이었다. 할머니가 민망했던지 나를 억지로 당신의 치마꼬리에서 떼어 내어 외삼촌 앞으로 밀어내려고 했다. 나는 외삼촌이 싫고 무서워서 엉엉 울며 발버둥질 쳤다.

"그냥 두세요. 낯을 몹시 가리는군요."

"참 별일이네, 안 그러던 애가……"

할머니가 혀를 차면서 나를 다시 당신의 치마폭에 휩쌌다. 그 후에도 나는 외삼촌에 대해 안경밖에 생각나는 게 없었다.

대처는 그 외삼촌 같은 얼굴을 하고 있었다. 내리막길은 올라올 때와는 다르게 구불구불 구비지고 덜 가파랐다. 나는 슬그머니 엄마의 손을 뿌리치고 할머니한테 두 손으로 매달리면서 치마폭에 휩싸였다. 할머니 치마폭은 집에서 내가 툭하면 휩싸일 때처럼 만만하고 구속하지 않았다. 풀을 세게 먹여 다듬이질한 옥양목 치마는 차갑다 못해 날이 서 있는 것처럼 느꼈다. 그러나 엄마를 뿌리치고 할머니한테 매달렸다는 건 대처로 가기 싫다는 나의 의사표시였다.

할머니는 내 편이었다. 엄마는 나를 대처로 데려가려 했고, 할머니는 나를 대처로 안 보내려고 했다. 엄마가 나를 데리러 시골집에 나타나고 나서 할머니와 엄마는 줄창 다투기만 했다. 그러나 두 분 다 나한테 어디서 살고 싶으냐고 물어보진 않았다. 나는 대처라는 델 가 보진 않았지만 싫었다. 박적골 집은 나의 낙원이었다. 뒤란은 작은 동산같이 생겼고 딸기 줄기로 뒤덮여 있었다. 그 밖에도 앵두나무, 배나무, 자두나무, 살구나무가 때맞춰 꽃피고 열매를 맺었고 뒷동산엔 조상의 산소와 물 맑은 골짜기와 밤나무, 도토리나무가 무성했다. 사랑 마당은 잔치 때 멍석을 깔고 차일을 치면 온동네 손님을 한꺼번에 칠 수 있도록 넓고 바닥이 고르고 판판했지만 둘레에는 할아버지가 좋아하시는 국화나무가 덤불을 이루고 있었다. 꽃송이가 잘고 향기가 짙은 토종국화는 엄동이 될 때까지 그 결곡한 자태를 흐트러뜨리지 않았다.

그러나 국화꽃 필 때면 더욱 낭랑해지는 할아버지의 적벽부(赤壁賦) 읊조리는 소리가 끊긴 지는 오래되었다. 임술지추칠월기망에 소자여객으로 범주유어적벽지하할새…… 대신 놋재떨이에 담뱃대 부딪는 소리와 메마른 기침 소리가 사랑이 비어 있지 않다는 걸 알려 줄 뿐 사랑 미닫이는 한여름에도 열리지 않았다. 맏아들을 잃자마자 할아버지는 동풍을 하셔서 반신불수가 된 채 두문불출이셨다. 아버지의 죽음이 문제였다. 내가 그 낙원에서 기억할 수 있는 모든 나쁜 일은 아버지의 죽음으로부터 시작됐다. 아버지는 어느 날 심한 복통으로 마루에서 댓돌로 댓돌에서 세 층이나 아래인 마당으로 데굴데굴 굴러 떨어지면서 마당의 흙을 손톱으로 후벼 파면서 괴로와했다. 곧 한의사를 불렀다. 사관을 트게 하고 탕제를 달이는 동안이 급해 할머니는 엿기름물 타다가 떠 넣고, 할아버지는 청심환을 엄마는 영신환을 물에 개서 입에 흘려 넣었으나 차도가 없었다. 급히 달인 탕제도 아무런 효험을 못 보자 엄마와 할머니는 무당집으로 달려가서 무꾸리를 하니까 집터에 동티가 나도 단단히 났으니 큰 굿 해야겠다고 하면서 굿날을 받아 놓기만 해도 당장 차도가 있을 거라고 장담을 해서 우선 굿날 먼저 받아 놓고 오니 아버지는 막 숨을 거둔 뒤였다.

그때가 아직 우리가 새 집을 지은 지 3년 안인 때라 사람들은 모두 집터 동티가 과연 무섭긴 무서운 거라고 혀를 내두르며 공구(恐懼)했다. 그러나 할머니 말씀을 좇아 무당집에 가느라 아버지의 임종도 못 지킨 엄마건만 친가의 대소가가 대처에 살고 있어 이미 처녀 적에 문명의 소문에 접할 기회가 좀 있었던 엄마의 생각은 달랐다. 엄마는 아버지를 죽게 한 병이 대처의 양의사에게만 보일 수 있었으면 생손앓이처럼 쉽게 째고 도려내고 꿰맬 수 있는 병이라는 걸 알고 있었다.

엄마는 그때부터 대처로의 출분(出奔)을 꿈꿨다. 마침 오빠의 소학교 졸업을 기화[2]로 그 꿈은 구체화됐다. 엄마는 아버지의 3년 상도 받들기 전에 오빠를 데리고 서울로 떠났다. 맏며느리로서 시부모 공양하고 봉제사라는 신성한 의무를 포기하는 대신 엄마는 아무런 재산상의 권리도 주장하지 못했다. 숟가락 하나도 집안 것은

---

2   뜻밖의 이익을 얻을 수 있는 물건. 또는 그런 기회.

안 건드리고 오로지 당신의 단 하나의 재간인 바느질 솜씨만 믿고 어린 아들의 손목을 부여잡고 표표히 박적골을 떠났다. 그때는 내가 떠날 때 같은 고부간의 사전 불화조차 없었다.

며느리의 그런 불효막심하고도 당돌한 계획을 막을 수는 없으리라는 걸 노인들은 이미 알고 있었다. 큰 소리 내 봤댔자 집안 망신이나 더 시키게 되니 그저 쉬쉬하는 걸로 점잖은 집안의 체통이나 지키려는 체념과 아들 하나 대처에 데리고 나가 어떡하든 성공시켜 보겠다는 며느리의 굳은 결심에 은근히 거는 한 가닥 희망 때문에 어머니의 일차 출분은 비교적 순조롭고 조용했다. 그러나 소학교를 갓 졸업한 어린 소년의 어깨엔 대처에 나가 어떡하든 성공해야 된다는 가뜩이나 벅찬 짐이 그만큼 더 무거워진 셈이었다. 나는 오빠와 친하고 깊이 사랑했기 때문에 막연하게나마 오빠가 걸머진 짐의 무게를 같이 느낄 수가 있어서 오빠가 안스럽고 불쌍했다. 내가 그 고장 사람들이 대처라 부르는 송도나 서울에 대해 그 나이 또래의 계집애다운 막연한 동경조차 품지 못하고 다만 두렵기만 했던 건 대처에 가면 꼭 해야 한다는 그 성공이라는 것 때문인지도 몰랐다. 삼촌이 두 분이나 있었으나 어떻게 된 게 그때까지 아들을 두지 못하고 하는 일도 시원치 않은데 단 하나의 장손인 오빠는 인물이 준수하고 총명했다. 월반을 하여 소학교를 5년 만에 졸업했다 해서 인근 마을엔 신동이란 소문까지 나 있었다. 그러나 쇠퇴해 가는 가운의 중흥의 책임을 지기에는 아직 어린 소년이었다.

나는 가끔 오빠를 보고 싶어 했지만 보러 대처에 가고 싶진 않았다. 엄마도 별로 보고 싶지 않았다. 나는 그때 책임이라는 게 무엇이라는 걸 알 나이가 아니었지만 어른들과 대처가 공모를 해서 오빠에게 고약한 올가미를 씌우려 하고 있다는 것만은 눈치채고 있었

43

다. 엄마가 없는 동안 나는 할머니, 할아버지는 물론 삼촌들, 삼촌댁들의 귀여움을 독차지하고 있었다. 내가 하고 싶다고 생각해서 안 되는 게 없었다. 나는 방목(放牧)된 것처럼 자유로왔다. 올가미 같은 건 쓰고 싶지 않았다.

그러나 어느 날, 엄마는 나까지 대처로 데려가기 위해 나타났다. 나는 할머니 목에 팔을 칭칭 감고 매달려서 오래간만에 만나는 엄마를 차디차게 노려보면서 막무가내 안 따라가려고 했다.

할머니와 엄마의 말다툼이 시작됐다. 처음에 할머니는 어려운 객지 살림에 한 식구라도 덜어 주려고 안 보내는 거지 에미 애비 없는 새끼 기르기는 쉬운 줄 아냐고 큰소리 쳤다.

"그러니까 데려가려는 거예요. 굶든 먹든 자식은 에미가 데리고 있어야죠. 애비도 없는 자식을 에미까지 그리며 자라게 할 순 없어요."

엄마가 강경하게 나오자 그제서야 할머니는 눈물을 글썽이며 애걸했다.

"이 매정한 것아, 우리 두 늙은이가 그저 이 녀석 들락거리고 재재거리는 거 하날 낙으로 삼고 사는 것도 모르고…… 느이 동서가 태기라도 있으문 나도 안 이런다. 설마 세째한테서야 곧 태기가 안 있을라구. 그때 가서 데려가면야 누가 뭐라겠냐."

"그렇게는 안 되겠어요 어머님. 학교를 보내는 데는 때가 있으니까요."

"핵교를? 기집애를 핵교를?"

"네, 기집애도 가르쳐야겠어요."

"야, 너 대처에 가서 무슨 짓을 했길래…… 큰돈 모았구나? 아니면 간뎅이가 부었던지. 그렇지 않고서야 무슨 수로 기집애꺼정

44

학교에 보내, 보내길?"

이렇게 되면 두 분의 말다툼은 불에 기름을 부은 것처럼 가열됐다. 그럴 때 나는 어떡하든 할머니 역성을 들었다. 역성이라야 할머니 치마폭에 휘감겨 엄마를 노려보는 것뿐이었지만.

그러나 어느 날 일어난 작은 사건은 내가 엄마를 따라가야 한다는 걸 피할 수 없게 했다. 엄마가 시골집에 돌아온 후 내 머리를 빗기는 건 엄마의 일이었다. 나는 그것까지 마다하진 않았다. 나는 그때 댕기를 들여 머리를 한 가닥으로 의젓하게 땋아 내릴 만큼 머리가 길지 않고 또 숱도 적어서 머리를 가닥가닥 나누어 땋아 내리다가 그 끝을 모아 댕기를 드리는 종종머리라는 걸 하고 있었다. 그건 빗기기가 매우 힘들고 빗기는 솜씨에 따라 얼굴이 반듯해 보이기도 하고 비뚤어져 보이기도 했다. 내가 엄마 없는 동안 엄마 생각을 한 적이 있다면 그건 아침마다 종종머리 땋을 때였다. 할머니도 삼촌댁들도 엄마처럼 정확하게 정수리 머리를 여섯 가락으로 반듯하게 나누어서 온종일 뛰어놀아도 잔털 하나 일지 않게 야무지고 꼼꼼하게 땋으려면 아직아직 멀었다. 그래서 엄마가 없고부터 내 얼굴은 늘 좀 허술하고 좀 비뚤어져 보였다. 나는 삼촌댁의 체경에 이런 내 얼굴을 비춰 보면서 그게 엄마 없는 티가 아닐까 싶어 문득 심란해질 적도 있었지만 심각할 정도는 아니었다. 계집애 티보다는 선머슴 흉내를 내는 게 훨씬 더 편했기 때문에 거울 같은 걸 자주 보지 않았다.

내가 나를 데리러 온 엄마한테 적의를 품고 의식적으로 가까이하지 않으면서도 머리 빗을 때만은 기꺼이 엄마의 손에 나를 내맡겼던 것도 이왕이면 예쁘게 빗고 싶다는 계집애다운 소망히고 좀 다른 거였다. 엄마의 야무진 손끝을 통해 전달되는 애정 있는 성깔

45

을 깊이 좋아하고 있기 때문이었다. 그럴 때 나는 엄마가 할머니한 테 이겨서 나를 데려가게 되는 일이 그렇게 두렵지만은 않았다. 오히려 기대하는 마음도 있었다.

그러나 엄마는 어느 날 나의 이런 솔깃한 마음을 무참하게 배반했다. 엄마는 내 머리를 빗기는 척하면서 쌍동 잘라 버렸던 것이다. 그것도 목고개쯤에서가 아니라 뒤통수에서 잘라 냈으니 그 꼴도 가관이었다. 나는 시운[3]이 벗겨진 깨어진 거울 조각으로 뒤통수를 비춰 보면서 울 수도 없었다. 뒷머리가 아궁이 모양으로 패어지고 뒤통수의 맨살이 허옇게 드러나 있었다. 치욕이었다. 우선 이 모양으로 엄마는 내 기 먼저 죽여 놓고 나서 꼼꼼하게 뒷손질을 시작했다. 뒷손질을 해 봤댔자였다. 옆머리도 뒤통수까지 올라간 뒷머리에 맞춰 귀가 나오게 자르고 앞머리는 이마로 빗어 내려 가리마 없이 일직선으로 잘랐다. 그러면서 엄마는 내 귓전에다 대고 연방 속삭였다.

"좀 좋으냐, 가뜬하고, 보기 좋고, 빗기 좋고, 감기 좋고…… 머리꼬랑이 딴 채 서울 가 봐라. 서울 아이들이 시골뜨기라고 놀려. 학교도 아마 못 갈걸. 서울 아이들은 다 이렇게 단발머리하고 가방 메고 학교 다닌단다. 너도 서울 가서 학교 가야 돼. 학교 나와서 신여성이 돼야 해. 알았지?"

신여성이 뭔지 알 까닭이 없었다. 그러나 오빠가 성공해야 한다는 것과 비슷한, 엄마가 대처와 공모해서 나에게 씌운 올가미라는 것만은 분명했다. 나는 왠지 발버둥질 치며 마다하지를 못했다. 체경에 비친 나의 단발머리는 참으로 꼴불견이었다. 그러나 그건

---

3 '수은水銀'의 방언.

이미 대처의 낙인(烙印)이었다. 그 꼴을 하고 그곳에 남아 있어 봤댔자였다.

나의 기가 꺾이는 것과 동시에 할머니의 기도 꺾였다. 할머니는 엄마에게 주어 보낼 걸 이것저것 챙기기 시작했다. 오빠하고 처음으로 집 떠날 때보다 엄마는 오히려 후한 대접을 받고 있었다. 사랑으로 할아버지께 하직 인사를 드리러 들어갔을 때도 할아버지는 내 단발머리를 흘긋 보시자마자 벌레 씹은 얼굴로 외면하셨지만 오십 전짜리 은전을 한 푼 주셨고, 엄마에게도 따로 꼬깃꼬깃한 종이돈을 손수 펴 가며 다섯 장이나 세어서 주셨다. 그리고 기차 정거장까지 나를 업어다 주라고 할머니한테 분부를 내리셨다. 할머니도 그러잖아도 그럴 참이었다고 하시면서 조그만 소리로 저 양반이 다죽었군, 죽었어, 하고 중얼거리셨다.

할머니는 할아버지의 분부를 무시하고 나를 걸리는 대신 큰 임을 이셨다. 엄마에겐 더 큰 임을 이게 하시고 뭘 좀 더 보태 주지 못해 아쉬워 하셨다. 오빠를 떠나보낼 때보다 많이 다투셨음에도 불구하고 두 분의 의는 좋아 보였다. 할머니는 이제 손자를 대처로 보내는 일을 체념하는 걸 지나 어떤 기대에 부풀어 있다는 걸 알 수가 있었다.

그러나 농바위 고개에서 내가 엄마를 뿌리치고 할머니 치마폭에 감겨들게 되자 두 분의 사이는 다시 경직됐다. 할머니도 엄마도 서로 질세라 서슬이 퍼래지는 걸 보며 나는 내 뜻이 두 분에게 충분히 전달됐다고 생각했다. 할머니가 조금만 내 편을 들어 주면 나는 절대로 할머니 치마꼬리를 안 놓칠 작정이었다. 내가 처음 보는 송도는 아름다왔다. 아마 서울은 더 아름다우리라. 그러나 대처는 올가미를 가지고 있었다. 나는 나를 무엇인가로 만들려는 올가미가

47

무서웠다. 엄마가 바라는 신여성 같은 건 되기 싫었다.

"쉬었다 가자."

할머니가 말씀하셨다. 할머니의 목소리엔 찬바람이 돌았다.

"네, 어머님."

엄마의 목소리도 지지 않게 영악스러웠다. 두 분이 또 한바탕 나를 가운데 놓고 싸울 모양이었다.

농바위 고개의 내리막길 중간엔 장롱같이 생긴 큰 바위들이 여러 개 서 있기도 하고 누워 있기도 한 곳이 있었다. 농바위 고개 이름도 그 바위들에 연유한 이름이었다. 그 장롱 같은 바위들 사이엔 시원한 샘물도 있어서 먼 길 걸어서 송도에 당도한 장꾼이나 나그네가 송도를 굽어보며 다리도 쉬고 목도 추기기 알맞게 돼 있다.

할머니가 먼저 그중 안반같이 생긴 바위에 짐을 내려놓으셨다. 엄마도 할머니가 하시는 대로 했다. 두 분의 기색은 싸늘하고 험악했다. 나는 곧 큰 말다툼이 붙을 걸 예상하고 할머니의 치마꼬리를 더욱 꼭 움켜잡았다. 그러나 할머니는 별안간 폭풍 같은 바람을 일으키며 나를 당신의 치마폭에서 떼어 내셨다. 그리고 곧 믿을 수 없는 일이 일어났다. 할머니는 나를 번쩍 들어 올리더니 안반 같은 바위 위에다 엎어 놓고 치마를 치켜올리고 엉덩이를 깠다. 그때 나는 치마 속에 쉽게 엉덩이를 깔 수 있는 풍채바지[4]를 입고 있었다. 할머니는 떡 치듯이 철썩철썩 내 볼기를 치시기 시작했다. 그렇게 모진 매는 처음이다 싶게 사정을 두지 않는 사매질이 계속됐다. 나는 엄마, 엄마, 하고 엄마한테 구원을 청하며 서럽게 울었다. 그러나 엄마는 귀먹은 사람처럼 못 들은 체 하염없이 송도를 굽어보며 서 있

---

4 '풍차바지'의 방언.

었다.

"이 웬수야, 이 웬수야, 할미 속 좀 작작 썩여라. 이 웬수야."

할머니는 볼기를 치시면서 연방 이렇게 외쳤고, 그런 외침은 차츰 울부짖음으로 변했다.

"이제 그만해 두세요, 어머님."

엄마가 조용하면서 속에서 은은하게 끓어오르는 것 같은 목소리로 말했다. 할머니의 매질은 그쳤다. 나는 엉금엉금 기면서 엉덩이를 여미고 일어났다. 할머니의 눈이 석류 속처럼 충혈돼 있었다.

"할머니, 또 안질 걸렸잖아?"

할머니의 충혈된 눈에 나는 마지막 구원의 가망을 걸고 이렇게 울부짖었다.

"그런갑다."

할머니가 무명 수건으로 눈두덩을 누르면서 무뚝뚝하게 말했다.

"나 없으면 누가 거머리를 잡아 와?"

할머니는 자주 안질을 앓았다. 눈꼽은 안 끼고 눈만 새빨갛게 충혈되는 안질을 사람들은 궂은 피 때문에 생긴 풍이라고 말했고, 그런 풍에는 굶주린 거머리를 잡아다가 흠빡 궂은 피를 빨리는 게 즉효라는 게 그 시절의 그 고장의 민간요법이었다. 대야를 갖고 다니면서 논이나 미나리밭에서 거머리를 잡아오는 건 나의 일이었다. 할머니는 눈꺼풀을 뒤집고 거기다 거머리를 붙이셨다. 실컷 피를 빨아먹은 거머리는 굼뱅이처럼 몸이 굵고 꿈떠지면서 저절로 그곳에서 떨어졌다. 할머니는 아이 시원해, 아이 거뜬해, 하면서 할머니를 위해 거머리를 잡아 온 나의 공로를 칭찬하셨다. 그러나 즉서에서 총기 있게 그 일을 할머니에게 상기시켰음에도 불구하고 할머니를 내 편으로 만드는 데 아무런 도움도 되지 못했다. 할머니는 희미하게 웃으시면서 말씀하셨다.

"아이고 신통한 내 새끼, 할미 생각 끔찍히 하네. 할미도 이제 효녀 손주딸 둔 덕 좀 보세. 이제 서울 가면 신식 양약을 사 올 텐데 뭣 하러 그까짓 거매리한테 뜯겨?"

그때 할머니의 웃음은 뭔가 아뜩했다. 엄마도 부랴부랴 할머니의 말씀에 동의했다.

"그래요, 어머님. 대학목약이라는 안질약이 아주 신통하다드군요. 아이들 방학해서 내려올 때 꼭 사 올께요."

우리 세 사람은 다시 걷기 시작했다. 할머니는 숫제 내 손을 잡지 않고 옥양목 치마자락을 펄럭이며 한발 앞서가기 시작하셨다. 우리 세 사람은 대처의 가변두리로부터 한가운데를 향해 서서히 다가가고 있었다. 다가갈수록 대처의 빛은 시들고 질서(秩序)만이 눈에 띄었다. 한길도 골목도 가게도 집도 자를 대고 그어 놓은 것처럼 정확하게 모여 있었다.

"한눈 좀 그만 팔고, 기차 시간 늦겠다. 이제 곧 서울 구경도 할 애가 이까짓 송도에서 벌써 얼이 빠져 버리면 어떡해."

엄마가 나를 마구 잡아 끌었다.

"내버려둬라. 서울 구경만 제일인감. 송도도 처음 와 보는 애란 생각을 해야지."

할머니가 내 역성을 드셨다.

"야아가 얼이 쑥 빠져 갖고 꼭 시골뜨기처럼 구니까 그렇죠."

"급하긴. 우물에 가서 숭늉 달랠라. 갸아가 그럼 벌써 서울뜨기냐?"

할머니는 엄마에게 무안을 주셨다. 엄마는 잠자코 있었다. 그러나 나는 처음으로 두 분에게 골고루 어떤 거리감을 느끼고 있었다. 그것은 고독감이라고 해도 좋았다. 난 엄마나 할머니가 생각하고 있는 것처럼 대처의 변화에 얼이 빠져 있는 게 아니었다. 하나같이 옷 잘 입은 사람들, 심심찮게 눈에 띄는 양복장이들, 번들대는 기와지붕, 네모나고 유리창이 달린 이층집들, 흙이 안 보이는 신작로, 가게마다 즐비한 울긋불긋하고 신기한 물건들, 시끌시끌하면서 활기찬 소음…… 이런 대처의 변화(繁華)가, 맹종(盲從)하고 있는 질서가 나를 주눅 들게 했다. 그거야말로 참으로 낯선 거였다. 대처 사람이 된다는 건 바로 그런 질서에 길들여지는 거라는 걸 나는 누가 가르쳐 주기 전에 본능처럼 냄새 맡고 있었다. 오래 방목된 야성이 내 속에서 벌써 주눅이 드는 걸 느꼈다.

엄마는 이까짓 송도는 서울에다는 댈 것도 못 되는 작은 고장이라고 말하기 시작했다. 나는 다리가 아프다고 칭얼댔다. 엄마는 서울 같으면 전차라는 걸 타고 어디든지 가고 싶은 데를 앉아서 저절로 갈 수 있을 텐데, 하고 또 서울 칭송을 했다.

개성역은 내가 송도 네거리에서 구경한 어떤 집보다도 컸다. 둥근 지붕과 붉은 벽돌과 높은 천정과 미지의 고장으로 뻗은 철길과 공중에 떠 있는 구름다리와 걷는 사람은 없이 뛰는 사람만 있는 층층다리를 바라보면서 나는 온몸이 오싹오싹하는 전율을 느꼈다. 엄마는 또 나에게 충격을 주는 것에 대해선 말하지 않고 딴청만 부렸다. 개성역은 경성역을 흉내 내서 비슷하게 만든 것이지만 정작 경성역에다 대면 소꿉장난 같다는 거였다.

엄마는 표를 사러 가고 나는 할머니와 긴 의자에 앉았다. 농바위고개에서 볼기 맞고 나서 나하고 할머니 사이는 쭉 서먹했다. 할머니는 보따리 귀퉁이에 손을 넣으시더니 조찰떡을 꺼내서 먹으라

51

고 하셨다. 나는 헛헛해서 매점 유리창 속에 고운 종이에 싼 먹을 것을 바라보며 군침을 삼켰지만 그것을 받아먹긴 싫었다. 나는 속에 팥을 넣고 큰 고구마처럼 아무렇게나 뭉친 조찰떡과 할머니의 갈퀴 같이 모진 손이 함께 싫고 창피해서 세차게 도리머리를 흔들었다.

"새끼도, 여적 화가 안 풀렸담. 할미가 우정 그런 것도 모르고⋯⋯."

할머니가 와락 나를 끌어당기시더니 당신 무릎에 엎어 놓고 또 엉덩이를 깠다. 나는 발버둥질을 쳤다. 할머니는 내 엉덩이를 썩썩 쓸면서 중얼거리셨다.

"아이고 내 새끼 볼기짝 부르튼 것 좀 보게. 어떤 년인지 손끝이 모질기도 해라. 할미 손은 약손이다. 쓱쓱 쓸어 주마. 할미 손은 약손이다. 쓱쓱 쓸어 주마. 에구 어떤 년인지 손끝 한번 모질기도 해라."

엄마가 표를 두 장 사다가 한 장은 할머니한테 드렸지만 할머니 표는 서울까지 갈 수 있는 표가 아니라 기차 속까지만 배웅할 수 있는 표라고 했다.

"기찻간꺼정만 늙은이가 제 발로 걸어가겠대는 데도 돈을 달래. 시상에 대처 사람들 상종 못 할 것⋯⋯."

할머니가 옆의 사람들까지 깜짝 놀라게 큰 소리를 지르셨다.

"달래긴 누가 달래요. 제가 샀죠. 그건 얼마 안 돼요, 싸요."

할머니와 엄마는 다시 큰 짐을 이고 줄을 섰다. 개찰하고 구름다리 건너고 기차 타고 자리 잡고 할 동안을 우리 세 사람은 남들이 하는 대로 그저 겅정겅정 뛰기만 했기 때문에 순식간이었다. 엄마는 보따리는 다 시렁에다 얹고 나를 유리창가에 앉게 했다. 어느새 할머니는 유리창 밖에 서 계셨다. 유리창만 없다면 손 내밀면 잡을 수 있을 만큼 가까운 곳인데도 할머니는 막막하게 먼 곳에 서 계신 것처럼 보였다. 나는 할머니와 친했었다. 나로부터 그렇게 떼어 놓고 바라보긴 처음이었다. 막막한 느낌은 사이에 있는 실제의 거리보다는 떨어져 나왔다는 자각으로부터 오는 건지도 몰랐다. 기차는 오랫동안 떠나지 않고 서 있었다. 할머니도 유리창 밖에 서 계시기 때문에 그동안은 몹시 지루하고 불편했다.

기차가 움직이기 시작했다. 창밖에 전송객들도 따라 움직였지만 할머니는 그냥 서 계셨기 때문에 곧 보이지 않게 됐다. 나는 휴우 하고 안도의 한숨을 쉬고 나서 엉덩이를 들까불러서 의자의 신기한 탄력을 시험해 보기도 하고 손으로 등받이를 만져 보고 쓸어 보기도 했다.

그것도 이른 봄의 보리밭처럼 푸르렀고, 병아리의 솜털처럼 부드러웠다.

기차가 정거를 할 때마다 엄마는 내 손을 끌어다가 서울까지 몇 정거장 남았나를 꼽게 했다. 개성역에서 경성역까지는 정거장이 열 개 있었기 때문에 손가락으로 꼽기에 편했다. 서울이 가까와질수록 나는 엄마가 서울이라는 거대한 대궐의 안주인처럼 우러러 뵈었다.

엄마는 또 내 귓가에 소근소근 내가 서울 가서 앞으로 되어야 하는 신여성에 대해 얘기해 주기도 했다.

"신여성이 뭔데?"

"신여성은 서울만 산다고 되는 게 아니라 공부를 많이 해야 되는 거란다. 신여성이 되면 머리도 엄마처럼 이렇게 쪽을 찌는 대신 히사시까미[5]로 빗어야 하고, 옷도 종아리가 나오는 까만 통치마를

---

5 히사시가미. 일본 메이지 시대 말 여성의 머리 모양.

입고, 뾰죽구두 신고, 한도바꾸[6] 들고 다닌단다."

내가 히사시까미, 한도바꾸에 전혀 무지하다는 걸 아는 엄마는 기찻간을 한번 골고루 휘둘러보고 나서 저기 저 여자의 머리가 히사시까미, 조기 조 여자가 무릎 위에 놓고 있는 게 한도바꾸 하는 식으로 실물을 견학까지 시켜 가며 열성스럽게 신여성이 뭔가를 나에게 주입시키려고 했다. 이상하게도 그 기찻간에 한 몸에 그 여러 가지 신여성의 구색을 갖춘 여자가 없었다. 그러나 그 여러 가지 구색을 갖춘 신여성이라는 걸 상상하긴 어렵지 않았다. 나는 엄마가 나에게 바라는 것에 실망했다. 내가 되고 싶은 건 그런 게 아니었다. 나는 긴 머리꼬리에 금박을 한 다홍 댕기를 드리고 싶었고 같은 빛깔의 꼬리치마를 버선코가 보일락 말락 하게 길게 입고 그 위에 자주 고름이 달린 노랑 저고리를 받쳐 입고 꽃신을 신고 싶었다. 나는 한창 고운 물색에 현혹돼 있었기 때문에 신여성의 구색인 검정 치마, 검정 구두, 검정 한도바꾸가 도시 마음에 들지 않았다.

"신여성은 뭐 하는 건데?"

나는 내가 고운 물색으로 차려입고 꼭 하고 싶은 게 널이나 그네뛰기였기 때문에 이렇게 물었다. 엄마는 얼른 대답하지 않았다. 엄마의 얼굴은 몹시 난처해 보였다. 어른들은 가끔 그런 얼굴을 잘했다. 아픈데도 안 아픈 척할 때라든가, 슬픈데도 안 슬픈 척할 때 어른들은 그런 얼굴을 한다는 걸 나는 알고 있었다. 나는 엄마가 모르면서도 아는 척하려 하고 있다고 짐작하고 생글거리면서 쳐다보고 있었다. 엄마는 더듬거리면서 말했다.

"신여성이란 공부를 많이 해서 이 세상의 이치에 대해 모르는

6   핸드백.

54

게 없고, 마음먹은 건 뭐든지 마음대로 할 수 있는 여자란다."

잔뜩 기대하고 있던 나는 신여성의 겉모양을 그려 보았을 때보다도 더 크게 실망했다. 신여성이 그렇게 시시한 걸 하는 건 줄 처음 알았다. 그러나 그걸 안 하겠다고 할 용기는 나지 않았다. 기차는 칙칙폭폭 무서운 속도로 서울을 향해 달리고 있었다.

어둑해질 무렵 경성역에 내렸다. 경성역은 아닌 게 아니라 컸다. 컸기 때문에 도리어 전모를 파악할 엄두가 나지 않았다. 생전 처음 보는 인파에 휩쓸리면서 엄마를 놓칠까 봐 조마조마하는 게 고작이었다. 엄마는 할머니가 여다 준 짐까지 합해서 세 개나 되는 보따리를 이고 들고 구름다리를 오르내리느라 내 손을 잡아 줄 수가 없었다. 치마꼬리에 매달리는 것도 싫어했다.

정신없이 밖으로 빠져나오자 지게꾼이 우루루 몰려왔다. 어떤 지게꾼은 엄마한테서 막 짐을 뺏으려고 했다. 엄마는 집이 바로 조오기라고 턱으로 길 건너를 가리키면서 지게꾼을 뿌리치고 빠른 걸음으로 그들의 포위를 뚫었다. 나는 나까지도 엄마의 뿌리침을 당하는 것 같아 악착같이 엄마의 다리에 휘감겼다. 지게꾼들도 만만치는 않아 쉽게 물러나지 않고 줄줄 따라오고 있었다.

엄마는 걸음을 조금씩 더디게 걸으면서 망설이는 눈치더니 못 이기는 체 흥정을 시작했다.

"현저동까지 얼마에 갈 테유?"

"마님도, 조오기라시더니 현저동 꼭대기가 조오기라굽쇼?"

나는 험악하게 생긴 지게꾼의 얼굴에 경멸이 스치는 걸 놓치지 않았다. 도시의 잡담 속에서 엄마는 작고 초라해 보였다. 동백기름을 발라 늘 곱게 빗어 쪽지던 머리가 힘겨운 짐을 이었다 내렸다 하는 새에 헝클어지고 곤두선 것도 보기 싫었다. 나는 이유가 분명치 않은 슬픔이 복바치는 걸 느꼈지만 울음을 터뜨리진 않았다.

엄마와 지게꾼은 지게 삯을 놓고 한동안 실랑이를 벌였다. 지게꾼은 그 상상 꼭대기라고 했고, 엄마는 높기는 좀 높지만 상상 꼭대기까진 아니라고 했다. 도대체 그 동네가 어떤 동네길래 그러는지 엄마를 따라오던 지게꾼들은 다 슬금슬금 흩어지고 제일 늙수그레한 이 혼자만 남았다. 엄마는 그 늙은 지게꾼과 흥정이 끝나 지게에 짐을 올려놓으면서도 생색을 냈다.

"내가 노인 대접을 해서 져 주는 거요."

"저도 마수거리만 했어도 그 상상 꼭대기 천금을 줘도 안 갑니다요."

말끝마다 꼬박꼬박 상상 꼭대기라네, 되지 못한 늙은이 같으니라구. 엄마는 포개 논 세 개의 짐에 머리끝까지 가려서 경정경정 뛰다시피 하는 두 다리만 뵈는 지게꾼을 향해 조그만 소리로 그렇게 중얼거렸다. 그러나 흥정이 그렇게 끝난 건 나한테는 매우 다행한 일이었다. 나는 마음놓고 엄마의 손을 잡을 수가 있었다. 우리는 지게꾼을 따라 경정경정 뛰다시피 했지만 지게꾼은 줄창 저만큼 앞서 가고 있었다.

"엄마 전찬 어디 있어?"

엄마는 이마에다 더듬이 같은 걸 달고 철길을 달리고 있는 걸 말없이 손가락질했다. 그건 끝 간 데 없이 서리서리 길고 시꺼멓던 기차에 비해 상자갑처럼 만만해 보였다. 기차가 구렁이라면 전차는 배추벌레였다. 전차 속에서 아이들이 밖을 내다보며 웃고 있었다. 엄마는 전차에 대한 관심을 딴 데로 끌 속셈이 들여다뵈는 이런 얘기 저런 얘기를 했다. 철길 없이 달리는 자동차에 대해, 사람이 끄는 인력거에 대해, 새빨간 불자동차에 대해, 엄마는 갑자기 수다스러워지기 시작했다.

"엄마, 다리 아파. 전차 타고 가."

나는 딱 걸음을 멈추면서 단호하게 말했다.

"안 된다. 엎으러지면 코 닿을 데야. 이제부터 할머니 앞에서처럼 떼 쓰면 뭐든지 다 되는 줄 알면 매 맞아."

엄마가 무서운 얼굴을 했다. 그리고 길가에다 화덕을 놓고 동그란 빵을 구워 내는 곳에다 동전을 한 푼 내밀었다. 시골집에 있는 다식판 구멍보다 훨씬 큰 구멍에다 묽은 밀가루 반죽을 붓고 팥속을 넣어 익힌 따끈한 빵을 두 개 받아 들었다. 팥의 감미는 혀가 녹을 것 같았다. 그건 내가 알고 있는 엿이나 꿀의 감미보다 희미한 것이었음에도 불구하고 훨씬 고혹적이었다. 나는 두 개의 국화빵에 현혹되어 전차 타고 싶은 걸 까마득히 잊어버렸다. 아껴 가며 먹었지만 순식간에 먹었고, 그 후에도 오랫동안 시골의 감미하곤 이질적인 새로운 도시의 감미에 대한 감질에서 헤어나지 못했다.

큰 한길만 따라 걷던 엄마가 전찻길이 끝나는 데서부터 골목길로 접어들었다. 그때서부터 우리가 앞장서고 지게꾼은 뒤졌다. 꼬불꼬불한 골목길은 천엽 속처럼 너절하고 복잡하고 끝이 없이 험했다. 짐을 가지고도 전차를 탈 수 있었을 텐데 못 이기는 체 지게꾼을 산 까닭을 알 것 같았다.

"막걸리값이나 더 얹어 주셔야겠는뎁쇼." 저만큼 뒤처진 지게꾼이 헉헉대면서 새로운 흥정을 걸어왔다. 엄마는 대답하지 않았다. 꼬불꼬불한 오르막길이 마침내 사다리를 세워 놓은 것 같은 좁다란 층층대로 변했다.

"마님, 마님, 이러구두 성상 꼭대기가 아니라굽쇼?"

지게꾼이 숨이 턱에 닿아 비명을 질렀다. 이상한 동네였다. 시골집의 한데 뒷간만 한 집들이 상자갑을 쏟아부어 놓은 것처럼 아무렇게나 밀집돼 있었다. 내가 송도라는 대처에서 최초로 목격한 것도 사람과 집들의 이런 밀집 상태였다. 그러나 나를 압도하고 주눅 들게 한 건 밀집 그 자체가 아니라 그걸 다스리는 질서였다. 질서란 밀집에 아름다움을 부여하는 그 무엇이었다. 그것이 자연 그대로의 상태에 제멋대로 방목되었던 계집애를 한눈에 주눅 들게 한 것도 사실이지만, 한눈에 매혹한 것도 사실이었다.

그러나 엄마가 말없이 허위단심 기어오르고 있는 동네엔 그게 없었다. 그래서 더럽고 뒤죽박죽이었다. 길만 해도 당초에 길을 내고 집을 지었다면 그럴 리가 없었다. 집이라기보다는 아무렇게나 쏟아 놓은 상자갑 더미의 상태를 달리 고쳐 볼 엄두를 못 내고 체념한 주변머리 없는 사람들이 굶어 죽지 않을 만큼의 먹이를 물어 들이기 위해 가까스로 내 놓은 통로가 길이었다. 상자갑만 한 집들이 더러운 오장육부와 시끄러운 악다구니까지를 염치도 없이 꾸역꾸역 쏟아 놓아 더욱 구질구질하고 복잡한 골목이 한없이 계속됐다.

"여기가 서울이야?"

나는 힐난하는 투로 말했다.

"아니."

엄마가 뜻밖에 단호하게 머리를 흔들었다. 나에게 그건 거기가 서울이라는 것보다 훨씬 더 뜻밖이었다.

"여긴 서울에서도 문밖이란다. 서울이랄 것도 없지 뭐. 느이 오래비 성공할 때까지만 여기서 고생하면 우리도 여봐란 듯이 문안에 들어가 살 수 있을 거야. 알았지."

나는 얼른 고개 먼저 끄덕였다. 엄마의 태도는 그만큼 강압적이었다. 그러나 실제로 나는 아무것도 알아들은 게 없었다. 엄마가 나를 데리러 시골에 나타났을 때 엄마의 모든 태도엔 일종의 기품 같은 게 서려 있었다. 그건 누가 보기에도 서울 가기 전의 엄마에겐 없던 새로운 거였다. 그 도도한 건 바로 서울로부터 묻혀 온 거였다. 그 도도함 때문에 엄마의 일차 출분은 별로 책잡히지 않았고, 다시 나를 서울로 꾀어 내는 일까지 순조로울 수가 있었다. 그런 엄마가 알고 보니 겨우 서울의 문밖에 살고 있었던 것이다. 경성부(京城府)이지만 사대문 밖의 땅을 통틀어 문(門)밖이라고 칭하는 게 그 무렵의 관용어였던 걸 알 까닭이 없는 나는 문밖을 곧이곧대로 이해하고 갑자기 거렁뱅이로 전락한 것처럼 서럽고 비참했다. 나는 못된 꾀임에 넘어가 유괴당하고 있는 걸 깨달은 것처럼 엄마가 정 떨어졌고, 두고 온 시골집의 모든 것이 그리웠다.

더욱 어처구니없는 것은 그 상자갑을 쏟아 놓은 것처럼 담 쌓인 집들 중의 하나나마 우리 집이 아니라는 거였다. 현저동에서도 상상 꼭대기에 있는 초가집의 문간방에 엄마는 세 들어 살고 있었다. 집이 없는 사람이 남의 집에 세 들어 사는 생활 방식에 대해서 그 전에 나는 듣도 보지도 못했었다. 더욱 놀라운 것은 하늘 같은 시부모님한테도 다소곳한 채로 또박또박 할 말을 다 하던 엄마가 안집 식구라면 코흘리개까지도 두려워하고 굽신대는 것이었다.

지게꾼이 당초에 약정한 지게 삯에다 막걸리값을 더 얹어 달랄 때만 해도 그랬다. 내가 보기엔 처음부터 그건 전혀 가망 없는 지게꾼의 일방적인 수작으로 보였다. 엄마는 짐을 부리고 삯을 치른 후 지게꾼을 거들떠도 안 봤고, 중얼대는 군소리를 한마디도 귀담아 듣는 것 같지 않았다. 그러나 그가 별안간 지게 작대기를 휘두르며 뭐라고 버럭 악을 쓰니까 엄마는 어쩔 줄을 모르면서 안대에 안 들리게 조용히 하라고 애걸을 했고, 그는 옳다구나 싶어 점점 더 큰 소리를 질렀고, 엄마는 부랴부랴 막걸리값을 내놓았다.

그 일은 나에게도 좋은 본보기가 됐다. 오랫동안 이엉을 잇지 않아 수시로 노래기가 기나오는 초가집 문간방으로부터 멀리 나오지도 못하고 큰 소리로 웃거나 떠들지도 못 하는 생활이 시작됐다. 엄마는 아침부터 나에게 무서운 얼굴을 하고 여러 가지 잔소리를 했다.

집을 잃어버리지 않도록 멀리 가지 말라는 주의 빼고는 모두 안집하고 어떻게 지내야 한다는 셋방살이의 법도에 관해서였다. 나는 그 동네 사람들이 저녁이면 어김없이 제 집을 찾아 들어오는 능력에 대해 경탄하고 있었으므로 첫째 잔소리는 새겨들을 만했다. 그 무렵 내가 식은땀을 흘리며 꾸는 악몽도 거의가 집을 잊어버리는 꿈이었다. 그러나 안집 애하곤 될 수 있는 대로 놀지 말아라. 걔가 먼저 놀자고 하면 놀아 주되 이쪽에서 먼저 놀자고 해선 안 된다. 안집 애하고 싸우면 안 된다. 걔가 먼저 때리면 잘못한 거 없더라도 맞고만 있어야 한다. 안집 애가 장난감을 가지고 놀 때 부러워하는 눈칠 보여선 안 된다. 쳐다보지도 말아라. 안집 애가 군것질을 할 때도 쳐다봐선 안 된다. 이런 어려운 엄마의 주문을 순순히 다 들어줄 순 없었다.

나는 차츰 엄마 앞에서 안집 애한테 엄마가 기겁을 할 짓을 해서 엄마로부터 동전을 얻어 내는 방법을 알게 됐다. 서울 온 날 전차를 타는 대신 얻어먹은 국화빵의 달콤한 팥속 맛을 나는 결코 잊지 못했다. 그것은 엿이나 꿀의 단맛처럼 끈기 같은 게 가미된 강렬한 단맛이 아니라, 부드럽고 순수하면서도 혀를 녹일 듯한 감미 그 자체였고 단 한 번에 나를 사로잡은 대처의 추파요, 대처의 사탕발림이었다. 일 전짜리 동전은 당장에 그 달콤한 것과 바꾸어졌다. 국화빵이 아니더라도 알사탕이나, 박하사탕, 캬라멜 등 구멍가게에서 살 수 있는 모든 것에도 나를 못 견디게 현혹시킨 도시의 감미가 들어 있었다.

이렇게 한동안 나는 군것질에 눈이 뒤집히다시피 해서 엄마와 자신을 들볶았다. 거울 속의 나는 하루하루 꺼칠하고 눈에 총기가 없어지고 교활해지면서 못쓰게 돼 갔다. 어느 날 나는 단골 구멍가게의 진열장 유리를 깨뜨리는 큰일을 저질렀다. 구멍가게 좌판에는 각기 종류가 다른 사탕이나 과자가 든 나무 상자에다 유리 뚜껑을 덮어 진열했었는데, 주인은 일 전짜리 손님한테는 돈만 받고 직접 집어 가게 내버려두었다. 나는 뒤편에 있는 새로운 사탕을 맛보고 싶어 앞에 있는 유리 뚜껑을 짚고 몸을 실리면서 뒤편의 뚜껑을 열려다가 그만 쨍그렁하면서 큰 유리를 박살을 냈다. 나는 겁이 나서 앙 하고 울음을 터뜨렸다. 깜짝 놀란 주인이 달려 나와 내 손을 만져 보더니 다치지도 않았는데 웬 엄살이냐고 야단을 치고 나서 내가 원하는 사탕을 손수 꺼내 주더니 어서 가라고 했다. 큰 유리를 깨뜨렸는데도 일 전을 떼어 먹지 않고 사탕을 주고 야단도 많이 안 치는 아저씨가 참 고맙다고 생각됐다. 그러나 집에 와서 홀라당 먹어 치운 사탕의 단맛이 입에서 채 가시기도 전에 밖에서 왁자지껄하는 소리가 났다. 그 동네에선 싸움이 잦았고 싸움 구경은 군것질 다음으로 내가 즐기던 거였다. 나는 신바람이 나서 뛰어나갔다.

문간에서 저녁을 짓던 엄마가 부지깽이 든 손을 허리에 괴고 가게집 주인의 버릇없는 삿대질에 오만하게 맞서고 있었다. 유리값을 물어 달라는 쪽도, 아닌 밤중의 홍두깨도 분수가 있지 깨뜨리지도 않은 유리값을 물어내라니 사람 어떻게 보고 하는 소리냐는 쪽도 우열을 가릴 수 없이 막상막하로 팽팽하게 자신만만해 보였다.

그도 그럴 것이 주인은 내가 엄마 딸이라는 걸 확실하게 알고 있었고 엄마는 내가 그런 큰 사고를 저지르고도 아무 말도 안 할 애가 아니란 걸 믿고 있었다.

나는 내가 엄마의 편은 못 드나마 엄마의 그런 자신을 무참하게 무너뜨리는 입장이 돼야 한다는 데 심한 양심의 가책을 느꼈다. 나는 엄마의 불리한 증인이 되느니 깜쪽같이 꺼져 없어질 수 있길 바랐다. 그러나 가게집 주인이 자기에게 유리한 증인을 놓칠 리가 없었다. 나는 와살스럽게 덜미를 잡혀 엄마의 코앞에 얼굴을 들이대야 했다.

"요 계집애가 누구요? 설마 유리값 몇 푼 땜에 요 계집애가 당신 딸이 아니라고 우기실 심뽄 아니시겠지."

그가 짓궂게 내 얼굴을 엄마 얼굴에다 갖다 부비다시피 하고 이죽댔다. 엄마 얼굴을 그렇게 가까이서 보긴 처음이었다. 마치 거울에다 얼굴을 바싹 갖다 댔을 때처럼 나하고 똑같은 얼굴이라는 걸 뭉클하게 느낄 수 있었을 뿐 아무것도 보이진 않았다.

"그 애를 썩 내려놓지 못해요?"

엄마의 목소리가 오싹하도록 점잖고 위엄에 넘쳤다.

"곧 유리장이 보내서 유리를 끼워 놓도록 할 테니 썩 물러가요."

"진작 그러실 일이지."

나는 그 후 아무리 기다려도 엄마로부터 그 일에 대해 아무런 꾸지람도 듣지 못했다. 엄마는 다만 혼자말처럼 탄식처럼 중얼거렸을 뿐이었다.

아아, 저런 상것들하고 상종을 하며 살아야 하다니…….

엄마는 툭하면 상것들이란 말을 잘 썼다. 늙은 부모에 어린 자식이 올망졸망 딸린 안집 남자가 첩을 얻어 들여서 본처와 한방에서 기거케 하는 걸 보고도 아아 상종 못 할 상것들이다, 하면서 몸서리를 쳤다. 그럴 땐 안집한테 덮어놓고 쩔쩔맬 때와는 딴판으로 엄마는 느닷없이 기품이 있어졌다. 돋보이게 귀골스러워 보이기까지 했다. 서울서 나를 데리러 시골집에 내려왔을 때도 엄마는 그랬었다. 그때 엄마는 서울이라는 대처를 후광 삼고 그럴 수 있었지만 지금의 엄마는 무얼 믿고 저렇게 도도할 수 있는 것일까. 그건 아마 엄마가 배신한 온갖 과수가 있는 후원과, 토종국화 덤불이 있는 사랑뜰과, 정결하고 간살 넓은 초가집과 선산과 전답과 그 모든 것을 총괄하시는 비록 동풍은 했으되 구학문이 높으신 시아버지가 뒤에 있다고 믿는 마음 때문이 아니었을까. 그게 엄마의 긍지라면, 먼저 것은 엄마의 허영이었다.

남의 가게 유리 깨뜨린 사건은 그것으로 일단락 지은 줄 알았는데 그게 아니었다. 그 후 며칠 있다가 오빠가 엄마한테 나를 데리고 뒷동산에 가서 놀다 오겠다고 말했다. 처음 있는 일이었다. 시골집에 있을 때 오빠는 개구장이였고 우리 남매는 매우 친했었는데 2년 동안 떨어져 있다 만난 오빠 우울하고 과묵한 소년이 돼 있었다. 키가 엄마보다 더 크고 어깨도 벌어져 대처에 가서 성공해서 가운을 일으켜야 된다는, 순전히 타의에 의한 과중한 책임에 짓눌려서 고향을 떠나지 않으면 안 되었던 불쌍한 소년은 이미 아니었다. 오히려 그런 책임을 스스로 걸머지려는 늠름함과 조숙함이 여덟 살이라는 실제의 나이 차이보다 훨씬 큰 차이를 느끼게 해서 다시 만난 후 나는 한 번도 친밀감을 제대로 표시하지 못한 채 슬금슬금 눈치나 보고 멀찌감치 곁돌고 있었다.

"이 산이 무슨 산이지?"

오빠가 내 손을 잡고 헐벗은 바위산을 오르면서 우울하고 정답게 말했다. 나는 고개를 저었다.

"인왕산이야."

"그럼 이 산에 호랑이가 살겠네?"

안집 라디오에서 인왕산 호랑이 우르릉 어쩌구 하는 노랫소리를 들은 적이 있기 때문에 나는 그렇게 물었다.

"예전엔."

오빠는 짧게 대답했다. 나는 키 크고 이마가 번듯하고 눈썹이 준수한 청년이 나의 오빠라는 게 자랑스러워 작은 어깨를 으쓱으쓱 하면서 걸었다. 우린 헐어진 성터가 있는 데까지 올라갔다. 시내가 한눈에 들어왔다.

"저기서부터 문안이야?"

나는 한길 한가운데 우뚝 선 독립문을 가리키면서 물었다. 그때까지도 문안, 문밖을 이해하기 위해서 구체적인 문을 필요로했다.

"우린 언제 문안에 들어가서 살지?"

나는 엄마한테 옮은 문밖에 사는 열등감을 오빠로부터 위로받기 위해 이렇게 말했다. 나는 오빠가 응, 곧 내가 성공하면, 이라고 씩씩하게 말해 주리라 맹목적으로 믿고 있었기 때문에 대답을 듣기도 전에 기분이 좋아 혼자서 깡충거렸다. 은밀하고 따뜻한 정이 오래간만에 다시 우리를 연결하는 것 같았다. 그러나 오빠는 내가 도저히 믿을 수 없는 소리를 했다.

"너 한번 맞아 볼래. 종아리 걷어."

오빠는 벌써 돌아서서 나뭇가지로 회초리를 만들고 있었기 때문에 성을 내고 있는지 장난을 치고 있는지 짐작도 할 수가 없었다. 회초리를 매끄럽게 다듬은 오빠가 홱 돌아섰다. 오빠는 핏기와 함께 희로애락의 표정까지 바래 버린 것처럼 무표정하고 핼쓱했다.

"너 또 일 전만, 일 전만 사정을 해서 군것질할래? 안 할래? 너 엄마가 무슨 고생을 해서 그 돈을 버시는지 알기나 하고 엄마를 그렇게 조르냐 조르길. 이 철딱서니 없는 계집애야. 그 돈은 엄마가 기생 바느질 품팔이를 하셔서 번 돈이야. 우리 엄마가 천한 기생 바느질 품팔이를 하신단 말야. 그 돈을 네가 매일 장작 한 단 살 만큼이나 까먹는단 말야. 우리가 아무리 어려도 그럴 순 없어. 다신 안 그런다고 해. 어서 다신 안 그런다고 항복을 하라니까."

오빠는 회초리로 사정없이 내 여윈 종아리를 후려치면서 목멘 소리로 내 잘못을 꾸짖었다. 그때 나는 너무 오래 아픔을 참고 매를 맞았다. 아픔보다 항복 소리를 참는 게 더 힘들었다. 순하게 벌받고 싶은 마음이 항복 소리를 오래 참을 수 있게 했다.

"항복하라니까. 어서, 어서, 이 계집애가……"

오빠는 내 입에서 항복 소리를 짜내기엔 독한 마음이 모자랐다. 나를 야단치는 소리가 여려지고 흔들리더니 회초리를 내던지면서 나를 안았다.

"안 그러지? 다신 안 그러지?"

도리어 오빠의 목소리가 항복을 청하는 것처럼 구슬펐다. 나는 오빠의 품에서 열심히 고개를 끄덕였다.

이렇게 해서 대처의 감미를 두루 염탐하는 일은 끝장을 보고 말았다. 엄마는 일 전씩 주는 대신 사탕을 사다가 감춰 놓고 말 잘 들었을 때 하나씩 꺼내 주는 새로운 방법을 썼고, 오빠는 공책에다 한문으로 주소와 내 이름, 가족들의 이름을 본보기로 써 놓고 저녁때까지 열 번을 쓰라고도 했고 스무 번을 쓰라고도 했다. 며칠에 한 번씩은 안 보고도 그것을 쓸 수 있나 시험을 보기도 했다. 1234…… 쓰기나 일본 가나 쓰기도 그런 방법으로 조금씩 익혀 갔다. 나를 학교 보낼 준비가 시작되고 있었다. 나는 오빠가 기대하는 것 이상으로 그런 것들을 빨리 익혔다. 오빠는 내가 한문 쓰기에 오랜 시간을 보내길 바랐지만 나는 시골집에서 천자문을 뗀 실력을 가지고 있었다.

안집에 들어가지 마라, 골목 앞에 나가지 마라, 안집 애하고 놀지 마라, 동네 애들하고 놀지 마라, 상종할 만한 집 자식 하나도 없더라.

엄마는 자나 깨나 집요하리만큼 열심스럽게 나의 행동반경과 교우 범위를 제한할 줄만 알았지 그게 실제로 여덟 살짜리 계집애에게 얼마나 가혹한 형벌이라는 건 모르고 있었다. 엄마가 하라는 대로 하면 나는 결코 단간방을 벗어날 수 없었고, 엄마나 오빠 외의 말벗을 가질 수도 없었다. 엄마는 아침부터 화롯불을 끼고 앉아 온종일 삯바늘질을 했다. 오빠의 말이 정말이라면 그건 기생들의 옷일 터였다. 나는 기생이 뭔지 잘 모르고 있었다. 그러나 오빠의 말투와 엄마의 태도로 미루어 그들 역시 우리하곤 상종해선 안 되는 족속들이라는 것 하나는 확실하게 알고 있었다. 그들의 옷은 하나같이 곱고 매끄럽고 부드러웠다. 바라보아도 즐겁고, 어루만져 보아도 즐거웠다. 그건 내가 먼 훗날 입어 보길 꿈꾼 바로 그 아름다운 옷이었고, 내가 앞으로 입기로 계약된 흰 저고리에 검정 통치마보다 훨씬 매혹적인 옷이었다. 도대체 어떤 여자가 그런 옷을 입는 것일까? 경성역에서 현저동까지 오는 동안도, 현저동에 사는 동안도 그런 옷을 입은 사람과 만난 적은 한 번도 없었다. 그렇다면 문밖 동네인 현저동 말고도 상종 못 할 사람들이 사는 동네가 또 있을 것이다.

상종이 엄격하게 금지된 것에 대한 나의 이런 호기심과 매혹은 은밀하고도 짜릿했다. 그건 사탕 맛보다 훨씬 자극적인 죄의식의 미각이었다.

나는 오빠가 내준 글공부 숙제를 후딱 끝마치고는 엄마에게 쉬지 않고 얘기를 시켰다. 나는 주로 엄마의 삯바느질거리와 거기서 떨어지는 색색가지 헝겊 조각에서 화제를 끌어냈다. 양단·모본단·공단·호박단·하부다이·자미사…… 나는 곧 옷감을 보기만 하면 척척 그 이름을 알아맞추게 됐고, 다 된 저고리에서 깃고대를 너무 되게 앉혔다는 둥, 도련을 너무 후렸다는 둥, 그럴듯한 결점까지 찾아내게 됐다. 홈질, 박음질, 감침질, 공그리기도 익혔다. 그러자니 네모난 헝겊을 접어 괴불도 만들고 세모난 헝겊을 네모나게 붙이기도 하다가 꽤 큰 조각보가 되기도 했다. 조각보 솜씨가 이만하면 엄마도 칭찬해 줄 만하게 늘었을 때 엄마는 칭찬커녕 아예 실과 바늘과 헝겊 보따리를 몰수해 갔다. 그날부터 즉시 바느질 장난도 엄마의 금지 사항 속에 포함됐다.

"글공부를 잘해야지 바느질 같은 거 행여 잘할 생각 마라. 손재주 좋으면 손재주로 먹고살고 노래 잘하면 노래로 먹고살고 인물을 반반하게 가꾸면 인물로 먹고살고 무재주면 무재주로 먹고살게 마련이야. 엄만 무재주도 싫지만 손재간이나 노래나 인물로 먹고사는 것도 싫어. 넌 공부를 많이 해서 신여성이 돼야 해. 알았지?"

엄마는 신여성은 뭘 해서 먹고사는 사람이란 소리는 안 했다. 하긴 엄마의 신여성관이란 공부를 많이 해서 이 세상 이치에 대해 모르는 게 없고, 마음먹은 건 뭐든지 마음대로 할 수 있는 자유로운 여자였으니 먹고사는 게 문제가 아니었을 것이다. 나는 또 소일거리를 빼앗기고 말았다. 한 평 남짓한 놀이터외 연필과 공책만이 니에게 주어졌다. 엄마가 오빠에게 부탁해서 내가 하루에 써야 할 글씨 공부의 양도 대폭 늘어났다.

그러나 나는 지금의 악필과도 결코 무관한 것이 아닌 속필로 제아무리 많은 글씨 공부도 후딱 끝냈다. 글씨 공부 중에서도 일본 가나 공부는 단조롭고도 무의미했다. 오빠는 자기 공부가 바빠서인지 그 부호의 음만을 가르쳐 주었다. 그 부호를 연결해서 만들 수 있는 새로운 말에 대해선 한마디도 안 가르쳐 주었기 때문에 재미를 붙일 수가 없었다.

그러나 어떤 계율도 여덟 살 먹은 계집애를 완전히 가두진 못했다. 나는 공책의 여백에 그림을 그리기 시작했다. 머리는 히사시까미하고 흰 저고리에 검정 통치마를 입고 뾰족구두 신고 한도바꾸 든 신여성을 그리고 또 그렸다. 그때 이미 나는 신여성의 특이한 외모를 별로 신기해하고 있지 않았다. 엄마가 문밖이라고 무시하는 현저동에서만도 그보다는 더 신식에 앞선 여자를 얼마든지 만날 수가 있었다. 양장한 여자나 단발을 한 여자까지 있었다. 엄마의 신여성은 이미 구닥다리가 돼 있었다. 그러나 엄마가 나에게 무작정 주입한 신여성만이 할 수 있는 일은 아직도 나에게 암호(暗號)였다. 어려운 말은 아닌데 못 알아들을 소리였다. 신여성 속의 이런 암호 때문에 날마다 똑같은 신여성을 그리는 일에 싫증을 내지 않을 수가 있었는지도 모른다. 나는 차츰 공책의 여백에 조그맣게 그리던 걸 온 장에다 크게 그리기 시작했다. 공책의 소모가 점점 빨라졌다. 가난한 집에선 그것도 문제였다. 그렇다고 그 일까지 빼앗을 만큼 엄마도 오빠도 모질지는 못했다.

어느 날 오빠는 석필을 사다 주면서 공책엔 글씨만 쓰고 그림은 그걸로 땅바닥에 그리라고 일러 주었다. 오빠는 손수 석필로 대문 밖 골목길에다 그림을 그리고 발로 쓱쓱 지우는 시범까지 보여 주었다. 효성이 지극한 오빠였으니까 엄마가 바느질 품 판 돈으로 산 공책을 너무 헤프게 쓰는 게 아까워서 그런 꾀를 낸 모양이었다.

나는 석필보다도 단간방의 연금 상태에서 벗어난 게 신기하고 즐거웠다. 살 것 같았다. 우리가 세 든 초가집은 높은 축대 위에 있었다. 대문 밖도 평탄한 골목길이 아니고 인왕산으로 통하는 오르막길에서 가지를 뻗은 좁은 막다른 길이어서 사람이 드나들 수 있는 길 밖은 곧 낭떠러지였다. 그러나 전망은 좋았다. 멀리 파란 상자 곽같이 생긴 전차가 왕래하는 한길이 보였고, 그 너머론 높고 붉은 담장을 둘러친 어마어마하게 큰 집이 보였다. 그 큰 집엔 임금님이라도 사시는지, 파수꾼이 밤이나 낮이나 지켜 서 있었고, 전차의 이마빡에 뻗친 더듬이가 공중에 걸린 줄과 맞닿으면서 간간이 일어나는 푸른 섬광은 어둑어둑해질 무렵이 가장 아름다왔다. 나는 그것을 볼 때마다 내 속에서도 뭔가 와 부딪쳐 스파크를 일으키려는 아슬아슬한 힘 같기도 하고 열기 같기도 한 걸 느끼고 전율했다. 그건 골수에 사무치는 심심함이었다. 나는 심심하다는 골병이 들어 있었다. 엄마도 오빠도 심심함이 얼마나 깊숙이 나의 생기를 잠식하고 있는지 모르고 있었다.

그날도 나는 대문 밖 낭떠러지 위 평상같이 생긴 땅에다 신여성을 그렸다 지웠다 하면서 놀고 있었다. 나하고 놀자, 어떤 키 큰 아이가 내 앞에 서서 말했다. 그 아이하고 놀아 보진 않았지만 나는 그 아이에 대해 알고 있었다. 그 아이는 바로 낭떠러지 밑에 있는 집에 살고 있었다. 낭떠러지 위에선 그 집의 안마당이 곧장 내려다보였다. 안마당은 좁고 질척거리고 복작거렸다. 방방이 세 들어 사는 여편네들은 끼니때마다 커다란 엉덩이를 부비면서 밥을 짓기도 하고 가끔 팔뚝을 부르걷고 싸움질을 하기도 했다. 그 아이는 그 집에 세 들어 사는 땜장이 딸이었다. 그 아이 아버지 땜장이는 아침마다 테가 이상한 모양으로 비뚤어진 중절모를 쓰고 철사 끈이 달린 깡통을 팔에 걸고 한 어깨엔 망태를 메고 '양은 냄비나 빠께스 때애려, 생철통이나 양은 솥도 때애려' 하고 구슬픈 가락을 붙여 목청을 빼면서 비탈길을 내려가곤 했다. 풍로처럼 바람구멍이 뚫린 깡통에는 불씨가 들어 있었고 기다란 인두가 꽂혀 있었고, 망태엔 막대기 같이 생긴 납이랑 함석 조각, 가윗밥 크기의 양은 조각, 큰 가위, 망치 같은 게 들어 있었다. 저녁땐 언제 들어오는지 본 적이 없었다. 그 아이의 엄마는 아버지에 비해 게으르고 더구나 뭘 깁거나 때우는 건 좋아하지 않는 모양으로 자기의 옷도 아이들의 옷도 해져 있거나 터져 있는 적이 많았다.

그날도 그 아이는 팔꿈치가 해져서 시커먼 솜이 드러난 저고리에, 말기가 한 뼘은 뜯어진 치마를 입고 있었다. 그러나 키는 나보다 훨씬 컸다. 그 아이는 내 대답도 기다리지 않고 석필 먼저 뺏더니 사람을 그리기 시작했다. 신여성이 아닌, 바지 입은 남자를 여럿 그리더니 줄로 엮기 시작했다.

"사람을 왜 묶니?"

"전중이니까."

"전중이가 뭔데?"

"저 큰 집에 사는 무서운 사람이야."

그 아이는 전찻길 건너 붉은 벽돌담이 드높은 대궐 같은 집을 가리키며 말했다. 그 아이는 전중이뿐 아니라 비행기·전차·자동차·인력거도 그릴 줄 알았고, 새나 과일도 그릴 줄 알았다. 도깨비나 선녀처럼 내가 한 번도 본 적이 없는 것도 그럴듯하게 그릴 줄 알았다.

"넌 몇 학년이니?"

나는 그 키 큰 아이에 대한 경탄을 이렇게 나타냈다.

"난 학교 안 댕겨, 은문[7] 다 깨쳤는데 학교를 뭣 하러 댕기니, 우리 아버지가 그러는데 계집앤 은문만 깨치면 된대."

나도 할머니한테서 은문을 깨쳤지만 그걸 글이라고 생각해 본 적조차 없었다. 시골집에선 할아버지의 한문의 위세에 눌려서 그랬고, 서울 와선 일본글에 가려서 그건 도무지 빛을 못 봤었다. 나는 그 아이가 그까짓 은문을 가지고 행세하려 드는 게 부럽기도 하고 측은하기도 했다.

"넌 그럼 커서 신여성 안 될 거니?"

"난 순사한테로 시집갈 거야."

그 아이는 단박 칼 찬 순사를 그리면서 말했다. 그 아이는 또 내 허락도 없이 내 석필을 분지르더니 선심 쓰듯이 나한테도 한 토막 주면서 서로의 얼굴을 그리자고 했다. 나는 그때까지 사람을 그리려면 우선 히사시까미 한 머리 먼저 의식했기 때문에 꼭 옆얼굴만 그렸으므로 아무리 보고 그린다고는 하지만 얼굴을 정면으로 그리기는 어려웠다. 그러나 그 아이는 힘 안 들이고 동그라미를 그리고 그 안에 내 단발머리와 이목구비를 그려 넣었다. 그 아이는 못 그리는 게 없었다.

"아이 심심해."

그 아이는 모든 그림에 익숙했으므로 싫증도 잘 냈다. 나는 그 아이가 심심한 게 내 탓처럼 불편해서 어떡하든 그 아이가 안심할 수 있게 비위를 맞추고 싶었다. 그 아이는 나의 이런 아부하고픈 속

---

7 '언문'의 방언.

셈을 놓치지 않았다. 그 아이의 입가에 찌개가 조는 것처럼 자글자글한 웃음이 감돌았다.

"너 속바지 벗을래? 나도 벗을게." 그 아이는 내 대답도 기다리지 않고 때 묻은 무릎이 나오게 해진 속바지를 벗고 아랫도리를 벌리고 무릎을 세우고 앉았다. 아까 서로의 얼굴을 사생(寫生)했듯이 서로의 성기를 사생하자는 기발한 제안을 나는 거절하지 못했다. 엄마한테 들키면 당장 매 맞을 나쁜 짓을 하고 있다는 자각이 심심하다는 축 늘어진 의식을 팽팽하게 잡아당기면서 그 쓰잘데없는 장난에 줄타기 같은 고도의 긴장감을 주었다. 우린 땅바닥에 서로의 성기를 사생했다. 사생이 끝나자마자 나는 얼른 그것을 발로 부벼 지우고 속바지를 치켰다. 그 아이도 속바지를 치켰다. 그러나 그 아이의 장난은 그것으로 끝나지 않고 우리 집 담벼락과 대문에도 같은 그림을 여러 개 그리기 시작했다. 그 아이는 실물을 보지 않아도 잘 그렸다. 나는 어린 마음에 어떤 모독감을 느끼고, 그 아이를 밀치면서 그것을 지워 버리려고 했지만, 시커멓게 찌든 회벽과 널판지 문에 그려 놓은 석필 그림은 흙바닥과 달라서 좀처럼 지워지지 않았다. 나쁜 짓의 증거인멸에 실패한 나는 울상이 됐다. 나의 나쁜 짓은 감쪽같은 증거인멸을 전제로 하고 있었다. 나는 얼굴이 화끈화끈 상기해서 그 아이한테 그걸 지워 놓으라고 애걸했다. 그 아이는 내가 단지 창피해서 그러는 줄 알고 사뭇 여유 있게 굴었다.

"이 바보야, 이건 네게 아냐. 느이 안집 식구 거야."

"남들이 그걸 어떻게 알아?"

"왜 몰라. 내가 명토[8]를 박아 줄걸."

---

8 누구 또는 무엇이라고 구체적으로 하는 지적.

그 아이는 그 그림에다 삐죽삐죽 수염 같은 걸 가필하고 나서 옆에다 정말 명토를 박았다. '옥분 할머니 ××', '옥분 엄마 ××'……

나는 일이 이미 걷잡을 수 없이 커져 가고 있다는 걸 느꼈으나 한편 될 대로 되라는 배짱과 함께 짜릿한 복수의 쾌감조차 느끼고 있었다. 옥분이는 안집 아이 이름이었다.

이 그림은 우리 식구에게 당장 큰 화를 몰고 왔다. 그 아이가 집으로 간 뒤에 마침 일터에서 돌아오던 안집 아저씨한테 나는 현장에서 붙잡혔다. 안집 아저씨는 큰 소리로 그의 처첩(妻妾)을 불러냈고 그의 처첩은 아이고 망측해라, 아이고 망측해라 하면서 발을 동동 굴렀다. 뒤미처 뛰어나온 엄마가 사색이 되어 빌기 시작했다. 오빠도 뛰어나왔다. 유일하게 오빠만이 흥분하지 않고 그 사태를 차근차근 갈피 잡아 바른 판단을 하려는 침착성을 보였다. 오빠의 늠름함과 조숙함이 돋보였다.

"이건 제 동생 짓이 아녜요. 제 동생은 언문을 모르거든요. 잘 알지도 못하고 제 동생을 죄인 취급하지 말아요."

오빠는 당당하게 안집 아저씨한테 도전을 하며 나를 안집 아저씨의 손아귀에서 빼내려고 했다. 나는 그때 안집 아저씨한테 뒷덜미를 단단히 잡힌 채 오들오들 떨고 있었다.

오빠는 참으로 총기가 있었다. 실은 안집 식구들도 의아해하는 것의 정곡을 오빠가 찔렀기 때문에 그들의 기세도 조금씩 흔들리기 시작했다. 나는 내 덜미를 잡은 아저씨의 손에서 재빨리 그걸 느끼고 은밀하게 회심의 미소를 짓고 있었다. 그러나 속단이었다. 아저씨는 마치 도리깨질하듯이 힘껏 나를 뿌리치더니 오빠의 멱살을 잡고 따귀를 후려치기 시작했다.

"이런 후레자식 같으니, 어른한테 어디 함부로 말참견이야 말

참견이. 그것도 눈을 똥그랗게 뜨고 훈계 조로, 천하의 배우지 못한 후레자식 같으니…….” 그러면서 침을 탁 뱉어서 엄마한테 당장 그 망측한 그림들을 깨끗이 닦아 놓으라고 명령하고 안으로 들어갔다. 오빠는 경우에 맞는 소리를 했고, 그들도 별수 없이 그 소리를 받아들인 셈이지만 그 받아들인 방법이 문제였다.

따귀 맞은 것도 분하지만, 후레자식 소리는 엄마의 자존심에 깊은 상처를 입혔다. 오빠는 엄마의 신앙이었다. 엄마는 오빠가 잠든 머리맡도 지나다니지 않았다. 오빠가 다 쓴 책이나 공책도 선반 위에 차곡차곡 쌓아 놓고 신주 단지처럼 받들었다. 신주 단지를 배반한 엄마에게 그거야말로 새로운 신주 단지였다. 그런 아들이 가장 심한 모멸을 담은 욕인 후레자식 소리를 들은 것이다. 딴 사람도 아닌 엄마가 비록 겉으론 굽신대지만 속으론 상종 못 할 바닥 상것으로 멸시하는 안집 남자한테.

대야에 물을 떠다 놓고 솔로 그 망측한 석필 그림을 닦아 내는 엄마의 손이 부들부들 떨리고, 목구멍에선 짓눌린 오열이 격렬하게 끄르럭대고 있었다.

그날 밤 엄마는 이불 속에서 울면서 시골에다 편지를 썼다. 구구절절 셋방살이의 서러운 사정에 곁들여 시골서 조금만 보태 주시면 금융조합에서 융자라도 좀 얻고 해서 서울서 집값이 제일 싼 이 동네에다 집을 살 엄두를 한번 내 보겠다는 사연이었다. 그건 엄마의 계획엔 들어 있지 않은 엄마 나름으론 대단한 양보였다. 엄마는 맨주먹으로 오빠를 공부시켜 성공을 거두어야 했고, 내 집은 어떡하든 정작 서울인 문안에 사야 했다.

엄마는 시골에 나를 데리러 왔을 때 나무랄 데 없는 서울 사람이었지만 그건 엄마의 허구였다. 엄마는 문밖에 살면서 아직은 서울 사람이 못 됐다는 조바심과 열등감을 가지고 있었다. 엄마의 이런 문밖 의식을 위로하고, 문밖의 이웃을 툭하면 상종 못 할 상것 취급을 하게 하는 것이 다름 아닌 엄마가 절망하고 경멸한 나머지 배반한 시골에 둔 근거라는 건 기묘한 상관관계였다. 엄마는 그 모순된 관계에서 헤어나기는커녕 점점 더 깊이 빠져들고 있었다.

낙서 사건은 또 당연하게 나를 그 땜장이 딸과 놀지 못하게 하는 좋은 구실이 됐다. 엄마와 오빠는 내가 마음 붙이는 건 뭐든지 나로부터 떼려 한다고 나는 생각했다. 그러나 이번에 마음을 붙인 건 먹을 거나 물건이 아니었다. 그건 친구였다. 그 아이는 아주 앳되고 구슬픈 소리로 나와 놀자고 대문간에서 나를 불렀다. 그 소리만 들으면 나는 눈이 새앙쥐처럼 교활해지면서 엄마의 눈을 속일 기회를 잡으려고 온몸으로 조바심했다.

엄마는 나 들으라는 듯이 크게 한숨을 쉬면서 조금만 나가 놀다 들어오라는 허락을 내렸다. 내가 눈을 속이는 걸 보니 차라리 허락을 내리는 게 낫겠다는 엄마의 판단은 옳았다. 나는 내가 처음 사귄 그 아이한테 깊이 매혹당하고 있었다. 나는 그 아이를 따라서 조금씩 조금씩 집으로부터 멀리 벗어나오기 시작했다. 생전 그 켯속을 익힐 수 있을 것 같지 않던 소삽한 골목과 층층다리와 비탈이 깨친 글자처럼 하나하나 분명해지기 시작했다. 켯속을 익힌 것만큼은 영낙없이 자유로와질 수 있다는 것은 신나는 경험이었다. 나는 하루하루 집으로부터 멀리 떨어져 나갔다. 드디어 전찻길까지 구경을 나간 날, 그 아이는 엄마의 돈을 훔쳐다가 전차를 타 보지 않겠느냐는 당돌한 제안을 했다. 전차를 탄다는 건 생각만 해도 가슴이 울렁거리는 일이었다. 그러나 나는 한참 심각하게 생각하고 나서 싫다고 대답했다. 그 아이의 말에 동의 안 해 보긴 처음이었고 자기가 한 일에 그때만큼 스스로 만족해 보기도 처음이었다.

그 아이는 자기는 전차를 수없이 타 봤으니 괜찮다고 하면서 나의 거절에 조금도 마음을 상해하지 않았다. 다행한 일이었다.

그 아이는 전차 타는 것보다 더 재미있는 놀이를 가르쳐 주마고 하면서 전찻길을 건넜다. 전찻길 건너에는 너른 마당이 있었고 너른 마당에서 층층다리를 올라간 곳엔 큰길과 철대문이 보였고 철대문 좌우로 높디높은 벽돌담이 끝 간 데 없이 뻗어 있었다. 집 마당만 나서면 곧장 내려다뵈던 바로 그 큰 대궐 같은 집 담장이었다. 위에서 내려다볼 땐 담장 속에 있는 여러 채의 큰 집들을 볼 수 있었지만 전찻길에서 쳐다본 그 집은 담장밖에 안 보였다.

전차 타는 것보다 더 재미있는 놀이란 한길 옆 너른 마당에서 큰 집의 붉은 담장까지를 잇는 층층다리 양쪽에 물이 흐르도록 패인 홀에서 미끄럼을 타는 것이었다. 그 홀은 아이들의 엉덩이가 들어갈 만큼 넓었고 바닥이 매끄러웠다. 우리뿐만 아니라 그 동네 아이들이 여럿 거기서 즐거운 환성을 지르면서 미끄럼들을 타고 있었다. 미끄럼타기는 꽁무니가 짜릿짜릿하도록 재미있는 놀이였다. 나는 그 놀이의 재미에 흠뻑 빠져서 날 저무는 줄 몰랐다. 며칠 그 짓에만 신명이 나다 보니 속바지 엉덩이가 다 떨어지는 것도 모르고 있었다. 아무래도 정식 미끄럼틀이 아니었기 때문에 바닥이 모르게 매끄럽진 못했던 것 같다.

엄마는 속바지 엉덩이를 너덜너덜하게 해뜨린 것에 대해 내가 걱정했던 것보다 훨씬 너그러웠다.

"어디서 이 지경을 만들었어?"

"저 아래 미끄럼틀이 있는 큰 집에서."

"그래? 이 동네도 유치원이 있었나? 이제부턴 너무 한 가지만 타지 말고 그네도 타고, 철봉 장난도 하고 놀렴."

아무리 신여성을 만들기 위해서라곤 하지만 어린 딸로부터 시골집의 넓은 후원과 여러 식구의 사랑을 무참히 빼앗고 더러운 단간 셋방에 가두다시피 한 엄마로서의 뉘우침과 마음 아픔이 가득 밴 목소리였다. 내가 저절로 찾아낸 마음 놓고 뛰어놀 수 있는 놀이터를 여간 다행스러워하는 게 아니었다.

엄마는 내 해진 엉덩이에다 두터운 무명 헝겊을 안팎으로 대서 튼튼하게 기워 주었다. 그 후 나는 딴 애들은 어떻게 옷을 안 해뜨리고 타나를 눈치 봐 가며 엉덩이를 살짝 들고 발바닥에다 힘을 주고 타는 새로운 미끄럼타기도 익히게 됐다.

어느 날, "전중이 온다!" 하고 한 아이가 고함치니까 모든 아이들이 일제히 도망가서 너른 마당에 있는 회색빛 건물 뒤에 숨는 사건이 있었다. 나는 영문을 몰라 맨 나중에 도망치면서 거의 악을 쓰고 울어 버릴 것 같은 심한 무서움증을 느꼈다. 나는 '전중이'란 말 뜻은 잘 몰랐지만 아이들한테 몇 번 들은 적은 있었다. 그러나 보긴 처음이었다. 흘긋 보았을 뿐인데 그건 무섭다기보다는 불길했다. 회색빛 건물 뒤에 숨어서 좀 더 자세히 본 그 모습도 마찬가지였다. 말라붙은 핏빛 같은 옷을 입고 쇠사슬 같은 걸 철렁거리고 있었고, 고개를 푹 숙이고 걷는 게 몹시 지쳐 보였다. 중간중간에 칼 찬 사람들이 지키는 이 전중이의 힘없고 느릿느릿한 행렬은 층층다리 위 붉은 담장을 끼고 한없이 이어지고 있었다. 그들이 누굴 해칠 처지도 못 됐지만 그럴 뜻이나 힘이 전혀 있어 뵈지도 않았다. 그럼에도 불구하고 우리는 간이 콩알만 해지는 것처럼 그들이 무서웠다. 그것은 거의 미신적인 공포감이었다. 그래서 그 공포에서 헤어나려는 몸짓도 다분히 미신적이었다. 어떤 아이는 침을 퉤퉤 뱉았고, 어떤

77

아이는 발을 쾅쾅 굴렸다. 어떤 아이는 시골 아이들이 지나가는 기차에다 대고 하는 것 같은 이상한 주먹질을 하고 나서 씩 웃기도 했다. 나는 얼떨결에 아이들이 하는 짓을 조금씩 섞어서 흉내 내 보았지만 마음으로부터 개운해지진 않았다.

아이들은 다시 미끄럼타기를 시작했지만 나는 다시 신명이 날 것 같지 않아 슬그머니 집으로 돌아왔다.

"엄마, 전중이가 뭐야?"

"건 왜?"

엄마는 대답하고 싶지 않은지 짐짓 시들한 얼굴을 하고 바느질만 계속했다. 나는 내가 줄창 미끄럼을 타고 놀던 큰 집에서 본 전중이들과 아이들이 일으킨 소동에 대해 이야기했다.

"그럼, 그럼 네가 여적지 나가 논 데가 감옥소 마당이었단 말이지?"

엄마는 한바탕 대경실색을 하고 나서 조용해졌다. 엄마는 뭔가를 골똘히 생각하는 것 같았다. 엄마를 엄마답게 보이게 하는 기품이 가신 엄마는 초라하고 불쌍해 보였다. 기품을 버티게 할 기력조차 없을 만큼 엄마의 자존심이 초죽음[9]이 돼 있다는 게 엉뚱스럽게도 나에게 연민의 정을 불러일으켰다. 나는 엄마를 위로하고 싶었다. 그러나 엄마는 성이 나 있지 않으면서도 매사에 뜨악해 보였다. 엄마는 엄마 상식으로 바닥 상것으로 보이는 사람들이 많이 살고 있는 동네라는 것보다는 감옥소와 이웃에 있는 동네라는 데 더 정이 떨어져서 그만 우두망찰을 하고 있었다. 하긴 남을 덮어놓고 바닥 상것으로 업신여기려면 그래도 우월감이라는 숨구멍이라도 틔

9   초죽음.

어 있어야 하련만 어린 딸에게 감옥소 마당밖에 놀이터가 없다는 건 엄마에겐 막다른 비참함이었음 직하다.

감옥소가 있는 문밖 동네에서 문안 동네를 바라보는 엄마의 눈길은 한층 절절해졌다. 그 절절한 소망은 불시에 나를 소학교 보내는 일에 큰 변경을 가져오고 말았다. 엄마는 그 동네 아이들이 다 가게 돼 있는 무악재고개 너머에 있는 학교를 갑자기 타박하면서 나를 꼭 문안에 있는 국민학교에 보내야 한다고 우기기 시작했다. 국민학교도 시험 쳐야 들어가는 시절이었지만, 학구제라는 게 있어서 함부로 타 동네 학교를 지원하는 건 금지돼 있었다.

서울에 친척이 꽤 여러 군데 흩어져 살고 있었지만 아이들이 성공해서 여봐란 듯이 살게 될 때까지는 이를 악물고 아무도 안 찾아다니고 견딜 거라는 매서운 결심을 누차 우리 앞에서 다짐한 바까지 있는 엄마가 여기저기로 친척 댁을 수소문해 나서기 시작했다. 문안이라도 현저동에서 가까운 문안에 사는 친척을 남대문 입납으로 찾아나서는 엄마를 효자 오빠까지 참, 엄마도 주책이셔, 하면서 쓴웃음 짓고 외면했다.

그러나 엄마는 그런 친척을 기어코 찾아내고 말았고, 내 기류계[10]는 그 댁으로 옮겨졌다. 그 댁은 사직동에 있었고 내가 가야 할 학교는 매동학교였다. 엄마는 걸어서도 갈 수 있는 가까운 문안에서 친척을 찾아낸 엄마의 요행과 나의 운(運)을 두고두고 되뇌이며 즐거워했다. 그러나 전차를 안 타고 갈 수 있는 학교라는 건 나에겐 여간 실망스러운 게 아니었다. 전차를 안 타고 걸어 다니려면 하다 못해 독립문을 지나 당당히 문안으로 입성을 하는 기분이라도 맛보

10   다른 지방이나 남의 집에 일시적으로 머물러 살다.

고 싶은데 매동학교는 어떻게 된 게 인왕산 줄기가 흘러내린 등성이를 넘어가야 한다는 거였다. 엄마를 닮아 어느만큼은 문밖이라는데 서울로부터의 소외 의식을 갖고 있던 나는 문안 학교 간다는 데서울 구경에의 기대를 더 많이 걸고 있었다. 그런데 번화가 쪽과는 반대 방향의 산꼭대기 쪽으로 뚫린 문안 가는 길은 실망스럽다 못해 미덥지 못하기까지 했다.

별로 신명도 안 나는 문안 학교 가는 일을 위해 치러야 할 곤욕은 의외로 많았다. 엄마는 입학시험날 입을 내 옷에 뜻밖에 과용을 하고 있었고, 주소를 빌려준 친척 댁한테 몸에 익지 않은 아부를 하기도 아니꼽고 힘든 일인 것 같았다. 그러나 나의 곤욕에 비하면 아무것도 아니었다. 나는 기류계 옮긴 날부터 친척 댁 주소를 외워야 했는데 그렇다고 정작 살고 있는 주소를 잊어버려도 되는 건 아니었다. 길 잃었을 때는 정작 주소를 대야 하고 입학시험 칠 때나 학교 들어가고 나서 선생님한테 말씀드릴 일이 있을 때는 가짜 주소를 대야 한다는 일은 나에게 적잖이 심리적 부담이 되었다. 실상 주소 두 군데쯤 외고 있는 게 그렇게 어려울 것은 없었고 실제로 주소를 대야 할 경우도 있을지 말지 했다. 그러나 엄마는 너무 고지식한 분이었다. 주소를 속였다는 걸 마음속으로 꺼림칙해하고 있는 것만큼 내가 혹시나 두 가지 주소를 헷갈리는 실수를 할까 봐 자주자주 점검을 하려 들었다.

너 어디 살지? 지금 넌 집을 잊어버린 거야. 너 어디 살지? 지금 넌 선생님 앞이야. 이렇게 엄마는 내가 두 가지 주소를 헷갈리는 실수를 저지를까 봐 지나친 신경을 썼기 때문에 되레 그걸 헷갈리는 실수를 자주 저질렀다. 또 현저동에서 사직공원으로 넘어가는 등성이도 문제였다. 거긴 정작 인왕산보다 훨씬 수목이 우렁차고 사람의 왕래가 드물었다. 문둥이가 여기저기 굴을 파고 살고 있다고 소문나 있는 곳이었다. 엄마는 내가 문둥이를 경계하게 하려고 문둥이에 대한 소문을 과장해서 들려줬기 때문에 나는 그 고개가 할멈 할멈 떡 하나 주면 안 잡아먹고 하면서 호랑이가 나오는, 옛날애기 속의 고개보다 훨씬 더 무서웠다.

옷은 시골에서 본 각설이 떼처럼 입고 찌그러진 모자를 푹 눌러쓰고 — 왜냐하면 눈썹이 없기 때문에 그걸 감추기 위해 — 시퍼런 입술로 딱 웃으면서 아이들을 꾀어서 어둡고 긴 그들의 동굴로 데려다가 새빨간 생간을 내어서 냠냠 먹고 입 쓱 씻는다는 문둥이는 자주 나를 가위눌리게 했다. 나는 문안 학교를 떨어지든지, 붙더라도 엄마하고 같이 다닐 수 있는 동안까지만 다니고, 병이 나서 눕는 헛된 꿈을 얼마나 꾸었던가. 그러나 내가 주소를 일부러 헛갈려 대답하거나, 엄마가 입시(入試)를 위해 임의로 꾸며 낸 이런저런 예상 문제를 제대로 못 맞췄을 때의 엄마의 실망은 대단해서, 나는 엄마가 불쌍해서라도 마음을 고쳐먹지 않을 수가 없었다. 그럴 때 엄마는 눈물겹도록 간곡하게 나를 타일렀다.

"이것아, 계집애 공부시키는 건 아들 공부시키는 것하고 달라서 순전히 저 한 몸 좋으라고 시키는 거지 집안이 덕 보자고 시키는 거 아니다. 느이 오래비 성공하면 우리 집안이 다 일어나는 거지만 너 공부 많이 해서 신여성 되면 네 신세가 피는 거야, 이것아. 알았지?"

이럴 때 엄마의 눈빛은 도저히 거부하거나 비켜 갈 엄두가 나지 않을 만큼 절박한 열기를 담고 있었다. 나는 엄마가 바라는 신여성이 뭐 하는 건지 알 수가 없었고, 앞으로도 알게 될 것 같지가 않았다. 그러나 급체(急滯)인지 맹장염인지 걸린 남편을 굿해서 고치려다 잃고 층층시하와 봉제사의 의무와 안질에 거머리가 약인 무지를 떨치고 도시로 나온 엄마의 지식과 자유스러움에 대한 피맺힌 원한과 갈망은 벅차고 뭉클한 느낌이 되어 전해 왔다.

이렇게 해서 나는 매동학교 시험을 치고 합격이 됐다. 엄마는 국민학교 합격을 마치 과거 급제처럼 과장해서 시골에다 알렸고 시골에서도 둘밖에 없는 손자 손녀가 서울에다 뿌리를 박은 바에야 며느리한테 너무 인색하게만 굴 수 없다는 판단을 내리게 된 모양이었다.

그러나 당시도 지금과 마찬가지로 겨우 사는 시골집에서 큰마음 먹고 큰돈 마련해 줘 봤댔자 서울선 푼돈이었다. 금융조합에서 집값의 절반은 융자를 받았건만도 우리가 살 수 있는 집은 역시 현저동 꼭대기였다. 세 들어 살던 집에서도 오르막길로 더 올라가 동네가 인왕산 마루턱을 치받치면서 끝나는 데 있는 여섯 간짜리 작은 집이었다. 그러나 어엿한 기와집이었다. 엄마는 땅 넓은 줄은 모르고 하늘 높은 줄만 알고 기어오르는 이 상상 꼭대기 문밖 동네를 여전히 무시하고 지긋지긋해했지만 새로 산 여섯 간짜리 기와집만은 극진히 아끼고 사랑했다. 체 장수가 살고 있던 이 집은 몇 년이 되었는지 본바탕을 알아볼 수 없는 도배지에 빈대 핏자국만이 끔찍하도록 낭자했다.

"맙소사. 이렇게 뜯기고도 이 집 식구들이 그래도 핏기가 남아 있었던 게 신기하다. 아이고 징그러라."

엄마는 문짝과 두껍닫이를 모조리 뜯어내서 양잿물로 닦아 내면서 이렇게 자주 진저리를 쳤다. 겨울을 난 껍데기만 남은 잘다란 빈대들이 우수수 무수한 비듬처럼 쏟아져 나왔다.

"이래 뵈도 이것들이 다 입은 살아 있느니라. 아이고 무서라.

이것들이 다 배때기를 채우고 나면 대신 내 새끼들이 이 꼴 될 거 아닌가?"

엄마는 이렇게 몸서리를 치면서도 그 꼭대기에 새로 장만한 집이 대견해서 어쩔 줄을 몰랐다. 기둥 서까래까지 손수 양잿물로 닦아 내고 구석구석 독한 약을 뿌리고 도배 장판도 새로 했다. 집을 처음 산 걸 좋아하기보다는 저런 귀살스러운 집에서 어찌 살까 난감스럽기만 하던 오빠와 나도 매일매일 달라지는 재미에 학교만 갔다 오면 그 집에 붙어서 엄마를 거들게 됐다. 이사 가는 날은 커다란 무쇠솥을 새로 사서 엄마가 손수 부뚜막을 만들고 걸었다. 엄마는 미장이 도배장이 칠장이…… 못 하는 게 없었다.

이사 간 날, 첫날밤 세 식구가 나란히 누운 자리에서 엄마는 감개무량한 듯이 말했다.

"기어코 서울에도 말뚝을 박았구나. 비록 문밖이긴 하지만……"

비록 여섯 간짜리 집이지만 없는 게 없었다. 안방·마루·건넌방·부엌·아랫방·대문간 이렇게 여섯 개의 방이 공평하게 한 간씩이었다. 마당도 있었다. 마당이 네모나지 않고 삼각형인 게 흠이었다. 엄마는 이런 마당을 '우리 괴불 마당'이란 애칭으로 불렀다. 새집은 셋집처럼 대문 밖이 낭떠러지가 아니고 보통 골목인 대신 직삼각형 마당의 가장 변이 긴 쪽이 남의 집 뒤쪽으로 난 담인데 그 밑이 어마어마하게 높은 축대였다.

비가 오는 날 밤이면 오빠는 자주 잠을 깨서 들락거렸다. 축대가 무너질까 봐 잠이 안 온다는 것이었다. 엄마는 '녀석도 사내놈이 옹졸하긴…… 여지껏 멀쩡하던 축대가 하필 우리 살 때 무너질까' 하면서 태연한 체했다. 그 밖엔 아무 걱정도 없었다.

나는 괴불 마당에 분꽃 씨도 뿌리고 채송화 씨도 뿌리고 봉숭아 씨도 뿌렸다. 그러나 이사 가고 나서 나의 외토리 신세는 좀 더 심해졌다. 땜쟁이 딸하고도 자연히 멀어졌고 나 혼자 매동학교를 다녔기 때문에 그 동네 학교를 다니는 아이들한테는 의식적인 따돌림을 받았다. 엄마는 되레 그걸 바란 것처럼 좋아하는 눈치였다. 문밖에 살면서 일편단심 문안에 연연한 엄마는 내가 그 동네 아이들과는 격이 다른 문안 애가 되길 바랐다. 딸에게 가장 나쁜 거라고 가르친 거짓말까지 시키게 해 가며, 또 친척의 주소를 빌리는 번거로움과 치사함을 참아 가면서 심지어는 문둥이가 득실댄다는 둥성이를 매일 지나다녀야 하는 위험을 무릅쓰게 하고까지 굳이 문안 학교에 보내지 못해 한 엄마의 뜻은 처음부터 그런 데 있었으니까.

엄마는 자기가 미처 도달하지 못한 이상향과 당장 처한 현실과의 갈등을 부드럽게 하기 위해 부지불식간에 자식을 이용하고 있었지만 정작 자식이 겪는 갈등에 대해선 무지한 편이었다. 나는 동네에서도 친구가 없었지만 학교에서도 친구를 사귀지 못했다. 학교친구들은 모두 그 근처 아이들이었기 때문에 처음부터 저희들 끼리끼리였다. 그 끼리끼리가 저희들끼리 싸우고 바뀌고 편먹고 할 뿐이지, 처음부터 어떤 끼리끼리에도 안 속한 이질적인 아이에 대해선 배타적이고 냉혹했다. 나는 가끔 혼자서 거울을 보면서 내가 어디가 어떻게 남과 달라서 여기저기서 따돌림을 받나를 이상하게도 슬프게도 생각했다. 한동네 사는 애들하곤 격이 다르게 만들려고 엄마가 억지로 조성한 나의 우월감이 둥성이 하나만 넘어가면 열등감이 된다는 걸 엄마는 한 번이라도 생각해 본 적이 있었을까? 우월감과 열등감은 다같이 이질감이라는 것으로 서로 한통속이었다.

일 학년 담임선생은 내가 처음 만난 엄마가 말한 신여성의 구색을 한 몸에 갖춘 분이었다. 머리를 반가리마를 타서 뒤에서 히사시까미로 빗어 올리고 흰 하부다이 저고리에 검정 지리면 통치마를 입고 까만 뾰죽구두를 신었다. 출퇴근 때는 까만 핸드백을 들었다. 물론 이 세상 모든 이치를 모르는 거 없이 알고 있다는 것까지도 믿어도 될 것 같았다. 우리들이 물어보는 아무리 어려운 질문도 한 번도 못 대답한 적이 없었다. 선생님은 뭐든지 알고 있을뿐더러 누구든지 다 사랑했다. 약간 주근깨가 있는 화장 안 한 수수한 얼굴 가득 웃음을 띤 선생님 둘레엔 항상 많은 아이들이 따랐다. 운동장에서 여러 아이들에게 둘러싸여 걸음도 제대로 못 옮기는 선생님을 볼 때마다 나는 햇병아리를 거느린 암탉 같다고 생각했다. 나는 멀찌감치서 아이들의 존경과 사랑을 독차지한 선생님을 바라보면서 손톱을 질겅질겅 씹었다. 나는 수업 시간에도 등교나 하교 시간에도 손톱을 씹었기 때문에 엄마가 따로 깎아 줄 필요가 없었다. 아이들은 누구나 다 선생님 손을 잡아 보고 싶어 했다. 선생님 손은 누구든지 잡고 싶어 하고, 잡으면 놓지 않는데, 선생님 손은 둘뿐이니까, 아이들을 어디까지나 고루 사랑하는 선생님은 번갈아 잡아 주려고 애썼다. 자아, 아직도 선생님 손 못 잡아 본 사람 손들어요. 그럼, 나요 나요 하고 아이들이 손을 들면 선생님은 그중에서 영낙없이 정말 못 잡아 본 애 손만 가려내서 꼭 쥐어 주기도 하고 쓱쓱 어루만져 주기도 했다. 그러나 나는 열심히 손톱을 씹으면 씹었지 손을 들지 않았다.

나는 선생님이 마음에 들지 않았다. 무엇보다도 누구나 고루 사랑할 것 같은 선생님 특유의 상냥한 미소가 마음에 안 들었다. 나는 그것이 거짓이라는 걸 단언할 수가 있었다. 왜냐하면 선생님이 나를 사랑할 리가 없기 때문이었다.

날이 더워지자 나는 인왕산 쪽에 징을 붙이기 시작했다. 현저동 일대에 물난리는 극심했다. 집집마다 수도라는 건 아예 있지도 않았기 때문에 물지게 질 만한 식구가 없는 집에선 물장수를 댔다. 미장이, 도배장이 다 능숙한 엄마도 물지게만은 못 졌다. 진다고 해도 물 한 지게 받으려면 한나절을 소비할 만큼 층층다리 아래 있는 공동 수도에는 물통이 온종일 장사진을 이루고 있었다. 물장수를 위해서 숫제 빗장 벗겨 놓고 잤다. 물장수의 물지게에선 삐걱삐걱하는 독특한 소리가 났다. 삐걱삐걱 소리가 가까와지고 대문이 열리고, 철썩 물독에 물 붓는 소리를 듣고 잠이 깼다가도 단잠을 더 자야 날이 밝았다.

이렇게 사 먹는 물이니 겨우 식수나 하는 정도였다. 엄마는 비가 올 때마다 내 집으로 떨어진 빗물을 한 방울도 놓치지 않을 기세로 독독이, 그릇그릇, 받아 놓고 빨래도 하고, 세숫물로도 쓰게 했다. 세숫물에 장구벌레가 가득 들어 있어서 질겁을 하면 엄마는 체에다 바쳐서라도 그 물을 쓰게 했고 쓰고 나서도 한 방울도 버리진 못하게 했다. 세숫물로 다시 발을 씻고, 발 씻은 물로 걸레를 빨고, 걸레 빤 물은 괴불 마당 구석에 있는 나의 꽃밭에 뿌리는 물의 완전 이용 과정을 엄마는 아침마다 엄숙한 얼굴로 감시를 했다.

그러다 장마가 끝난 후의 인왕산 골짜기를 흐르는 맑은 물을 보니 환장을 하게 좋았다. 나는 학교만 파하면 인왕산으로 올라가서 시냇물에 세수도 하고, 발도 씻고 성터까지 올라가 바람을 쐬면서 서울 장안을 굽어보기도 했다. 그러다가 걸레 같은 걸 대야에 담아 가지고 올라가 말갛게 헹구어 가면 엄마를 기쁘게 해 드릴 수 있을뿐더러 아무리 오래 놀다 와도 야단을 안 맞을 수 있다는 것도 알게 되었다. 엄마는 가끔 비누 조각에다 양말 같은 걸 얹어 주면서 '비누 아껴 쓰고 박박 부벼 빨아 온' 하기까지 했다. 인왕산 빨래터의 맑은 물에 두 다리 담그고 앉아 빨래를 부비는 데 저만치 국사당

(國師堂)에서 덩더꿍덩더꿍 굿하는 소리라도 나면 나는 고개를 갸우뚱하면서 사람 사는 거란 무엇일까 하는 황당한 생각이 생각답지 않게 손끝을 저리게 하는 어른스러운 기분을 느끼곤 했다.

어느 날인가 걸레를 헹구고 있는데 상류에서 탁한 핏빛 물이 흘러 내려오기 시작했다. 나는 숨을 죽이고 그것이 대충 맑아질 때까지 기다렸다. 다시 맑은 물이 흐른 후에도 신경줄이 당기는 것 같은 긴장은 계속됐다. 어린아이의 간을 내서 맑은 물에 헹구는 눈썹 없는 문둥이의 모습을 내 눈으로 보고 싶다는 호기심은 결국 무서움증을 능가했다. 나는 발소리를 죽여 가며 물줄기를 피해 수풀을 헤치며 상류 쪽으로 올라가기 시작했다. 얼마 안 올라가 저만큼 냇가 너른 바위에 나보다 약간 큰 소녀가 누워 있는 게 눈에 띄었다. 소녀는 간을 아무에게도 빼앗기지 않았다는 표시로 노래를 부르고 있었다. 무슨 노래인지 애틋하고 청승맞았다. 소녀가 앉은 너른 바위는 온통 빨래로 뒤덮였는데 옷도 아니고 걸레도 아닌 낡아 빠진 헝겊 조각들이었다. 베 헝겊에는 아직도 검붉은 핏자국 흔적이 얼룩져 있었다. 나는 그걸 자세히 보기 위해 가까이 갔다. 소녀가 붙임성 있게 웃었다.

"그게 뭐니?"

"바보, 그것도 몰라. 서답이야, 우리 엄마 거!"

나는 서답이 뭔지 몰랐지만 바보 취급당하기 싫어 아는 척 고개를 끄덕이고 내 빨래터로 내려왔다.

그날 나는 엄마한테 산에서 보고 들은 대로 얘기하고 서답에 대해 물었다. 엄마는 서답이 뭔지는 안 가르쳐 주고 또 그 상종 못할 상것들 타령을 했다.

"세상에 맙소사. 더러운 빨래를 백주에 한데서 빠는 것도 망측한데 딸년을 시켜서 빨다니, 쌍것들 중에서도 상종 못 할 바닥 쌍것들이로구나, 이제부터 다신 산에 가지 마라. 세상에 어떻게 된 놈의 동네가 아이들을 한시 반시 문밖에 내놓을 수가 없다니까."

나는 엄마가 남용하는 바닥 상것들이란 말에 역겨움을 느꼈다. 너른 바위 위에 번듯이 누워 흐르는 구름을 보면서 애닲은 목소리로 노래를 부르던 소녀의 모습은 상태하곤 다르게 보기 좋은 것이었다. 늘 어떤 조바심 같은 것에 쫓기고 있는 나는 소녀의 구김살 없는 천연스러움에 부러움을 느끼고 있었다.

괴불 마당 집 주인이 된 후에도 엄마는 초가집에서 세 들어 살 때와 마찬가지로 이웃을 상것 아니면 바닥 상것으로 평하길 서슴지 않았고, 나를 그들로부터 고립시키려고 애썼다. 나는 걸레를 빨러 산에 갈 수 없었고, 빈손으로 슬슬 바람 쐬러 가던 것도 국사당에서 굿 구경하고 떡 얻어먹은 일이 무슨 말끝엔가 탄로가 나서 아예 금족령이 내렸다. 뒤에는 인왕산, 앞에는 감옥소가 다 나의 출입 금지 구역이었다.

엄마가 이웃을 상종해도 괜찮을 이웃과 상것, 바닥 상것의 세 가지로 나누는 기준은 들쑥날쑥해서 일정치 않았다. 성씨(姓氏)나 사는 형편, 말의 직업하고 관계가 있는 것도 같고 없는 것도 같았다. 기분 내키는 대로였고 또 매우 변덕스러웠다.

동네 사람들마다 엄마가 바닥 상것으로 치부해 놓은 사람들까지가 다 김 서방이라고 부르고, '하게'로, 하대하는 늙은 물장수를 엄마는 김 씨 할아버지라고 불렀고 '하세요'라는 존대말을 썼다. 물장수는 대개 단골집에서 번갈아 가며 먹이게 돼 있어서 그 차례가 한 달에 한 번쯤 돌아왔다. 개다리 소반에다 김치하고 국이나 한 그릇 놔서 부엌 바닥이나 툇마루 끝에서 먹이면 됐지 그걸로 신경 쓰는 집은 별로 없었다. 그러나 엄마는 한 달에 한 번 그날은 무슨 잔치날처럼 벼르다가 휘어지게 차려서 건넌방 아랫목으로 불러들였다. 고기를 볶을 때도 있고 동태나 비웃찌게를 할 때도 있었다. 나물도 몇 가지 오르고 짭짤한 젓갈도 올랐다. 밥은 시골에서 일꾼밥 푸는 솜씨 그대로 밥그릇 속의 밥보다 위로 올라앉은 밥이 더 많게 고봉으로 꼭 눌러 펐다. 물장수 영감은 배불리 먹고 나서 손을 부비면서 마님 덕에 매달 한 번씩 소인 생일이굽쇼, 하면서 굽신댔다. 그 대신 영감도 명절이라든가, 집에 무슨 큰일이 낀 것 같은 날엔 말없이 물을 한 지게 더 길어다가 여벌 독에 부어 주는 선심으로 보답하는 것 같았다. 한때, 나는 동네 아이들까지 김 서방 김 서방하면서 하게, 아니면 반말로 하대하는 영감을 거만한 엄마가 무엇 때문에 깍듯이 존대하고 오빠보다도 잘 먹이려 드는지 이해할 수가 없어 심각한 고민에 빠진 적이 있었다. 나는 그 영감이 홀아비라는 걸 알고 있었고 엄마는 과부였기 때문이다. 엄마가 물장수 김 서방을 좋아할지도 모른다는 건 생각만 해도 치가 떨리는 치욕이었다. 무슨 마(魔)가 낀 것처럼 한번 그런 생각이 들자 도무지 떨쳐지지가 않았다. 나는 아침에 철썩 하는 물 붓는 소리에 깨어나면 얼른 엄마 먼저 더듬어 찾아 겨드랑 밑으로 손을 돌려 꼭 안았지만 애정 표시가 아니라 물장수 만나러 나가는 걸 훼방 놓기 위해서였다.

기어코 오빠에게 나의 고민을 털어놓았다. 오빠는 씩 웃으면서 말했다.

"엄마는 김 서방 할아버질 존경한단다. 왜 줄 아니? 김 서방 할아버진 물장수 노릇을 해서 아들을 둘씩이나 전문학교에 보내고 있거든. 전문학교 너도 알지? 사각모 쓰고 가죽 가방 들고 다니는 높은 학교 말야."

89

나의 엄마에 대한 의심은 어이없이 사그라졌다. 엄마는 김 서방 말고도 또 키다리 구장(區長)을 존경했었는데 나 보기엔 김 서방을 존경하는 것만큼은 훨씬 못 미치는 것 같았다. 키다리 구장은 청송 심씨(靑松沈氏)인데 엄마의 외가 쪽으로 따져 보니까 연줄이 달 만한 게 근거 있는 집안 자손이 분명하지만 이런 데서 이런 꼴로 살면서 아는 척하는 건 피차가 욕인 것 같아 속으로만 알아주고 있다는 것이었다. 그러나 구장이 여반장들을 모아 놓고 연설할 때 너무 헤프게 웃고 농지거리하는 걸 엄마한테 들키고부턴 속으로만 알아주던 존경이 당장 상것이란 경멸로 변하고 말았다.

여름방학이 되었다. 엄마는 나를 위해서 야시장에서 옷감을 끊어다가 화신 상회에 가서 예쁜 옷을 골라서 살 것처럼 만져 보고, 뒤집어 보고 대강 눈대중을 해다가 그대로 만들기 시작했다. 그뿐 아니라 나를 전차를 태워서 서울 장안을 한 바퀴 돌렸고 처음으로 동물원 구경까지 시켜 주었다. 뭔가 한꺼번에 수용하긴 벅차고 고될 만큼 엄마는 나에게 대처라는 걸 대량으로 주입시키려 들었다.

현저동에 살면서 박적골의 근거를 가장 으뜸가는 품성으로 숭배하고 지킬 것을 강요했듯이, 박적골로 돌아가려는 마당에선 대처 티를 무작정 날조하려 들었다.

엄마가 만든 원피스가 나에게 어울리는지 꼴불견인지 분간할 안목이 나에겐 없었다. 모시 두루마기도 그림같이 짓는 내 솜씨가 그까짓 내리닫이 못 지을까 하는 엄마의 장담은 감히 비평을 불허했다.

그러나 할아버지는 내 옷차림을 흘긋 일별만 하시고도 곡마단에서 깡깽이 치는 년 같군, 하는 혹평을 하셨다. 나는 그 옷을 다신 안 입고 여름방학을 보내고 나서 서울로 돌아오는 날 다시 꺼내 입었다. 겨울방학 땐 엄마는 좀 더 요란하게 나에게 서울 티를 내 주었다. 엄마는 친척 집에서 토끼털 목도리와 스케이트를 얻어 왔다. 토끼털 목도리는 목에만 두르면 그만이지만 스케이트는 한 번도 타 본 일이 없는 걸 어깨에다 척 걸어 주면서 썰매 타지 말고 그걸 타고 놀라고 일러 주는 것이었다. 나는 스케이트를 남이 타는 걸 한두 번 본 적이 있는데 정말로 황홀한 묘기였다. 나는 그런 묘기의 비결이 그 날 달린 구두에 전적으로 달린 줄 알았다.

사랑 마당 앞엔 텃밭이 있었고, 텃밭 너머론 동구 밖으로 지나는 길이 지나가고 있었고, 그 길 건너가 논이었다. 꽁꽁 얼어붙은 논바닥에선 마을 개구장이들이 신나게 썰매를 타고 있었다. 나는 그 요술 구두를 신고 자신 있게 그 한가운데로 미끄러져 들어가려 했지만 웬걸, 몸의 중심도 못 잡은 데다가 가랑이는 양쪽으로 벌어져, 넘어지지나 않으려고 헛된 제자리춤을 추는 게 고작이었다. 썰매를 타던 개구장이들이 이 신기한 구경을 하려고 내 주위로 미끄러져 왔다. 나를 이 곤경에서 구해 준 건 집의 머슴이었다. 머슴은 다짜고짜 나를 업더니 겅정겅정 집으로 뛰어간 것까지는 좋았는데 하필이면 사랑의 할아버지 방에다 내려놓는 것이었다.

할아버지의 장죽이 내 정수리를 연타했다. 번쩍번쩍 불꽃이 튀기는 것 같았다.

"요년, 요 고얀 년, 신식 공분지 뭔지 시킨다길래 대처로 내놓았더니 기껏 배웠다는 게 덕물산(德物山) 무당의 작두춤이냐 뭐냐? 허어 해괴한지고? 암만해도 집안 망신을 시키려고 계집앨 대처로 내놓았는가 부다."

나는 정수리에서 불이 번쩍번쩍 나는 판국에도 웃음이 북받치는 걸 참을 수가 없었다. 별일이었다. 기껏 상상력의 한계가 덕물산 무당의 작두춤인 할아버지가 그렇게 우스웠다. 덕물산이란 송도에

있는 최영 장군을 모신 사당이 있는 산으로 거기 무당의 작두춤은
유명했다. 그 이유는 지당했다. 그러면서도 한편 할아버지가 우물
안의 개구리처럼 불쌍하기도 했다. 나는 벌써 별의별 걸 다 배우고
다 구경했는데 할아버지는 돌아가시는 날까지 박적골을 천하 삼고
못 벗어나다가 돌아가시겠지 하는 처량한 생각은 어린 계집애에겐
가당치 않은 거였지만 대처 물 먹은 티이기도 했다.

그해 겨울방학이 끝나고 서울로 돌아올 땐 할머니가 특별히 정
성 들여 만드신 깨강정하고 땅콩강정을 싸 주시면서 담임선생님께
갖다드리라고 하셨다. 그걸 다시 서울서 엄마가 예쁜 상자에 담아
서 보자기에 싸 주셨지만 나는 그걸 선생님께 갖다드리지 않았다.
그사이 조금씩 사귄 친구들을 사직공원으로 데리고 가서 나눠 먹어
버리고 말았다. 골고루 다 귀여워하는 척하지만, 실은 자기 반에 한
번도 자기 손을 못 잡아 본 애가 있다는 것도 까맣게 모르고 있을 선
생님의 위선을 복수한 맛이 깨강정 맛보다 더 고소하고 달콤했으나
깨강정에는 없는 씁쓸한 뒷맛은 오래도록 남아 있었다.

오빠가 성공하면 곧 문안으로 들어갈 것을 믿고 임시적으로 인
왕산 마루턱에 박은 말뚝에 우리는 그 후에도 십 년이나 매어 살았
다. 오빠는 학교를 졸업하고 큰 회사에 취직도 하고 효성도 여전히
지극했으나 문안에다 번듯한 집을 살 만큼의 성공은 못 됐다. 엄마
는 겨우 바느질 품팔이를 놓았을 뿐 2차대전이 막바지로 접어들자
우리들 콩깨묵밥 안 먹이려고 자주 송도 왕래를 해야 했다. 기차간
에서의 쌀 수색이 심해지자 엄마는 빈 몸으로 갔다가 빈 몸으로 돌
아왔다. 달라진 게 있다면 호리호리한 엄마가 대보름만하게 뚱뚱해
져 돌아오는 거였다. 대개 밤기차를 탔기 때문에 자정 못 미쳐 돌아
온 엄마가 등화관제용 갓이 내려진 어두운 전등 밑에 쭈그리고 앉

아 배나, 허리, 젖가슴, 정갱이 등 여기저기서 올망졸망한 쌀자루를 꺼내 양동이에 쏟아붓는 걸 실눈 뜨고 보고 있으면 절망과 슬픔이 목구멍까지 괴어 와서 이를 악물곤 했다. 엄마의 그 짓은 아주 위험한 짓이었다. 목구멍이 포도청이란 말이 그때만큼 절실했던 적도 없으리라. 일본 순사가 뚱뚱한 여자만 보면 창으로 찔러 본다는 소문이 파다했다. 임신한 여자의 배를 찔렀다는 끔찍한 소문도 있었다. 실지로 시골 정거장마다 장대 끝에 이상한 쇠붙이를 매단 걸 든 순사가 나타나서 승객들을 전전긍긍하게 하는 일은 자주 있었다. 이상한 쇠붙이라야 별게 아닌 싸전에서 손님들한테 쌀의 품질을 보여 줄 때 쓰는 쌀가마를 푹 찌르면서 쌀을 떠낼 수 있도록 꽃삽 비슷하게 생긴 연장이었지만 때가 때니만큼 공포의 대상이었고 엽기적인 소문이 붙어 다녔다.

시골 우리 면(面)에서도 면 서기가 그걸 가지고 집집마다 돌면서 쌀을 감춰 뒀음 직한 데를 함부로 찌르다 어떤 볏짚 더미 속에서 피와 살이 묻어 나왔다는 참혹한 소문도 엄마는 가져왔다. 징용을 피해 다니던 남자가 그 속에 숨어 있다가 그런 변을 당했다는 거였다.

일본이 망해 가면서 인심이 흉흉하고 내일을 모르게 불안할 무렵 나는 중학생이 돼 있었다. 나는 이미 문둥이가 어린이 간을 내먹는다는 소문은 믿지 않았지만 순사의 창이 엄마의 배를 찌르는 악몽에 비하면 그게 도리어 낭만적이었다.

막판엔 여자 정신대의 공포까지 겹쳤다. 엄마가 오빠하고 밤늦도록 내 머리맡에서 두런두런 내 걱정 하는 소리를 들으면서 난 세상에 왜 태어났을까 싶은 눅눅한 절망감을 맛보곤 했다. 엄마는 신여성에의 그 집념을 엿다 접어 두었는지 오빠 붙들고 의논하는 소리가 기껏, 시집 보내자니 너무 이르고 정신대 안 걸리기엔 나이 갔다는 한탄이었다. 과묵한 오빠는 간간히 그렇잖아요. 글쎄 그렇잖다니까요. 하는 정도의 짧은 위로를 하는 게 고작이었다.

결국 엄마가 악착같이 최초의 말뚝을 박고 서울 살림의 기틀을 마련하던 곳을 뜨지 않으면 안 되었는데 그건 엄마의 당초의 소망대로 문안의 좋은 집을 사서 가는 이사가 아니었다. 패색 짙은 일본의 마지막 성화인 소개령(疎開令)에 못 이겨 솔선해서 시골로 피난을 떠났다.

피난살이 반년 만에 해방이 되었는데 먼저 상경한 오빠는 북새통에 돈을 좀 벌었는지 문안의 평지에다 집을 장만해서 엄마의 소원을 풀어 드렸다. 그 후 살림은 순조롭게 늘어나 좀 더 나은 집으로 이사도 여러 번 다녔다.

그러나 우린 현저동 괴불 마당 집을 잊지 못했다. 특히 어머니는 늙어 가실수록 그게 더 심했다. 무엇이든지 그 시절하고 대 보려 드셨다.

이 아들아, 그때에다 대면 우린 지금 큰 부자 됐지? 하시기 위해서도 괴불 마당 집을 잊지 못하셨지만, 그때 생각을 해서라도 아껴 써야 하느니라 하시기 위해서도 잊지 못하셨다. 또 가끔 그때가 좋았느니라고 그리워도 하시고 그때 한사코 바닥 상것들 취급을 하던 이웃들을 뭐니뭐니 해도 그 사람들이야말로 진국이었지, 하고 뒤늦게 재평가를 하시기도 했다.

이상하게도 그때를 그리시는 어머니는 그때 거기서 고생하시면서 이웃을 함부로 상것들 취급하는 것으로 자존심을 지키던 때 같은 터무니 없는 귀골스러움을 잃고 계셨다. 어머니는 예전 생각은 잘 나도 방금 돈지갑을 엇다 놓았는지는 아득한, 노쇠한 어른일 뿐이었다. 우리는 그게 쓸쓸했다. 어머니가 정작 잃을 건 근거가 아닐까 하는 생각도 들었다. 어머니에게 지금 남아 있는 근거는 박적골 시절이 아니라 현저동 괴불 마당 집인지도 몰랐다.

어머니가 아무리 그때에다 대면 지금 큰 부자 됐지? 하시지만 그때하고 비교하는 마음을 버리시지 않는 한 우린 그 최초의 말뚝에 매인 셈이었다. 놓여났다면 구태어 대 볼 리가 없었다. 어느 만큼 달라졌나 대 본다는 건 한끝을 말뚝에 걸고 새끼줄을 풀다가 문득 그 길이를 재 보는 격이었다.

해방 후 서울의 변화처럼 눈부시다는 형용사를 잘 받는 말도 없으리라. 십 년은커녕 삼 년만 외국을 갔다 와도 살던 동네를 못 찾는다는 말도 있다. 그러나 그 괴불 마당 집이 있는 동네는 늘 그대로였다. 나는 그게 조금도 이상하지 않았다. 어머니가 이 고장에 최초로 박은 말뚝은 우리에겐 뜻깊은 기념비이므로 기념비는 이끼 끼거나 퇴락할 순 있어도 발전은 없는 건 당연하였다.

몇 달 전 친구들과 택시로 영천을 지난 적이 있다. 그곳을 지날 때면 언제나 그렇듯이 나는 나만의 은밀한 애정과 감회를 가지고 현저동을 쳐다보다가 그 동네의 변화에 가슴이 덜컥 내려앉고 말았다. 괴불 마당이 있던 근처에 연립주택이 들어서고 있는 게 아닌가. 실상 그 동넨 너무 오래 변하지 않았다. 사십여 년 전 서울 갓 올라온 촌뜨기의 눈에도 구질구질하고 무질서해 보이던 궁상과 밀집이 오늘날까지 계속되었으니 말이다. 그런데도 그게 비로소 변화하려는 조짐을 보고 내려앉은 가슴은 그날 온종일 허전한 채였다. 그건 하도 잘 변하는 것들 속에서 홀로 변하지 않았으므로 기념비가 되었던 마지막 걸 잃은 마음이었다.

그날 오후 집으로 돌아오는 길에 나는 친구들하고 영천에서 헤어져서 그 동네의 예전 길을 더듬어 올라가기 시작했다. 길이 많이 변했지만 우리가 살 때 화산(華山)학교라고 부르던 붉은 벽돌집이 예전 그대로의 모습으로 남아 있어서 눈대중 삼기에 편했다. 틀림 없었다. 괴불 마당 집이 있던 근처에 연립주택이 병풍처럼 들어서서 인왕산을 쳐다보지도 못하게 가리고 있었다. 나는 가슴속을 소슬바람이 부는 것 같은 감상에 젖으며 그 근처를 헛되이 배회했다.

엄마의 말뚝은 뽑힌 것이다.

나는 오래간만에 실로 오래간만에 나의 어린 시절의 통학로였던 길을 걷고 싶다고 생각했다. 나에겐 통학로였지만 어머니에겐 문안과 문밖을 가로막는 성벽도 되었던 등성이는 지금 도시 한가운데의 작은 녹지일 뿐이었다. 그러나 현저동 꼭대기가 끝나고 등성이를 넘어가는 길로 접어들려고 하자 정말 성벽이 가로막는 게 아닌가. 신축된 성벽은 인왕산으로부터 흘러 내려와 서대문 쪽까지 이어지고 있었는데 옛길이 있던 곳엔 성벽의 문이 나 있었다. 어머니가 그토록 상상을 하시던 문안 문밖의 구체적인 모습을 지금 와서 볼 줄이야. 그러나 문 안쪽으론 또 한겹 철조망이 쳐진 채 길은 없어지고 사람의 발길을 거부하는 것 같은 푸르름만이 충충하게 괴어 있었다. 들어오지 말란 팻말 같은 건 못 봤는데도 나는 그 속을 금단의 지역처럼 느꼈다. 문둥이가 득시글거린다고 일컬어지던 예전보다 한층 미개해진 수풀 속을 바라다만 보면서 나는 한 번도 가보지 못한 휴전선을 연상했다.

나는 옛날의 등성이를 넘기를 단념하고 새로 쌓아 내려가고 있는 성벽을 따라 사직터널 방향으로 내려왔다.

샌들 속으로 모래가 들어온 걸 벗어서 털면서 나는 문득 실소(失笑)를 터뜨렸다. 어머니가 낯설고 바늘 끝도 안 들어가게 척박한 땅에다가 아등바등 말뚝을 박으시면서 나에게 제발 되어지이다, 라고 그렇게도 간절히 바란 신여성보다 지금 나는 너무 멋장이가 돼 있지 않은가. 그러나 신여성이 할 수 있는 일이라고 어머니가 생각한 것으로부터는 얼마나 얼토당토않게 못 미쳐 있는가. 엄마의 생각은 그 당시에도 당돌했지만 현재에도 역시 당돌했다. 엄마의 억지는 그뿐이 아니었다. 나로 하여금 끊임없이 근거를 심어 줌으로써 도시에서 만난 웬만한 걸 덮어놓고 무시하도록 부추기다가도 근거의 고향으로 돌아가선 서울내기 흉내를 내도록 조종했다.

어머니가 세운 신여성이란 것의 기준이 되었던 너무 뒤떨어진 외양과 터무니없이 높은 이상과의 갈등, 점잖은 근거와 속된 허영과의 모순, 영원한 문밖 의식, 그건 아직도 나의 의식 내용이었다. 그러고 보니 나의 의식은 아직도 말뚝을 가지고 있었다. 제아무리 멀리 벗어난 것 같아도 말뚝이 풀어 준 새끼줄 길이일 것이다.

새로 복원된 성벽이 도로와 만나면서 끊어지는 데서 나는 성벽과 갈라섰다. 성벽은 길 건너로 다시 이어지고 있었다. 갈라지면서 돌아다본 성벽은 꼭 신흥 부자집 담장 같았다. 아아, 내가 오빠한테 회초리를 맞던 허물어진 성터의 이끼 낀 돌은 지금 어디 있는 것일까?

나는 내가 아직도 잊지 않고 있는 '신여성'이란 말을 마치 복원한 성벽처럼 옛것도 아닌 것이, 새것도 못 되는 우스꽝스럽고도 무의미한 억지라고 느꼈다. 나는 앞으로 다시는 그것을 복구하지 않을 것이다. 그건 지나간 것일 뿐이다. 다만 새끼줄 몇 발의 길이에 지나지 않더라도 지나간 세월 역시 부정되어선 안 될 것 같았다.

—《문학사상》 94호, 1980년 9월;
박완서, 『엄마의 말뚝』(일월서각, 1982)

엄마의 말뚝 2

여지껏 우리 집에서 일어난 크고 작은 불상사는 하나같이 내가 집을 비운 사이에 일어났다고 나는 믿고 있다.

내 경험에 의하면 집을 비우되 몸과 마음이 함께 떠났을 때, 그러니까 집 걱정은 조금도 안 하고 바깥 재미에 흠뻑 빠졌다가 돌아왔을 때 영락없이 집에선 어떤 사고가 기다리고 있었다.

첫애 젖을 떼고 났을 무렵이었다. 애 기르는 일의 가장 어렵고 손 많이 가는 고비에서 놓여났다는 해방감에서였는지 동창 계 모임에서 느긋하게 화투판에 끼어들게 되었다. 층층시하 핑계, 젖먹이 핑계로 어깨너머로 잠깐잠깐씩 구경이나 하다가 남 먼저 자리를 뜨던 화투판에 처음으로 끼어들고 보니, 선무당이 사람 잡는다고 재미도 재미려니와 손속까지 나는 바람에 그만 날 저무는 것도 몰랐다.

"재 좀 봐. 시어머니 모시고 사는 애가 이렇게 늦게 들어가도 무사하려나 몰라."

누군가의 귀띔으로 나는 퍼뜩 정신이 났다. 그때도 나는 어쩌다 하루쯤 밖에서 친구들하고 어울리는 재미에 시간 가는 줄 몰랐다고 해서 그걸로 시어머니한테 주눅이 들 만큼 순진하진 않았다. 그것보다는 온종일 한 번도 집 걱정을 안 했었다는 데 생각이 미치면서 매우 기묘한 느낌을 맛보았다. 첫애라 더 했겠지만 자나깨나 한시 반시 마음을 놓지 못하고 골몰했던 엄마 노릇에서 그렇게 완벽하게 놓여나게 한 게 다름 아닌 화투 놀이의 매혹이었다는 게 문득 나를 어리둥절하게 했다. 뒤미처 매우 기분 나쁘게 섬뜩한 느낌으로 내가 경험한 매혹 속에 악의(惡意)에 찬 속임수가 숨겨져 있었을지도 모른다는 생각이 들었다. 놀음의 트릭 따위가 아닌 운명의 마수 같은.

나는 곧 그런 생각의 터무니없음을 스스로 알아차렸지만 섬뜩한 느낌만은 구체적인 물건의 촉감처럼 생생했다. 나는 그 기분 나쁜 것을 떨어 버리기 위해 애써 그날의 수입을 계산하려 들었다. 반찬값은 번 것 같았다. 시간 가는 줄 모르게 즐거웠는 데다가 덤으로 수입까지 잡았으니 어디냐 싶은 치사한 계산으로 기분을 돌이키려 들었다.

나중에야 알았지만 그 섬뜩한 건 예감이었다. 내가 집을 비운 동안에 아장아장 걸음마를 하던 첫애가 끓는 물주전자를 들어 엎어 다리에 심한 화상을 입고 병원에서 응급조치를 받고 있었다. 차마 못 들어 줄 소리로 신음하고 있는 그 애 옆에서 같이 울고 있던 시어머님은 나를 보자 온종일 어디 갔다 이제 오느냐고 나무라기보다는 우선 당신이 애 잘못 본 변명부터 하시려고 했다.

"글쎄 눈 깜빡할 사이에 이런 일이 났구나. 저녁나절 출출하길래 저 하나 나 하나 먹으려고 달걀을 두 개 삶아서 주전자째 들여놓고 소금을 가지러 돌아서려는데⋯⋯"

시어머님은 말끝을 못 맺고 어린애처럼 입술을 비죽대더니 아이고, 아이고, 숫제 통곡을 하시는 것이었다.

"제 탓이에요."

나는 떨리는 소리로 겨우 그렇게 한마디 했다.

"애 본 공은 없다더니……"

"제 탓이라니까요."

"선생님이 그러는데 덧나지만 않으면 험은 안 난다더라. 야안 살성이 나 닮았으니까 덧나진 않을 게야. 나도 어려서 꼭 야아처럼 왼발로 끓는 국 그릇을 들어엎어서 어찌나 몹시 데었던지 버선을 벗기니까 살가죽이 홀라당 묻어나드란다. 그때야 덴 데 바르는 약이라면 간장밖에 더 있었냐 참 옛날 고릿적 얘기지. 간장 몇 번 발라 준 것밖엔 없다는데도 감쪽같이 아물었으니까 살성 하난 본받을 만하지. 요새야 약이 좀 좋으냐. 참 주사꺼정 맞았다."

시어머님은 그런 얘기를 내 눈치 봐 가며 띄엄띄엄했기 때문에 끝없는 수다처럼 견디기 어려웠다. 그런 소리가 내 아이가 지금 혼자서 겪고 있는 고통과 무슨 상관이 있단 말인가. 나는 나로 말미암아 이 세상에 있게 된 내 아이가 이 세상에서 처음으로 당면한 엄청난 고통 중 털끝만 한 부피도 덜어 가질 수 없다는 게 부당해서 곧 환장을 할 지경이었다. 사람들은 서로 남남끼리요, 사람도 결국은 외토리라는 걸 받아들이기엔 그 아이는 너무 작고 어렸다. 그래서 더욱 나는 그 아이에 대한 온종일의 방심 끝에 내가 체험한 그 기묘한 섬뜩함에 어떤 의미를 붙이려 했는지도 모른다. 나는 그 섬뜩함을 내 아이와 나 사이에만 있는 눈에 보이지 않되 분명히 있긴 있는, 신비한 끈을 통한 계고(戒告)였다고 생각했다. 그것이 계고라는 걸 진작만 깨달았어도 일을 안 당할 수도 있었으련만…… 나는 내 미련함을 깊이 뉘우치고 다시는 미련하지 않을 것을 별렀다.

　그때 내 아이의 화상은 시어머님의 살성을 닮았든지 약이 좋았든지 간에 조금도 흠집을 안 남기고 곱게 아물었다. 그 후 두 살 터울로 아이를 넷이나 더 낳아서 도합 오 남매를 기르려니 어찌 화상뿐이었으랴. 골절상, 낙상, 교통사고, 약물중독 등 가슴이 내려앉고 하늘이 노래지는 사고를 수없이 겪게 됐고 처음 사고가 그랬던 것처럼 번번이 내가 집에 없는 사이에만 일어났다. 집안일에 대한 철저한 방심 끝에 오는 섬뜩한 느낌도 여전했으나 모든 일이 그렇듯이 그것도 타성이 붙으니까 조금씩 미심쩍어지기 시작했다. 그게 정녕 예감이나 계고라면 사고보다 미리 와야 마땅하련만 시간적으로 거슬러 올라가 보면 거의가 다 나중에 왔음을 알 수 있었고, 사고마다 영락없이 내가 집을 비운 사이에 일어났다고 치더라도 내 핏줄과 관계없는 사고 — 시어머님의 낙상, 보일러 폭파 사고, 도난 사고 등도 역시 나 없는 사이에만 일어날 건 또 뭔가. 신기할 건 아무것도 없었다. 집안의 안전을 다스리는 사람이 없는 사이를 틈타는 게 사고의 속성일 뿐이었다.

　그 섬뜩한 건 핏줄 사이에만 있는 신비한 끈과 관계가 있다기보다는 내 철저한 방심(放心)과 더 깊은 관계가 있음직했다. 집안일에 대한 일시적인 방심은 나 자신만의 일이나 재미에 대한 몰두를 뜻하기도 했고, 그런 모처럼의 이기(利己)에서 헤어났을 때, 한 집안의 안주인 노릇만을 숭상했던 평소의 의식이 느낄 수 있는 가책과 당황이 그런 섬뜩한 이물감으로 와닿았다고 생각하는 게 훨씬 지당하고도 속 편했다. 내적인 심리 상태와 외부의 현상 사이에 있다고 가정한 어떤 초월적인 힘의 작용에 대해 이런 온당하고 상식적인 해석을 붙이고 나니 섬뜩한 느낌의 영험도 차츰 무디어지기 시작했다.

실상 이미 타성화된 섬뜩한 느낌은 허탕 치는 일이 더 많았다. 그도 그럴 것이 애들은 이제 다 자랐고 시어머님은 돌아가셨고 집도 마치 비우는 것을 목적으로 지은 것 같은 아파트로 옮겼으니 집을 비우는 일은 나에게 다반사가 되었고 그사이에 무슨 일이 일어날 만한 건덕지가 집 안에 남아 있을 리도 없었다. 식구들이 사고를 저지를 수 있는 무대는 이제 집 안이 아니라 집 밖이었다.

이상하게도 그 섬뜩한 느낌이 영험을 상실한 후에도 나는 계속해서 그것을 경험할 수 있기를 바랐다. 그것은 집을 비울 때마다 번번이 오는 헤픈 느낌이 결코 아니었다. 집을 비우되 반드시 몸과 마음을 함께 비울 것을 전제로 했다. 몸을 비우는 일은 임의로 할 수 있지만 마음을 비우는 일은 그렇지가 않았다. 집 밖에서도 늘 집안일과 집안 걱정에 쫓기는 게 여편네 팔자였다. 또 집안일에 대한 철저한 방심이 사고의 원인이라는 내 나름의 미신이 밖에서 일부러라도 자주 집안일을 생각하거나 걱정하게 했고 때로는 전화질 같은 행동으로 그걸 나타내기도 했다. 그렇건만도 어쩌다가 바깥 재미에 빠져 집 생각을 한 번도 안 하는 수가 있고 그럴 때마다 섬뜩한 느낌과 함께 제정신이 들었다. 나는 그 섬뜩함 자체를 사랑했다. 그 섬뜩함은 일순 무의미한 진구덩의 퇴적에 불과한 나의 일상, 내가 주인인 나의 살림의 해묵은 먼지를 깜짝 놀라도록 아름답고 생기 있게 비춰 주기 때문이다. 그 요술 같은 조명 효과 때문에 나는 마치 첫 무대에 서는 배우처럼 가슴 울렁거리며 새롭고도 서툴게 나의 일상으로 되돌아갈 수가 있었다. 비록 일순의 착각에 불과한 것이더라도 권태가 행복처럼, 먼지가 금가루처럼 빛나는 게 어찌 즐겁지 않으랴. 뜻밖의 삶의 축복이었다.

그뿐 아니라 불길한 것의 감지 능력이 거의 백발백중이었을 소싯적의 그 기분 나쁜 섬뜩한 느낌 또한 나는 얼마나 사랑하고 있는지. 지금의 나의 안주인으로서의 당당한 권세 — 일종의 터줏대감 의식도 실은 그 시절 그 느낌에 근거하고 있을 것이다.

　나만 없어 봐라, 이 집 안 꼴이 뭐가 되나? 기껏 삼박 사일쯤의 여행에서 돌아와 신나게 총채를 휘두르며 이런 푸념을 하는 것도 실은 그 시절의 영광의 헛된 반추에 지나지 않을지도 모르겠다. 그럴 땐 나 없는 동안에 잘못된 건 장식장 선반의 부우연 먼지와 방구석에 쑤셔 박아 놓은 양말짝이 고작이라는 게 오히려 섭섭할 지경이었다. 그래서도 더더욱 나만 없어 봐라는 상투적인 공갈을 되풀이했다. 이런 나를 아이들은 하여튼 우리 엄마는 못 말린다는 눈초리로 바라보며 저희끼리 킬킬거리곤 했다. 물론 언제나 이 구질구질한 살림 걱정 안 하고 살아 보냐는 푸념을 나라고 안 하는 바는 아니다. 나만 없어 봐라?보다 더 자주 써먹는 소리인지도 모른다. 그러나 그건 입술 끝에 달린 엄살일 뿐 내 속셈은 어디까지나 내 살림의 종신 집권(?)이다.

　그날은 오래간만에 즐거웠다. 친구의 농장에 닿기 전부터 내리기 시작한 눈은 오후부터 폭설로 변했다. 동구 밖 거목들이 동양화 속의 원경처럼 꼭 필요한 고결한 몇 가닥의 선으로 단순화되면서 아득하고도 부드럽게 흐려 보였다. 어린 과수(果樹)들은 눈의 무게를 이기지 못해 간간이 잔가지가 부러지는 소리가 뚝뚝 비명처럼 들렸다. 벽난로 속에서 청솔가지가 싱그러운 냄새를 풍기며 활활 타올라 방 안을 훈훈하게도 정겨웁게도 했다. 바로 유리문 밖 뜨락 앵두나무엔 눈꽃이 탐스럽게 만개해서 황홀했다. 선경(仙境)이었다. 비록 제 차가 있다고는 하지만 친구 남편이 아침저녁 서울 한

복판에 있는 그의 사무실까지 출퇴근하기에 불편이 없을 만큼 가까운 거리에 그런 선경이 있을 줄이야. 지난봄 뜨락에 앵두꽃이 만개했을 때도 나는 친구의 농장에 초대된 적이 있었다. 그때는 딴 친구들도 여럿 함께여서 뜨락과 과수원 길엔 그들이 타고 온 승용차가 즐비했고, 만발한 복사꽃 사이론 따라온 아이들의 즐거운 웃음소리가 가득했었다. 그때 이 농장은 이 같은 도시의 여파(餘波)와 잘 어울려 마치 도시 근교의 관광 농장처럼 들뜬 모습을 하고 있었다. 나는 그때의 농장과 지금의 농장을 마치 별개의 두 개의 농장처럼 각각 다른 느낌으로 좋아하고 있었다. 나에겐 그 둘이 별개의 것이기 때문에 거리감도 물론 달랐다. 나는 마치 난리를 피해 천신만고 계룡산을 찾아든 정감록의 신도처럼 평화롭고 달콤하게 피곤했다.

청솔가지가 활기 있게 타면서 내는 소리를 들으며 나는 나무도 환성(歡聲)을 지를 줄 안다고 생각했다. 창밖에선 여전히 눈이 내리고 있어 레이스 커튼이 움직이고 있는 것처럼 보였다. 그런 느낌은 우리가 앉은 방 안이 전체적으로 어디론지 한없이 떠오르는 것 같은 환각으로 이어졌다. 방이 움직여 어디로 가고 있다면 그건 공간적인 이동이 아니라 시간적인 이동일 거라는 생각이 나를 그 이동에 고분고분 순종케 했다. 푸짐한 눈은 인간의 발자국은 물론 인간의 업적까지를 말끔히 말살해서 온 세상을 태고적으로 돌려놓고 있었다.

친구가 달덩이같이 생긴 유리병에 든 빨간 액체를 크리스탈 잔에 따랐다.

"맛봐. 앵두주야."

앵두주는 루비처럼 고운 빛으로 투명했다.

"얘, 지어 보니 농사처럼 좋은 것은 없더라. 저 앵두나무도 뜰에 그냥 화초 삼아 있는 줄 알았더니 그게 아니더라구. 어떻게 다부지게 열매가 여는지 글쎄 몇 그루 안 되는 나무에서 앵두를 서 말이나 땄지 뭐니. 일 봐 주는 집 아이들이 들며 나며 실컷 따 먹고, 나도 친척들이랑 그이 친구들이랑 구경 오는 손님마다 자랑 삼아 따 보내고 했는데도 말야. 서울 집에서 포도주 담그던 병 갖고는 어림도 없어서 숫제 큰 독을 묻고 술을 담갔으니까 실컷 마셔."

"얘는 누굴 모주 취급하고 있어."

그러면서도 나는 그 달콤하고도 아름다운 술을 홀짝홀짝 겁 없이 들이키고 있었다.

봄에서 겨울, 앵두꽃에서 눈꽃 사이 이 아름다운 술을 빚을 수 있는 새빨간 열매를 서 말, 아니지 다섯 말쯤을 그 작은 키에 다닥다닥 매달고 서 있었을 앵두나무의 고달픈 시기를 생각하며 나는 찬탄을 주체 못 하고 있었다.

"글쎄 그 농사라는 게 말이지."

친구가 또 농사 자랑을 할 기세였다. 나는 앵두꽃 필 무렵의 친구 초대가 이 집의 집들이 잔치를 겸한 거였다는 게 생각나서 슬며시 비꼬고 넘어가려 했다.

"너 농사 몇 해나 지어 봤다고 자랑부터 하니? 남 샘나게. 좀 더 두고 쓴맛 단맛 다 보고 나서 얘기하자. 한탄도 좀 들어야 생전 콘크리트 닭장 못 면하는 나 같은 사람도 좀 위안이 될 게 아니니?"

"아직 일 년도 안 됐지만, 앞으로 몇 년을 여기서 산대도 내가 쓴맛 볼 게 뭐 있니?"

하긴 그랬다. 과수원도 농토도 친구와 남편의 소유일 뿐이지 농사는 남을 줘서 시키고 있었다. 그렇다고 소작을 준 것하고도 다른 게 거기서 조금도 수입을 기대하지 않았다. 다만 먹고 싶은 만큼은 따 먹고, 바라보고, 저게 다 내 거로구나, 만족하는 게 그들이 그들의 농장에서 거두길 바라는 소출의 전부였다. 생계는 도시의 업체에서 벌어들이는 걸로 충분했고 다만 친구의 건강이 구체적인 병명을 집어낼 수 없는 상태인 채 수년간 좋지 않아 전지요양 삼아 마련한 농장이었다. 그러니까 친구가 농사 농사 하고 으스대는 건 순전히 뜨락의 몇 그루의 앵두나무가 올린 수확을 뜻하는 것이었다.

나는 맥도 빠지고 약간은 기가 죽기도 했다. 신경성인가 뭔가 하는 병답지도 않은 병을 위한 전지요양치곤 너무 호화판이다 싶어서였다. 그러나 나의 처진 기분은 앵두술 때문에 별로 오래가지 않았다. 나는 술이 들어가기 시작하면 딴사람처럼 기분이 고조되고 말이 많아지고 웃음이 헤퍼지는 버릇이 있었다. 꼭꼭 싸 둔 생각, 황당한 불안, 맺힌 마음이 거침없이 술술 말이 되어 넘쳤다. 퍼내어도 퍼내어도 넘치는 맑은 샘물처럼 말이 범람했다. 듣는 상대방에게도 그게 맑은 샘물이 될 것인지 구정물이 될 것인지는 내 아랑곳할 바도 아니었다. 오로지 나는 내 속에 갇힌 것들이 말을 통해 자유로와지는 쾌감에 급급했다. 그건 또한 내가 그것들로부터 자유로와진 느낌이기도 했다. 나는 그런 방법으로 자유를 맛보고 있는지도 몰랐다. 평소 나에게 있어서 자유란 나뭇가지 끝에 걸린 별이나 다름없었다. 당장 딸 수 있을 것 같아 나무를 기어올라가 봤댔자 허사였다. 올라갈수록 별은 멀고 돌아갈 수 있는 땅 역시 멀어져서 얻어 가질 수 있는 것은 위기의식밖에 없었다.

평소의 그런 감정이 술주정 비슷한 품위 없는 방법으로나마 자유를 향유코자 했음 직하다. 친구가 몇 번을 자랑해도 과함이 없을 만큼 친구의 농사는 정말 대단한 것이었다. 앵두술은 달콤하고 영롱하고 아름다왔고, 주정(酒精)은 향기롭고 순도 높아서 나를 온종일 유쾌하고 황홀하게 했다.

친구의 남편이 돌아왔다. 폭설은 멎었지만 논, 밭, 길, 개울의 구별 없이 망막한 눈밭에 새로운 길을 내면서 돌아온 그의 귀가는 휘황한 헤드라이트를 앞세우고 엔진 소리도 요란하게 돌아왔음에도 불구하고 위험을 무릅쓴 동물의 귀소(巢歸)처럼 야성적으로 보였다. 나는 크게 감동해서 예의 거나한 다변으로 찬사를 퍼부었다. 나의 주정의 또 하나의 미덕은 아무리 마셔도 거나한 것 이상은 취하지 않는 거였다.

나의 찬사에 마냥 수줍어하던 그는 서울 가는 길이 위험하니 자기 차로 데려다주마고 했다. 친구는 남편의 목에 팔을 감고 펄쩍펄쩍 뛰면서 좋아했다.

"정말 그래 주시겠어요? 나도 아까부터 이 귀한 손님을 그 털털거리는 시외버스에 맡기고 어떻게 오늘 밤을 편하게 자나 걱정했었다우."

"털털거리는 시내버스나마 다니는 줄 알아. 지레 겁을 먹고 벌써부터 안 다닌다구. 주무시고 가신다면 모를까 가시려면 내 차가 유일한 교통수단이야. 그러니까……"

그러니까 나를 쫓아 보내려면 별수 있겠느냐는 그의 다음 말을 나는 취중에도 총기 있게 짐작하고 얼른 자리를 떴다.

"당신 졸면서 운전하면 난 싫어."

그러더니 친구도 따라나섰다. 친구 부부가 나란히 앞자리에 앉았기 때문에 나는 뒷자리에서 안심하고 깊은 잠에 빠졌다. 얼마 동안 걸렸는지 친구 부부가 나를 엘리베이터에 쑤셔 박고 가 버린 후에야 겨우 잠에서 깼다. 콤팩트를 꺼내려고 핸드백을 여니까 맨 위에 웬 껌이 한 통 들어 있었다.

"이거 씹어. 냄새 안 나게."

친구가 그러면서 내 핸드백에 쑤셔 넣던 생각이 어렴풋이 났다. 어디쯤에서였더라까지는 생각이 안 났지만 남편과 아이들 앞에 술 냄새 풍기지 않고 귀가하길 바라는 친구의 자상한 마음은 알고도 남았다. 그러고 보니 친구가 내 집 생각을 해 줄 때까지, 아니 그 후까지 어쩌면 나는 단 한 번도 집 생각을 안 한 것이다. 집으로부터의 완전한 방심…… 여기에 생각이 미치면서 그 섬뜩한 게 또 등덜미를 지나갔다. 그것은 내가 여지껏 경험한 섬뜩함 중에서도 최악의 것이었다. 마치 나의 맨살 위로 피(血)가 찬 기어다니는 짐승이 기는 것 같은 느낌을 맛보았다. 그 느낌의 생생한 현실감에 비기면 하루의 청유(淸遊)는 꿈처럼 자취 없이 헛된 것이었다. 나는 휘청거렸다. 술기운 때문이 아니었다. 술은 이미 말끔히 깨 있었다. 내 나이를 생각했다. 이제 재난이나 화(禍)를 견딜 수 있을 것 같지가 않았다. 앞으론 내가 식구들의 화가 되는 게 순서, 아니 권리일 것 같았다. 근래에 와선 섬뜩한 느낌이 허탕을 친 경우가 더 많았음에도 불구하고 나는 내 식구 중 하나가 당하고 있을 재난을 조금도 의심하지 않았다. 그만큼 그날의 섬뜩함은 각별하고도 새로웠다. 엘리베이터가 멎고 문이 열렸다. 거기 나의 식구들이 고스란히, 그리고 무사하게 서 있었다. 마치 제막된 동상처럼.

정말 동상으로 고정된 사람처럼 그들은 나를 보고도 꼼짝도 안 했고 꾸민 듯 데면데면한 표정도 고치지 않았다. 숫제 나를 몰라보는 것 같았다. 그런 일이 있을까. 그야말로 재난이었다. 온전한 나만의 재난…… 그러나 역시 견딜 수 있을 것 같지가 않았다.

진저리를 치고 빠져나갔던 생활이라도 돌아와 보니 나를 모른다고 할 때 돌연 그 생활은 얼마나 사랑스러운 게 되어 있는 것일까?

나는 온몸으로 아부하며 만면에 웃음을 띠었다. 생전 처음 웃어 보는 것처럼 살갗이 당길 뿐 웃음은 마냥 서툴렀다.

　"내가 너무 늦었나 보지. 말도 말아 그게 웬 눈인지, 버스가 끊겨 혼났다. 자고 가라는 걸 사정사정해서 그 집 자가용을 얻어 타고 오는 길야. 운전수도 안 두고 사는 집 차를 얻어 타려니 어찌나 황공한지. 귀한 사람들이 목숨 걸고 여기까지 데려다준 거란다. 정말 지독한 눈이었어."

　나는 그들의 어깨 너머로 눈과는 무관한 우리 집 골목, 아파트의 복도를 바라보며 말했다.

　"엄마, 놀라지 마세요."

　"여보 놀라지 말아요."

　"그동안에 일이 좀 생겼어요."

　"놀라지 마 엄마."

　놀라지 말라는 말처럼 사람을 놀라게 하는 데 효과적인 말이 또 있을까. 그러나 나 역시 후들대는 가슴을 진정하기 위해 생각나는 말도 그 말밖엔 없었다. 놀라지 마. 네 식구는 네 눈앞에 저렇게 건재하지 않니? 사람이 성한 그 나머지 재난 같은 건 나는 하나도 안 무서워. 암 안 무섭고 말고. 설사 저들이 공모를 해서 나를 생전 모른다 하기로 작정을 했다고 하더라도 놀랄 건 없어.

　"외할머니가 다치셨대 엄마."

　"눈에서 넘어지셨는데……"

　"중상인가 봐."

　"정신을 잃으셨는데 아직 못 깨어나셨대."

　"엄마 오시길 얼마나 기다렸다고요."

　"기다리다 못해 우리끼리 먼저 지금 병원으로 가는 길이요. 당신도 같이 가겠소?"

식구들이 모두 한마디씩 했다. 나를 비난하는 투는 조금도 없었는데도 나는 부끄러워서 그들로부터 숨어 버리고 싶었다.

"아, 아니에요. 얼른 먼저들 가세요. 곧 뒤미처 갈께요. 가슴이 떨려서요. 다리도 떨리고요."

나는 울먹이며 화끈대는 얼굴을 두 손으로 감쌌다.

"거 봐. 엄마 쇼크 받았잖아. 그렇게 한꺼번에 말해 버리는 게 어디 있니?"

"어때? 아무 때 알려도 알려야 할 건데."

"그래 그래. 자식이 나쁜 일 당한 걸 부모한테 속이는 건 봤어도 부모한테 일 생긴 거 자식한테 숨기는 건 못 봤다."

아이들 사이에서 작은 말다툼이 생겼다. 남편은 말없이 아이들 중 하나를 쇼크 받은 아내를 위해 떼어 놓고 먼저 병원으로 갔다.

나는 그 아이마저 떼어 놓고 내 방을 걸어 잠그고 방바닥에 쓰러졌다. 충격 때문이 아니라 부끄러움과 졸음 때문이었다. 나 없는 동안에 일어난 재난의 당사자가 내 식구가 아니라 친정어머니라는 걸 알아들으면서 속으로 나는 얼마나 안도하고 기뻐했던가? 그 사실이 나를 심히 민망하고 부끄럽게 했지만 그런 죄책감조차 별로 절실하지도 못해 들입다 잠이 쏟아져서 견딜 수가 없었다. 나는 나에게 힘이 되어 주려고 집에 남아서 어쩔 줄을 모르고 있는 아이에겐 끝내 슬픔을 가장한 채 허겁지겁 잠 속으로 빠져들었다. 마치 불륜의 쾌락처럼 단잠이었다.

짧고 깊은 잠에서 깨어났을 때 찬물을 끼얹듯이 제일 먼저 떠오른 생각은 내 아이들이 나에게 가장 가까운 육친이듯이 어머니 역시 가장 가까운 육친이라는 거였다. 소위 말하는 일촌(一寸) 사이가 서로 동등하거늘 나는 내 아이들 대신 어머니가 당한 재난을 마치 타인에게 그것을 떠맡긴 양 다행스러워했던 것이다.

더군다나 어머니에게 나는 단지 하나 남은 일촌이었다. 나에겐 다섯씩이나 있어도 얼고 떠는 일촌이 어머니에겐 하나밖에 남아 있지 않았다. 자식 사랑이 결코 그 수효에 따라 수박쪽 나누듯이 분배되어 줄어드는 게 아니라는 뜻으로 '열 손가락 깨물어 안 아픈 손가락 있느냐'는 속담이 있다. 그렇더라도 하나밖에 안 남은 손가락에 대한 집착과 애정은 도대체 어떤 것일까? 그 생각이 나를 소스라치게 했다.

6·25 때 여읜 오빠 생각이 났다. 친척이나 이웃 간에 효자로 널리 알려졌던 오빠였다. 소년 시절의 그의 모습이 선연하게 떠올랐다. 엄마와 오빠와 나, 세 식구가 한창 곤궁했을 적. 엄마가 바느질 품 판 돈을 졸라 군것질을 일삼다 마침내 구멍가게 유리창까지 깨뜨려 엄마에게 큰 손해를 입힌 나를 그는 인왕산 성터로 데리고 올라가 눈물로 매질을 했었다. 그때의 매질이 나를 두들겨 일으킨 것처럼 잠은 깨끗이 사라지고 그는 참으로 오래간만에 나에게서 가까이 있었다. 그때의 그의 눈물이 지금도 나를 울게 했다. 그를 가까이 느낄수록 그를 잃었다는 상실감도 그만큼 컸다.

어머니에게 무슨 일이 나든 그것을 제일 먼저 책임져야 할 사람은 나밖에 없다는 걸 더는 회피할 수가 없었다. 나는 몸과 마음을 가다듬고 병원으로 향했다.

뜻밖에도 어머니는 의식을 회복해서 나를 보자 희미하게 웃기까지 하셨다. 오빠가 남긴 두 아들이 이젠 오빠보다 훨씬 더 나이를 먹어 의젓하게 처자식을 거느리고 있고, 거기다 우리 집 대식구까지 합해 응급실의 어머니의 병상은 제법 근검했다. 나는 그때까지 줄창 오빠 생각을 하고 있었기 때문에 죽은 사람은 나이를 먹을 수 없다는 평범한 사실이 새삼스럽게 쓸쓸한 감회가 되었다.

나는 일촌답게 허둥지둥 그들을 헤치고 왈칵 어머니의 손을 잡았다. 시신도 감동시킨다는 일촌의 당도였다. 어머니의 눈에 눈물이 그렁이더니 하염없이 흘러내렸다. 어머니에게 내가 단 하나 남은 자식이란 사실이 서러운 눈물이 되어 모녀 사이를 흘렀다.

"어쩌다가 이 지경을 당하셨어요?"

"석이 애비가 밖에서 눈을 치는 걸 들창으로 내다보다가 마음은 젊어서 좀 거들어 줄까 싶어 마당으로 한 발짝을 내딛다가 그만……."

석이 애비란 현재 어머니를 모시고 있는 오빠의 큰아들, 어머니의 장손, 나의 장조카였다.

"거들긴 뭘 거드셔? 잔소리가 하고 싶으셨겠지."

석이 에미가 혼잣말처럼 종알거렸다.

"그럼 느이들이 다 옆에 있으면서 할머니를 이 지경으로 만들었단 말이냐?"

나는 나도 모르게 그만 조카 내외 탓을 하고 있었다.

"할머니가 총찰 안 하시는 게 있는 줄 아세요? 또 총찰하시고 싶어 나오시나 보다 할 수밖에요."

조카가 얼른 제 아내 역성을 들고 나섰다. 어머니는 팔십을 훨씬 넘어선 연세였고 조카 내외는 서른 안팎이었다. 시부모 모시기도 꺼리는 세상에 한 세대를 건너뛰어 조손(祖孫)이 한 지붕 밑에 사는 게 쉬운 일은 아닐 터였다. 그러나 어머니의 달갑잖은 존재가 이렇게 드러나 보이긴 처음이었다.

응급실이라 여기저기서 신음 소리, 울음소리, 가족들이 술렁이는 소리가 들렸다.

"다치신 덴 어디예요?"

조카며느리가 홑이불을 젖히고 다리를 가리켰다. 어머니의 왼쪽 다리가 엉치 밑에서 획 밖으로 돈 채 퉁퉁 부어 있는 게 남의 다리를 얻어다가 어설프게 이어 놓은 것처럼 이물스러워 보였다.

한눈에 사태가 심상치 않다는 걸 짐작할 수 있었다. 어머니는 여든여섯이었다.

"빨리 공구리를 해 주지 않고……"

어머니가 우리 모두를 위로하듯이 중얼거렸다.

"안 아프세요?"

"안 아프긴, 다시 기절이나 했으면 싶구나."

"아, 어머니!"

이때 간호원이 우리 가족을 불렀다. 우리는 우르르 담당 의사한테로 몰려갔다. 응급실 담당 레지던트는 너무 젊고 피곤해 보였다. 벽에 붙은 전자시계의 빨간 초침은 소리 없이 자정을 넘고 있었고, X-레이 감광판에서 어머니의 앙상한 엉치와 대퇴골이 심판을 기다리고 있었다.

"우선 입원시키시고 경과 봐서는 수술을 해야겠는데요."

"그러니까 경과 봐서 수술을 안 할 수도 있다, 이런 말씀인가요?"

나는 마른침을 삼키며 이렇게 물었다.

"안 하는 게 아니라 못 할 수도 있을 수 있겠죠."

"무슨 말씀이신지?"

"경과를 본다는 건 수술을 견딜 수 있나를 체크해 본다는 뜻이지 자연 치유의 가능성을 말하는 게 아니니까요."

"그분은 여든여섯이세요. 어떻게 수술을…… 참 그분은 기부
스를 원하시던데. 오래 걸려도 상관없어요. 기부스를 해 주세요."

"고령이기 때문에 수술을 하라는 겁니다. 기부스로 뼈가 붙기
엔 너무 늙으셨어요. 그 나이에 기부스는 살아 있는 관(棺)이죠. 이
런저런 합병증으로 기부스한 채 돌아가실 게 틀림없으니까요."

젊은 의사가 냉담하게 말했다.

"그분은 기부스를 하는 걸로 알고 있는데…… 저어…… 어떻
게 기부스로 안 될까요?"

나는 거의 애원조로 빌붙었다.

"진단이나 치료는 환자가 하는 게 아닙니다."

"그러니까 우린 선택의 여지도 없다는 말씀이군요?"

"그렇죠, 방법은 수술밖에 없으니까요."

"수술하면 다시 걸으실 수 있을까요?"

"경과가 좋으면……"

"그러니까 수술 결과도 장담 못 하겠단 말씀 아녜요? 말도 안
돼요."

나는 싸울 듯이 언성을 높였다. 그러나 젊은 의사는 좀처럼 덩
달아 흥분할 것 같지 않았다. 그의 냉담은 명철한 지성에서 온다기
보다는 직업적인 과로에 연유하고 있는 것 같았다.

"내일 주치의 선생님하고 자세한 걸 의논하시죠. 우선 입원 수
속이나 밟으시고……"

"선생님이 주치의도 아니면서 어쩌면 그렇게 단정적으로 수술
을 권하세요?"

"오늘의 의술이 할 수 있는 거의 유일한 방법이니까요."

"흥, 결과도 보장을 못 하면서……"

"유일한 방법이라고 했을 뿐이지 안전한 방법이라곤 안 했읍니다. 유일한 방법일수록 위험부담이 더 따른다고도 볼 수 있어요."

마침내 의사가 발끈했다.

"고모 왜 그러세요? 병원에 온 이상 의사 선생님 말씀에 따라야죠."

뒤에서 구경만 하고 있던 두 조카가 나섰다.

"너희들은 모른다. 아무것도 몰라."

나는 무턱대고 치미는 격정에 못 이겨 악을 썼다.

"뭘 모른다고 그러세요?"

"할머니는 여든여섯이셔. 그런 큰 수술을 견디실 수 있을 것 같니?"

"도리가 없잖아요? 우선 입원 수속 밟고 자세한 건 내일 주치의 선생님과 의논합시다. 고모, 여긴 응급실이에요."

조카들이 나를 난동 분자 다루듯이 거칠게 복도로 끌어냈다. 그러나 그때 그런 방법으로 젊은 의사와 나눈 대화가 가장 자세한 의논이 될 줄은 미처 몰랐었다.

큰 대학 부속병원 회진 시간이 다 그렇듯이 다음 날 아침 한 떼의 레지던트, 인턴, 간호원을 거느리고 나타난 주치의 선생님은 한눈에 믿음직스럽고도 권위 있어 보였다. 권위란 상대방으로 하여금 하고 싶은 말을 참게 하는 어떤 힘이 아닐까? 나는 한편에 다소곳이 비켜서서 무슨 말이 떨어지기만을 기다렸다. 그는 거느린 수련의들한테만 내가 알아들을 수 없는 외국어로 짤막하게 몇 마디 하고 나가 버렸다. 나는 허둥지둥 뒤따라 나갔지만 수련의 중에 섞여 있던 어젯밤의 응급실 당직 의사를 붙드는 게 고작이었다. 그는 내가 묻기 전에 수술 날짜는 사흘쯤 후가 될 거라고만 말하고 다른 병실로 사라졌다. 그 사흘 동안에 주치의를 이리저리 쫓아다녀서 알아낸 건 골절된 부위가 과히 예후(豫後)가 좋지 못한 부위라는 것, 저절로 진이 나와서 붙을 걸 기대할 수 없는 연세이기에 금속을 집어넣어서 뼈와 뼈를 잇게 하는 수술은 불가피하다는 것, 간단한 수술은 아니라는 것들이었다. 주치의가 그 많은 말을 한꺼번에 다 한 게 아니라 어렵게 마지못해 한마디씩 한 걸 내 상상력으로 뜯어 맞추면 대강 그런 뜻이 되었다.

그의 권위에 주눅이 들어선지 과묵(寡默)이란 전염성이 있는 건지 나는 아무리 벼르던 말도 그 앞에선 제대로 다 말하지 못했다. 주치의가 가족들을 답답하게 하는 것처럼 가족들 역시 어머니를 답답하게 했다.

"애, 숫제 접골원으로 갈걸 그랬나 보다. 어긋난 뼈 맞추는 덴 아무래도 접골원이 신효하다는데. 괜히 병원으로 끌고 와 가지고 너희들 큰돈 없애게 생겼다. 얼른 부러진 다릴 맞춰서 공구리할 생각은 안 하고 이 꺼풀만 남은 늙은이 피는 왜 맨날 빼 가고 검사는 무슨 놈의 검사가 그리 많은지 아픈 거 참는 것도 참는 거지만 그게 하나라도 공짜일 리가 있냐. 공구리만 해서 내보내자니 억울해서 잔뜩 돈을 뜯어낼 심산인가 본데 느이들이 가서 궁색한 소릴 좀 해야 한다. 아이구! 다리야. 이게 내 다린가? 내 웬순가? 공구리를 하고도 이렇게 아프려거든 제발 지금 죽여 주소. 죽여 줘. 자식 앞세우고 남부끄러울이만큼 오래 살았으면 됐지 무슨 죄가 또 남아 이 몹쓸 고생을 할꼬."

어머니는 이렇게 괴로와하면서도 기부스에 한 가닥 기대를 걸고 있었다. 기부스보다 더 나쁜 일이 자기에게 일어나리라곤 아예 상상도 못 했다. 식구들은 노인에게 그걸 알리는 일을 미적미적 미

116

루면서 내 눈치만 봤다. 설득과 위로를 필요로 하는 일을 딸이 맡아서 하는 건 당연했다.

마침내 수술 날짜가 내일로 박두해 침대에 금식(禁食) 팻말이 붙은 날 밤 나는 어머니가 받아야 할 수술에 대해 알릴 수밖에 없었다.

"수술? 누구 맘대로 수술을 해? 안 된다. 안 돼. 누구 맘대로 내 몸에 칼을 대? 내가 남 못 당할 몹쓸 꼴만 골라 당하고도 이날 이때 목숨을 못 끊고 살아남은 건 죽는 게 무서워서가 아냐. 주신 목숨을 내 맘대로 건드렸다가 받을 벌이 무서워서지. 수술 안 하면 죽는대도 내버려둬. 내 나이 구십이 내일 모레야. 나 내버려뒀다고 자손들 흉볼 사람 아무도 없어."

어머니는 망설이지도 않고 단호하게 수술을 거절했다. 이미 장손이 수술 동의서에 도장까지 찍은 후였고, 내일 아침 어머니를 수술실로 보내는 일은 어머니의 의사와는 상관없이 자동적으로 되게 되어 있었다. 그러나 나는 어머니의 육신에 그런 모욕을 가하고 싶지 않았다. 퉁퉁 부어오른 한쪽 다리를 뺀 어머니의 나머지 육신은 뭉치면 한 줌도 안 될 꺼풀처럼 가볍고 무력해 보였다. 그 작은 육신에나마 자존심이라는 게 남아 있는 이상 앞으로 당할 일을 알고 있을 권리가 있을 것 같았다. 그것은 어머니 속으로 난 단 하나밖에 없는 자식으로서의 애정이자 미움이기도 했다.

나는 망설이지도 감추지도 않고 내가 아는 한 소상하게 어머니가 받아야 할 수술에 대해 설명을 했다. 대퇴골 골절을 부러진 막대기에 비유할 여유마저 생겼다.

"생각해 보세요. 부러진 나무 막대기를 꼭 이어서 써야 할 일이 생겼을 때 아교풀로 잇는 게 더 튼튼하겠어요? 쇠붙이로 끼고 나사로 죄는 게 더 튼튼하겠어요? 더군다나 아교풀이 모자라거나 아주 없을 땐 어떡하겠어요? 두려워하실 거 조금도 없어요. 박사님이 어머니의 부러진 뼈에다 쇠붙이를 끼고 튼튼히 이어 놓을 테니까요. 단 며칠을 사셔도 수족을 쓰셔야 그게 사시는 거죠, 안 그래요? 어머니."

뜻밖에 어머니의 얼굴에 밝은 미소가 떠올랐다. 그동안 정기 없이 흐려졌던 눈도 난데없이 꿈꾸는 소녀의 눈빛처럼 은은하게 빛났다.

"그러니까 지금도 뼈 부러진 덴 산골이 제일이란 말이지?"

"네?"

나는 어머니의 말뜻을 전혀 알아들을 수가 없을뿐더러 돌변한 어머니의 태도는 막연히 기분 나쁘기까지 했기 때문에 생금스러운 소리로 악을 썼다.

"의술이 제아무리 발달해도 뼈 부러진 덴 산골밖에 없다고? 암 산골이 제일이고말고…… 산골은 영약인걸."

어머니는 마치 잃었던 어린 날의 동요를 주워 올리듯이 그립고 달콤한 목소리로 이렇게 읊조렸다.

"어머니, 무슨 말씀이세요? 정신 차리세요."

나는 어머니의 가냘픈 어깨를 마구 흔들었다.

"잔뼈만 부러졌어도 산골을 먹으면 되는 건데 굵은 뼈가 부러졌으니 수술을 해서라도 끼울 수밖에. 얘들아. 나 수술받는 거 조금도 안 무섭다. 느희들도 걱정할 거 하나도 없어. 산골로 붙여 놓은 뼈는 부러지기 전보다 훨씬 더 튼튼해진다는 걸 난 잘 알지. 이 손목 좀 보렴."

어머니는 오른손을 높이 쳐들어 보이면서 우리 모두를 감싸고도 남을 듯이 너그럽고 훈훈하게 미소 지었다. 그러나 누가 보기에도 어머니의 오른손 손목은 정상이 아니었다. 뼈가 불거져 나오고 한쪽으로 약간 삐뚤어져서 성한 손목보다 굵어 보이긴 했지만.

나는 그게 그렇게 된 까닭을 알고 있었다. 뒤늦게 산골이 무엇을 뜻하는지도 알아차렸다.

다음 날 아침 어머니는 수술실로 들어가기 위해 틀니를 빼고도 시종 그렇게 웃으셨기 때문에 마치 갓난아기 같았다. 여든보다 아흔에 더 가까운 연세에 크나큰 시련을 앞두고 갓난아기처럼 웃을 수 있는 어머니의 비밀이 나를 참을 수 없이 슬프게 했다.

우리 세 식구가 처음으로 서울에 장만한 내 집인 현저동 꼭대기 괴불 마당 집에서의 첫겨울은 가혹했다. 추위도 예년에 없이 혹독했지만 여름철 장마처럼 눈이 한 번 내리기 시작하면 몇 날 며칠을 계속됐다. 제아무리 충직한 함경도 물장수 김 서방도 그 겨울의 지독한 눈구덩이만은 헤칠 엄두가 안 났던지 자주 물장사를 걸렀다. 그러나 그건 그리 큰 문제가 아니었다. 우리는 안마당, 바깥마당, 장독대, 지붕 위에 지천으로 쌓인 눈을 퍼다가 가마솥에 붓고 장작불만 지피면 됐다. 물보다는 불 걱정이 훨씬 더 심각했다.

우린 가늘게 패서 새끼로 한 아름씩 묶은 단 장작을 매일 한두 단씩 사다 때며 살았었는데 어머니는 그걸 이웃 구멍가게에서 안 사고 꼭 전차 종점께에 있는 나무장까지 가서 사 왔다. 겉보기엔 부피가 비슷해 보이지만 들어 보면 판이하게 나무장 것이 올차다는 거였다. 한꺼번에 열 단만 사도 거뜬히 지게로 져다 주건만 당시의 우리에겐 그만한 경제력도 없었던지 어머니가 손수 그 멀리서 단 장작을 한두 단씩 날라다 땠다. 허구헌 날 퍼부어 쌓인 눈으로 산동네 비탈길이 위험해지자 오빠는 그 일을 자기가 맡겠다고 나섰다.

그러나 어머니가 오빠에게 그 일을 시킬 리가 없었다.

"에민 너한테 이까짓 장작단 심부름이나 하는 효도 안 바란다. 너 더 큰 효도를 해야 할 외아들이야. 공부 잘해 출세해서 큰돈 벌거던 우선 청량리 나무장에서 통나무를 한 바리 들여다가 쓱쓱 톱질하고 짝짝 패서 한 광 가득 차곡차곡 쟁여 놓고 겨울을 나 보자꾸나."

"그때는 그때고 지금은 지금 아녜요. 다 큰 자식 놓아 두고 어머니가 그 일 하시면 사람들이 흉봐요. 자식 된 도리도 아니고요."

"장차 큰일 할 자식을 몰라보고 탐탁찮은 일이나 시켜 먹는 건 그럼 에미 도리라던?"

이렇게 한마디로 딱 잘라 거절을 하는 데야 제아무리 효성이 지극한 오빠도 어쩔 수가 없었다. 그러던 어느 추위가 그악스럽던 날 어머니는 장작단을 이고 눈에서 미끄러져 만신창이가 돼서 돌아왔다. 여기저기 난 상채기는 보기만 잠깐 흉할 뿐 아무것도 아니었다. 담박 퉁퉁 부어오르면서 심한 동통을 호소하는 손목이 문제였다.

오빠와 나는 엄마의 짓눌린 것처럼 나지막한 신음 소리에 귀 기울이느라 밤새도록 제대로 잠을 잘 수 없었다. 기둥이 흔들리는 것처럼 불안했다. 그러나 다음 날 아침부터 어머니는 평상시와 다름없이 집안일을 해 냈고 억지로 꾸민 티 없이 씩씩하고 명랑했다. 그래도 삯바느질만은 도저히 안 되는 모양이었다. 어머니에게 기생집 삯바느질을 대던 노파를 불러다가 아직 끝맺지 못한 바느질거리를 돌려주면서 미안해했다. 노파는 어머니의 부어오른 손목을 보더니 대경실색을 하면서 당장 장안의 용한 침장이들을 줄줄이 엮어 댔지만 어머니는 별로 귀담아듣는 것 같지 않았다.

"곧 나을 거예요. 오늘만 해도 벌써 어제보다 손 놀리기가 훨씬 수월한 걸요."

나중에 노파는 치자를 몇 개 가지고 와서 말했다.

"치자떡을 해 붙여 보우. 부기 내리는 데는 그저 치자떡이 그만이니까."

그리고는 혼잣말처럼 덧붙였다.

"부기만 내리면 뭘 하우. 정작 부러진 뼈가 붙어야지. 부러진 뼈 붙는 데는 산골이 그만인데, 저 여편넨 돈 드는 거라면 귓등으로도 안 들으니. 제 몸 위하는 게 새끼들 위하는 거라는 걸 왜 모르누. 미련한 사람 같으니라구."

오빠도 그 소리를 들었다. 오빠는 어머니가 못 듣는 데서 노파의 집을 아느냐고 나한테 물었다. 우리는 엄마 몰래 노파의 집을 방문했다. 오빠는 노파에게 산골이란 뭐고 어디서 구할 수 있는 건가를 물었다.

"느이 엄마가 보내던? 아니야? 저런 그러면 그렇지. 아이고 신통한 새끼들. 그럼 그래야지. 이래서 사람은 자식을 낳아 기른다니까. 자식 없는 인생이란 천만금이 있으믄 뭘 해. 말짱 헛거지."

이런 호들갑스러운 수다로 시작해서 노파의 산골 얘기는 황당하기 짝이 없는 거였지만 신화처럼 매혹적이었다. 우리는 이미 신화 속에 한 발을 들여놓고 있었다. 사람이 바늘구멍만 한 구원의 여지도 없는 곤경에 빠졌을 때 신화는 갑자기 우리 앞에 그 신비의 문을 활짝 열고 그곳의 주인이 되라고 유혹한다.

산골이 나는 굴(窟)은 우리나라에 하나밖에 없는데 현저동에서 과히 멀지 않은 무악재고개 마루턱에 있다고 했다. 생기기는 주사위 모양이지만 크기는 그저 좁쌀보다 클까 말까 한 반짝거리는 쇠붙이인데, 네모반듯한 주사위 모양이 어느 한 군데라도 이지러진 건 약효가 없기 때문에 미리 골라서 팔지만 사는 사람도 잘 봐서 사야 한다고 했다. 그것이 부러진 뼈를 붙게 하는 효력은 실로 놀라와서, 노파가 들은 바론 생전에 산골을 사다 먹고 뼈 부러진 걸 고친 사람의 시신(屍身)을 면례(緬禮)하면서 보니까 반짝거리는 잗다란 쇠붙이가 다닥다닥 한 군데 붙어서 뼈를 이어 주고 있는데 산 사람의 기운으로도 떼어 놓을 수가 없을 만큼 단단하더라는 것이었다.

약으로 먹은 게 직접 부러진 부위로 가서 붙여 놓은 역할을 한다는 걸 우리가 곧이곧대로 믿을 수 있었던 건 우린 이미 신화 속의 주인공이 되어 있었기 때문이다.

"그게 비쌉니까?"

오빠가 얼굴을 붉히며 물었다.

"아냐, 비싸긴. 돈 들 게 뭐 있담. 흙이나 모래처럼 저절로 나는 걸. 그 굴을 차지한 사람이 자릿세처럼 좀 받기야 받지만서두 얼마 안 될 거야. 병원이나 침쟁이한테서 못 고친 사람덜도 오지만 침 한 대 맞을 헝편도 못 되는 사람꺼정두 오니까."

"가자."

우리 남매는 눈두덩이를 뚫고 무악재고개를 더듬어 올라갔다. 적설강산에 혹한까지 겹쳐 길은 험했지만 집에서 비교적 가깝고 열두 고개 너머도 아니었기 때문에 신화적인 감동을 맛보기 위해선 길이라도 험해야 했다.

묻고 물어서 당도한 산골 굴은 암벽에 빈지문이 달린 굴속이었다. 대낮인데도 촛불을 켜 놓고 있었다. 한눈에 보통 토굴이나 암굴하곤 다르다는 걸 알 수 있었다. 벽이고 천정이고 온통 반짝이는 쇠붙이로 뒤덮여 있었다. 오톨도톨 모자이크된 잗다란 쇠붙이들이 촛불이 출렁이는 대로 물결처럼 흔들려 신비한 몽환의 세계를 이루고 있었다. 산골 굴의 주인은 흰 무명 두루마기를 입은 젊은 남자였다. 만약 그가 나이 들고 흰 수염이라도 기르고 있었더라면 우리 남매는 다짜고짜 그의 발밑에 몸을 던지고 어머니를 위한 영약을 주십시사 간절히 빌었을지도 모른다.

그러나 그 젊은 남자도 우리 마음으로 신격화시키기에 충분했다. 세상 사람들하곤 다르게 빼빼 마르고 멍한 게 영적(靈的)으로 보였다. 그 남자와 비교해 보니 오빠가 다 자란 건강한 청년이라는 것도 새삼스럽게 나를 감격케 했다. 나는 그 남자를 우러러보면서 오빠에게 찰싹 매달렸다.

오빠는 그 남자에게 공손히 인사를 하고 나서 용건을 말했다. 남자는 두 자루에 촛불이 켜진 소반으로 가서 산골을 고르기 시작했다. 노파의 말대로 그 굴에선 산골이 무진장 나지만 산골이라고 다 약이 되는 게 아니라 어느 한 군데도 이지러지거나 삐뚤어진 데 없이 정확한 여섯모꼴이어야만 비로소 신효한 약효가 나타난다는 거였다. 그래도 그 남자는 산골이 직접 부러진 뼈에 가서 다닥다닥 붙어서 뼈를 이어 놓는다고까지 말하진 않았다.

그 남자가 산골을 고르는 모습은 특이했다. 소반 앞에 단정히 꿇어앉아 조는 듯 미미하게 고개를 끄덕이며 한 되나 되게 쌓인 산골 중에서 몇 알씩을 집어내어 흰 종이에 쌌다. 깡마르고 창백한 얼굴이 더욱 영적으로 돋보이고 육안으로 고르는 게 아니라 심안으로 고른다 싶게 그 일에 힘 안 들이고 몰입해 있었다.

오빠를 쳐다보니 숙연한 얼굴로 두 손을 마주 잡고 허리를 굽히고 읍하고 있길래 나도 얼른 그대로 했다.

"우선 열흘치를 줄 테니까……"

남자가 흰 종이에 나누어 놓은 걸 싸면서 말했다. 메마르고 허한 목소리였다.

"신령님께 정성 들이면 약효가 더 있을 것이니까, 이리 와 봐."

소반 말고 굴속의 가장 후미진 곳에도 두 자루에 촛불이 켜져 있었고 산골로 된 자연의 단위에 신령님의 영정이 모셔져 있었다. 단에는 정안수를 떠 놓은 불기가 있고 십 전짜리, 오십 전짜리 동전도 흩어져 있었다.

"자아 신령님께 절하고, 약값 가져온 것 있으면 신령님께 바쳐. 그리고 이 정성 받으시고 영험을 내려 주십사 빌어, 이렇게."

오빠는 그대로 했다. 꾸벅꾸벅 절을 하고 또 했다. 내가 평소 오빠를 속으로 깊이 사랑하면서도 어려워해서 깍듯이 예절로 대했던 것은 십 년이나 되는 연령 차도 있었지만 함부로 할 수 없는 오빠의 특이한 사람됨 때문이었다. 어떤 깜깜한 무지도 꾀 많은 미신도 현혹시킬 수 없을 것 같은 명석함과 떳떳함은 오빠의 사람됨의 가장 뚜렷한 특징이었다. 나는 가난한 동네의 미천한 사람들 속에서 오빠의 그런 인품이 저절로 돋보이는 걸 마치 자신의 때때옷처럼 자연스럽게 여겨 왔다.

그런 오빠가 어린 눈에도 서투른 솜씨임이 빤히 드러나는 속악한 신령님의 영정에 수없이 머리를 조아리고 있었다. 이상하게도 오빠의 이런 미신적인 의식은 그의 떳떳함을 한층 돋보이게 할지언정 조금도 모순되어 보이지 않았다. 정성이 그 극치에 이르면 서로 반대되는 방법까지도 화합하게 하는 것인지. 나는 누가 시키지 않았건만 공손하게 읍하고 오빠가 올리는 의식을 지켜보았다.

오빠가 신령님 앞에 바친 돈이 산골값으로 넉넉한 것이었는지 모자라는 것이었는지 모르지만 오빠의 정성은 그 산골 장수까지도 흡족하게 한 것 같았다.

"아까는 우선 열흘만 잡쉬 보라고 했는데 보아하니 더 잡술 것도 없이 열흘 안에 거뜬해지실 거구먼. 내 말 틀림없으니 두고 보소. 이 산골이라는 게 약기운보다는 신(神) 기운을 더 타는 영물인데 젊은이 효성이면 어떤 신령님인들 안 동하고 배기겠수? 더구나 우리 신령님 영검이 어떻다구."

오빠의 산골이 어머니를 감동시킨 건 말할 것도 없다. 어머니는 안 다쳤을 때보다 훨씬 더 행복해졌고, 매일매일 모래시계처럼 정확하게 손목의 부기와 아픔을 덜해 가다가 더도 아니고 덜도 아닌 열흘 만에 완쾌를 선언했다.

우리 보기엔 아직도 손목의 모양이 정상이 아니었지만 어머니의 설명에 의하면 그곳에 산골이 모여서 뼈를 붙여 주고 있기 때문이라는 거였다. 어머니는 완쾌가 틀림없는 사실이라는 걸 증명하기 위해 열흘 되던 날부터 다시 삯바느질을 시작하셨고 그 솜씨는 전과 다름없이 빼어났다. 어머니는 또 산골 먹고 붙은 뼈가 얼마나 튼튼하다는 걸 과시하기 위해 우리 앞에서 무거운 걸 번쩍번쩍 들어 보이길 즐기셨다. 영천시장에서 장작을 날마다 한두 단씩 사다 때는 버릇도 여전했다. 해동할 때까진 오빠가 그 일을 하겠다고 해도 어머니는 막무가내였다.

"걱정 말아. 야아. 또 넘어지게 되면 이 오른손으로 콱 짚으면 되니까. 내 오른 손목은 이제 예전과 달라 무쇠보다 더 튼튼한걸."
이렇게 뽐내면서 보기 싫게 삐뚤어진 손목을 휘둘러 보였다.

텔리비전 연속극이나 영화 같은 데서 보면 수술실로 들어가기 직전의 집도의와 환자 가족 사이가 사뭇 감동스럽다. 초조해하는 가족 앞에서 의사는 잠깐 권위의 갑주(甲冑)를 벗고 인간적인 온정과 성의를 내비친다. 실수할 확률을 전혀 배제할 수 없다손 치더라도 인간을 인간에게 맡겼다는 게 인간을 백발백중의 기계에게 맡긴 것보다 훨씬 마음 놓이게 한다. 그런 마음이 의사에게 당치 않은 엉석[1]도 부리게 하고 때로는 추태에 가까운 애걸이나 부탁, 다짐까지 하게 되고 의사는 가족들의 그런 인간적인 약점에 잠깐이나마 그 어느 때보다도 너그러워지는 아량을 보인다. 어쩌면 그건 아량이라기보다는 동정이나 감상인지도 모르지만.

나 역시 어머니의 주치의인 홍 박사와 수술실 밖에서 잠깐이나마 그런 따뜻한 인간적인 교감이 있길 바랐다. 진과 기름이 다 빠진 앙상한 노구, 그러나 아직도 여체인 어머니의 몸이 의식을 박탈당한 채 그에게 맡겨지는 광경은 상상만으로 충분히 참혹했다. 나는 내가 위로받고 싶어서도 그가 필요했다.

그러나 큰 병원 수술실은, 수술실이 아닌 수술장이었다. 그 수술장에서 수술을 받은 환자는 하루에 이삼십 명을 헤아렸다. 마치 콘베어[2] 시스템에 의해 제품이 완성되며 운반되듯 종합병원이란 거대한 메카니즘이 환자에게 필요한 조치를 베풀어 가며 제시간에 수술실로 보내고 일정한 시간이 경과하면 저절로 수술실에서 내보냈다. 수술실로 들어가기까지 수많은 사람의 손길이 닿았지만 그 누구도 내가 진심으로 부탁하고 매달리고 싶은 책임자는 아니었다.

더군다나 수술장은 저만큼서부터 가족들에게 금단의 구역이었고 그 속에서 일어나는 일을 볼 수 없는 것과 마찬가지로 그 속에서의 일을 책임질 사람도 만날 길이 없었다. 집도의는 수술장에 상

---

1 '응석'의 사투리.
2 컨베이어.

주하는 것인지 그들만의 전용 출입문이 따로 있는 것인지, 환자를 들여보내고 아무리 그 앞에서 서성대도 홍 박사뿐 아니라 어떤 의사도 만나 볼 수 없었다.

딴것도 아닌 사람의 목숨을 맡고 맡기는 관계에 있어서 사전에 잠시라도 그런 인사치레 내지는 교감이 없다는 게 나는 몹시 허전했다. 수술 동의서에 도장 찍는 일보다는 그게 더 필요한 일일 것 같았다. 그런 중에도 수술장에 들어가기까지의 어머니의 밝고 천진한 태도는 많은 위안이 되었다. 팔십 노구에 가해질 대수술에 대해서 어쩌면 그렇게 불안 없이 마냥 편안할 수가 있는지 어머니는 산골 요법과 수술을 동일시함으로써 그런 편안함에 도달할 것이다. 어머니에게 아직도 오빠는 종교였다.

수술장은 커다란 ㄱ자 꼴로 되어 있어서 그 양끝이 입구와 출구로 나누어져 있었다. 출구에서 그 안에서 일어나는 일을 엿볼 수 없기는 입구나 마찬가지였다. 수많은 수술 환자 가족들이 출구 쪽 복도에서 초조하게 서성대고 있었다. 아이를 수술실에 홀로 들여보낸 젊은 엄마가 남편 어깨에 얼굴을 묻고 흐느끼고 있는가 하면 장정 아들을 수술실로 들여보낸 노모가 염주를 세며 염불을 외고 있기도 했다. 가족들의 그런 초조한 심정을 위한 배려로 가끔 간호원이 나와서 벽에 붙은 환자 명단에다 숫자를 기입하고 들어갔다. 숫자는 수술이 끝난 환자가 회복실로 옮겨진 시간을 의미했다. 회복실로 옮겨진 지 한 시간가량이면 대개 환자가 실려 나왔다. 환자가 실려 나올 때마다 가족들은 덮어놓고 몰려가서 확인하려 들었다.

수술실 문이 열리고, 아직 수술복인 채인 의사가 눈만 반짝거리는 커다란 마스크의 한쪽 끝을 천천히 귀에서 벗기면 입가엔 어려운 일을 성공적으로 끝낸 사람 특유의 만족스런 피곤이 감돌고,

마침내 입을 열어 "안심하십시오. 수술은 성공적이었읍니다" 하면 가족들이 혹은 우러러보기도 하고, 혹은 머리를 조아리기도 하면서 감격과 감사의 눈물을 흘리는 광경은 출구 쪽에서도 일어나지 않았다. 입구는 환자를 받아들이고 출구는 환자를 토해 내고 가족은 전송하고 마중할 뿐이었다.

나붙은 명단엔 성별과 연령도 기입돼 있었다. 86세, 어머니가 최고령이었다. 그다음 고령이 57세란 걸로 86세의 수술이 심히 무모한 모험으로 여겨졌다. 아홉 시에 수술실로 들어간 어머니는 한 시가 지나서야 회복실로 옮겨졌다는 고지가 나붙고, 그다음은 감감 무소식이었다. 출구가 열리고 환자가 실려 나올 때마다 나는 경박하게 놀라면서 달려가서 얼굴을 확인하곤 했다. 방정맞은 생각과 피곤과 공복으로 눈이 침침해져서 나는 아무 환자나 따라다니면서 오래 들여다보았다.

"고모도 참, 할머니가 뭐 주름살 성형수술이라도 하고 나올 줄 아슈?"

이렇게 이죽댈 수 있는 조카들의 여유가 밉살스러웠지만 그 어느 때보다도 조카들이 믿음직스러운 것도 어쩔 수 없었다.

마침내 어머니가 실려 나왔다. 어머니도 우리를 알아보고 뭐라고 중얼거렸다. 틀니를 빼 버린 어머니의 발음은 가냘프고 불확실했다. 병원 마크가 붙은 홑이불이 어머니의 벌거벗은 어깨를 미처 다 못 가리고 반쯤 드러내 주고 있었다. 나는 그런 무례를 참을 수 없어 홑이불을 끌어올려 목만 내놓고 꼭꼭 여몄다. 링겔 줄이랑 피 받아 내는 줄 때문에 홑이불이 여기저기 떠들썩한 건 어쩔 수 없었다. 벌거벗은 어머니는 홑이불 속에서 덜덜 떨고 있었다.

"추우세요?"

"아냐 그냥 저절로 떨린다."

그 소리를 알아들을 수 있는 게 신기해서 식구들이 우루루 모여들어 차례차례 어머니를 시험하러 들었다.

"할머니 제가 누군지 아시겠어요?"

"석이 애비지 누군 누구야?"

"할머니, 할머니, 저는요?"

"석이 에미."

"저는 누구게요?"

"경아 애비."

시험을 무사히 통과한 어머니는 자랑스럽게 웃으면서 나를 쳐다보았다. 방금 수술실에서 나온 어머니의 이런 웃음은 나를 또다시 섬뜩하게 했다.

장정 둘이서 미는 바퀴 달린 침대는 긴 복도를 신속하게 통과해서 엘리베이터 앞에 멎었다. 그러니까 우린 경망스럽게도 이런 시험을 바퀴 달린 침대를 겅정겅정 따라가면서 치른 것이다. 더 경망스러운 것은 그런 간단한 시험으로 우린 어머니의 수술이 성공적이었다고 믿어 버린 것이다. 엘리베이터 속에서 우린 벌써 어머니에 대해 무관심했다.

"아아, 피곤하다. 오늘 저녁엔 다리 뻗고 자야지."

"점심을 얼렁뚱땅 걸렀더니 속이 쓰린데. 병원 식당 설렁탕 먹을 만합디까, 형?"

"오늘 저녁은 누가 병원에서 잘 차례지?"

"야아, 차례 따질 거 없다. 아무리 저러셔도 마취 깨면 오늘 밤 지내시기 안 힘들겠니? 내가 모시고 샐 테니 느이들은 집에 가서 푹 쉬렴."

"그래요, 그러는 게 좋겠어요. 고모. 그럼 오늘 저녁은 고모가 수고 좀 해 주세요. 내일 일찌거니 석이 엄마 보내서 교대해 드릴께요."

"우리 할머니 강단 센 건 하여튼 알아줘야 돼. 구십 고령에 그런 대수술을 치르시고도 정신이 저렇게 말짱하실 수가 있으니……"

"못된 것들 그럼 할머니가 못 깨어나셨으면 느희들 속이 시원했겠구나. 회복실에서 얼마나 오래 걸렸게 그러니? 난 꼭 뭔 일 당하는 줄 알고 얼마나 마음을 조였게 그러니? 사람마다 나이는 못 속여. 남들은 회복실에서 한 시간도 안 걸리는데 할머니는 세 시간을 넘어 걸렸잖니?"

"아니다. 야아, 나도 금새 깨어났어. 깨어나서 아이들 있는 데로 데려다 달라고 아무리 악을 써도 누가 거들떠나 봐야지. 떨리긴 또 왜 그렇게 떨리는지 추워 죽겠다고 애걸을 해도 소용이 없고 정신은 났는데도 목소리는 속에서 끌어 잡아당기는 것처럼 잘 안 나오긴 하더라만 거기 사람들도 너무 무심한 것 같더라."

우리끼리 수근대는 소리에 어머니는 이렇게 긴 소리로 참견까지 하셨다. 우린 서로 눈짓만 했다. 우리의 눈짓에는 구십 노인의 수술의 성공을 재확인하고 경탄하는 뜻에다 노인의 지나친 강단을 비웃는 뜻까지 포함돼 있었다.

병실에 돌아오자 우린 더욱 말이 많아지고 어머니는 말끝마다 참견을 하려 드셨다. 나도 어머니의 강단이 지겨운 생각이 나서 간간이 핀잔까지 주기 시작했다. 틀니를 빼 놓았기 때문에 발음이 헛소리처럼 불확실한 걸 알아듣기도 피곤했지만 무엇보다도 조카들이나 조카며느리들 보기가 면구스러웠다. 엄살로라도 대수술 후의 빈사 상태를 가장했으면 좀 좋으랴 싶었다. 참다못해 나는 조카들을 일찌거니 집으로 쫓아 보냈다.

"얘들아 어서 가 보렴. 할머니보다 느희들이 더 피곤해 뵌다. 뭣 좀 배불리 먹고 일찌거니 자거라. 할머니도 느희들이 가야 잠을 좀 주무시지 않겠니? 다 나으신 줄 알고 저러시지만 노인네 일인데 무슨 변사를 부릴지 아니? 조심조심 아무쪼록 어려운 고비를 잘 넘겨야지."

조카들을 보낸 후에도 어머니는 쉬지 않고 무슨 소리든지 하려 들었다. 귀담아듣지 않으면 소의 되새김질 같은 입놀림으로만 보였다. 나는 점점 더 어머니의 지칠 줄 모르는 근력이 짜증스러워지기 시작했다.

밤에 홍 박사가 수련의들을 거느리고 병실에 들렀다. 회진 시간이 아닌데 들른 걸 보면 그날 수술한 환자만을 특별히 한번씩 돌아 보는 모양이었다. 그러나 회진 때와 마찬가지로 일진의 질풍처럼 순식간에 몰려왔다가 순식간에 몰려갔다. 회진은 늘 질풍이었고 복도에서 마주치는 의사 개개인의 걸음걸이나 행동도 마찬가지였다. 그들은 어디에고 머물기를 꺼리는 바람처럼 신속하고 정 없이 스쳐 갔다.

나는 홍 박사에게 최고의 치사(致謝)의 말을 준비하고 있었지만 이루지 못했다. 그건 정중하고 은밀하고 약간 더듬거리는 것이어야 하거늘 그러기엔 너무 기회가 빨리 지나가고 말았다. 나는 허둥지둥 복도까지 쫓아가서 수고했다는 상투적이고도 경박한 인삿말을 중얼거리고 수술 경과에 대해 물었다.

"잘됐어요. 크게 염려 안 해도 될 겁니다. 워낙 고령이니까 간병에 신경은 좀 쓰셔야죠."

그에게서 처음으로 긴 말을 들은 게 황송해서 더 묻진 못했지

131

만 미진했다.

어머니는 여전히 중얼거렸다. 수련의들과 간호원이 자주 드나들며 환자의 상태를 체크하고 몸에 매달린 여러 개의 줄을 점검했다. 내가 밤 동안 보살피고 기록해 놓을 것에 대해서도 지시를 받았다. 내가 할 일은 자주 기침을 시켜 가래를 뱉게 할 것, 링겔이 다 되기 전에 알릴 것, 소변량의 체크, 수술 자리에서 흐르는 피를 흡입하는 비닐 백이 다 차면 알릴 것 등이었다.

나는 홍 박사에게 속 시원히 못 물어본 걸 그들에게 꼬치꼬치 물으려 들었지만 그들은 한결같이 대체로 정상이라는 소견에다 워낙 고령이시니까라는 주를 달기를 잊지 않았다. 하긴 고령이라는 건 이상도 병도 아닌 주(註)일 뿐이었다.

어머니는 기운이 없다는 핑계로 기침을 하지 않으려 했다. 그러다가도 가래가 괴면 목에 경련을 일으키며 괴로와해서 나를 깜짝깜짝 놀라게 했다. 가래를 삼키면 폐렴을 일으킬 수도 있다고 아무리 일러도 소용이 없었다. 그러면서도 쉬지 않고 무슨 말인지 웅얼거렸다. 기력이 쇠진해서 사람의 육성 같지가 않고 미풍이 가랑잎 흔드는 소리가 났다.

"제발 좀 눈 감고 잠을 청하세요."

나는 짜증을 내면서 어머니를 구박했다. 어머니가 원망스러운 듯이 눈을 크게 뜨고 나를 쳐다보았다. 오싹하도록 푸른 기가 도는 눈이었다.

"불을 끌까요?"

나는 떨리는 소리로 말했다.

"싫어, 싫어."

어머니가 도리질을 했다.

"그럼 제가 눈을 감겨 드릴께요. 마음을 편안히 가지시고 잠을 청해 보세요."

나는 한 손으로 어머니의 손을 잡고 한 손으로 어머니의 눈꺼풀을 지긋이 눌러 감겼다. 어머니는 잠시를 못 견디고 나를 뿌리쳤다.

"수술 자리가 아프셔서 그렇죠? 오늘 밤만 잘 넘기면 내일부턴 한결 수월해질 거예요. 정 몹시 아프시면 말씀하세요. 진통제를 놓아 달라고 그래 볼 테니까요."

"아니, 하나도 안 아파. 잠이 안 와서 그래."

"그럼 수면제를 달래 볼께요."

간호원실에 가서 그런 얘기를 했더니 알았으니 가 있으라고 했다. 잠시 후에 인턴이 작은 알약을 한 알 갖다주면서 될 수 있으면 실내를 어둡게 해 드리는 게 좋을 것 같다고 했다. 알약을 들게 한 후 보조 침대 옆에 붙은 희미한 벽등 하나만 남기고 불을 껐다. 이번에는 어머니도 저항하지 않았다. 약효가 곧 나타나려니 안심하는 마음은 간사스럽게도 당장 참을 수 없는 잠을 몰고 왔다. 나는 잠깐만 눈을 붙일 양으로 반 넘어 남아 있는 링겔 병과 아직은 반도 차지 않은 소변 통과 피 받는 통을 확인하고 나서 침대에 쓰러졌다.

얼마나 잤는지 몹시 술렁이는 기미에 퍼뜩 깨어났다. 병실은 소리 없이 술렁이고 있었다. 어머니가 두 손으로 허공을 휘젓고 있었던 것이다. 그러나 무작정 휘젓는 헛손질하곤 달라 보였다. 열심히 무슨 일인가를 하고 있는 것처럼 신중하고도 규칙적이었다. 나는 찬물을 뒤집어쓴 것처럼 잠이 달아나 버린 것을 느끼며 화들짝 몸을 솟구쳐 우선 불 먼저 켰다. 어머니는 얼굴을 잠깐 찌푸렸지만 두 손으로 하던 일만은 멈추지 않았다.

"엄마 뭐 해?"

나도 모르게 어릴 때의 말투로 물었다.

"보면 모르냐? 빨래를 했으면 웃도리는 웃도리, 빤쓰는 빤쓰, 양말은 양말끼리 개켜 놔야지 한데 쑤셔 박아 놓으면 쓰냐?"

어머니의 목소리는 힘차고 또렷했다.

"빨래라뇨? 좀 주무시지 않고……"

"이걸 이 모양으로 늘어놓고 잠이 와? 못된 것들."

어머니가 쩽하는 쇳소리를 내면서 나를 쳐다보았다. 눈의 푸른 기가 한층 깊어져서 귀기(鬼氣)가 감돌았다. 나는 불현듯 도망가 구원을 청하고 싶은 충동을 느꼈다. 어머니의 손놀림은 허공에서 분주하게 빨래를 분류하고 개키고 있었고, 전체적으로 기세가 등등했다. 하루 전부터의 금식, 관장, 마취, 대수술 끝에 느닷없이 그런 기운이 솟다니. 나는 놀랍기보다는 다리가 후들댈 만큼 겁부터 났다. 이때 간호원이 들어왔다.

"어머니가 좀 이상하세요. 들입다 헛손질을 하시고 헛것도 보이시는 모양이에요."

"마취 끝에 더러 그런 환자들도 있어요. 차차 나아지겠죠."

간호원은 심드렁하게 말하고 체온과 맥박을 체크하고 나가 버렸다. 나는 따라 나가서 어머니가 주무시게 해 달라고 졸랐다.

"아까도 그러셔서 약을 드렸잖아요?"

"그 약이 안 듣잖아요. 참 그 약 잡숫고 더하신 것 같아요. 맞았어요. 그 약을 드시기 전엔 잠은 못 주무셔도 헛것을 보시진 않았어요. 어떡허면 좋죠?"

"그럴 리는 없지만, 혹 그 약의 부작용이라고 해도 별일은 없을 테니까 안심하세요. 임상 시험 결과 가장 부작용이 없는 걸로 알려진 신경안정제를 투약했을 뿐이니까요."

"이것보다 더 큰 별일이 어디 있어요. 우리 어머닌 지금 제정신이 아니라니까요."

"차차 나아지실 거예요."

"그까짓 신경안정제 말고 수면제를 주던지 주사를 놓아 주던지 하세요."

"그럴 순 없어요."

"아니, 이 큰 병원에서, 별의별 수술을 다 하는 대종합병원에서 그래 잠 못 자 고생하는 환자 잠도 못 재워 준대서야 말이 돼요."

"환자를 위하는 일은 우리가 더 잘 알아서 하고 있으니 가족들은 협조를 해 주셔야지 덮어놓고 이렇게 떼를 쓰시면 어떡해요?"

간호원이 획 돌아서면서 쏘아붙였다. 나는 무안하고 노여워서 다시는 네 따위한테 애걸을 하나 봐라, 중얼중얼 뇌까리며 돌아왔다.

아직도 빨래를 덜 개켰는지 허공에서 규칙적인 손놀림을 계속하고 있던 어머니의 손이 별안간 나를 향해 두 손바닥을 보이며 방어의 자세를 취했다. 푸른 귀기가 돌던 두 눈이 극단적인 공포로 튀어나올 듯이 확대됐다.

"왜 그래 엄마!"

나는 덩달아 무서움에 떨며 어머니한테로 달려갔다. 어머니의 팔이 내 목을 감으며 용을 쓰는 바람에 나는 숨이 칵 막혔다. 굉장한 힘이었다. 숨이 막혀 허덕이는 나의 귓전에 어머니는 지옥의 목소리처럼 공포에 질린 소리로 속삭였다.

"그놈이 또 왔다. 하느님 맙소사 그놈이 또 왔어."

어머니는 아직도 한 손으론 방어의 태세를 취한 채 문쪽을 보

고 있었다. 나는 혹시 내 뒤에 누가 따라 들어왔는가 해서 돌아다보
았지만 아무도 없었다. 순간 머리끝이 쭈뼛했다.

"엄마!"

무서움증이 큰 힘이 되어 나는 어머니의 팔에서 벗어났다. 어
머니는 악귀처럼 무서운 형상을 하고 와들와들 떨면서 문 쪽을 보
고 있었다. 문 쪽엔 아무도 없었지만 어머니는 혼신의 힘으로 누군
가와 대결을 하고 있었다. 순간 나는 저승의 사자가 어머니를 데리
러 와 거기 버티고 서 있는 게 어머니에게만 보일지도 모른다는 생
각이 들었다. 피가 얼어붙는 것처럼 무서워서 감히 그쪽으로 발을
옮길 수도 없었다. 그러니 누구한테 구원을 요청할 가망도 없었다.
여든여섯의 노인의 병실을 저승의 사자가 넘보는 건 당연했다. 오
늘의 수술 환자 중에서뿐 아니라 이 거대한 종합병원에 입원한 모
든 환자 중에서도 어머니는 최고령일지도 모른다. 그만큼 분별이
있는 저승의 사자라면 앙탈을 해 봤댔자일 것 같았다. 나는 이미 저
승의 사자한테 어머니를 내줄 각오를 하고 있었다. 여든여섯이면
누가 감히 천수를 못 누렸다 하랴. 다만 몸에 큰 칼자국을 내고 거기
서 나는 선혈이 아직 마르기도 전에 끌어가려는 게 괘씸하지만 세
상의 죽음치고 그 정도의 여한도 자식에게 안 남기는 죽음이 어디
있으랴. 각오는 하고 있으니 제발 네 모습을 어머니에게 보이지만
말게 해 다오. 백 살을 살다 죽어도 죽기는 싫은 게 인간의 상정이라
면 생의 마지막 순간까지도 네 모습만은 드러내지 않는 게 저승의
사자된 도리요 유일한 자비가 아니더냐. 사라져라. 제발. 휘이휘이.

나는 어머니의 참혹한 공포를 차마 눈 뜨고 볼 수 없어 이렇게
속으로 부르짖었다. 그놈이 내 눈에까지 보이는 일이 일어날까 봐
더더욱 겁이 났다. 그러나 그는 사라지기는커녕 다가오고 있음이

분명했다. 어머니의 부릅뜬 눈동자의 촛점거리가 그걸 말해 주고 있었다. 맙소사 나 혼자 어머니의 임종을 지키게 되다니.

"그놈이 또 왔다. 뭘 하고 있냐? 느이 오래빌 숨겨야지, 어서."

"엄마, 제발 이러시지 좀 마세요. 오빠가 어디 있다고 숨겨요?"

"그럼 느이 오래빌 벌써 잡아갔냐?"

"엄마 제발."

어머니의 손이 사방을 더듬었다. 그러다가 붕대 감긴 자기의 다리에 손이 닿자 날카롭게 속삭였다.

"가엾은 내 새끼 여기 있었구나. 꼼짝 말아. 다 내가 당할 테니."

어머니의 떨리는 손이 다리를 감싸는 시늉을 했다. 그때부터 어머니의 다리는 어머니의 아들이었다. 어머니는 온몸으로 그 다리를 엄호하면서 어머니의 적을 노려보았다. 어머니의 적은 저승의 사자가 아니었다.

"군관 동무, 군관 선생님, 우리 집엔 여자들만 산다니까요."

어머니의 눈의 푸른 기가 애처롭게 흔들리면서 입가에 비굴한 웃음이 감돌았다. 나는 어머니가 환각으로 보고 있는 게 무엇이라는 걸 알아차렸다. 가엾은 어머니, 차라리 저승의 사자를 보시는 게 나았을 것을……

어머니는 그의 다리를 어디다 숨기려는지 몸부림쳤다. 그러나 어머니의 다리는 요지부동이었다.

"군관 나으리 우리 집엔 여자들만 산다니까요. 찾아보실 것도 없다니까요. 군관 나으리."

그러나 절대절명의 위기가 어머니에게 육박해 오고 있음을 난들 어쩌랴. 공포와 아직도 한 가닥 기대를 건 비굴이 어머니의 얼굴을 뒤죽박죽으로 일그러뜨리고 이마에선 구슬 같은 땀이 송글송글

솟아오르고 다리를 감싼 손과 앙상한 어깨는 사시나무 떨듯 떨고 있었다.

가엾은 어머니, 하늘도 무심하시지, 차라리 죽게 하시지, 그 몹쓸 일을 두 번 겪게 하시다니…….

"어머니, 어머니 이러시지 말고 제발 정신 차리세요."

나는 어머니의 어깨를 흔들면서 울부짖었다. 어머니는 어디서 그런 힘이 솟는지 나를 검부럭지처럼 가볍게 털어 내면서 격렬하게 몸부림쳤다.

"안 된다. 안 돼. 이노옴. 안 돼. 너도 사람이냐? 이노옴, 이노옴."

나는 벽까지 떠다밀린 채 와들와들 떨면서 점점 심해 가는 어머니의 광란을 지켜볼 수밖에 없었다. 어머니의 몸에서 수술한 다리만 빼고는 온몸이 노한 파도처럼 출렁였다. 그래서 더욱 그 다리는 어머니의 몸이 아닌 이물질처럼 괴기스러워 보였다. 어머니의 그 다리와 아들과의 동일시가 나한테까지 옮아 붙은 것처럼 나는 그 다리가 무서웠다.

'안 된다 이노옴'이라는 호통과 '군관 나으리, 군관 선생님, 군관 동무'라는 아부를 번갈아 하며 몸부림치는 서슬에 마침내 링겔줄이 주사바늘에서 빠져 버렸다. 혈관에 꽂힌 채인 주사바늘을 통해 피가 역류(逆流)해 환자복과 시트를 점점이 물들였다. 피를 보자 어머니의 광란은 극에 달했다.

"이노옴, 게 섯거라. 이노옴, 나도 죽이고 가거라 이노옴."

어머니는 눈물이 범벅된 얼굴로 이를 갈았다. 틀니를 빼 놓아 잇몸만으로 이를 가는 시늉을 하는 게 얼마나 처참한 것인지 나 말고 누가 또 본 사람이 있을까. 이게 꿈이었으면, 꿈이었으면. 어머니는 이 세상 소리가 아닌 기성을 지르며 머리카락을 부득부득 쥐어 뜯다가 오줌을 받아 내는 호스, 피를 빼 내는 호스도 다 뜯어내 버렸다. 피비린내가 내 정신을 혼미케 했다. 퍼뜩 정신이 나서 구원을 청하러 나가려는데 어머니의 기성이 바깥까지 들렸든지 간호원이 뛰어왔다. 뒤미처 나이 지긋한 수간호원도 달려왔다.

어머니의 몸에 부착시켰던 의료 기구들을 원상복구시키기 위해선 여러 사람의 힘이 필요했다. 어머니는 힘이 장사였다. 내가 수간호원과 다른 간호원과 함께 어머니를 힘껏 찍어 누르는 동안 담당 간호원이 어머니가 뽑아낸 것들을 다시 삽입했다. 링겔은 숫제 발등으로 옮겨 꽂았다.

"세상에 이런 일도 있습니까?"

나는 수간호원에게 원망스럽게 말했다.

"너무 심려 마세요. 흔하진 않지만 이런 특이체질이 아주 드문 것도 아니니까요. 곧 나아지실 겁니다."

수간호원이 이렇게 나를 위로했다. 어머니의 악몽이 특이체질 탓이라구? 하긴 타인의 꿈에 대해 누가 감히 안다고 할 수 있으랴?

이제 '너 죽고 나 죽자'는 발악으로 변한 어머니의 몸부림은 지칠 줄 몰랐다. 수간호원이 간호원에게 지시해서 침대 양쪽 난간을 올리고 끈을 가져다가 어머니의 사지를 꽁꽁 묶게 했다.

"따님 된 마음에 좀 안됐다 싶으셔도 참으세요. 이런 경우는 이수밖에 없으니까요. 이제 안심하고 눈 좀 붙이세요. 지레 병나시겠어요. 곧 정상으로 돌아오실 테니 염려 마시고……"

그들은 어머니를 묶어 놓고 나를 위로하고 병실을 나갔다. 나는 지칠 대로 지쳐서 신 신은 채 보조 침대에 상반신을 꺾었다. 그러나 웬걸, 원한 맺힌 맹수처럼 으르렁대던 어머니가 에잇 하고 한번 기압을 넣자 사지를 묶은 끈은 우지직 끊어지기도 하고, 혹은 풀어지기도 했다. 어머니는 다시 길길이 뛰기 시작했다. 참으로 불가사의한 괴력이었다. 목소리도 뜻이 통하는 말이 아니라 원한의 울부짖음과 독한 악담이 섞인 소름 끼치는 기성이었다. 조금도 과장 없이 간장을 도려내는 아픔과 함께 내 속에서도 불가사의한 괴력이 솟았다. 나는 이를 악물고 어머니에게로 돌진했다. 다시는 아무의 도움도 청하지 않고 어머니와 맞서리라 마음먹었다. 이건 아무의 도움도 간섭도 필요없는 우리 모녀만의 것이다.

나는 어머니를 힘껏 찍어 눌렀다. 온몸으로 타고 앉다시피 했다. 어머니의 경련처럼 괴로운 출렁임이 고스란히 전해 왔다. 조금이라도 마음이 움직이거나 약해져선 안 된다고 생각했다. 그렇게 되면 어머니가 나를 타고 앉게 될지도 모른다. 내가 아무리 전심전력으로 대결해도 어머니의 힘과는 막상막하여서 내 힘이 위태로와질 때마다 나는 어머니의 뺨을 쳤다.

"엄마, 정신 차려요. 엄마, 정신 차려요."

처음으로 엄마의 뺨을 치고 나는 내 손이 저지른 패륜에 경악해서 두 번째는 더욱 세차게 때렸고, 어머니의 뺨에 솟아오른 내 손자국을 보고 이것은 악몽 속 아니면 지옥일 거라는 일종의 비현실감이 패륜에 패륜을 서슴없이 보태게 했다. 어머니의 힘도 무서웠지만 더 무서운 건 어머니의 얼굴이었다. 그건 내 어머니의 얼굴이 아니었다. 이제 나는 어머니와 싸우고 있는 게 아니라 내 나름의 공포와 싸우고 있었다.

나는 어머니를 사랑했고 내가 사랑한 것 중엔 물론 어머니의 얼굴도 포함돼 있었다. 어머니는 늙어 갈수록 아름다운 분이었다. 그건 드물고도 귀한 일이 아닐 수 없었다. 그런 아름다움은 어머니가 말년에 믿게 된 부처님과도 깊은 관계가 있을 것 같았다. 어머니는 부처님을 믿는 걸로 어머니가 당한 남다른 참척의 원한을 거의 극복한 것처럼 보였다. 뿐만 아니라 부처님을 닮은 곱고 자비롭고 천진한 얼굴로 늙어 가셨다. 비록 아들은 잃었으나 거기서 난 손자들을, 그의 짝들을, 거기서 난 증손자들을, 딸과 외손자들을 사랑하며, 그러나 결코 집착하진 않으시며 행복하게 늙어 가셨다. 누구보다도 화평하게 누구보다도 아름답게 거의 황홀하리만큼 아름답게 늙으신 어머니를 볼 때마다 나는 저분이야말로 참으로 보살(菩薩)이라고 순연해지곤 했었다.

사람 속의 오지(奧地)는 아무리 끝도 없고 한도 없는 거라지만 그런 어머니에게 그런 격정이 숨겨져 있었을 줄이야. 내 어머니의 오지에 감춰진 게 선(善)과 평화와 사랑이 아니라 원한과 저주와 미움이었다는 건 정말 너무했다. 설사 인간이 속속들이 죄의 덩어리라고 하더라도 그건 너무했다.

악과 악의 대결처럼 살벌하고 무자비한 모녀의 힘의 대결에서 어머니가 먼저 패색을 보이기 시작했다. 나는 나의 손가락 자국대로 선명하게 부풀어오른 어머니의 뺨에 비로소 내 뺨을 비비며 소리 내어 통곡했다.

어머니가 그때 왜 현저동 꼭대기를 우리의 은신처로 생각했는지 모를 일이다. 그때 우린 그 동네의 가난으로부터 벗어나서 남부럽지 않게 산 지 오래되었지만 그때 우리가 처한 곤경은 참으로 억울하고 난처한 것이었다. 죽을 수도 살 수도 없는 곤경이었다. 그런 막다른 곤경이 엄마가 서울 와서 처음 말뚝 박은 동네를 고향 다음가는 신뢰감으로 의지하게 했는지도 모른다. 또 우리의 곤경의 특수성과도 관계가 있음직하다. 그때의 우리 곤경은 6·25라는 커다란 민족적 비극 속의 한 작은 단위에 불과했지만 중산층이 모여 사는 점잖은 동네의 인심의 간사함, 표리부동성과도 불가분의 관계가 있었다. 오빠가 의용군에 지원한 일만 해도 그랬다. 오빠는 해방 후 한때 좌익 운동에 가담했다가 전향한 적이 있는데 그것 때문에 남하를 못 하고 적 치하에 서울에 남은 걸 극도로 불안해했다. 이런 불안과 공포를 혼자 견디기엔 벅찼던지 비슷한 처지의 전향자들의 동태에 대해 몹시 알고 싶어 했다. 그가 어설프게 알아낸 바로는 어떡하든 남하를 하지 않았으면 다시 변신을 해 있는 것도 오빠를 새로운 불안에 빠뜨렸다.

그 요란한 포성보다 서울을 사수할 것이라는 방송만 믿고 피난의 기회를 놓친 자신의 고지식함과 국민을 그렇게 기만하고 저희끼리만 달아나 버린 정부의 엄청난 무책임을 홀로 저주하고 분노했다. 그렇다고 새로운 변신을 꾀할 만큼 비루하지도 못했다. 그는 그가 기왕에 한 전향이 잘못을 뒤늦게 깨닫고 신념과 용기를 가지고 한 것이었음에도 불구하고 전향이란 말 자체엔 늘 도덕적인 불쾌감을 가지고 있었다. 만약 그의 최초의 선택이 웬만큼만 잘못된 것이었더라도 그는 전향을 해서 잘못을 시정하느니 차라리 최초의 신념에 일관함으로써 자신과의 신의를 지키고자 했을 것이다.

그만큼 그는 지조를 최고의 이상으로 삼는 선비 기질을 간직하고 있었고, 그런 선비 기질이 목적을 위해 수단을 안 가리는 좌익 사상의 본심(本心)을 참을 수 없는 데서 그의 갈등은 불가피했다.

동란 전의 한때 좌익 사상이 청소년들을 선동하는 마력이 대단했을 적에도 내가 그 방면에 무관할 수 있었던 것은 오직 오빠 같은 사람이 여북해야 전향을 했을까 하는 오빠의 고통스러운 경험에 대한 믿음 때문이었다.

살기 위한 방편으로서의 변신이란 생각조차 하기 싫은 그의 인품이기에 더욱더 국민을 듣기 좋은 말로 달래 적 치하에 팽개치고 저희끼리 뺑소니친 꼴이 된 정부에 대한 원망도 컸다. 원망과 불신, 불안, 그리고 고독으로 그는 날로 정신이 망가져 갔다. 이런 그가 이웃의 고발로 기습을 당해서 끌려가는 걸 가족들은 발을 동동 구르며 지켜볼 수 밖에 없었는데 그 후 들려온 소식은 전혀 예상을 빗나간 것이었다. 인민재판에 회부돼서 당장 목숨을 잃었거나 모진 벌을 받고 있을 줄 알았는데 인민 총궐기대회에서 제일 먼저 의용군을 지원해서 많은 젊은이들로 하여금 감격해서 동조케 했다는 소식이었다. 남은 식구들은 그저 그렇다니 그렇게 알밖에 보이지 않는 곳에서 어떤 농간이 그의 운명을 희롱하고 있는지 알아볼 도리는 없었다.

실상 운명의 희롱은 가족도 당하고 있었다. 전향자라고 지목해서 따돌리고 고발까지 한 이웃은 적 치하에서 대단한 세력을 누리고 있었는데 돌변해서 우리 식구들의 보호자 노릇을 해 주었다. 초기엔 그렇지도 않았지만 나중 판으로 접어들수록 청장년이 있는 집치고 의용군으로 빼앗기지 않은 집 없다고 할 만큼 사람 수탈이 극심해져서 의용군 나갔다는 게 하등 특별 대우 받을 만한 일이 못 되었음에도 불구하고 식량 배급이다 뭐다 해서 우리는 특별한 혜택을 받고 있었다. 받고 보니 그 세력 부리는 이웃의 귀띔이 동인민위원회까지 작용했기 때문이었다. 우리는 이런 혜택을 받을 것인가를 망설이거나 취사선택할 경황도 기력도 없었다. 망연자실 목숨을 부지하는 게 고작이었는데, 목숨을 부지하기 위해 먹어야 한다는 건 선택의 여지가 없는 절대적인 조건이었다.

남은 죽도 못 먹는데 보리밥이라도 아귀아귀 먹다가 문득 깜짝 놀라곤 했지만 그건 한 식구를 판 댓가라는 생각 때문이었지 그게 옳지 못한 밥이라고 생각해선 아니었다.

"세상에 아무리 목구멍이 포도청이라지만, 그 아들이 어떤 아들이라고 그 아들 목숨하고 바꾼 밥뎅이가 걸리지도 않고 이리 술술 넘어가노……"

어머니도 느닷없이 수저를 놓으며 이런 탄식을 하면 했지 그 후유증을 우려하진 않았다.

만 석 달 만에 세상이 바뀌자 우리는 이웃 인심의 극심한 박해를 받지 않으면 안 되었다. 빨갱이 집이라고 고발을 해서 청년 당원들이 몽둥이와 총을 들고 달려들어 온 집 안을 들들 뒤지고 쓸 만한 기물을 파괴하고 만삭의 올케의 배를 몽둥이 끝으로 쿡쿡 찔러 보는 행패를 동네 사람들은 굿 구경하듯 신명까지 내면서 즐겼다. 우리는 그들이 겪은 석 달 동안의 고초를 위한 복수의 표적이 되어 어떤 재앙이 쏟아지든 다만 순종할밖에 없었다.

"여보슈 백성들을 불구덩이에 버리고 도망간 사람은 누구유? 거기서 살아남은 죄로 죽여 줘도 난 원망 안 할 테니 그 사람 얼굴 좀 보고 그 죄나 한번 묻고 죽읍시다."

가끔 어머니가 통곡하며 이렇게 푸념을 해 봤댔자였다. 독종이니, 빨갱이 족속치고 말 못 하는 빨갱이 없더라느니 하는 욕이나 먹는 게 고작이었다.

그 정도는 그래도 약과였다. 우리를 이용하고 비호해 주던 고위층 빨갱이를 우리가 감춰 두고 있다는 고발까지 당해 어머니와 올케, 나 세 식구가 따로따로 붙들려 가서 며칠씩 심문을 받고 나오기까지했다. 그동안 어린 조카가 친척집에서 받은 구박은 먼 훗날까지 우리 식구에게 깊은 상처로 남았다. 빨갱이라면 젖먹이 어린 것까지도 덮어놓고 징그러워하고 꺼리던 때였다.

그런 중에 다시 전세가 기울어 후퇴가 시작되자 어머니는 우선 만삭의 며느리와 손자를 친정으로 보냈다. 어머니가 끝까지 남아 있으려는 건 오빠가 혹시 돌아올까 해서였던 건 말할 것도 없다. 의용군 갔다가 도망쳐 오는 젊은이도 꽤 있어서 기대를 걸어 볼 만했고 만약 도망을 못 치면 인민군이 돼서라도 돌아올 것만 어머니는 믿었다. 어머니에겐 아들이 살았느냐 죽었느냐가 문제지 빨갱이냐 흰둥이냐가 문제가 아니었다.

어느 날, 기적처럼 아니 흉몽처럼 오빠가 돌아왔다. 그렇게 믿고 기다리던 어머니까지도 감히 오빠를 반기지 못했다. 헐벗고 굶주려 몰골이 흉한 것까지는 예상한 대로였지만 그때 오빠는 이미 속속들이 망가져 있었다. 눈은 잠시도 한 군데 머무르지 못하고 휘번득댔고, 심한 불면증으로 몸은 수척했고 피해망상으로 하루에도 몇 번씩 깜짝깜짝 놀라고 사람을 두려워했다. 가족들한테도 전혀 친밀감을 나타낼 줄 몰랐고 집에 없는 처자식을 궁금해하거나 보고 싶어 할 줄도 몰랐다. 그동안 무슨 일이 그를 그토록 망가뜨렸는지 알아낼 방법은 없었다. 그는 문을 꼭꼭 잠그고 안에서 두려움에 떠는 심약한 집 보는 어린이처럼 자기를 단단히 폐쇄하고 외부의 모든 것을 배척하려 하고 있었다.

설상가상으로 전세는 더욱 불리해져서 서울을 비우고 모든 사람들이 남쪽으로 남쪽으로 내려가야만 했다. 여름의 실수를 되풀이하지 않기 위해 정부는 미리미리부터 서울의 위기를 예고하고 피난의 편의를 보아 주었고 시민 역시 다시 적 치하를 겪느니 죽는 게 낫다 싶은 비장한 각오로 남부여대 엄동설한에 집을 나섰다.

오빠의 다 망가진 정신도 피난에만은 적극적이었다. 어서 가자고 조바심이 대단했다. 오빠의 정신력 중에서 마지막까지 남아 있는 건 오로지 빨갱이를 피해야겠다는 생각 하나뿐이었다. 그 몸과 그 몰골로 탈출을 하고 격전지를 돌파할 수 있었던 것도 그 힘에 의하지 않고는 불가능했을 것이다.

그러나 오빠에겐 시민증이 없었다. 젊은 남자가 시민증 없인 피난은커녕 잠깐의 외출도 어려울 만큼 그 단속은 날로 심해졌다. 피난민 중에 패잔병이나 간첩이 섞여 있을 가능성 때문이었다. 시민증을 내기 위해선 우선 신청서에 이웃 사람 두 사람의 보증을 받아야 하는데 아무도 오빠의 보증을 서 주려 들지 않았다. 어머니가 아무리 애걸해도 이웃 인심은 냉담했다. 경찰서에 가서 직접 심사를 받고 시민증을 대는 절차를 밟으라는 거였다. 빨갱이가 아니면 그 절차를 겁낼 까닭이 없지 않겠느냐는 말은 지당했다. 오빠가 돌아오기 전 우리 세 식구가 시민증을 낼 때도 물론 이웃 사람들은 도장을 안 찍어 줘서 경찰서에 몇 번씩 불려 다니고 나서 맨 나중에 그걸 교부받을 수 있었으니까.

그러나 오빠의 경우는 그게 난처했다. 경찰서 소리만 해도 그는 안색이 단박 바래면서 덜덜 떨었다. 피난도 못 가고 생전 집 밖에 못 나가도 좋으니 경찰서에 제 발로 걸어 들어갈 순 없다는 거였다. 그러다가도 피난 갑시다, 앉아서 또 당할 순 없어요. 피난 갑시다, 이렇게 잠꼬대처럼 얼른 소리로 중얼대면서 안절부절을 못했다. 그럼 이판사판이니 시민증 없이 그냥 피난길에 나서 보자고 하면 스파이로 몰려 누구 총살당하는 걸 보고 싶으냐고 그 촛점 없는 눈을 희번득댔다.

식구들을 이럴 수도 저럴 수도 없이 만들면서 오빠가 바라는 건 자기는 가만히 앉았고, 식구들이 무슨 수를 써서든지 그걸 입수

해다 주는 거였다.

"어머니 다 팔아요. 집이고 세간이고 다 팔면 그까짓 시민증 하나 못 살라구요. 그까짓 거 애꼈다 뭐 하려고 안 팔아요."

이런 터무니없는 엉석으로 어머니의 피눈물을 흘리게 하는가 하면 나한테까지 못 할 소리를 마구 해 댔다.

"야아, 너 빽 있는 놈 하나 물어서 이 오빠 좀 살려 주면 안 되니? 누이 좋다는 게 뭐냐?"

이런 창피스러운 억지가 실은 오빠의 망가진 정신의 마지막 경련이었다. 서울을 포기하겠으니 남은 시민들은 질서 있게 피난을 하라는 마지막 후퇴령이 내린 날, 우리 세 식구도 피난짐을 이고 지고 덮어놓고 집을 나섰다. 그래도 혹시나 하고 끝까지 남아 있다가 그제서야 떠나는 이웃도 있어 그들에게나마 우리도 피난을 가는 것을 보여 주지 않으면 훗날 또다시 빨갱이로 몰릴까 봐 겁도 났지만 그 집에서 또다시 빨갱이 세상을 맞기는 더 무서웠다. 의용군에서 도망친 건 보통 전향하곤 달라서 극형까지도 각오해야 될 것 같았다. 그때 우리 식구의 사고나 행동은 오로지 빨갱이냐 아니냐 하는 문제에 의해 지배당하고 있었다.

노도처럼 남으로 밀리는 피난 행렬에 끼었으면서도 검문을 피하느라 도심을 몇 바퀴 배회한 데 지나지 않았고, 오빠는 검문이 있을 만한 곳을 더듬이처럼 예민한 감촉으로 예감하고 재빠르게 피하는 능력 빼고는 아무런 생각도 의지도 없는 폐인처럼 돼 있었다. 나는 이런 오빠가 짐스러운 나머지 혼자 도망칠 기회만 엿보고 있었다. 그때 어머니가 말했다.

"애들아, 우리 현저동으로 가자꾸나."

어머니로부터 현저동 소리를 듣자, 나는 마치 오랜 방탕 끝에 고향으로 돌아가기로 결심한 탕아처럼 겸손하고 유순해졌다. 번들거리는 불안한 빛을 빼면 텅 빈 오빠의 눈에도 일순 기쁨 같은 게 어렸다.

"그 천엽 속처럼 구질구질한 동네는 우리가 숨어 지내기 알맞을거다."

어머니는 이제 마음이 놓이는지 편안한 목소리로 이렇게 덧붙였다. 천엽 속처럼 구질구질하다는 어머니의 표현이 경멸보다는 그리움으로 다가오고 있었다.

"그 동네도 텅 비었겠지. 아무 집에서나 숨어 지내다가 우리 국군이 돌아오거든 집으로 가자꾸나. 내 생전에 이렇게 사람이 무서워 보기도 처음인가 보다. 내 마음이 고약한지 세상 인심이 고약한지. 그렇지만 그 동네 사람은 한두 사람 만난대도 덜 무서울 것 같다. 워낙 진국들이니까."

내노라고 뽐내는 사람들의 인심에 초개처럼 농락당하고 상처받은 우리는 우리가 처음 서울 와서 가장 고난의 시절을 보냈던 빈촌에 아직도 남아 있는 고전적인 가난과 진국스러운 인심을 생각하고 마치 구원의 실마리를 찾아낸 것처럼 마음이 밝아지고 있었다. 오빠의 망가진 정신이 어쩌면 치유될지 모른다는 희망까지 생겼다. 우리는 마치 귀향처럼 아니, 크고 너그러운 품으로의 귀의(歸依)처럼 조용한 희열에 넘쳐 허위단심 현저동 꼭대기를 기어올랐다. 골목마다 낯익고 정다워서 우리를 감싸 안는 듯했다. 작전상 후퇴의 마지막 날 저녁나절이라 동네는 움직이는 거라곤 개미 새끼 한 마리 못 만나게 완전히 비어 있었다. 내려다본 시가지도 불빛 하나 없이 황혼에 잠긴 게 갯벌처럼 공허해 보였다. 어머니가 나직하게 한숨을 쉬며 속삭였다.

"빨갱이란 사람들도 참 딱한 사람들이지. 여기 사는 가난뱅이들 인심도 못 얻고 무슨 명분으로 빨갱이 정치를 할 셈인고."

어머니가 그때까지 알고 지낸 집을 몇 집 찾아갔으나 물론 다 비어 있었다. 우린 그중에 우물이 있는 집을 골라 문을 따고 들어갔다. 집이 허술하니까 문도 수월하게 딸 수가 있었다. 모든 집이 비어 있어서 어차피 무단 침입할 바엔 좀 더 나은 집을 차지할 수도 있었지만, 어머니는 어디까지나 나중에 사과하고 신세를 갚는 걸 전제로 하려 했기 때문에 아는 집 중에서 골라잡을 수밖에 없었다.

그 후 며칠 동안 우린 사람이라곤 못 만났고 세상이 바뀐 건지 안 바뀐 건지 알아낼 수도 없었다. 우린 한 달가량의 양식을 가지고 있었고 그 집엔 잡곡과 김장김치와 장작과 우물이 있었다. 우린 그 생활에 만족했다. 오빠가 먼 길을 도망쳐 오며 꿈꾸던 것도 바로 그런 만족한 생활이 아니었을까? 나는 문득 생각하곤 했다. 무엇보다도 자기가 어떠어떠한 사람이라는 걸 나타내 보이려고 말씨나 행동을 꾸밀 필요가 없다는 게 오빠의 치유에 도움이 되리라는 희망이 생겼다. 벌써 조금씩이나마 그런 조짐이 보이고 있었다. 오빠는 남쪽 친정에 가서 몸을 푼 아내와 아들에 대해 비록 불확실하게나마 염려하고 궁금해하는 눈치를 보일 때가 가끔 있었다. 여지껏 없던 일이었다. 우선 가장 가까운 사람을 향한 마음으로부터 열릴 가능성이 뵈는 것 같아 반가웠다.

우린 우리의 완벽한 은신을 감지덕지할 줄만 알았지 그 헛점을 모르고 있었다. 어느 날 우리는 흰 홑이불을 망또처럼 뒤집어쓴 일단의 인민군에 의해 발견당했다. 그들은 서대문 형무소에 주둔하고 있는데 거기서 산동네를 쳐다보면 매일 아침저녁 굴뚝으로 연기가 오르는 집이 몇 집 있더라는 것이었다. 연기 나는 집을 하나하나 다

149

뒤져 봐도 재수 없게 다 죽게 된 늙은이 아니면 병자가 고작이더니 이 집엔 웬 젊은 여자가 다 있냐고 마침 문을 열어 준 나를 호시탐탐 노려보았다.

"네 그럼믄요, 이 집엔 여자들만 산다니까요. 찾아보실 것도 없다니까요."

어머니가 급히 뒤따라 나오면서 안 해도 될 소리를 두서없이 지껄였다. 그들이 어머니를 밀치고 안으로 들어갔다.

"동무도 여자요?"

앞장선 군관이 싸늘하게 웃으면서 오빠에게 물었다. 인민군을 본 오빠가 갑자기 실어증에 걸렸는지 으, 으, 으, 하고 신음할 뿐 뜻이 통하는 소리는 한마디도 못 했다.

"갸안 여자는 아니지만서두 병신이예요. 사람 값에 못 가는 병신이니까 여자만도 못하죠. 웬수죠. 병신 자식은 평생 웬수죠."

어머니의 얼굴에 공포와 비굴이 처참하게 엇갈렸다. 어머니가 그렇게까지 강조할 것도 없이 오빠는 누가 보기에도 성한 사람은 아니었다. 우락부락 거친 그들과 비교되어 더욱 그랬다. 몸은 파리하게 여위고 눈은 공허하고 입에선 알아들을 수 없는 외마디 소리가 새어 나올 뿐이었다. 어머니가 병신 자식이라는 걸 너무 강조하지 말았으면 좋았을 것을.

그 후 그들은 겨움내기[3]로 자주 우리 집에 드나들었다. 그중엔 보위군관도 있었는데 오빠에 대해 뭔가를 눈치채고 있는 것 같았다. 우리들하고 천연덕스럽게 고향 얘기나 처자식 얘기를 하다가 갑자기 오빠를 노려보면서 딴사람같이 카랑한 목소리로 동무 혹시

---

3   '겨움내기' 혹은 '겨끔내기'. '서로 번갈아 하기'의 의미.

인민군대에서 도주하지 않았소? 한다든가 동무, 혹시 국방군에서 낙오한 게 아니요? 하면 간이 콩알만큼 오그라들었다. 그러나 오빠는 그들만 나타나면 사색이 되어 떠는 증이 그런 소리로 더해지거나 덜해지지 않았고, 인민군복을 보자마자 새로 생긴 실어증도 끝내 그대로여서 병신 노릇에 빈틈이 없었다. 문제는 우리였는데 우리도 오빠가 병신 된 걸 연기로서가 아니라 실제로 받아들이고 있었다. 슬프고 원통한 일이었지만 오빠가 치유될 가망성은 없어 보였다.

그러나 그 보위부 군관은 남달리 집요한 데가 있었다. 위협도 하고 회유도 하고 때론 애원까지 하면서 진상을 알고 싶어 했다.

"어머니, 어머니를 보면 딱해 죽갔어. 아들 하나가 어찌다 저 꼴이 됐을까? 그렇지만 배안의 병신은 아니지? 그치? 배안의 병신만 아니면 고칠 수 있어. 우리 북반부 의술은 세계적이거던. 그리고도 가난한 사람 우선이야. 내가 얼마든지 좋은 의사 보내 줄 수 있으니까 바른대로만 말해. 언제부터 왜 저렇게 됐나."

자주 드나들면서 언제부터인지 우리 어머니를 어머니라고 부르면서 이렇게 엉석 섞인 반말짓거리까지 했다. 차고 모질게 굴 때보다도 그럴 때의 보위군관이 우리 모녀는 가장 싫고 무서웠다. 그럴 때는 어머니도 벌벌 떨면서 횡설수설하기가 일쑤여서 곁에서 지켜보는 나를 불안하게 했다. 그러나 그가 돌아가면 어머니는 눈을 찡긋하면서 일부러 그랬다고 말해서 나를 어이없게 했다.

사람이 살기 위해선 못 익숙해질 게 없었다. 독사와 더불어 춤을 추는 것 같은 섬뜩하고 아슬아슬한 곡예로 하루하루를 넘겼다.

다시 포성이 가까와지고 그들의 눈에 핏발이 서기 시작했다. 어머니는 앉으나 서나 그들이 곱게 물러가기만을 축수했다.

"그저 내 자식 해코저만 마소서. 불쌍한 내 자식 해코저만 마소서."

마침내 보위군관이 작별을 왔다. 그의 작별 방법은 특이했다.

"내가 동무들같이 간사한 무리들한테 끝까지 속을 것 같소. 지금이라도 바른대로 대시요. 이래도 바른 소리를 못 하겠소?"

그가 허리에 찬 권총을 빼 오빠에게 겨누며 말했다.

"안 된다. 안 돼. 이노옴 너도 사람이냐? 이노옴."

어머니가 외마디 소리를 지르며 그의 팔에 매달렸다. 오빠는 으, 으, 으, 으, 짐승 같은 소리로 신음하는 게 고작이었다. 그가 어머니를 획 뿌리쳤다.

"이래도 이래도 바른 말을 안 할 테냐? 이래도."

총성이 울렸다. 다리였다. 오빠는 으, 으, 으, 으, 같은 소리밖에 못 냈다.

"좋오다. 이래도 바른말을 안 할 테냐? 이래도."

또 총성이 울렸다. 같은 말과 총성이 서너 번이나 되풀이됐다.

잔혹하게도 그 당장 목숨이 끊어지지 않게 하체만 겨냥하고 쏴댔다.

오빠는 유혈이 낭자한 가운데 기절해 꼬꾸라지고 어머니도 그가 뿌리쳐 나동그라진 자리에서 처절한 외마디 소리만 지르다가 까무라쳤다.

"죽기 전에 바른말 할 기회를 주기 위해 당장 죽이진 않겠다."

그 후 군관은 다시 나타나지 않았다. 며칠 만에 세상은 또 바뀌었다.

오빠의 총상은 다 치명상이 아니었는데도 며칠 만에 운명했다. 출혈이 심한 데다 적절한 치료를 받을 수가 없었기 때문이다. 그 며칠 동안에도 오빠의 실어증은 회복되지 않았다. 그 며칠 동안의 낭자한 유혈과 하늘에 맺힌 원한을 어찌 잊으랴. 그러나 덮어 둘 순 있었다. 나는 남자를 만나 사랑을 하고 자식을 낳아 또 사랑하는 걸로, 어머니는 손자를 거두어 기르며 부처님께 귀의하는 걸로.

마취가 깨어날 때 부린 난동으로 어머니는 어찌나 많은 힘을 소모하였는지 그 후 오랫동안을 탈진 상태가 계속됐다. 부피도 무게도 호흡도 없이 불면 날아갈 듯 한 장의 백지장이 되어 누워 있었다. 간혹 병문을 와 주는 친척이나 친구 보기에도 도저히 회복될 가망이 없어 보이든지 모두 심각하게 고개를 저었다. 그들 중에는 어머니가 아예 의식이 없는 줄 알고 서슴지 않고 장례 절차 얘기를 하는 이가 있는가 하면 상가집에 온 줄 착각을 하는지 천수를 누리셨으니 너무 서러워 말라고 우리를 위로하는 이도 있었다. 우리 역시 그런 그들을 말리거나 언짢게 생각하지 않았다. 한두 숟갈 유동식을 받아 넘긴다든가 주사바늘을 찌를 때 찡그리는 것 외엔 어머니에게 의식이 남아 있다는 표시는 참으로 미미했다.

어느 날, 문병을 와 준 내 친구도 이런 어머니를 일별하더니 대뜸 이렇게 말했다.

"수의는 장만해 놨니?"

"아니, 뭐 그런 끔찍한 걸 미리 장만을 하니?"

"애 좀 봐, 그럼 묘지는."

"묘지? 그런 것도 미리 장만하는 거니?"

"애 좀 봐, 그것도 안 해 놨구나. 넌 하옇든 알아줘야 해."

"뭘?"

"너 나일롱 딸인 거, 말야."

"나일롱 딸?"

"그래 나일롱 딸, 이런 엉터리. 아들도 없는데 딸까지 이런 순엉터리니……."

나는 내가 나일롱에다 순엉터리인 건 상관 없었지만 어머니를 위해선 좀 안된 것 같아 변명할 마음이 생겼다.

"우린 고향에 선영[4]이 있지 않니?"

"느이 고향이 어딘데?"

"몰라서 묻니? 개성 쪽, 개풍군이야."

"거기 있는 선영이 무슨 소용이 있어?"

"그래도."

"그래도라니? 변명치곤 너무 구차스럽다 얘. 이북에 두고 온 논밭 저당잡고 돈도 꿔 달랠라."

입이 험한 친구는 사정없이 나를 몰아세웠다.

"그게 아니라 일종의 묵계 같은 거지. 어머니는 비록 살아생전에 못 가셨더라도 돌아가신 후에만은 어머님이 선영 곁에 누우시길 바라실 거 아니니? 말씀은 안 하셔도 속으로 간절히 바라시는 걸 빤히 알면서 어떻게 딴 데다 묘지를 사 놓니? 그야 막상 돌아가시면 문제가 달라지겠지? 그때 가서 묘지를 사도 늦을 거 없잖아. 묘지란 어차피 사후의 집이니까."

이때 어머니가 눈을 떴다. 백지장 같은 모습과는 딴판으로 또렷하고 생기 있는 눈이어서 친구는 앉은자리에서 에그머니나 비명을 지르며 내 옷소매에 매달렸다.

"호숙 에미 나 좀 보자."

---

4   조상의 무덤. 또는 그 근처의 땅.

어머니가 정정한 목소리로 나를 곁으로 불렀다.

"네 어머니."

나는 어머니에게로 조심스럽게 다가갔다. 어머니의 손이 내 손을 잡았다. 알맞은 온기와 악력(握力)이 나를 놀라게도 서럽게도 했다.

"나 죽거던 행여 묘지 쓰지 말거라."

어머니의 목소리는 평상시처럼 잔잔하고 만만치 않았다.

"네? 다 들으셨군요?"

"그래 마침 듣기 잘했다. 그러잖아도 언제고 꼭 일러두려 했는데. 유언 삼아 일러두는 게니 잘 들어 뒀다 어김없이 시행토록 해라. 나 죽거던 내가 느이 오래비한테 해 준 것처럼 해 다오. 누가 뭐래도 그렇게 해 다오. 누가 뭐라든 상관하지 않고 그럴 수 있는 건 너밖에 없기에 부탁하는 거다."

"오빠처럼요?"

"그래, 꼭 그대로. 그걸 설마 잊고 있진 않겠지?"

"잊다니요. 그걸 어떻게 잊을 수가……"

어머니의 손의 악력은 정정했을 때처럼 아니, 나를 끌고 농바위고개를 넘을 때처럼 강한 줏대와 고집을 느끼게 했다.

오빠의 시신은 처음엔 무악재 고개 너머 벌판의 밭머리에 가매장했다. 행려병사 취급하듯이 형식과 절차 없는 매장이었지만 무정부 상태의 텅 빈 도시에서 우리 모녀는 가냘픈 힘만으로 그것 이상은 가능한 일이 아니었다.

서울이 수복되고 화장장이 정상화되자마자 어머니는 오빠를 화장할 것을 의논해 왔다. 그때 우리와 합하게 된 올케는 아비 없는 아들들에게 무덤이라도 남겨 줘야 한다고 공동묘지로라도 이장할

155

것을 주장했다. 어머니는 오빠를 죽게 한 것이 자기 죄처럼, 젊어 과부된 며느리한테 기가 죽어 지냈었는데 그때만은 조금도 양보할 기세가 아니었다. 남편의 임종도 못 보고 과부가 된 것도 억울한데 그 무덤까지 말살하려는 시어머니의 모진 마음이 야속하고 정떨어졌으련만 그런 기세 속엔 거역할 수 없는 위엄과 비통한 의지가 담겨져 있어 종당엔 올케도 순종을 하고 말았다.

오빠의 살은 연기가 되고 뼈는 한 줌의 가루가 되었다. 어머니는 앞장서서 강화로 가는 시외버스 정류장으로 갔다. 우린 묵묵히 뒤따랐다. 강화도에서 내린 어머니는 사람들에게 묻고 물어서 멀리 개풍군 땅이 보이는 바닷가에 섰다. 그리고 지척으로 보이되 갈 수 없는 땅을 향해 그 한 줌의 먼지를 훨훨 날렸다. 개풍군 땅은 우리 가족의 선영이 있는 땅이었지만 선영에 못 묻히는 한(恨)을 그런 방법으로 풀고 있다곤 생각되지 않았다. 어머니의 모습엔 운명에 순종하고 한을 지긋이 품고 삭이는 약하고 다소곳한 여자 티는 조금도 없었다. 방금 출전하려는 용사처럼 씩씩하고 도전적이었다.

어머니는 한 줌의 먼지와 바람으로써 너무도 엄청난 것과의 싸움을 시도하고 있었다. 어머니에게 그 한 줌의 먼지와 바람은 결코 미약한 게 아니었다. 그야말로 어머니를 짓밟고 모든 것을 빼앗아간, 어머니가 도저히 이해할 수 없는 분단(分斷)이란 괴물을 홀로 거역할 수 있는 유일한 수단이었다.

어머니는 나더러 그때 그 자리에서 또 그 짓을 하란다. 이젠 자기가 몸소 그 먼지와 바람이 될 테니 나더러 그 짓을 하란다. 그 후 삼십 년이란 세월이 흘렀건만 그 괴물을 무화(無化)시키는 길은 정녕 그 짓밖에 없는가?

"너한테 미안하구나, 그렇지만 부탁한다."

어머니도 그 짓밖에 물려줄 수 없는 게 진정으로 미안한 양 표정이 애닯게 이지러졌다.

아아, 나는 그 짓을 또 한번 할 수밖에 없을 것 같다.

어머니는 아직도 투병 중이시다.

―《문학사상》106호, 1981년 8월;

박완서, 『엄마의 말뚝』(일월서각, 1982)

그대 아직도 꿈꾸고 있는가

작품 소개

이 소설은 여교사인 차문경이 비혼모가 되어 직장을 잃고 식당 일을 하며 아이의 친권과 양육권을 지키기 위해 법정에 서는 이야기이다. 가부장적 호주제에 대한 비판을 주제로 삼은 작품으로, 성차별적인 가족법에 대한 여성 단체의 요구가 반영되어 개정가족법이 통과되었던 1989년 시대 상황과 조응하는 내용을 담고 있다. 차문경이 아들을 빼앗으려는 생부와 가족들의 부당한 탐욕으로부터 자식을 지켜 내는 마지막 법정 장면이 당대 독자들에게 통쾌함을 느끼게 해 주었다. 박완서의 대표적인 페미니즘 소설 『서 있는 여자』(1985)와 함께 읽어 보면 이 시대의 여성 현실을 이해하는 데 도움이 될 것이다.

이선옥

"아까 전화 걸었던 문혁이 엄마입니다만 김 사장님과 통화할
수 있을까요?"

그 여자는 신분은 물론 교양까지 과시하려고 애썼다.

"네, 잠깐만 기다려 주십시오."

그 여자는 여직원의 사무적인 말투에서도 뭔가를 짐작해 내려
고 잔뜩 신경을 곤두세웠다.

"전화 바꿨소."

혁주 목소리였다.

"문혁이 때문에 걸었어요."

"잘 있소."

"오늘은 보내 주세요."

"알았소."

전혀 감정이 섞이지 않은 짧은 대꾸는 찰까닥하는 기계적인 음
향과 함께 끝났다. 문경이는 마치 불의에 떠다밀린 것처럼 어안이
벙벙했다. 그리고 그날도 문혁이는 돌아오지 않을 것 같은 예감이

들었다. 돌려보내 주지 않을 줄 뻔히 알면서도 그 여자는 목마르게 문혁이를 기다렸고 밤새 잠을 못 이뤘다.

다음 날은 한결 성난 목소리로 다시 회사로 전화를 걸었다. 전화는 곧 연결이 됐지만 그쪽 목소리도 잔뜩 성이 나 있었다.

"아이는 잘 있다고 했잖소."

"안부를 묻는 거 아녜요. 약속이 틀리잖아요. 오늘 안으로 꼭 돌려보내 주셔야 해요. 안 그러면…….."

"안 그러면?"

비꼬고 경멸하고 있다는 것을 나타내려고 그랬을까. 딴사람의 목소리처럼 한껏 꼬이고 가시 돋친 목소리였다.

"화낼 일이 아니잖아요."

"아이는 물건이 아니란 말요."

"누가 물건이랬어요?"

"난 그 애 애비요."

혁주의 말투가 별안간 선언 투로 변했다. 짐은 국가라고 선언하는 제왕의 목소리도 아마 그보다 더 오만불손하진 않았으리라. 그 여자는 공구(恐懼)했다. 혁주의 부권(父權)에 대해서라기보다는 별안간 당면하게 된 새로운 국면에 자신이 너무 무방비 상태라는 게 두려웠다.

"그래서요?"

그 여자의 목소리는 형편없이 떨렸다.

"문혁이가 어디 못 올 데 온 거 아니니 성화 좀 작작하란 말요."

그리고 나서 또 "찰까닥"이었다. 설사 그가 대답을 기다려 줬다고 해도 그 여자는 암말도 못 했으리라. 꽤 오랫동안 수화기를 쥔 채 말문이 막혀 있었다.

이윽고 떠오른 생각은 더 늦기 전에 아이를 빼앗아 와야 한다는 거였다. 더 늦기 전에, 더 늦기 전에…… 그 여자는 "더 늦기 전에"에 끊임없이 쫓기면서도 늦도록 장사를 해야만 했다.

대강 머리를 매만지고 옷을 갈아입었다고는 하나 마음이 급해서 멋에까지 신경을 쓸 겨를이 없었다. 혁주가 사는 아파트 진입로의 휘황한 상가와 산책 나온 그곳 주민들의 세련되고 대담한 옷차림은 이국의 휴양지를 방불케 했다. 한여름이었다. 특히 여자들의 옷차림은 여름 꽃밭 같았다. 그 여자는 자신의 옷차림이 수수한 정도가 아니라 궁상맞게 보일 것 같아 그만 주눅이 들려고 했다. 그러나 그럴수록 문혁이가 보고 싶은 열정도 목구멍까지 차올랐다. 그 여자는 화차처럼 뜨겁게 헐떡이며 혁주네 아파트에 당도했다. 문혁이가 드나드는 동안 동 호수만 알아 놓았을 뿐 가 보긴 처음이었다.

문을 열어 준 가정부의 어깨 너머로 서늘한 바람이 머리카락 한 줌이 땀에 함부로 엉겨붙은 그 여자의 이마에 상쾌하게 와 닿았다. 복중으로 치닫고 있는 날씨와 좋지 못한 예감과 분노로 뜨겁게 달구어진 그 여자에게 냉방이 잘된 아파트의 실내 온도는 매우 생뚱스러웠다. 그 여자는 갑작스러운 이질감 때문에 문혁을 찾으러 온 걸 잠깐 잊어먹고 별세상 같은 분위기를 멍한 기분으로 바라보았다. 저녁식사 후인 듯 감미로운 고기 냄새가 희미하게 남아 있었지만 넓은 거실 한가운데 차려진 건 색색가지 과일이었다. 은빛 쟁반 위에 소담하고 모양 있게 썰어 담은 과일, 둘러앉아 담소하는 사람들의 나른하고 근심 없는 표정, 그것들을 비추는 샹들리에에서 요염하게 하늘대는 크리스탈 조각들……. 그 여자의 눈길이 거기까지 미쳤을 때 "엄마!" 하면서 문혁이가 뛰어나왔다. 아이는 엄마에게 깊이 파고들었다. 그리고 울음을 터뜨렸다. 그 여자는 품속에서 흐느끼는 아이의 어깨를 감싸 안으며 그동안 앙상해진 것처럼 느꼈다. 사흘 만인데도 그 여자는 아주 오랫동안 아이에게 무심했던 것처럼 느꼈고, 엄마가 무관심한 동안 앙상해진 건 아이의 어깨뿐 아니라 마음도 함께라는 걸 깨달았다.

혁주의 아내인 듯싶은 우아한 여자가 앞장서고 그 뒤로 놀란 식구들이 우루루 몰려나왔다. 그들이 놀란 건 갑작스러운 엄마의 출현보다도 아이의 울음인 듯했다. 왜 우냐고 한마디씩 했다.

"어머머 재 좀 봐. 온 집안 식구가 상전처럼 떠받들었는데도 뭐가 부족해서. 아이 분해. 즈이 엄만 우리가 짜고 구박이라도 한 줄 알겠네."

큰엄마가 이렇게 푸념을 하면서 서로 뒤엉킨 모자를 노려보았다. 어떡하든 빼앗아 가지고 싶은 호시탐탐한 눈빛이었다. 문경이는 큰엄마의 그런 눈빛에 전율하면서 아이의 몸과 마음이 그동안 황폐해진 건 저 눈독 때문이라고 생각했다.

그 여자가 어렸을 적 저녁나절이면 한꺼번에 피어나는 분꽃이 신기해서 어떻게 오무렸던 게 벌어지나 그 신비를 잡으려고 꽃봉오리 하나를 지목해서 지키고 있으면 딴 꽃은 다 피는데 지키고 있는 꽃만 안 필 적이 있었다. 그러면 어머니는 웃으며 말했었다.

"그건 꽃을 예뻐하는 게 아니란다. 눈독이지. 꽃은 눈독 손독을 싫어하니까 네가 꽃을 정말 예뻐하려거든 잠시 눈을 떼고 딴 데를 보렴."

어머니 말대로 했더니 신기하게도 그동안에 꽃이 활짝 벌어졌던 기억이 왜 그렇게 생생한지, 그 여자는 오직 아이를 눈독으로부터 보호해야겠다는 생각만 하면서 인사도 하는 둥 마는 둥 아이를 데리고 나와 버렸다. 그리고 쫓아오지도 않는데 쫓기듯이 허둥거렸다. 아이는 밖에 나와서도 울음 끝을 길게 끌었고 "엄마 나 다신 그 집에 보내지 마." 하고 응석을 부리기도 했다.

그 여자는 그래 그래 다신 안 보낼게. 엄마가 잘못했다고 사과 겸 약속을 했지만 그 집에서 아이가 무슨 일을 당했는지 묻지 않았고 아이도 고자질 같은 건 하지 않았다. 그 여자는 아이에게 고자질 할 건덕지가 있을 만큼 언짢은 일을 당했다고 여기진 않았다. 그쪽 여자 말 짝으로 상전처럼 떠받들었을 게 틀림없건만 애정 없는 소유욕, 지나친 비위 맞춤에 아이는 스스로 넌더리를 내고 있었다.

그쪽에서도 아이의 태도가 여간 섭섭하지 않았나 보다. 한동안 소식과 연락이 딱 끊겼다. 처음엔 그러려니 했지만, 다시는 보고 싶다는 소리 없이 방학을 넘기자 토라져도 단단히 토라졌구나 조금은 안됐단 생각이 들었다. 그러나 가을까지도 단절과 침묵이 계속되자 슬그머니 불안해지기 시작했다. 그렇지만 그런 날벼락이 떨어질 줄은 꿈에도 몰랐다.

10월 초 차문경은 가정법원으로부터 출두하라는 통지서를 받고 비로소 자신이 김혁주가 제기한 자(子)인도 청구권 소송의 피신청인이 되었음을 알게 되었다.

피신청인이라니, 그 여자에겐 피고나 다름없는 어감으로 들려서 우선 가슴이 떨렸다. "빚보증 서기나 송사질 좋아하는 자식은 낳지도 말라"는 식의 가정교육을 받으면서 자란 그 여자였다. 식구 중에 누가 재판소는 물론 파출소에 불려 가는 꼴도 본 적이 없었다. 그게 결코 좋은 것만은 아니었다. 그 후 산전수전 겪을 만큼 겪었건만도 법원으로부터 날아온 문서는 죄 없이도 겁나고 위협적이었다.

다행히 출두해야 하기까지는 충분한 시일이 남아 있었다. 그리고 출두해야 할 장소도 법정이 아니라 가사조정실로 돼 있었다. 조금씩 마음의 여유가 생겼고 법적인 맹문이에서 벗어나 보고자 하는 의욕도 생겼다. 법적인 무지 때문에 당한 억울한 일은 수없이 들어와서 거의 상식에 가까웠다. 재판소가 덮어놓고 싫고 무서운 것도 실은 그런 상식에 근거하고 있었다. 그러나 어떤 싸움에 있어서도 미리 얕보이면 불리하다는 것 또한 그 여자가 살아오면서 터득한 상식이었다. 얕보이지 않으려면 뭘 알아야 한다는 것, 무지하면 얕보여 싸다고까지 생각한 건 그동안 까맣게 잊어버린 줄 알았던 고등교육을 받은 성깔인지도 몰랐다.

가사 선생 시절 졸업반 아이들한테 더러 여자이기 때문에 당해야 하는 법률상의 불이익에 대해 말해 준 적이 있었다. 연합고사를 치르고 나면 시험 점수에 구애받지 않고 교사 재량껏 세상 물정이나 남녀 간의 애정 문제 등 그 또래의 아이들이 솔깃해할 만한 얘기를 해 줄 수 있는 시간이 생기는 법이다. 그런 여백의 시간일망정 유용하게 보내려고 제법 공부를 해 가며 가르치긴 했지만 어디까지나 상식의 차원을 못 벗어난 얘기였고 그 상식도 벅찰 만큼 그 여자의 제자들은 그때 철부지들이었다. 그 여자는 아쉬운 대로 그때 큰소리치며 아는 척한 법률 상식을 생각해 내려 했지만, 생각나지도 않았거니와 지금까지 유용한가도 긴가민가했다. 벌써 그때가 언젠가. 법이란 끊임없이 새로 생겨나기도 하고 개정되기도 하지만, 묵은 법이 저절로 사문화되거나 폐지되기도 하니까.

그러면서도 그 여자의 의식에 집요하게 달라붙어 그때나 이때나 한결같이 유효한 상식이 있었으니 그건 민법 중에서도 가족생활 관계를 규정지은 소위 가족법은 여성에게 일방적으로 불리하게 돼 있다는 일종의 피해 의식이었다.

그 여자는 육법전서를 비롯해서 몇 가지의 법률 서적을 사들였다. 육법전서는 너무 활자가 작아 시력이 많이 약해졌다고 처음으로 자신의 노쇠 현상을 깨달은 것 외엔 별 소득이 없었지만 상식적으로 해설해 놓은 친족법에 관한 책들은 도움도 되고 위안도 되었다. 그 여자는 마치 호랑이에게 쫓겨 뒤란 나무 위로 올라가 하나님 하나님 저를 살리시려거든 성한 동앗줄을 내려 주시고, 저를 죽이시려거든 썩은 동앗줄을 내려 달라고 기도하는 옛날 이야기 속의 어린 오누이 같은 심정으로 가족법 사이를 헤맸다. 어떡하든지 문혁이와 더불어 움켜잡을 수 있는 성한 동앗줄을 찾아내야만 했다.

심판에 회부되기 전에 조정 절차를 거쳐야 하는데 조정은 어디까지나 쌍방의 원만한 합의가 이루어졌을 때 법적 효력이 생기는 거지 강제력은 전혀 없다고 했다. 그 정도만 알고 나도 좀 마음이 놓였다. 조정 절차에 기대를 걸어서가 아니었다. 혁주가 걸어온 싸움을 끝까지 싸워 보지도 않고 손들 사람들도 아니거니와 그 여자 또한 아이의 양육권을 내놓는다는 건 상상도 할 수 없는 일이었다.

조정위원 중에 솔로몬이 있다고 해도 합의점을 찾을 가망은 없었다. 그렇지만 심판에 회부되기 전에 조정의 과정이 있다는 건 시간을 벌기 위해서도 자신에게 유리한 건수를 찾아내기 위해서도 고마운 일이었다. 특히 아닌 밤중에 홍두깨처럼 불의에 당한 피신청인의 경우는 더욱 그러했다.

하필 출두해야 하는 날은 김밥의 예약이 여느 때의 몇 곱 몰린 날이었다. 아줌마하고 새벽부터 김밥을 말다 말고 시간이 되자 옷도 못 갈아입고 입은 채로 가정법원으로 달려갔다. 법원 3층 조정실 앞 긴 나무 의자에서 기다리는 동안 그 여자는 비로소 자기가 너무 초라하다는 걸 깨달았다.

조정 절차를 심판보다도 가볍게 보았기 때문에 옷차림에 신경을 안 썼는지도 모른다. 그건 중대한 실수였다. 그 여자는 목둘레가 늘어난 보라빛 티셔츠의 말아 올린 소매를 내려서 판판히 쓰다듬다 말고 검정 바지에 밥풀 자국이 버짐처럼 얼룩진 걸 발견하고 어쩔 줄을 몰랐다. 지독한 낭패감 때문에 울음이 복받치려고 하는 걸 간신히 참고 그 여자는 손수건에 침을 묻혀 가며 그 밥풀 자국을 열심히 문질렀다. 그러다가 한쪽 뺨이 따갑게 남의 시선을 의식하고 휘둘러보니 저만치 혁주 부부가 물끄러미 이쪽을 보고 있었다. 그쪽도 출두하리라는 당연한 사실을 왜 좀 더 미리 의식하지 못했을까. 아무리 목구멍이 포도청이라지만 먹고사는 일을 모든 일에 우선한 자기 꼴이 쥐구멍이 있으면 들어가고 싶도록 참담하게 느껴졌다. 부티와 교양이 철철 넘치게 차려입은 그들 부부의 시선에 적의는 없었다. 그러나 적의보다 연민이 더 견디기 어려웠다. 밥풀 자국 문지르는 일을 계속하려도 침이 말라 버려 뜻대로 안 됐다. 다행히 곧 그들 차례가 되어서 안으로 같이 불려 들어갔다.

정면에 부장판사가 앉고 양쪽에 두 사람씩 사회 저명인사로 구성된 조정위원이 앉았다. 네 사람 중엔 여자도 한 사람 있었다. 산부인과 의사인데 여성지에다 청소년 문제를 다룬 글을 많이 써서 문경이도 이름을 아는 소위 여류 명사였다.

문경이는 싫든 좋든 혁주 부부와 나란히 앉아야 했다. 반찬 냄새가 그들에게 풍길 것 같아 떨어져 앉고 싶었지만 양쪽에 배석한 서기 때문에 그것조차 여의치 않았다.

조정위원들이 참고 서류를 팔랑팔랑 넘겨 해당되는 사건 번호를 찾아 신청인과 피신청인의 교육 정도 직업 등을 유심히 살펴보고 나서 그 뒷장에 간략하게 요약된 신청 취지와 신청 원인을 훑어내렸다. 그들이 흥미 있어 하는 건 신청 원인보다 첫눈에 현격하게 드러나는 양측의 신분의 차이인 것 같았다.

"지금 현재 아드님은 생모가 양육하고 있겠군요?"

판사가 먼저 이렇게 말문을 열자 혁주가 그 말을 받아 생모는 새벽부터 시장 바닥에서 일하고 아이는 셋방을 지키다가 혼자 책가방을 챙겨서 등교해야 하는 경제적 궁핍과 열악한 교육 환경을 더는 보고만 있을 수 없다는 뜻을 명백히 했다. 혁주는 이렇게 가진 자의 느긋한 우월감과 부권을 유감없이 과시하고 본처와 생모는 양쪽에서 말 한마디 없이 겉모양만 가지고도 능히 그의 말이 사실임을 증명하고 있었다. 아니나 다를까 조정위원들은 입을 모아 아이의 장래와 행복을 위해 양육권을 법률상의 친권자에게 넘기라고 문경이를 설득하기 시작했다. 그 여자는 아이의 행복에 대해서 당신네들이 도대체 뭘 안단 말이냐고 대들고 싶은 걸 힘겹게 참고 그럴 순 없다는 짤막한 대답으로 일관했다. 여의사가 혁주에게 좀 색다른 질문을 했다.

"생모로부터 아이를 빼앗을 생각만 하지 말고 생모 밑에서도 윤택한 교육 환경을 누릴 수 있도록 아버지가 배려하실 생각은 없으신지요?"

혁주는 소송까지 제기할 때는 그 전에 왜 그런 생각을 안 해 봤겠느냐고, 벌써 골백번도 넘게 시도해 봤지만 생모가 말을 안 들었다고 받아넘겼다. 줘도 안 받을 거라는 건 사실이지만 무엇보다도 억울한 건 만장일치로 모든 사람이 자신을 도와줘야 할 극빈자로 보고 있다는 거였다. 그 여자가 그런 비참한 취급을 당하고 있는 동안도 본처는 부덕과 교양을 겸비한 조용하고 사려 깊은 태도로 일관했다. 그러나 그 여자는 그 온화한 눈빛 속에서 아흔아홉 냥 가진 이가 한 냥 가진 이의 모든 것인 한 냥을 기어코 뺏고 말겠다는 비정

167

한 소유욕을 역력히 읽어 냈다.

　결국 조정은 성립되지 않았고 판사는 심판에 회부한다고 말했다. 문경이는 혁주 부부와 함께 그 방을 물러났지만 잠시라도 같이 걷기가 싫고 거북해서 뒤로 처져서 자동판매기를 찾는 것처럼 서성댔다. 그들이 마지막 차례였는지 조정위원들도 곧 뒤따라 나왔다. 여의사 방주혜 박사가 혼자 서 있는 문경이를 보고 친근하게 웃어 보였다. 그리고 딴 조정위원과 작별의 인사를 나누더니 문경이 곁으로 다가왔다.

　"볼일이 남아 있나요?"

　"아뇨. 그 사람들하고 같이 가기 싫어서……."

　"그럴 거예요. 안에서 일껏 화해를 시켜 놓았는데도 나오자마자 싸우는 사람도 봤어요."

　"재미있는 구경 많이 하시겠네요. 차 한잔 대접해도 되겠어요?"

　방 박사는 거절하지 않았다.

　"선생님 보시기에 재판하면 제가 이길 가망이 있을까요?"

　다방에 앉자마자 문경이는 다급하게 물었다.

　"글쎄요 내가 뭘 알아야죠?"

　"조정위원이신데두요?"

　"집안 내나 혈육 간의 분쟁이라는 게 법조문으로만 규정할 수 없는 인정적인 게 대부분 아녜요. 그래서 나잇살이나 먹고 경험도 풍부한 소위 명사한테 위촉해서 좋은 말로 타일러서 해결할 수 있는 여지를 찾아보자고 있는 제도니까 별거 아녜요. 설사 조정이 성립된다 해도 얼마나 그 화해가 진실하고 오래갈런지는 의문의 여지가 많구요."

"인정이라는 게 편견과 다를 거 하나 없더군요."

"불쾌했었나 보죠?"

"돈푼이나 있어 보이는 사람의 주장에 덮어놓고 동조하는 게 고작 저명인사가 할 짓인가요? 시정잡배와 뭐 다르죠?"

"단단히 화가 났군요. 그렇지만 우린 누가 옳고 그른 걸 판결한 건 아니잖아요. 아이의 장래와 행복을 아주 상식적인 시각으로 판단해서 보다 유리한 쪽에서 책임지게 하고 싶었을 뿐이예요. 물론 어디까지나 권고지 강제할 권한은 없었고, 댁에선 우리 권고를 받아드리지 않았어요."

"뜻하지 않게 내 아들을 인도하라는 청구권 소송을 당하고 나서 가슴이 떨리기도 하고 겁도 났어요. 가족법에 대해 뭘 좀 알아야겠다는 생각도 들어 생전 처음 법률 책을 다 읽어 봤죠. 워낙 생소한 분야라 제대로 이해했다고는 할 수 없지만 자에게 의사능력이 없을 때에만 친권자의 인도청구권을 인정한다는 게 흥미롭더군요. 우리 아이는 분명한 의사능력을 가지고 있거든요. 그렇지만 겨우 일곱 살짜릴 법정에 세워 그걸 묻게 하고 싶지 않아요. 그 나이의 의사능력이라는 건 실상 얼마든지 외부적인 조작이 가능하다는 것도 알고 있구요. 그보다는 〈자에게 의사능력이 없는 경우라도 친권자의 인도청구권은 언제나 인정되어서는 안 되며 자의 복리를 위한 것인가를 고려하여 결정하여야 한다. 특히 자의 부모가 이혼하고 모가 자를 양육하고 있을 때 부가 친권자로서 모에 대하여 인도청구를 할 수 있는데, 이 경우에는 제반 사정에 비추어 자의 복리를 특히 고려해야 한다〉는 대목이 얼마나 힘이 됐는지 몰라요. 이거야말로 내가 찾던 성한 동앗줄이라고 무릎을 쳤죠."

"성한 동앗줄이라뇨?"

방 박사가 말귀를 못 알아듣고 물었다. 문경이는 거기에 대한 설명 대신 서글프게 웃었다. 어떻게든 지난 며칠간의 노력을 헛수고로 만들면 안 된단 생각이 얼핏 스쳤다.

"어머니가 아이를 뺏기지 않을 굉장한 법적 근거라고 생각했단 얘기죠. 그렇지만 오늘 조정위원들한테 당하고 나니까 그런 희망이 터무니없는 거란 생각이 들어 맥이 쭉 빠져요."

문경이는 어깨를 쭉 처뜨리는 시늉을 과장해서 보여 주면서 말했다.

"우리 조정위원들이 댁을 미처 이해하지 못했다는 건 인정해요. 그렇지만 그렇게까지 큰 잘못을 한 것 같지는 않은데."

"재판 때 판사도 자의 복리는 가진 자가 더 잘 보장해 주리라고 쉽게 판단해 버릴 수 있겠구나 싶었어요. 조정위원들의 태도를 보아하니 그랬어요."

"물론 아이한테 복리가 되는 게 돈이 다는 아니겠죠. 그렇지만 복리에서 돈이 차지하는 비율을 너무 무시해서도 안 된다고 생각하는데…… 댁은 아이에게 복리는 모성이면 다라고 말하고 싶겠지만."

방 박사는 그러면서 새삼스럽게 문경이의 초라하고 구질스러운 옷차림을 훑어보는 것이었다.

"선생님 보시기엔 제가 아이의 복리에 위배될 만큼 그렇게 가난해 보입니까."

"외모로 주머니 사정까지 단정할 수야 있나요."

"전 돈은 얼마 없지만 아이 하나쯤 넉넉히 입히고 먹이고 공부시킬 만한 경제력은 있습니다. 무엇보다도 나는 내 아이를 사랑하구요. 그러나 애 아빠나 그쪽 여자는 그 아이를 필요로 할 뿐입니다.

구색으로서 아들이 필요한 겁니다. 나는 그 아이가 딸이었더라도 똑같이 사랑했을 테고 똑같이 안 뺏길려고 최선을 다했을 겁니다. 그들은 아닙니다. 다시는 임신을 할 수 없다는 걸 알고부터 그 애를 찾기 시작했습니다. 그 전엔 그 애가 즈이 집 자식이 아니라는 강제 자백까지 나한테 받아 낸 사람들이 말입니다. 그들에겐 딸이 둘이나 있습니다. 게다가 부유하기까지 해서 아들만 하나 있으면 세상에 그릴 게 없다고 생각한 것 같습니다. 아시죠? 선생님도 아흔아홉 냥 가진 자가 한 냥 가진 걸 빼앗아 채우고자 할 때 얼마나 수단 방법 가리지 않고 잔혹해질 수 있는지. 나는 그 애를 사랑하기 때문에 그 애에 대해 많은 꿈이 있지만 그들은 계획이 있을 뿐이예요. 어떻게든 그 애를 그들의 구색을 완벽하게 할 도구로 삼아야겠다는 철저한 계획 말입니다. 아까 선생님도 보셨죠? 그들이 아이의 행복에 대해 얼마나 쉽게 생각하는지를요. 나는 돈은 얼마 없지만 돈만 있으면 아이를 행복하게 해 주는 건 문제없다는 생각은 구역질 나요. 가소롭구요. 돈이 얼마 없어서 그런지 모르지만 나는 오히려 그들이 내세우는 돈의 위력은 물론 혜택으로부터도 아이를 보호해야 할 것처럼 느끼거든요. 내 이런 생각을 판사가 이해해 줄까요? 돈이 얼마 없다는 게 결코 자식을 빼앗길 만큼 비참한 악조건은 아니라는 것도 아울러 이해받고 싶어요."

방 박사가 이를 드러내고 방실방실 웃었다. 우스운 얘기를 한 것 같지는 않았지만 비웃거나 얕잡는 웃음은 아니었다. 푸근한 친근감이 가는 웃음이었다.

"돈이 얼마 없다는 소릴 시방 몇 번이나 한 줄 알아요?"

웃고 나서 이런 엉뚱한 질문을 했다.

"왜요 그 소리가 마음에 안 드셨나요."

"아뇨 여간 마음에 들지 않았어요. 돈이 얼마 없는 상태가 얼마나 좋아요. 난 그걸 알거든요."

"저를 놀리실 셈이군요."

"천만에요. 내가 자랄 때 우리 어머니한테 가장 많이 듣던 소리가 그 소리였어요. 애야 우린 돈이 얼마 없단다. 그러면서 교복도 내리 입히고, 내복도 기워 입히고 용돈도 조금밖에 안 주셨죠. 그렇지만 학비를 제때에 못 내거나 밥을 실컷 못 먹거나 할 정도로 궁색한 형편은 아니었어요. 얼마 없다는 건 아주 없는 것보다는 여유가 있으니까요. 아버지가 교육자셨는데 6남매나 되었으니 어머니가 언제나 돈이 얼마 없을 수밖에요. 돈이 얼마 없는 상태는 형제 간에 우애 절제 근면을 배우기에 아주 적절한 상태였나 봐요. 6남매가 다쓸 만하게 되었거든요. 지금 난 남매밖에 안 낳았어요. 남편도 의사니까 아이들은 아쉬운 것 모르고 유복하게 자라죠. 돈이면 다라고하지만 돈이 아무리 많아도 해 줄 수 없는 게 딱 한 가지 있잖아요. 돈이 얼마 없을 때의 활력 말예요. 그게 얼마나 중요하다는 걸 알고있기 때문에 아쉬운 것이 없이 해 주면서도 미안한 생각이 드는 거있죠?"

"선생님이 돈이 얼마 없는 상태가 뭐라는 걸 정확하게 이해해주셔서 얼마나 기쁜지 몰라요."

"앞으로 잘될 거예요. 잘되길 빌겠어요."

"그래도 재판받을 생각하면 떨려요. 어려서부터 빚보증 서기나 소송 좋아하는 자식은 낳지도 말라는 식의 가정교육을 받아 온탓인지 웬만한 손해라면 당하고 말지 경찰이나 법원 신세 안 지자주의였는데."

그 여자가 한숨을 쉬자

"팔자 한탄이라면 안 듣겠어요."

방 박사의 말투는 농담 같으면서도 단호한 데가 있었다.

"안 그럴께요. 시간 내 주셔서 감사합니다. 실은 재판받을 생각을 하면 떨리거든요. 떨린 나머지 선생님을 상대로 재판의 예행연습을 하고 싶었나 봐요."

"나도 재판에 대해서 잘은 모르지만 시방 나하고 얘기한 것처럼 긴 얘길 늘어놓을 새도 아마 없을걸요. 심판 때보다 소상하게 자초지종을 늘어놓을 수 있으라고 조정 과정을 미리 둔 것 아니겠어요. 그러니까 심판 전에 아까 나한테 얘기한 요지를 서면으로 작성해서 제출하세요. 저쪽에선 변호사에게 위임할 경우도 염두에 두고 조리 있게 쓰셔야 돼요. 가족법에서 자의 복리를 특히 고려해야 한다는 대목이 가장 마음에 들고 힘이 되더라고 말했죠? 그럼 그걸 믿고 매달리는 거예요. 그걸 믿고 그걸 근거로 해서 주장을 펴 나가란 말예요."

"고맙습니다."

"어떻게 생긴 아이인지 언제고 한번 볼 기회가 있었으면 좋겠네."

"그 애에게 거는 저의 가장 찬란한 꿈이 뭔 줄 아세요? 남자로 태어났으면 마땅히 여자를 이용하고 짓밟고 능멸해도 된다는 그 천부의 권리로부터 자유로운 신종 남자로 키우는 거죠. 그 꿈을 위해서도 그 애는 제가 키우고 싶어요."

그러나 법원에 준비 서면을 제출해야 하는 기한이 임박해질 때까지 그 여자는 한 자도 쓰지 못했다. 잘 써야겠다는 강박관념과 지난 일을 돌이켜 볼수록 괘씸해지는 혁주에 대한 감정 때문에 붓끝이 헛되게 떨기만 하고 나가질 않았다. 고독감이 뼈에 사무쳤다. 자신이 살아온 방법을 지켜보고 따뜻하게 이해해 줄 너그러운 친구, 공정한 증인은 없는 것일까. 동기간도 생각해 보았고 임 선생도 생각해 보았다. 그들이 그동안 많이 힘이 돼 준 건 사실이지만 본질적으로는 기존 도덕의 편이었다. 동기간이니까 친구니까 동정은 해 주었는지 몰라도 이해해 주진 않았다.

어디서부터 혁주와의 잘못이 비롯된 걸까. 첫날부터였다. 처음 혁주하고 자고 난 다음 그가 벽에 걸린 십자고상을 보고 버럭 화를 내던 생각이 났다. 그 여자는 혁주하고 자기 전에 십자고상이 내려다보고 있다는 걸 의식하지도 못했지만 설사 의식했다고 해도 그걸 안 보이게 감추고 그 짓을 해야 한다고 생각하진 않았을 것이다. 신의 눈길이 두렵기는커녕 신이 증인을 서 주길 바랄 만큼 그 여자는 그 짓에 떳떳했었다. 그러나 혁주는 정반대였다. 그때부터 벌써 두 사람은 어긋나기 시작했다.

그 여자는 이사할 때 짐 속에다 챙기긴 했지만 다시 벽에 걸진 못한 십자고상을 창고 속에서 힘들여서 찾아냈다. 그리고 기도를 어떻게 하는지 잘 몰랐기 때문에 사람 대하듯 스스럼없이 말했다.

"주님. 당신은 다 보셨으니까 다 아시죠. 제 마음도 다 아시죠. 전 지금 그 사람과의 관계를 진술해야 하는데 미움에 사로잡혀 정직할 수 없을까 두렵습니다. 주님 제가 정직할 수 있도록 도와주시고 제가 앞으로 받을 심판이 주님의 뜻에 합당한 것이 되게 하소서."

기도 덕분인지 신청인 쪽을 헐뜯지 않고도 진술서를 쓸 수가 있었다. 신청인이 아이의 복리에 얼마나 어긋나는 심성을 가졌다는 결정적인 증거가 생각났기 때문이다.

문혁이를 낳고 나서 마지막으로 보낸 애절한 편지에 대한 혁주의 답신을 그 여자는 아직도 간직하고 있었다.

　그 당시 김혁주가 다니던 회사 마크가 들어 있는 타이프 용지는 그동안 누리끼하게 변색돼 있었지만 타이핑된 사연은 육필보다 훨씬 더 개성적이었다. 그건 어쩌면 육성에 가까웠다. 그 여자는 그 비인간적인 사연을 눈으로 읽은 게 아니라 혁주의 목소리로 들으면서 새삼스럽게 몸서리를 쳤다.

　차문경 여사
　여사가 본인의 아이를 낳았다구요? 여사의 말귀를 못 알아듣겠음을 용서하시기 바랍니다. 또한 여사로부터 그와 같은 협박을 당한 게 이번이 처음이 아니라는 걸 본인이 기억하고 있음을 상기시켜 드리고자 합니다. 앞으로 다시 이런 허무맹랑한 협박으로 본인의 신성한 가정의 평화가 위협을 받을 시는 여사의 정신 상태를 의심할 것이며 본인도 응분의 조치를 취할 것임을 경고합니다.

×년 ×월 ×일 김혁주

　그다음이 네모반듯하고 시뻘건 도장 자국이었다. 편지를 받았을 당시는 하도 기가 막혀서 웃고 말았건만 지금은 사연보다 맨 끝의 도장 자국이 왜 그렇게 가슴이 아린지 몰랐다. 그 편지를 찢어 버리지 않고 간직하고 있는 지가 7년이 넘었건만 꺼내 보긴 처음이었다. 생각하기도 싫었다. 마치 아물지 않는 상처 딱지를 뜯어 보는 것처럼 혐오스러웠던 것이다. 혁주도 아마 자기가 무슨 일을 저질렀는지 모르고 있으리라. 그는 도장을 찍은 게 아니라 비수를 꽂은 거였다. 가슴속이 깊숙이 욱신거렸다. 그 여자는 그 후 다시는 남자를 사랑한 일도 남자와 더불어 사는 생활을 꿈꾼 적도 없었다. 정조 관넘 때문이 아니라 일종의 불능(不能)이었다.

그 여자는 분노나 원한을 원색적으로 드러냄이 없이도 혁주가 아버지 자격 없음을 조리 있게 주장하는 서면을 작성할 수가 있었다. 복사한 혁주의 편지를 첨부하는 것만으로 많은 말을 절약할 수가 있었기 때문에 그 여자는 오히려 자신의 어머니 자격을 증명하는 데 더 많이 고심했다. 방 박사가 호감과 관심을 보여서인지 돈이 얼마 없다는 것도 숨기고 싶지 않았다. 떳떳하게 자랑하고 싶기조차 했다. 그러나 돈이 얼마 없다는 것이 아주 없다는 것하곤 다르다는 것만은 말하고 싶어 비록 전세를 준 거긴 하지만 자신의 명의로 된 아파트의 등기부 등본과 반찬 가게의 납세 증명까지 떼어다 붙였다.

재판날은 조정 때 미리 주눅 들었던 생각을 하고 옷차림에 각별히 신경을 썼다. 화장도 야하지 않을 정도로 공들여서 처발랐다. 초라하지 않고 생기 있고 당당하게 보이고 싶었다. 그동안 얼마나 자신을 돌보지 않고 먹고사는 데만 골몰했었나를 돌이켜 보며 콧날이 시큰했다. 그러나 감상에 젖어선 안 된다고 생각했다. 그 여자는 마치 이야기 속에 나오는 소년처럼 무작정 씩씩하게 법원으로 향했다.

그 여자는 자기 차례가 될 때까지 남들이 재판받는 걸 구경하면서 한꺼번에 그렇게 많은 사건을 재판하다니, 과연 판사가 공정한 재판을 할 수 있을 것인가 의심스러워지기 시작했다. 그 여자가 기도하는 마음으로 공들여 작성한 서면이 판사 눈에 띄지도 않고 넘어갔을지도 모른다는 생각도 들었다. 그런 생각이 들기가 잘못이었다. 정말 그랬을 것 같아서 판사의 그런 안일과 무성의를 사생결단 따지고 싶은 미친년 같은 열정이 치받쳤다.

다행히 그들의 차례가 되었다. 공식적인 몇 가지 질문을 하고 나서 판사가 그 편지를 읽었다. 전혀 감정이 섞이지 않은 목소리여서 문경이도 처음 듣는 것처럼 귀를 기울였다. 그런 지독한 사연을 저렇게 아무렇지도 않게 읽을 수도 있구나. 그 여자는 아득한 낭패감에 사로잡혔다.

"신청인이 ×년 ×월 ×일 이런 편지를 피신청인에게 한 게 사실입니까?"

판사는 역시 감정도 억양도 섞이지 않은 소리로 물었다.

문경이는 여지껏 눈길을 마주치는 걸 피해 왔던 혁주를 똑바로 바라보았다. 혁주가 아니라고 대답해선 안 된다고 생각했다. 그 입에서 그 소리를 듣느니 차라리 죽는 게 낫다고까지 생각했다. 그가 그 사실을 부정한다고 해도 다시 증명할 수 있는 방법이 없는 건 아니었다. 또 그 사실을 감쪽같이 부정한다고 해서 그가 승소할 수 있다는 보장이 있는 것도 아니었다. 그런 걸 예측할 수 있는 단서를 판사의 태도나 재판의 진행 과정에서 찾으려 해 봤댔자 헛수고였다. 실상 지금 그 여자는 결과에 대해선 거의 생각하고 있지 않았다. 시방 그 여자는 겁이 나서 간이 오그라붙는 것 같았지만 그가 부정하면 자신에게 불리해질까 봐 그렇게 겁이 나는 게 아니었다.

만일 그가 그 사실을 부정하면 그런 남자와 한때 살을 섞었다는 사실이 너무도 치욕스러울 것 같았다. 또한 아무리 소중한 아들이라지만 그 생명의 비롯됨에 있어서 반의 책임은 그런 남자에게 있다는 걸로 아들까지 뜨악해질 것 같았다. 그 여자는 그게 싫고 두려웠던 것이다.

그래서 제발 정직하라고 마음으로부터 그 못난 남자를 격려하고 있었다. 문경이의 강렬하던 시선이 슬프고 따뜻하게 풀렸다. 혁주가 내려깔고 있던 눈을 잠깐 치떴다. 두 사람의 눈길이 마주쳤다.

그 여자는 두 가닥의 한없이 가냘프고 초라한 떨림이 문득 서로 스친 것처럼 느꼈다. 남자가 떨리는 목소리로 "사실입니다."라고 말했다. 그 후 몇 마디 더 묻고 대답했지만 그 여자는 건성으로 들어서 아무것도 못 알아들었다.

보름 후 언도 공판이 있기 전에 그 여자는 혁주가 고소를 취하했다는 걸 알았다.

─《여성신문》1989년 2월 17일~7월 28일;

박완서, 『그대 아직도 꿈꾸고 있는가』(삼진기획, 1989)

홍희담(1945~)

본명은 홍희윤으로 1945년 서울에서 태어나 이화여자대학교 국문과를 졸업했다. 1971년 소설가 황석영과 결혼해 작가의 꿈을 접고 주부로 살다가 황석영이 연재소설 「장길산」 집필에 전념하고 새로운 문화 운동을 기획하기 위해 1977년 해남으로 내려가자 함께 이주한다. 1978년 광주로 이주한 홍희담은 '현대문화연구소'의 윤한봉과 함께 광주 전남 지역 구속자 가족 모임과 진보적 여성 활동가 그룹을 모아 광주 지역 최초의 민주 여성 단체 '송백회'를 만든다. 2003년 첫 소설집 『깃발』을 내면서 "내 소설은 '송백회' 동지들과 함께 쓴 것"이라고 말한 데서 드러나듯, 홍희담은 5·18민주화운동 당시 회원들과 함께 투쟁 기금 모금, 대자보 작성, 회보 배포, 깃발 제작, 선전 및 홍보 등을 담당한 여성 활동가로서 시민군의 든든한 지원군 역할을 수행한다. 1986년 황석영과 이혼한 이후에도 광주에 남아 송백회 동지들과 지내다가 2000년이 되어야 광주를 떠나 경기도 광명으로 이주한다.

"광주와 5월은 나를 소설가로 만든 원인이자, 내가 소설가로서 쓰고 싶었던 모든 것"이라는 작가의 소회에서 알 수 있듯 광주에서의 경험은 홍희담 소설의 가장 큰 줄기를 이룬다. 대표작 「깃발」(1988)은 5·18민주화운동을 노동문학의 맥락에서 형상화한 문제작이다. 한 언론사와의 인터뷰에서 작가가 강조했듯 "「깃발」의 주인공은 5월 도청에서 살아 숨 쉬었던 모든 노동자들"이었다. 1988년 복간된 《창작과비평》 첫 호에 실린 「깃발」에 당대 비평계가 아연 활기를 띠고 작품에 드러난 노동자계급 당파성 문제에 열띤 논쟁을 벌인 것은 당연한 일이었다. 소설집 『깃발』에 실린 표제작 「깃발」을 포함한 중·단편소설 다섯 편은 대부분 5월 항쟁 이후 살아남은 이들의 고통에 찬 삶을 조명한다는 점에서 일종의 연작 형식을 취한다고 할 수 있다.

1980년 5월 도청 내부의 풍경을 '밥'과 '총'의 문제로 일목요연하게 형상화한 데서 드러나듯 「깃발」에서 주목할 점은 도청을 사수한 '여공'들의 의지와 활약이다. 밥 짓는 일로 눈코 뜰 새 없는 여성 인물들이 정작 원하는 것은 총 한 자루였다. 밥은 먹어야 한다는 데 누구나 동의하면서도 '누가' 밥을 지어야 하는가는 문제시되지 않는 상황에서 「깃발」의 여성 인물들은 노동에 대한 정당한 대가를 요구하지 못한다. 광주항쟁 당시 계엄군의 총에 맞아 사망한 임산부의 비극을 다룬 소설 「문밖에서」(2002)를 언급하며 작가는 자녀와 손주를 돌보며 느낀 '모성 확장'의 경험을 이 작품에 담았다면서 "생명의 소중함에 대한 자각"이나 "자라나는 것에 대해 느끼는 애처로움"을 표현하고 싶다는 포부를 밝히기도 했다. 역사적 투쟁 현장의 주체이자 돌봄 노동을 수행하는 여성 인물에 대한 홍희담의 집요한 관심과 애정은 여성주의적 관점에서 그의 작품 전반을 적극적으로 재독해해야 함을 시사한다.

손유경

깃발

작품 소개

이 작품은 1980년 광주민주화운동의 현장을 기록한 중편소설로 5월 18일 군인들에 의한 학살 장면을 목격한 민중들의 분노가 무장 대립으로 치닫던 시기를 상세하게 기록했다. 군인들에 의해 살해된 시신들, 시신 사이를 헤매며 가족을 찾는 시민들의 모습으로 그 참상을 생생하게 묘사했다. 국가 폭력에 대한 1차적 목격자의 기억과 애도의 서사라는 의미에서 주요한 작품으로 꼽힌다.

시민군이 되어 도청을 지키다 사망한 형자, 마지막으로 도청을 빠져나와 살아남은 순분 이 두 여성이 작품의 주인공이다. 여자도 시민군이 될 수 있다면서 총을 들고 싸우다 죽음을 맞은 형자와 도청을 지키며 죽음을 맞은 시민군들의 마지막을 기억하고 기록하는 순분의 시선이 교차하면서 광주민주화운동의 역사적 의미가 제시된다. 특히 이 작품은 야학을 지도하던 윤강일이 먼저 피신해 버리고 마지막까지 도청에 남은 이들은 결국 노동자 계층이었다는 사실을 보여 주며 지식

인의 기회주의적 속성을 비판했다는 점에서 민중주의 관점을 견지한
다.

이선옥

김채원(金采原·1946~)

김채원은 1946년 남양주시 덕소리에서 태어났다. 아버지는 시인 파인巴人 김동환, 어머니는 소설가 최정희이고 언니는 소설가 김지원이다. 유년 시절 서울 동숭동으로 이주해 지내다가 한국전쟁기 아버지의 납북 후 피난지인 대구에서 달성초등학교를, 휴전 후에는 서울로 돌아와 창경국민학교를 다녔다. 이후 숙명여중을 거쳐 1년 휴학 후 이화대학부속중학교, 이화여대 회화과를 졸업했다. 1972년 동경 한국초중고등학교 미술 교사를 지내다가 1975년 언니 김지원이 있는 미국으로 건너가 아트스튜던트리그에서 수학했다. 이후 프랑스에서도 유학 생활을 했다.

1966년《경향신문》에「봄눈」(1966)이 당선작 없는 입선으로 선정되고《현대문학》에「먼 바다」(1976)로 황순원의 추천을 받고, 같은 해《현대문학》에「밤인사」(1976)로 추천 완료되어 등단했다. 이후 60여 편 이상의 소설을 발표하며 꾸준히 활동했다. 1989년「겨울의 환」으로 이상문학상을, 2016년에는「베를린 필」(2015)로 현대문학상,「쪽배의 노래」(2014)로 형평문학상을 수상했다.

초기 작품에서는 여성 주인공이 일상적으로 겪는 내밀한 아픔을 형상화하는 데 집중했다. 한국전쟁기 남북한 아버지에 대한 결핍감이 분단과 이산이라는 역사적 상황에 대한 관심으로 전환되며, 작품에서 여성 가장이라는 주체의 형태로 표현되기도 한다. 활발하게 활동하던 1970~1980년대 작품은 당대 지식인들의 이념적 성향에 거리를 두고, 여성에게 가해지는 가부장적 억압에 내면적 초월로 대응하는 판타지적 구성으로 많은 독자들의 공감을 얻었다. 초기 대표작 중 하나인 소설「초록빛 모자」(1979)가 단막 드라마로 방영되고, 중편소설「여름의 환」(1985)으로 시작된 '幻' 시리즈 중「겨울의 환」이 1989년 이상문학상을 수상하면서 큰 화제를 모았다.

소설집으로『초록빛 모자』(1984),『가득 찬 조용함』(1990),『봄의 환』(1990),『여름의 환』(1991),『장미빛 인생』(1992),『달의 몰락』(1995),『자전거를 타고/민꽃소리』(1995),『장미와 가위손』(1996),『미친 사랑의 노래: 여름의 환』(1998),『가을의 환』(2003),『지붕 밑의 바이올린』(2004)이 있고, 장편소설『형자와 그 옆 사람』(1993),『달의 강』(1997)이 있다. 언니 김지원과 자매소설집『먼 집 먼 바다』(1977),『집, 그 여자는 거기에 없다』(1996)를 출간했다. 동화『장미와 가위손』(1996), 수필집『꿈꿀 시간 있으세요?』(1993),『사막, 그리고 지중해에 바친다』(1995)가 있다.

화가로서의 존재성을 가진 김채원은 내면의 불안에 대한 섬세한 통찰과 현실적 모순을 초월하는 초현실주의적 상상력을 가졌다. 이러한 특징으로 인해 환상을 매개로 존재의 근원적인 아픔을 형상화하는 데 독보적인 감수성을 갖춘 한국의 여성 작가로 평가받았다.

박지영

겨울의 幻_환

언젠가 당신은 제게 나이 들어 가는 여자의 떨림을 한번 써 보라고 말하셨습니다. 저는 그 얘기를 지나쳐 들었습니다, 라기보다글이라고는 편지와 일기 정도밖에 써 보지 못한 제가 어떻게 그런것을 쓸 수 있을까 두려운 마음이 앞섰습니다. 저는 감정의 훈련도,또한 그 감정을 끌어내어 표현하는 능력도 갖고 있지 못하기 때문입니다.

그러나 마음 한편으로는 그때부터 죽 나이 들어 가는 여자의떨림에 대해서 분명 생각하고 있었습니다. 아니, 그보다 그 말 자체가 가지는 의미에 대해서 어떤 매혹을 느꼈다고 해도 과언이 아니겠습니다. 그 말에서 스스로를 여자로 느꼈기 때문입니다.

이렇게 얘기한다면 조금 어폐가 있겠습니까?

그러나 정말입니다. 저는 이제껏 마흔세 살이라는 나이가 되도록 단 한 번도 스스로를 여자로 느끼지 못했습니다. 저는 단지 여자의 흉내만을 내고 있다고 생각합니다. 어느 때, 목욕을 하고 나서 새속치마를 꺼내어 입을 때, 혹은 화장을 할 때, 혹은 생리 냅킨을 꺼낼 때 자신이 여자의 흉내를 낸다는 느낌에 젖게 됩니다만 그 외에는 언제나 나의 용모나 성 따위를 전혀 잊고 있는 것입니다. 즉, 외부에서 보는 나가 아니라 내 안에 있는 나 그것일 뿐입니다(다른 여자들도 그런지 어떤지 그것은 모르겠습니다). 그런 연고로 당신이 그 말을 하셨을 때 저는 젊었을 때도 느끼지 못했던 여자라는 성과, 그 성이 가지는 떨림에 대해서 생각해 보게 된 것입니다. 그 말 자체에는 무언가 설레게 하는, 인생에의 어떤 신묘한 가능성까지를 내포하고 있기 때문입니다.

늙어 가는 것이 단지 멸해 가기만 하는 것이 아니라 여자로서의 떨림이 있을 수 있는 것이로구나 하는 확연한 느낌을 가질 수 있었습니다.

저는 그 말에서 비로소 여자가 된 듯한 기분을 맛보았습니다.

늙어 가는 사람의 떨림이란 좀 어색하지 않습니까. 늙어 가는 사람의 떨림이라기보다 늙어 가는 여자의 떨림이란 말이 훨씬 자연스러운 것이고 보면 제가 스스로를 언제나 사람이라고 느끼던 것에서 저의 성을 찾아 여자가 된 것이, 그 자각이 이제라도 기쁨으로 다가오기도 합니다.

그러므로 저는 비로소 여자에 눈떴다고 할 수도 있겠습니다. 그리고 그 자각이 나 하나에서 머무는 것이 아니라, 내 어머니와 할머니, 이분들은 내가 실제 보았던 인물들이고, 말로만 들었던 증조할머니 그리고 더 거슬러 올라가 선조의 여자들까지도 생각해 보게 되고, 인맥을 통해 면면히 흐르는 여자로서의 숙명 같은 것도 감지하게 되었습니다.

자궁을 가진 여자로서의 숙명감, 아버지가 아닌 어머니로서의 모(母)라는 의미, 결연히 인생과 마주한 여자로서 서야 하는, 또한 그중에서도 동양의 여자, 소나무가 크고 있는 지역의 여자, 이런 의미들이 밀려 들어오는 것입니다. 그것은 복 받을 만한 서구의 자연, 그리고 그들의 깨어 있는 문화가 만들어 놓은 개인주의, 저는 한때 그 개인주의에 공감하고 그를 따르려 했습니다만 서구의 개인주의와 동양의 미덕과는 어쩔 수 없이 다를 수밖에 없다는 그런 깨달음이 망연히, 그러나 어떤 확신감을 가지고 다가오는 것입니다.

우리가 서양에서만 보던 서양의 잣나무와 솔바람을 품어 안는 소나무와는 다를 수밖에 없다는 자각, 우리가 이 시간 그리고 동양권인 이 공간 속에 태어났다는 것은 하나의 운명이기도 하지 않겠습니까.

그리하여 당신과 만났다는 것도 운명이라고 생각합니다.

어디서부터 얘기를 끌어내야 할지 잘 갈피를 잡을 수 없습니다.

저는 지금 몹시 흥분된 상태이고, 되도록 내일 새벽까지 이 글을 마쳐 보겠다는 각오하에 펜을 들었으므로 나오는 대로 두서없이 쓸 수밖에 없습니다.

조금 전 마지막 뉴스로 산불이 아직도 계속되고 있어 예비군이 동원되고 헬리콥터까지 소화제를 뿌리고 있는 현장을 보았습니다.

그 산불은 오늘 할머니 묘소에서 집안 아저씨와 제가 낸 것입니다.

산불의 모습은 상상을 불허하는 장관스런 풍경입니다.

지진이나 홍수 그리고 산불 같은 자연의 모습 앞에 인간은 그저 무릎 꿇을 수밖에 없습니다. 두렵도록 아름다운, 죄악과 천사가 함께 있는 듯한 그 모습을 그래도 인간이 감당해 내야 한다는 일이 이상할 지경입니다.

김채원

그것은 이미 인간의 몫은 아니라고 보아야 옳겠습니다.

또한 그런 대자연 앞에서마저 내가 있어서 내가 그것을 보아야 한다는 일이 내가 없으면 산불도 무엇도 다 없는 것이라는 그 사실이 꿈에서 깬 듯 이상하기만 합니다.

뉴스를 본 아저씨가 내일 아침 경찰서에 자진 출두하겠다고 전화를 하셨습니다. 저도 같이 가겠다고 했더니, 노모를 돌봐야 하는 문제도 있고 하니 그냥 집에 있으라고 했습니다.

"불을 끄고 나서 그렇게 오랫동안 앉아 있다가 왔는데 불씨가 남아 있었나……"

아저씨는 말끝을 흐리며 허둥거리셨습니다.

저는 전화를 끊고 나서 한동안 화면에 눈길을 주며, 그러나 아무것도 눈에 들어오지 않는 상태로 앉아 있었습니다. 무슨 전화인가 묻는 어머니의 소리도 묵살해 버렸습니다. 제 눈앞에 지금 이 순간에도 산야의 송림숲을 잿더미로 만들며 무서운 속도로 번져 나가는 불길의 환영이 투시력을 가진 듯 환히 보였습니다. 할머니의 묘가 다 타 버린 것, 뿐만 아니라 다른 망자들의 묘까지 전부 태운 것. 조상의 무덤을 잘 가꾸어야 하는 우리네 풍습에 묘자리가 다 타 버렸다는 사실이 자손들에게 어떤 영향을 끼치는지 심히 두려우면서도 왠지 무덤 속에서 망자들이 훨훨 타오르는 불길에 가슴에 맺힌 응어리들을 다 녹여 내린 후련함을 맛볼 것 같은 그런 기분 또한 가지게 됩니다.

사람들 마음속에는 왜 응어리가 있는 것일까요.

이제 와서 세상 이치를 어느 정도 깨닫고 보면 세상사가 모두 손바닥 안에 있다는 그 말에 수긍하고 공감하면서도 왜 마음은 이렇게 늘 괴로운 것일까요? 사람의 마음속은 기쁨·슬픔·평온·희열·고뇌·비애·공포·고요 등으로 다양하게 변모하며 그러한 마음이 세상 속의 자연으로 표출되는 것이 아닌가 하는 생각도 합니다.

베토벤의 9번 심포니를 듣고 사람의 감정의 폭이 어쩌면 저렇게도 무한한 것일까, 깊은 공감으로 엎드려 운 적이 있습니다만 천둥과 번개, 바다와 시냇물, 들판·꽃밭·비·눈 등은 우리의 감정이 형상화된 것이 아닐까요? 아니면 그 자연을 닮아 우리의 감정이 형성된 것일까요?

그러니까 산 하나를 다 태우고야 꺼질 이 무서운 불길은 저의 마음이겠습니까. 그리고 꺼져 버린 잿더미, 간혹 바람에 피식피식 흰 연기만 날릴 그 소화 후의 빈 산 또한 저의 마음이지 않겠습니까.

어쩔 수 없는 일입니다.

이미 불은 나 버렸고 그 무섭게 타 들어가고 있는 불기운에 힘입어 글에 대한 아무 지식이나 훈련이 없는 저로서도 이 밤 무엇인가 써낼 듯한 기(氣)를 감히 느끼는 것입니다.

그러므로 무엇을 향해 어떻게 써야 한다는 일에 염려하지 않겠습니다.

어머니와 저의 손은 똑같이 생겼습니다.

실지 두 손을 맞대어 본 적은 없지만, 마주하면 오른손과 왼손이 만난 듯 아마 꼭 맞을 것입니다. 갸름한 손톱 모양과 매듭, 어느 순간 꼭 닭다리로 착각되는 손가락, 단지 다른 것이 있다면 손금일 것입니다. 어머니와 저의 운명이 똑같을 수는 없으니까요. 이 세상에 똑같은 손금이 있을 리 없으니까요. 그러나 그것 역시 확실하게 말할 수 없는 것이 어머니와 딸의 운명은 한 줄기이기 때문입니다.

189

딸은 대개 어머니와 운명을 닮는다고 말하던가요. 제가 가장 어머니와 운명적임을 느끼는 것은 밥상에서부터라고 생각됩니다.

어머니는 따뜻한 밥상을 차리지 못하는 여인입니다. 이렇게 말한다면 어머니는 펄쩍 뛰실 것입니다. 어머니는 종종 자신의 손이 달아서 반찬이 맛이 있다고 자랑을 합니다.

"하여튼 우리 집 김장을 가져다 먹어 본 사람은 이 서울 장안에서 이처럼 맛있는 김치는 먹어 본 일이 없다고 했지. 저기 어느 집 아주 격식 차려서 음식하기로 소문났다는 김장김치보다 우리 것이 더 맛이 있다고 했어. 그때는 내가 왜 그랬을까. 식구도 없는데 김장을 백 포기나 했으니까. 그걸 나 혼자 조용히 앉아서 했지. 누구 도움 받는 것도 싫고 해서 말이야. 그렇게 해 놓고는 겨울 내내 먹고 아마 초여름까지 먹었을 거야. 남한테 한 바께스씩 퍼 주기도 했어."

어머니는 이런 얘기를 자랑 삼아 기쁨 삼아 추억거리로 하십니다. 혹은, "우리 집 된장찌개를 먹어 본 사람은 모두들 정말 맛있다고 했으니까. 서민 음식을 만드는 데는 최고라고들 했어."

이런 얘기를 들을 때면 은근히 반감이 솟아오릅니다. 왜냐하면 그 된장찌개는 어린 시절 바로 제가 먹던 것으로, 제가 기억하고 있는 것이니까요.

김장김치 얘기 때는 무언지 아물아물 떠오르는 것으로 하여 그런가, 정말 그런 것 같다 하고, 긴긴 겨울 동안 광에 파묻은 독에서 김장김치를 꺼내 먹던 정경을 떠올리어 긍정하며 듣고 있지만, 된장찌개 부분에서만은 저는 아니라는 생각이 드는 것입니다.

잠깐 김장김치 얘기를 할까요.

아파트에서 겨울 동안 먹을 것을 열 포기 정도 담그는 요즘에 그 시절을 떠올리니 그 일은 정말 신선한 감회가 있습니다.

먼저 배추를 트럭으로 싣고 오지요. 혹은 손구루마로 오기도 했지요. 그것을 마당에 부릴 때면 뭔가 큰일이 이제 시작되는 스산스러움과 함께 풍성함이 가득 차오릅니다. 우리 집은 층계가 있는 높다란 언덕 위의 집이어서 트럭이 힘들게 올라와 집 앞 길에 부려 놓은 후 그것을 다시 큰 대야나 물통에 담아 날랐습니다. 검게 된 목면장갑을 낀 배추 장수가 한 걸음에 네다섯 포기씩 나르기도 하고 어머니와 나와 동생도 끼어서 나르면 그 많은 배추가 어느새 다 날라집니다.

배추가 너무 크지도 작지도 않고, 잎의 두께가 너무 두껍지도 얇지도 않았지요. 잎 자체에 달고 구수한 맛을 풍기고 있는 배추를 어머니는 잘 골라내셨습니다.

배추 끝에는 커다란 꼬랑지들이 그대로 달려 있어, 가마니에 묻어 두었다가 겨우내 그것을 깎아 먹는 일도 즐거움이었습니다.

커다란 무쇠 식칼로 배추를 쪼개는 일, 큰 포기는 네 쪽으로, 작은 것은 두 쪽으로 마당에서 쪼개었습니다. 머리에 타월을 덮어 쓰고 돌아앉아 어머니는 배추를 쪼개었지요. 배추를 쪼개면 그곳에 고실고실한 연한 노랑과 연두색의 작은 잎들이 나타나지요. 그 부분은 따로 소금에 절여 양념을 속에 싸서 먹지요.

다 쪼갠 배추를 소금에 절여 놓았다가, 다음 날 아침에 김장을 시작합니다. 우물가에서 배추를 씻어 커다란 소쿠리에 절여진 배추를 척척 걸쳐 놓으면 전날 그렇게 많아 보이던 배추도 양이 많이 줄어듭니다. 무를 채칼로 채를 쳐서 고춧가루·마늘·파·젓갈 등의 양념으로 버무리고 생굴도 넣었습니다. 소금으로 간을 맞추며 특히 동태를 조금 잘게 썰어 함께 집어넣으셨습니다. 그리고 청각도 많

김채원

이 집어넣으셨습니다.

앞부분이 파르스름한, 너무 크지 않고 맛있어 보이는 무는 동치미 감으로 따로 골라 내놓았지요.

할머니가 시골서 올라와 계실 때면 할머니도 함께하셨습니다.

마당과 마루에 김장거리로 즐비합니다. 그런 날은 창호지 문을 닫아도 방문이 열린 듯 휑하니 스산스럽고 날이 어두워질 때까지 그 스산스러움이 끝나지 않던 것입니다.

이윽고 어머니가 발을 구르며 들어와 아랫목에 버선발을 파묻고, 시뻘겋게 얼고 불어 터진 손을 녹이며 손이 가려워하시던 것, 손이 매워 뜨거운 물에 담그시던 것들을 떠올릴 수 있습니다.

어둠이 찾아왔는데 다시 밖으로 나가 주섬주섬 그릇들을 챙기고 뒷마무리를 하시던 것, 곡괭이라는 말이 오가고 김칫독을 파묻을 일이 남아 있던 것, 그리고 김치속을 해서 밥을 먹고 나면 깜깜한 한밤중이었어요.

며칠 후 어머니는 쇠고기를 몇 근 사다가 푹 고아서 그 국물을 식힌 다음 김칫독에 부어 넣습니다. 바로 이 부분인 것 같습니다. 우리 집 김치가 장안의 어느 김치보다 맛이 있다고 하던 것은.

쇠고기 국물이 김칫국물이 되고, 청각과 동태·굴이 시원한 바다의 맛을 더해 주었던 것 같습니다. 참, 여름에 담가 놓았던 오이지도 함께 김치속에 통으로 집어넣습니다. 김치 포기를 꺼낼 때 가끔씩 오이도 달려 나오고, 그 오이의 아삭아삭한 맛을 잊을 수 없습니다.

김치와 동치미는 어린 우리 입에도 이상하게 시원하면서 맛이 있었습니다. 그러나 된장찌개 부분만은 ── 된장찌개도 그렇게 맛있어서 서민적인 음식을 만드는 데는 내가 제일이라고들 했지 — 바로 이 부분은 어쩐지 은근히 반감이 솟는 것입니다. 그 부분에서만은 전혀 아니라고 고개를 흔들고 싶어집니다. 오히려 바로 그 부분이 내 어린 시절 자라면서 늘 느끼던 갈증의 부분이라고 말하고 싶은 마음이 듦을 어쩔 수 없습니다.

어머니는 교원 생활을 오래 하셨으나 웬일로인지 잠시 방황하던 시절, 화투로 날을 지새웠습니다. 어린 시절의 기억 중 아버지가 우리 집에 얼굴을 보인 적은 없는데, 아버지는 작은어머니를 얻어 생활하셨고, 동생이 태어나던 해 객지에서 병사하셨다고 듣고 있습니다.

집에는 화투 손님이 끊이지 않았습니다. 인원은 대개 두 사람이나 세 사람, 섰다가 아닌 민화투로서 작은 푼돈이 왔다 갔다 하는 것으로 미루어 보아 판이 큰 것은 아니었습니다. 어머니는 화투를 짝짝짝 다듬어 치시다가 늦은 저녁때가 되면 다락문을 열고, 부엌에서 떨고 있는 동생과 내게 소리치셨습니다. 다락문을 열어야만 부엌에 그 소리가 잘 들리기 때문입니다.

"얘 가혜야, 왜 아침에 먹던 된장찌개 있잖니? 거기다 된장을 한 숟가락 떠다가 더 풀고 두부 한 모 썰어 넣고 마늘 다져 넣고 보글보글 끓여라. 그리구 멸치도 좀 집어넣어라. 그래서 밥하구 상을 차려서 좀 가지구 들어와라, 응. 김치는 새것을 썰어라."

부뚜막에서 졸듯이 쪼그리고 앉아 연탄 냄새를 맡고 있던 동생과 나는 비로소 부스스 몸을 일으켜 어머니가 지시한 대로 막숟가락과 양재기를 하나 가지고 된장을 푸러 어두워진 장독대로 더듬어 갑니다.

그때 우리가 느낀 것은 손님 앞에서 큰 소리로 부엌에다 대고 소리치는, 교사까지 지낸 어머니의 교양에 대한 반감이었을까요.

김채원

더구나 신비감도 없이 아침에 먹던 된장찌개에다가, 라고 서슴없이 말하는 것은 정말 싫은 기분이었습니다. 그리고 무엇보다 불을 땔 방이라고는 화투 치는 방뿐인데, 아이들이 있을 곳이 없는 데 대한 배려는 어떻게 되는 것인가, 그런 감정들이 뒤엉켜 있었을 것입니다.

그런데 어머니는 바로 그 된장찌개를 이제 와서 자랑하는 것입니다. 돌이켜 생각해 보면, 정말 그 된장찌개가 맛이 있었다면, 첫째는 우리 집의 장맛이 좋았을 것이고(그것은 어머니의 손이 단 데 연유했을 것입니다만, 아니 그보다 할머니가 시골에서 쑤어 오신 메주에 달렸을 것입니다), 그리고는 아침에 먹던, 의 바로 그 먹던에 원인이 있지 않을까 생각해 봅니다. 한번 끓였던 것에다 다시 끓이면 그만큼 재료가 여러 가지 많이 들어간 결과가 되고, 아울러 푹 달구어진 맛이 우러나올 수 있기 때문입니다.

어머니는 음식에서 늘 영양가를 우선으로 생각했고, 또 아무리 조금 남은 것이더라도 절대로 버리는 일이 없으므로, 그런 것들이 늘 찌개에 들어가게 마련이어서 두루뭉수리 독특한 찌개 맛을 자아냈는지 모릅니다.

이렇게 정의 내리듯 생각해 보지만 돌이켜 보면 어린 시절 항상 음식에 대한 아쉬움을 품고 지냈던 것 같습니다. 즉, 된장찌개에 가장 생명이라고도 할 수 있는, 마지막에 파를 썰어 넣는 일이 대개 빠져 있었습니다. 다시 말하면 어머니의 음식에서 항상 그 파와 같은 부분이 빠지는 것입니다.

음식점에서 장국밥을 처음 먹어 보던 날, 음식점 특유의 그 깔끔한 맛이 후춧가루와 깨소금, 파 같은 양념들에서 오는 것임을 알고, 후춧가루라는 처음 맛보는 양념에 거의 경의마저 품었을 지경이었으니까요.

어머니는 왜 후춧가루와 파와 같은 부분을 생략했는가. 가난했던 탓일까. 그 당시는 전후로서 모두들 대강 그냥 끓여 먹고 살던 시절이었다고 생각해 보려 해도, 그 후 이웃집이나 친구들 집이 그런 것들을 점점 갖춘 생활로 변해 감에 비해 우리 집은 항상 그대로였습니다.

오히려 점점 더 빛을 잃은 뭉뚱그려진 음식이었습니다.

어머니의 자랑을 제가 시큰둥하게 넘기게 되는 것은 바로 그런 까닭입니다. 뿐더러 어머니의 음식이 설혹 맛이 있었다 하더라도 그것이 늘 우리에게 먹게끔 해 주었던 그런 따뜻한 밥상은 아니었다는 인상 때문입니다. 누구나 늘 따뜻한 손길 같은 것을 그리워하고 있듯이 누구나 다 바로 그 따뜻한 밥상을 그리워하고 있을 것입니다.

하루 종일 그림자처럼 조용히 일만 하고 있는 여인, 조용히 묵묵히 끝도 없이 일을 하고 있는 여인, 아플 때 와서 손을 얹어 주고 물을 떠다 주고, 그리고 매일매일 밀물처럼 닥쳐오는 세 끼의 밥을 따뜻이 먹게끔 차려 주는 여인이 비치어 옵니다. 대부분의 옛 여인의 모습이 그랬을 것입니다.

어린 시절 기억에 떠오르는 할머니가 그랬으므로 실지 제가 본 생생한 여인의 모습으로 다가듭니다.

어머니와 저는 그런 여인은 아닙니다. 그런 여인이 아닐뿐더러 오히려 밥상을 깨부수는 힘을 가지고 있지 않는가 하는 솔직한 두려움을 느낍니다. 아니, 깨부순다는 표현이 너무 과격하다면 언제까지나 부엌과 밥상에 친해지지 않는다고 할까요. 부엌에서 찬바람 같은 것이 돈다고 할까요.

195

이것을 가히 손금, 어머니와 저의 운명에서 비롯된다고 얘기할 수 있을까요

　잠시 밥상에 대한 것을 접어 두고, 긴 겨울밤 광으로 동치미 뜨러 다니던 일을 추억하고 싶습니다.
　동생과 나는 촛불이나 남폿불을 밝히고 커다란 양은냄비를 하나 들고 어둠을 휘저으며 광으로 갑니다. 어둠은 회오리바람처럼 불빛 밑으로 소용돌이치며 흐르고 우리들의 그림자는 크고 괴상하게 떠오르다가 없어집니다. 광문을 열면 광 속에서 나는 냄새, 습지고 새끼줄에서 나는 듯한 냄새가 김치 냄새와 어우러져 독특한 냄새를 풍깁니다.
　독 위에 덮어진 가마니(그러고 보니 새끼줄 냄새란 바로 이 가마니에서 풍겼을 것입니다)를 치우고 독 뚜껑을 열고 싸아한 동치미 내를 맡으며 무겁게 지질러진 돌을 옆으로 밀치면, 흰 동치미 무가 둥실 떠오르거나, 파뿌리·청각·무청·파란고추 같은 것들이 먼저 올라올 때도 있습니다.
　반들반들하고 너무 크지 않은 동치미 무를 몇 덩이 꺼내 올리노라면 손가락이 떨어져 나갈 듯 시려집니다.
　남폿불의 등갓이 비치는 영역 안에서 이런 일을 할 때면 비밀스런 일을 하는 기분이 들어 스스로 재미있어지기도 합니다.
　알리바바와 도적에 나오는 열려라 참깨는 아니더라도, 땅속에 묻은 것을 한밤중에 꺼내는 은밀한 재미가 있습니다.
　김칫독에서 김치를 한 포기 꺼낼 때도 있습니다.
　두텁게 덮은 우거지를 들치고 알맞게 절여진 익은 배추김치 한 포기를 꺼내 올립니다. 그것들을 가지고 와서 긴 겨울밤을 먹으며

지냅니다. 남폿불을 켜 들고 방문 밖으로 나설 때는 언제나 약간 싫은 기분이지만 적진을 돌파하는 기분으로 무찌르고 났을 때는 참으로 통쾌하고 후련합니다. 때아니게 흰 눈이 사르락사르락 내리고 있을 때가 있는가 하면, 아무도 모르게 저 혼자 내려 버려 마당이고 장독대고 지붕이고 나뭇가지 위에 흰 눈이 쌓여 있는 때가 있습니다.

양말을 신지 않은 따뜻하고 부드러운 발이 찬 고무신 속에서 이질감을 느끼면서도 뽀드득뽀드득 흰눈을 밟아 발자국을 내던 그 음향과 감촉이 지금 전해져 옵니다. 그때 느끼던 눈의 세계가 지금 갑자기 확 되살아나 가슴이 뜨거워지려 합니다.

방문을 열었을 때 눈을 잔뜩 떠 인 눈의 세계[1]가 보이면 갑자기 눈앞이 환해지며, 무언가 형용키 어려운 반가움이 마음속에서 불러 일으켜집니다. 그 정경은 이 세상에 있는 기쁨이나 행복감을 미리 예견해 주는 것 같습니다. 달도 별도 없는 밤이어도 눈의 빛은 제 스스로 인광과도 같은 빛을 발해 세상을 하얀 고요로 쌉니다. 어디선가 어깨 위로 머리 위로 앉은 눈을 털어 내는 소리가 들리고, 신발에 묻은 눈을 발을 굴러 털어 내는 소리도 들립니다.

밤이 깊도록 눈의 고요가 적막 위에 쌓입니다. 그 적막을 더욱 적막 속으로 떨어뜨리는 먼 데서 개 짖는 소리가 들리고, 밤은 결코 뛰어넘을 수 없이 깊어집니다.

밤의 깊은 곳에서는 가만히 무엇인가가 울려 퍼집니다.

저는 동생과 동치미를 먹으며 촉수가 희미한 전등불 밑에서 방

---

1 개정판에는 '눈을 가득 메우는 눈의 세계'라고 되어 있다.(김채원, 『초록빛 모자』, 문학동네, 2021).

학 숙제 그림일기 속에 눈이 내리고 있는 풍경을 그려 넣습니다.

벌판 위에 기와집이 한 채 서 있고 바둑이가 대문 앞에서 꼬리를 흔들고 눈사람이 모자를 쓰고 지팡이를 들고 서 있으며 설빔을 입은 아이들이 하늘에 연을 띄우고 있습니다. 눈 위에는 어디로인가 사라져 버린 사람의 발자국이 찍혀 있습니다. 이것은 제가 본 눈의 풍경이 아니라 달력이나 어린이 책에서 본 풍경입니다. 눈송이를 확대해 보면 정육면체 혹은 팔면체의 예쁜 꽃송이라는 눈의 세계, 멍멍이와 눈 위의 하얀 발자국과 벌판 위에 서 있는 집 들창 속의 느낌, 이런 것들을 나는 그림 속에나 있는 먼 세계로 느끼며 그려 넣었습니다. 그 나이의 내게 그것은 있는 그대로 쉬운 동요였건만, 그 정서를 왠지 벅차하며, 먼 곳에 있는 것으로 느껴 그리워하였습니다.

그것은 어른이 된 지금에도 역시 마찬가지입니다.

가령, 아리랑 아리랑 아라리요 아리랑 고개를 넘어간다, 싸리문 여잡고 기다리는가, 기러기 달밤을 울고 간다. 이 노래를 생각할 때의 정서 또한 저는 아직 감당키 어렵습니다.

어려서 이 노래를 들을 때는 어른이 되면 자연스레 몸속에 익을 수 있는 감정이려니 했습니다. 그 세계를 감당 못 하여 멀리 느끼기보다는 몸 안에서 우러져 나오는 그런 느낌의 세계이려니 했습니다. 기러기가 우는 달밤에 싸리문을 여잡고 누군가를 기다릴 수 있다고 생각했던 것입니다.

그렇게 성숙한 여자의 세계를 가슴속에 품고 그리워하며 자랐던 것입니다. 이제 알겠습니다. 당신이 말한 나이 들어 가는 여자로서의 떨림, 그러고 보니 그 여자의 성을 저도 느끼지 않은 것은 아님을 알겠습니다. 오히려 어린 시절 바로 방학 숙제 속에 눈의 세계를 그려 넣던 그 시절부터 저는 성숙한 여인의 세계를 그리워하며 가슴에 품고 커 왔다고 할 수 있겠습니다. 그럼에도 당신이 그런 얘기를 했을 때 매혹까지 느끼며 처음으로 여자라는 성을 감지하는 느낌을 맛보았던 것은, 어린 시절 눈의 세계를 어디 먼 곳에 있는 것으로 그리워했듯 여자라는 성을 그저 그리워만 했던 것인 듯합니다. 누군가 내게 여자의 성을 띄워 놓아 주지 않았기 때문인지도 모릅니다. 제 속에 있는 무한한 여자, 심포니 9번을 들으며 사람의 감정의 폭이 어쩌면 저렇게 무한대일 수 있을까 생각한 바로 그 감정의 폭을 제게 띄워 준 사람이 없었기 때문인지 모릅니다. 그리하여 저는 이제 뒤늦게 마흔셋이라는 나이에 처음으로 나이 들어 가는 여자의 떨림을 감지하고 무언가 스스로 북받쳐 오르는 어떤 격류에 휘말리는 것 같습니다.

그것은 운명과 같은 것인지 모릅니다. 아마 그것이 바로 이름하여 운명이라 부르는 것일까요. 어머니와 저의 운명이 한 줄기라고 하는 바로 그 운명 말이지요. 그 운명을 얘기하기 위해서 좀 더 저의 지난 시절들을 들추어 나가지 않으면 안 되겠습니다.

내 나이 그때 서른둘, 여자로서 절정일 때일까요?

화장을 하기 위해 거울 앞에 다가앉으면 가장 젊은 젊음이 은은히 울려 퍼지는 때, 그런 나이에 저는 결혼 생활 육 년 만에 구겨진 버선처럼 되어 친정으로 돌아왔습니다. 아이가 없는 것도 큰 이유가 되겠지요. 그러나 가장 직접적인 원인은 결혼 예물 때문이려니 막연히 생각했습니다. 저는 아무것도 해 가지고 가지 않았으며, 장롱은커녕 이불조차 변변히 해 오지 않은 제게 친척들은 따가운

눈총을 주었습니다. 무엇인지 쑤군쑤군대다가 제가 방에 들어가면 방 안 가득히 모여 앉았던 친척들은 말을 뚝 끊었습니다,

자기 그것만 믿고 아무것도 없으면서 시집가려는 여자들, 이라는 구절을 요즈음 와서 어느 소설에서 읽었을 때 저는 저절로 얼굴을 붉혔습니다. 바로 제가 그런 꼴이었으니까요. 한 여자로서 성숙되지 못하게 그저 어리광 부리듯 결혼이라는 대사를 치렀는가 하는 생각이 들었습니다. 그러니까 저의 태도는 남편에 대한 예의를 저버린 것이었다고 할 수 있겠습니다.

하긴 떳떳하고 정당하게 성의껏 자신의 예물을 준비하는 정성스런 태도가 요즈음 와서 좋게 보이기도 합니다. 예부터 사람들이 왜 예물을 그리도 중요하게 챙겼으며, 그런 일을 소홀히 하며 오로지 사랑을 우선적으로 내세울 것 같은 서구에서도 지참금 운운하는 얘기를 들을 때마다 뒤늦게 새삼 깨닫기는 합니다. 인도의 어느 곳에서는 며느리가 지참금을 가져오지 않아서 굶겨 죽였다는 일화도 있다던가요. 그리하여 저의 태도가 잘못이었는가 하는 생각이 조심스럽게 들기도 하지만 그러다가도 저는 아니, 라고 단호하게 부정하기도 합니다.

우리는 젊은이가 아닌가. 무엇인가를 장만해 간다는 것은 젊은이로서는 할 수 없는 일이다. 준비가 되어 있을 리가 없다. 이제까지 길러 준 부모에게 그것마저 어떻게 해 받아 가는가, 둘이 힘을 합하여 앞날을 살아가면 되는 것이다. 대신 나 역시 남편에게서 아무것도 받지 않지 않는가. 오로지 내 뜻은 자신들의 힘으로 함께 살아가자는 것뿐이다. 이런 말들이 치밀어 오르는 것입니다.

대신 저는 버선과 속치마만은 넉넉히 마련해 갔습니다.

애, 버선은 좀 몇 켤레 충족하게 가져가라. 집에서도 양말이나

스타킹보다 버선을 신고 있어. 그래야 발이 퍼지지 않고 이뻐지기도 해. 그리고 버선은 벗었을 때 엄지발가락하고 둘째발가락 사이에서 갈라진 금이 정말 얼마나 예쁘니? 그것처럼 섹시한 게 없어. 여자들 가슴 가운데 갈라진 선보다 더 그런 것 같애. 그리구 잠옷 대신 한복 속치마를 입어, 그게 훨씬훨씬 이쁘다.

시집을 안 간 사촌 언니가 꼭 늙은이처럼 이렇게 말하며 제게 버선과 속치마를 마련해 주었던 것입니다.

그러고 보면 마음 씀씀이를 전혀 쓰지 않아 남편에 대한 예의를 아주 저버렸다고 말할 수 없을지도 모르겠습니다. 저로서의 노력을 기울이지 않은 것은 아니라고 봅니다. 저도 첫출발하는 다른 모든 여자들처럼 그 출발에 꿈과 기대를 걸고 저대로의 마음가짐이나 태도를 등한히 했던 것은 아닌 것 같습니다. 오히려 결혼 예물을 의례적으로 해 가는 사람들보다 버선이나 속치마에 색다른 꿈을 걸었던 것은 아니었을까요?

신혼여행 중 바닷가의 횟집에 앉아 어떻게 살고 싶은가 남편이 제게 물었습니다. 수평선이 퍼렇게 일어서던 이른 아침이었습니다.

물새 우는 소리가 들렸던가, 바다 소금 내가 커다란 그물막처럼 한 겹씩 한 겹씩 갯벌 쪽으로 올라오고 있었습니다.

인격적으로 서로 존중하며 살고 싶다고 저는 말했지요. 제가 어떻게 그런 말을 했는가 지금 생각하면 의아스럽습니다. 그 당시의 저란 서로 사랑하며 살고 싶다던가 그런 유의 말을 했을 법한데, 결혼 육 년의 생활을 청산한 뒤 결혼이라는 것을 뒤돌아 생각해 볼 때 떠오르는 말을 그 당시의 제가 했다는 것이 이상스럽습니다.

신혼여행에서 돌아와 아침 식사 때 그는 토스트를 먹기 바랐습니다(아마 제게는 빵이라고 말하면서 속으로는 토스트를 머릿속에

201

떠올렸나 봅니다). 계란과 우유·설탕을 넣고 휘저은 속에 빵을 담 갔다가 버터로 프라이팬에 지지는 프렌치토스트를 접시에 담아 내놓자 그는 벌컥 성을 내었습니다.

그 후, 저는 음식이 잘못되면 아까우면서도 지체 없이 버렸습니다. 그것이 자신의 살림이어서 간장 한 종지, 기름 한 방울 아껴야 한다는 생각보다 우선 그에게 떳떳한 음식을 내놓아야 한다는 과제가 앞섰습니다.

저는 생각했지요. 제가 요새 여자들처럼 호강을 하다가 온 여자도 아니고, 어린 시절부터 막숟가락을 가지고 된장을 뜨러 어둠 속 장독대를 다니던 여자이다, 그때부터 죽 밥짓고 반찬하는 일들이 훈련되어 있다, 어머니의 말대로 격식 있는 음식은 못 한다 해도 밥 지을 줄도 김치 담글 줄도 모르는 여자는 결코 아니다, 그런데도 왜 이렇게 힘이 드는가, 왜 이렇게 숨 쉬기마저 곤란한가. 저는 그만 가져온 버선도 속치마도 입지 않고 오로지 살림과 싸우기에만 분투했지요. 이 괴물 같은 살림아, 어디 니가 이기나 내가 이기나 한번 해보자 라고 들러붙으며 저는 애꿎은 살림 쪽을 원망했습니다.

생일이나 환갑잔치 등으로 하여 친척 집으로 가는 버스에서 그는 항상 눈을 샐쭉하게 뜨고 있었습니다. 친척들의 얼굴을 떠올리면 스스로 창피해지고 자존심이 상하여 잊고 있던 결혼 당시의 감정들이 되살아나는가 봅니다.

샐쭉하게 내려앉은 그의 눈꼬리를 보며 저의 마음은 말할 수 없이 썰렁해져서 버스 손잡이를 잡은 채 울음을 삼키는 시선을 창밖으로 돌리곤 하였습니다.

제게 돌아올 용기를 직접적으로 부어 준 것은 눈입니다.

홀시아버님이 돌아가시던 때의 눈, 그 눈의 아우성을 잊을 수 없습니다. 저는 현관 가득히 벗겨져 있는 문상객들의 구두를 차례로 정돈해 놓고 있었습니다. 그러다가 눈을 들었을 때, 현관문 하나 가득히 새까맣게 떨어져 내리고 있는 눈을 보았습니다.

추운 엄동의 바람이 휘몰아치고, 그 사이로 눈은 내려오기에 고심하면서 비집을 틈이 없는 공간 속으로 새까맣게 떨어져 내렸습니다. 저는 검은 치마저고리의 상복을 입고 구두 정리를 하던 그대로 허리를 굽힌 채 잠시 눈을 바라보았습니다. 어마, 눈이, 라고 뜻도 없이 중얼거리며 주저앉을 때, 고무신이 벗겨져 나간 제 버선발이 내려다 보였습니다. 며칠 동안 갈아신지 못한 버선은 부엌바닥에서 찐득한 때가 새까맣게 달라붙어 있었습니다.

급한 마음에 시댁으로 올 때 갈아신을 버선을 가져오지 않은 탓이지요. 이상한 불행감이 저를 휩쌌습니다. 제 인생이 바로 이 버선 바닥처럼 더럽게 구겨져 있는 것이라고 생각했습니다.

장례 차에 실려 장지로 가던 날도 눈이 쏟아졌습니다. 눈 때문에 세상은 환하고 장례용 버스 밑에 관을 싣고 우리는 잠시 망자의 일을 잊은 채 며칠간의 고된 밤샘으로 인해 반졸음 상태에서 눈의 벌판 속으로 그저 달리기만 하였지요. 눈이 떨어져 차창에 수북이 앉았습니다. 성에가 가득한 유리창을 손바닥으로 닦아 내고 밖을 보았습니다. 눈은 먼 곳에서 반가운 손님처럼 찾아와 제가 앉은 차창으로 다가왔다 멀어지고 다시 다가왔다가 멀어졌습니다. 그러다가 유리창에 찰싹 달라붙기도 하였습니다. 유리창에 달라붙은 눈에서 육면체·팔면체·십육면체의 눈꽃송이를 자세히 들여다볼 수 있었습니다. 어린 시절 품었던 눈의 세계가 갑자기 되살아났습니다. 반가운 손님처럼 찾아와 기쁨과 행복의 감정을 미리 맛보여 준다고 느꼈던 눈 오는 날의 정감 말입니다.

김채원

가까이 왔던 눈이 멀어지고 또 새로운 눈이 다가왔다가 멀어지고 하는 일이 반복되는 동안 공중에는 수많은 선들이 서로 얽히다가 하나의 뿌우연 면으로 변해 버리기도 했습니다.

눈벌판이 지나고 나무들이 군데군데 서 있고, 흙더미가 검게 뒤집혀져 있는 빈 들판이 계속되었습니다. 누군가 열심히 돌아다니며 부삽으로 흙을 뒤집어 놓은 것 같았습니다. 저는 왠지 모르게 상을 찌푸렸습니다. 그 더러운 곳에서 제 더러운 버선발을 떠올렸기 때문입니다.

눈 속에 저런 더러운 자국이 있다니, 그냥 무한한 흰 눈의 세계일 수 없을까. 이 세상을 하얀 고요로 쌀 수 없을까. 저는 장지로 가는 동안 점점 세찬 어떤 감정 속으로 빠져드는 것을 느낄 수 있었습니다.

장례가 끝난 후 드디어 저는 그를 원망하면서 짐을 쌌습니다.

"우리 어머니가 다른 집 어머니처럼 내게 그렇게 잘해 보내지 못한 것을 오히려 다행스럽게 여겨요. 그렇지 않았다면 일평생 모르고 살 뻔하지 않았어요. 일평생 남편을 제일인 줄만 알고, 제일 위에다 올려놓고, 그런 밑바닥에 깔린 감정을 볼 수 없었을 게 아니예요. 그런 것을 속속들이 볼 수 있었다는 게 무사한 결혼 생활보다 훨씬 다행스러워요."

이 말을 하고 난 직후의 그 자유스러움, 비로소 숨을 쉴 수 있을 듯하던 순간을 기억할 수 있습니다.

저는 결국 돌아오고 말았으며 그는 회사에서 파견되어 사우디아라비아로 떠났습니다. 그리하여 겉으로는 남편의 파견이 구실이 되어 주었으나 실은 저는 돌아온 것입니다.

아까도 말했지만 제가 돌아온 것은 거슬러 올라가 그 원인이 결혼 예물 때문이려니 했습니다. 어려운 인생의 관문인 결혼이 출발부터 잘못이었다고 생각했습니다.

그러나 요즈음 차츰, 그것이 아니지 않는가 하는 생각이 들기 시작하는 것입니다. 그것은 무엇이었을까, 그런 지엽적인 것이 아니고 더 근원적인 것, 딸이 어머니 운명을 닮는다고 하는 것과 같은 어떤 것, 다시 말해 그것은 운명의 손길이지 않은가 하는 생각이 드는 것입니다.

아버지가 우리를 버려두었듯, 즉 어머니가 남편을 섬기며 사는 여자이지 못했듯 저 역시 그런 것입니다. 그럴 때면 남편이 꼭두각시처럼 느껴져 멀리 떠나 있는 그에게 미안감과 아울러 차라리 측은한 애정까지 드는 것입니다.

그는 사우디에서 몇 통인가의 엽서 — 햇빛이 너무 살인적이어서 옆 건물에 잠시 갈 때 신문지를 머리에 펼치고 뛰노라면 우박 쏟아지듯 햇빛 쏟아지는 소리가 들린다 — 를 보내기도 했으며, 그곳에서의 임기를 마친 후 미국으로 건너가 재혼을 했고, 아이를 낳아 잘 살고 있다는 소식을 인편을 통해 들었습니다. 그는 그냥 제 운명의 역할을 충실히 해 준 저의 엑스트라에 지나지 않는지도 모릅니다. 그는 음식이 마음에 맞지 않아 화를 내고, 친척 집으로 가는 버스에서 눈을 샐쭉하게 내리떠야 하는 역을 맡은 것뿐인지 모르겠습니다.

이렇게 말한다면 밥상을 깨부순다는 표현처럼 너무 과격한 것일까요.

저는 왜 저 자신을 밥상을 깨뜨린다고 생각하려 드는 것일까요.

어머니와 살면서 저녁밥을 짓는 시간을 가장 아늑하고 보람되게 느끼면서…… 종종걸음으로 달려가 가까운 거리에 있는 시장에

205

서 파를 한 단 사 올 때, 이런 아늑함이 언제까지 계속될 것인가, 조바심 섞인 의구심마저 품으면서 말입니다. 집의 불빛이 창으로 보이면 저는 숨을 멈추듯 걸음을 멈추고 아, 하는 감회와 함께 다른 인생을 찾아 남의 인생을 살아 주기 위해 어디 멀리까지 헤매다가 이제 제 운명 속으로 돌아온 안도감을 느끼곤 했습니다.

시집가기 전에 쓰던 장롱과 거울, 조그만 책상 같은 것들이 그대로 놓여 있는 내 방에 누워 있으면 제 본래의 자리로 돌아왔다는 이상한 안도감을 느낍니다. 제 어린 시절에 뿌리를 내린다고 할까요. 인생에 뿌리를 박는 것은 옛 시절이 배어 있는 내 집을 떠나서는 헷갈린다고 할까요.

그렇다면 운명이란 무엇일까요. 우리에게는 정말 운명이라고 하는 것이 있을까요. 우주의 질서 그 안에 인간 개개인이 타고난 시간과 공간이 만난 어떤 한 점, 이것이 운명의 사슬이 되는 것일까요.

그러면 제 운명은 과연 어떤 것이며 거기서 해방시킬 수는 없는 것일까요, 정녕 나보다 멀리 갈 수 없으며 나보다 창조적일 수는 없는 것일까요.

제가 돌아온 후로도 세월은 많이 흘렀습니다. 갓 삼십을 넘기고 돌아온 저는 어느덧 노모와 단둘이 사는 아늑함에 젖어 있는 중년의 여인이 되었습니다. 헐벗지 않아도 될 집이 있고, 그리고 절약해 가며 생활을 해 나갈 만한 돈이 있어, 집과 시장만을 왔다 갔다 하며 그 누구의 간섭을 받거나 하지 않고도 이 세상에 살 수 있다는 기쁨이 큽니다.

알찌개를 한다거나 생선을 구워 남기지 않고 알뜰히 상 위의 것들을 비워 나가며 텔레비전을 즐기는 저녁 시간의 안락함은 실로 이제까지 어머니와 제 인생의 어느 부분보다 빼어나게 즐거운 것이기도 합니다.

이런 운명의 줄기에서 제 동생만은 제외되어 있는데 멀리서 행복한 가정을 꾸미며 잘 살고 있는 동생 영혜를 생각할 때면 저는 항상 대견스럽고 가슴이 뿌듯해 옵니다. 동생이 간호원으로 서독에 파견되어 거기서 독일인과 결혼했다는 소식을 듣던 날 저는 터지는 웃음을 참을 길 없었지요.

그러나 그런 안락함 속에서도 왠지 모를 갈증을 솔직히 숨길 수 없었습니다. 저는 이따금 어머니에게 울면서 달려들기도, 또 무언지 모를 불만을 한숨 섞어 털어놓기도 했습니다. 어머니, 검버섯이 피어나는 칠순 노인인 당신과 내가 같을 순 없지 않겠어요, 그 한숨의 뒤끝에는 이런 속말이 저절로 중얼거려지는 것이었어요.

당신을 만난 것은 그 무렵이었습니다. 물극필반(物極必返)의 이치라는 것을 그런 데서도 엿볼 수 있는 것일까요. 사물이 극에 달하면 반드시 되돌아온다는 이치, 무엇인지 극에 달해 더 나아갈 수 없을 듯할 때 새로운 어떤 일, 어떤 현상이 벌어지는 것일까요.

저는 그날 가까스로 감자 두 알을 벗기며 제 몸이 움직여 주지 않는 것을 느꼈습니다.

일이 진정 하기 싫고 몸이 움직여 주지 않아 짜증스러웠습니다.

다른 아무런 생활도 없이 오로지 이 실내의 아늑함에만 젖어 방석 커버를 만든다, 스웨터를 떠 본다, 그리고 텔레비전이나 보며 지내는 이 생활에 말할 수 없는 답답증을 느꼈습니다. 누구의 간섭도 받지 않고 된장찌개를 끓이거나 굴비를 구워 어머니와 단둘이 알뜰히 상 위의 것들을 남기지 않고 다 비워 내는 일에도 저는 심한 갑갑함을 느끼고 있었습니다.

그 무렵부터 어머니는 관절염으로 바깥 출입을 전혀 못 하고 있었으므로 어머니와 제가 때로 외식을 하고 영화라도 구경하고 들어오는 작은 기쁨마저 생활에서 차단되어 있었습니다.

감자를 벗긴 후 볶음을 하려고 보니 면실유가 떨어져 있기에 손지갑을 챙겨 들고 동네 슈퍼마켓으로 향했지요. 현관 문을 닫는데 어머니가 무어라 하는 소리가 들려왔지만 저는 왠지 심사가 사나워져서 못 들은 체 쾅 문을 닫아 버리고 말았습니다. 쾅 하고 닫히는 문소리에 제 마음속의 무엇인가가 쾅 하고 닫히는 듯 어떤 어둠이 일시에 몰려드는 느낌을 맛보았습니다. 그러나 한편, 쾅 하고 닫히는 그것은 이제까지의 제 생활이 쾅 닫혀 버리는, 어떤 새로움의 장을 기대해 보는 소망의 마음이 깃든 소리로도 느꼈습니다.

처음 어둠 속에 서 있는 당신을 발견했을 때 저는 당신이 저의 상상의 산물인가 하는 생각마저 들었습니다. 그만큼 당신의 출현은 의외였으면서도 또한 필연이라는 생각이 들었습니다.

당신은 제게 길을 물었지요.

당신의 부름에 잠시 멈추는 순간, 길에는 아무도 없고 당신과 저 둘만 있었습니다. 길에 있는 그 많은 사람들이 갑자기 전부 멀어져 간 것입니다. 당신은 물론 저를 알아보지 못했습니다. 저는 당신이 묻고 있는 집, 당신의 옛집을 충분히 잘 가르쳐 드릴 수 있었습니다.

당신은 담 밖에 서서 그 집을 넘겨다보았습니다. 등나무 덩굴이 드리워진 창으로 불빛이 흐를 뿐 집 안은 조용하였습니다. 그 집에서인지 다른 어느 집에서인지 간간 텔레비전 소리가 들려오는 듯했습니다. 저는 조금 떨어진 곳에 서서 당신의 모습을 지켜보았습니다. 그리고 뒤꼭지에 미련을 남긴 채 몸을 돌렸습니다. 이상한 끌림, 이대로 돌아서고 싶지 않은, 한마디 얘기라도 건네고 싶은 마음을 그대로 이끌고 슈퍼마켓을 향했습니다. 슈퍼마켓에서 면실유와 몇 가지 물건을 사 가지고 나오다가 그 골목에서 나서고 있는 당신을 발견할 수 있었습니다. 우리는 자연스레 조금 전 당신이 길을 묻던 그 지점에서 다시 만날 수 있었던 거지요.

당신은 미처 하지 못했던 인사를 제게 하였지요. 그리고 덧붙여 물었습니다. 그곳이 자신이 찾는 집인 줄 어떻게 그렇게 잘 알았는가고요.

지금 돌이켜 보면, 그것은 수학의 공식과도 같다는 생각이 듭니다. 당신과 제가 만났던 일, 그리고 그 후에도 공중으로 떠도는 전자파와 같은 것이 우리의 마음속에 어떤 수치를 끊임없이 제공하여 계속해서 이끌어 왔던 걸로 생각됩니다.

당신과 처음 만난 삼 일 후 다시 그 장소에서 당신을 만날 수 있었던 것은 바로 그 전자파와도 같은 수치의 공식이 아니고 무엇이겠어요. 저는 매일 저녁녘 어스름이 내릴 무렵 손지갑을 챙겨 들고 동네 시장이나 슈퍼마켓에서 저녁 찬거리를 사 오는 길에 왠지 발걸음이 그쪽으로 향해지곤 했습니다. 골목 앞에서 골목 저쪽 당신의 옛집이 있는 부근을 바라보았습니다. 그곳은 늘 어둠이 몰려 있었고, 그러면 저는 당신은 제 상상의 산물인가 다시 생각하곤 하였습니다. 외로운 나머지 제가 어떤 일을 스스로 꾸며 낸 것이라고요. 밤에 꾸는 꿈처럼 낮에 눈을 뜨고 꾼 꿈일 뿐이라고요.

그 당시의 저는 어머니의 검버섯과도 같은 그 칙칙함, 무미건조함에 젖어 있었으니까요. 밥상 위의 것들을 말끔히 남기지 않고 비운 후 텔레비전 앞에 앉아 즐기는 그 즐거움이란 사실 내게 있어 허위가 아니었을까요.

아니, 이렇게 말한다면 정확한 표현이 아닙니다. 거기에도 일

김채원

상의 아늑함은 확실히 있었습니다. 저는 그 일을 무엇보다 고마워했습니다. 이런 조용하고 아늑한 생활이 언제까지 가려나 스스로 조바심마저 쳐졌으니까요. 그러면서 한편 텔레비전을 보고 있는 등줄기로 진땀이 주루룩 흘러내리며 나보다 더 멀리, 나보다 더 창조적으로를 구호처럼 속으로 부르짖었습니다. 인생이란 것이 이런 식으로 이렇게 스치고 지나가 버리는 것인가 하고 허망한 심정이 자주 되어졌습니다.

이제 생각하면 그 당시의 저는 희망이 없는 노년과 같았다고 할까요. 칠순을 넘긴 저의 어머니와 같은 형편에 저를 몰아넣고는 이대로 먹고살 최소한의 돈만 있으면 밖에 나가서 돈을 벌어 오지 않아도 되고, 현관 문을 닫은 후 그 안의 생활에서만 진정한 아늑함을 찾으려 했던 것에는 확실히 무언가 무리가 있었습니다.

삼 일째 되던 날 우리는 다시 만났습니다.

당신의 얼굴에서 역력한 반가움의 빛을 저는 어둠 속에서도 잘 분간해 낼 수 있었습니다. 새로 생긴 동네 지하 다방에서 우리는 차를 마시고, 그리고 위스키를 한잔씩 마셨습니다.

저는 당신이 좋았으므로 몹시 부끄러워했으며 당신이 제게 전화하겠다고 했을 때 뛸 듯이 기뻤습니다. 당신은 또 제게 물으셨지요, 그날 당신이 찾는 집을 어떻게 그렇게 잘 알 수 있었느냐구요.

저는 대답하지 않았습니다. 그것을 말하는 것보다 하지 않는 쪽이 좋으리라는 생각이 들었습니다. 별다른 무슨 비밀이 있어서가 아니라 그냥 묻는 일에 대답하지 않음으로써 그 자체에 비밀을 간직하고 싶어서였을 거예요.

어린 시절 살던 집이 그때 골목에서 제일 막다른 집이었는데 그 위로 길이 트이고 새로 집이 많이 들어섰기 때문에 찾을 수 없었노라고 당신은 말했습니다. 정말로 동네가 많이 변했군, 중학생 때 이 집을 떠났는데, 산 위로도 또 마을이 하나 생겼으니 못 찾을밖에, 혼잣말처럼 하였지요.

그 후 당신은 보름간이나 제게 전화를 주지 않으셨어요.

저녁마다 찬거리를 사 가지고 오는 길에 그곳을 지났지만, 저는 잠깐 머물러 살필 뿐 시간을 지체하지 않았습니다. 집을 비운 그 사이라도 당신이 전화를 걸면 안 되겠기에 말입니다.

저는 하루 종일 전화 옆에 붙어서 책을 읽거나 뜨개질을 했습니다. 목욕을 할 때면 물소리가 크지 않게 숨을 죽였습니다. 청소를 할 때나 빨래를 널기 위해 베란다에 나가 섰을 때일지라도 전화벨 소리가 잘 들리도록 신경을 썼습니다. 간혹 전화가 불통인가 수화기를 들어 확인해 보기도 했지요. 전화는 불통이기나 한 것처럼 계속 울릴 줄을 몰랐으니까요.

당신의 목소리가 아닌 다른 전화를 받을 때의 실망감, 드디어 저는 발광이 났습니다.

저는 옷소매를 걷어붙이고, 장이 서고 있는 시장 거리로 가서 동동주를 마셨습니다. 일 년에 한 번씩 여름에서 가을로 넘어가는 시기에 시장 한쪽에 장터가 서고 있었지요. 강원도 호박엿, 춘천 막국수, 평양 냉면, 전주 비빔밥 등 팔도의 음식이 소개되고, 싸구려 옷가지를 벌여 놓고 여러 가지 놀이도 벌어집니다. 혼자 마시는 것이 안 되었던지 제가 늘 가는 야채 가게 아줌마가 상대를 해 주어 함께 마셨습니다. 제가 술을 잘 마실 소지의 여자임을 처음 알았지요. 술은 얼마든지 제 허한 속으로 들어갔습니다. 별로 취기가 오르지도 않았어요.

동동주를 마시고 나오는 길에 기분 삼아 동그라미 던지기를 하였습니다. 천 원을 내고 링 다섯 개를 받아 가지고 겨냥도 별로 않고 되는 대로 던졌습니다. 콜라 한 병, 소주 한 병, 담배 두 갑, 해태 봉봉, 과자, 캐러멜 등이 여기저기 놓여 있었습니다. 그런데 제가 던진 링 하나가 제일 뒤에 있는 대두 한 되들이 소주병에 가서 걸렸습니다. 둘러섰던 사람들은 모두 놀라며 박수를 쳤습니다.

나중에 알고 보니 동네 사진관집, 복덕방, 페인트 가게, 과일 가게, 슈퍼마켓의 젊은이들이 다 한번씩 던졌지만 모두 실패였다고 해요. 물론 모두 다 그 대두 한 되들이 술병을 겨냥하고 던진 것이지요.

링은 무게가 전혀 없이 가볍게 만들어져 정확한 겨냥으로 되는 것이 아니었어요. 그러므로 아무렇게나 겨냥도 없이 막 집어던진 제것이 덜컥 맞아떨어진 것이지만, 그러나 거기에는 어떤 숨은 힘이 작용했던 것은 아닐까요. 거기에는 바로 당신을 그리워하는 강한 힘이 작용했던 것이에요. 저는 그렇게 믿어요.

큰 술병을 들고 그곳을 빠져나와 집에 와서 거울을 들여다보니, 술이 올라 붉은 반점이 얼룩진 제 얼굴이 꼭 도깨비 같던 것을 기억합니다. 어마, 어쩌면 이렇게 도깨비 같을까, 도깨비가 꼭 이렇게 생겼겠지라고 혼자 속으로 중얼거렸습니다. 저는 동생과 제가 결혼 전에 읽던 서가에서 최면술이나 무슨 마술, 염력, 심령술 등의 책을 더듬어 보았습니다. 저의 간절한 마음을 전할 강한 주파수의 방법을 알고 싶어서지요.

아아 무슨 마술이 없을까, 그 어떤 묘법이 없는 것일까, 악마와 결탁할 수는 없을까, 어떤 흥정이 가능한 것일까. 제게 있어 중요한 어떤 것을 내어놓고, 그리고는 당신과의 연(戀)을 가능하게…… 내게 있어 중요한 것이란 무엇일까, 저는 숨가쁘게 스스로에게 묻기도 했지요.

그러기를 며칠여 만에 드디어 당신에게서 전화가 왔습니다. 당신의 목소리를 듣고 저는 추운 바람이 불어오듯 몸을 흐읍 하고 떨었습니다. 정말 추운 바람이 제 몸을 강타하고 지나가는 것을 느꼈습니다. 그리고는 전화를 끊고, 목욕실로 달려가 거울을 보며 한바탕 웃었습니다. 예기치 못했던 웃음이 계속해서 터져 나왔어요.

그 순간의 행복, 그 찰나적인 행복, 어떤 불안의 요소도 있을 수 없는 첫 시작의 느낌.

분출되는 분수의 이제 막 솟아오르는 물줄기, 아직 절정으로 올라가기에 느긋한 여유가 있는, 아니 그런 것을 따져 볼 필요도 없이 저는 물줄기가 되어 뿜어져 나왔던 것입니다.

탕에 물을 받아 목욕을 한 후 머리를 세트로 만 채 저녁을 지었습니다. 당신의 전화를 받고 집을 빠져나오기까지 저는 일 초의 여유도 없이 발을 동동동 구르며 바삐 움직여야만 했습니다. 그리고는 집을 빠져나갔을 때의 그 통쾌함이란.

외출다운 외출을 한 지 까마득한 지경이어서 신고 있는 구두나 옷차림에 몹시 신경이 써졌습니다. 왜 무리를 해서라도 옷을 장만하지 못했는가 후회했지만 때는 늦었습니다. 당신의 전화에만 신경을 집중하느라고 다른 일을 염두에 둘 여지가 없었던 것입니다.

당신이 지명한 어느 호텔 커피숍으로 가기 위해, 택시 운전사는 차에서 두 번이나 내려 사람들에게 장소를 물었습니다. 그 호텔은 이즈음 새로 지은 아직 별로 잘 알려지지 않은 곳인가 봅니다. 고층 빌딩과 널찍한 길이 뚫린 새로운 도시 강남은 제게 무척 낯설고 조금 두렵기도 한 곳이었습니다.

그곳의 거리를 마음대로 활보하고 있는 사람들을 차창 밖으로

김채원

내다보며, 이곳을 걷기 위해서는 어떤 자격증을 가져야 하는 것일까 하는 생각을 문득 하였습니다.

국민학교 4학년 때던가요, 같은 반의 부유한 친구가, 이것 우리 아빠가 미도파에서 사 온 거다라고 말하며 얼음사탕을 조금 떼어 주었을 때, 미도파라는 처음 들어 보는 그 리드미컬한 어음과, 그곳에 들어갈 수 있는 사람은 친구의 아버지쯤 되는 부자, 권위 있는 사람이어야 한다는 생각을 했던 것 같습니다. 보통 사탕이 아니고, 꼭 얼음처럼 생긴 얼음사탕의 모양도 무척 특이한 것이었지요. 그런데 커진 후 어느 날 중심가에 어머니를 따라서 나갔다가 미도파라고 씌어진 건물을 보았고, 그것이 백화점이며, 아무나 들어갈 수 있는 곳이라는 것을 알았을 때의 허전함이 기억났습니다. 바로 그렇게 강남의 거리는 아무나 걸을 수 있는 곳이겠지요. 그럼에도 제게는 어쩐지 자격이 모자라는 것같이만 여겨졌어요. 이곳을 걷기 위해서는 조금 더 아름답게 단장을 해야 하지 않을까, 조금 더 젊어야 하지 않을까, 아니 새로 생긴 이곳 길이라기보다 당신 앞에 나타나기 위해 저는 무척이나 모자란 듯이 느껴지는 것이었어요. 당신에게 애정을 구하면서도 이런 부수적인 것들이 자리하는 것을 쓸쓸히 느꼈습니다.

커피숍은 사람들로 몹시 붐비었고, 당신은 그곳 이인용 조그만 테이블에 앉아 있었습니다. 며칠 전에 무슨 일 때문에 이곳에 왔는데 이른 시간이어서인지 전부 비어 있고, 한적하고 그렇게 좋았다고 당신은 말했습니다. 당신의 그 말에 내 속에서 품었던 의문이 비로소 살아나며 저는 기어이 웃음을 터뜨렸습니다. 바로 이런 곳으로 오기 위해 운전사까지 택시에서 두 번 내린 것이라 생각하니 웃음이 났던 것입니다.

당신을 만나기 위해 온 첫 장소가 어디 아늑하고 조용한 곳이 아니라, 바로 이렇게 도떼기시장 같은 곳, 당신은 사람들에게 떠밀리듯 겨우 가장자리 이인용 조그만 테이블에 자리 잡고 앉아 있어야 했으니까요.

당신을 몽상가라고 다시 생각했습니다.

예전에 살던 집을 세월이 흐른 뒤 찾아보는 그 행위도 보통 사람으로선 있기 힘든 일이지요. 한바탕 웃고 나자 당신과 저 사이는 한결 부드러워지고 급격히 간격이 좁혀진 것 같았습니다. 예부터 서로 잘 알고 있는 사람인 듯 생각되어지기도 했어요. 하긴 우리는 그 옛날 한번 스친 일이 있지요. 당신은 기억 못 하시지만 저는 당신을 기억합니다.

그날 우리는 플라타너스 가로수 밑을 걸었습니다. 누군가 우리를 보았다면 저녁 후 산보 나온 부부로 보았을 것이 틀림없습니다. 여름내 자란 플라타너스의 밑가지는 우리의 키보다 낮게 잎을 드리워 나무 밑을 지날 때마다 허리를 굽히는 행동을 하지 않으면 안 되었습니다. 천천히 느릿느릿 걸으며 나뭇가지가 우리의 키보다 밑으로 내려올 때마다 허리를 굽히는 그 리듬은 일정하게 반복되었고, 우리는 그저 간간이 몸을 서로 스치기도 하며 걸었습니다.

당신과 저의 만남은 그렇게 시작된 것입니다.

그것이 첫 시작이었습니다. 그렇게 시작되어 어느새 3년이 지났습니다. 횟수로 따지면 불과 서른 번을 넘지 못한 것 같습니다. 만나는 일을 두 달이고 석 달을 건너뛸 때도 있었으니까요. 그러나 그런 일은 별로 문제가 되지 않습니다. 누군가 있다는 것과 없다는 것은 크나큰 차이이지요. 오로지 그것이 중요하지요.

만나지 않아도 누군가 저기 어디 있다는 것만으로도 저의 생활은 달라지며 매일매일 노력하게 됩니다. 손지갑을 챙겨 들고 저녁에 시장에 나갈 때의 행동 하나만 보더라도 예전과 다릅니다. 감자를 벗기는 일, 빨래를 너는 일 하나에도.

그렇습니다. 당신이 말하는 나이 들어 가는 여자의 떨림, 바로 그 떨림이 배어 있는 그런 표정과 행동이었다고 생각합니다. 무언가 조심스럽고, 남자를 그리워하는 몸짓이란 그렇지 않은 행동과 전혀 다를 것입니다.

쓰기를 멈추고 팔을 뻗어 담배를 찾습니다.

어느새인가 제게는 담배 피우는 습관이 생겼습니다.

책상에서 잠시 내려와 방바닥에 앉아서 담배 연기를 후욱 내뱉습니다. 지금 이 순간 옛날 할머니들이 담배를 피우던 기분 그대로가 제 숨 속에 되살아나는 듯합니다. 밖은 괴괴하고 간혹 창문이 덜컹거리는 소리가 들립니다. 어머니 방에서 나는 밭은 기침 소리도 들립니다. 늦가을의 바람은 예상 외로 차고 매워서 아까 저녁 무렵 빨래를 걷으러 베란다에 섰을 때 헝겊에 엷은 얼음이 낀 듯 빨래들이 굳어져 있었습니다. 바람이 계속 일어 소화 작업에 큰 지장을 주고 있다는 아나운서의 멘트가 생각나서 불안스러이 바람 소리에 귀를 기울입니다.

불은 아직도 타고 있을까요.

시커먼 밤 속으로 타 들어가는 거대한 불더미를 떠올리며 저는 두 개비째의 담배에 불을 붙입니다. 실은 술을 마시고 싶습니다만, 지금 입에 술을 댄다면 정신을 잃을 정도로 마셔 버릴 것이고, 그러면 이 글을 더 이상 쓸 수 없을 것 같기에 참습니다. 지금 펜을 놓아

버리면 다시는 잡기 힘들 것이기 때문입니다.

불이 타고 있는 동안만 바로 그 기운에 힘입어 저는 무엇인가 제 안에 있던 것, 제 안에서 나오고 싶어 하던 것을 끌어낼 수 있을 것 같기 때문입니다.

어마어마어마어마.

허둥거리며 음식을 싸 가지고 갔던 무명 보자기와 벗어 놓았던 코트로 불길을 향해 내려치면서 그 순간이 요원하게 생각되었습니다. 설명하기 힘듭니다만 여기가 이 세상이라 하는 것인지, 이 세상이 있는 것인지 없는 것인지, 내가 있는 것인지 없는 것인지, 아무것도 분간할 수 없으면서도 정신은 말짱하였습니다.

처음 여유를 가지고 삽으로 불길을 내려찍던 집안 아저씨도 갑자기 우리를 에워싸고 바람 부는 쪽으로 반원을 그리며 퍼져 나가는 불길을 향해 정신없이 부삽으로 흙을 퍼 대었습니다.

이렇게 해서 산불을 낸다, 그 무서운 산불이 우리에게 닥쳤다, 꿈이 아니다, 정말 어이없이 우리 앞에 벌어진 일이다, 아저씨도 저도 허둥거리며 점점 빠른 속도로 움직여지는 팔놀림에는 이런 뜻이 담기어 있었을 것입니다. 바로 그 느낌은 또한 당신과 만나게 되었을 당시의 느낌과도 흡사합니다. 이것이 바로 내게 다가온 일이다 꿈과 같이, 라고 저는 중얼거렸지요.

어머니와 현관 안에서의 생활로 인생은 지나가 버리는가 보다, 이것으로 내 인생은 이제 마감을 하는가 보다 생각하고 있을 때 당신이 나타났던 바로 그 느낌과 흡사합니다.

저는 조금 높은 지대, 마을과 논이 내려다보이는 곳으로 가서 소리쳤습니다. 여보세요오, 불이 났어요오, 얼른 와 주세요오, 불났

217

어요 불이요오 — 나무들 사이로 제 목소리는 퍼져 나갔습니다만 올려 미는 바람 때문에 곧 내게로 되돌아오는 듯했습니다.

무덤들 사이로 불길이 퍼져 나가는 소리, 군불 지필 때와 비슷한 냄새, 아저씨가 삽으로 내려치는 소리 속에 서 있으면서 잠시 순간이 영원으로 멎는 것 같았습니다.

마치 당신을 처음 만나던, 당신의 부름에 고개를 돌리는 순간 길에 있던 모든 것이 멀리로 물러나고 오직 당신과 저 둘만이 있는 듯 느껴지던 그 순간과 흡사합니다.

평화로운 산과 논밭·들판, 어디선가 개 짖는 소리, 닭 울음소리 그리고 아이들 소리, 한낮의 햇빛과 바람 속에서 긴박감을 알리는 제 소리가 전혀 현실감이 없었습니다.

이것은 이 세상이래도 좋고 아니래도 좋다. 이 세상이 아닌 것 같다. 아마 이 세상이 아닌가 보다. 도깨비방망이를 흔들어 어딘가 이 세상과 다른 세상이 잠시 열린 것 같은, 갈피를 잡을 수 없는 심정이 되었습니다.

저는 그쯤 소리쳐 놓고 다시 돌아와 아저씨와 떨어져서 다시 외투로 내려치기 시작했습니다. 다행히 논두렁에서 무엇인가를 하고 있던 마을 사람 몇이 달려왔습니다.

그들은 굵은 소나무 가지를 꺾어 들고 익숙하게 불길을 다잡았습니다. 불길은 잡히는 것 같다가 다시 더욱 밀려나고 다시 마을 사람들 손에 잡히기를 계속했습니다. 산에서 나는 연기를 보고 마을 사람들이 더 달려왔고, 결국 불은 십여 분 만에 꺼졌습니다. 시계를 보니 그 정도의 시간이었지만 참 오랫동안 불 끄기 작업을 했던 것으로 생각됩니다.

타 버린 할머니의 묘 주위 여기저기 앉아서 마을 사람들은 아저씨가 권하는 담배를 땀을 닦으며 피웠습니다. 불길이 그만해서 잡혔기 다행이라고 입을 모아 말했습니다. 가을부터는 산에서 담뱃불 하나도 붙이지 말아야 하는 것이라고 말했습니다. 산에 있는 마른 잎, 마른 가지, 마른 덤불, 모든 것이 불감인 것이라고요. 아저씨와 저는 처음으로 알아듣고 고개를 끄덕였지요. 그런 것도 모르고 묘에서 키만큼 자란 억새풀들과 마른 잔디 봉분 가장자리로 제멋대로 뻗어 간 밧줄 같은 덩굴들을 낫으로 잘라 내어 한쪽에 놓고 성냥을 그어 댔던 아저씨가 차라리 천진스러워 보였지요.

우리는 마을 사람들에게 사과의 뜻으로 수없이 머리를 숙이고 막걸리나 받아 마시라고 아저씨가 가지고 있던 돈과 저의 것을 합해서 오만 원을 그분들에게 드렸습니다.

타 버린 흙더미 속에서 간혹 피식피식 흰 연기가 오르는 것을 보며 아저씨와 저는 안심이 안 되어 한 시간여를 더 앉아 있었습니다. 다 꺼진 불이라고 별로 걱정도 안 하며 내려가는 마을 사람들에게서 자연에 익숙한 솜씨를 보았습니다.

저는 주섬주섬 김밥을 싸 왔던 찬합과 김치를 담아 온 스테인리스 통을 챙겼습니다. 그것들은 꺼멓게 그을리고 숯검댕을 묻혀 가지고 있었습니다. 여기저기 구멍 뚫린 무명 보자기에 그릇들을 챙기고 나서 그제서야 아까워하며 코트를 살피니 코트는 소매 하나가 떨어져 나가고 검댕이 범벅이 되었습니다. 오래된 것이지만 애착을 느껴 왠지 해가 갈수록 아껴 입었던 것입니다. 특히 고전적인 칼라의 선을 마음에 들어 했습니다만, 언젠가 당신도 잘 어울린다고 한번 얘기해 주신 적이 있지요.

흰 연기가 솟고 있는 흙더미를 밟아 주며 돌아다녔습니다. 흙더미는 따뜻한 기운으로 녹직녹직하고 한결 부드러워져 있으며 소

김채원

나무에서 송진이 흘러내려 짙은 송진 냄새가 났습니다.

아직도 무언가 안정이 되지 않아 다리가 후들후들 떨렸습니다.

담배를 피우는 아저씨에게 한 개비 얻어 같이 피우고 싶은 마음 간절했으나 그냥 꾹 참아 눌렀습니다.

문득 고개를 드니 커다란 산줄기와 그리고 산의 능선을 따라 파랗게 일어나고 있는 하늘이 신선하게 눈에 들어왔습니다. 산줄기와 능선의 아름다움은 할머니의 묘를 찾을 때마다 돌아올 제 보게 됩니다. 묘를 향해 올라갈 때면 산봉우리를 뒤에 두기 때문에 돌아서서 잠시 멈추어 설 때 외에는 보이지 않습니다. 하나 내려올 때는 죽 산봉우리가 푸르른 하늘과 맞닿아 만들어 내는 능선을 바라보며 내려오게 됩니다. 산줄기는 거대한 산맥을 이루어 아마 38선을 지나 이북까지 그대로 뻗어 나갔을 것입니다만 이곳서는 높다란 여러 개의 봉우리를 볼 수 있을 뿐입니다. 이것이 태백의 줄기일까, 이런 생각을 하다가 이북오도청에 등록되어 있는 단천군민묘지, 그런 고유명사를 머리에 떠올렸습니다. 이곳이 단천군민묘지라는 것을 몰랐을 리 없건만 처음 그것을 깨달은 것이지요. 더구나 이곳에 누워 있는 망자들이 전부 실향민이라는 사실도.

왜 이제까지 거기에 생각이 미치지 못했는지 의아함마저 들며 불시에 어떤 감정이 솟아올랐습니다.

실향민, 그렇습니다. 어휘 자체에서부터 느껴지는 그 짙은 이북 지방의 색채, 그중에서도 함경도.

저는 우선 친척 중의 한 분인 순쟁이를 떠올리고, 그리고 그 비슷한 내음을 풍기는 많은 사람들을 떠올렸습니다. 함경도 사투리를 쓰는 사람을 어쩌다가 시장 포목점에서라도 만나게 되면 무언지 모르게 우선 반갑다는 생각이 듭니다. 함경도 분이시죠? 라고 물으면 그쪽에서도 갑자기 얼굴을 펴며 어떻게 알았지요? 라고 묻지요.

저의 어머니가 함경도세요.

함경도 어디?

남도 단천요.

어이구 저어 위구마. 어쨌든 반갑소이, 애기 엄마.

이런 말을 쉽게 건네고는 값을 조금 깎아 주기도 하지요.

서울에서 지낸 지 오래되어 이제는 거의 서울말을 쓰고 있어도 그 억양이나 어투 어디에는 꼭 특이한 꼬리를 달게 마련이지요. 저는 함경도를 가 본 적도 물론 없고 얘기도 별로 듣지 못했으며 친척들이 많은 것도 아니고 또한 가까이 지내지도 않았기 때문에, 할머니나 어머니 고향에 대해서 거의 모르고 어떤 느낌도 가지고 있다고 생각지 않다가도 함경도 사투리를 들으면 우선 반가운 마음이 듦을 어쩔 수 없습니다.

고향이란 정말 특이한 어떤 것인가 봅니다. 왜인지 그 훈훈한 냄새, 저절로 손을 잡고 싶어지는 마음, 그곳이 이남에 있지 않고 삼팔선 저쪽에 있기 때문에 그들이 자아내는 그 실향민의 분위기와 어우러져 더욱 절실해지는 건지 모릅니다.

"함경도 사람들 실루 측살하고 인색하지비."

제가 어린 시절 할머니와 어머니는 함경도 사투리로 얘기하곤 하셨지요. 어머니는 밖에 나가서나 우리들에게는 표준말을 쓰다가도 할머니하고는 함경도말로 얘기하셨습니다. 할머니 먼 친척 되는 어떤 아저씨가 월남한 후 할머니 소식을 듣고 찾아왔는데 곶감을 한 꼬치 사 오셨습니다.

"그래, 그 곶감 한 꼬치가 뭐이요. 그만하면 살 만한데, 에구우 실루 측살하지비."

어머니가 이렇게 얘기하시던 것이 생각납니다.

실루라든가 측살이라는 말을 이해하시겠는지요. 첨관이라는 말을 알아들으실 수 있으세요? 새쓰개는 어떻고요?

그런 말들은 그 해석이 불가능한 것은 아니지만 그 말 자체로 그냥 이해되는 것 외에 별 도리가 없는 듯이 여겨집니다. 그것을 번안하는 즉시 거기에 끼인 독특한 특질이 없어지고 마니까요.

함경도 사람이라고 하면 먼저 떠오르는 것이 순젱이입니다.

그녀야말로 제가 잘 알 수 있는 실향민입니다. 생김새부터가 몽골리안을 여실히 나타내 주고 있지요. 높은 광대뼈와 반듯한 얼굴, 그 이마에 띠를 두르고 새털이라도 하나 꼽으면 영락없이 인디언 추장의 모습이 될 그런 용모입니다. 피부는 햇빛에 그을어 반들반들하고 눈에서는 정기가 납니다. 거무스름한 쥐빛 두루마기를 입고 서 있으면 그 몸 전체가 무슨 산악이 되는 것 같습니다. 맑고 강인하고 그리고 용맹스럽습니다.

이름은 순정, 성은 무엇인지 모릅니다. 할머니 사촌 언니의 딸이라고 하지만 할머니와 성은 다를 것이겠지요. 함경도 사투리로 그를 순젱이라고 부르는데 할머니의 손녀인 우리가 그녀를 어떻게 불러야 되는지 모르는 채 어른들을 따라 순젱이, 순젱이 하고 불렀습니다.

순젱이는 어머니를 아지미라고 불렀지요. 어머니는 그녀에게 아줌마가 되는가 봅니다.

그녀는 아들 홍을 한참 보고 돌아갑니다. 윗목에 앉아서 물 한 잔 청해 마시지도 않고 할머니나 어머니가 무어라도 좀 대접하려고 하면, 지금 금방 밥을 먹고 와서 배가 너무 불러 아무것도 못 먹는다고 말립니다. 아지미, 여기 가마아이 앉아 있소, 라고 절대로 못 일어나게 합니다. 그 힘이 어찌나 강한지 절대로 일어나지를 못하지요. 그런 모습을 바로 첨관이라고 말합니다. 그렇게 말리는 그 사양의 마음에는, 상대가 일어나서 무엇인가 먹을 것을 가져오는 그 일이 너무 미안한 것이지요. 절대로 폐를 끼치고 싶지 않은 최고의 겸손한 마음입니다. 적절한 예의, 사교 등 세련된 요즈음의 인간관계에서는 이해하기 힘든 구시대의 마음인지 모릅니다.

순젱이 아들을 흉보는 대범한 마음은 할머니와 어머니가 함경도 사람을 흉보는 그런 마음과 일맥상통한 데가 있습니다. 무엇인가에 대한 자랑은 간지러운 북방 여자들 특유의 강한 개성이 거기에 숨어 있습니다.

아들을 흉보는 내용은 대개 이런 것입니다.

아들이 양복을 해 달라고 하도 졸라서 겨우 양복을 한 벌 해 주었더니 이번에는 구두를 해 내라고 해서 구두는 신던 것을 그냥 신어라, 엄마가 무슨 돈이 있어 한꺼번에 그렇게 새 양복에 새 구두까지 하느냐고 하니 새로 맞춘 양복을 면도칼로 찢더라는 얘기입니다.

"면도칼로 쪽쪽 찢소."라고 기가 막힌 얘기를 아무렇지도 않게 합니다. 말리는 순젱이를 냅다 밀쳐 저만큼 나가 떨어지게 하고 세간을 부수고 해서 파출소에 신고하여 순경이 나와 잡아갔습니다. 유치장에 들어가서 좀 반성하라고 순경한테 잡아가게 했지만, 또 너무 얻어맞지는 않는지 걱정이 돼서 그 길로 담배 두 보루를 사 가지고 뒤쫓아갔더니 그 밤으로 풀려났더라는 얘기입니다. 너무 때리지 말아 달라는 부탁이었는데 그 밤으로 풀려나왔다고요. 아시겠어요? 이 얘기의 골자를.

이북에서 살다가 피난을 나와 갑자기 산 설고 물 설고 사람 선,

김채원

모든 것이 어설픈 상황에서 빚어진 그 당시 실향민의 진면목이 들어 있는 얘기입니다.

저의 외삼촌, 바로 할머니의 외아들도 그런 타입이었습니다. 할머니를 곧잘 마당에다 메어꽂곤 했다는 얘기를 들어서 알고 있습니다. 그러던 삼촌이 6·25가 터지니까 월북했고 그 후 소식을 모릅니다(해방되기 몇 해 전 어머니네 식구들은 월남해 있었습니다). 삼촌이 왜 월북했는지, 삼촌에게 뚜렷한 사상이 있었는지 아니면 해방되고 남북으로 갈리는 그 시기에 편승하여 그냥 북으로 넘어갔는지 알 수 없으나 제가 간간이 얻어들은 얘기로 보면 삼촌 역시 실향민이 낳은 실패자입니다. 아니, 저는 오늘 낮에 묘에 다녀온 바로 이전까지 그 실향민에 대해 별로 연관지어 생각해 본 적이 없습니다.

사람들은 각자 자기가 타고난 환경, 능력·개성·성격 들로 인해 자신의 운명을 사는 것이라고 생각하고 있었지요. 결코 사회나 어떤 제도에 연계를 갖고 생각해 보지 않았습니다.

그러나 오늘 묘에 다녀온 후 우리의 실수로 묘자리가 타 버린 지금, 비로소 실향민이라는 무리에 대해 눈이 떠진 것이라고 할 수 있겠습니다. 지금 떠오르는 것이 있습니다. 어린 시절 우리가 살던 동네 산 위에 새까맣게 들어앉은 판잣집, 이제 생각하니 그것이 바로 실향민촌이었습니다.

그들은 모두 이북 사투리를 썼습니다. 아이들은 억세고 야생의 냄새가 느껴졌습니다. 좀체로 산밑 동네 아이들과 잘 어울리지 않았지요. 아니, 동네 아이들이 산동네 아이들과 어울리지 않았을 거예요. 어른들은 이른 새벽 집을 나가 밤늦게야 집에 돌아오므로 산동네에는 맨 아이들뿐이었습니다. 간혹 산동네를 기웃거리노라면 집집마다의 아늑함에 놀라곤 했습니다. 저는 열려진 방문 안쪽을 들여다보기를 좋아했지요. 그 속에 있는 농이랑 거울, 개켜 올려진 이불, 벽에 걸린 옷가지, 문 쪽에 놓인 방비와 쓰레받기, 요강 같은 것을 볼 수 있었습니다. 방 한쪽이 부엌인 집도 있고 툇마루를 조금 붙여 놓은 집도 있고 부엌을 따로 만들어 붙인 집도 있습니다.

모든 것이 방 하나에서 이루어지고 있는 생활이, 소꿉장난하듯 재미있게 느껴졌습니다. 또한 어른들이 없는 산동네는 뭔가 특별한 나라같이도 여겨졌지요. 산은 어린 시절 우리의 놀이터였는데 전후 어느새 판자촌이 되어 버렸지요. 그 판자촌은 밤중에 몰래 짓고, 날이 새고 나면 순경이 철근이나 몽둥이로 때려 부수고, 식구들이 울음 바다가 되기를 거듭거듭하여 생긴 동네입니다. 그런 장면들을 참으로 많이 보았지요.

그곳에는 이북서 넘어온 의사와 간호부도 있었는데 의사는 판잣집에 사는 사람 같지 않게 언제나 검은 양복에 흰 와이셔츠를 단정히 입고 의사 가방을 들고 산을 오르내렸습니다. 검은 치마에 흰 저고리, 뾰족구두를 신은 곱살하게 생긴 간호원은 점점 배가 불러와 동네 사람들이 수군거렸지요. 그러나 그들은 곧 결혼을 한다고 했습니다.

산동네의 어느 결혼식도 보았습니다.

알록달록한 색종이를 단 택시에서 신부가 내려 산동네로 올랐습니다. 신부는 흰 레이스 장갑에 꽃을 들고 부축을 받으며 힘겹게 산동네로 올랐는데 동네 조무래기들이 길게 신부 뒤를 따랐지요. 신랑 집에서는 음식을 장만하고 술상을 벌였습니다. 새색시는 큰절을 한 뒤 방 한구석에 고개를 숙이고 얌전히 앉아 있고, 신랑의 어머니는 부엌에 앉아 큰 다라이 안에 놓인 음식들에 달라붙은 쉬파리를 쫓으며 자꾸만 웃었습니다. 판잣집 단칸방에서 아들을 장가 보내며 잠시 시름을 잊고 자꾸 웃던 것입니다. 그때 판자촌의 그 아이들이 지금은 나와 같이 중년이 되어 있을 것입니다. 그리고 이른 새벽 나가서 깜깜한 밤에야 들어오던 어른들, 신랑의 어머니도 저의 어머니처럼 고령이거나 이미 세상을 떠났을 것입니다. 그들의 지난 세월은 타향에서 발을 붙여 보려고 무척 힘겨웠을 것입니다. 포목시장이나 어디서 고향 사람을 만나면 서로 반가워하는 이유가 거기에 있을 것입니다.

바로 그 무리들, 그중의 한 사람이 할머니나 삼촌, 어머니 그리고 우리라는 것을 오늘 비로소 깨달았습니다. 아직 한 번도 고향을 잃었다고 생각해 본 적이 없었는데 오늘 비로소 그런 생각이 들었어요. 고향을 떠난 후 무엇인가를 잃었으며 끝없이 잃어 가는 데 대한 두려움을 느끼는 사람들.

삼촌은 평소에는 얌전하다가도 술을 마시면 독째로 퍼마시며 사람이 돌변하여 걷잡을 수 없이 되었습니다. 세간을 부수고 있는 삼촌을 할머니가 말리려 하다가 냅다 마당에 내팽개쳐졌습니다. 할머니가 봉숭아 꽃밭 위에 나가떨어졌던 장면을 제가 실제로 본 듯합니다만 실지 보았던 것인지 아니면 얘기로 듣고 상상한 것인지 잘 분간할 수 없습니다.

또한 삼촌의 혼인날 이발소에 간다고 나가서 돌아오지 않았던 일도. 웅성거리며 당황하는 어른들 속에서 빠져나와 뒷동산에 오르니 삼촌이 거기 푸른 하늘을 보며 소나무 밑에 팔베개를 하고 누워 있었습니다. 술을 마시면 제 손에 난 물사마귀를 면도칼로 밀어 버리자고 위협을 하여 저는 그때마다 겁에 질려 울음을 터뜨렸지만 그날 삼촌은 전혀 무섭지 않았습니다.

"삼촌, 여기서 무어 하고 있어?"

"음, 가혜로구나."

"할머니랑 엄마랑 사람들이 막 찾아."

삼촌은 아무 일도 없는 듯 그냥 팔베개를 하고 드러누워 있었습니다. 그러나 그 장면 역시 저의 상상인지 실제인지 분간할 길 없습니다. 지금 이 글을 쓰고 있노라니 아득하게 외삼촌의 모습이 잡혀 옵니다. 머리는 반곱슬로 숱이 많고 멜빵을 단 바지에 와이셔츠를 입고 손에는 대두 한 되들이 푸른 병을 들었습니다. 삼촌은 저와 동생을 데리고 논두렁길을 걸어 논으로 벼메뚜기를 잡으러 가는 것입니다. 벼메뚜기를 잡아서 푸른 병 속에 가득 집어넣었습니다.

논두렁길, 누런 벼 그리고 벼메뚜기의 빛깔, 이런 것이 정말로 아득하게 넘어가는 저편 하늘처럼 떠오릅니다. 이러한 비현실적인 실체감을 어떻게 표현하면 좋을까요. 이것이야말로 존재의 본질일까요. 제가 삼촌을 생각할 때 떠오르는 이 무엇. 형상도 실체도 거의 잡히지 않게 아스름하지만 그럼에도 더욱 뚜렷이 뭉쳐 오는 이 실체감. 제가 삼촌을 생각할 때 느끼는 아련한 실체감과 당신을 떠올릴 때 느끼는 실체감은 거의 비슷합니다. 아무것도 잡히지 않으며 그러나 없는 것이 아닌, 거기에 뚜렷이 있는 바로 이것이 우리 모두의 존재일까요.

다시 순젱의 얘기로 돌아가, 순젱은 남대문시장 입구에서 달러 장사를 했습니다. 그 골목을 지나노라면 달러 있어요, 달러 있어요? 하고 묻는 아주머니들 사이에서 순젱의 모습이 갑자기 우뚝 솟아납니다.

쥐색 두루마기를 입고 머리를 반듯이 쪽찐 그 모습에는 생명력이 넘쳐 있습니다. 분이 뜨고 머리를 함부로 볶아 푸시시한 동료 달

227

러 장수들에 비해 순젱의 그 모습은 언제나 힘이 넘쳐 보였습니다. 그래서 망나니 아들 하나를 너끈히 이기고 나와서 의연히 서 있는 바로 산악과 같았지요. 그러다가 아들이 이민을 갔고, 뒤따라갔다가 혼자 돌아왔습니다. 순젱에게는 딸도 셋이나 있다고 합니다만, 그 부분을 잘 모르겠습니다. 오직 아들만을 기리는 옛 여자들의 마음을.

돌아온 후 갑자기 생기를 잃은 처진 모습으로 저희 집에 몇 번 오셨습니다. 이미 할머니는 돌아가시고, 어머니도 관절로 바깥출입을 거의 못 하실 때, 그녀는 다리가 아파 이제 더 이상 못 올 것 같다면서 전화번호 하나를 적어 두고 돌아갔습니다. 그렇게 생명력이 강해 보이던 모습이 어떻게 저렇게 빛을 잃을까, 돌아가는 모습을 뒤에서 바라보며 생각했습니다. 그리고 얼마 후, 함께 살던 같은 방 사람이 순젱이 죽었노라고 전화를 주었습니다.

순젱의 묘는 어디에 있는 것일까.

묘를 쓰기나 한 것일까, 그냥 화장을 하고 말았을까.

이런 생각을 하며 산을 내려왔습니다.

밤낚시를 하려는 사람인지 낚시 장비를 갖춘 남자가 우리 옆을 스쳐 지나갔습니다. 묘에 올 때마다 낚시하러 가는 사람을 만나는 것을 보면 이 등성이 너머 어디 저수지가 있는가 보다 생각하며 국도에 내려섰을 때, 산으로 난 오솔길 입구에 어둔리라고 쓴 푯말이 눈에 들어왔습니다. 동네 이름이 무엇인가고 묻는 아저씨에게 어둔리요, 외우기도 쉽지요 어둡다고 어둔리라고요, 말하던 마을 사람 얘기가 떠올라서 저는 그 푯말을 한참 들여다보았습니다. 왠지 오늘은 실향민의 묘지도 그렇고, 어둔리라는 그 마을 이름도 그렇고, 무엇이든 처음인 듯 새롭게 제게 들어왔습니다.

할머니가 묻힌 곳이 어둔리라는 마을인 것은 전혀 우연이 아닌 것처럼 여겨지며 할머니야말로 바로 이곳, 이북으로 뻗어 나간 저렇게 높은 산봉우리를 바라보며 누워 있을 자격이 있는 듯 생각되어졌습니다. 그 무덤은 마루 끝에 나와 앉아 있는 할머니의 모습으로 화하는 듯도 했습니다.

할머니가 마루 끝에 나와 앉아 있는 모습이 지금 환히 제게 되살아납니다. 이 세상 아무 데도 없으며 그를 기억하는 사람조차 이 세상에 한두 명 정도일, 그리고 기억하는 사람마저 없어져 버리면 머잖아 할머니는 이 세상에 살다 간 다른 많은 사람들처럼 흔적조차 없어질 그런 존재입니다만, 바로 살아 숨 쉬던 그 생생한 존재로 지금 제 옆에 다가와 있습니다. 제가 보았던 할머니, 제가 느끼고 만졌던 할머니로 말이지요.

왜인지 늘 할머니 부분을 생각하기 싫고 어떤 죄책감을 느끼며 그리고도 무심히 강한 한줄기 빛처럼 떠오르면 어쩔 수 없이 음, 하는 신음 소리가 저절로 나오는, 그 부분을 두렵지만 더듬어 가지 않을 수 없습니다. 할머니를 떠올리면 사람이 얼마나 외로운 존재인가, 얼마만큼 시련을 겪어야 하는 존재인가, 기쁨의 순간이 과연 있었을까 하는 것들을 생각하게 됩니다. 마치 흑인 노예로 태어난 사람들에게서 느끼듯 말이지요.

역사는 구르고 사람들은 그 역사라는 것을 피를 흘리면서도 개선해 나가지 않으면 안 되는 이유가 바로 거기에 있는 것인지 모릅니다.

할머니라는 어떤 한 생명이 구한 말기에 태어나 일제의 압박을 겪고 해방을 맞은 후 다시 6·25를 겪으면서 살아 나온 그 과정이 우리나라 역사와 꽉 맞물려 있으며 할머니를 통해 짓밟혀진 사람들의

김채원

생활을 구체적으로 볼 수 있기 때문입니다. 이렇게 말한다면 제가 무엇인가 대단히 아는 듯 들릴지 모릅니다만, 저는 이미 할머니가 된 여자인 할머니를 그것도 저의 유년에 보았을 뿐 할머니의 시절들을 모르는 것이지만 역사책에서 배우는 역사가 아닌 그저 막연하게, 복사꽃 피어 있는 어느 마당에서 할머니는 유년의 짧은 한때 즐거움을 누렸을까, 그런 생각을 해 보게 되지요. 우리 할머니뿐 아니라 그 시대를 살았던 여자들의 삶은 대동소이할 거예요.

제가 오늘 여기에서 숨 쉬고 있는 것은 할머니와 그보다 더 위의 선조들로부터 무동을 타듯 이어 내려온, 오로지 그 덕분이지요. 그것이 확실합니다. 당신과 플라타너스 밑을, 밑으로 처진 나뭇가지 때문에 간혹 허리를 굽혀 걷던 때 저는 문득 그 생각이 들었습니다. 제 몸속에 흐르고 있는 선조들의 피, 할머니와 할머니의 어머니, 까마득한 그 너머 어머니들의 숨결을 느꼈지요. 그녀들이 무동을 태워 저를 여기 이 아름다운 플라타너스 거리에 결국은 세워 놓은 것이라고요. 이렇게 아름다운 순간을 맛보라고 말이지요. 훗날 어느 때엔가는 그들의 마음속에 품었던 한을 꽃피우라고 말이지요.

그렇게 생각해 본다면 운명조차 바로 그런 것이 아닐까요. 그 누군가의 간절한 염원, 혹은 한들이 뭉쳐서 이루어지는 것이 아닐까요. 그러니까 당신이 저를 저녁 어둠 속에서 부른 것도 그 누군가가 시켜서 그 누군가의 염원에 곁들여서 된 일이 아닌지요.

할머니의 존재가 제 머릿속에 뚜렷이 남은 것은 피난을 떠나던 날 아침입니다. 할머니는 자루 밑에 조금 남아 있던 아끼던 쌀을 꺼내어 보리밥을 지어서 주먹밥을 싸 주셨습니다. 할머니는 돌아앉아서 양손으로 밥을 뭉치셨어요. 주먹밥 속에는 소금을 조금 집어넣었습니다.

6·25 때 미처 피난을 떠나지 못했던 우리는 아버지의 친구분이던 군인의 도움으로 뒤늦게 피난을 떠날 수 있었습니다. 할머니는 집에 그대로 남겠다고 하셨습니다. 공산당들이더라도 늙은이 혼자 남아 있는 것을 해치지는 않을 것이라고 말하셨지요. 할머니는 대문 앞에서 옷고름으로 눈물을 닦으며 우리를 태운 지프차가 모퉁이를 돌아설 때까지 서 계셨습니다. 우리를 실은 차가 안 보이게 되자 울음을 터뜨리셨을 것입니다.

온 동네가 다 피난을 떠나고, 6·25 때 피난을 못 떠났던 사람들도 공산당 밑에서는 살지 못하겠노라고 몸서리를 치며 너도나도 다 떠나 버리고 난 후의 텅 빈 마을 속에 할머니 홀로 남아 계셨던 것입니다. 사람의 그림자라고는 얼씬도 않는 곳에서 아니 사람의 그림자가 얼씬 않는 것이 차라리 덜 무섭지, 사람의 그림자가 보이면 더 무서워 해가 진 뒤에도 등잔불을 켜지 못하고 지내셨습니다. 간혹 빈 마을을 털러 다니는 도둑이 그제까지 남아 있었던 것입니다.

동생과 저는 처음 타 보는 지프차와, 어디론가 떠난다는 일에 들떠 있었습니다. 지프차를 타고 당도한 육군 본부가 우리의 피난처인 줄 알고, 이렇게 가깝다면 할머니에게 자주 가 볼 수 있지 않을까, 왜 할머니는 눈물지으며 주먹밥을 쌌을까 의아하게 생각했습니다.

그러나 정작 피난행은 그때부터 시작되었지요.

군인 가족을 위한 트럭 한 대가 육군 본부 앞에 서 있었습니다. 벌써 사람들이 트럭 위에 가득 올라앉아서 산봉우리를 이루고 있었습니다. 저는 지금 구차하게 그 피난행을 쓰려는 것은 아닙니다. 단지 그때 내리던 눈, 그리고 할머니가 만들어 주셨던 주먹밥을 얘기

김채원

하고 싶습니다. 그것이 할머니에 대한 뚜렷한 저의 첫 기억이니까요. 그 쌀과 보리는 깊이 감춰 두었던 아주 귀한 것이었을 것입니다. 할머니는 자신의 배고픔을 참고 새로 밥을 해서 찬물에 손을 적셔 가며 뜨거운 밥을 뭉칠 때, 그 주먹밥이 참 먹고 싶으셨을 것입니다. 그럼에도 밥알 하나 남기지 않고 전부 주먹밥으로 뭉치셨습니다.

트럭 위에서 어머니가 주먹밥을 내밀었을 때 김이 무럭무럭 나던 주먹밥은 어느새 꽁꽁 얼어 있었습니다. 저와 동생은 배가 고프면서도 안 먹겠다고 고개를 저었습니다. 트럭이 멈출 때면 마을에 들어가서 몇 번 사 먹은 따뜻한 국밥에 어느새 맛 들려 있었습니다. 어머니 혼자 언 주먹밥을 트럭 위에서 먹었습니다.

우리는 피난민들의 짐이 산봉우리를 이룬 그 맨 꼭대기에 타고 있었으므로 아주 위태로웠습니다. 그래서 어머니는 동생 영혜가 굴러떨어질까 봐 두루마기 옷고름에다 잡아매고 제 손을 붙들고 있었습니다. 며칠이고 계속해서 우리는 트럭에 실려 달렸습니다. 차가운 눈보라가 치기 시작하고 눈은 계속해서 내렸습니다. 밤과 낮을 끊임없이 내렸습니다. 트럭은 눈 때문에 하루 종일 굼벵이처럼 기다가 날이 어두워지면 마을에 멈추어 서는 일을 거듭하였습니다. 그리고는 이른 새벽에 다시 떠났습니다. 트럭이 멈추면 사람들은 잘 곳과 허기를 면하기 위해 마을을 찾았습니다. 트럭에서 내린 사람들이 다같이 행동하면 좋으련만 언제고 뿔뿔이 흩어지고 말았습니다. 저는 그것이 안타까웠지요.

왜 함께 가지 않는 것일까.

눈이 내 넓적다리 있는 데까지 쌓였습니다. 발을 옮겨 디딜 수가 없도록 늪 속에 빠지듯 한없이 빠져들었습니다. 어머니는 동생을 업고 제 손을 꼭 붙들었습니다. 어디를 둘러보아도 마을은 보이지 않고, 눈 속에서 솟아 나온 나무들만 드문드문 서 있었습니다. 하늘 쪽으로 고개를 들지 않았기 때문에 나무가 얼마나 큰지, 나뭇가지의 형상은 어떤지 볼 수 없었습니다. 단지 나무는 눈 속에 허리를 박은 채 나무등치의 가운데 부분만이 여기저기 유령처럼 서 있었던 것입니다.

저는 지금 생각해 봅니다.

눈 속에 박혀 있는 유령 같은 나무들의 형상. 그것은 무엇일까요, 막막하며 적막하고 깊고 고요한 그 풍경은. 전쟁도 포 소리도 추위도 배고픔도 어머니도 동생도 주먹밥도 그리고 나마저도, 모든 것이 멀리 물러가고 오로지 눈[雪]과 대면하던 그 눈[眼]이 보았던 것은……

그것은 이 세상이었을까요. 이 세상은 있는 것일까요 혹은 없는 것일까요. 당신이 저를 어둠 속에서 불렀을 때, 갑자기 거리의 많은 사람들, 모든 것이 다 물러가고 당신과 나, 아니 내가 아닌 내 눈만이 거기에 있던 것과도 흡사합니다. 그것은 인생에 있어서 어떤 것, 인생이라고 하는 것 속에서 우리가 뽑아낼 수 있는 가장 최선의 것을 순간적으로 맛보게 해 준 것이었을까요. 순간이 영원으로 변하는 그 가능성, 아니 무엇인가를 만들어 나갈 수 있는, 열리고 더욱 열리며 아름다운 자유의 개념 같은 것, 인간이 근본적으로 갖고자 하는 조건 같은 것, 그런 것에의 형상화가 아니었을까요.

혼돈이며 땅으로 떨어지는 쪽이 아닌 최선의 것, 아마 그것이었을 것입니다. 그것은 전쟁과는 정반대 쪽에 서 있었습니다.

피난지에서 돌아온 날 밤을 상기할 수 있습니다.

칠흑 밤 속에서 우리가 두드리는 대문 소리에 할머니는 한참 만에 마루 끝에 나와 서서 게 누구 왔소? 게 누구 왔소? 하고 소리치셨습니다.

할머니, 할머니.

우리가 부르는 소리에 할머니는 허겁지겁 대문을 열러 나오셨습니다.

이게 누구냐, 이것들이 살아 있었구나, 결국 살아서 보게 되는구나, 이렇게 수없이 중얼거리시면서.

그 밤 이후 우리는 할머니와 다시 함께 살게 되었습니다.

할머니는 몇 날이고 계속해서 그 기간 동안 지낸 일을 어머니에게 얘기하셨습니다. 지금 생각하면 할머니는 묘사력이 뛰어나신 것 같습니다. 눈에 본 듯이 환하게 장면 장면을 그리셨습니다. 어머니는 에구우, 에구우 실루 고생두 측살하게 했구마, 하고 눈물지으며 할머니의 얘기를 들으셨습니다. 우리가 그 얘기를 들을 수 있는 시간은 밖에 나가서 놀다가 잠깐 집에 들렀을 때, 그리고 밤에 자기 위해 누웠을 때뿐입니다.

내가 얼핏얼핏 들은 얘기는, 할머니는 인민군들이 어디선가 가져온 쌀로 그들에게 밥을 지어 주며 지냈다고 합니다. 여자 빨치산들도 있었는데 그들은 할머니에게 어마이라고 부르며 딸처럼 따르다가 동상이 걸린 발을 절룩이면서 며칠 만에 떠났다고요. 인민군들이 후퇴하고 나자(그것이 1·4후퇴였지요) 다시 텅 빈 마을에 할머니 혼자 몹시 무서웠습니다. 우리가 피난지에서 오기까지(그때는 피난민들이 돌아오기에 아직 조금 이른 시기로 마을은 텅 비어 있었습니다. 어머니는 할머니 때문에 일찍 돌아왔던 것이지요) 할머니는 텃밭에 배추와 무를 심어서 김치를 담가 시장에 나가 파는 일을 하셨습니다. 그런데 김치를 무겁게 이고 가다가 미군 지프차에 치어 다리를 다치셨습니다. 그 후 조금 절게 되셨지요. 그래서 무거운 것은 이지 못하고 미군 부대에서 나오는 담배를 받아다가 파는 일을 하셨지요.

할머니는 안방이나 혹은 마루에서 방문을 열어 놓은 채 허공을 향해 얘기하시고 어머니는 건넌방에 앉아서 듣습니다. 그들의 앉음새는 비슷합니다. 한쪽 무릎을 올리고 눈은 허공을 향한 채……

그리고 그 앉음새는, 몇 년 뒤의 어느 봄날로 이어집니다.

피난지에서 돌아와 할머니는 몇 날이고 계속해서 끊임없이 얘기하시고, 어머니는 눈물지으며 듣던 그 자세대로, 이번에는 할머니와 어머니가 싸우고 계십니다. 어머니가 할머니에게 이모 집에 가서 좀 지내라고 하신 것입니다. 이모네는 살기도 넉넉할 뿐 아니라, 어머니의 몸이 아파 혼자 조용히 있고 싶다고요. 할머니는 싫다고 하셨습니다. 사돈이랑 있는 집에 남부끄러워 이제 어떻게 가 있는가 하셨습니다. 그때 할머니는 기력이 쇠하셔서 간혹 내려가 계시던 시골집을 정리하고 죽 저희와 함께 사셨지요.

"내가 아픈 동안만 좀 가 있소게나."

어머니는 마구 역정을 내고 할머니는 노여움에 눈물지으셨습니다.

왜 맨날 나한테만 있는가, 남편이 없으니 내가 그렇게 만만한가,고 어머니는 말하셨지요. 할머니는 네게 짐 지워 주고 싶지 않아 피난도 가지 않지 않았는가라고 하셨고, 어머니는 피난을 안 간 것이 어디 나 때문인가, 외삼촌이 이북에서 내려올까 봐 아들을 기다린 것이 아닌가고 말했습니다.

밖에서 놀다가 들어와 보면 안방과 건넌방 문이 열린 채로 두 분이 싸우고 계십니다. 효녀라는 말을 들으시던 어머니가 어째서

김채원

할머니를 괴롭히는지 알 수 없었습니다.

드디어 어머니는 결단을 내리신 듯 학교에서 돌아와 마루에 앉아 있는 내게 심부름을 시켰습니다. 이모한테 가서 할머니를 모셔 가라고 전하라고. 꽤 먼 이모 집까지 걸어서 갔습니다. 이모는 경대 앞에서 머리를 빗고 옷을 갈아입은 후 나와 함께 집으로 왔습니다. 할머니는 피할 수 없는 운명을 만난 듯 울면서 조그만 보퉁이를 하나 싸셨습니다. 그리고 이모와 함께 집을 나섰습니다. 할머니는 진실로 가고 싶지 않으셨던 것입니다. 늘 있던 곳, 더구나 사위가 없는 그 집이 자신의 집 같고, 있을 곳 같았던 것입니다. 아니, 아들이 있다면 아들의 집이 바로 자신의 집이었을 것이지만.

할머니가 울면서 대문 밖으로 사라지자 어머니는 저더러 따라가 보라고 했습니다. 화창한 봄날이었습니다. 할머니의 흰옷이 햇빛에 눈처럼 반사하던 것을 기억합니다. 할머니는 울면서 아픈 다리를 어기적어기적 떼어 놓았습니다.

그렇게 해서 떠난 할머니의 뒷모습에 이어 이번에는 마루 끝이 아니라 이모 집 문지방이 높은 방 안에 오두마니 앉아 계신 할머니의 모습을 떠올릴 수 있습니다.

우리 집에서는 끊임없이 일을 하시던 할머니가 이모 집에서는 머리를 단정히 빗고 몸뻬 차림으로 방 안에 가만히 앉아 계십니다. 이모 집에는 방의 수가 많지만 아이들도 많고 또한 친척 대학생이 그 집에서 학교에 다니고 있으므로 할머니는 일하는 아줌마와 함께 방을 쓰고 계셨습니다. 할머니는 그 집에 가서는 아마 할 일이 없으셨을 것입니다. 아니, 일이 하고 싶어도 자신이 할 일이 무엇인지 잘 잡혀 오지 않고, 성수 또한 나지 않으셨을 것입니다. 그리고 무엇보다 사돈이나 집안 사람들 눈에 안 띄게 그저 조용히 숨고 싶은 심정으로 방 안에 앉아 계셨던 것입니다.

그곳에서의 생활은 일을 해야만 살 수 있는 할머니의 생명을 갉아먹는 셈이었을지 모릅니다.

저희 집에서는 끊임없이 아픈 다리를 끌고 고추를 널고 고추씨를 빼서 털고 방앗간에 가서 빻아 오고 메주를 쑤고 간장을 담그고 장독을 건사하느라고 붉은 고추와 숯 검댕이를 장에다 담가 놓으면 독 안에서 익어 가던 그 풍성함. 집 근처 공터에 무와 배추를 심고 거름을 날라다 주시고 그리고도 끝없는 그 많은 일들. 우리가 밖에서 놀다가 집에 잠깐씩 들를 때마다 할머니는 무엇인가 일을 하시기 위해 돌아서는 모습을 보이셨지요. 우리가 우리의 소원은 통일을 노래 부를 때(그 시절 그 노래는 각 골목 속에서마다 고무줄놀이 때문에 울려퍼졌지요.) 할머니는 일을 하시기 위해 언제나 돌아서는 모습을 보이셨습니다.

"할머니 젊었을 때 이뻤어? 이뻤겠네."

바느질하시는 할머니 옆에 앉아 우리 형제가 물으면,

"얽은 게 이쁘긴 뭐가 이뻤게이냐."라고 말하셨습니다.

"어마, 할머니 곰보였어?"

우리의 놀란 물음에 할머니는 그냥 웃고 계셨지요. 할머니로서 손주들에게 웃는 그런 웃음이 아니라, 그저 조금 미안한 듯, 어쩐지 자기라는 것을 아직 간직한, 아니면 다 버린 그런 웃음이었던 것 같습니다. 그러니까 어른으로서의 웃음이 아니라 순젱이, 아지미, 여기 가마아이 앉아 있소, 라고 첨관을 떠는 바로 그런 웃음, 최고의 겸손함을 간직한 그런 웃음이었던 것 같습니다. 할머니가 곰보라는 그 사실이 미안해서라기보다 할머니는 아마 언제나 그런 자세였던 것 같습니다. 그것은 어릴 때, 더구나 여자아이가 마마를 앓고 곰보가 되어 자라난 데서부터 연유한 성격 형성일지도 모릅니다. 아마 그렇겠지요. 그리하여 할머니는 순쟁이보다 더 첨관을 떠는 사람이 아니었는가 지금 생각해 보게 됩니다.

할아버지는 타관에서 첩을 얻어 사시고 할머니는 일찌감치 체념하며 살아오신 것일 거예요. 아무것도 가진 것이 없는 여자가 딸 셋에 외아들을 데리고 그 어려운 시대를 살아온 고난의 세월을 짐작하고도 남습니다.

이모 집에 가 계신 다음부터 할머니를 잘 만나지 못하였습니다. 어머니 심부름으로 외삼촌이 살아 계시다는 소식을 전하러 갔던 날을 기억할 수 있습니다. 그때도 할머니는 단정한 몸뻬 차림으로 문지방 높은 방 안에 오두마니 앉아 계셨습니다. 어머니가 어디선가 전해들은, 삼촌이 이북에 아직 살아 있다는 소식을 전했을 때 할머니는 주저하는 듯 살았대? 라고 한번 반문하셨지요. 그것이 아마 할머니와의 마지막 만남이었을 것입니다.

그후 얼마 안 되어 할머니는 이를 닦으시다가 갑자기 쓰러지셨고 며칠 동안 의식 없이 누워 계시다가 돌아가셨습니다.

그때 할머니가 울면서 조그만 보따리 하나를 꾸리던 모습을 보았으므로 저는 이즈음 어머니에게 곧잘 그 일을 들추며 달려듭니다.

어머니와 저의 싸움이 봄철에서 여름철, 가을철로 접어들었다가 다시 겨울, 봄에 이르기를 몇 해인가 거듭했지요. 싸우고 또 싸우는 동안 어머니는 드디어 쓰러지셨습니다. 그날의 일은 생각하기도 싫습니다. 밥을 드시다가 갑자기 핑 하고 쓰러진 것인데, 곧 의식은 회복되었으나 입이 삐뚤어지고 반신에 마비가 왔습니다. 오늘 같이 묘에 간 집안 아저씨에게 연락을 하고 이모님과 집안 내 사람들 몇이 모여들었습니다.

한의원이 와서 침을 놓고 한약을 달인다, 손님상을 차린다, 한바탕 법석을 떨고 난 후 조용해진 저녁 시간, 다른 친척들은 다 돌아가고 환자 시중 등 궂은 일을 도맡아 해 주었던 시집 안 간 사촌이 목욕물을 받아 목욕을 하고선 마루에 나와 앉았습니다. 초여름의 시원한 저녁이었습니다.

사촌의 긴 머리칼이 바람에 흔들리며 마르던 것을 기억합니다. 말없이 산을 내다보던 사촌이 우뚝 솟은 먼 산봉우리 하나를 가리키며 아마 저기일 거야, 그래 저기가 맞아, 백운의 줄기였으니까, 거기다가 부적을 묻었어, 내가 부적을 묻었던 데가 바로 저기야, 라고 말했습니다.

제가 결혼할 때 속치마와 버선을 많이 해 주었던 바로 그 사촌입니다.

아, 하고 짧은 비명이 나올 정도로 충격을 느끼며, 결혼도 하지 않아 자식도 남편도 없는 여자가, 더구나 평소 자신의 감정을 잘 안 나타내며 절에 많이 다니는 보살처럼 겉으로는 무덤덤해 있는 그녀가 도대체 무엇을 위해 부적을 파묻은 것인가, 그녀의 원은 무엇인가 하는 궁금증이었습니다.

"어떻게 거기다 부적을?"

"나 절에 다니던 스님하고 같이 가서 묻었지. 그 스님은 중옷을 벗고 점괘를 보고 있었지. 올라갈 때는 괜찮았는데 내려올 때 날이 어둑어둑해지기 시작하니까 좀 이상하더라. 눈이 많이 온 뒤라 굉장히 미끄러웠는데 스님이 먼저 내려가서 여기 잡으시오 해. 그때 공연히 쭈뼛쭈뼛하면 안 되겠더라. 그래서 자, 하고 스님보다 더 씩씩하게 손을 내밀고, 또 자, 자, 여기, 하고 더 크게 소리치면서 손을 내밀었지. 부츠를 신었기 때문에 산에 익숙지 않아 많이 뒹굴었어."

"무슨 부적?" 하고 물으려다가 그만두었습니다.

그때에도 저는 베토벤의 심포니 9번에서 느끼던 사람의 감정의 폭이란 것을 다시 한번 생각했지요.

어머니는 비교적 쉽게 입이 제자리로 돌아오고, 마비도 풀렸습니다만 워낙 아프던 관절 때문에 다리에 더욱 힘을 잃고 침대에 드러눕게 되셨습니다. 화장실 출입만 겨우겨우 하셨지요.

어머니가 비뚤어진 입으로 저를 보고 웃으시던 그 처참한 몰골을 잊을 수 없습니다. 어머니와 싸울 때는 서로를 미워하고 있는지라 어머니도 저를 미워하다가 잠시 백기를 드는 기분으로 웃으신 것입니다만, 저는 무엇인지 아직도 응어리가 풀리지 않아 화가 난 듯 뚱하게 가만히 있었습니다.

어머니, 나를 좀 가만 놔두시지요. 어머니 젊었을 때를 좀 기억해 보세요. 좀 뒤돌아보세요. 어머니는 정말 자유로웠지요. 할머니가 어머니에게 무엇 하나 간섭을 했어요? 오직 말없이 어머니를 도와주기만 했지 않아요. 그런데도 할머니를 쫓아내셨지요. 어머니는 제 생활을 전부 박탈해 가요. 제가 사는 일에 가지는 열정의 부분을, 가장 힘 기울이는 부분을, 바로 그 부분을 어머니는 타락이라고 생각하시는 거지요. 저보고 만날 미치광이라고, 새쓰개라고.

어머니와 저의 싸움의 내용은 이것입니다. 싸움이 한창 고조될 때면 어머니는, 니가 결국 나를 죽이고 말겠다, 나는 다 알 수 있다, 자식이 아니고 원수다, 나가라, 라고 하십니다.

항상 그 나가라는 말에 저는 주춤합니다. 그것은 결혼에 실패해 돌아온 여자의 가장 약점을 찌르는 말이기 때문입니다. 실지 나가 보려고 이 근처 방을 얻으러 다니기도 여러 번 하였습니다만 방값이 예상외로 비싸고, 제가 생각던 방이 아닌, 남의 집 가정 한가운데 들어가서 앉게 되는 그런 방들뿐이었습니다. 화장실이나 부엌 또한 을씨년스럽기 그지없었습니다.

제가 없으면 몸이 불편한 어머니를 돌보아 드릴 사람도 없으면서 저는 그런 것을 사고할 여유도 없이 복덕방을 여기저기 헤매고 돌아다녔습니다. 그러다가 문득 당신과 처음 시작의 무렵 악마에게 한 약속이 떠올랐습니다. 저에게 있어 중요한 것을 내어놓고 당신과의 연(戀)을 가능하게…… 라고 저는 분명 중얼거렸지요.

그렇다면 이것은 악마의 짓인가, 악마가 우리 모녀를 이렇게 싸움으로 이끌어 가는가, 그렇다면 그 끝이 도대체 어디인가, 당신과의 끝도 모르겠고, 어머니와의 끝도 모르겠는, 정말 아무것도 모르는 기분이 되어, 울어서 부은 눈을 손등으로 가리고 슬픔을 잔즐르기[2]에 고심하였습니다.

당신을 얻게 되어 말할 수 없이 기쁘면서도 도대체 언제를 위해 지금을 살고 있는 것인가. 어린 시절부터 꿈꾸던 꿈의 시간은 바로 언제인 것인가. 사랑하는 사람을 얻은 지금인가. 그렇다면 나는 지금 꿈의 한가운데 들어와 있는 것이련만 아직도 어디로 가기 위해 준비하고 있는 것 같은 기분은? 어린 시절 눈을 보면서 왠지 반가운 일이 이제 앞날에 올 것 같던, 그 앞날이 아직도 온 것 같지 않으며, 아직도 이제 앞날에 올 것이라고 생각하게 되는 것은 어쩐 일일까?

이런 의문을 당신에게 한번 실토한 적이 있습니다. 우리가 언

---

2 '흩어진 것을 차곡차곡 가리고 가지런하게 거둔다'는 뜻의 사투리.

제를 위해서 사는 것일까 하고요. 그때 당신은, 어차피 사는 일은 하나의 준비 과정에 지나지 않는 것이라고 명대답을 해 주셨습니다.

사는 일은 하나의 준비 과정, 정말 그런가 봅니다. 어딘가로 향해서 끝없이 나아가는 과정일 뿐입니다.

이제는 어머니와의 싸움을 화해로 이끌어 가고 싶은 기분이 조금씩 들기도 합니다. 이 화해를 하고 싶은 기분이란 당신과의 결별이라는 또 다른 의미를 내포하고 있는 것은 아닐까요. 당신에게로 가졌던 저의 열정이 고조됐을 때 어머니와의 싸움 또한 극에 달했지요. 저는 매일매일 머리를 싸매고 어머니에게 울며 달려들었습니다. 무엇인지 도저히 참을 수 없는 감정이 되곤 하였습니다. 그런 일을 의식처럼 되풀이하였지요.

이제 보니 그것은 악마의 내기였을 가능성이 큽니다. 분명 악마의 짓이지요. 당신을 사랑하는 한 내게 있어서 어떤 중요한 것을 내놓아야 했던 것이지요. 그런 행복감을 쉽사리 어떤 희생도 치르지 않고 맛볼 수는 없는 것이겠지요. 저는 그 두 가지를 저울에 달아 어느 것이 더 무거웠다고 그 형량을 달지는 않겠습니다. 후회 또한 하지 않습니다. 후회란 있을 수 없는 일입니다. 그 시간 그렇게밖에 되지 않는, 않을 수 없는 운명과도 같은 것이었다고 봅니다. 저는 있는 힘껏 당신에게 달려갔고 당신 또한 저를 기꺼이 받아주셨지요.

어두운 거리를 걷고 있을 때 당신은 저만큼 먼저 걸어가고, 가로등 불빛에 그림자가 길게 드리워진 뒤를 멀리서 따라 밟아 갈 때 그 형용할 수 없는 당신과 나의 고독감을 봅니다.

호텔을 찾아들기 위해서지요. 저는 언제나 술을 많이 청해 마셨고 어떤 격정 속으로 숨을 몰아쉬며 떨어져 가기까지 술을 마셨지요. 부끄러움, 혹은 두려움 같은 것을 이겨 내고자 한 짓이었을까요. 그것은 아닙니다. 저는 당신과 함께 있는 한 그런 두려움은 없었습니다. 제가 있을 자리에 와 있다는 확신감을 느낄 수 있었습니다. 당신을 따라서 어디까지 가도 두렵지 않다고 생각했습니다.

그럼에도 저는 꼭 술을 마셨으며 한바탕 서로의 존재를 확인하고 난 후 호텔 문을 나서서 걸을 때 — 할머니와 어머니가 긴긴 봄날 한쪽 무릎을 세우고 눈은 허공을 향한 채 앉아 계시던 바로 그처럼 당신과 저는 긴긴 날들을 앞서고 뒤를 밟으며 걸었던 것이에요. 길디길게 줄을 이으며 마치 밤의 순례자와도 같았습니다 — 그때 저만큼 멀어져 가는 당신의 그림자를 보며 저는 죽으리만큼 외로워하지요.

무엇 때문일까요. 당신은 얘기하셨지요. 참말만 하기도 시간이 모자라는데 언제 거짓으로 살 시간이 있느냐고요. 당신의 그 말을 좋아하고 그런 말을 할 수 있는 당신을 좋아하면서도 그럼에도 전해져 오는 허기, 어린 시절부터의 갈증이 고스란히 내 몸을 둘러쳐 헉헉거려지는 것이에요. 무엇으로인지 일그러진 저의 얼굴을 살피며 당신은 꼭 버릇처럼 어디 가서 뜨거운 차를 마시는 게 어떻겠느냐고 제의합니다.

이렇게 안개 끼고 습지며 축축한 밤, 어딘가 밤 카페에 들어가 차를 마시며 마주 보고 얘기할 수 있는 그 시간을 정수로 느끼고 싶으면서도 왜인지 그 부분을 사양한 채 돌아서지요.

함경도 사람들의 첨관, 그것일까요. 할머니에게서 물려받은 내력과 같은 것일까요. 아니 그보다 더 직접적인 원인은 아버지가 없어서일까요. 내가 나의 몫이 없다는 것, 바로 이 부분을 양보한다는 것은 아버지가 없는 데서 얻어진 상황 탓이 아닐까, 영혜와 내가 크면서 어머니에게 무엇을 사 달라고 조른 적이 없는 것이 그것을 증

243

명해 주는 것이 아닐까, 무엇을 사 달라는 말을 하면서 컸다면 나는 지금 그와 함께 카페로 들어가지 않을까, 이런 생각을 하며 저는 택시를 붙잡아 탑니다.

택시를 타고 차창으로 그 넓은 어두운 거리에 서 있는 당신을 보면 당신의 주위에 얇은 종잇장 같은 것이 찢어져 날리고 있습니다. 당신은 그냥 서 있을 뿐인데 당신 주위에 어둠을 밀치고 흰 종잇장들이 날리고 있습니다. 그 모습은 몹시 애수 어려 보이며 무엇인가 잃어져 가고 있는 듯 제 눈에 비칩니다.

무엇을 잃고 있는 것일까요.

당신은 무엇을 찾기 위해 옛집으로 오신 것인가요.

언젠가 옛날에 먹던 동치미에 대해 얘기하신 적이 있지요. 어느 한식집에 가서 저녁을 먹던 때로 기억되어요. 당신은 무심코 동치미에 수저를 넣어 한입 뜨다가 내려놓고 얘기하셨지요. 옛날의 동치미 맛을 이제 어디 가서도 찾을 수 없다고요. 그 동치미를 먹기 위해서도 지금의 아파트에서 단독주택으로 꼭 옮기고 싶다고요.

"고모님이 한 분 남아 계시거든. 그 고모님을 모셔다가 동치미를 꼭 좀 담가 달라고 부탁해야겠어요. 땅속에 묻어두고 겨우내 먹었으면 싶어."라고요.

당신은 그 일을 꼭 그렇게 하실 양으로 얘기하셨어요. 그 말에 저는 속으로 얼마나 공감하였는지요. 아, 이이는 무언지 나와 아주 같은 것 같다, 심지어 어린 시절을 함께 공유한 듯이도 느껴지고, 이렇게 생각했지요.

그런데 왜 좀 더 사랑할 수 없는 것일까.

왜 이 정도에서 그치고 마는가, 정말로 사랑한다는 것은 어떤 형태의 것일까, 그것 역시 준비 과정일 뿐일까, 정말로 사랑하기 위한 준비 과정밖에 사람들은 살아가면서 할 수 없는 것일까. 아니, 그라는 대상보다 나라는 존재의 문제가 우선이고 나는 거기서 헤어나지 못하고 있는 것이다. 저는 이렇게 중얼거릴 수밖에 없었지요.

밀려드는 나른한 피곤감과 함께 또 한번의 만남을 치러 냈다는 생각을 하며 저는 택시와 함께 당신을 뒤로하고 미끄러져 갑니다.

언제 언제까지일까? 저는 이렇게 중얼거립니다.

이것 또한 악마의 짓일까요. 모래시계 속에 인간을 가두어 버리는 악마의 짓일 거예요.

당신은 저의 이런 의중을 잘 간파한 듯 가혜 씨가 50이 될 때까지는 이런 식으로 만나겠다고 얘기하셨지요. 그리고 60, 70이 될 때까지 가끔 카페에서 만나 얘기하는 좋은 여자 친구로 지내고 싶다고요. 그 말은 저의 마음을 살펴 주는 뜻에서 한 것이었음에도 불구하고 저의 자존심은 상처를 입었습니다. 50이 될 때까지 연애를 하고 있는 여자를 상상할 수 없으면서도 솔직히 제 마음속으로는 50이라는 나이의 한정을 두지는 않았던 것입니다. 아아 50, 하고 구체적인 실감이 들이닥치며 삼팔선이 가로막히는 기분이었지요. 언제 언제까지?

이렇게 스스로 반문하는 의미 속에서 일 년? 이 년? 아니 혹은 삼 년까지는? 하는 기대감 같은 것이 있었지요. 그리고 이제 우리는 3년을 지난 것입니다.

당신은 저의 이런 심리를 잘 파악하고 있었으므로 제게 나이 들어 가는 여자의 떨림을 한번 써 보라 하신 것인지요.

갑자기 전화벨이 울려 저는 깜짝 놀라 수화기를 부둥켜안습니다. 집안 아저씨의 목소리가 수화기 속에서 흘러나옵니다. 새벽같이 경찰서에 다녀오는 길이라고요. 붉은 할머니 무덤 반대편 등성이에서 붙기 시작했으므로 우리가 낸 것이 아니라고요. 아베크족[3] 의 담뱃불이 원인임이 판명이 났다고요. 아저씨는 밤새 스스로 시달렸는지 목소리가 쉬어 있었습니다.

전화를 끊으려 하다가 지금 첫눈이 오고 있다고 얘기하셨어요.

눈이오?

반문하는 동안 전화는 끊겼습니다.

제가 눈이오? 라고 묻는 순간 저는 어린 시절의 눈의 느낌, 그 간의 세월을 거치지 않고 맞바로 그때 그 순백의 느낌이 되살아났습니다.

어제 저녁 빨래에 끼었던 엷은 살얼음으로 보아 바깥 날씨가 성큼 차진 것 같습니다. 저는 전화를 끊고 한동안 가만히 앉아 있었습니다. 이제 불은 꺼지고 다 타 버린 잿더미 속으로 흰 연기만 푸슬푸슬 날리고 있는 영상이 제게 잡혀 왔습니다. 불이 붙고 있는 동안만 무엇인가 그 기운에 힘입어 내 속에서 빠져나오고 싶어하던 것들을 끌어내었는지, 과연 제 속에 재만 남도록 스스로를 연소하여 태웠는지 의문을 느끼며 저는 허탈감으로 담배에 불을 붙여 물고 앉아 있었습니다.

그러고 보니 북쪽으로 난 조그만 들창도 어느새 환해져 있고, 특히 눈이 온 날의 그 환한 느낌이 들창으로 전해져 오고 있었습니다. 저의 가족들, 제 주변의 사람들이 이유 없이 한 사람 한 사람, 떠올랐습니다. 그들과는 어떤 관계인지, 어떤 끈을 서로 연결하고 있는 것인지, 같은 시대 같은 공간 안에 함께 혹은 엇갈려서 태어난 그 운명의 끈을 찾아보려 하였습니다. 그들은 도대체 어떤 관계인 것

---

3   '데이트하는 한 쌍의 남녀'를 이르는 말.

인가.

　제가 사랑하는 동생 영혜는 왜 멀리 떨어져 있어야만 하는 것일까. 가장 가까우면서도 자랄 때 이외에는 모르는 사람보다도 더 멀리, 일생 떨어져 살아야 한다는 일이 이상하게 느껴졌습니다. 이제까지는 남편이 외국인이니까 어쩔 수 없는 일이며 그리고 서로 편지를 쓰고 하니까 함께 있는 것이나 다름없다고 생각했건만 이 새벽, 그것은 정말 크나큰 이별로 다가옵니다.

　저는 그런 식으로 한 사람 한 사람 짚어 가기 시작합니다.

　어머니와 이제 화해를 한다고 해도 함께 산다는 것은 속박일 뿐이라는 생각을 합니다. 그러나 바로 그런 삶을 제가 사는 것이겠지요. 소멸해 가는 어머니를 담당하는 것이 저의 운명이라고 생각합니다. 그 옛날 어머니가 몸이 아파 조용히 있고 싶다고 할머니를 이모 댁에 가시게 한 것도 바로 그런 연유가 아니었을까 지금 생각해 봅니다. 점점 소멸해 가는 할머니를 감당하기 벅찼던 것이 아닐까 하고요. 거기에는 제가 몰랐던 어머니의 고통이 있었는지 모르겠다고 지금 비로소 생각이 듭니다.

　또 기억 속에 아무런 영상도 없이 오직 무(無)인 아버지를 생각해 봅니다. 그러나 아버지 역시 없는 것과는 다른 뚜렷한 존재이지요. 아버지가 계시다면 저의 성격, 저의 운명 들은 훨씬 달라졌을 것입니다. 저는 좀 더 삶을 신뢰하고 당신에게도 무엇인가를 요구하고 있지 않을까요.

　그런데 지금 제게 갑자기 잡혀져 오는 영상이 있습니다.

　할머니가 군불을 지피며 밥상을 차리는 장면입니다. 소박한 나무 상, 칠이 번쩍이지 않는 다갈색의 네모진 조그만 소반 위에 할머니는 아들의 수저를 놓고 콩자반·무말랭이·호박오래기 등의 밑반

247

찬을 놓으십니다. 국이 끓고 있고 밥도 뜸이 들고 있습니다.

그리고 장면이 바뀌어 삼촌이 돌아오고 있습니다. 삼촌은 옛 모습 그대로 멜빵바지에 푸른 와이셔츠, 숱이 많은 반곱슬머리를 하고 있습니다. 전쟁 당시, 모두가 피난을 떠난 후의 아무도 없는 빈 동네, 빈집에서 할머니는 삼촌을 만나 보았던 것일까요? 어머니 말 대로라면 할머니는 삼촌을 기다리느라고 피난을 가지 않으셨지요. 어머니에게 짐 지우고 싶지 않은 마음과 혹시 아들을 만날 수 있지 않을까 하는 그 두 마음이 함께 있으셨을 거예요. 그리고 그 밤 다시 떠나는 삼촌을 문 앞에 서서 배웅하고 계신 할머니 모습입니다. 할머니는 문 앞에 붙박이듯 서 있습니다.

이 두 개의 영상이 참으로 조용히 다가와 제 안으로 들어옵니다. 저는 무엇인가의 열쇠를 끌어 쥐듯 그 영상을 소중히 끌어안습니다. 제가 제 안에서 끌어내고 싶었던 것은 바로 이것이었을까요. 바로 이 두 개의 영상, '밥상을 차리는'과 '싸리문 여잡고 기다리는'…… 이 두 개의 영상을 끌어내기 위해, 지난 밤새 진통을 하며 이 많은 말들을 쏟은 것 같습니다. 저는 삶의 열쇠를 찾은 기분입니다.

나이 들어 가는 사람의 떨림이 아니라 나이 들어 가는 여자의 떨림으로, 저의 성을 찾아 여기에 서는 일은 이리도 힘이 든 일입니다.

할머니가 제 손에 쥐어 주셨습니다. 어린 시절부터 품어 온, 먹게끔 차려진 따뜻한 밥상에 대한 갈증과 이제 앞날에 다가올 기다림에 대한 소망의 마음이 그 두 개의 영상이었음을 깨달았습니다.

사랑하는 사람들, 그리고 사랑하는 당신.

당신이 잃어 가는 것은 무엇인가요.

당신은 왜 옛집에 찾아오셨나요(저는 지금 이 순간 당신을 비롯한 모든 사람이 실향민이라고 느껴집니다).

혹시 당신도 저와 같이 그런 소망을 품고 지내 온 것이라면 당신은 그런 사람을 이제 찾은 것이라고 생각하셔도 좋습니다.

우리의 이런 만남이 50까지라고요? 그것은 너무도 당연한, 아니 3년까지는, 하고 시간을 정해 놓고 있는 제게 오히려 과분한 시간일 터이지만 그러나 저는 그렇게 생각하고 싶지 않아요. 이 글을 시작할 때까지만 해도 더한 조바심 속에 있었습니다만 그런 모래시계 속에 저를 가두고 싶지 않아요. 저는 이제 그런 힘을 얻었습니다.

누구인가 제게 따뜻한 밥상을 차려 주고 끝까지 기다려 주었으면 하는 저의 소망의 마음을 이제 제 편에서 누군가에게 해 주는 사람으로 자리 잡은 때문입니다.

저는 굳건하게 여기에 섭니다. 그것은 여자로서 서는 것일 뿐 아니라 또한 할머니나 순젱이, 그 이전의 선조들이 전해 준 마지막 인간의 조건으로서이기도 하지요. 피난 가던 때 본 눈 속에 서 있는 나무와 같이 순간이 영원으로 변하는 그 가능성.

당신이 만약 원하신다면 원하실 때 언제든 돌아올 곳이 있으세요.

참, 그리고 마지막으로 당신이 찾는 집이 그곳인 줄 어떻게 그렇게 잘 알았느냐고 물으셨지요.

그 옛날 제가 어렸을 때 — 저희가 살던 집자리도 지금은 아파트가 세워져 우리도 그중 한 호에 살고 있지요. 그리고 그 옛날 산 위의 실향민촌도 지금은 불도저로 밀려 아파트나 연립주택이 세워져 있지요 — 당신은 야구공을 던졌고, 길을 지나던 제 이마에 땅 하고 맞은 적이 있습니다. 저는 국민학생으로 밤이면 동생과 동치미를 뜨러 다니던 시절이었을 거예요. 그때 중학생이던 당신이 뛰어와서 야구공을 주워 가며 미안하다고 말했어요. 금방 혹이 부풀어 오르는 이마를 싸쥐고 돌아서다가 뒤돌아보니 당신은 유유히 그 집으로 들어가고 있었어요.

그때 아팠던 야구공의 기억 때문에 당신을 기억하고 있는지 모릅니다.

그러고서 몇십 년이 지났을까요.

어둠 속에서 처음 당신을 보았을 때 저는 당신의 얼굴을 알아볼 수 있었고 자신 있게 그 집을 가리킬 수 있었던 것이에요.

이제 한 자도 더 쓸 수 없도록 피곤이 한꺼번에 밀려옵니다.

저는 조금 눈을 붙여 한숨 자고 일어나서 아침을 지어야겠습니다.

그때 일어나서 들창을 열고 눈의 세계를 아주 새로운 눈으로 보고 싶습니다.

　　　　　　　　　　　　—《현대문학》35권 8호, 1989년 8월;
김채원, 『달의 몰락』(청아출판사, 1995)

윤정모(尹靜慕·1946~)

윤정모는 1946년 경상북도에서 태어나 주로 부산에서 성장했고, 부산 혜화여고를 거쳐 서라벌예술대학교 문예창작과를 졸업했다. 1968년 장편소설 『무늬져 부는 바람』을 출간하고, 1981년 여성중앙 중편 공모에 「바람벽의 딸들」이 당선되면서 등단했다. 1988년 장편소설 『들』로 신동엽창작기금과 1993년 단재문학상을 수상했다. 민족문학작가회의 상임이사, 양심수후원회 부회장, 자유실천위원회 위원장, 한국작가회의 이사장 등을 역임하면서 운동가로서도 활발히 활동했다.

윤정모는 대표작 장편소설 『고삐』로 1980~1990년대 민족·민중문학에서 주목받은 작가이다. 분단 문제와 광주항쟁 등을 작품화한 단편소설 「님」(1987), 「빛」(1988) 이후 여성의 섹슈얼리티와 민족 문제를 다룬 여러 작품들을 발표했다. 작품은 소재별로 네 가지 범주로 나눌 수 있다. 첫째, 분단과 외세의 문제를 직접 다룬 작품으로 단편소설 「누에는 왜 고치를 떠나지 않는가」(1986), 「밤길」(1985), 「님」, 「빛」, 「신발」(1985), 「가자, 우리의 둥지로」(1985), 「내가 낚은 금고기」(1982) 등이 있다. 둘째, 민족 문제와 매매춘 문제를 다룬 작품으로 단편소설 「굴레」(1986), 「그 뚜장이와 아들」(1986), 「어머니」(1985), 장편소설 『바람벽의 딸들』(1981), 『에미 이름은 조센삐였다』(1997) 등이 있다. 셋째, 노동자, 농민, 도시 빈민의 현실을 다룬 작품으로 단편소설 「벗」, 「꼭두놀음」, 「파리떼」, 「등나무」
(이상 1983), 「아들」(1984) 등이 있다. 넷째, 학생운동을 소재로 한
작품으로 단편소설 「거멀못」(1986), 「뒤로 가는 시계」(1987), 「사
랑」(1987) 등이 있다. 이 작품들은 분단과 외세가 드리운 인간 소외
의 극복이라는 커다란 주제 의식 안으로 수렴된다. 민족 문제와 매
매춘 문제를 다루는 소설들은 모두 불구화된 가족 이야기를 담고
있다. 특히 매춘이나 준매춘 상태의 어머니 또는 정신대에 끌려갔
던 과거를 지닌 어머니가 처한 비정상적 상황으로 빚어지는 자식과
의 애증이 중심 모티프로 반복되는 점이 특징적이다. 그 연장선상
에 『고삐 1』과 『고삐 2』가 놓인다.

　　대표작 『고삐 1』(1988)은 정신대, 양공주, 기생 관광 등 국가주
의 폭력에 희생된 여성 섹슈얼리티를 다루며 민족주의적 저항 의식
을 보여 준 민족문학이자 여성문학의 대표작으로 꼽힌다. 이 작품은
제국주의 폭력에 의한 여성 섹슈얼리티 수탈을 고발하고 사회적으로
이슈화하는 데 기여한 작품이라는 고평을 받았다. 동시에 여성을 민
족주의 담론과 민족 수난사의 상징으로 전유하고 억압한다는 비판도
받은 작품이다. 윤정모의 작품은 여성 섹슈얼리티를 순결한 신체, 모
성적 어머니의 신체로 신성화시키는 민족주의 담론의 보수성을 드러
내지만 비천한 여성의 몸이 그대로 드러나는 균열적 텍스트라는 특
징을 가진다. 이 작품의 표층 서사가 민족주의 담론으로 모든 것을 환
원하고 젠더를 위계화하는 텍스트라 할지라도 그것에 균열을 내는
하층 여성의 경험과 서사가 이 작품이 생생한 독서 실감을 불러일으
킨 이유라는 점 또한 이 텍스트의 주요한 의미라 볼 수 있다.

이선옥

고삐 1

작품 소개

이 소설은 1980년대 민족·민중문학의 대표작으로 꼽힌 작품으로 젠더, 민족, 계급의 복합성을 보여 준다. 정신대, 양공주, 기생 관광 등 매매춘 문제를 다룸으로써 하층 여성의 섹슈얼리티가 국가주의 폭력에 희생된 역사를 보여 준다. 한국의 매매춘 역사를 외세에 의한 수탈이라는 관점으로 다루어 민족주의적 저항 의식을 보여 주었다는 평가를 받는 동시에 젠더가 도구화되었다는 비판을 받았던 이 작품이 센세이션을 일으키며 인기를 끈 또 다른 이유는 생생한 체험적 실감과 하층 여성의 지독한 솔직함이다. 『고삐 1』의 여성들은 정말 솔직하다. 돈에 대한 욕망과 이기심을 가감없이 드러내고, 섹슈얼리티의 표출도 무서울 정도로 악착스럽다. 이념적 해석을 거두고 자유롭게 읽어 보면 경험적 사실성의 힘이 갖는 대중적 호소력이 전해진다.

이선옥

해인이도 다시 외가집에 돌아왔다. 57년 여름이었다. 기나긴 세월이 흐른 것 같았는데 그 앤 그다지 자라 있지 않았다. 여름방학 때였을까. 식구들이 마루에 둘러앉아 점심을 먹고 있을 때 엄마가 해인을 업고 삽작[1]으로 들어섰다. 너무 뜻밖이라 모두들 수저질을 멈춘 채 선뜻 입을 열지 못했다. 엄마가 해인이와 약 보따리를 내려놓았다. 아이는 제대로 앉지도 못하고 비스듬히 쓰러져 누웠다.

아이가 아프다고 한번 보고 가라기에 부리나케 달려갔더니 애비란 작자는 집에 없고 아이만 이 꼴로 마당에 엎드려 흙을 긁어 먹고 있읍디다. 차마 그냥 올 수가 없어 병원에 데려갔더니 못 먹어서 죽어 가는 병이라 입원을 시켜야 한다기에 한 댓새 병원 신세 지다 오는 길이오.

미친년, 새끼꺼정 황태 맨글라고 그 돌호로놈이랑 붙었더냐!

할머니가 무섭게 화를 냈다. 전에 없던 일이어서 식구들은 놀

1   '사립문'의 경상도 사투리.

254

라 모두 할머니 입만 쳐다보았다. 그래도 엄만 태연하게 대꾸했다.

애초에 누가 그 뿔갱히한테 시집보내 달랬읍데요?

그래서 이년아, 해필이면 앞잽이 첩이 되었단 말가?

도망이나 댕기는 그 뿔갱이보다야 백배 낫지요.

이런 호양년, 새끼 저 꼴로 맨글어도 그놈이 나아?

내 팔자, 이렇게 된 건 어무이 탓이오.

뭐라꼬? 그래 이년아, 니가 미쳐 환장한 그 폐병쟁이 왜놈 따라 갔으면 잘살았을 것 같나?

하믄요, 일본에는 갔겠지요.

할머니는 말문이 막히는지 한참 엄마를 노려보다가 한숨처럼 말했다.

시끔버끔하는 년이라 골라골라 옹골찬 사내한테 보내 줬더니 지 지정머리는 모르고 에미 탓이나 해……

그러자 엄마가 태도를 바꾸고 사정을 하는 것이었다.

어무이, 잘 먹이고 몸 보호시키면 금세 회복할 거랍디다. 그래 도 내 자슥이니 좀 거두어 주시오. 내 돈을 보내 드리리.

할머니는 대답도 않고 핑 돌아앉아 버렸다. 그때 큰외삼촌이 나섰다. 제대하고 돌아온 뒤 곧 장가들게 될 외삼촌은 엄마의 소매를 잡고 자기가 돌볼 테니 걱정 말라고 눈물까지 글썽였고, 엄마는 더 이상 직장을 비워 둘 수가 없다면서 그날로 부산으로 돌아갔다.

마루에 내려진 아이는 배가 올챙이 같았고 그 큰 배에 짓눌려 똑바로 앉지도 못했다. 그렇게 아구 같은 큰 입으로 힘없이 웃는 아이가 해인이라 했다. 어릴 때의 모습은 하나도 남아 있지 않았지만 정인은 이상한 기쁨을 느꼈다. 나에게도 동생이 있다. 혈연, 바로 그것이었다. 따지고 보면 반쪽 혈연에다 그들 자매 모두가 온전한 혈

연 속에서 성장한 적이 없었다. 그럼에도 정인은 세상 그 누구보다
도 가장 가까운, 온전한 혈육이라고 단단히 믿어 버렸다. 나중에 자
신의 성이 해인이와 다른 안가란 것을 알게 되었을 때도 그 믿음은
변치 않았다.

왜 그랬을까. 어째서 해인이만은 그니에게 그토록 소중했을까.
사람은 천성적으로 누군가를 사랑하지 않곤 배기지 못하며 사랑으
로 인해 자기 존재를 확인해 가기 때문일까. 학교에 가서도 그 애가
보고 싶어 견딜 수가 없었다. 그런데 그토록 귀여워야 할 해인은 먹
어도 먹어도 끝이 없는 걸귀가 들려 있었고 잘 때도 숟가락을 놓을
줄 몰랐다. 할머니는 아이 앞에 언제나 찰밥을 한 주발씩 내밀어 두
었고 다섯 살짜리 해인은 한동안 그 밥을 다 먹어 댔다. 밥그릇이 비
면 밖으로 나가 버려진 사과 뼉다귀, 지렁이 마른 것, 그것도 없으면
흙을 집어먹었다. 정인은 소중한 자기 동생이 지렁이를 빨고 있다
는 것에서 수치심과 배반감을 느꼈다. 그럴 때마다 정인은 해인을
때렸다. 열한 살짜리의 단단한 손으로. 동생은 바람 풍선같이 나동
그라지면서 입에 피를 흘렸다.

찌르르 정인의 가슴이 아프게 찔려 왔다. 그 아픔을 이기지 못
해 지그시 술잔을 움켜잡았다.

— 상우씨, 난 왜 그렇게 심청[2]이 사나왔을까. 이 세상에서 그
애만큼 소중한 사람이 없었는데, 아직도 가장 사랑하는데……

— ……

— 동생은 회복되어 가면서 괴혈병이 시작되었어. 무우를 물

2 마음보.

어도, 사과를 깨물어도 벌건 피가 잇몸에 배어나고, 난 또 그런 아일 걸핏하면 때리기까지 하고…… 외삼촌이 두더지를 잡아 오면 할머닌 그걸 소금에 말려 가루를 만든 뒤 매일 잇몸에 문질러 주었지만 얼른 낫지가 않았어. 그리고 외삼촌이 색시를 데려왔을 무렵엔 미주알까지 빠지는 거야. 할머닌 무슨 내력인지 상가집 짚신을 얻어다 미주알을 넣어 주곤 했지만 별 효험이 없었어. 두엄 더미 앞에서 똥을 눈 해인은 누구든 가서 항문을 밀어 넣어 줄 때까지 궁둥이를 번쩍 치켜들고 있었지. 처음엔 할머니가 도맡던 일을 나중엔 새댁인 외숙모 차지가 되었고 외숙모마저 집에 없을 땐 내가 밀어 넣어 주었어. 그런 일은 또 이상하게 더럽거나 불결하게 여겨지지 않는 거야. 작은 주먹만큼 벌겋게 빠져나온 미주알, 거무스름한 곱까지 흐르는 커다란 그것이 하루에도 몇 번씩이나 빠져나오는데 동생은 얼마나 아프고 귀찮을까. 아무도 밀어 넣어 주는 사람이 없으면 동생은 엉덩이를 치켜든 채 땅바닥에 동그라미를 그리거나 손장난을 하고 놀았지. 하마터면 굶어 죽을 뻔한 동생은 회복하는 데도 그렇게…….

— ……

해인이 아버지 그 작자는 어떻게 생겨 먹은 남잘까. 자기 자식까지도 그렇게 굶어 죽어 가게 할 수 있는 거야? 그도 사람이야?

정인은 술잔을 흔들어 단숨에 마셨다.

— 니 할머니가 앞잡이라고 하셨다면 정보원이 틀림없는 것 같은데……

— 그런데도 난 말이지, 해인이 가출하기 전까지는 그 작자를 미워할 줄도 몰랐어. 해인이와 나는 어째 그런 아버지들만 고르고 골라서……

257

— 그럼, 니 아버지는 어떻게 되신 거니. 해인이 아버지한테 기어이 잡히신 거야?

— 몰라. 그 뒤에도 만나긴 했지만……

— 그 이후에도?

— 내가 부산에서 살 때…….

엄마는 온천장에서 일하고 있었다. 숙박 겸 요리집인 향미장에서 놀이 손님이나 숙박, 목욕 손님 시중을 들어주는 일로 봉사료나 팁을 받는 조바 또는 왜정 때의 이름 그대로인 여중이라는 직책으로 엄마는 새 생활을 시작한 모양이었다.

58년 초봄, 엄마는 그곳에 방 한 칸을 얻어 놓고 자식들을 데리러 왔다. 해인이 조금씩 사람 꼴을 되찾고 그토록 커다랗던 입도 제 모습을 잡아 갈 때였다.

직장에 매인 몸이라 애들 키우고 살 수가 없다오. 어무이, 부산으로 가십시다. 엽태 거두어 오던 손녀들인데 식모 데릴 형편이 될 때까지만이라도 더 키와 주시오.

할머니는 엄마가 난봉꾼 남자들 대신 새 생활을 잡았다는 것이 대견했던지 이번에는 순순히 이삿짐을 꾸려 동래별장 뒤 그 셋방으로 아이들과 함께 옮겨 왔다.

온천장 여중들은 대부분 가족들과 생활할 수가 없었다. 일이 늦게 끝났고 낮엔 또 수금을 다녀야 했으므로 엄만 며칠에 한 번씩 양식과 땔감을 사 주러 오거나 급하면 정인이가 돈을 타러 가곤 했다. 엄마는 주로 밤에 가야만 만날 수가 있었다. 별장을 지나 향미장까지의 길목은 번화가였다. 그 밤거리는 얼마나 구경거리가 많던지. 호롱불 밑에 살다 온 정인에겐 그 현란한 밤 풍경이야말로 도저히 빠져나갈 수 없는 우주의 블랙홀과도 같았다. 요리집에서 흘러 나오는 가야금, 장구, 기생들의 노랫가락. 댄스홀에서 들려오는 구성진 섹스폰 소리가 자꾸만 발목을 잡았지만 우선은 엄마한테 가야만 했다. 향미장 여중들이 쓰는 방 창문엔 쇠간살이 쳐져 있었고 정인은 그 쇠살에 매달려 방 안을 들여다보거나 그 아래 서서 조그만 소리로 엄마를 불렀다. 여러 번 엄마를 부르는 사이 안에서는 특실, 요리상 들어가요!라거나 요리상 들어가는데 기생들은 왜 여태 안와? 박 마담, 권번에 전화 좀 걸어 보소! 하는 지배인의 독촉, 장군아, 9호실 손님 목욕만 하시고 가신단다. 그 구두부터 닦아 놔라, 하는 여중들의 목소리가 쟁알쟁알 들려왔고, 정인은 좀 더 크게 엄마를 부르거나 그냥 멍청히 서 있곤 했다. 혹시 현관 뽀이가 정인을 발견하면 안에다 대고 화자 씨, 면회! 하고 불러 주기도 했다. 엄마는 금방 나오거나 한참 만에 나오거나 쇠창살 밖으로 고개를 쓱 내밀고 대뜸 용건부터 물었고 정인은 엄마의 눈치를 살피면서 쌀이 없다거나 장작이 떨어졌다는 말을 전했다. 돈을 선뜻 내줄 때는 며칠 보지 못한 엄마를 조금이라도 더 보려고 쇠살에 매달렸고 무슨 생활비가 그렇게 많이 드느냐고 짜증을 보이면 아이는 건네준 돈만큼 수모를 느끼면서 재빨리 등을 돌리곤 했다.

그런 날은 정말이지 곧장 집으로 갈 수가 없었다. 네온이 번뜩거리는 극장 앞을 어정거리거나 큰 요리집 마당에 세워진 검은 세단을 헤아리다가 불현듯이 댄스홀로 달려갔다. 샹데리아 불빛 아래 빨간 드레스를 입고 멋지게 춤을 추던 댄사. 웅장한 음악 소리. 문틈으로 몰래 훔쳐보던 정인은 알 수 없는 황홀감에 사로잡혀 *끈끈한 체액을 짜내다가* 문득 가게로 달려가곤 했다. 이렇게 백 환이나 2백 환쯤 까먹으며 가게와 댄스홀을 노닐다가 시간이 아주 늦어 버린 뒤에야 집으로 발길을 돌리는 것이었다. 나도 어서 커서 댄사가 되어야지. 그래서 돈을 벌게 되면 엄마처럼 째째하게 굴지 말아야지. 해인이 사 달라는 건 다 사 주고, 나도 실컷 쓰고 놀아 봐야지. 아이는 동래별장의 컴컴한 담벼락을 돌아 오르면서 흥얼흥얼 노래를 불렀다.

그날 밤 극장 앞에서 그 역전 카바레에서
보았다는 그 소문이 들리는 순이
호롱불 등잔 밑에 실패 감던 순이가
이름조차 헤레나로 달라진 순이……

그 노래를 부르면 별장 철조망에 걸려 있다는 옷고름 귀신 이야기도 생각나지가 않았다. 그랬다, 참. 어디서 듣고 왔는지 할머니도 그 이야기를 했다. 애초 그 별장은 일본 귀족이 지었는데 그가 하루는 권번 기생을 불러다가 수청을 들라 했다. 인력거를 타고 온 곱디고운 기생은 술만 따라 올릴 뿐 잠자리 수청은 거절했다. 그러자 화가 난 일본 귀족이 일본도로 기생을 죽여 버렸고 시체를 뒤뜰에 묻었다. 그 뒤부터 밤마다 별장 철조망에 옷고름이 나부끼면서 살려 줘요, 살려 줘요, 하고 지나가는 사람을 부른다는 것이었다. 내가 귀신이라면 그 왜놈한테 원수부터 갚겠다. 할머니는 그렇게 이야기를 끝냈다.

온천장. 왜정 때부터 삶의 질을 부패시켜 온 유흥지였다던가. 권력과 향락의 찌꺼기가 발효하는가 하면 또 각기 다른 호흡기로 숨을 쉬는 곳. 대학이 있고 기생 권번이 있고 범어사며 금정사 고찰이 있고 삼계절 내내 상춘객으로 멀미를 앓는 금강공원이 있고 부유흥 주택가가 있고 온천물이 있고 온천을 개발한 일제의 잔재가 향수로 녹아 있는 왜색 지대. 기생놀이와 요리집, 고급 숙박업소, 날마다 번성하는 외제 상점들, 시장통을 낀 허름한 갈보집들, 새 동네라 불리는 기생들의 양옥촌, 그 너머 변두리 초가집과 미나리꽝과 논과 밭들…… 그것들이 집을 지어 나간 바둑알모양 서로 방해하거나 화해를 하면서 하나의 자본 사회로 얽혀 있었다.

어쩌면 그 중심부는 권력 배설지의 간이역이었던 것일까. 엄마가 일하는 향미장에서는 방마다 기생의 웃음과 눈물이 지전 대신 전표로 바꿔지고, 정계 인사들이, 별자리들이 세단을 타고 드나들며 가짜 풍요를 뿌리고, 서른 살도 안 된 국회의원 김 모 씨가 기생을 끼고 노는 늙은 정치인들의 술상을 뒤집으며 민생은 허덕이는데 무슨 기생놀이냐고 제법 젊은 객기를 부렸다는 소문, 그 이야기까지 부패한 정권의 빵 부스러기를 먹고 사는 요리집에선 잠깐 입맛 돌리는 안주거리로 돌려지고……

그래, 일제에서, 남한 단독 정부, 민생고를 해결한다는 군정으로 바뀌어 가도 유흥이라는 배설지 역할은 조금도 수정되지 않았다.

— 윤정모, 『고삐 1』(풀빛, 1988)

윤정모

정복근(鄭福根·1946~)

정복근은 1946년 청주에서 태어나 중앙대학교 국문과에 입학하고 중퇴했다. 1976년《동아일보》신춘문예를 통해 희곡「여우」로 등단한 후 30여 편이 넘는 작품을 발표했으며, 또 거의 모든 작품들을 무대에 올렸다. 시몬 드 보부아르의 소설을 각색한「위기의 여자」(1987)로 대중의 주목을 받고,「실비명」으로 1989년 서울연극제 대상과 백상예술대상 희곡상, 1994년「이런 노래」로 서울연극제 희곡상을 수상했다. 무엇보다 그는 작가, 연출가, 배우 간의 협력이라는 1980년대 이후 한국 연극계의 조류에 적극적으로 합류했다. 그는 한태숙을 비롯한 동시대 연출가들과 공감대를 형성하며「지킴이」(1987),「표류하는 너를 위하여」(1990),「숨은 물」(1994),「나.운.규」(1999)를 무대에 올렸다. 또한 박정자, 손숙, 윤석화 등의 여배우들과 함께「웬일이세요, 당신?」(1994),「그 자매에게 무슨 일이 있어났나?」(1994),「덕혜옹주」(1995),「나 김수임」(1997) 등의 작품들도 선보였다. 2000년대에는「짐」(2007),「응시」(2011),「나는 너다」(2011)와 같은 작품을 무대에 올렸다.

정복근은 공연을 매개로 연출가 및 관객과 직접 소통한 첫 여성 희곡 작가이다. 그의 초기 희곡들은 민중을 역사의 주역으로 재해석한 역사극으로 1980년대 한국 연극계의 민중적 거대 서사와 맥을 같이한다. 그의 작품이 여성주의적 의식을 갖기 시작한 것은

「위기의 여자」에 대한 관객의 폭발적 호응을 얻은 다음이다. 이후 그는 「덫에 걸린 집」(1988), 「실비명」, 「표류하는 너를 위하여」, 「이런 노래」(1994) 등의 작품들에서 여성주의적 시각을 전면화한다. 특히 성폭행과 성고문 등 굴곡진 한국 현대사를 관통하는 여성 문제를 진지하게 성찰하면서 가족, 사회, 민족, 역사를 새롭게 바라본다. 1990년대 후반 이후에는 역사나 민화 속의 여성 인물을 여성의 관점에서 재해석한 「덕혜옹주」, 「나 김수임」, 「배장화 배홍련」(2001) 등의 작품들을 내놓는다.

정복근 희곡의 특징은 여성주의적 관점에 민족과 민중의 관점을 중첩시킨 점, 다시 말해 그의 사회적·역사적 관심사에 여성주의적 의식을 덧붙인 점이다. 그러나 정복근은 여성 문제를 다룬 극들에서 여성을 여성주의적 관점보다는 민족주의적 측면에서 접근하는 한계를 보인다. 대표적으로 「실비명」과 「이런 노래」에 그려진 어머니들의 고통은 시대적 혼란에서 야기된 것이지 가부장제와 아무 관련이 없어 보인다. 몇몇 비평가들은 이 측면을 부각시키며 정복근의 여성주의에 의문을 표하기도 했지만, 관객과 호흡해 온 정복근은 이 단점을 보완할 만큼 뛰어난 무대 예술가적 면모를 보여 주었다. 그는 희곡의 각 장면을 영화처럼 구성하고, 조명과 음악 등의 연극적 장치를 활용하여 인물의 내면에 깃든 과거와 무의식을 무대 위에 소환해 복합적 관점을 제시하는 무대의 장인이다. 이와 같은 무대 구성과 장치를 매개로 그는 여성 인물들의 내면에 초점을 맞추면서 동시에 그 내부에 작동하는 사회와 역사를 바라보고 비판적 사유와 성찰로 나아가는 이중의 과업을 완성한다.

이희원

덫에 걸린 집

등장인물

이영재
김정원
어머니
이영숙
박기수
장모
형사
여인들

때   가을
시일   한 달 사이
장소   영재의 집과 먼동

무대

객석을 향하여 비스듬히 낮아지는 마름모꼴 형태의 한 단 높은 무대가 마련되어진다.

마름모꼴 무대의 정점은 무대 전면과 맞닿아 그림이 걸린 거실의 좁은 벽면이 된다.

마름모꼴 무대의 내부는 주로 영재의 집 안 거실이 되며 벽 옆으로 비스듬히 커튼이 드리워진 베란다의 유리문이 보인다.

마름모꼴로 구분되어진 무대의 나머지 네 귀퉁이는 각각 먼동, 영숙의 집, 영재의 서재, 형사의 위치가 된다.

거실의 내부는 중산층의 안락한 분위기를 상징할 수 있는 간결하고 세련된 몇 개의 집기들로 꾸며진다.

(막이 오르면 어둠 속에서 갑자기 유리창이 깨어지는 듯한 날카로운 파열음이 연속적으로 들린다. 파열음에 섞여서 여자의 비명, 남자의 외마디 고함이 토막토막 섞여 들린다. 파열음 점점 더 커지면서 연속적으로 들리다가 멎는다. 잠시 후 무대 한 귀퉁이 형사의 부근에 조명이 떨어진다. 형사, 서류를 한 장씩 들춰보면서 천천히 낭독하듯이 말한다 읽는 동안 무대의 나머지 세 귀퉁이에 희미한 색조의 스포트라이트 하나씩 들어온다. 희미한 조명 속에 웅크리고 돌아앉아 있는 여인들의 모습이 보인다.)

형사　　혼자 빈집을 지키다가 침입한 강도들에게 집단 폭행당한 여대생, 유서를 써 놓고 아파트 옥상에서 투신 자살……
독서실에서 밤늦게 돌아오던 여고생 두 명, 봉고를 탄 괴한들에게 끌려간 뒤 사흘째 행방불명……

가락동 시장에서 장 보고 돌아오던 사십 대 주부 십 대 괴한 두 명에게 폭행당한 뒤 가출……

삼인조 폭력배 공원에서 밤늦게 데이트하던 아베크족 습격. 남자는 살해하고 약혼녀는 집단 난행…… 지난여름 피서지에서 불량배들에게 폭행당한 신혼 삼 개월의 신부, 임신하자 이혼당하고 음독 자살 미수……

(낮고 우울한 구음의 여성 합창이 들릴 듯 말 듯 들린다.

형사, 잠시 여인들을 돌아보다가)

형사   (서류 접으며) 당국…… 근래에 부쩍 늘어난 가정파괴사범[1] 집중 단속 지시……

(객석을 보며 말하는데 조명 사라진다. 어둠 속에서 낮은 구음의 합창 잠시 더 계속되다가 멎는다. 중앙 무대가 밝아진다. 간결하고 아늑하게 꾸며진 거실이 보인다. 영재, 신문을 들고 들어와서 의자에 앉는다. 정원, 무대 전면의 좁은 벽에 걸려 있는 그림을 바로잡아 놓고 잠시 물러나서 바라보다가 걸어가서 다시 바로잡는다.)

영재   왜 그래? 멀쩡하게 잘 걸려 있는 그림을?
정원   비뚤어졌어요.

---

1   1980년대에는 공식 석상에서 '강간범'을 '가정파괴사범'이라 지칭했다. 피해자를 여성으로 보지 않고 남편으로 본 표현이다.

영재   괜찮은데.

정원   (물러서며) 그림 자체가 비딱한 건가? 어딘가 좀 이상하지 않
        아요?

영재   아니.

정원   액자가 뒤틀렸나?

(정원, 의자에 와서 앉아 그림을 본다.

영재, 일어나서 담배 피우며 유리문 앞으로 가서 밖을 내다본다.)

영재   야아…… 비 아직두 오네. 아까 병원에서 출발할 때보다 더
        많이 와.

(정원, 사방을 둘러보다가 의자를 만지며 초조하게 말한다.)

정원   이달에 계 타면 의자들을 몽땅 바꿀까 봐요.
        한 달쯤 전에 중고 가구점에서 아주 괜찮은 가죽 소파 세트
        가 나온 걸 봤는데 마음에 들대요.
        까맣고 질 좋은 가죽에 여기 팔걸이 부분은 반들반들 윤나는
        호두색 장미목을 댄 건데 정말 잘생겼더라구요.

(영재 열심히 밖을 내려다보며)

영재   때늦게 물난리 나겠는걸. 계속해서 이렇게 쏟아지면 내일 수
        안보에서 열리는 세미나에 못 가겠는데……

정원   (열심히) 그리고 이만큼 나즈막한 대리석 탁자가 달려 있

어요. 아주 새까만 이태리 대리석인데 분위기가 있대요. 아마 다 합해도 잘 깎으면 곗돈 타서 살 수 있지 않을까 싶은데…… 괜찮겠지요?

영재   (밖을 보며) 뭐가?

정원   (공허하게) 내 얘기 안 들었군요.

영재   저건 웬 녀석이지? 차 안에 앉아서 남의 집을 빤히 쳐다보고 있으니…… (혀를 차고 돌아보며) 멀쩡한 의자들은 왜 바꾸겠다고 그래?

             누님 집에서 쓰던 거지만 아직 괜찮지 않아?

정원   (초조하게) 낡았어요. 먼지두 너무 나고…… (둘러보며) 집 안이 정말…… 구질구질하지 않아요?

             냄새도 더 나는 것 같고……

영재   (애매하게) 기분 탓이야.

정원   답답하고 이상해 보여요, 당신.

             중고 가구가 싫어서 그래요?

영재   곗 타면 낡은 스텐레스 제기 치우고 고급 목재 제기를 사겠다는 게 당신 계획 아니었어?

정원   목기 그릇 싸게 파는 데를 알아 놨으니까 두 가지 다 할 수 있을 거예요.

             당신만 괜찮다면……

영재   (부담스러운 듯) 왜 그렇게 초조해해?

             (정원, 외면하고 침묵한다.)

영재   (침착하게) 공연히 신경 곤두세우고 불안해하지 마. 병원에서두 내가 말했었지 않아? 사실 이런 건 말이 흉해서 그렇지 단순한 횡액밖에 아냐.

알겠어? 재수 없어서 당한 교통사고 같은 거지.

미친개한테 물린 셈만 치고 마음 단단히 먹고 넘어가자구.

정원   (외면하고) 정말…… 그렇게 생각하세요?

영재   이상한 태고적 윤리 의식 갖고 고민하지 말고 빨리 잊어버려, 아무튼 우리는 좀 이성적이 될 필요가 있으니까……

정원   (심약하게) 병원에서는…… 진정할 수 있다고 생각했었는데…… 막상 돌아와 보니까…… 너무 무섭고 끔찍해요. 봐, 저 문으로 들어왔었잖아?

영재   (위로하며) 이젠 걱정할 것 없어. 당신 병원에 있는 동안 베란다에 샷시 문도 해 달고 철창도 했으니까 이젠 괜찮을 거야.

정원   사람이 어떻게 하다가 이런 일을 다 당하게 되지요?

영재   (열심히) 당신 잘못이 아냐. 결국…… 모든 게 다 내 책임이지. 이 일에 무슨 심각한 의미를 붙여서 고민하지 마. 자기 잘못이 아닌 일로 상처 받는다면 그야말로 어리석은 일 아냐?

정원   (호소하며) 난…… 정말 겁이 나요. 별…… 생각이 다 들어.

영재   걱정 마. 내가 괜찮다는데 무슨 걱정이야?

부부가 서로 이해하고 소화할 수만 있다면 문제 삼을 가치조차 없는 일이지.

그러니까 진정하고 잊어버려 알겠어?

정아가 눈치채지 않게 조심도 해야 하니까……

(일어난다.)

269

정원 (할 이야기가 남은 듯) 어디 가세요? 안 잘 거예요?

영재 원고 쓰던 것 마저 끝내야지. 들어가서 먼저 자요.

(영재 나간다. 정원 소심한 얼굴로 고개를 숙이고 앉아 있다.
앉아 있다가)

정원 오늘은 정말…… 혼자 자는 게 싫어요. 겁이 난단 말야.

(영재가 나간 쪽을 향해서 말한다. 조명이 엇바뀌어서 무대 한
귀퉁이가 밝아진다. 영재 담배를 들고 외면하고 있다가 비벼 끄
고 천천히 말한다. 객석을 향해 자신에게 말하듯이)

영재 어려서 먼동을 떠나면서 나는 쉰 살이 넘으면 내 고향 먼동
에 대해서 길고 아름다운 글을 쓰리라고 생각했었읍니다. 굳
이 쉰이라고 못 박아 나이를 정했던 것은 어린 마음에 그 나
이가 되면 인생의 모든 위험을 딛고 넘어서 철벽 같은 안전
지대에 도달해 있을 것이라고 태평하게 생각했기 때문이었
겠지요. 그리고 그 안전지대에서 위태롭고 험난했던 지난날
들을 돌이켜 보고 성공한 탈출에 대해서 행복한 회고록을 써
보겠다는 계획이었을 겁니다.

(일어나서 잠시 무대를 돌아보다가)

영재 먼동은 바람이 함부로 사물을 꿰뚫고 지나가고 시간이 흐르
지 않고 고여 넘치며 달빛이 사철 푸르른 충청북도 청주 부

근의 산촌 마을입니다.

사방이 산으로 둘러싸인 사발 밑바닥처럼 생긴 동네에서 산
정리라는 버젓한 이름을 두고도 흔히 먼언동…… 이라고 불
리워지곤 했읍니다.

(낮고 우울한 구음이 들리기 시작한다. 무대 한쪽 벽면에 여인
들의 그림자 하나씩 일어선다. 영재 이상한 듯 잠시 귀를 기울
이다가 다시 천천히)

영재   그곳에서는 사람이 죽는 일이 없었읍니다.

물론 가끔 초상이 나기는 했지만 장례가 끝나고 나면 장가들
인 작은아들 제금내듯[2] 건너편 산자락에 봉긋한 무덤이 하
나 생겨날 뿐 동네 사람 숫자가 바뀌는 법은 없었읍니다.

장사를 치른 뒤에도 죽어 버린 장본인은 여봐란 듯이 마을
안을 휘구 제치며 돌아다녔고 그래 봐야 아무도 개의하지 않
았읍니다.

하다못해 복다림으로 잡아먹은 개조차도 꺼멓게 불에 그슬
린 제 뼉다구가 나딩구는 개울가 모래밭을 여름이 다 가도록
혓바닥을 빼물고 헐렁헐렁 돌아다니는……

모든 게 그저 그렇게 뒤엉켜 심상하기만 한 고장이었읍니다.

(구음 소리 조금씩 커진다.

영재, 한동안 귀를 기울이다가)

2   '가족의 일부가 딴살림을 차려 나가다'라는 의미의 방언.

271

영재   네, 밤이면 때때로 동구 밖에서 짖어 대는 죽은 개의 비명만 들리지 않는다면 꽤 살기 좋은 고장이었지요. 죽은 개의 존재는 말하자면 먼동의 집단 컴프렉스였는데 어렸을 때는 그 이야기가 정말 사무치게 싫고 무서웠었읍니다.

언젠가 옛날에 마을에 개호주[3]가 내려왔는데 산에 나무하러 갔던 총각이 잡혀 먹히는 사건이 나자 겁이 난 마을 사람들이 집에서 기르던 식구 같은 개들을 미리미리 산 채로 내던져 주는 것으로 방비를 삼았다더군요.

그래서 개호주 밥이 된 불쌍한 개들은 동네로 돌아오고 싶어서 동구 밖에서 짖어 대지만 사건을 잊고 싶은 마을 사람들이 순순히 받아들여 주지 않아서 그렇게 밤마다 마을 어구에서 짖기만 한다는 얘기였읍니다. 사실인지 아닌지는 모르지만 바람 부는 날이면 등성이 너머 숲에서는 정말 이상한 소리가 들리곤 해서 나는…… 밤이 무서웠었읍니다.

(잠시 귀를 기울이고 있다가)

영재   철들어 먼동을 떠날 때는 그 무섭고 사무치는 이야기로부터 천리만리 떠난다고 후련해하기도 했었지만…… 사건이 일어나던 날 밤에…… 나는 결국 그동안 한 발자국도 먼동을 떠난 일이 없음을 알았읍니다.

(구음의 합창이 좀 더 커진다.

3   범의 새끼.

영재 무엇에 찔린 듯이 돌아선다.

여인들의 그림자 앞에서 어머니 일어난다.

영재 저항하듯 외면한다.)

영재   (애써 반항하듯) 어머니……

(동시에 조명 사라진다. 조명이 엇바뀌어 거실이 밝아진다. 말끔하게 정돈된 거실 한쪽에서 정원 차 도구가 얹힌 쟁반을 들고 나와서 잠시 망설이다가 보이지 않는 서재의 문을 두드린다. 대답이 없다. 다시 두드리고 귀를 기울인다. 잠시 우두커니 서 있다가 돌아서서 무대 중앙의 탁자 위에 쟁반을 내려놓는다. 장모 한쪽에서 나와 서서 딱한 듯 바라보다가 조심스럽게 말한다.)

장모   이 서방은 학회 일도 정신없이 바쁜가 보구나.

또 밤새워서 강연 원고를 써야 하는 모양이지? 매일 밤 잠두 제대루 못 자구 웬 고생이냐?

대학 선생이라는 직업두 원……

(의자에 앉아서 차를 따르며 애써 달래려는 듯이)

장모   더운 물 식기 전에 우리나 한잔씩 마시자. 바쁜 사람 주려고 애쓸 것 없이……

(정원, 장모가 말하는 동안 커튼을 걷고 내다보다가 의자로 와서 탁자 밑에서 새 쿳션 커버를 꺼내어 하나씩 바꿔 씌우며)

정원	엄마, 정아 아빠 정말 그렇게까지 바쁘지 않아요. 그냥 바쁜 척하는 거지.
장모	(생각하며) 그래두 쎄미나라는 게 있다지 않니? 이번엔 또 어디서 한대더라……
정원	언제는 그런 데 일일이 다 참석했었나?
장모	(신중하게) 공연히 까탈 잡구 앙앙거리지 마라. 그저 모든 게 다 제 탓이라구 무던하게 덮어 가 주는 부처님 같은 사람을 갖구…… 아직 쓸 만한데 쿳션 카바는 왜 또 새로 만들었어?
정원	보기 싫어서 그래요.
장모	이 서방이 뭐라지 않겠냐? 눈에 띄는 새 물건 싫어하잖아?
정원	언제는 뭐 그 사람 허가 받고 집 안 꾸몄나? 걱정 마세요, 뭐가 바뀌었는지도 모를 테니까……
장모	공연히 비위 긁지 마라.
정원	왜?
장모	뾰족하게 굴지 말고 좀 잠자코 있어.
정원	병원에서 돌아온 다음에 그 사람 한 번두 안방에서 잠잔 일 없어요. 내가 신경안정제를 먹어야만 겨우 잠잘 수 있다는 걸 알면서두……
장모	일이 워낙 바쁘면……
정원	절 피하는 거예요. 둘이만 있지 않으려고 얼마나 애쓰는지 모르세요. (마음 상하며) 얼굴 마주 보고 얘기해 본 지 일주일이 넘어요. 무서워서 밤에 혼자 자기 싫어 하는 줄 알면서두 피하기만 하고…… 내가 무슨 전염병 환자라두 되는 줄 아나 보지? 어쩌다 손만 스쳐두 깜짝 놀라구…… 사람 주눅 들게 만들고

있잖아?

장모　못되게 굴지 마라. 어디 가두 그만한 남자 없을 테니까.

정원　(화내며) 엄마 며칠 사이에 많이 변했수.

　　　그 사위 주변 없어서 돈 못 벌고 출세 못 한다고 눈엣가시처럼 알더니……

장모　(신중하게) 너두 이젠 말조심해야 한다. 만사가 전 같지 않으니까. 다소곳하고 조신해져야 해.

정원　(굴욕감을 느끼며) 뭐라구?

장모　(참을성 있게) 이것저것 단속하고 조심해야 할 부분이 많아졌다는 얘기야. 그리구 얼른 몸 추스르고 정신 차려서 이웃 간에두 괜한 의심받지 않도록 조심해야겠더라.

정원　뭐를?

장모　아까 수퍼에 다녀오는데 경비실에서 물어보더라. 왜 베란다 유리문이 깨어졌었느냐구…… 그래서 내가 얼른 애들이 장난했다구 그랬지. 그런데 어젯밤에 저 앞 동에서 또 무슨 일이 있었던 모양이야. 엘리베이터 앞에서 수군거리는 소리를 들었는데 말들을 안 해서 그렇지 이 단지 안에서두 여러 집 당했다더라. (낮게) 삼인조래.

　　　같은 소문나지 않게 조심해야지.

　　　나두 이번 일요일까지만 있구 너 안정되는 대루 갈랜다. 친정 어머니가 일없이 너무 오래 와 있어두 의심스럽지 뭘…… (한숨 쉬며) 아이구…… 정아가 외갓집에 와서 잔 날 사건 난 거나 천만다행이라고 할까…… 애까지 알았으면 어떻게 할 뻔했니?

275

(정원 말없이 차를 마시다가)

정원   그러니까 남들 앞에서는 아무 일도 없었던 듯이 지나가야 되
고, 정아 아빠 앞에서는 갑자기 저자세가 되어야 하고……
그러란 말이지?
(날카롭게) 엄만 대체 왜 내가……

(갑자기 전화벨이 크게 울린다. 모녀 깜짝 놀라서 바라본다.)

장모   오밤중에 무슨 전화야? (받으며)여보세요? 네? 경찰서요?
(듣다가 당황하며) 네 이영재 씨 집입니다만…… (허둥대며)
잡혀요? 뭐가? 여보세요? 아니……잠깐……(서재를 향해 외
친다.) 이 서방, 여보게 전화야. 경찰서래. 뭐가 잡혔다는구
먼. 다 자백을 했대요. 빨리 받아 봐 아이구…… 아 일을 어떻
게 하나……

(거실 위 조명 사라진다. 무대 한쪽 형사의 주변이 밝아진다.
형사 여전히 사무적인 어조로 서류를 들여다보면서 말한다.)

형사   질문, 전과가 있는가. 답, 없다.
질문, 초범인가. 답, 아니다.
질문, 최근에 범행을 한 일이 있는가. 답, 있다.
질문, 범행 장소는? 답, 미음아파트 이백칠 동 백팔 호다.
질문, 범행 내용은? 답, 일층 베란다 유리문을 깨고 들어가서
칼로 위협해서 금품을 빼앗고 남편을 각목으로 쳐서 실신 시

키고 주부를 집단 폭행했다.

질문, 언제? 답, 열흘 전.

질문, 어젯밤에는 무슨 일로 잡혔는가. 답, 같은 단지 맞은 편 동 이 층으로 침입하려다가 경비원에게 들켜서 동료들은 달아나고 혼자 잡혔다.

(서류를 접으며) 참조. 피해자로 지목된 아파트 거주자 대학 교수 사십삼 세 이영재 씨의 답변.

(무대 한모퉁이 영재의 주변이 밝아진다.

영재 수화기를 들고 자연스럽게 말한다.)

영재   언제라구요? 열흘 전…… 지난달 말일……인가요? 내가 집에 없었던 날인데…… (웃으며) 무슨 착오 아닙니까? 집에 강도 들었다는 얘기는 못 들었는데요. 네? 카메라…… 시계 반지…… 현금…… 아니요, 잃어버린 일 없습니다. 그럼요, 확실합니다. 잘못 아신 것 같군요. 네, 수고하십시오.

(영재가 부드럽고 단호하게 말하는 동안 형사 주변의 조명 사라진다.

영재 주변의 조명, 거실에 있는 정원에게까지 한 줄로 이어진다.

정원 긴장해서 듣고 있다가 이상한 듯이)

정원   거짓말두 잘하는군요.

영재   (돌아서며) 들었어?

정원   사실대로 말해야 되지 않아요?

정원   우리가 잡아떼고 애매하게 굴면 그 녀석 풀려날지도 몰라요.

풀려나면 어떻게 해?

영재   무슨 상관이야?

정원   우린 피해자예요. 당신은 분하지도 않아요?

난 생각만 해도 치가 떨려서 참을 수가 없어.

나머지 범인들도 잡아서 법대로 처벌해야 해요.

(차츰 흥분하며) 그런…… 나쁜…… 흉악한 짓을 한 놈들은

하늘 아래 절대로 무사할 수 없다는 걸 가르쳐 줘야 해. 대체

강간범에 대한 법정 최고형이 얼마나 되지요?

영재   (조금씩 짜증이 나며) 그렇게 단세포적으로 흥분할 일이 아

니라니까…… 그러다가 소문이라도 나 버리면 당신 견딜 수

있을 것 같애? 이런 일은 잘못 공개하면 사서 망신당하는 것

밖에 아니니까, 그저 무조건 덮어 가는 게 상책이야. 잊으라

구…… 알겠어?

빨리빨리 잊어버려.

정원   내 성미 잘 알면서 이상한 요구 하지 마세요. 잊을 일이 따로

있지 당신은 잊을 수 있어요? 왜 같이 당하고 딴소리를 해?

범인이 잡혔다는데 왜 가만히 있어야 해?

영재   다 당신을 생각해서 하는 일이니까 맡겨 두고 잠자코 있어

줘. 세상이 얼마나 무정하고 냉혹한 건지 알아? 법이 약자나

정의의 편인 줄 알아?

어림도 없는 환상이지. 어떻게 해서 당했던 상처는 치명적

약점밖에 아냐.

감출 수 있는 한은 감춰야 해. 잠이 안 오면 진정제라도 먹고

잊으라구…… 대체 표면적으로 변한 게 없잖아?

정원   (거울을 향해 돌아서며)왜 없어? 난 변했어요. 변하는 중이
       야. 저게 내 얼굴이란 말야?
영재   (의도적으로 묵살하며) 아무튼 이건 당신이 나설 일이 아니
       니까 맡겨 두고 보고만 있어.
       매형 친구가 마침 그 경찰서에 있으니까 어떻게 된 건지 사
       정을 좀 알아볼 테니까……

       (영재 나간다.
       정원, 생각에 잠겨 거울 앞에서 돌아서며)

정원   어떻게 잊을 수가 있어?
       그놈들이 그날 밤 여기 서 있었어. 두놈은 저기…… 하나는
       여기……패물에 현금 통장까지 달라는 대로 다 줬는데……
       갑자기 당신을 각목으로 쳐서 쓰러트리더니……이상한 눈으
       로 보면서, 쳐다보면서 히죽히죽 웃었어. (차츰 고민하며) 스
       므나무[4] 살밖에 안 된 애들이……쿳션, 재떨이, 쓰레기통 다
       던지면서 피하고, 덤비고, 애걸하고 빌었는데도……(도움을
       청하듯 돌아서며 손을 내민다.) 여보.

       (영재 없다.
       정원, 두 손으로 얼굴을 가리고 주저앉는다.
       조명이 엇바뀌어 조금씩 장식이 변한 거실이 밝아진다.
       엄숙한 기수, 장모가 심각한 얼굴로 모여 있다.

4   '스무나문'의 1980년대식 표기. '스무몇 살'을 뜻한다.

279

정원, 조금씩 떨어진 곳에 서서 그림을 바꾸어 건다.)

영숙   (기수에게) 그래 경찰서에서는 뭐랍디까?

기수   (냉담하게) 범인은 자백을 했는데 피해자가 잡아떼니까 이상
       해하지, 뭐.

영숙   (초조하게) 자백이라니…… 어디까지 불었을까?
       큰일 났네, 형사가 어느 쪽 말을 믿을 것 같아요?

장모   (불안하게) 누가 도둑놈 말을 믿겠소? 대학 선생 말을 믿겠지.

기수   그렇지도 않을걸요. 의사하고 형사가 사람을 보는 기준은 각
       각 한 가지씩밖에 없을 테니까……
       환자냐, 아니냐. 거짓말장이냐, 아니냐. …… 그런데 이 경우
       엔 도둑놈이 옳단 말야.

영숙   그 나쁜 녀석들은 정말 끝까지 말썽이네.
       왜 잡히고 야단이야? 그래 경찰에선 어떻게 할 것 같아요?

기수   (담배 꺼내며) 그냥 넘어가지는 않을 것 같던데…… 골치 아
       프게 생겼어. 가정파괴사범 단속 기간이니 어떻게든 실적을
       올릴 작정인 데다가 아무튼 범인의 자백이 있으니까……

영숙   피해자가 없는데두?

기수   (냉담하게) 왜 없어?

       (모두 한순간 침묵하고 정원을 본다.
       정원, 그림을 바꿔 걸고 잘 걸려 있는지 바로잡아 놓고 화병과
       꽃을 갖구 와서 꽃꽂이에 열중하고 있다.)

영숙   (당황하며) 처음부터 없기루 했잖아요?

장모 이 서방이 전화로 딱 잡아떼던데……순경들이 안 믿을까?

기수 (담배 피우며) 범인이 워낙 구체적으로 자백을 해 놔서요. 집 안 모양새며 가재도구 위치까지……

영숙 (발끈하며) 그 녀석이 돌았구먼. 이런 일은 끝까지 잡아떼어 줘야 저두 좋구 우리두……

장모 (집 안을 둘러보며) 집 안은 많이 바뀌 났는데……

기수 (정원에게) 어떻든 한 번은 정면으로 추궁을 당하실 테니까 입장을 정해 두셔야 할 겁니다.
      끝까지 잡아떼고 부인하던가, 범인의 자백을 인정하고 피해를 공개하던가……

영숙 (짜증내며) 공개라니……무슨 소리예요?
      덮어 가기로 했는데……

기수 (화내며) 이건 당신이나 영재가 나설 일이 아니니까 좀 물러서 있어 간섭하지 말구……

장모 (긴장하며) 그럼 누가 나설 일이요? 이 서방 일이 아니면?

기수 정아 엄마 본인이 결정하셔야지요. 사실 이런 경우엔 남편의 도움이라는 것두 별 소용이 없을 테니까요. 아무튼 입장이 명백히 다르니까요.

정원 (침착하게) 입장이 다른가요? 어떻게요?

기수 (냉담하게) 뭐라고 해도 영재는 피해 당사자가 아니지 않습니까?

(일동 타격받고 침묵한다.)

정원 무슨 뜻이지요?

기수   이 사람이나 영재의 애매하고 인심 좋은 말에 속지 마시라는
      얘기지요. 영재야 본래 그런 사람이니까 샤시 문도 안 해 달
      은 아파트의 값싼 일 층에서 살게 한 건 제 잘못이니 뭐니 하
      면서 얼렁뚱땅 얼버무리려고 하겠지만 이건 단순히 집 안에
      강도가 들었었다는 사건이 아니지 않습니까?
      부부가 공동으로 대처하기에는 한계가 있는 사건이지요. 이
      건 내 장사꾼적 견해인데…… 사태를 정확하게 보고 판단하
      시지 않으면……
영숙   (화내며) 무슨 말을 그렇게 함부로 해요?

      (정원 모녀, 타격받고 침묵하다가)

정원   (침착하게) 제가 경찰의 심문에 응해서 피해를 인정하면 어
      떻게 될까요?
영숙   (날카롭게) 무슨 소리야? 올케? 못 하는 소리가 없네.
기수   (영숙을 제지하며) 사건이 공개되면 만사가 단순하고 명백하
      게 처리되겠지요. 범인은 처벌받고 담당 형사는 실적을 올릴
      테고……
영숙   (신경질적으로) 집안 망신도 피할 길이 없겠지.
정원   (꽃병을 옮겨 놓고 침착하게) 저는 이 일을 간단하고 단순하
      게 처리하고 싶어요. 배고프면 밥 먹고 집 안 어질러져 있으
      면 치우고 빨래거리 있으면 빨아야지요. 여자들이 집 안에서
      하는 일이 본래 그렇지 않아요? 나쁜 짓 한 사람 있으면 잡아
      서 벌줘야지요.
영숙   (화내며) 누워서 침 뱉기인 줄 몰라서 그래?

(장모, 기수, 난감한 듯 지켜본다.)

정원   흙탕물 튀긴 옷을 더러워서 부끄럽다고 감춰 가며 껴입고 살
　　　아야 하나요? 난 꿉꿉해서도 그렇게는 못 하겠어요. (차츰 감
　　　정이 흐트러지며) 그동안 많이 생각해 봤는데……이젠 분해서
　　　살인하는 심정을 알 것 같아요. 그 녀석들이 가르쳐 준 셈이
　　　지요.

(외면하고 서성이며 진정하려고 애쓰다가)

정원   그놈들 때문에 난 변했어요. 변한 건 하나도 없다고 정아 아
　　　빠는 말하지만 그건 거짓말이에요.
　　　난 전에는 이렇게 사납고 끔찍한 생각 해 본 일이 없어요. 매
　　　일 밤 그 녀석들을 잡아서 산산조각이 나도록 매질해 죽여
　　　버리는 생각을 하면서 시원해하는 그런 끔찍한 성격 같은 건
　　　없었어. (차츰 자신에게 빠져들며) 폭력은 확실히 효과가 있
　　　어요.
　　　당하는 사람을 철저하게 타락시키니까요.
　　　개처럼 치사하고 조잡하고 비굴하게 만들어요.
　　　경우에 따라서는 폭력범 자신보다 더 저급하고 지독하게 타
　　　락시켜요. 다시는 사람으로 돌아갈 가망이 없을 것만 같은
　　　기억을 심지. 어떤 종류의 것이든 폭력은 다 마찬가지야.

(진정하려고 잠시 애 쓰다가)

정원 그래서 덮어 가면서 더 이상 이렇게 추악하고 비틀린 생각에
      빠져 있고 싶지 않아요. 나쁜 놈은 처벌하고……이 구질구질
      한 상황에서 일어나고 싶어요. 그런데도 체면이나 소문이 더
      중요해요? 왜?

      (모두 굳은 듯 정원을 바라본다.)

영숙 딸자식 생각은 안 해? 엄마가 당한 일 정아가 알아두 괜찮겠
      어? 자넨 대체 수치심도 없나?
      왜 그렇게 뻔뻔해?
정원 네, 저두 부끄러워요. 죄 없어두 부끄럽고 민망해서 외출할
      용기조차 안 나요. 그렇지만 나쁜 놈은 잡아서 벌줘야 한다
      는 걸 가르칠 수 있다면 정아가 엄마가 당한 일 알아두 괜찮
      아요.
      그 애두 여잔인걸요. 이해할 거예요.
영숙 (날카롭게) 잘난 체 좀 하지 마. 정아 엄마.
      지나치면 정의감이나 결벽증도 또 하나의 폭력이 된다는 걸
      몰라? 자네의 그 잘난 정의감으로 우리를 다치게 하지 말
      아 줘.
      세상은 자네 혼자 사나? 자네 주변엔 친정도 시집도 남편도
      없어?
      무슨 상 받을 짓을 했다고 함부로 나서려고 들어? 옛날 같으
      면…… 자네 같은 여자는 시집에서 당장……
장모 (어쩔 줄 모르며) 사돈.

(일동 침묵한다. 영숙 당황한다.)

정원   (타격받으며) 그렇군요. 말도 역시 폭력일 수 있군요.

영숙   (사과하며) 미안해. 그렇지만 사람이 한 번 설명하고 방어해야 할 약점을 갖게 되면 얼마나 불리해지는지 알아? 정아도 우리 남매처럼 평생 어머니의 정의감에 쫓겨 다니게 하고 싶나?

몰라서 그래?

(일동 침묵한다. 기수, 지루한 듯 듣고 있다가)

기수   (담배 끄며 냉정하게) 그런데 아마 경찰에서는 이런 사건의 경우 피해자가 과연 얼마나 결백했나 하는 부분에도 관심을 가질 겁니다. 평소의 품행, 부부의 성격, 범인과 평소에 안면은 없었던가 하는 식으로 잔인할 만큼 이것저것 물어 가며 파고들 겁니다. 어떤 종류의 혐이건 한두 가지는 나올 테고…… 여러모로…… 별로 유리하지 않을 겁니다.

장모   (당황하며) 피해자도 의심을 받는다는 말이요? 왜? 당한 것만도 분한데 왜 의심까지 받아?

기수   꼭 피해자만 옳다는 보장도 없을 테니까요. 경찰에서는 성범죄의 팔십 프로는 피해자 측에 책임이 있다고 본다더군요. 흉악범이 많다 해도 아무나 그런 일 당하지는 않지 않습니까?

(일동 타격 받고 침묵한다.

정원, 어쩔 줄 모르고 외면한다.

조명이 변하며 어두워진다.

희미하게 정원 주변에만 빛이 남는다.

정원 쪼그리고 앉아서 생각에 잠긴다.

내내 낮고 우울한 음악이 들린다.

잠시 후 문 열리는 소리와 함께 무대 한쪽에서 영재 외출복 차림으로 들어온다.

잠시 안방을 바라보고 서 있다가 웃옷을 벗어 걸고 서재로 가려다가 정원을 발견한다.

망설이다가 부드럽게)

영재 거기서 뭐 해?

정원 (움직이지 않으며) 늦으셨군요.

영재 열쇠를 갖고 다니니까 기다리지 말라고 그랬잖아? 열두 시가 넘었는데 왜 안 자고 나와 있어?

정원 (중얼거리듯이) 잠을 잘 수가 없어요.

버스럭 소리만 나도 섬칫해서 벌떡 일어나게 되고…… 어쩌다 잠이 들어도 꿈자리만 산란하고…… 못 견디겠어.

영재 (무안한 듯) 신경안정제를 너무 먹어서 그럴 거야. 이제 약은 그만 먹고 운동을 해 보지그래?

테니스나 조깅을 해서 몸을 고단하게 하면 잘 잘 수 있을 테니까……

정원 (방심한 듯) 재수생 때 생각이 다 나요.

그때는 매일 밤 잠이 들면 시험 보는 꿈을 꾸었었어. 고사장에 들어가서 시험지를 앞에 놓고 막 문제를 풀기 시작했는데 갑자기 볼펜이 안 나와요.

시간은 막 지나가는데 볼펜이 안 나와서 난 한 자도 쓸수가 없어. (차츰 고민하며) 미칠 것만 같지. 답은 다 아는데 어디서 볼펜을 빌릴 수도 없고…… 이러다간 또 떨어져서 삼수를 해야 하는 게 뻔한데도 난 어쩔 수가 없어. 초조하고 마음이 찢어지는 것 같아서 쥐가 날 때까지 손을 비틀면서 울다가 깨면 언제나 베개가 흥건하게 젖어 있었어.

(호소하듯)이 나이에 왜 그런 꿈을 또 꿀까요?

영재   (우울하게) 약 때문이야. 금단현상이라는 거지.

진정제 종류에는 마약 성분이 조금씩은 들어 있을 테니까……

정원   자기가 비탈을 굴러 내려가는 중이라는 걸 뻔히 알면서도 멈출 수가 없다는 생각을 하면…… 소름이 끼쳐요. 어쩔 줄을 모르겠어.

영재   왜 그렇게 심각하게 생각해? 당신답지 않게?

정원   난 무서워요.

영재   뭐가?

정원   보고 싶지 않은 걸 보게 될까 봐 겁이 나요.

무언가의 이면을 보게 될 것 같아서 무서워요.

영재   (묵살하며) 마음 단단히 먹으라구. 생각이 병을 만든다잖아?

참 정아는 어때? 그 녀석 얼굴 본 지두 한참 됐네.

정원   (침착해지며) 고모가 경애 결혼식날 입으라고 새 옷을 사 주셔서 들떠 있어요.

영재   그래 참 당신이 빨리 회복해야 경애 혼사도 돕지 경애는 누님보다 당신 안목을 믿잖아?

옷이며 가구며 당신이 나서 줘야 한다고 조르지 않았어?

정원   누님은 이제 내가 경애 혼사 일 돕는 거 싫어하세요. 재수 없고 사위스러워서 당신 따님 혼사 일 부근에 어른거릴까 봐 긴장하시데요.

영재 (화낸다.) 무슨 말을 그렇게 해? 누님이 어디 그런 사람이야?

정원 내가 결혼식 때 맞춰 입었던 웨딩드레스가 너무너무 예쁘고 화사하니까 빌려 달라고 갖고 가시더니 아까 도루 갖고 오셨대요. 고모부가 기분 나빠 하신다고요.

영재 (짜증스럽게) 다른 이유가 있겠지. (돌아선다.)
쓸데없는 생각 말고 그만 들어가서 자.

정원 (영재의 팔을 잡으려다 주춤한다.) 당신은?

영재 (주춤하며 물러서려다가 긴장해서) 논문을 끝내야지.

(부부 어쩔 줄 모르고 마주 본다.)

정원 (중얼거리듯) 당신 앞에서 주눅 들게 하지 마세요.

영재 이상한 생각 하지 마. 그건 자격지심이야.

정원 (날카롭게) 자격지심이라구요?

영재 자신이 이미 더럽혀지고 망가졌으니까 떳떳지 못해서 무슨 일에서든 피하고 물러서야 한다고 생각하잖아? 그리고 다른 사람들도 다 그렇게 생각할 거라고 지레짐작하는 거지. 웨딩 드레스 얘기나 내가 당신을 주눅 들게 한다는 거나 다 당신이 지나치게 생각하는 거야. 그 지나친 피해의식 때문에 신고 문제에도 더 열을 올리게 되고…… (나가며) 신경 곤두세우지 말고 그만 들어가서 자요.

(정원 영재가 나간 쪽을 보다가 절망하며)

정원   그런가요? 나한테 대한 당신 생각은 그래요?

        (어두워진다.
        조명이 엇바뀌어 형사 주변이 밝아진다.
        형사 서류를 들여다보면서 말한다.)

형사   이름 최삼수, 나이 이십육 세, 전과 없음. 죄명 가택 침입 미
        수…… 기왕에 저질렀던 범행을 상세히 자백했지만 뒷받침
        할 만한 물증 없음.
        십 일 오후 두 시 현재, 도난품 발견되지 않음. 피해자로 지
        목된 인물도 피해 사실 부인…… 달리 기소할 만한 자료 없
        음……

        (객석을 향해서 친숙하게)

형사   실적이라든가 껀속에 대해서……
        또는 무슨 무슨 특별 단속 기간이라는 것에 대해서 사람들은
        대게 비아냥거리는 반응을 보이지만 그게 사실 그렇게 우습
        기만 한 일은 아닙니다.
        확실히 범죄 사회 주변을 긴장시키고 검거 실적이 오르기도
        하는데 일반인들이 악의적으로 해석하는 것처럼 껀수 채우
        기나 조작하고는 상관이 없습니다. 문자 그대로 단속 효과
        지요. 가끔 예외는 있겠지만 대부분의 의사들이 결코 죽음에
        익숙해지지 않는 것처럼 대부분의 경찰관들도 결코 범죄에
        익숙해지지는 않습니다.

그렇게 쉽게 단념하거나 타협을 하지는 않는다는 얘기지요. 최근 우리 서 관할 지역에서 연속적으로 일어난 삼인조 강도에 의한 성범죄에 대해서 나는 특별한 관심을 갖고 있는데 구식이기 때문에 이렇게 패륜적인 범죄의 목적은 결코 단념할 수 없다는 생각이 듭니다. 이즈음 유행하는 서양식 개념으로 본다면 여자는 꽃이요 단순한 애정의 대상에 불과하겠지만 우리 식이야 여자는 영원한 모성이니까요. 모성이란 우리 생존의 기본인데 대지를 모욕하고서야 그 위에서 사는 삶이 온전할 리 없겠지요.

이 사건의 경우 범인이 주저없이 능글맞게 순순히 자백을 하는 이유는 피해자가 절대로 시인하지 않으리라는 신뢰 때문입니다.

이상하지 않습니까?

일반인은 경찰을 불신하고 경찰은 범죄자를 믿지 않는데 범죄자는 피해자를 철석같이 믿으니까요. 그런데 나는 이 신뢰를 용납할 수가 없습니다. 모든 폭력의 희생자가 겪는 이 암묵의 위협 수치와 보복에 대한 공포는 결국 폭행 그 자체보다 한결 잔혹하고 질 나쁜 범죄이니까요.

이런 경우 상처 입은 피해자와 그 주변 사람들의 교활할 만큼 우리를 괴롭히는 것도 없지만…… 그래도 피해자를 직접 찾아보든가 전화를 해서 확인해 볼 생각입니다.

(조명이 엇갈리면서 무대 한모퉁이 영숙 부부의 주변이 밝아진다.
부부 조명 안에서 날카롭게 말한다.)

기수   친정 일에 간섭 좀 그만해 나도 그만 끌어들이고…… 대체
           내가 끼어들기에도 민망한 일 아냐?

영숙   그 경찰서에 아는 사람이 있다니까 부탁한 것 아니에요? 올
           케한테는 내가 시어머니나 다름없는데 어떻게 상관을 안 해?
           고아처럼 자란 우리 남매 사이를 몰라서 그래요? (화내며)
           대체 왜 남의 동생 부부 사이를 이간질해요? 도와 달랬지 훼
           방 놔 달랬나?

기수   (의자에 앉으며) 서로의 입장을 분명하게 해 주려고 그랬어.
           그래야 수습을 해도 할 것 아냐?

영숙   무슨 수습을 해요? 쓸데없이 헤집어만 놨지. 이 일이 왜 영재
           일이 아니에요?

기수   이런 문제 앞에서 부부가 항상 공동 보조를 취할 수 있다고
           생각해? 감정과 이해가 대립하는데? 내외지간이라는게 뭐
           그리 대단한 결속력을 가진 건 줄 알아?

영숙   내 동생은 적어두 이런 문제를 트집 잡아서 제 아내를 박대
           할 만큼 치사하진 않아요

기수   (웃는다.) 그럼 얼만큼 치사해? 당신도 이젠 태도를 분명히
           해 둬야 할걸? 동생 편을 들던가 올케 편을 들던가…… 아주
           지저분한 싸움이 될지도, 모르니까……

영숙   사람 잘못 봤어요. 당신 설마 영재나 내가 그 일로.

기수   그런 녀석들한테 가정파괴범이라는 말이 괜히 붙었을 것 같
           애? 파탄은 기정사실이야. 시간이 문제일 뿐이지.

영숙   (화내며) 그건 일반론이에요.

기수   (질색하며) 내 분명하게 한마디 해 두겠는데 사람을 죽이고
           싶으면 단칼에 찔러 죽이라구……무슨 말인지 알겠어? 가엾

다고 동정하고 우아한 소리 해 가면서 이리저리 쓰다듬다가 천천히 여기저기 살금살금 베어 죽이는 것보다는 그 편이 훨씬 점잖고 인도적이니까⋯⋯지금 당신 남매가 정아 엄마한테 하는짓 옳지 않다구⋯⋯정확하게 말하면 아주 질이 나빠.

영숙   (혼란에 빠지며) 왜 나쁘게만 생각하지요? 정아 엄마를 위해서 덮어 가기루 한게 뭐 나빠요?

기수   당신 남매의 위선적이고 회피적인 태도는 가끔 구역질이 난다니까⋯⋯ 자신들의 컴프렉스를 감추기 위해서라면 아마 무슨 짓이라도 할걸? 아까두 정아 엄마한테 그게 무슨 짓이야?

영숙   (마음 상하며) 그래요. 상처 없이 좋은 환경에서 잘 자란 당신이나 정아 엄마 같은 사람들의 순진무구한 용기 때문에 난 가끔 겁이 나요. 뭐니 뭐니 하지만 순진이나 결백, 용기, 정의감 따위가 때때로 얼마나 무서운 폭력일 수 있는지 짐작도 못 할 테니까요.

(돌아서며) 당신은 영재를 너무 싫어해요.

기수   항상 당신의 짐 덩어리잖아? 이번 일만 해도 그렇지 사실대로 말하면 제가 나서야 할 일 아냐?

괜찮다, 괜찮아 하면서 제대로 돌봐 주지는 않으니까 불쌍한 정아 엄마만 선불[5] 맞은 짐승 꼴이 되어 있지⋯⋯

영숙   얼마나 괴로우면 그렇겠어요? 남자가⋯⋯ 두 눈 멀쩡히 뜨고⋯⋯ 사건 난 날 전화 받고 달려가 보니 제 아내보다도 더 상해 있읍디다. 남의 말이라고 그렇게 함부로 하지 마세요.

기수   (부드러워지며) 곤란한 얘기가 또 있어. 그 잡혔다는 녀석이

---

5   급소에 바로 맞지 않은 총알.

	우연히 정아네 집을 택한 게 아니라는 투로 말을 한다는 거야.
영숙	(불안하게) 우연이 아니면 굉장한 부잣집으로 알았대요?
기수	내가 전에두 말했었잖아? 당신 올케는 옷차림이 너무 유표해서 사람 눈을 끈다구……
영숙	(변명하며) 비싼 옷 안 사 입어요. 생김이 워낙 화려해서 그렇지 화장도 잘 안 하는걸? (생각하다가) 인정 많고 싹싹해서 아무한테나 잘 부닐어서 그렇지……
기수	별미가 되었을 수도 있거든.
영숙	(혼란에 빠지며) 그럴까? 정말? 허긴…… 가끔 너무 야해 보일 때두 있기는 해요. (생각하며) 그래서 그런지 언젠가는 젊은 남자가 집 앞에까지 따라온 일두 있대요. 중학생 딸을 둔 여자가 그렇게 젊어 뵌다는 것두 사실 점잖은 일은 아니에요.
기수	(웃는다) 시작이군. 올케를 비난할 근거를 찾아서 좀 편안해졌어? 보라구…… 당신 위선의 두께는 바로 그 정도라니까……
영숙	(당황하며) 정말 나쁜 사람이군요.
기수	웨딩드레스 얘기는 또 어떻구? 그렇게 빌려 달라고 부탁하더니 그게 무슨 잔인한 짓이야?
영숙	(당황하며) 그렇지만 이런 일 생기니까 우리 경애한테 입히기 싫습니다. 정말이지 사위스럽고 기분 나빠요. 자꾸 깨끗지 못하다는 생각이 들어서……(화내며) 왜 자꾸 이상하게 웃어요? 자기도 싫어했으면서……

(커튼 뒤에 숨듯이 서서 밖을 내다보고 있는 정원, 돌아서서 이상하다는 듯이 서 있다가 다시 내다본다. 장모 찻쟁반을 들고

293

지나가려다가 멈칫하고 돌아본다.)

장모 (조심스럽게) 뭐 하냐? 안 자고?

정원 (긴장해서 돌아보며) 신경과민인가? 누가 우리 집을 엿보고
      감시하는 것 같아요.

장모 무슨 소리야?

정원 저 주차장에 있는 빨간 프라이드 안에서 누가 이쪽을 보고
      있어요. 어제도 그러더니……(긴장하며) 엄마 혹시 그놈들
      중 하나가 아닐까?

장모 (생각하다가 단호하게) 자라 보고 놀란 가슴 무엇 보고 놀란
      다더라. 한번 왔다 간 집에 뭐가 남았다고 또 오겠어? 게다가
      쫓기는 놈들이…… 공연한 소리 말고 어서 들어가 자.

정원 (의자로 다가와서 전화를 들고 다이얼을 돌리며) 잠이 와야지.

장모 (날카롭게) 또 어디다 전화를 하려구? 이 밤중에 누구한테 전
      화를 해.

정원 (장모의 격렬함에 놀라며) 왜 그래? 엄마?

장모 전화 놔라. 얼른 내려놔.

정원 (어이없는 듯) 내 집에서 내가 전화 한 통 할 자유도 없단 말
      야? 왜 오늘은 하루 종일 따라다니며 성가시게 구세요? 전화
      도 못 받게 하고, 인터폰도 못 받게 하고 우편물 가지러 현관
      에도 못 나가게 하고…… 고모하고 두 분이 대체 왜 그래?

장모 (엄격하게) 어제처럼 또 불끈 성미 치민다고 경찰서에 전화
      할까 봐 그런다. 내가 얼른 막지 않았으면 어떻게 할 뻔했어?
      (한숨 쉬며) 네 시누 남편이 널 철저하게 감시해야 한다더니
      그 말이 맞는구나.

정원	(놀라며) 날 왜 감시해야 한대?
장모	정신 차리지 않으면 너 여러 사람 잡겠다. 에미 죽는 꼴 보고 싶지 않거든 알아서 해. 너 때문에 망신당할 사람이 얼마나 많은지 세어나 보구 전화를 하든 말든 해.
정원	(속상해서 쳐다보다가) 왜들 그렇게 복잡하게 생각하고 이상하게 굴어? 다친 사람은 나야 엄마, 날 좀 도와주고 위로해 줄 여유들은 없어요? 내가 누굴 다치게 한다고 그래?
장모	(수그러지며) 누구한테 하려고 했어? 내 앞에서 해 봐라.
정원	(신경질 내며) 안 할게. 다시는 전화에 손두 안 댈 테니까 가셔서 그 바쁜 사위하고 차나 드세요. (전화 코드를 뽑아 던진다.)
장모	(가엾은 듯) 다 너 생각해서 하는 일 아니냐?

(정원 노여운 몸짓으로 외면한다. 장모 딱한 듯 보다가 한숨 쉬고 나간다.)

| 정원 | 인격이 별거 아니라더니 정말 대접받지 못하고 존중받지 못하니까 사람 꼴이 순식간에 우스워지는군요. 상처 입은 제 동료를 잡아먹는 짐승도 있다지만…… 식구끼리 이렇게 무섭게 굴어야 해? |

(한동안 생각에 잠겨 있다가 객석을 향해서 방심한 듯 말한다.)

| 정원 | 가만히 생각해 보니까 결혼 생활이라는게 사람을 아주 치사하게 길들이는 부분이 있다는 느낌이 드네요. 집안일들은 꼭 그렇지도 않지만 세상 돌아가는 일이라든가 어떤 중요한 일 |

들을 판단하고 분석하고 대처하는 건 대강 남편한테 맡겨 두고 알아서 해 주겠지 하고 그냥저냥 살아들 가잖아요?

그 판단이 꼭 옳거나 정확하다는 보장도 없는데…… 아주 바보가 되어 버린 것만 같아요. (차츰 혼잣말이 되며) 내쫓긴 강아지처럼 막막하기만 해서 판단력이 없어진 것 같단 말야. 무서운 생각만 들고…… 일상의 안락함, 행복의 두께라는 것두 알고 보면 꼭 천길 벼랑 위에 슬쩍 걸쳐 놓은 썩은 널빤지 같지 않아? (고민하다가) 모두 어쩌면 그렇게 낯설고 이상하게들 굴지? 뿔이라도 달린 것처럼 땅을 쳐다보고……

신경과민인가? (생각하다가) 아냐. 나도 나를 자꾸 바라보게 되는걸? 거울을 볼 수가 없단 말야.

(서성이다가 돌아서며 애써 침착하게)

정원   도배하고 커튼을 바꾸면…… 분위기가 좀 바뀔까? 마루 벽지는…… 하얀색으로 하고……

(말하다가 외면한다.
조명이 엇바뀌어서 서재가 밝아진다.
영재, 앉아서 차를 마시고 있다. 장모, 영재의 등 뒤에서 조심스럽게 말한다.)

장모   그 애는 매일 밤 앉아서 밤을 새워 방 안이 휘휘해서 잠을 잘 수가 없다는구먼. 겁이 나는 거야. 불안하고 초조한 거지. (침묵하다가) 자네나 시누님이나 다들 고맙게 해 주시지만 그래

두 본인은 항상…… 죄스럽지.

영재   (찻잔을 보며) 뭐가요?

장모   (애매하게) 모든 게…… 그럼…… 모든 게 다아…… 여자 입
        장이 워낙 그렇지 않나?

영재   (침울하게) 다 지난 일 갖고 쓸데없는 생각하지 말라고 하
        세요.

장모   (눈치 보며) 누님께 말씀 들었나? 에미가 경찰에 사실대루 말
        하자고 고집 부렸다는 얘기 말야.

영재   네 조금……

장모   (비굴하게) 자네가 이해하게 그 애 성미가 워낙 그렇지 않나?
        꼿꼿하고 칼끝 같아서 비뚤어진 꼴은 안 보려 들지. 그래서
        멀쩡한 집 안도 공연히 쓸고 닦고 쓸고 닦고 하면서 제 신역
        을 들볶거든. 내 차근차근 일러서 준좌시킬 테니까 너무 화
        내지 말게. 누님께도 그렇게 여쭙고…… 제가 무슨 염체로
        나서서 신고니 뭐니 떠든단 말인가? 누워서 침 뱉기지.

영재   (찻잔만 들여다본다.)

장모   (비굴하게 눈치 보며) 자네 화냥년 얘기 들어 본 일 있나?

영재   (화난 듯) 그만두세요, 장모님.

장모   임진왜란 때 얘기라지 아마? 졸지에 왜적들한테 끌려가서 욕
        보고도 못 죽고 돌아온 사대부 집안 여인들을 나라에선 용서
        하고 문제 삼지 않았어도 남편들이 받아 주지 않아서…… 결
        국 몸 팔아 사는…… 그런 여자들이 되었더라지? 그래서 타
        도 여자들이 서울 여자들 미우면 화냥년 화냥년 하고 흉보다
        가 그런 말이 생겼더라지?

영재   (고민하며) 왜 난데없이 그런 말씀을 하세요?

297

장모   글쎄…… 요새 들어 부쩍 늙느라고 그런지 잠이 안 와서 고
        시랑거리다 보면 별생각이 다 나는구먼. (눈치 보다가) 따져
        보니 그 애를 내가 서른이 다 되어서 낳았는데…… 막내 아
        닌가? 게다가 고명딸이라 기 안 꺾고 온 집안이 참 애지중지
        키웠어. 딸자식이란 그저 늙으나 젊으나 거리중천에 내어놓
        은 유리 그릇처럼 조심스러워서……

영재   이제야 무슨 걱정이십니까? 애 어미 되어서 그럭저럭 편안하
        게 사는데……

장모   (비굴해지며) 그럼그럼…… 내 처음에 결혼 얘기 나왔을 때는
        반대도 했었지만…… 이제 와서 생각하면 자네만 한 사위도
        쉽지 않느니…… 내 자넬 얼마나 고맙게 생각하는지 아나?

영재   (비참하게) 새삼스러운 말씀 마시고 그만 가서서 주무세요.

장모   내 한마디 물어봄세. 자네…… 정말 괜찮겠나? 정말 괜찮겠
        어?

영재   (마음 상하며) 그럼 괜찮지 어떻겠어요? 왜 못 믿으세요?

장모   못 믿다니? 자네가 어떤 사람인데 못 믿겠나? 그냥…… 내
        자격지심이지. (눈치 보며) 자네야 잘 알겠지만 그런 일이 어
        디 에미 잘못인가? 그래두 세상 인심이 야속해서 이런 일 생
        기면 우선 여자만 나무라고 손가락질하거든. 그런 것들 하나
        하나 생각하면 에미가 가엾어서 잠이 안 와.

영재   걱정 마세요. 정조니 절개니 하는 것두 다 옛날얘기 아닙니
        까? 지금이 어떤 세상인데 그런 일에 집착하겠어요? 세상 변
        한 지 오래니까 공연한 걱정 하시지 마세요.

장모   자네 정말 에미 보는 마음이 변하지 않았나?

영재   (웃는다.) 변하다니요? 절 어떻게 보시구 하시는 말씀이세요?

장모 (안도하며) 누님두 그렇게 생각하실까?

영재 누님은 여자 아닌가요? 딸자식 키워 시집보낼 판인데 부모 마음이야 마찬가지겠지요. 그중에 꼭 막힌 사람 아니니까 믿으세요.

장모 (간절하게) 그래두 되겠나? 여보게 난 정말…… 믿고 싶어.

(조명이 차츰 좁혀 들어 외면하고 앉은 영재의 옆모습만 보인다. 다른 쪽 모퉁이 영숙의 주변에 조명이 들어온다. 영숙 긴장한 얼굴로 전화하고 있다.)

영숙 (속삭이듯) 얘. 어떻게 하니? 큰일났어. 너희 집에서 잃어버린 물건들이 발견됐댄다. 조금 아까 매형 친구한테서 전화가 왔었어. 너희 집 물건이라는 표시는 없다지만 골치 아프게 생겼어. 그 형사가 본격적으로 조사를 해 보겠다고 나서더랜다. 집요하고 끈질긴 사람이래. 얘 어떻게 하면 좋니?

(말하는 동안 차츰 수화기 든 손을 버리고 객석을 향해 말한다. 영재도 굳은 자세로 듣고 있다가 객석을 향해서 같은 어조로 말한다.)

영재 매부는 뭐래요?

영숙 별말 안 해. 정아 엄마가 결정할 일이랜다. 너 정아 엄마 얘기 들었지. 형사가 찾아와서 매질이라도 시키면 우린 끝장이야. 그 성미에 미주알고주알 다 털어놓을 텐데 신문에라도 나면 어떻게 하니? 우리 경애 혼사가 한 달밖에 안 남았는데 그애

299

시댁에서 알면 어떻게 해?

영재　누님 생각은 어때?

영숙　모르겠어. 난 아무 생각도 안 난다. 넌 어때?

영재　생각 중이야.

영숙　무슨 좋은 방법이 없을까? 미치겠어. 대체 무슨 귀신이 들러
붙어서 대대로 이런 꼴을 본대니?
(어조를 낮추어서) 난 요새 어머니 꿈을 다 꾼단다.

영재　쓸데없는 소리 마.

(무대 한쪽에서 물레질하는 어머니의 그림자 일어난다. 구음의
합창이 낮게 깔린다. 어머니 책을 읽듯 단조로운 어조로 말한
다. 영숙, 영재 거부하려는 듯 일제히 외면한다.)

어머니　오사까 부두에는 귀신이 살지.

영재　(말을 막듯 거칠게) 어머니.

어머니　비오는 밤이면 머리 푼 여귀들이 허옇게 물가에 일어나 앉아
서 밤새도록 어이어이 울어 대지.

영재　(심약하게) 제가 어떻게 하기를 바라세요?

어머니　대동아전쟁이 끝나고 일본이 항복을 하고 나니까 징용 나갔
던 노무자들이랑 학병 나갔던 군인들, 정신대에 나갔다가 살
아남은 여자들이 귀국선을 타려고 부둣가에 백절 치듯 모여
들었겠지.

영재　(자신에게 말하듯 외면하며) 정아 에미는 대체 고통이 뭔지
몰라요. 순진하고 곱기만 해서, 정의니 옳음이니 법이니 하는
근사한 말들이 얼마나 끔찍한 함정을 파 놓고 희생을 기다리

300

는지 거기 한 번 빠지기만 하면 평생 어떤 일을 겪어야 하는
지 아는 게 없어요. 그런데두 제 뜻대루 하게 내버려두라는
말씀이세요?

어머니　종전이 가까워지니까 흔적을 감춘다고 정신대 여인들을 닥
치는 대로 생매장해 버리는 난리 속을 겨우겨우 빠져나와 부
두에까지 왔지만…… 어디 배를 탈 수 있어야지.

영숙　(날카롭게 속삭인다.) 돌아가셨으면 좀 잠자코 누워 계세요.
어머니는 살으셨을 때나 돌아가셔서나 자식들한테 짐 덩어
리밖에 아니라는 걸 모르세요? 쟤 꼴 한번 보세요. 가엾지도
않으세요?

(영숙, 비참한 얼굴로 외면하고 있는 영재를 손가락질한다.
여인들의 그림자 어머니의 등 뒤에서 하나씩 일어나서 일제히
같은 방향을 바라본다.)

어머니　어쩌다가 차례가 돌아와도 동포 남자들이 떠밀면서 한사코
태워 주지 않더구먼. 나라 망신 집안 망신거리인 더러운 것
들이 무슨 낯을 들고 고향 찾아가겠느냐고…… 구구로 죽은
척하고 살다가 왜놈 땅에 뼈를 묻으라고……

영재　(중얼거린다) 얼마나 가엾은 꼴이 되어 있는지 한번 보세요,
어머니. 어디에든 감춰서 숨겨 주어야 하지 않겠어요?

어머니　가끔은 고향 집에서 전갈이 오는 수도 있었어. 가문을 생각
해서 제발 돌아오지 말아 달라고…… 그래서 낙담 끝에 물에
빠져 죽은 여자들이 좀 많았나?

영재　어디로든 멀리멀리 떠나가서 마음을 녹스리고[6] 사건을 잊어

301

| 어머니 | 그럼그럼…… 넘어진 사람은 밟고 가고 상처 입은 사람은 보고 싶지 않은 게 인지상정…… 산짐승들도 상처 입은 동료는 우선 잡아먹어 버리지. 남들이 해칠까 봐 지켜 주면서…… |

| 어머니 | 그럼그럼…… 넘어진 사람은 밟고 가고 상처 입은 사람은 보고 싶지 않은 게 인지상정…… 산짐승들도 상처 입은 동료는 우선 잡아먹어 버리지. 남들이 해칠까 봐 지켜 주면서…… |
| 영재 | (고민하며) 어머니. |

(구음의 합창이 내내 들린다.)

| 어머니 | 오사까 부두에는 그래서 귀신이…… |

(영숙 어머니의 말을 지우려는 듯 날카롭게 격렬하게 말한다.)

| 영숙 | 그만하세요, 어머니.
왜정 말기에 지명수배 중이던 상해 임시정부의 요인을 은신시키고 도망시키는 데 공이 컸던 여학생…… 그 죄로 정신대에까지 끌려갔던 우국 소녀의 행방을 그 독립 지사가 해방 후 귀국해서 백방으로 찾는다는 기사가 신문마다 났을 때 외가에서는 우리를 먼동으로 숨기면서 엄마한테 말했었어.
너는 죽었다. 죽어서 없어졌다. 행여라도 나타나서 대대로 명문지족인 집안의 체면에 먹칠을 하면…… 하고 공갈 협박을 했었어. 대부분 외가의 소작인이던 마을 사람들이 우리를 감시하고…… 우린 가고 싶어도 서울로 돌아갈 수가 없었어. 먼동의 죽은 개와 다름없었지. (돌아서며) 이젠 속이 시원하 |

6 녹이다.

세요? 어머니?

(죽음의 합창 계속된다.)

영재　(자신에게 말하듯) 언제나 나는 도망하고 싶었었어. 먼동에
　　　　서…… 어머니한테서…… 이 암울한 현실로부터 마음을 감
　　　　추고 천리만리 달아나고 싶었었어. 누나와 내가 소문난 수재
　　　　가 되었었던 이유는 그것 하나뿐이었지. 그래야만 서울로 유
　　　　학을 갈 수가 있었으니까…… 유학 온 지 삼 년 뒤 어머니가
　　　　돌아가셨다는 소식을 들을 때까지 우리는 한 번도 먼동에 돌
　　　　아가지 않았어. 병이 드신 뒤 방학 때마다 편지를 보내서
　　　　이번 방학에는 한 번만 다녀가거라, 꼭 한 번만 다녀가 다오,
　　　　하고 애원하셨었지만, 갖은 핑계 다 하면서 한 번도 돌아가
　　　　지 않았었어.

영숙　어머니가 돌아가셨다는 소식을 들었었을 때는 얼마나 홀가
　　　　분한 마음이 들었었는지 몰라. (반항하듯) 그래요. 우리는 정
　　　　말 불효막심해.

영재　(고민하며) 이번 방학에도 돌아갈 수 없다는 내 편지를 움켜
　　　　쥐고 빈방에서 어머니 혼자 임종하셨다는 얘기를 뒤늦게 들
　　　　었을 때……

영숙　(고민하며) 우리는…… 아니 영재는 며칠을 두고 먹지도 자
　　　　지도 않고 울기만 했지. 그러다가 폐결핵에 걸려서 죽을 뻔
　　　　했었어. 세상을 향해서나 내 자신을 향해서나…… 대체 우리
　　　　가 왜 두고두고 이런 고문을 받아야 해?

영재　(중얼거리듯) 회피도 범죄일 수 있고 방관 역시 죄일 수 있다

는 사실을 그때 처음 깨달았었지. (어머니를 향해서) 그래두 같은 종류의 고통 앞에서는 결국 같은 반응밖에 보일 수 없다는 걸 모르세요? 어머니 제가 어떻게 하기를 바라세요?

(천천히 좁혀 든 조명이 영재의 주변에 잠시 남았다가 사라진다.
엇갈려 거실이 밝아진다.
기수, 영숙, 장모, 정원이 긴장한 모습으로 모여 있다.
정원 화려하고 밝은 색조의 천을 들고 가서 커튼에 대고 늘어뜨려 본다.)

장모   (불안하게) 경찰서에서 또 전화가 왔었는데 일간 찾아오겠다
        고 합디다. 무슨 증거가 있다는구먼.

영숙   언제 온대요?

장모   내 그래서 주인이 여행을 가서 언제 올지 모르겠다고 대답했
        더니 다시 연락하겠다더구먼.

영숙   (정원을 보며) 그건 새 커튼 감이야? (인사치레로) 좋네.

기수   마침맞게 대답 잘하셨는데요. 어제 영재하고두 여행 이야기
        를 했는데……

영숙   무슨 여행?

기수   국내든 해외로든 한번 툭툭 털고 나가셔서 바람을 쐬고 오시
        면 어떨까 하구요.

장모   누구? 둘이 같이……

기수   물론 정아 엄마 혼자 가시는 거지요. 영재는 학교 일이 있으
        니까……

(일동 잠시 생각한다.

정원 천을 걷으며 처다본다.)

영숙   (천천히 반색하며) 그래…… 그것두 참 괜찮은 생각이네. 피
해자로 지목된 사람이 해외루 여행을 가 버리면 경찰서에서
두 할 말 없을 것 아니에요?

장모   (솔깃하며) 그럴까? 그럼 정말 괜찮을까?

기수   네. 워낙 일손이 딸리고 바쁘니까 경찰에서두 진전 없는 사
건에 그렇게 오래 관심을 갖지는 못할 테니까요.

영숙   어디가 좋을까? 일본은 물가가 너무 비싸고 대만? 아니 동남
아 여행이 어떨까?

        아니다, 아예 파리쯤 가서 한 일 년 공부라도 하고 돌아오
면……

정원   일 년?

영숙   이왕 돈 들여 밖에 나간다면 무어든 좀 배워 갖고 오는 게 좋
지 않겠어? 자넨 옷 좋아하고 감각도 있으니까 그런 일 배워
오면 쓸 데가 있을 거야.

장모   비용은 어떻게 하고? 돈이 많이 들 텐데?

기수   이 집을 처분하겠다더군요. 어차피 이젠 여기서 사실 생각도
없으실 거라고……

영숙   (나서며) 정아는 당분간 우리가 맡아도 돼. 집은 학군이 좋으
니까 내놓기만 하면 당장 팔릴 테고…… (정원에게) 어때? 좋
은 생각 아냐? 커튼이고 뭐고 집어치우고 이리 와서 얘기 좀
해. 요샌 수속두 아주 간단하다니까 내주에라도 떠날 수 있
을거야. 급한 대로 누구 돈이든 우선 돌려 쓰고……

정원   (냉정하게) 골방에 가만히 들어앉아 있더니 굉장한 생각을
      해냈군요. 명목이야 어떻든 집 팔고 얼른 헤어져 버리면 사
      건 자체가 흐지부지되어 버릴 테니 이영재 교수님 입장이 좀
      안전하겠어요? 다들 그런 생각 아니세요?

장모   (놀라며) 헤어진다구? 누가? 여행이라지 않았어?

영숙   (변명하며) 극단적으로 생각하지 마. 사실 경찰의 관심을 피
      할 수만 있다면 여행이나 잠정적 별거두 과히 나쁜 방법은
      아닐지도 몰라.

장모   (계산하며) 그럴까?

정원   그런데 이렇게 중요한 이야기를 왜 본인이 직접 못 할까요?
      온갖 핑계를 대면서 피하기만 하고…… 집안 분위기를 바꾸
      려고 도배하고 수리하며 애쓰는 걸 뻔히 보면서 뒤통수치듯
      몰래 집 팔아 버릴 궁리나 하고……

기수   (빈정대며) 세상만사 우선 피하고 보는 게 그 친구 장기 아닙
      니까? 어떻게 해서든지 선택과 결정의 입장에 서지 않으려는
      거지요.
      덕분에 학생들 사이에선 생각 깊고 신중한 존경할 만한 선생
      으로 꼽는다더군요 (야유하며) 그렇겠죠, 침묵은 금이니까.
      (갑자기 돌아서며) 갖은 점잖은 소린 다 했지만 결국 집안이
      풍비박산 나 버렸다는 사실을 인정하기 싫으니까……

장모   (벌떡 일어서며) 풍비박산? 그럼 헤어지자는 말인가? 그 소
      리야?

영숙   (나무라며) 여보.

      (갑자기 전화벨이 크게 울린다.

정원, 받는다.

영숙, 긴장해서 일어선다.)

정원　　여보세요? 네……(듣고 있는 동안 꺾이며) 뭐라구요?

영숙　　(수화기를 뺏으며) 왜 그래? (듣다가 화내며) 뭐야? 너 누구
　　　　야? 피해 신고를 하면 그냥 두지 않겠다구? 뭐? 남편 직업을
　　　　알아? 다시 올 수도 있다니…… 매일 지켜보고 있다구? (듣
　　　　다가) 뭐 학교에 소문을 내? 아니 이 나쁜 놈들아 이…… 나
　　　　쁜……

（격앙하며 수화기를 팽개친다.

말하는 동안 달려가서 커튼 밖을 내다보던 장모 돌아선다.)

장모　　맞구나. 얘 그놈들이었나 보구나.
　　　　매일 와서 엿보더니……

（어두워진다. 무대 한쪽에서 어머니의 그림자 일어난다. 낮은
음조의 합창과 함께 어머니의 등 뒤에서 천천히 일어나는 어머
니의 그림자가 무대를 덮을 듯이 크게 보인다. 조명 한줄기가
어머니와 정원을 함께 비춘다. 정원 궁지에 몰려서 당황한 모습
으로 생각에 잠겨 있다. 영숙 부부 한 모퉁이에 떨어진 조명 속
에서 속삭이듯 말한다. 정원, 영숙 부부의 말 한마디 한마디에
매맞듯)

영숙　　여행 얘기 정말 영재 의견이에요.

기수   반쯤.

영숙   결국 이혼이란 말야?

기수   여행이 별거가 되고 별거가 이혼이 되고…… 원래 순서가 그
      렇거든.

영숙   죄받을 것 같아요.

기수   그런 일 겪고도 결혼 생활이 아무 일도 없었던 것처럼 유지
      될 줄 알았다면 정아 엄마두 너무 뻔뻔한 거지. 남자가 외도
      를 해도 집안이 삐꺽거리는데…… 관대한 척해 봐야 남자들
      의 위선에도 한계가 있거든. 자존심이 있다면 진작 알아서
      물러섰어야지.

영숙   사실 영재두 정이 떨어지긴 했을 거야. 이제 와서 정상적인
      부부 생활이 가능하겠어요?

기수   봐 당장…… (웃는다.) 여자들의 위선에도 한계가 있잖아?

영숙   나두 당신 속 알아요. 경애 혼사에 걸치적거릴까 봐 정아 엄
      마 빨리 여행 보내서 치워 버리고 싶은 것 아니에요?

기수   안됐지만 할 수 있나?
      이왕 맞을 매라면 얼른 맞고 끝내 버리는 게 백배 낫지. 주위
      사람들의 정신 건강을 위해서도 말야. 아무 일도 없었던 듯
      지나갈 수 있다고 믿었다면 가엾은 일이지.

영숙   (외면하며) 허긴 이제 나두 자꾸 쳐다보이는걸? 아까두 옷이
      그게 뭐야? 제 처지가 지금 어떤데 그렇게 고운 옷을 입고 있
      어? 그런데두 신고를 해? 아까 그 녀석이 그러는데 정아 엄
      마한테 반했답디다. 대체 여편네가 어떻게 하고 돌아다녔으
      면……

(구음의 합창 소리 조금 커진다. 좁혀 드는 조명 속에서 영숙 찔린 듯이 돌아선다.)

영숙   결국 이렇게 할 수밖에 없겠지요? 어때요? 내가 너무 못되게 생각하는 건가? 그렇지만 입장을 바꿔 놓고 한번 생각해 봐요. 만약, 만약에 우리한테 그런 일이 생긴다면…… 당신 어떻게 하실래요?

(조명이 엇바뀌어 반대쪽 모퉁이가 밝아지면 장모 노여운 몸짓으로 정원을 향해서 격렬하게 말한다.)

장모   (폭발하듯) 내 그럴 줄 알았다. 사내놈들 행투[7]가 다 그렇지. 핑계 댈 것 뭐 있어. 망가지고 더럽혀졌으니 살기 싫어졌다는밖에…… 뭐 세상이 변했으니까 아무렇지두 않게 생각한다구? 무슨 세상이 변했어? 백년 전이나 지금이나 달라진 게 뭐 있어?

정원   (짜증 내며) 엄마 왜 그래? 생각 좀 해 보게 방해하지 마. 잠자코 좀 계세요.

장모   (삿대질을 하며) 너두 마찬가지야. 입은 비뚤어졌어도 말은 바로 해야지. 구구로 엎드려서 처분만 바래도 시원치 않을 텐데 뭐, 신고를 해? 여편네가 정조를 잃었으면 볼 장 다 본 거지. 어느 남자가 남의 손 탄 헌 계집 정경부인 대접하며 살아 줄 줄 알았냐?

---

7   '행동이나 몸가짐의 본체나 버릇'을 뜻하는 순우리말.

정원   (상처 받으며 날카롭게) 엄만 대체 무슨 말을 그렇게 해? 이
      게 내 잘못으로 당한 일이야? 아파트 일 층에 산 게 내 죄야?
      답답증 있는 남편 때문에 쇠창살 안 해 단 게 내 잘못이야?
      내가 언제 정아 아빠한테 정경부인 대접해 달랬어?
      사람 대접, 아내 대접해 달랬지…… 내가 틀린 소리 한 게 뭐
      있어?

장모   (자기 말에 상처 입으며) 염량이 있으면 생각해 봐라. 넌 떳떳
      하냐? 뭐가 떳떳해.

정원   떳떳치 못한 건 또 뭐야? 대체 왜 엄마까지 나서서 나한테 침
      을 뱉어? 의지가 되어 주지는 못할망정……

장모   이 서방이 안방에 안 온다고 고시랑대지만 가까이 오면 넌
      아무렇지도 않게 대할 수 있겠냐? 무슨 염치루 그 모양이 되
      어서두 제 남편이 손대 주길 바래?

정원   (비명처럼) 엄마. (심약하게) 그렇게밖에 생각할 수가 없어
      요? 사람 비참하게 만들지 마.

장모   (돌아서며) 애당초 사건 났다고 시누이 불러들인 게 잘못이
      었지. 감췄어야지, 친정 생각을 해서라두 감췄어야지. 네 오
      래비가 당할 망신을 한번 생각해 봐라. 이것아, 여자가 언제
      나 여자 편인 줄 아니? 여차직하면 남만도 못 한 게 시집 식
      구야.

정원   정말 여자도 여자 편이 아니군요. 친정엄마조차도 내 편이
      아냐. 왜 내 입장에 서서 생각해 주지 않으세요? 왜 날 부끄
      럽고 창피하게 생각해? (심약해지며) 왜 날 감춰 버리고 싶어
      해? 나한테 이러지들 마세요.

장모   (점점 더 이성을 잃으며) 나두 분해서 그런다.

분하고 억울해서 그래.

정원   (운다.) 사람이 물리적 조건으로만 상처 받는 줄 아세요? 흉기에만 맞아 죽는 줄 알아?

장모   (혼자 폭발하며) 그래 봐야 저는 매춘부 자식 아닌가? 그 시어미에 그 며느리…… 뭐가 어때서?

(장모의 말 한마디 한마디가 매라도 되는 듯 정원 고통스럽게 꺾이여 운다. 장모 주변의 조명 사라진다. 여인들의 구음 정원의 울음소리와 섞이다가 가라앉는다. 어머니 물레질하며 단조롭게 말한다. 영숙과 영재 주변에 각각 스포트라이트 떨어진다.)

어머니   범인은닉죄로 왜경에 끌려가서 심문당한답시고 왜놈 형사들에게 돌아가며 욕보고 만신창이가 되어서 나왔더니 곧바로 정신대 징용이 나왔더구만. 피하려고 했더니 문중 어른들이 말씀하시겠지. 이왕 당한 몸…… 네가 정신대에 나가 주면 남자들 징용은 피할 수 있을지도 모르니까 도망가지 말고 가로맡아라…… (잠시 침묵하다가) 그래서 끌려나가 보니 흉악해, 흉악해 하고 말들 하지만 그렇게 흉악한 세상이 또 있을까…… 내 그때 깨달은 게 하나 있으니 여자의 정조를 도구로 삼는 이들…… 그것을 묵인하는 세상…… 당대에 천벌받지 않으면 뭇 대에라도 응징받으니…… 천도가 느릴 뿐이지 하늘이 필경은 받을 죗값 다 옳게 챙겨 받으시더라.

영숙   (반항하며) 여자가 중뿔나게 잘난 척하고 나섰다가 흉한 일 당한 게 무슨 자랑이라고 자식들이 있는데 어떻게 그 부끄러운 과거를 광고하고 다니세요.

311

(구음 여전히 낮게 들린다.)

어머니   나는 그래도 너희 부친 덕분에 고향으로 돌아올 수 있었으
니……
열여덟에 정혼했던 아가씨가 오사까 부두에서 매춘부가 되
어 헤멘다는 소식 듣고 허둥지둥 밀숫배 타고 데리러 와 주
어서……
둘이 다 문중에서는 쫓겨났어도 옳은 세상 잘 살고 이렇게
잘생긴 너희 남매 장만했으니 원형이정 아니냐? 사람 사는
세상이 원래 그렇지. 조물이 신통하셔서 비뚤게 만들지 않으
셨더니라.

(외면하고 있던 영재 혼잣말처럼)

영재   (고통스럽게) 상해 임시정부에서 돌아오신 그 노인이 먼동에
숨겨진 어머니를 못 찾고 미국으로 돌아간 지 몇 년 뒤에 또
어느 할일없는 신문기자가 삼 년이나 걸렸다면서 어머니를
찾아왔었지. 일본에서 창녀 노릇 하다가 죽은 정신대 출신
여인들의 유해를 끈질기게 찾아오는 또 다른 정신대 출신 여
인을 찾아서…… 이런 제목의 신문기사가 나갔을 때 누나는
시댁에서 파혼당할 뻔했었어.

(영숙의 등 뒤에서 기수 일어나서 객석을 향해서 웃는다.)

기수   큰소리치실 것 없어요. 그 친구는 그래도 대물린 양반 집안

이나 되지. 우리는 명토 박힌 쌍놈 백정 출신에 왜놈 밀정 노릇한 할아버지 덕분에 재산 모아서 족보 만든 집안 아니에요?

뒤져 내어 먼지 털기 시합하면 우리가 져요.

어머니, 내쫓으셔도 영숙이 단념 안 할 테니까 그만두세요.

장모 과거야 장인 소관이지 어디 사위가 상관할 일인가요?

(기수 사라진다.)

어머니   (여전히 단조롭게) 어느 세상엔들 잘나고 헌걸찬 사내가 없을까마는 그처럼 의젓하게 접혀 가지고 구겨진 세상 주름살 편안하게 바로잡아 펴 가시는 너희 부친 같은 남정네 귀할 것이니……

육이오 때 납북되지만 않으셨어도 오사까 부두에 남은 귀신들 다 데려오실 수 있었을 텐데……

한다고 한다고 해 봐야 나는 힘이 부족해서……

(영숙 외면하고 고통스럽게 말한다.)

영숙   여기서 그만 도망해 버리고 싶어요, 난……

정말 내가 아니었으면 좋겠어. 대체 언제까지 이 지긋지긋한 얘기에 묶여 살아야 해?

영재   (정원을 보며) 죽을 때까지 벗어날 수 없겠지.

아니 죽은 뒤에도…… 이렇게 안전한 회피와 방관의 그늘에 두 손 놓고 앉아 있는 한 영원히……

얽매여서 풀려날 수 없을 거야.

(일어나서 어머니를 돌아보며)

영재   다시 말씀해 보세요, 어머니 지금 뭐라고 하셨지요?

(주변이 밝아진다.
형사 열심히 다이얼을 돌리고 듣다가 또 열심히 돌린다. 전화에
귀를 기울이고 있다가 내리고 서류를 들고 읽는다.)

형사   피해자로 지목된 이영재 씨 가족 여행에서 돌아오지 않음.
장물을 찾았으나 이영재 씨 집 물건이라고 단정할 만한 근거
없음. 따라서 사건 수사에 진전 없음.

(서류를 내리고 객석을 향해)

형사   어떤 강압적인 수단을 썼던 여자의 수치심을 이용해서 목적
을 이루는 것은 결코 죄가 아니라는 법적 견해가 공표된 때
문인지, 아닌지는 모르지만 이즈음 들어 특히 무슨 유행처럼
여자의 성이 갖가지 목적을 지닌 폭행의 대상이 되곤 하는데
때때로 나는 암묵의 희생에 대해서 생각할 때가 있읍니다.
이런 종류 사건의 결과로는 가장 흔한 유형인데 처음엔 피해
자의 입장을 동정해서 덮어 주고 그다음에는 주위 사람들의
체면을 생각해서 소외시키고 하필 운수불길하게 폭행의 대
상이 된 이유를 도덕적 견지에서 찾아내어 일단 피해자를 매

도한 다음 가족 전원의 행복을 위하여 천천히 소리 없이 말살하는 겁니다. 폭행 그 자체보다 더 무서운 이 점잖은 폭력의 결과에 대해서…… 언제고 심심한 애도를 표하는 이상의 행동을 해야 하리라고 생각은 하지만……

(쓴웃음 지으며) 지금은 너무 바빠서요. (다른 어조로) 그 녀석 간단히 넘겨 버려. 거짓 자백…… 피해자 없음……이라고 기입해서……

(갑자기 전화벨 크게 울린다. 지친 듯 받는다.)

형사   여보세요? 네? 누구시라구요? 이영재 씨?

(조명 엇갈려서 영재 주변이 밝아진다.)

영재   결국 이제는 도망이라든가 회피…… 혹은 방관에 대하여 어떤 결정을 내리지 않으면 안 될 막다른 골목에 몰린 모양입니다. 아내의 얼굴에 새겨진 저 분노와 굴욕의 쓰라린 그림자를 지우기 위하여…… 어린 딸의 눈을 언제라도 바로 볼 수 있기 위하여…… 이제 그 오랜 방관과 회피로부터 돌아서서 어떤 태도를 취할 때가 되었다는 생각이 듭니다.

(조명이 엇바뀌어 거실이 밝아진다.)

(정원 외출복 차림으로 가방을 들고 무대 한쪽에서 나온다. 서류와 상의를 들고 서재에서 나오는 영재와 마주친다.)

영재   (화내며) 무슨 소리야? 이혼이라니? 누구 마음대로 (서류 던
       지며) 당신 도장만 찍으면 이혼이 되는 줄 알아?

정원   조용히 하세요. 처음부터 원했던 일 아니에요?

영재   (화내며) 잘난 척하고 멋대로 오해하지 마.
       여행 얘기를 꺼냈던 건 피신할 기회를 주기 위해서였을 뿐이
       야. 제 몸 하나 추스리지 못하고 중환자 같은 꼴이 되어서 늘
       어져 있으니까 앞으로 닥칠 경찰 심문이나 범인하고의 대질
       이니 현장검증 같은 끔찍한 일을 못 견딜 거라고 생각했었어.

정원   (작은 가방을 들고 나오며) 대단한 배려였군요. 고마워서 죽
       겠는데요.

영재   (안타까운 듯) 왜그렇게 비틀린 소리를 해? 개한테 물렸다구
       개가 되나? 그만한 건 알 사람이 왜 그래?

정원   (냉정하게) 개한테 물렸다구 개가 되는 건 아니지만 흔적은
       남지요. 기억도 남구요. 그렇지 않나요? 당신은 하구 많은 사
       람들 중에서 하필 내가 당했다는 사실을 죽을 때까지 용서할
       수 없을 거예요.
       이 집과 이기주의 앞에서는 친지의 불행도 죄밖에 아닐 테니
       까……

영재   (고통스럽게) 이러지 마. 이번 일이 다 누구 때문이었는지 당
       신도 알고 나도 알잖아? 명색 남편이라는 위인이 옆에 있었
       으면서…… 내 입으로 이런 말까지 해야 해?

정원   (수첩에 글을 쓰다가 갑자기 화내며) 당신이 무슨 천하장사라
       고 흉기 든 강도 셋을 당해요? 그게 문젠 줄 아세요? 결혼 이
       후 한 번이나 내가 당신한테 물리적으로 의존해 본 일이 있
       는줄 알아요? 야유회 가서 뱀 나오면 제일 먼저 도망가고, 내

가 택시 잡으려고 이리 뛰고 저리 뛰면 자기는 우두커니 서
있다가 먼저 덜렁 올라타고, 새집으로 이사하면 벽에 못 한
번 박은 일 있어요?

(고민하며) 내가 다 끝났다고 생각하는건…… 당신이 내 존
재를 못 견뎌 하니까…… 오랫동안 날 피하기만 했었잖아요?

영재 (가엾어하며) 당신이 그동안 얼마나 변했는지 자신을 모를
거야. 마주 보지 않고 가까이 가 주지 않는 게 도와주는 거라
고 생각할 수밖에 없을 만큼……

정원 내가 더러운 뭐나 되는 것처럼…… 징그러워하고…… 살피
고…… 손가락질하면서……

영재 (화내며) 사람 파렴치하게 만들지 마. 공연히 치사한 자격지
심 휘둘러서 옆사람까지 다치게 하지 말라구…… 당신 정말
변했어.

정원 (노여움을 누르며) 보세요. 당장……나 때문에 자신들이 더
렵혀질 거라고 생각하잖아요? 맞아요. 난 변했어요. 고립되
고 소외되어서 짐승스러워지고 사나워지고…… 이제는 선량
하지조차 못해요.

영재 (고민하며) 그러지 마. 그렇게 대단한 사건도 아니었잖아?

정원 사람의 정체를, 사는 일의 위험을 알게 해 준 사건인걸요. (집
안을 돌아보며) 그래도 이 끔찍한 집안 분위기를 바꿔 보려고
애쓰면서 매일 밤, 형님께 들었던 시어머님 말씀을 생각했었
어요.

어떤 경우에도 끝까지 모욕당하거나 훼손당하는 여자는 없
다고 말씀하셨다더군. 그 말이 맞아요. 결코 더렵혀지지 않아
요. 모성이니까요.

317

영재   (감동하며) 내 한계는 당신 말대로일지도 몰라. 그렇지만 나
      도 한번쯤 내 아버지 흉내를 낼 수 있을 거라는 생각을 안 해
      봤어? 내가 지금 어디를 가려는 것 같아? 그 형사를 만나기
      로 했어.

      (정원 영재의 손을 뿌리치고 바바리코트를 입는다.)

영재   여보, 가정파괴범 따위 때문에 집안을 깨지는 말자구…… 정
      말 이러지 마.
정원   가정파괴범이란 건 대체 누가 붙인 책임 회피적인 이름이지
      요? 그런 녀석들은 단지 용서 못 할 파렴치범에 불과해요. 집
      안이 그런 하찮은 범죄 때문에 깨어지는 줄 아세요? 비루한
      인습 때문에 깨어지고 배신 때문에 깨어져요. 남편은 아내를
      배신하고, 가족은 피해자를 배신하고, 피해자도 자신을 배신
      해요. (가방 들고 나가며) 난 이제 나 자신을 배신하지 않도록
      노력하는 수밖에 없어요.
영재   (안타깝게) 우리가 꼭 이런 식으로 헤어져야 하나? 어떻게든
      이 고비를 넘기고 수습해야 하지 않겠어?
정원   (멈춰 서며) 당신이 결국 내 존재를 못 견딜 거라는 걸 난 알
      아요. 정아한테는 편지를 써 놨어요.
영재   (고통스럽게) 내 오랜 컴프렉스를 알지 않아? 한 번 당한 치
      명적인 상처는 사람을 두고두고 비굴하게 만들어.

      (영재 나가려는 정원을 보다가 상의를 팽개치고 의자에 주저앉
      는다. 정원 빽을 어깨에 걸고 무거운 듯 가방을 집어든다. 영재

고민하며 무력하게 바라보다가 지친 듯)

영재   어디에든…… 도착하면…… 한번…… 연락해 주겠어?

(정원 무대 끝에서 돌아선다.
조명이 변하며 어머니와 그림자들 일어선다. 정원 절망적으로
말한다. 구음의 합창이 깔린다.)

정원   보세요. 당신은 벌써 안심해요.
입으로는 뭐라고 해도 우선 내가 눈앞에서 사라지려고 한다
는 사실에 안도해요. 거울을 한번 보세요. 자신의 얼굴에서
근심이 얼마나 빠른 속도로 지워지는지 보이지 않아요?

영재   (당황하며) 여보.

정원   (비참하게) 내 고립과 절망의 시작이 당신들한테는 행복한
일상으로의 복귀라는 걸 확인하게 될까 봐 내가 얼마나 무서
워했는지 아세요?

(영재 비참한 모습으로 외면한다.
구음이 조금씩 커진다.)

정원   (객석을 보며) 나는 결국 먼동의 죽은 개와 다를 게 없지. 산
짐승의 밥으로 어둠 속에 내던져져서 밤마다 동구 밖에 와서
짖는 수밖에 없을 거야. (차츰 꺾이며) 누군가가 일어나서 문
을 열어 줄 때까지……

(구음의 합창 커지면서 막 내린다.)

— 정복근 작, 임영웅 연출, 극단 산울림 제44회 공연
「덫에 걸린 집」(호암아트홀, 1988)

문정희(文貞姬·1947~)

　　문정희는 1947년 전남 보성에서 태어나 진명여자고등학교를 거쳐 동국대학교 국어국문학과와 동 대학원에서 수학하였다. 진명여고 재학 시절 각종 백일장을 석권하며 문명을 날렸고 첫 시집『꽃숨』(1965)을 낼 정도로 시를 쓰는 이들 사이에서 유명했다. 서정주의 문하에서 시를 배우고 동국대에 재학하던 1969년《월간문학》신인상에「불면」과「하늘」이 당선되어 시단에 나왔다.『꽃숨』,『문정희 시집』(1973),『혼자 무너지는 종소리』(1984),『새떼』(1975),『아우내의 새』(1986),『찔레』(1987),『하늘보다 먼 곳에 매인 그네』(1988),『꿈꾸는 눈썹』(1990),『제 몸속의 새를 꺼내 주세요』(1990),『별이 뜨면 슬픔도 향기롭다』(1992),『구운몽』(1994),『남자를 위하여』(1996),『오라, 거짓 사랑아』(2001),『양귀비꽃 머리에 꽂고』(2004),『다산의 처녀』(2010),『카르마의 바다』(2012),『웅』(2014),『작가의 사랑』(2018),『오늘은 좀 추운 사랑도 좋아』(2023) 등 시집을 출간했다. 명성여고, 진명여고 교사, 동국대 교수 등을 역임했다. 현대문학상, 소월시문학상, 정지용문학상, 육사시문학상, 목월문학상 등을 수상했다.

　　문정희는 초기 시부터 여성의 몸과 욕망에 대한 지속적인 관심을 드러냈다. 여성의 몸이 가진 특권적 생산성에 주목하며 초기 시에서는 수동적인 여성성을 드러냈다면 이후로는 관능성 측면에서 주목을 받았다. 전통 서정시의 계보를 잇는 여성 시인들의 시가 수동적이고 모성적인 여성성을 형상화해 온 데 비해, 문정희의 시는 특유의 낭만성을 바탕으로 욕망에 솔직하고 활달하며 당당한 여성 주체를 표방하면서 독보적인 시 세계를 구축했다. 최근의 시에서는 젠더에 대한 대립적 관점에서 벗어나 천연덕스러운 어조로 품이 넓은 평화적 공존과 화해를 모색하는 태도를 드러내기도 한다.

여성 시문학사에서 문정희 시는 여성의 몸과 욕망을 솔직히 표현하는 여성적 글쓰기를 추구하고 주체적인 여성성을 정립해 왔다는 점에서 의미를 지닌다. 남성 중심의 가부장제 사회에서 짓눌려 유령 같은 존재가 되어 버린 여성들에게 살과 피라는 구체적인 육신을 부여하고 잃어버린 여성의 욕망을 환기했다. 여성의 몸과 욕망, 자궁으로 상징되는 생명력, 어머니-딸로 이어지는 여성의 역사에 대한 천착, 여성의 당당한 주체로서 생명력 등은 문정희 시의 지속적인 주제의식이자 여성 시인으로서 문정희 시가 개척해 온 독보적인 자리다.

이경수

황진이의 노래 1

나는 바람인가 봐요.

담도 높은 대궐 안엔
문도 많은데
문마다 모두 열어 젖히고 싶어요.

닿는 것마다
흔들고 싶어요.

지체있는 뭇 별들을
죄다 따고 싶어요.

아니어요.

작은 햇살에도 얼굴 부끄러운

풀꽃 같은
사랑 하나로

높은 벽에 온몸 부딪고
스러지고 싶어요.

— 문정희,『혼자 무너지는 종소리』(문학예술사, 1984)

작은 부엌 노래

부엌에서는
언제나 술 괴는 냄새가 나요.
한 여자의
젊음이 삭아가는 냄새
한 여자의 설움이
찌개를 끓이고
한 여자의 애모가
간을 맞추는 냄새
부엌에서는
언제나 바삭바삭 무언가
타는 소리가 나요.
세상이 열린 이래
똑같은 하늘 아래 선 두 사람 중에
한 사람은 큰방에서 큰소리 치고
한 사람은

종신 동침계약자, 외눈박이 하녀로
부엌에 서서
뜨거운 촛농을 제 발등에 붓는 소리.
부엌에서는 한 여자의 피가 삭은
빙초산 냄새가 나요.
그런데 언제부터인가 모르겠어요.
촛불과 같이
나를 태워 너를 밝히는
저 천형의 덜미를 푸는
소름끼치는 마고할멈의 도마 소리가
똑똑히 들려요.
수줍은 새악시가 홀로
허물 벗는 소리가 들려와요
우리 부엌에서는……

—《심상》1987년 8월;

문정희, 『어린 사랑에게』(미래사, 1991)

고정희(高靜熙·1948~1991)

    고정희는 1948년 전남 해남에서 태어났다. 1965년부터 해남 《월간동백》기자를 시작으로《새전남》,《주간전남》등의 기자로 활동했다. 1967년에《새농민》에 장만영 시인의 호평과 함께 작품이 실렸고 이후 목포 지역의 젊은 문인들과 '흑조' 동인으로 활동하다 1975년 박남수 시인 추천으로《현대시학》을 통해 등단했다. 이후에도 '목요시' 동인 등 지역 동인 활동을 활발히 이어 가며 광주 YWCA 간사로도 활동했고, 1975년부터 1979년까지 수유리에 있던 한국신학대학에 다녔다. 이때의 경험이 1979년에 출간된 첫 시집『누가 홀로 술틀을 밟고 있는가』에 녹아 있다. 이후 아홉 권의 시집과 1992년 유고 시집『모든 사라지는 것들은 뒤에 여백을 남긴다』까지 열한 권의 시집을 출간했다. 1984년에《또 하나의 문화》창간 동인으로 참여하며 일상에서부터 남녀가 평등한 대안 문화를 만드는 데 앞장섰다. 한국가정법률상담소 출판부장,《여성신문》초대 주간을 역임했다. 여성주의 시인이자 민중 시인, 여성운동가로서 활발한 활동을 이어가다가 1991년 지리산 뱀사골 계곡에서 실족해 43세를 일기로 생을 마감했다.

    고정희의 삶과 시 세계를 관통하는 세 개의 키워드는 시인 스스로도 이야기했듯이, 수유리, 광주, '또 하나의 문화'이다. 수유리 한국신학대학에서 민중 신학의 정신을 배운 고정희의 초기 시는 기독교적 색채가 강하면서도 '흔들리는 주체'와 순례자의 형상을 통해 이 땅의 고통 받는 민중들의 삶에 감응하며 종교적 갈등의 순간을 드러냈다. 이후 5·18민주화운동을 체험하며 수난당하는 이 땅 민중들의 삶과 아픔, 희생양으로서의 여성의 모습이 고정희의 시에서 두드러지게 형상화된다. 씻김굿, 판소리 사설 등의 형식을 적극 차용해 민중 수난의 역사를 재현하고 극복하고자 했다. 5·18민주화운동 당시 여성들의 투쟁을 기록으로 남긴 고정희는 《또 하나의 문화》 동인으로 활동하며 자연스럽게 여성들이 경험한 이중의 타자화에 관심을 가졌다. 남녀가 평등한 대안 문화를 건설하려는 여성주의적 인식을 바탕으로 마당굿시 등의 형식으로 다양한 시적 실천을 지속하며 시에서 여성해방 의식을 공론화했다.

고정희는 한국에 페미니즘 문학이라는 개념을 처음 정립한 이론가이자 뛰어난 실천적 전범을 보인 시인으로 여성문학사에서 평가된다. 여성주의 운동가로서의 강인함과 이론가로서의 치열함, 시인으로서의 열정과 섬세함을 두루 갖추고 있었던 고정희는 한국 현대 여성 시의 역사는 고정희 이전과 이후로 나뉜다는 평가에 걸맞은 면모를 지녔다. 씻김굿, 마당굿 등 굿의 형식, 판소리 사설의 형식 등을 적극 계승하고 변용해 여성 민중문학의 형식을 창안한 점, 여성적 글쓰기의 실천을 통해 한국 현대 여성 시의 스펙트럼을 내용과 형식 면에서 확장하고 심화한 점, 민중·민족·젠더를 둘러싼 모순들이 교차하는 자리를 정확히 관통했다는 점에서 고정희 시의 여성문학사적 가치를 높이 평가할 수 있다.

이경수

상한 영혼을 위하여

상한 갈대라도 하늘 아래선
한 계절 넉넉히 흔들리거니
뿌리 깊으면야
밑둥 잘리어도 새 순은 돋거니
충분히 흔들리자 상한 영혼이여
충분히 흔들리며 고통에게로 가자

뿌리 없이 흔들리는 부평초잎이라도
물 고이면 꽃은 피거니
이 세상 어디서나 개울은 흐르고
이 세상 어디서나 등불은 켜지듯
가자 고통이여 살 맞대고 가자
외롭기로 작정하면 어딘들 못 가랴
가기로 목숨 걸면 지는 해가 문제랴

고통과 설움의 땅 훨훨 지나서
뿌리 깊은 벌판에 서자
두 팔로 막아도 바람은 불듯
영원한 눈물이란 없느니라
영원한 비탄이란 없느니라
캄캄한 밤이라도 하늘 아래선
마주잡을 손 하나 오고 있거니

— 고정희, 『이 시대의 아벨』(문학과지성사, 1983)

우리 동네 구자명씨
──여성사 연구 5

맞벌이부부 우리 동네 구자명씨
일곱 달 된 아기엄마 구자명씨는
출근버스에 오르기가 무섭게
아침 햇살 속에서 졸기 시작한다
경기도 안산에서 서울 여의도까지
경적 소리에도 아랑곳없이
옆으로 앞으로 꾸벅꾸벅 존다
차창 밖으론 사계절이 흐르고
진달래 피고 밤꽃 흐드러져도 꼭
부처님처럼 졸고 있는 구자명씨,
그래 저 십 분은
간밤 아기에게 젖물린 시간이고
또 저 십 분은
간밤 시어머니 약시중 든 시간이고
그래그래 저 십 분은

고정희

새벽녘 만취해서 돌아온 남편을 위하여 버린 시간일 거야
고단한 하루의 시작과 끝에서
잠 속에 흔들리는 팬지꽃 아픔
식탁에 놓인 안개꽃 멍에
그러나 부엌문이 여닫기는 지붕마다
여자가 받쳐 든 한식구의 안식이
아무도 모르게
죽음의 잠을 향하여
거부의 화살을 당기고 있다

— 고정희, 『지리산의 봄』(문학과지성사, 1987)

이경자(李璟子·1948~)

이경자는 1948년 강원도 양양에서 태어나 양양여자고등학교를 졸업했다. 양양여자고등학교 3학년 당시 숙명여자대학교에서 주최한 전국여고생단편문학상에「멎어버린 행진」으로 입상하면서 당시 심사위원이었던 소설가 강신재, 김동리와 인연을 맺었다. 서라벌예술대학 문예창작과에 입학하면서 김동리와 스승과 제자로 재회해 본격적인 문학 수업을 받았다. 1973년《서울신문》신춘문예에「확인」이 당선되어 문단에 데뷔했다.

초기에는 단편소설을 중심으로 활동했으며「복수」(1974),「벽」(1975),「퇴행」(1979),「할미소에서 생긴 일」(1981) 등을 묶어 1984년 소설집『할미소에서 생긴 일』을 출간했다. 소외된 사람들의 이야기에 관심을 기울이지만 도덕적인 주장이나 관념이 아니라 사실적인 묘사가 돋보이는 작품들로 실감나는 사투리와 맛깔나고 탄력 있는 문장이 특징적이라는 평가를 받았다. 소설가 이경자는 대표적인 페미니스트 작가이다. 1982년 장편소설『배반의 성』을 시작으로 1988년에 발표한 소설집『절반의 실패』가 베스트셀러가 되었고, 이듬해 제작된 KBS 드라마도 선풍적인 인기를 끌었다.『절반의 실패』에는 여성들의 삶을 그대로 그려 낸 열두 편의 이야기가 실려 있다. 고부간의 갈등, 맞벌이 아내, 가정 폭력, 남편의 외도, 혼인빙자간음, 매춘, 성의 소외, 이혼, 가난 등 가부장 사회에서 일어나는 다양한 여성 문제를 고발하는 데 중심을 두었다. 종갓집의 맏며느리로 살아가는 자신의 경험과도 결부된 이 작품은 페미니즘을 지나치게 남녀 대립의 구조로 파악한다는 비판론에도 불구하고 여성적 글쓰기의 자기 고백적 성향을 전면에 드러낸 성과가 있다는 평가를 받는다. 가부장 사회에 은폐된 자기 경험을 드러내고 소통하려는 이 시기의 여성적 글쓰기의 특징을 잘 보여 준다. 1990년 발표한 소설집 『꼽추네 사랑』에 실린 작품 「살아남기」에서는 시집살이와 아들 낳기를 강요받는 여자이자 소설가인 주인공 '우영'을 통해 『절반의 실패』에 담기 어려웠던 자기 고백적 이야기를 직접 표현하기도 한다.

　『사랑과 상처』로 한무숙문학상, 고정희상, 서울여성문학상 등을 수상했다. 환경부 환경홍보사절, 민족문학작가회의 부이사장, 2018년 한국작가회의 이사장, 서울문화재단 이사장을 역임했다. 창작과 사회활동을 꾸준히 병행해 온 활동가로서의 면모도 이 작가의 특성이다. 수필집 『이경자, 모계사회를 찾다』(2001)에서 밝힌 것처럼 중국 윈난성 루그호의 모소족 사회로의 여행이 인식 전환의 계기가 되었다. 이후 장편소설 『그 매듭은 누가 풀까』(2003), 『계화』(2005), 『천개의 아침』(2007) 등에서 좀 더 자유로운 여성성·모성성의 복원을 보여 주었다.

이선옥

둘남이

48호 집에서 문 여닫는 소리가 났다.

둘남이는 화들짝 놀라며 눈을 번쩍 떴다. 찐득히 달라붙는 잠기를 뿌리치고 일어나 앉았다는 게 그만 그대로 졸았던 것이다. 둘남이는 속이 상했다. 택시 모는 남편의 새벽밥 짓는 48호집 춘옥이보다 일찍 일어나야 배 나가는 게 한갓졌다.

둘남이는 부엌 문턱에 벗어 둔 옷가지를 꿰어 입었다. 등 뒤에서 용호가 못마땅하다는 듯 크으응 소리 내며 몸을 뒤챘다.

"느려 터진 건……."

둘남이는 돌아보지도 않고 혼잣말을 하였다. 용호는 언제나 늦게 일어났다. 둘남이보다 일찍 자면서도 그랬다. 혼자서 남을 두고 배를 부릴 땐 시간 맞춰 슬그머니 일어나 바다로 나가곤 했었다. 그것이 아내와 함께 뱃일을 하면서 뒤집어진 거였다.

그래도 둘남이는 남편을 깨우지 않았다. 부엌에 나가 유치원 다니는 길수의 아침 밥상 마련하는 시간만큼 더 누워 있게 두려는 거였다. 그런데 용호는 막 일어서는 아내의 몸뻬 자락을 움켜잡

이경자

왔다.

"왜서 이런데유우?"

둘남이는 짜증을 내며 용호의 손을 쳐냈다. 그러나 용호는 아내의 발목을 걸어 쓰러뜨렸다. 둘남이는 힘없이 군드러졌다.

"씨이팔 지랄두……."

둘남이는 욕했다. 그러나 남편이 지금 무엇을 요구하는지 뻔하게 알고 있어서, 도무지 내키지 않지만 번듯이 누웠다. 용호는 개구리 헤엄치듯 팔과 다리를 움직여 둘남이의 한쪽 다리만을 맨싸등이로 만들었다. 그리고 게걸스럽게 사타구니를 맞물렸다. 둘남이는 숨죽이고, 지금 아이들이 잠들었는지, 자는 시늉만 하고 있는지 알아내려고 신경을 곤두세웠다. 길수가 손등으로 짜증스럽게 입술을 문지르더니 돌아누웠다. 둘남이의 몸과 마음이 싸늘하게 굳어졌다. 용호는 씩씩거렸다. 둘남이가 제 손으로 남편의 입을 막았다. 그래도 씩씩 소리는 가라앉지 않았다. 둘남이는 불안하고 답답하고 지루하였다. 먼 데서 발동기 소리가 들려왔다. 배들이 나가기 시작하는 거였다. 둘남이는 화가 나서 떡 안반짝 같은 엉덩이를 휘둘렀다. 용호가 두 팔로 아내의 힘을 찍어 누르려 하며 용을 쓰더니 사정을 끝냈다. 그리고 그는 냉정하게 몸을 뺐다. 정액이 둘남이의 허벅지에 흘렀다.

둘남이는 허둥지둥 한쪽 다리에 옷을 꿰었다. 알아들을 수 없게 구시렁거리며 부엌으로 나갔다. 저녁에 먹던 밥그릇에 두어 숟갈 남짓의 찬밥 덩이가 있었다. 둘남이는 찬장 구석, 종지 속에 감춰둔 동전들 가운데서 두 개를 꺼내 밥상 위에 올려놓았다. 이 돈으로 길수는 가는 길에 빵떡을 사서 씹으며 아침 요기를 할 거였다.

"조심해서 다녀오세요."

문밖에서 남편을 배웅하는 춘옥이의 목소리가 들렸다. 여리고 나긋나긋하였다.

용호가 방문을 열어젖혔다.

"아따 다 늙어서 젠장 견우직녀 할라나아?"

용호가, 남편이 골목을 돌아 모습을 감출 때까지 서 있는 춘옥에게 야기를 부렸다. 그는 댓돌 위에 자빠져 있는 고무장화를 끌어다 신었다.

"길수 아빠 새벽부터 왜 그런데에?"

춘옥이 팔짱을 끼고 서서 나무라듯 말했다.

춘옥이네 집과 둘남이네는 두어 발짝 사이를 두고 마주 보았다.

"오늘은 늦었구마안."

춘옥이가 부엌에서 나오는 둘남이를 보며 뚱한 소리로 중얼거렸다. 둘남이는 부엌에서 제 서방과 춘옥이가 주고받는 수작을 다 들어 표정이 애매하게 구겨져 있었다.

용호가 댓돌에서 내려섰다. 춘옥이 팔을 추겨 들고 기지개를 켰다. 용호가 잽싸게 춘옥의 젖가슴을 훔치듯 주물렀다.

"이 양반이!"

춘옥이 아주 작은 소리로 말했다. 둘남이는 두어 발짝 앞에서 걸어가고 있었다. 그러나 용호가 춘옥에게 하는 짓을 마음눈으로 훤히 보았다. 아무 여자에게나 집적거리는 고약한 버릇이 있다고 둘남이는 대수롭잖게 넘겼다. 그러나 속마음은 그렇지가 않아서 둘남이 자신도 모르게 멍들고 고름이 잡혔다.

"야아! 이 다라 들구 가아라아!"

용호가 소리쳤다.

"니이미, 다라 들구 댕기는 손모가진 따루 있싸아!"

둘남이가 팩 돌아서며 소리 질렀다.

"어라, 저거 보게. 저 쌍년이 어디가 근질근질하나아?"

용호가 다문 이빨 사이로 말을 뱉어 내며 떠뻑떠뻑 장화발로 걸어가자, 안으로 들어가던 춘옥이 쫓아와 용호의 팔을 툭 쳤다. 워낙 동네에서 포악스런 성질로 소문이 난 남자라서 춘옥은 그들 내외간에 피 튀기며 싸워도 자기가 불안해서 와들와들 떨었다. 사내가 겉기[1]를 세울 땐 여자가 애교를 떨어 잠재울 줄 알아야 할 터인데 앉으나 서나 사내 뺨치게 뻣뻣한 둘남이가 춘옥은 딱하디딱하게만 여겨졌다. 용호가 자기에게 특별히 찌분덕거리는 걸 모르는 바 아니나, 그는 다른 여자들에게도 스스럼없이 농탕질을 해 대려 들어서 슬쩍슬쩍 넘기며 지냈다.

둘남이가 돌아와 고무 함지를 들고 갔다. 춘옥이가 희끄무레한 데서, '우리는 한편'이라는 눈깜짝을 하였으나 둘남이는 본 척도 하지 않았다.

갯가에 용호네 신길호 한 척만 덩그마니 남아 있었다.

둘남이와 용호는 제각기 화가 나서 입을 빼물고 삐덕삐덕하게 움직였다. 둘남이가, 먼저 배에 오른 용호에게 낚시 바구니를 받아 달라고 해도 용호는 들은 척도 않고 발동을 걸러 기관방으로 들어갔다. 둘남이는 혼자서 낚시 다섯 바구니를 싣고 돌멩이와 젖은 모래를 실었다.

발동을 걸고 나온 용호는 키를 다리에 걸고 기관방에 기대서서 담배에 불을 붙였다. 그는 하마 같은 몸피의 아내가 나름대로 바지

---

1   '궁한 사람의 얼굴에 드러난 언짢고 근심스러운 기색'을 의미하는 말로, 초판본에는 '겉기'로, 개정판에는 '겁기'로 표기되어 있다.

런히 움직이는 모양을 뻔히 보면서,

　"뭐 하나아! 빨리 밀어라아!"

하고 소리 질렀다.

　둘남이는 기축을 던져 넣고 닻줄을 풀고 겅중 뛰어 배에 탔다. 그리고 대막대로 축대에 버팅겨 배를 밀어냈다. 1.29톤의 신길호는 무지럭히 밀렸으나 이내 물살과 몸을 맞췄다.

　둘남이는 이물에 걸터앉아 바다를 바라보았다. 이렇게 늦게 나가는 배는 어디에도 보이지 않았다. 멀고 가까운 바다에는 고기잡이 중인 배들이 장을 서고 있었다. 수평선에 시커먼 구름이 울타리처럼 끼어 있어서 잿빛 하늘보다 한밤중이었다. 그러나 먹장구름 속갈피에서 해돋이의 붉은 보랏빛이 쓰라리게 번져 오르고 있었다. 바닷물은 생고무 같은 탄력으로 꿈틀거렸다. 회색의 갈매기들이 바다로 날아갔다.

　부부는 아무 말도 하지 않았다. 이미 주낙을 풀 만한 곳은 먼저 나간 배들이 차지했을 거라고 그들은 생각하였다. 돌가재미 잡히는 짬(바닷속의 바위산)은 뻔하기 때문이었다. 그래서 5분이라도 먼저 나가려고 말없이 어부들은 다퉜다.

　신길호가 축항을 벗어나자, 앞으로만 나아가던 뱃머리를 용호가 북쪽으로 틀었다. 여태 얼빠진 듯 앉아 있던 둘남이가 딱부리눈을 뜨고 용호를 쳐다보았다. 용호는 찍 침을 뱉었다. 그리고 아내의 눈길을 피했다. 둘남이 마구 끓어오르는 성화를 억지로 누르면서, 설마…… 하고 두고 보았다. 그러나 틀림없었다. 용호의 검은 눈에 욕심이 서려 누우렇게 빛을 쏘고 있었다. 검푸른 두터운 입술은 굳게 다물렸고 수많은 시절을 바다에서 살면서 그을린 쇳빛 낯은 굳어 있었다.

"…… 왜 서! …… 안 된다니!"

성화가 쇠면 서러워지는지, 둘남이 울먹울먹 외쳤다.

개지랄 말어 이년아!

용호가 이런 포악한 눈빛으로 아내를 노려보았다. 그는 입덧하는 여자처럼 자꾸만 바닷물에 차악 착 침을 뱉었다.

벌써 날은 훤히 밝았다. 아직 주낙을 드리우지 못하고 있는 배는 신길호뿐일 거였다. 고기들은 해 뜨기 바로 전에 미끼를 따 먹게 마련이었다.

둘남이와 용호는 숨 막히게 하는 조바심과 두려움에 질린 얼굴이었다. 용호는 속도를 올렸다. 굴뚝에서 시커먼 연기가 풍풍 올라왔다.

"이거 봐요! 택두 없다니! 왜서 황소 고집이나아! 다아 망해 먹을라 하나아!"

둘남이가 용호 옆에 와 바짝 얼굴을 붙이고 소리쳤다.

"닥쳐! 뒈지구 싶지 않으믄!"

용호가 악을 썼다.

그들은 화가 나지 않아도 악을 써서 말해야 했다. 발동기 소리와 뱃전을 치는 파도 소리 때문에 여간해선 알아들을 수 없었다.

둘남이는 용호를 노려보았다. 그는 이미 둘남이 따위는 잊었다는 낯색을 하고 담배 연기를 뿜어 내며 앞만 바라보고 있었다.

이건, 누군가 죽기 전에는 해결되지 않으리란 생각이 들자, 둘남이의 몸에 전기가 찌릿하니 흘렀다. 얼굴 근육이 푸르르 떨렸다. 둘남이는 막 굳어 버릴 것 같은 몸을 모질게 추슬러, 다시 이물에 기대앉았다.

바다에선 실수라는 게 없었다. 성공이 아니면 실패였다. 해 뜨는 시간을 붙잡고 늘어질 수 없고, 한 번 던진 그물이나 주낙을 끌어 올릴 수 없었다. 그래서 목숨을 던져 넣듯 혼을 모아야 하였다. 그런 데 지금 용호는 눈에 보이는 실패를 하려는 거였다.

지난 장날, 어촌계에 이자 물러 나갔던 용호가 술이 거나해서 밤중에 돌아왔다. 그는 아주 신바람이 나 있었다.

다음 날, 그들은 여늬 날보다 일찍 바다에 나갔다. 용호는 해안 경비 초소가 있는 바위산 밑까지 바짝 가서 작업을 하였다. 어로 금지 구역이었다.

돌가재미가 하얗게 달려 올랐다. 돈이 문제가 아니었다.

그런데 네 번째 바구니를 끌어올리는 중에 경비정이 사이렌을 울리며 왔다. 용호는 미련 없이 낚싯줄을 잘라 내고 있는 힘을 다해 뺑소니쳤다.

이날, 낚시를 한 바구니 반이나 잃었지만 기분은 하늘을 찔렀다.

소문에, 그쪽 동네 어부들은 늘 경비 초소에 쥐약을 먹여 그곳 에서 고기잡이를 한다는 거였다. 그렇지만 자기들의 구린 데를 감 추기 위해 다른 데 배를 잡아서 덤터길 씌울 거라고 어부들은 점쳤 다. 그 점은 틀림없었다. 겨우 나흘 전의 일이었다.

지금 용호는 그 덫으로 들어가는 거였다. 어떤 덤터기를 마련 해 놓고 있는지 생각만 해도 둘남이는 겁이 났다. 한동안 일을 못 하 는 건 고사하고 징역을 살고 벌금도 물어야 할지 몰랐다. 그러나 이 미 용호를 설득할 수는 없었다. 그건 차라리 죽는 게 쉬웠다.

둘남이는 포기했지만 가슴은 저며지고 소금에 절여지는 듯 아 리고 쓰렸다. 만약 입장이 바뀌었다면 용호는 절대로 포기하지 않 았을 것이다. 둘남이가 처음 배를 탔을 땐 하나같이 서툴러서 세상 구박을 다 받았다. 지금도 용호는 둘남이의 실수에 대해선 용서치 않았다.

둘남이의 불길한 예감은 들어맞았다. 덫 대신, 해군 배들이 서너 척 떠서 무슨 훈련을 하는 모양이었다.

풀이 죽었으나 험상궂어진 용호가 뱃머리를 돌렸다.

"개놈! 더 직사게 망해 봐야 제정신을 차리지……."

둘남이가 저주하였다.

그물을 걷어서 돌아가는 배들이 보였다. 배에 밀려 솟구쳐 올랐다 하얗게 부서지는 파도 위로 갈매기 떼가 따라붙고 있었다. 그물을 벗기며 던지는 자디잔 고기들을 잡아먹으려고 갈매기들은 돌아가는 배만 따라다녔다. 그래서 갈매기가 뒤쫓지 않는 배는 만선이 아니기 십상이었다.

해안 초소의 시계에서 벗어나자 용호가 속도를 늦췄다. 그는 뚱하니 토라져 있는 마누라를 바라보며 쓰게 웃음 지었다.

"야아! 고문관이냐아?"

용호가 빈정거렸다.

둘남이는 듣지 못했다.

용호는 슬그머니 둘남에게 모든 것을 떠넘기고 싶어졌다. 신명이 빠져나가서 이판사판인 기분이었다. 마누라가 어떻게 해 줬으면 좋겠다는 거였다. 이미 시간이 너무 지나서 어디 더 찾아다닐 수도 없었다.

"여기두 쨤이 있지 아마?"

둘남이가 용호에게 와서 말했다.

"씨팔 재수 옴붙어서……."

용호가 대답은 않고 이렇게 뱉었다.

둘남이는 할 말이 너무 많아서 아무 말도 못 하고 용호에게 눈

을 흘겼다. 용호가 키를 둘남에게 넘겼다. 그러다가 무슨 맘이 내켰는지,

"야아, 니가 해라!"

하고 키를 다시 잡았다.

"큰 인심 쓰네에."

"지랄 마라."

"지랄? 내가 그랬다간 벌써 고기밥 됐게?"

"알았으면 됐어!"

용호가 귀찮다는 듯 소리쳤다.

둘남이는 다시 일어난 화를 삭이느라 씨근덕거리며 제비를 띄우고 닻을 던지고 주낙을 풀었다.

여기는 해녀들이 물질하는 곳이었다. 바위틈에서 성게나 해삼을 잡고 물미역도 따고 문어도 잡는 데였다.

"시간 없어 야아!"

돌멩이를 매다는 둘남이를 보고 용호가 소리쳤다. 그는 일 자체의 바깥에서 성가시게 닦달하는 감독관 같은 표정이었다.

이곳엔 역시 고기가 없었다.

빈 낚시만 맥없이 올라오다가, 낚싯줄 끌어올리는 팔목에 힘이 달린다 싶으면 엉뚱한 불가사리나 게집 지은 소라, 늙은 다시마나 쇠미역이었다. 우유 통, 야쿠르트 통, 스티로폴 덩어리도 달려 나왔다.

아무것도 기대하지 않고 있었건만 그들의 낯빛은 검푸르게 죽었다.

이날 그들이 잡은 고기는 크고 작은 가재미 다섯 마리와 돌삼치 몇 마리였다.

바다는 이미 파장처럼 비어 있고, 속도의 느낌이 닿지 않는 먼 바다 끄트머리에 외항선이 그림같이 떠 있었다. 이제 갈매기들은 기다란 방파제와 항구 안의 물 위에 무리 지어 앉아 쉬었다. 새벽 낚시꾼들도 보이지 않고, 어판장의 아귀다툼도 한물 가셨다. 신길호와 대놓고 고기를 받는 쩍쩍이는 목을 빼고 기다리다 욕을 해 댔을 것이다.

나갈 때처럼, 신길호는 맨 나중에 갯가로 들어왔다.

애당초엔 펑퍼짐한 갯가일 뿐이었던 걸 방축을 쌓아 돋운 땅이 되었다. 무허가로 한 칸 방에 부엌 붙여 개미굴로 지어 이백 호쯤 사는 동네로 변했다. 그나마 처음에 터 잡은 사람이 대부분의 집을 차지하고 있어서, 그 주인은 세만 받아먹고 살았다.

둑을 쌓았어도 큰물만 나면 동네가 물에 잠겼다. 앞뒷집이 추녀를 맞대고 있어서 숨소리도 감출 수 없었다.

합판으로 지붕을 씌운 작업장에서 일하던 어부들이 신길호를 바라보았다. 이곳에 배를 대고 지내는 어부들에게서 산 고기를 받아 장사하는 횟집 주인이 지난 초여름에 지붕을 씌워 주었다. 고깃값은 횟집에서 매겼다. 어부들은 고기 시세를 알 수도 없고 정하지도 못했다. 자기들은 죽도록 목숨 걸고 일해 장사꾼들 돈 벌게 한다는 걸 알고 있지만 그들은 이 형편을 바꿀 엄두도 못 내었다.

"야아! 니이 바닷고기 씨 말리구 오나아!"

문어 통바리 갔던 김가가 손나발을 대고 소리쳤다.

"아따 성님요오, 거어 상(相) 좀 보우와."

갈남에서 이곳에 남바리 와 서너 달째 지내고 있는 병식이가 끼어들었다.

용호는 볼이 잔뜩 부은 얼굴에 우락부락 눈을 부라리고 아무와도 눈을 맞추지 않으려 애쓰며 배에서 나왔다. 그는 철 지나서 싸 둔 그물 더미에 주저앉아 장화를 벗어 던졌다. 고무 바지는 벗어서 고랑대(그물을 걸기 위해 가로지른 굵고 긴 막대)에 걸쳐 놓았다.

"씨이팔 화딱지 나는데 탄이나 캐러 갈까?"

용호가 속에 없는 말을 투덜거렸다.

"탄은 금방석에 앉아 캔답니까, 성이요."

병식이가 빈정거렸다.

둘남이는 배 설거지를 끝내고 함지를 들고 나왔다. 삶을 빨래를 불에 얹고 나온 김가 마누라 순옥이가 잽싸게 다가가서 함지를 들여다보았다.

"먹을라구 냉겼나아?"

"전부 이거라니!"

둘남이가 괜스레 얼굴을 붉히며 말했다. 그는 정말 창피하였다.

"누가 술 좀 받아라아."

용호가 짐짓 거드름 피우는 말투로 말했다.

"야아, 돌삼치 맛 좋겠다."

병식이가 함지를 들여다보며 말했다.

"먹구 죽은 귀신은 화색이 좋다더라."

김가가 통바리 미끼로 냉동한 정어리를 토막 치며 말했다.

병식이가 돌삼치를 들고 수돗가로 갔다. 소주는 김가가 사기로 하였다. 순옥이가 문어 새끼 한 바가지를 떠다 둘남이네 빈 함지에 쏟아부었다.

"장사가 똥값 쳐 줄라구 해서 그냥 가주왔데에."

순옥이가 말했다.

"뽂아서 쐬주 안주나 해야겠다."

술 잘 먹는 둘남이가 말했다.

"길수야! 횟장 안 만들어 오구 뭐 하나아!"

용호가 호통을 쳤다.

둘남이는 안 보이게 주먹질을 해 주고 함지를 이고 집으로 갔다. 그는 골목에서 자다가 부시시 일어난 꼬락서니의 딸 둘과 마주쳤다. 세 살짜리는 맨발에 아랫도리를 드러내놓고 있었다.

"지즈바야, 우째 넌 빤쓰 입는 걸 싫어하나아! 언니란 건 동상 옷두 못 입히구우!"

둘남이는 아이들 머리통을 차례로 쥐어박았다. 그래도 아이들은 노염도 타지 않고 제 어미 꽁무니를 따랐다.

춘옥이네 부엌 앞에서 동네 여자 여럿이 김칫거릴 다듬고 있었다. 둘남이는 괜히 몸이 굳었다.

여자들이 말이나 눈으로 인사를 건넸으나 둘남이는 억지로 웃어 보이고 말았다. 여자들은 다시 얘기하였다. 요새 아내들을 사로잡고 있는 텔레비전 연속극에 대해서였다. 그들은 남편과 아이들을 챙겨 보내고 대충 치우고 나서 하나둘 약속 없이 모인 거였다.

"저 여자가 배 탄다는 그 여잔가아?"

이사 온 지 얼마 안 되는 여자가 소리 낮춰 말했다.

"맞어. 배 타. 남자보다 더 억세. 일두 잘하구."

"어머. 옛날엔 여잔 배 근처에두 얼씬 못 했잖나아."

"지 사나하구 똑같애. 욕두 잘하구 술두 잘 먹어. 쌈은 또 얼마나 잘하는데. 같이 치구받아. 생긴 게 좀 커? 씨름 선수가 저만하겠어?"

여자들이 소리 죽여 낄낄 웃었다.

둘남이는 깨진 연탄재로 난장판인 부엌과 발 디딜 틈 없는 방구석에 넌더리가 나서 부뚜막에 주저앉았다. 어미 눈치가 심상찮다고 느낀 딸 둘이 오빠 짓이라고, 묻지도 않은 걸 일러바쳤다. 둘남이는 부엌 바닥의 재부터 치웠다. 연탄불을 보고, 아침으로 먹는 점심쌀을 씻고 엊저녁 설거지를 하였다. 가재미는 손질해 찌갯거리로 냄비에 담고 문어를 다듬으며 다리 한 짝을 한입 베어 물고 오래도록 씹었다. 달큰한 뒷맛이 목구멍으로 넘어가는 게 기쁘고 반가워서, 볕에 마냥 그슬린 둘남이의 얼굴에 함박꽃이 피었다.

밥솥을 불에 올리고 둘남이는 방으로 들어갔다. 이불을 개켰다. 아이들 홑이불이 척척하게 젖어 있었다. 막내의 오줌 질펀한 팬티가 도르르 말린 채 떨어졌다. 허구한 날 아이가 오줌을 싸지만 빨 틈이 없어서 말려 덮었다. 그래서 이불만 들썩이면 지린내가 코를 찔렀다.

아이 둘이 앞섶에 강냉이를 싸 들고 들어왔다. 앞집 아줌마가 줬다고 자랑하였다.

"낯빤대기 좀 씨쳐!"

둘남이가 역정을 내었다. 아이들은 들개처럼 주제꼴이 말이 아니었다. 제때 씻지도 않고 끼니도 찾아 먹지 못해 주접이 들어 있었다. 주접이 들어 있기로는 둘남이도 마찬가지건만 그는 자기 자신에 대해선 알지 못하였다.

부엌에서 밥이 끓어 넘쳤다. 둘남이가 솥뚜껑을 열고 거품을 불어 자질러뜨렸다. 이때 골목에서 용호의 거친 발소리가 났다. 둘남이는 겁이 더럭 났다. 밥이 뜸도 들지 않았는데 보채면 큰일이었다. 새벽부터 용호에 대해 화가 났던 건 이미 잊혀져 있었다. 남편 기색 살피려고 부엌문으로 삐끔이 내다보았다. 히죽이 웃어 보려는 속셈이 있어서였다. 그러나 코앞에 온 용호는 다짜고짜 발길질을 하였다. 어깨를 걷어채인 둘남이가 으윽! 하며 뒤로 비칠 쓰러질 듯하다가 몸을 가누었다.

"서방 말을 개좆같이 아는 년은 본때를 보여 줘야지······."

용호는 분을 못 이겨 말도 잇지 못하고 씨근거렸다.

공중 수도에서 김칫거릴 씻어 들고 오던 춘옥이가 이 모습을 보곤 질겁을 하였다.

"길수 아빠, 뭔지 몰라두 참아요, 참아. 살 맞대구 사는 처지에 뭔 칼끝에 피맺힌 원수졌나아? 앞집에 사는 나두 싸움 구경하기 지긋지긋하다구요오!"

춘옥이 부러 앙살을 떨었다. 하지만 지긋지긋한 건 사실이었다. 용호의 팔을 잡아당겨 부엌에서 떼어 놓으려 하였다. 용호는 마지못해 두어 발짝 물러섰다.

"길수 엄마, 어디 다친 데 없어?"

춘옥이 부엌을 들여다보며 친정 언니처럼 물었다. 그는 둘남이보다 일곱 살, 용호보다 여섯 살이 더 많았다. 그런데도 화장한 얼굴은 둘남이보다 젊게 보였다. 그는 이달 들어 용호네 낚시 찍는 일을 해서 하루에 천이백 원씩 벌었다. 한 바구니 찍는 데 육백 원을 받았다. 오늘도 이웃 또래들이 집에서 허가 없이 머리 지지는 여자 불러다 파마하자는 걸 뿌리친 것도 둘남이네 일거리 하기 위해서였다. 김칫거리 소금 뿌려 두고 작업장으로 나갈 참인데 난리굿이 난 거였다.

"길수 아빠, 오늘 일 안 해? 왜 그러우?"

춘옥이가 이번엔 용호에게 가서 사근사근 물었다.

"저 우라질 년이 횟장 좀 맹글어 오라구 했더니······ 사나 말을 개코루 알아듣구······ 저런 년은 치도곤이 나야 말을 듣는다구, 저

년은!"

용호가 게거품을 물었다.

"난 또 뭔 큰일이나 났다구, 별것두 아닌 걸 가지구. 길수 엄마, 빨리 식초 쳐서 고추장 휘저어. 까짓것 욕먹을 거 있나아? 길수 아빠 갑시다. 나두 돈 좀 벌게 해 주구."

춘옥이는 용호의 등판을 떠다밀었다. 용호의 몸피로 보자면 춘옥은 고목에 붙은 매미 꼴인데, 용호는 떼밀려 갔다.

"에이, 개 같은 놈!"

용호와 춘옥이 저만큼 갔을 때, 둘남이가 피를 토하듯 이렇게 내뱉고 부뚜막에 주저앉았다.

아이 둘이 벌레처럼 기어서 눈알 내놓고 부엌을 보았다. 아버지의 기세에 그만 기가 팍 죽어 버린 어린 딸들이 방구석에 딱 붙어 숨죽이고 있다가 이제 조금 살아난 거였다.

둘째가 손가락 하나를 제 어미의 두툼한 등에 살짝 대어 보았다. 둘남이는 그런 기척도 느끼지 못하였다. 아이들은 말없이 불안한 눈을 마주 보고는 다시 방구석에 가서 방 안에 흩어져 있는 강냉이를 한 알 집어넣었다. 그러나 씹지는 못하였다.

둘남이는, 가난한 건 고사하고 빚까지 지고 있던 용호를 떠올렸다. 씨가 다른 여러 형제들 속에서 엉망으로 자라난 남자였다. 웬만큼 생긴 청년과는 키나 몸이 어울리지 않아 혼사가 어렵던 둘남이를, 그의 어머니가 앞뒤 재지 않고 용호에게 준 까닭도 거기에 있었다. 딸만 내리 셋을 낳고 또 낳은 딸이어서 다음에 꼭 아들 낳으라고 이름도 둘남이라고 지어졌으나 다섯째도 딸이었다. 둘남이의 어머니는 다른 자식과는 달리 겨우 국민학교만 가르치고 황소같이 부리다가 나릿가[2] 쌍놈한테 시집가 죽도록 매 맞고 사는 딸이 여러 가지로 쓰려서, 딸 치운 지 칠 년이 넘도록 낱알이며 김장 채소, 양념을 줄줄이 대고 있었다. 배 산다고 몫돈 대고 이자에 눌려 빚 보기 어렵다고 빚돈도 갚아 주었다. 그런데도 타고난 성질이 그런지 포악한 건 그날이 그날이었다.

둘남이는 제 몸 전혀 돌보지 않고 일했다. 그가 남자 뺨치게 일을 잘해 내는 건 먼 데까지 소문이 나 있었다. 만삭에도 배를 탔고 애 낳고 열흘이 못 되어 바다에 나갔다. 아이들은 어머니가 불어 터질 것 같은 젖통을 부여잡고 달려올 때까지 울다가 지치고 또 울며 허기져 있었다. 아이 둘은 그렇게 컸다.

그물 일을 할 땐 남보다 서너 폭씩은 더 실었다. 부부가 둘이서 해내기엔 어림도 없는 일거리였다. 오줌 누는 시간도 아끼며 일했다. 손도 빠르고 발도 빨랐다. 하루에 네 시간 자면 실컷 자는 잠이라, 그물을 날리다가 서서도 잠깐 잠이 들기 일쑤였다. 그렇게 일한 폭이라, 부부 싸움 뒤에 사나흘씩 뒤집어쓰고 누워 지내도 이 동네에선 벌이가 제일 좋았다. 싸웠다면 뼈를 다치고 눈을 못 뜨게 멍들고 붓고 하였다.

춘옥이가 뿌르르 달려왔다. 입을 싸게 놀리려고 부엌으로 들어서다가 흠칫 멈췄다. 부뚜막에 앉아 있는 둘남이가 꼭 저승사자 같은 느낌을 주었기 때문이었다. 검은 얼굴이 푸르스름해 보였고 입술은 타서 하얗게 꺼풀이 들고 일어난 모습이었다. 눈빛은 딴 세상을 더듬고 있는 게 분명하였다.

춘옥은 몸을 떨고 마음을 추슬렀다.

"괜찮나아? 어디 아프나아?"

2 '나룻가'의 방언.

350

측은한 목소리로 말하며 둘남이의 앞에 쪼그리고 앉았다.

갑자기 둘남이가 바보처럼 킹킹 울기 시작하였다.

"이 사람아! 울긴."

춘옥이가 떡두꺼비 같은 둘남이의 손을 잡았다. 손목이 춘옥의 발목보다 굵었다.

밥솥에서 빠작빠작 눋는 소리가 났다. 춘옥이 솥을 내려놓았다. 둘남이가 울면서 일어나 두꺼비집을 덮었다. 아이들이 문설주에 기대어서 부엌을 내다보았다. 어안이 벙벙한 얼굴들이었다.

"김 씨네서 초고추장 내다가 잘들 먹구 마시더구만."

춘옥이 혼잣말처럼 하였다.

둘남이는 물꼬를 틔운 듯이 흐르는 눈물을 닦지도 않았다. 가끔 꺼이꺼이 느꼈다.

"길수 아빠 안 찍는대. 낼 게다빵[3] 간다는데 뭘."

춘옥이 고자질처럼 말했다.

"그건 참말루 인간도 아니라구유우. 지깐 놈이 인간이라믄 그럴 순 없다구유우."

둘남이가 울면서 훌쩍이면서 말하였다. 춘옥은 둘남이의 감정을 헤아릴 수도, 따라잡을 수도 없었다. 그러나 마냥 가만히 있거나 모르는 척 일어서 나갈 수도 없는 거였다.

"게다빵 하면 되나아? 바다 밑을 쑥밭 만드는 도적질이라면서?"

춘옥은, 둘남이가 용호를 인간 같지 않다고 하는 말이 게다빵에 걸린 거라고 생각하곤 이렇게 말하였다. 둘남이는 지금 게다빵

---

3 쓰레그물.

은 귀에 들어오지도 않았다.

그사이 울음 끝이 사그라들었던 둘남이가 다시 끄으윽끄으윽
흐느껴 울기 시작하였다. 둘째 딸이 드디어 겁을 낼 수 없어 으앙 울
었다. 춘옥이 아이를 끌어안아 다독거렸다.

"…… 시집와서 난 그 흔해 빠진 감기약 소화제 하나 안 사 먹
었어. 저 개놈은 뭐라구 우리 엄니가 개소주를 안 달여 줬나아, 꿀에
인삼 재워 안 줬나아, …… 집에 오면 개놈은 다리 뻗구 눕지! 빗자
루 한 번 들었으면 내 손가락에 장을 지지겠다아! 애새끼 옷 한 번
안 입혔다구우, 여자가 산후병 얻어 봐. 평생 고질인데 누가 그걸 모
르나아? 저것들 둘 낳구는 열흘 만에 배 탔어유……. 젖은 팅팅 불
어 쿡쿡 쑤시구, 밤잠 자구 일어나면 전신만신이 부어 손이 쥐어지
나 눈이 떠지나……. 그래도 그 개놈이 날 보구 쉬란 말 한마디 농담
으루두 안 했다구우……. 태풍 불어 놀 때 그놈은 마실 댕기며 화투
치지, 술집 가지, 난 빗물 받어 이불 빨래하구 살았다구우……."

둘남이가 아이처럼 엉엉 목을 놓고 울기 시작하였다.

춘옥은 까마득했다. 부부가 싸울 때 여자가 힘쓰고 욕 잘한다
고 해도, 그래도 더 참혹하게 얻어맞는 건 여자고 험한 욕 듣는 것도
여자여서, 둘남이에게 쌓인 원망이 그런 거겠거니 했었는데, 저토
록 뼈 시린 억울함이 차 있으리라곤 상상도 못 했던 것이다. 작업장
에서 살 깊은 삼치회에 소주 두 잔 얻어 마시고 오면서, 둘남이에게
여러 가질 가르쳐 줄 생각이었다. 용호는 게다빵 나간다고 일손을
놓고는 김가 처를 서방 앞에서 끌어안고 입을 맞추려 하지 않나, 춘
옥을 연상의 여인 어쩌고 해 가면서 함부로 놀던 거였다. 그때 문득
춘옥은 둘남이를 도와줘야겠다는 생각을 하였다. 그가 남자를 도무
지 모르는 맹물단지라고 판단했던 것이다. 그래서 사내 다루는 법,

특히 용호 같은 남자 구워삶는 방법을 가르쳐 주려고 했다.

그러나 지금, 춘옥은 자신이 생각하는 방법은 둘남이의 경우와는 맞지 않는다는 느낌이 들었다. 남자를 다독거리고 추켜올리고 발바닥이라도 핥아 주는 시늉을 하고, 몸치장 얼굴 단장 열심히 하고, 남자 하는 일은 절대로 못 한다고 콱 못 박아 두고…… 춘옥은 이런 얘길 해 주려던 거였다.

둘남이는 한쪽 콧방울을 손가락으로 누르고 부엌 바닥에 코를 풀었다. 발바닥으로 가래 같은 코를 문질렀다. 길수가 유치원 가방을 메고 부엌 문턱에 와 버티고 섰다. 한순간에 심상치 않은 분위기를 깨달은 얼굴이었다. 씨이, 하면서 가방을 방에 던졌다. 그게 큰딸의 머리에 맞고 떨어졌다. 큰딸이 기다렸다는 듯이 아앙 울기 시작하였다. 벌써부터 울고 싶었던 아이였다.

"배고프지이?"

둘남이 목이 메인 소리로 물었다.

"씨이팔."

길수가 욕하고 눈을 내리깔며 혀를 찼다.

"저 새끼두 사내라구 날 부려먹을라구만 한다구우."

둘남이가 중얼거렸다.

춘옥이 여태 안고 있는 막내를 둘남이의 품에 안겨 주고 밥상을 차렸다. 큰딸은 제풀에 울음을 그치고 방으로 들어간 오빠와 무슨 얘길 지껄였다.

"미안해유우."

둘남이가 손바닥으로 얼굴을 문지르며 말했다. 손가락 끝이 가뭄의 논바닥처럼 갈라져 있었다. 면장갑을 끼고 일을 하지만 짠물과 고기 가시, 불가사리 때문에 부드러운 게 남아날 수가 없었다.

"길수 엄마, 차암 딱해. 그러니 어쩌나?"

춘옥은 한숨을 쉬었다. 찬장을 뒤져 반찬을 올려서 알루미늄 상에 담아 방 안에 들여놓아 주었다.

"배고프겠어."

춘옥이가 말했다. 둘남이는 막내를 방에 들여보냈다. 아이는 어미 품에서 날갯짓 치며 나오는 병아리처럼 방 안으로 들어갔다.

"배때기 고픈 것두 모르겠어유우."

둘남이가 한숨을 내쉬었다.

춘옥이 무슨 생각에 잠기는 얼굴이더니 반짝 고개를 들었다.

"이거 봐, 길수 엄마. 교회 좀 나가 보게나아. 사람이 어디 의지할 데가 있어야잖나아. 전지전능하신 하나님이야 어디 사람을 배반하나아?"

"하나님이 나 대신 고기 잡아 줘유우?"

둘남이가 퉁명스레 내뱉었다.

저런 무식한 거.

춘옥은 속으로 혀를 찼다. 저렇게 앞뒤가 막혔으니 서방이 두들겨 팬다고 생각하였다.

하나님이 배나 타는 쌍놈이냐? 고얀 것. 춘옥은 괘씸해서 얼굴에 침을 뱉어 주고 싶었다. 두메산골에서 땅이나 파다가 나릿가로 시집와 배 타며 사내처럼 사는 게 뭘 알겠느냐. 벽창호 같으니라구.

춘옥은 새록새록 속이 상했다. 씹 주고 뺨 맞은 기분이었다. 일어났다.

"내 정신 보게. 배차가 팍 죽었겠어."

춘옥이 소금에 절인 김칫거리 핑계를 대었다.

"고마워유우."

"아니야. 이웃사촌이란 말 알지?"

춘옥은 부엌을 나섰다. 굴에서 빠져나온 것처럼 시원해서 기지개를 켰다.

둘남이는 울음을 그친 지 오래였으나 아직도 헉헉 느껴졌다. 아랫배가 탱탱한 게 아팠다. 오래전에 마려웠던 오줌을 참았던 게 생각났다. 공중변소는 한참 떨어진 데 있었다.

변소에 가 오줌을 누고 와서 방에 들어갔다. 막내가 밥상을 등지고 쓰러져 잤다. 길수는 제 키 한 배 반은 될 대막대기를 구해다 끝에 낚싯줄을 매다느라 정신이 없었다. 밥상은 난장판이었다.

"누가 니보구 고기 잡으라던!"

둘남이가 갑작스레 악을 썼다. 길수가 엉겁결에 당한 일이라 뜨악한 낯으로 어미를 보았다. 그러고는 꽁무니 빼듯 바깥으로 나갔다. 큰딸이 졸졸 따라 나갔다.

둘남이는 아이들이 커서 신세가 바뀔 거라는 희망을 꿈꾸어 볼 시간이 없어서 그걸 생각해 보지는 않았지만, 그래도 가랑잎 같은 배에 목숨 걸고 허겁지겁 일에 묻혀 평생을 산다는 건 상상할 수 없는 일이었다.

잠든 아이를 바로 눕히고 아직 아랫도리를 드러내 놓고 있는 아이의 속옷을 찾아 입혔다. 밥상에 흩어진 밥을 주워 허겁지겁 입에 넣었다. 바짝 마른 입술과 입천장에 밥알이 달라붙었다. 물을 마시고, 부엌에 나가 솥째 들고 와 밥을 먹었다. 순갈을 놓자마자 몸뚱이가 무쇳덩이에 매달린 것처럼 무너져 내리는 느낌이었다. 배 속이 딱딱한 게 마땅치 않았다. 눈꺼풀이 내리덮였다.

억지로 일어나 상을 치웠다. 찬장 옆에 놓인 댓병 크기의 플라스틱 소주병에서 사발에다 술을 따라 물 마시듯 들이켰다. 눈앞에 무수한 별똥이 쏟아졌다. 입안에 술기운이 감돌고 온몸으로 퍼지고 단맛이 혀에 남았다. 둘남이는 조금 더 따라서 마셨다. 술병을 막아 제자리에 두고 방 안으로 들어갔다. 막내딸을 알처럼 품에 감싸고 누웠다. 그리고 곧장 잠에 곯아떨어졌다.

…… 아주 깊은 산중이었다. 서쪽의 끝일지도 몰랐다. 사람을 스산하게 하는 붉은 노을이 퍼져 있었다. 노을은 산의 뒤에 병풍처럼 쳐 있고, 깊은 산은 이상하게도 벌판처럼 훤하게 느껴졌다. 둘남이는 혼자서 노을을 바라보고 서 있었다. 산굽이에서 크고 잘생긴 개가 나왔다. 너무 신기하고 신비해서 겁이 났지만 둘남이는 피하지 않았다…….

막내가 흔들어 깨우는 바람에 둘남이는 눈을 떴다. 아직 꿈의 느낌에 사로잡혀 있어서 어리둥절한 얼굴이었다.

"왜 그리나아 엄마야아!"

막내가 겁먹은 소리로 둘남이의 손을 흔들었다.

방 안이 어두컴컴하였다. 탁상시계를 들여다보았다. 일곱 시가 조금 넘어 있었다. 그런데 어둡다니 이상도 하였다. 둘남이는 방문을 빼꼼히 열어 보았다. 빗낱이 듣고 있었다.

"가을날이 밴덕스럽기두……."

둘남이가 문을 닫으며 중얼거렸다. 입에서 술내가 풍풍 풍겼다. 얼굴이 부어 보였다.

"오빠 상구두⁴⁾ 안 왔나아?"

딸에게 물었다. 아이가 고개를 끄덕거렸다. 어느 집에 들어가 컬러텔레비전을 보고 있을 거였다. 둘남이네 아이들은 하루빨리 흑

4　상그. '아직'의 강원도 방언.

356

백텔레비전을 컬러로 바꾸자고 달달 볶았다.

둘남이는 왼종일 들어오지 않는 용호도 궁금하고 괘씸하였다. 게다빵 그물은 오래전에 꿰매 놓은 게 있으니 할 일이 없었다. 술 퍼먹고 헛소리나 할 게 뻔하였다. 밤중이나 되어서 잠자려고 기어 들어올 거였다. 둘남이는 천만 뜻밖에 횡재 같은 낮잠을 얻어 잤건만 기분은 여전히 떨떠름하였다. 꾸다 만 꿈도 자꾸 되새겨졌다. 부엌에서 구시렁거리며 순옥이가 준 문어 새끼를 데치고 가자미 찌개를 끓였다. 용호 몫으로 떠둔 식은 밥 한 그릇과 밥 한 공기가 남아 있어 라면 끓여 보탤 요량으로 밥은 짓지 않았다.

아이들이 돌아왔다. 비를 피한다고 손으로 머리를 싸매고 와서 어미의 눈치를 살폈다. 아버지가 묵호 집에서 화투 친다고 딸이 고자질하였다.

"해 빠지면 날래날래 들어와!"

둘남이가 대답 대신 이렇게 쏘아붙였다. 아이들이 머쓱해서 방 안으로 들어갔다. 벌써 텔레비전에서 소리가 났다. 저녁밥을 차려 아이들과 먹었다. 하나밖에 끓이지 않은 라면을 가지고 아이들이 다퉜다. 등때기를 한 차례씩 후려쳐서 가라앉혔다.

둘남이는 속이 그들먹해서 가자미 국물만 몇 모금 떠먹고 그만두었다.

상을 치우고 나서 아홉 시가 넘었다. 아이들의 퀴퀴한 내 나는 속옷을 갈아입혀서 재웠다. 용호는 아직 돌아오지 않았다. 노름에 미치면 첩년도 팔아먹는다더니 단단히 빠진 모양이었다. 점에 십 원짜리 고스톱을 칠 거였다.

열 시가 넘었다.

낮잠 잔 티를 내는지 정신이 말똥말똥하였다. 온갖 억울한 생각, 분한 기억만 떠올랐다. 아무래도 이렇게 독 쓰고 앉아 있다간 미쳐 버릴 것 같았다. 둘남이는 잠들고 싶었다. 그래야 내일 새벽에 일어날 수 있었다. 게다빵 가는 건 다른 배들보다 한 시간은 일찍 나가야 했다. 가래로 바닷속 모랫바닥부터 긁다 보면 남의 그물도 훌쳐 올리게 되어서, 재수 없으면 잡혀 곤욕을 치르기 때문이었다.

부엌에 나가 술병을 들고 들어왔다. 양은 밥그릇에 술을 따라 벌컥벌컥 들이켰다.

이때 소리도 없이 방문이 열리며 용호가 삐죽 얼굴을 디밀었다.

"꼴 좋구나아, 지집년이 술을 물 마시듯 하구."

용호가 씹어뱉었다.

둘남이는 저도 모르게, 그릇에 남아 있는 술을 용호의 낯짝에 끼얹었다. 눈 깜짝할 사이에 일어난 일이었다. 용호는 잠깐 정신을 가누지 못하더니 곧 방 안으로 들어가 마구 아내를 때렸다. 둘남이가 입을 딱딱 벌리고 닿는 대로 깨물었다.

이때의 싸움은 말 한마디 하지 않아서 춘옥이네나 다른 이웃에서도 알지 못하였다.

용호가 방을 두리번거리다가 부엌으로 나갔다. 벽에 연탄집게가 세워져 있었다. 용호는 그걸 집어서 아내에게 던졌다. 둘남이의 머리에 가서 맞고 떨어지는데, 그 순간 둘남이의 눈에 파아란빛이 켜지는 게 용호에게 보였다. 순간 섬뜩해서 치를 떤 용호는 곧, 둘남이와 싸우는 것도 지겹디지겨워 피하는 기분으로 할머니집 구멍가게로 갔다. 전기구이 쥐포 한 마리를 뜯으며 소주 두 홉을 마셨다. 왼종일 빈속에 술을 마시다가 또다시 두 홉을 보태, 정신이 아주 갔다.

한 시간쯤 지나 그는 습관의 힘으로 집에 갔다. 둘남이는 앉았던 자리에서 그대로 쓰러져 잠들어 있고 아이들은 갈지자로 누워 있었다. 용호는 불을 끄지 않고 자는 아내를 툴툴 욕하면서 아이들을 한쪽으로 몰아붙이고 빈자리를 틔워서 누웠다. 그는 금방 코를 골았다.

다음 날 아침이었다.

김 씨는 일 나가지 않는 용호가 궁금해 집으로 가 보았다.

"긴 밤 놀았나아, 집구석이 상구두 밤중이잖나아?"

김가가 할랑하게 말하며 방문을 열었다. 그는 기겁을 하고 그 자리에 붙박혔다. 방 안은 말끔히 치워져 있는데 황소 같은 둘남이의 쓰러진 몸이 썰늘하게 보였던 것이다. 김가는 머리를 흔들고 정신을 차렸다. 방구석에서 길수가 쿨적쿨적 울고 있는 게 이제야 겨우 보였다.

"야아! 엄마가 왜서 이리나아?"

김가가 숨죽이며 물었다.

아이는 고개만 흔들었다. 김가는 몹시 망설여지는데도 또 다른 마음이 다급하게 보채서, 얼른 둘남이의 손을 만졌다. 썰늘하였다. 그러나 숨은 쉬고 있었다.

'생긴 값 한다더니 기어이 일을 쳤군.'

김가는 속으로 말했다.

"아버진!"

그가 물었다. 길수는 여전히 쿨쩍거리면서 힘겹게 머리를 들고 김가를 쳐다보았다. 잔뜩 겁에 질린 짐승 같은 낯색이었다. 김가는 아이가 무슨 말을 하도록 기다렸다. 그러나 길수는 입술만 아래위로 일그적거리며 좀체 말을 하지 않았다.

"야아! 아버지 얼루 갔나아! 동상두 어디 갔나아? 니 엄마가 왜서…… 그냥 놔두면 죽는다아!"

김가가 자신도 잘 알지 못하는 상황에 급속도로 휘말리며, 벙어리 아이가 답답해 소리쳤다. 아이가, 도무지 아이스럽지 않은 울음소리로 으흐흐흐 하고 흐느껴 울기 시작했다.

길수가 눈을 떴을 때, 아버지는 세숫대야에 물을 떠다가 이불 한 자락을 말아 쥐고 빨고 있었다. 길수는 눈 비비고 그쪽으로 가서 대야를 들여다보았다. 대야의 물이 빨겠다. 그래도 아이는 눈을 떴을 때 부모가 방에 있는 것만 좋아 다른 생각은 하지 못했었다. 길수는 혼자서 일어나 혼자 밥 먹고 혼자 유치원으로 가는 게 아직도 지겹기만 하였던 것이다.

"아빠, 그게 뭐냐아? 엄만 왜서 상구두 안 일어나나아?"

길수가 이렇게 말하며 제 어미 옆으로 바짝 다가서려 할 때, 비로소 길수의 존재를 깨달은 용호는 갑자기 무섭디무서운 낯으로 아들을 노려보았다. 그 서슬에 길수가 바짝 오그라붙었다. 아이는 저도 모르게 주춤주춤 뒤로 물러섰다. 다만, 도망치고 싶을 뿐인 듯이.

"니는 아무것도 모른다아! 누가 뭐라고 묻든 모른다고 해라아! 알았지!"

용호는 지금 그의 감정 중 악한 기운만이 승한, 그런 기운에 휩싸여 아무것도 느끼지 못하였다. 동짓달 생일의 일곱 살짜리 길수는 이후에도 오래도록 이 순간의 아버지의 위협에서 깨어나지 못했다.

김가는 정신 나간 듯이, 제 어미의 상태도 이해하지 못하고 그저 쿨적거리기만 하는 길수를 여러 번 다그쳐 용호가 아이들을 할머니 집에 데려다주러 갔다는 사실만 알아내었다.

'참말루 몹쓸 사람이다아. 우따 사람이 다 죽어 가게 생겼는데……'

김가는 바깥으로 나가 사람들을 불러 모았다.

춘옥은 기겁을 하였다. 심하게 싸우는 소릴 못 들었다고, 치고 받으면 자기가 먼저 안다고 마구 떠들어 대었다.

둘남이는 겨우 숨만 붙어 있었다. 그의 몸은 엄청나게 무거웠다. 찻길까지 나가는 데도 리어카에 실어야 하였다. 여자들은, 용호가 마침내 곰처럼 일만 한 아내를 죽였다고, 인상이 꼭 큰일 저지를 사람이었다고…… 속에 있던 말들을 토해 내었다.

그들이 길가에 왔을 때, 택시 한 대가 와서 섰다. 묵은 재처럼 뜬 얼굴의 용호가 내렸다. 사람들이 그에게 뭐라고 물었지만 그는 벙어리로 변해서 한마디도 대꾸하지 않았다.

병원에서 그들은 곧장 되돌아왔다.

읍내의 병원에서는 이미 죽은 사람이라고 하였다. 그래도 그들은 가까운 시(市)의 큰 병원으로 가 보았다. 결과는 마찬가지였던 것이다.

둘남이의 장례식날 경찰서에서 형사 둘이 나왔다. 이웃에 산다는 어떤 주민의 고발이 있었다는 거였다.

용호는 상해치사죄로 고발되었다. 둘남이의 친정 쪽에선 꼭 벌을 받게 해 달라고, 그래야 딸의 원한이 삭는다고 형사에게 매달리다시피 했다.

용호는 연탄집게를 던진 사실을 자백하였다. 그러나 아내를 죽일 생각은 없었다고 말했다. 그의 진실은 이것이 전부여서, 여기에다 보탤 것도 뺄 것도 없었다. 목이 말라 깨었을 때도 아내가 그 자리에 그대로 있지 않았느냐, 피를 흘렸는데 냄새가 나지 않더냐고 따져 물었으나, 그는 이런 부분에 대해선 감각이 마비된 듯했다.

그는 아내의 입장에서 아내를 생각해 본다거나, 아내를 다른

생명체로 인정한 경험이 전혀 없었던 것이다. 형사가 어처구니없어
서, 도대체 아내를 사랑한 거냐고 지나치는 말로 내뱉었을 때 그는
그 말을 흘려들었다.

그가 사랑하지 않는 건 아내뿐이 아니었다. 그는 자기 자신조
차 사랑하지 못해서, 송치된 이후에도 그저 자포자기 상태였다. 그
는 태어나서 지금까지 한 번도 사랑을 받아 본 적이 없었던 것이다.
그는 가난한 어부의 아들로 태어났고, 아버지는 바다에서 죽었으
며, 어머니는 그를 데리고 다른 어부와 살림을 차려 씨 다른 동생이
여럿이었고, 가난은 끝이 없어서 늘 싸우고 배를 곯아 다른 걱정을
해 볼 틈도 없이 살았던 것이다. 그의 어머니는 일찍이 체면과 염치
를 잃고 사는 여자였다. 그는 아들의 불행에 대해서도 깊이 애틋해
하지 않았다.

그러나 용호는 두어 달 후 건넛불로 돌아왔다. 어부들이 가엾
은 아이 셋을 위해 눈물로 진정서를 여러 기관에 내었던 것이다.

용호는 아이들과 만났을 때, 비로소 아내가 이 세상에 없다는
자신의 현실을 조금씩 실감하는 낯색이었다.

— 이경자, 『절반의 실패』(동광사, 1988)

강석경(姜石景·1951~)

　　본명은 강성애로 1951년 경상북도 대구에서 태어났다. 대규모 비누 공장을 운영한 아버지 덕택으로 풍족한 유년 시절을 보냈다. 1969년 이화여자대학교 미술대학에 입학해 조소를 전공하던 중 아버지가 파산하면서 휴학했다. 휴학 중 광고대행사에서 일을 하면서 이해관계로 뒤얽혀 술수와 모략이 횡행하는 사회를 처음으로 경험했다. 복학한 이후부터 글을 쓰기 시작해 1973년 이대학보사 주최 추계문예에 투고한 단편소설 「빨간 넥타이」가 당선되었고, 1974년 《문학사상》 신인상에 단편소설 「한」, 「오픈 게임」이 이어령의 추천으로 당선되어 작품 활동을 시작했다. 1982년부터는 윤후명, 김원일, 이문열 등이 상업주의 문학의 배격을 기치로 내세우며 결성한 '작가' 동인에 합류해 창작 활동을 했다. 강석경이 본격적으로 문단의 주목을 받기 시작한 것은 등단하고 10여 년 이후부터이다. 1985년 《세계의 문학》에 발표한 중편소설 「숲속의 방」이 문단 원로와 대중 독자 모두에게 큰 관심을 받으며 비로소 명성을 얻었다. 중·단편소설 서른두 편과 장편소설 여섯 편을 비롯해 수필, 콩트, 동화 등 다양한 장르의 작품을 창작했다.

　　강석경은 천박하고 야비한 물질적 욕망이 팽배한 산업사회에서 자신의 순수성을 지키지 못해 괴로워하는 개인의 모습을 소설의 주 제재로 삼았다. 단편소설 「근」, 「오픈게임」(이상 1974), 「한밤의 나팔수」(1976) 등에서 인물은 자신의 개성을 지키기 위해 세속으로부터 스스로를 고립시키는 예술가로 나타났다. 물질적 욕망으로부터 비롯된 폭력성에 대한 비판 의식은 1980년대에 성적 지배 체제로서 가부장적 가족 및 피식민 국가에서 여성 삶에 대한 묘사로 이어진다.「폐구」(1982),「거미의 집」,「밤과 요람」,「낮과 꿈」(이상 1983)이 그 예이다. 강석경의 자유주의적 사회 비판 의식은 당대 민족·민중 문화 운동과 갈등을 빚는 방식이라는 점이 특징적이다. 강석경의 대표작「숲속의 방」은 민족·민중 문화 운동으로부터 획일화된 문제의식을 강요받아 정작 자신과 세계가 갈등하는 지점을 들여다볼 수 없게 된 한 청춘의 비극을 그려 당대 독자들로부터 많은 공감을 얻었다.

강석경의 소설은 1970~1980년대 산업사회에 대한 자유주의적 비판이 중산층 여성 지식인의 입장에서 어떻게 전개되었으며, 그러한 비판적 양심이 당대 페미니즘 문화 운동과 어떠한 방식으로 접목되었는지를 보여 주는 좋은 예라는 점에서 문학사적 의의를 찾을 수 있다.

한경희

밤과 요람

드문드문 떨어지던 진눈깨비가 질척거리며 내리기 시작했다. 선희는 하늘을 올려다보며 혀를 내밀었다. 먹구름 같은 어둠 속에서 진눈깨비가 춤추며 흩날렸다. 진눈깨비의 싸늘한 감촉이 콧등으로 스치자 선희는 목을 움츠렸다.

3월인데 날씨가 초겨울처럼 쌀쌀했다. 사람들이 어깨를 움츠린 탓인지 가로등이 을씨년스러워 보였다. 털옷을 껴입은 거구의 흑인이 드럼통처럼 앞으로 다가왔다.

거리는 다른 날보다 더 흥청대는 것 같았다. 여기저기 사람들이 무리 지어 다니고 클럽의 음악이 한길까지 울렸다. 요즘 날씨가 계속 포근했던 탓에 진눈깨비를 즐기는지도 모른다.

선희는 약방 앞을 지나치다 다시 되돌아갔다. 신문을 들여다보던 약방 주인이 선희가 들어서자 알은체를 했다.

"그것 줘?"

"옻 열 개."

시간이 아직 이른 편이었다. 클럽은 미군들이 드문드문 자리를 차지하고 있을 뿐 한산했다. 여자들은 입구에서 가까운 뒷자리에 모여 앉아 이야기하고 있었다. 선희도 그쪽으로 다가가 빈자리에 앉았다. 럼코크를 시키고 담배를 꺼내 무는데 옆자리에 두 여자가 앉아 DDY에 대해 떠들었다.

DDY란 비상 교육 훈련으로, 다른 나라 주둔 미군이 가끔씩 한국에 들어왔다. 여자들은 이번에 꽴 해군이 왔다고 좋아했다. "해군들은 기분파니까 한몫 잡아야지." 여자들은 이날의 수입을 미리 예상하며 들떠 있었다.

선희가 주문한 술이 나왔다. 선희는 옵타리돈[1] 다섯 알을 빼내 입에 털어 넣었다.

일곱 시가 지나자 미군들이 한 무리씩 몰려왔다. 여자들은 테이블 사이로 걸어 다니며 미군들과 농담을 주고받기도 하고 먹이를 찾듯 연신 실내를 살폈다. 손님이 계속 밀려오고 여자들 얼굴이 상기되기 시작했다.

떠들썩한 한 패가 입구로 들어섰다. 콧수염을 기른 한 남자가 거대한 몸집을 흔들며 괴성을 질렀다. 검은 안경에 가죽조끼를 걸친 한 미군은 뒤따라 들어오며 서부극의 무법자처럼 실내를 향해 총 쏘는 시늉을 했다.

탕탕탕.

그 앞으로 지나가던 여자가 총소리에 쓰러졌다. 무법자는 재빨리 무릎을 꿇고 여자를 안아 일으켰다. 죽은 시늉을 하던 여자가 슬며시 두 팔을 들어 남자의 목을 껴안았다. 입구 쪽의 자리에서 휘파람이 울리고 환호성이 터졌다.

---

1   환각성 의약품으로 각성 효과가 있다.

선희는 술을 비우고 자리에서 일어섰다. 구름 위에 뜬 듯 몸이 가벼웠다. 헤드폰을 꼈을 때처럼 하드록이 머리에 울렸다. 정신없이 걸어가다 선희는 무엇엔가 걸려 넘어질 뻔했다. 테이블 밖으로 미군이 한 발을 내놓고 앉아 있었다. 발을 밟혔는지 그는 우 소리를 지르며 얼굴을 찡그렸다.

"미안."

웃는 선희를 보며 남자가 어깨를 으쓱 올렸다. 보기 싫지 않을 정도로 살이 오른 얼굴에 턱수염을 기른 해군이었다. 선희가 스쳐 가려 하자 그가 빈 의자를 가리켰다.

"앉아요."

자리엔 이미 다른 여자가 앉아 있었다. 선희가 두 사람을 번갈 아 보자 해군은 "괜찮다" 하고 의자를 빼냈다. 여자도 마지못해 앉으라는 고갯짓을 했다.

여자 앞에 앉자 지분 냄새가 끼쳐 왔다. 클럽에서 몇 번 본 적이 있는 여자였다. 양배추처럼 얼굴이 동그랗고 머리가 노란 것이 특징이었다. 탈색해서 흑인처럼 부풀린 머리가 가는 몸에 비해 늘 너무 커 보였다. 해군이 선희에게 무엇을 주문하겠느냐고 물었다. "비싼 것 시켜." 옆의 여자가 선희 발을 찼다.

여자의 맥주잔이 비어 있었다. 그것을 보고 선희는 맥주를 시켰다. 여자는 할 일이 없다는 듯 테이블에 손을 올려놓고 매니큐어를 긁어 댔다. 자주색 매니큐어가 생쥐가 같은 것처럼 희끗희끗 손톱에서 떨어져 나갔고 해군은 야릇한 눈으로 그것을 바라보았다.

종업원이 맥주 두 병을 가져왔다. 해군이 선희의 잔에 맥주를 따랐다. 선희는 여자의 빈 잔을 손으로 가리켰다.

"머리가 긴 걸 보니까 해군 같아. 어디서 왔어?"

"괌."

"전에 한국에 와 본 적이 있어?"

"한국엔 처음이지만 한국 여자들은 많이 보았지. 괌에 한국 술
집이 있어. 한국 여자들은 예쁘지만 게으른 것 같았어."

"흥, 한국 애인이 당신 빨래를 안 해 준 모양이지?"

여자가 불쑥 끼어들면서 천연덕스럽게 말을 이었다.

"내 친구 중 미군과 결혼해서 미국 간 애가 있어. 그런데 남자
가 변심해서 혼자 괌에 가서 술집을 차렸어. 우리는 이 년째 편지했
어. 난 그동안 계속 그 친구에게 피임약을 부쳐 주었어. 한국 여자가
얼마나 부지런해."

선희는 키득 웃으며 어느새 비어 있는 여자의 잔에 맥주를 부
어 주었다. "난 하룻저녁에 맥주 서른 병을 비운 적이 있어." 여자는
뽐내듯 말했고, 선희는 거짓말 같다는 생각을 하면서도 "나이스다"
하고 외쳤다. 선희는 여자를 위해 해군에게 술을 더 마시고 싶다고
했다. 맥주 세 병이 이내 그 자리에 놓였다.

선희와 여자는 해군과 교대로 춤을 추고 '레드 선 클럽'을 나섰
다. 해군이 다른 클럽에서 술을 사겠다고 해서 두 여자 다 따라나섰
다. 여자는 클럽을 옮기면서부터 마구 술을 마셨다. 혼자 떠들어 댔
고, 해군의 턱수염을 잡아당겼다.

해군은 어깨를 들썩이며 웃어 댈 뿐 여자에게 개의치 않았다.
두 여자에게 담뱃불을 붙여 주면서도 하드록에 손장단을 맞추었다.
양배추 얼굴의 여자에게 더 이상 흥미가 가지 않아서 선희도 홀짝
술만 마셨다. 그날 세 군데의 클럽을 다니면서 세 사람 다 각기 취하
고 열한 시까지 어울렸다.

진눈깨비는 그사이 그쳐 있었다. 문을 닫은 상점도 많았고 거

리 여기저기 쌍쌍이 걸어갔다. 선희는 찬 공기에 숨을 깊이 들이마셨다. 몸은 여전히 구름 위에 뜬 듯하지만 머리가 맑아지는 기분이었다.

해군은 거리를 내다보며 휘파람을 불었다. 그러곤 두 여자에게 손 흔드는 시늉을 했다. 잘 가라는 인사였다. 해군이 두어 발짝 걸어갔을 때 여자가 뒤쫓아가 해군의 팔을 잡았다.

"털보, 돈을 줘야 하잖아."

여자는 제 머리를 손으로 헝클며 털보를 노려보았다. 털보는 여자가 미개인이나 되듯 바라보다 그녀 앞으로 얼굴을 디밀었다.

"무슨 소리야? 나는 당신들에게 술을 사 주었다. 함께 즐거운 시간을 가졌다."

여자가 얼굴을 일그러뜨리며 소리쳤다.

"우리는 비즈니스 걸이야. 너 때문에 시간을 낭비했어. 네가 물어줘야 돼."

털보는 여자를 향해 어깨를 으쓱 올렸다. 순간 여자의 손이 매처럼 털보의 콧등을 할퀴었다. 너무나 재빠른 동작이어서 털보가 피할 겨를도 없었다.

여자의 손톱이 깊이 박혔던지 털보의 콧등으로 핏자국이 번졌다. 털보는 손으로 제 콧등을 쓰다듬고는 손에 묻은 피를 들여다봤다. "미쳤어." 털보는 그 손을 여자 앞으로 쳐든 채 "국스!"[2] 음울하게 내뱉었다.

"호스 딕, 좆같은 놈이다. 털보 너는."

2　'국(gook)'은 동남아시아와 동남아시아계 사람들을 비하하는 용어이다. 특히 베트남 전쟁 기간 미군들이 베트남인을 비하하는 표현으로 널리 사용되었다.

여자가 욕을 계속 퍼부으며 돌아섰다. 선희는 여자의 등을 지켜보다 반대편으로 걸음을 옮겼다. 술을 많이 마시진 않았지만 다리 감각이 둔했다. 선희는 〈로빈슨 부인〉을 콧노래로 흥얼거렸다. 그때 무엇인가 선희의 어깨를 스쳤다. 뒤돌아보니 뜻밖에도 털보가 서 있었다.

"당신 뒤를 따라왔어. 가진 돈이 모두 십오 불인데 당신 집에 가고 싶다. 아까 그 여자는 자신이 먼저 내 테이블로 와서 앉았어."

"좋아. 그러나 십 불 더 내야 돼."

"난 장교가 아냐."

미친 여자처럼 털보를 따라 이 클럽 저 클럽 다녔건만 잠을 자려 하자 머릿속이 점점 또렷해졌다. 약기운 때문이었다. 이따금 남자의 코 고는 소리가 들릴 뿐 시간이 정지된 것처럼 고요했다. 제 몸속에서 아메바 같은 움직임을 느끼지만 머릿속은 텅 비었다. 좀 전에 함께 일을 치렀건만 남자의 몸뚱어리도 실감이 없었다.

샌디 방에서 땡땡 괘종 치는 소리가 들려왔다. 두 시. 아랫집 마당에 켜진 수은등으로 창이 희끄무레했다. 언뜻 창 아래 있는 탁자가 눈에 들어왔다. 탁자엔 주전자가 놓여 있었다. 갑자기 목이 말랐다.

선희는 가만히 몸을 일으켜 창가로 걸어갔다. 찬물을 잔에 따라 숨가쁘게 마시고 여름 천의 낡은 커튼을 젖혔다. 술병이 뒹구는 거리도 어린아이처럼 어둠 속에 누워 있다. 자부심을 지닌 백인과 그 빛의 어둠인 흑인, 거대한 체구의 아메리칸에게 달러와 사랑을 뺏는 여자들, 그들 모두가 밤의 요람에 잠들어 있었다. 발 딛고 내릴 제 땅을 찾지 못하고 욕망의 허공에서 허우적거리는 색색의 인종들이. 그리고 보면 이 기지촌은 하나의 요람과도 같다. 국명 없는 또 하나의 요람 나라. 선희의 눈앞으로 순간 거리 전체가 거대한 요람처럼 흔들렸다.

부대의 서치라이트 한줄기가 땅과 하늘을 터널처럼 잇고 지나갔다. 선희는 커튼을 제자리에 당겨 놓고 잠자리로 더듬어 갔다. 발에 뻣뻣한 것이 걸렸다. 그것을 치우려고 손으로 만져 보니 가죽 잠바였다. 잠바를 들어 방 한구석에 놓으려는데 무언가 바닥에 떨어졌다. 네모난 것이 손에 잡혔다.

선희는 침대 머리맡으로 가서 라이터를 찾았다. 남자로부터 등을 돌리고 라이터를 켜자 지갑이 눈에 들어왔다. 선희는 지갑을 들춰 그 속의 돈을 다 꺼냈다. 빳빳한 십 불짜리 지폐 여섯 장이 나왔고, 오 불짜리도 네 장 있었다.

선희는 돈을 방바닥에 펼쳤다. 순간 털보가 숨을 길게 몰아쉬곤 몸을 뒤척였다. 선희는 가만 고개를 돌려 무표정하게 털보를 바라보았다. 곤히 잠이 들어서 쉬 깰 것 같진 않았다. 라이터 불빛으로 콧등의 생채기가 얼핏 드러났다.

털보와 싸우던 여자의 얼굴이 떠올랐다. "호스 딕!" 선희는 그 여자처럼 내뱉으며 십 불짜리 지폐 여섯 장을 집어 들었다. 어둠 속을 살피다 순간 베개에 눈이 갔고 선희는 베갯잇 속에 즉흥적으로 돈을 밀어넣었다.

각오는 했지만 선희는 아침 일곱 시에 경찰서로 붙들려 갔다. 털보가 경찰차를 불러와서 연행되었다. "어제 난 팔십 불을 가지고 있었어. 그런데 지갑에 이십 불밖에 없어." 털보는 차가운 눈초리로 거듭 말했다. 선희가 경찰차에 오르기 전 장 마담은 "무조건 잡아떼라." 귓속말을 했다. 선희는 그 말대로 했고 별다른 일은 없었다. 경찰서에서도 다그치지 않고 형식적인 취조만 했다. 경찰서를 나온 것은 오후 다섯 시가 넘어서다. 장 마담이 와서 경찰과 알은체하며 몇 마디 주고받았고, 선희는 순순히 풀려났다. 장 마담과 함께 경찰서를 나서는데 경찰이 말했다.

"나라를 위해 외화를 벌어들이는 사람인데 잘 봐줘야죠."

"정말이에요. 애들이 큰일 하는 거예요."

밖으로 나서니 찬바람이 뺨을 얼얼하게 했다. 그것이 오히려 상쾌했다. 열 시간이나 경찰서에 앉아 있어서 주리가 틀릴 지경이었다. 온종일 굶었으나 감각이 없었다. 신호대 앞에서 장 마담이 "배 주렸겠구나." 해서 그제야 아무것도 먹지 않은 것을 알았다.

하늘엔 어느새 어스름이 깔리고 있었다. 갑자기 거리가 환해지더니 하늘이 점점 놀로 물들어 갔다. 놀은 하늘 한끝에서 장밋빛으로 밀려오다 갑자기 숯불처럼 빨갛게 타올랐다. 눈이 아프도록 선명한 노을빛이 처절한 느낌을 주었다.

문득 미라가 머리에 떠올랐다. 얇게 쌍꺼풀진 눈으로 가물가물 웃는 모습이 스러져 가는 화롯불 같아, 그 눈을 떠올리는데 오늘이 미라 생일인 것이 퍼뜩 생각났다. 미라는 미리 장 마담 집 여자들에게 아침을 함께 먹자고 했다. 선희는 시장 어귀에 있는 정육점에 들러 불고기 세 근을 샀다.

"불고기 파티 하려구요."

선희가 정육점에서 달러를 내자 장 마담이 흥, 코웃음 쳤다.

"경찰서에서도 돈 만 원 날렸다. 본전도 안 남는 거 아냐?"

선희는 주머니에서 사십 불을 꺼내 보였다. 그중 십 불과 정육점에서 내주는 거스름돈 중 오천 원을 장 마담에게 주었다.

"엄마가 잘 말해서 나왔으니까 담배 몇 갑 사 드릴게."

선희가 미라 방에 들어섰을 때 막 음식상이 차려지고 있었다.

애니와 미라는 그릇을 나르고 샌디는 방바닥에 퍼질러 앉아 화투 패를 떼고 있었다. 미라가 선희를 보고 손뼉을 쳤다.

"언니 왔구나. 언니 오면 파티하려고 지금 상 차리는 거야."

"고마워. 이거 불고깃감."

"이렇게 비싼 걸? 오랜만에 포식하겠네."

애니도 따라 "아유!" 하다가 샌디 앞으로 다가갔다. 샌디는 수선에도 아랑곳없이 화투 두 장을 들고 중얼거렸다.

"난초에 공산이라, 오입을 하니 돈이 들어온다는 것이렸다."

"씨팔, 이놈의 화투짝은 좆같이 붙어 다니네. 상 차린 것 안 보여?"

애니가 샌디 앞에 펼쳐진 화투를 발로 헤집었다.

"끝내주는 패가 나왔는데 저년 봐라." 샌디는 애니를 흘겨보면서도 화투를 방 한구석으로 쓸어 모았다. 상 앞에 와 냉큼 앉고선 그제야 선희에게 호들갑을 떨었다.

"유, 언제 나왔어. 피라민 줄 알았더니 제법이네. 경찰서엔 장 마담이 갔지? 돈 썼다고 안 그래?"

"장 마담한테 만 원 줬어."

"그중 반은 장 마담이 먹었어. 아무튼 수고했다. 이건 출옥 환영 파티야."

샌디가 상에 놓인 샴페인 병을 올려 드는데 애니가 들창코를 쳐들고 선희를 향해 말했다.

"역시 장 마담 집 여자야."

상엔 음식이 제법 푸짐하게 차려져 있다. 잡채와 약과, 떡이 있고, 미역국에 햄샐러드와 샴페인이 놓여 있다. 식탁 한옆에선 고기까지 끓고 있다. 각자 앞에 놓인 옥색 꽃무늬 접시는 처음 보는 것인데 미라가 또 빚을 지고 새 그릇을 사들인 것이 틀림없다. 두 달 전 애니 생일에도 장 마담에게 빚을 내서 유리잔 세트를 선물한 미라다.

미라는 주인공답게 화려하게 나타났다. 검고 긴 머리에 붉은 띠를 매고 같은 색의 한복을 입었다. 번질거리는 다홍색 양단이 불빛에 타 들어갈 듯하다. 막 들어온 데이브를 옆에 앉히고 미라가 샴페인을 터뜨렸다.

병마개가 천장으로 치솟자 여자들이 환호성을 올렸다. 데이브가 샴페인 병을 받아 들고 미라 잔에 술을 부었다. 술이 넘칠 듯 잔에 가득 채워졌다. 미라가 탄성을 지르며 술잔에 입술을 적셨다. 여섯 개의 유리잔이 모두 복숭앗빛으로 물들었다. 달큰한 과일 향기가 코끝으로 끼쳐 왔다.

"해피 버스데이 투 유."

"해피 버스데이 미라."

모두 노래하며 잔을 요란하게 부딪쳤다. 복숭앗빛 샴페인이 잔 속에서 출렁였다. 미라가 목소리를 한 옥타브 높였다.

"우리 신랑이 돈이 없어서 많이 못 차렸어. 써니 언니가 고기 사 왔으니까 그거나 많이 먹어."

"일주일 살고 사십 불 줬다고? 불알을 떼 버려."

샌디가 데이브를 향해 이죽거리자 미라가 데이브의 곱슬머리를 손으로 문질렀다.

"그래도 얘 착해. 생일이라고 시계 사 줬어."

"병신, 시계 사 줄 돈 있으면서 살림 돈은 왜 더 못 줘? 데이브 새끼 제 실속은 다 차려."

"아이 엠 병신."

애니 말이 끝나자마자 데이브가 껴들었다. 제가 도마 위에 오른 것을 안 모양이다. 여자들은 깔깔대며 웃었다. 동그란 얼굴에 턱이 내려앉아서 희극배우 같아 보이는 데이브.

미라는 입가에 묻은 샐러드를 혓바닥으로 핥고 있었다. 보조개를 지으며 웃고 있는 미라의 얼굴 위로 상처 같은 금이 그어져 있었다. 거울 속의 미라를 보고 선희는 가슴이 섬뜩했다. 자세히 보니 거울에 간 금이었다.

주린 배를 채우려 했으나 음식이 많이 먹히지 않았다. 아스크만 두 잔 거푸 마셨는데 빈속이어선지 얼굴이 달아오르는 듯했다. 벽에 과녁처럼 걸린 레코드판만 자꾸 눈에 들어왔다.

애니가 자리에서 일어나 전축 앞으로 걸어갔다. 애니는 벽에 걸린 레코드판 중 하나를 빼서 턴테이블에 올려놓았다. 어깨가 절로 움직이는 하드록이 쿵쿵 울리고 애니는 한 손으로 엉덩이를 치며 그 앞에서 혼자 춤추었다. 긴 곱슬머리가 허리까지 굽이치고 꼭 끼는 청바지를 입은 몸매가 물고기처럼 유연했다.

미라와 데이브는 앉은 채 어깨춤을 추기 시작했다. 샌디는 담배를 입에 물고 젓가락을 두들겼다. 방 안에 담배 연기가 자욱했다. 매일 맡는 냄새지만 이날따라 메스꺼웠다.

선희는 슬그머니 밖으로 나섰다. 찬 공기를 마시고 싶었다. 하늘에선 별이 드문드문 빛을 내고 바람이 시멘트 바닥 위로 쇳소리를 내며 휩쓸려 다녔다. 찬바람에 목을 움츠리며 선희는 방 뒤꼍으로 다가갔다. 무심히 뒷집 마당을 내려다보니 수은등 아래 대추나무가 있었다. 채 잎을 피우지 못한 가지가 바람에 건들거렸다.

저 나무엔 밤송이처럼 큰 열매가 맺힐지도 몰라. 아니면 이곳 여자들의 머리카락처럼 노랗게 탈색한 대추가 맺히든지. 선희가 써니로 불리듯이 이곳에선 모든 것이 변하니까.

외화를 벌어들이는 사람…… 문득 경찰서에서 들은 말이 떠올랐다. 나라를 위해? 선희는 코웃음 치곤 가만 주먹을 움켜쥐었다. 뼈만 드러난 주먹을 시멘트 난간에다 콩콩 찧었다.

방으로 걸음을 옮기려는데 다투는 소리가 희미하게 들려왔다. 선희는 귀를 기울이다 층계 앞으로 다가갔다. 장 마담의 쉰 목소리가 아래층에서 울려왔다. 선희는 자석에 끌린 듯 층계로 내려섰다.

"이봐, 네가 나한테 이럴 수가 있어? 무릎 꿇고 사정해도 시원찮을 텐데 깡패 놈 데려와 방문을 부숴? 꼼짝 말고 거기 있어라. 네년을 고소하겠다."

숨도 쉬지 않고 내뱉는 장 마담 말소리를 들으며 선희는 마지막 층계까지 내려섰다. 층계 바로 앞의 미장원 쪽 통로와 이어진 수돗가였다.

흐릿한 전깃불 아래 한 여자가 서 있었다. 여자는 짧은 머리를 흩뜨린 채 검은 파카에 손을 찌르고 있었다. 누런빛을 띤 얼굴엔 피로한 기색이 역력했지만 눈만은 생기로 번뜩였다. 여자 앞으로 한 남자가 전축 같은 물건을 들고 나갔다. 장 마담이 허둥지둥 뒤따르자 여자가 장 마담 앞을 가로막았다.

"흥, 고소하려면 하소. 벌 능력이 있어야 벌지. 이 바닥서 이판사판 다 겪은 년이 보이는 게 있나? 내가 살아야 빚을 갚든지 말든지 하지."

"그래, 네년이 내 돈 떼먹고 잘도 살겠다. 이마에 진짜 훈장 달고 싶어?"

"두고 보슈. 잘살면 빚만 갚을까."

푸른 반점이 드리운 장 마담 눈은 살기마저 띠고 있었다. 여자는 눈 한번 깜박하지 않고 빈정거리며 돌아섰다. 층계 앞을 스치며 여자는 선희를 흘끗 보았다. 아까부터 저를 지켜보던 선희를 그제 야 의식한 듯했다. 쏘아보는 눈이었으나 악의는 없었다. 여자가 대 문으로 나가자 장 마담이 수돗가에 침을 내뱉었다.

"흥, 그 몸으로 무슨 영업을 해? 애비 없는 깜둥이 새끼 배고 와 서 어디다 싸지르려고."

누구일까, 뒤돌아서면서야 선희는 여자가 누구인지를 생각해 냈다. 장 마담 집 여자들이 늘 입에 올리던 기순 언니라는 흑인 색 시. 미군에게 살림 돈을 받고도 마음에 들지 않으면 사흘 만에 차 버 린다는 여자. 기순은 선희가 이 집에 온 바로 그날 이른 아침 갑자기 들이닥친 보건소 직원에게 마리화나를 들켜서 잡혀갔다. 그것이 지 난겨울 일이다. 검은 파카를 입은 여자의 모습을 떠올리자 선희는 구원병이라도 얻은 듯한 기분이 들었다.

봄의 호루라기를 불며 노랗게 흐드러진 개나리가 어느새 지고 있었다. 대추나무에도 연둣빛 물이 오르고, 공터엔 잡초들이 여기 저기서 고개를 드밀었다. 야산이 깎이고 논두렁에 포장도로가 깔리 면서 기지촌이 들어선 지 이십 년이 넘었다지만 생물의 뿌리는 깊 어서 어디든 틈만 있으면 풀포기가 비집고 나온다.

공터 앞의 블록 집이 병아리색으로 단장돼 있었다. 산뜻하긴 하나 경박스러웠다. '방 있음'이라고 써 놓았지만 저 집에도 간이무 대처럼 어수선한 방이 몇 개 들어차 있겠지. 시멘트 바닥이 그대로 드러난 방. 이곳에 살려면 무엇보다 비닐 장판을 깔아야 한다. 정성 들여 도배된 장판방이란 이 바닥에서 찾아볼 수 없다. 상인들과 여 자들이 각처에서 흘러 들어온 붐 타운이므로, 지물포와 이삿짐센터 가 어느 곳보다 많은 것이 토박이가 없는 기지촌의 정경이었다.

선희가 이곳으로 흘러 들어온 것이 언제였던가. 이제 네 달이 돼 가지만 그전 일이 아득하게 생각되었다. 이 년 전 봄만 해도 모델 대 위에서 자세를 취하고 있었다. 물오른 나무처럼 청순한 몸을 부끄럼 없이 내보이며 나름대로 보람을 찾았다. 허황된 생각이지만 자신이 예술가 지망생들에게 영감의 샘이 되기를 바랐다. 모딜리아니의 연인, 숱한 명화 속의 연인들처럼.

이런 것은 선희의 비현실성을 보여 주는 단면이다. 여고를 졸업하고 선희는 이삼 년간 책과 망상으로 시간을 보냈다. 동네 일대에 이천여 평의 땅을 가진 큰언니가 선희의 재정 보증을 서 주지 않아서 취직을 하지 못했다. 동기라곤 딸 셋뿐이어서 선희는 이 일로 돈에 경멸감을 갖게 됐다.

친척의 소개로 곧 피혁 회사에 취직했지만 일 년도 못 되어 그만두었다. '미스 지'라고 불릴 때마다 까닭 모를 반발심이 생겼고 사무적인 일에 집중이 되지 않았다. 선희는 '돈만을 위해 살 수는 없다'라는 결론을 성급하게 내렸다.

선희가 모델을 서기로 마음먹은 것은 둘째 언니 선자가 친정으로 돌아오고서였다. 공사장 감독이었던 남편이 사고로 죽고 나서 보니 호적에 선자가 올려져 있지 않았다. 시집의 몰인정에 못 견디고 친정에 온 언니는 아이를 안고 눈물을 헤프게 쏟아 냈다. 그즈음 선희의 눈에 띈 것이 한 미술대학에서 낸 모델 모집 광고였다. 그것은 탈출구 같았다.

막 꽃피기 시작한 나이 스물두 살에 나신으로 모델대 위에 섰을 때 선희도 처음엔 수치감에 휩싸였다. 그것은 아무에게도 보이지 않은 성역이었다. 은밀한 꿈과 미소가 둥근 어깨에서부터 허리로 휘돌고 순수의 음표들이 숨어 있는 미지의 악기였다. 선희는 너무 성급했는지도 모른다. 낯선 세계 속에 알몸으로 마주 선 선희는 한순간 아이처럼 두려움을 느꼈다. 그 두려움을 씻어 준 것은 조소실에서 들려오던 한 조각가의 나지막한 목소리였다.

나무를 자세히 관찰해 봐. 가지가 밋밋한 법이 없이 어디에선가 꼭 마디가 져 있어. 그 마디를 보면 거기서 또 다른 가지가 뻗어 있지. 운동이 있는 곳에 생명이 있어. 이것이 생명의 법칙이야. 우리의 인체도 이와 같아. 자연의 신비지.

환상의 가지를 틔우는 나무가 되어 선희가 모델대 위에 선 지두어 달이 되어서였다. 수요일마다 선희가 모델을 서는 4학년 조소실에서 이상한 일이 일어났다. 그 조소실은 2학년 조소실과 젖빛 유리창을 사이에 두고 붙어 있었는데 선희가 모델을 서는 시간이면 누런 작업복의 그림자가 비치다 사라졌다. 그 작업복은 교수에서부터 조소실의 잔일을 맡아 하는 권 씨에 이르기까지 과 직원이 입는 옷이었다.

처음엔 창에 비치는 그림자가 누구인지 아무도 짐작하지 못했다. 교수라고는 물론 생각지 않았지만 권 씨라고도 생각하지 못했다. 어깨를 힘없이 내려뜨리고 안짱걸음으로 걸어 다니는 권 씨에겐 내시라는 별명이 소리 없이 붙어다녔다. 남성적인 것이 거세된 듯 보이는 사람이었다.

창에 어른거린 주인공은 권 씨임이 얼마 뒤 밝혀졌다. 실제로 그 장면을 보았다는 학생에 의해 말이 번져 나갔지만 선희도 그것을 확인했다.

한 학기가 끝나고 기말고사를 치르는 여름이었다. 선희는 한산한 미대 복도에서 제 구두 소리를 들으며 걸어 다니다 조소실 맨 끝의 창고 문이 열려 있는 것을 보았다. 조교를 찾던 중이어서 선희는 별생각 없이 그곳까지 갔다. 안을 기웃하니 못 쓰는 조소대 등 폐품이 쌓여 있는 창고 한 모퉁이에 권 씨가 앉아 있었다.

권 씨 앞에는 오십 센티 정도 길이의 토르소 나뭇조각이 놓여 있었다. 강처럼 길고 유연한 허리 곡선이 나뭇결 따라 휘돌고 있었고 거의 다듬어진 상태였다. 선희와 눈이 마주치자 권 씨는 얼굴까지 붉히며 당황했다. 선희는 "대단한 솜씬데요." 하고 티 없이 웃어 보였다. 권 씨가 창에 비치는 그림자인 줄을 누구보다 먼저 알고 있었지만 그 일로 권 씨를 미워하진 않았다. 선희는 미의 분배법칙을 알고 있었다.

선희의 균형이 깨어진 것은 모델대 위에 서기 시작한 그해 가을이다. 미대 강사의 소개로 그의 친구인 고교 미술 선생 화실에 나갔다. 그는 누드화에 몰두해 있었는데 부처 같은 웃음으로 선희를 맞았다.

작업에 들어간 지 사흘째 되던 날 미술 선생이 술을 사겠다고 했다. 술을 경이로운 것으로 생각할 때라 선희는 쾌히 응했다. 한 잔을 마시니 가슴이 뛰었고 취하는 것 같았다. 그것이 재미있어서 선희는 두서없는 말을 해 댔다.

선희는 그날 밤 낯선 곳으로 이끌려 갔다. 몸이 나른하고 자꾸만 가무러졌지만 남자가 제 몸을 압박할 땐 눈을 홉뜨고 밀어냈다. 힘 싸움엔 이내 지쳤고, 선희는 "남자와 이런 일 처음이야." 애원하듯 말했다.

남자의 손이 선희의 뺨으로 날아들었다. "거짓말 집어치워!" 선희는 충격으로 인해 얼굴뿐 아니라 머리까지 얼얼해졌다. 선희는 백치처럼 멍하니 누워 남자를 받아들였다. 사 년 전이었다.

생각에 몰두해 걸어가는데 기적 소리가 울렸다. 몇 발짝 앞에서 차단기가 내려지고 있었다. 알파벳이 널려 있는 이곳에 가난하게 엎드려 있는 철길을 보노라니 기적 소리가 점점 가까워졌다. 불현듯 선희가 처음 이곳에 온 날이 떠올랐다. 그때 선희는 빨갛게 언 손으로 가방을 들고 이렇게 차단기 앞에 서 있었지. 달려가는 기차만이 현실이었다. 선희가 서 있는 곳은 과거이며 기차가 가로막은 부대 쪽 길은 미래였다. 갈보가 되려는 미래, 자신을 내동댕이치려는…….

기차가 지나가자 차단기가 다시 올려지고 선희는 강물에 밀리듯 여자들 속으로 걸어 나갔다. 애니가 철로 왼쪽에 있는 골목길을 손으로 가리켰다.

"기순 언니 집, 저 골목에 있어."

철길을 끼고 걸어가다 샛골목으로 빠지니 논길 같은 길 양편으로 집들이 다닥다닥 붙어 있었다. 애니는 골목 끝에 있는 이층집으로 들어갔다. 층계가 집 바깥에 있어서 아래채와 독립돼 있었다. 가파르고 좁은 층계를 거쳐 이 층에 올라서자 마루가 있는 방이 눈에 들어왔다. 문 두 개가 닫혀 있는데 그중 하나에는 자물쇠가 채워져 있었다.

"기순 언니 있어?"

애니는 대답도 기다리지 않고 마루로 올라섰다. 선희도 신발을 벗는데 "들어와" 안에서 말소리가 울렸다.

단조롭게 밝은 방이 한눈에 들어왔다. 놓인 물건이라곤 구식 전축과 상앗빛 새 옷장뿐이었다. 전축 위의 유리병엔 장미가 한 아름 꽂혀 있고 철길이 내려다보이는 창으론 햇빛이 쏟아졌다. 장식이 없어서 더 편안하게 느껴지는 방이었다.

기순은 잠옷을 입고 누워 있었다. 얼굴이 부스스했지만 앓아선지 눈빛이 맑았다.

"심심한데 잘 왔다. 수술한 지 일주일 됐지만 아직 누워 있어야 돼."

"그래두 이건 호강이야. 장미까지 있잖아." 애니는 방을 둘러보다가 창으로 다가갔다. "철길도 보이고 신혼살림 기분 나겠네."

"애 많이 낳게 생겼어. 기차 소리에 밤잠 설치면 그 일밖에 할 게 더 있어."

"흥, 바쁘겠어. 생기자 떼자." 애니가 비실비실 웃으며 "살림하는 신랑이 그렇게 좋대며?" 물었다.

"나 교도소서 나올 때 영치금에서 간수 천 원 주고 나니까 천 원밖에 안 남아. 집에 와 봤더니 장 마담이 내 냉장고와 새 담요까지 팔아 버렸어. 전축은 숨겨 놓고 빚 갚으라고 오리발 내밀데. 거기다 일곱 달이 돼서 배는 부르지, 영업할 처지도 못 되지. 화류계 친구가 범친구라 내가 없으니 밥 한 숟갈 얻어먹을 생각 못 하지. 그런데 하느님은 있어. 그때 한쪼가 나타난 거야. 국화란 친구가 소개해 준 거지만 한쪼가 내 하느님이 됐어. 나를 구원해 주었으니까. 살림하기로 하고 날 병원에 데려갔어. 하혈한 것도 다 받아 내. 냄새가 날 텐데 옆에 누워서도 싫은 내색도 하지 않아. 흑인들이 한국 사람같이 연민이 많긴 하지만. 어젠 내가 물었어. 당신 천사 아니냐고."

"샘은 언니가 잡혀가고 나서 같이 미국 갈 차비 마련하느라 도둑질했어. 부대 텔레비전 두 대와 타이프 일곱 대를 훔쳤대. 들키는 바람에 본국으로 송환됐지만."

"갑자기 면회가 끊겨서 무슨 일이 있는 줄 알았어. 교도소 나와서 그 말 듣고 부대로 면회 갔어. 나 보고 막 울어. 아이도 낳으래. 미국 가면 부르겠다고. 샘이 이젠 본국 갔으니 나를 잊겠지."

"그래도 언니는 얼굴도 상하지 않았어. 멍키 하우스에 갔다 온 것치고 너무 유들거린다구."

"호, 이유가 있지. 교도소에서 사식으로 마가린을 사서 얼굴에 발랐어. 그 안에서 바를 게 있나. 깜방도 한번 있어 볼 만해. 구더기 뜬 된장국을 먹지만 거기대로 재미가 있어. 샤워는 눈 깜짝할 사이에 마쳐야 돼. 하루 삼십 분의 일광 시간이 있는데 그 시간이 얼마나 기다려지던지. 깜방이 아니면 할 수 없는 경험이야."

다소 어색하게 앉아 있었지만 선희는 친근하게 기순을 바라보았다. 기순은 고통스러웠을 지난날을 담담하게 일축했다. 웃음까지 보였는데 그것은 여유였다. 운명과 악수하는 여유. 선희가 담배를 집어 들자 그제야 애니가 소개했다.

"참, 써니 언니가 언니 보고 싶다고 해서 함께 온 거야. 장 마담 집에 같이 있어. 언니 잡혀간 날 왔다구."

"전에 본 적이 있어요."

선희 말에 기순이 "알아, 나두." 손가락을 까닥했다. 기순은 선희의 나이를 가늠하듯 "스물넷? 다섯?" 물었다.

"스물여섯요."

"난 서른. 우린 그런 거 안 속여. 그런데 재미는 어때? 네 달 돼가면 알 만한 건 다 알 텐데."

선희는 아무 말도 하지 못했다. 꿰뚫어 보듯 선희를 바라보던 기순이 애니에게 시선을 돌렸다.

"애니와 미라 힛파리[3] 때문에 장 마담 집 여자들이 유명해졌지만 힛파리는 하지 마라. 난 이 바닥에 나온 지 십 년이 넘었지만 한

---

3 'ひっぱり'. '매춘부가 거리에서 하는 호객행위'를 이르는 일본말.

번도 힛파리 한 적이 없어. 흑인들이 힛파리 싫어해. 서른이 돼 가는 여자가 배꼽 나오는 옷을 입고 클럽을 누볐지만 자존심은 지켰어."

"씨팔, 이왕 돈 벌려고 나선 거, 아무려면 어때. 힛파리 싫어해도 캐치하면 잘도 따라붙더라."

애니가 시큰둥하게 내뱉자 기순이 웃었다.

"애니 정도면 아무도 말 못 하지. 자기 철학이 있으면 돼. 고등학교 2학년 때 집을 나와 이 생활을 하게 됐지만 나도 시작부터 철저했어. 낮에는 팝송으로 영어를 공부하고 클럽에 사전을 들고 나갔어. 미군 말을 못 알아들으면 단어 찾아 달라고 사전을 내밀었지. 열심이었어. 잔디나 스피츠도 피워 대고 약기운에 오층에서 뛰어내리다 엉덩이뼈를 부러뜨리기도 했고. 그동안 이판사판 다 겪었는데 뒤늦게 마리화나가 단속에 걸려서 교도소까지 갔네. 지금은 집행유예 이 년이야. 그래도 이 생활을 불행하다고 생각하지 않아. 돈만 좀 있었으면 좋겠어."

"나도 이 생활을 한 번도 후회해 본 적이 없어. 씨팔, 짧은 한세상 이래 사나 저래 사나 내 멋이야."

"써니는 약 같은 것 안 먹지?"

기순이 선희에게 불쑥 물었다.

"맨정신으로 클럽 나가기 싫을 때 가끔요."

"철없이 휩쓸리지 마. 그러려고 이 바닥에 나왔다면 큰 오산이야."

두 여자는 다섯 시가 다 되어 기순의 집에서 나왔다. 애니는 살림하는 톰슨이 돌아올 시간이라 서둘렀고 선희는 기순이 피로할 것 같아 일어섰다. 세 시간 동안 거의 혼자 얘기한 기순은 미안하다는 듯 선희에게 한마디 던졌다.

"다음엔 유한테 인생 강의할 기회를 주겠어. 아마도 할 얘기 많을걸."

선희는 대답 대신 웃음 짓고 그대로 뒤돌아섰다.

낯선 골목길로 앞장서 가던 애니가 하늘색 대문이 있는 집 앞에서 멈춰 섰다. 대문이 반쯤 열려 있어 애니는 집 안을 들여다보았다. 마당 입구에 아치가 둘러져 있었다. 안엔 목련 두 그루가 눈송이같이 피어 작은 뜰이 온통 환했다. 테라스 앞에 작은 연못도 보였다. 애니가 선희 손을 끌고 대문 안으로 성큼 들어섰다.

"이 집에 방 없어요?"

영업할 집이 아닌 것이 분명했지만 선희는 잠자코 있었다. 가게 진열장에서 마음에 드는 것을 보면 그냥 지나치지 못하는 애니였다. 집이 마음에 드나 보다.

연못 앞에 젊은 여자가 갓난아기를 안고 서 있었다. 붕어 먹이를 던지다 말고 여자는 애니를 훑어보았다. 양미간을 살짝 찌푸리며 여자가 이내 새침하게 말했다.

"여긴 그런 데 아녜요."

여자의 경멸하는 듯한 말투가 애니의 성깔을 건드린 것이 틀림없다. "그런 데?" 애니는 거만하게 긴 머리를 뒤로 젖히며 대뜸 말을 맞받았다. 애니가 쏘아보자 여자는 아이를 추켜 안고 현관 쪽으로 돌아섰다. 더 이상 볼 일 없다는 표시였다. 선희는 애니 손을 잡아끌어 대문으로 나섰다.

"방 있다고 써 놓지도 않았는데 왜 들어가니? 니 잘못이야."

"씨팔, 이 바닥이야 다 색시 사는 덴데 그런 것도 못 물어봐? 양색시를 똥같이 보는 그년도 미제라면 환장을 한단 말이야. 옷 벗으면 제 년이나 나나 다를 게 뭐가 있어."

"맞아, 맞아. 넌 톰슨이 오기 전에 집에 가서 기다리기나 하면 돼."

선희가 애니를 다독이며 골목을 나서려는데 계집아이가 옆으로 지나갔다. 계집아이는 양팔로 새끼 강아지를 안고 있었다. 갈색 얼룩무늬의 귀여운 강아지였다. 애니는 어느새 돌아서 계집아이에게 다가갔다.

"얘, 강아지 한번 만져 보자. 니네 거니?"

"아뇨. 막내 이모 집 거예요. 데리고 놀다가 갖다주려구요."

강아지는 애니가 쓰다듬는 대로 온순하게 눈만 껌벅였다. 아이는 그것이 좋은지 묻지 않은 말까지 했다. 애니는 강아지를 아이에게서 빼내 제 품에 안았다. 애니도 아이처럼 즐거워했다.

"얘, 니네 이모가 나한테 강아지 안 팔까? 너 따라가서 말해 볼까."

"이모도 친구한테서 새끼 하나 얻은 거래요. 나 달래도 안 줘요."

"이모 집이 어딘데?"

아이는 두 여자가 지나온 골목 쪽을 손가락으로 가리켰다.

"여기서 세 번째 집 말이야?"

애니가 눈을 치켜뜨자 아이는 고개를 끄덕였다. 애니는 강아지를 다시 쓰다듬고 아이 품에 들려 주었다. 그러고는 돌아서는 아이를 향해 큰 소리로 말했다.

"난 그 강아지와 똑같은 것 살 거야. 두고 봐라."

피곤하여 클럽에 늦게 나가니 자리가 거의 차 있었다. 머리를 말 꼬리처럼 올려 묶고 짧은 주름치마를 입은 샌디는 어느새 보이지 않았다. 선희와 함께 클럽에 들어섰던 샌디는 곧장 플로어에 나가 춤추었다. 좀 전에 한 미군과 마주 서서 몸을 흔들더니 함께 자리에 앉았나 보다.

선희는 줄곧 스탠드바에 앉아 있었다. 맥주를 시켜 놓고 마시는 둥 마는 둥 잔만 잡고 있었고, 이따금씩 몸을 돌려 샌디가 춤추고 있는 무대 쪽을 바라보았다. 세 개비째의 담배에 불을 붙이는데 누가 선희 등을 쳤다. 종업원 제복을 입은 단발머리 여자였다. 종업원은 누가 찾는다며 손가락을 들었다. 종업원이 가리키는 홀 가운데 자리에서 한 남자가 손을 들고 있었다. 언뜻 보기에도 젊은 미군은 아닌 것 같았다.

선희는 별생각 없이 그의 자리로 걸어갔다. 탁자 사이사이로 빠져나가는데 한 여자가 선희 앞을 막아섰다. 여자는 턱으로 선희가 가려는 자리를 가리켰다.

"저 자리에 가는 거지?"

"왜 그래요."

"가지 마."

여자는 한쪽 어깨가 드러난 검은 옷을 입고 붉은 장미를 가슴에 꽂고 있었다. 눈가엔 온통 검은 아이라인이 칠해져 있고 눈만 강조한 화장 때문에 팬이처럼 보였다. 여자는 선희를 놓치지 않고 바라보았다.

"나랑 살던 남자야. 저기 앉지 마."

선희는 여자에게서 비켜나 그 자리로 갔다. 남자가 의자를 내어주며 물었다.

"무슨 일이야. 모나가 뭐라고 해?"

"여기 앉지 말라고."

"아무 관계도 없어. 전에 한 달 산 일은 있지만 지금은 끝났어. 당신은 그냥 앉아 있어요."

다갈색 곱슬머리의 중년 남자였다. 매부리코가 냉정해 보였고, 또 능란할 것 같은 인상을 풍겼다. 남자는 주머니에서 초콜릿을 꺼내 선희 손에 올려놓았다.

"나, 척이야. 당신은?"

"써니."

"무슨 술을 마시고 싶어?"

"마티니."

남자는 지나가는 종업원에게 술을 주문했다. 아까 선희에게 남자의 말을 전해 준 여종업원이었다. 척이 담배 한 개비를 선희 앞으로 내밀었다.

"아까부터 지켜봤지. 당신 뒷모습이 꼭 고갱의 그림에 나오는 여자 같았어. 긴 머리와 스탠드바 벽면 장식 때문일 거야."

스탠드바의 벽면엔 붉은 색조의 바탕에 나무들이 그려져 있었다. 남자 말대로 강렬한 원색이 고갱을 생각나게 했다. 선희는 담배를 한 손에 든 채 턱을 괴었다.

"앞모습은 어때? 뒷모습과 어떻게 다르죠?"

"좀 전에 걸어왔을 때 젤리피시 같았어. 바닷가에 떠다니는 젤리피시. 뼈가 없어. 투명하고, 그리고…… 다른 생물이 모습을 감추는 밤에 실체가 더 빛나지. 물결 위에서 외롭게 반짝반짝……"

"오늘 난 시인을 만났어. 젤리피시란 비유는 정말 재미있어."

종업원이 마티니를 가져왔다. 투명한 유리잔을 테이블에 내려놓고 붉은 장미를 가운데 꽂았다. 헝겊 꽃이었다. 선희가 그것을 집어 들자 단발머리 여자가 선희의 발을 건드렸다.

"이 남자 그만두는 게 좋아. 저 여자의 정부란 말이야."

단발머리가 가 버리자 선희는 유심히 실내를 살폈다. 이내 스탠드바로 눈이 갔고, 서서 선희 쪽을 바라보는 모나를 발견했다. 모나는 입에 담배를 문 채 드러난 어깨에 한 손을 얹고 있었다. 모나의 가슴엔 장미가 꽂혀 있지 않았다. 선희는 척의 잔에 술을 채웠다.

"모나가 당신을 아주 좋아하는군."

"나는 당신이 좋아."

선희는 아홉 시가 조금 넘어 클럽을 나섰다. 척에겐 아무 말도 않고 슬그머니 빠져나왔다. 모나의 질투를 부채질하면서까지 그 남자와 함께 있을 필요를 느끼지 못했다.

아까는 배가 아프더니 배에서 주린 소리가 났다. 클럽에 오기 전 우유를 마셨을 뿐 저녁을 먹지 않았다. 막 햄버거집 앞을 지나가는데 군침이 돌았다. 선희는 멈춰 서려다 그냥 스쳐 갔다. 무언가 특별한 것이 먹고 싶었다. 무엇을 먹을까 궁리하는데 골목 어귀에 피자집이 눈에 들어왔다.

선희는 그 앞으로 걸어가며 생각난 듯 바바리 속에 손을 넣었다. 손에 잡히는 돈을 모두 꺼내니 삼천오백 원이었다. 피자를 살 수는 있었다. 선희는 망설이지 않고 피자집 지하 층계로 내려섰다.

피자집엔 세 군데 테이블에 손님이 앉아 있고 한가했다. 한 쌍의 남녀가 텔레비전을 보며 피자를 먹고 튀긴 닭이 놓여 있는 자리에선 두 미군 장교가 열심히 얘기하고 있었다.

선희는 구석자리로 갔다. 맞은편에 한 미군이 앉아 있었으나 그의 얼굴은 신문으로 가려졌다. 선희는 피자를 시키고 무심히 벽을 바라보았다. 메릴린 먼로의 패널이 걸려 있었다.

먼로는 연두색 가운을 여미며 천진하게 웃고 있었다. 흐트러진 금발과 볼에 팬 보조개가 망나니 소녀같이 귀여웠다. 저 여자가 섹스의 상징으로 불리다니, 아이의 혼을 가진 여자가 아닌가. 할리우드 향락주의의 속죄양이 된 거다. 순간 면로의 머리 위에 가시관이 얹혀 있는 듯한 환각이 왔고 면로의 웃음이 고통스럽게 일그러졌다.

선희는 자신도 의식하지 못한 채 얼굴을 일그러뜨렸다. 반쯤 감았던 눈을 뜨자 이번에는 광물질 같은 눈과 마주쳤다. 남자가 신문을 거두고 선희를 바라보고 있었다. 표정 없는 눈의 빛깔처럼 남자의 머리도 검었다. 검은 머리의 앞가르마가 한줄기 빛처럼 선희의 눈에 꽂혔다.

피자가 나오자 선희는 그것을 한 조각 떼어 놓곤 물부터 마셨다. 목이 말랐는지 잔을 비웠다. 선희는 접시를 앞으로 당겨 놓고 먹기 시작했다. 허기가 져서 제대로 씹지도 않고 삼켰다.

정신없이 세 조각을 먹고서 잠시 숨을 내쉬는데 맞은편에 앉은 남자와 눈이 마주쳤다. 선희는 반사적으로 접시에 눈을 떨어뜨렸다. 피자를 집어 들어 입에 넣었으나 남자를 의식해서인지 음식 맛이 느껴지지 않았다.

집으로 돌아가는 골목길에서였다. 긴 골목에서 왼편 샛골목으로 꺾어 드는데 누가 뒤에서 불렀다. 선희는 별생각 없이 뒤돌아보았다. 전등이 높이 달린 담 아래 미군이 서 있었다. 검은 머리의 앞가르마가 먼저 눈에 들어왔다. 남자는 까만 섀미 잠바를 입고 한 손을 바지 주머니에 찌르고 있었다.

"실례가 안 된다면 당신과 함께 가고 싶다."

"난 피곤해서 혼자 있고 싶어."

남자는 피자집에서부터 선희를 뒤따라온 것이 틀림없다. 선희도 호기심이 없지 않았으나 그냥 돌아섰다. 선희가 걸음을 떼기도 전에 남자의 목소리가 울렸다.

"사실은 나도 피곤해. 귀찮게 하지 않겠어. 그냥 당신 옆에 있고 싶어."

선희는 물끄러미 남자를 바라보다 "좋아" 하고 고개를 끄덕였다.

치우지 않고 나가서 방이 어질러져 있었다. 아무렇게나 벗어 놓은 옷이 침대 위에 걸쳐져 있고 재떨이엔 꽁초가 수북했다. 꽁초 냄새를 싫어해서 재떨이는 습관적으로 비우지만 이날은 샌디가 빨리 나가자고 재촉하는 바람에 그것마저 잊었다.

선희는 방에 들어서자마자 재떨이부터 비웠다. 재 묻은 재떨이를 밖에 내놓고 새 재떨이 두 개를 꺼냈다. 침대 위의 옷을 옷장 속에 밀어 넣고 방바닥에 놓인 책을 탁자 위에 올려놓았다. 잠자코 앉아 있던 남자가 불쑥 말했다.

"왜 방을 치워? 그대로 놔둬도 상관없어."

"어질러진 게 좋아?"

"너무 깔끔한 것보다는 나아."

묘한 남자야, 생각하며 선희는 술을 마시겠느냐고 물었다. 남자가 한 손을 들었다.

"안 돼. 난 지금 술을 마실 수 없어. 치료를 하고 있어."

"어디가 아픈데?"

남자가 주먹을 쥐며 "비너스" 했다.

"난 여자에게 병을 옮았어. 심해. 벌써 일주일째 치료받고 있지만 앞으로 이 주일이 더 걸릴 것 같아 고통스러워."

391

"심하게 걸렸군. 병을 옮긴 여자를 원망하겠네."

"아니, GI가 나빠. 여자는 GI에게 옮았을 테니까. 자기에게 병이 있으면 여자와 자지 말아야 해."

"당신은 신사야. 신사를 만났으니 오늘 운이 좋아."

남자에게서 다른 면을 발견하자 선희는 부드럽게 웃었다. 술대신 차를 끓이겠다고 커피포트의 플러그를 꽂았다. 남자가 그제야 잠바를 벗었다.

"나는 마크 트랜서. 당신은?"

"써니."

"오우, 내 친구 한국 애인 이름도 써니다."

"나는 써니 지."

마크는 빙긋 웃다 "생일이 언제냐?" 불쑥 물었다.

"이십육 년 전 1월 17일."

"나와 나이가 같군. 당신은 산양좌야."

마크는 옆에 벗어 둔 잠바 안주머니에서 수첩을 꺼냈다. 그것을 펼쳐 만년필로 선을 긋기 시작했다. 선희는 마크 옆에 나란히 앉았다.

수첩엔 뿔 달린 산양이 벼랑을 기어오르는 그림이 그려졌다. 마크는 그 옆 장에 또 한 마리의 동물을 그렸다. 새털구름 같은 곱슬한 털로 싸인 양이 풀밭에 누워 있는 그림이 이내 완성됐다. 마크는 산양과 양을 번갈아 가리키며 선희가 알아듣기 쉽도록 천천히 말했다.

"양은 들판을 다닌다. 평화롭게 풀을 뜯는다. 산양은 험한 바위를 헤매야 한다. 뿔을 바위에 갈아 적을 물리쳐야 하고, 힘들게 먹이를 찾아야 한다. 고난이 많고 외롭다." 남자는 선희를 빤히 바라보

곧 덧붙여 말했다. "나는 산양보다 양이 더 불행하다고 생각해. 배부른 양은 권태롭다."

물이 끓기 시작했다. 선희는 커피를 잔에 옮겨 담고, 담배를 꺼내 물었다. 마크가 라이터를 켜 내밀었다. 선희는 담배에 불을 붙이며 마크를 가까이 바라봤다. 반듯한 이마와 앞가르마가 견고했고, 광물질처럼 고정돼 있는 눈동자엔 여전히 표정이 없었다.

배부른 양이야, 저 남자는. 선희는 혼자 생각하며 벽에 등을 기댔다.

"물 끓는 소리가 좋아."

선희는 중얼거리듯 말하고 마크는 갑갑한지 양말을 벗었다.

"정적보다는 낫지."

모처럼 편안한 밤을 보냈다 했더니 다음 날 아침 남자는 선희의 단잠을 깨웠다. 남자는 벌써 잠바를 입고 나갈 채비를 하고 있었다.

"써니, 사실 내겐 돈이 한 푼도 없어."

선희는 눈을 감은 채 남자 쪽으로 돌아누웠다.

"어쨌든 당신은 내 집에서 잤어. 잠바를 놔두고 가. 돈을 가져와서 찾아가."

애니가 이날 아침부터 이 층에 올라와 선희는 완전히 잠을 깨고 말았다. 강아지를 얻었으니 가만 있지 못하는 것도 무리가 아니었다. 애니는 그것을 보여 주기 위해 누가 자든 말든 깨워야 했다. 제 기분이 좋을 땐 늘 그랬다. 애니는 갈색 얼룩무늬의 새끼 강아지를 연신 쓰다듬으며 선희에게 경과 보고를 했다.

어제 톰슨이 퇴근하고 왔을 때 강아지를 사 달라고 졸랐다는 것이다. 한번 점을 찍으면 빨리 끝장을 봐야 해서 톰슨을 그 집까지 데려갔다. 톰슨은 애니를 집에 먼저 보내고 삼십 분 뒤에 다시 나타났다. 주인과 흥정을 시도했는지 어쨌는지 모르지만 강아지를 잠바 속에 감춰 왔다. 이런 얘기를 다 듣고 선희는 "네가 그렇게 시켰지?" 눈을 흘겼다. 애니는 펄쩍 뛰는 시늉을 했다.

"난 꼭 그 강아지를 가지고 싶다고만 했어. 톰슨도 무엇이든 한 번 점찍으면 안 놓쳐."

애니는 그 오기에 강아지를 뺏은 것도 그렇지만 톰슨이 훔쳐 다 준 것이 여간 좋지 않은 듯했다. 이 집 여자들과 마주쳐도 별나게 알은체하지 않지만 사탕이나 과자를 이따금 이 층으로 올려 보내곤 하는 톰슨, 말없이 정을 보이는 흑인인데 손재주가 많아서 애니의 장식장을 짜 주기도 했다. 이런 톰슨을 애니는 은근히 자랑하곤 했다. 전엔 이중 살림까지 차렸던 바람둥이가 톰슨과 살림을 살고부터 눈 한 번 돌리지 않았다. 이걸 봐도 애니가 얼마나 톰슨을 좋아하는지 알 수 있다.

강아지 끙끙대는 소리가 아침부터 이 층에서 떠나질 않더니 오후엔 잠잠해졌다. 애니가 강아지를 자랑하러 다른 여자들 집에 간 것이 틀림없었다. 건방지고 이기적인 아이이지만 그럴 땐 순진해 보였다. 도둑질로 바친 남자의 사랑 표시에 그토록 행복해하다니. 쉽게 행복할 수 있는 애니는 행복한 사람이다.

선희는 온종일 방에서 꼼짝 않고 누워 있었다. 책을 들여다보다가 생각에 젖다가 영어 단어를 외우기도 했다. 오전부터 서머싯 몸의 영어 소설 「비」를 들고 있었는데 한나절이 지나도록 겨우 두 장 읽었다. 여학교 때부터 영어를 좋아해서 사전을 들추며 보는 것이 싫진 않았지만 집중이 되지 않았다.

옆방에선 김추자의 노래가 울렸다. 〈월남에서 돌아온 김 상사〉에 이어 〈봄비〉가 들려왔다. 샌디는 이 시간이면 대개 고물 전축을 틀어 댔다. 낮엔 화투 패나 떼며 신세타령을 하고 클럽에 가기 전 남는 시간엔 유행가를 들었다. 〈번지 없는 주막〉이나 〈목포의 눈물〉이 나오면 크게 따라 불렀다. 그러다 해가 지면 누구보다 먼저 세수를 하고 살짝 얽은 콧등에 정성 들여 지분을 발랐다. 화장할 때 한 시간씩 거울 앞에 앉아 있는 걸 보면 선희는 주리가 틀릴 정도였다. 샌디는 얼마나 열심히 사는가.

선희가 이곳에 처음 와서 달거리를 치를 때마다, 나흘간 클럽에 나가지 않고 책을 읽으며 빈둥대는 것을 보고 샌디는 "아직 굶어 보지 않았지?" 했다. 샌디는 영업이 되지 않아 일주일간 수제비만 끓여 먹었던 적도 있었노라고 말했다. 몇 년 전 8·18 판문점 도끼 만행 사건 땐 전 미군 부대에 비상이 내려 색시들이 거의 굶었다는 얘기도 했다. "그럴 땐 내일 애를 낳더라도 영업을 해야 한단 말이야." 샌디는 선희를 철없다는 듯 쳐다보며 이 말을 덧붙였다.

샌디 말이 틀리진 않았다. 오늘도 선희 주머니엔 동전밖에 없었다. 그것이 선희가 가진 전부였다. 이런 날은 아무래도 긴장하기 마련이지만 선희는 머리를 빗고 루주만 칠한 채 습관처럼 밖으로 나섰다.

온종일 방에만 틀어박혀 있었더니 스름스름 지는 햇살에도 눈이 어지러웠다. 퇴근 시간이 지나서 미군들이 연이어 옆으로 스쳐 가고 선희 앞에는 한 여자가 미군의 손을 잡고 걸어갔다. 미군의 다른 손엔 시장바구니가 들려 있었다. 여자가 미군에게 얘기하느라 고개를 옆으로 돌리는데 선희가 아는 얼굴이었다.

미미, 여섯 살짜리 제 이복동생까지 데리고 사는 여자였다. 열여섯에 이곳으로 흘러 들어와 지난해에야 겨우 정식 패스를 냈는데 여섯 살의 사내아이는 누가 누나를 찾으면 "미군 받으러 갔어." 말했다. 미미는 아버지의 세 번째 여자 밑에서 구박받는 아이가 불쌍하다고 이곳까지 데려왔다. 훗날 그 아이는 미군을 받으며 저를 키운 누나에게 감사할까?

미미와 미군이 시장 어귀로 빠지는데 선희 앞으로 낯익은 흑인이 걸어오고 있었다. 흰 치아가 순간 반짝였고, 선희도 마주 웃었다. 톰슨이었다. 애니에게 돌아가는 길이다. 강아지를 갖다주어서 애니가 얼마나 좋아하는지 말해 주고 싶었다. 톰슨도 좋아할 테니까.

서로 어깨를 칠 수 있을 정도로 간격이 가까워졌을 때 시장 어귀에 서 있던 두 사내아이가 톰슨을 향해 소리쳤다.

"헤이, 껌둥이, 껌, 껌 좀 줘."

열 살이 갓 넘을 듯한, 옷차림이 꾀죄죄한 아이들이었다. 아이들은 겁없이 톰슨을 빤히 바라보았고, 톰슨은 얼굴을 굳히고 아이들을 향해 우뚝 섰다. 선희는 톰슨을 지켜보며 어쩔 줄 몰라했다. 이곳에선 누구도 흑인을 그렇게 부르지 않았다. 흑인 색시들도 흑인을 욕할 때 보리쌀, 먹통이라고 부르는 것이 고작이었다. 톰슨의 얼굴이 험악하게 일그러지자 아이들은 슬슬 뒷걸음질했다. 한 아이는 재빠르게 달아나고 어정쩡하게 서 있던 아이는 톰슨에게 멱살을 잡힌 채 발버둥쳤다. 숨이 막히는지 아이의 얼굴이 검붉게 물들었다. 선희가 낮게 소리쳤다.

"톰슨, 아이를 용서해 줘. 그는 아직 어려."

손아귀에서 풀린 아이가 비틀거리며 달아나자 톰슨은 번들거리는 눈으로 선희에게 돌아섰다.

"물론 아이들은 죄가 없어. 아이들은 어른들을 따라 하는 거다."

톰슨이 뒤돌아서자 짙은 체취가 코끝을 스쳤다. 그들의 피부

396

색처럼 체취가 짙어서 아이들이나 어른들이나 그들을 '검은 사람'
이라 부른다. 요란한 옷차림이며 화려한 색채의 기호뿐 아니라 그
들의 글씨도 목소리도 백인들과 다르다. 어딘지 신경질적인 글씨
와 그림자가 달린 듯한 어두운 목소리. 문명의 제물이었던 검은 사
람들.

아프리카의 행복한 태양족을 짐승처럼 끌어오면서 미국 남부
의 노예 지지자들은 이렇게 말했다지.

흑인은 열등하며, 그들의 종속적인 지위는 숙명적이다. 우리는
노예제도를 통해 야만족을 기독교 문명으로 발전시킨다.

백인들은 행복한 야만인들을 목화밭으로 끌고 가 채찍을 휘둘
렀다. 검둥이들은 건강한 육체를 바쳤고, 고향을 잃었으며, 이것은
누가 말한 대로 전혀 희망 없는 가장 지독한 제도였다.

흑인들은 피를 흘렸고, 그 피의 대가로 해방되었으며, 이제는
아메리칸이다. 그러나 여전히 흑인, 배타적인 흰색에 섞이지 못해
'블랙 이즈 뷰티풀'을 외치는 흑인. 이것이야말로 그들의 분열성이
며 또한 슬픔이다. 설움이 많은 민족이어서 연민도 많은 그들.

약자를 인간답게 살아가도록 하는 것은 바로 이 연민이란 샘이
있기 때문이 아닐까. 막다른 길에 선 기순에게 손을 내민 흑인 한쪼,
이복동생을 데려온 미미……

겨우 일곱 시인데 이날따라 클럽이 붐볐다. 빈자리를 찾으려고
안쪽으로 들어서자 통로에 서 있던 여종업원이 알은체를 했다. 단
발머리 여자였다. "오늘은 꽤 사람이 많은데?"

선희 말에 단발머리는 "페이데이."라고 대뜸 궁금증을 풀어 주
었다.

"그래도 공군들은 돈도 잘 안 쓰고 재미가 없어. 약골이라 월급

받으면 은행부터 먼저 간다구. 정말 괜찮은 건 육군 애들이야. 걔들은 월급날 왕창 쓰고 기분을 낼 줄 알아. 육군 쪽에 있다가 이리로 오니 심심해."

"심심한 건 안 좋은 건데."

선희는 단발머리와 농담하다가 빈자리를 찾아 앉았다. 맥주 한 병을 시켜 첫 잔을 막 비우는데 한 남자가 선희 옆으로 다가왔다. 갸름한 얼굴에 동그란 금테 안경을 쓴 젊은 남자였다. 깔끔한 인상이었으나 안경 때문인지 얌체같이 보였다. 남자는 선희 옆자리에 앉아 담배를 하나 달라고 했다. 선희는 갑째 담배를 내밀었다.

"고맙다."

남자는 깍듯하게 인사하곤 말을 시키기 시작했다. 호감이 가지 않았으므로 선희는 마지못해 대꾸했다. 몇 마디 오가자 남자는 "마마상 있느냐?" 물었다. 이럴 땐 어떻게 말해야 한다는 것쯤은 선희도 알고 있었다. 빚 없이 독립해 있는 여자들에겐 오히려 신세 지려는 얌체가 있기 때문이다.

"물론 마마상이 있어." 선희는 이어 "당신, 한국 나온 지 얼마나 돼?" 물었다.

"사흘째야."

"흥, 당신은 사흘 동안 너무 많은 것을 배웠어."

선희는 약속이 있다고 말하곤 더 이상 남자를 상대하지 않았다. 남자가 가 버리고 나자 선희는 또 한 잔을 단숨에 비웠다. 한 달에 두 번 있는 미군들의 월급날엔 거리까지 흥청대고 축제 분위기이지만 선희는 오히려 이런 날 기분이 가라앉았다. 명절이나 크리스마스 같은 공휴일, 또 일요일이 그렇듯이.

통로를 사이에 두고 옆 테이블에 흑인 두 명이 막 앉았다. 선희는 그들을 보곤 혀끝에 성냥 끝을 살짝 대어 테이블 위에 눌러 세웠다. 성냥 네 개비를 기둥처럼 간신히 세우고 그 위에 성냥 쌓기를 시작하는데 누군가 선희 앞에 우뚝 섰다. 초록색 와이셔츠와 검은 손이 먼저 눈에 들어왔다. 선희는 눈을 치뜨고 흑인을 올려다보았다. 주먹만 한 얼굴에 유난히 퍼진 콧방울이 한눈에 들어왔다. 선희 옆자리에 앉은 흑인 중 한 사람이었다. 그가 성냥 하나를 집어 들었다.

"호우, 혼자 성냥 놀이 하니까 심심하게 보여. 괜찮다면 우리 자리에 함께 앉자."

"아니, 고맙지만 난 누구를 기다리고 있어."

선희는 당황해서 말을 더듬거렸다. 흑인은 쥐고 있던 성냥개비를 허공에 놓았고, 그 바람에 사각으로 세워 놓은 성냥이 휘청 쓰러졌다.

"약속이 있다면 할 수 없지. 좋은 시간을 가지길."

붉은 입술을 이죽거리며 흑인이 제자리로 돌아가자 선희는 출입구 쪽을 초조하게 바라보았다. 선희는 누구를 기다린다고 말했으나 얼마 뒤면 그것이 거짓임이 드러날 것이다. 선희로서는 최선의 방법이었으나 일진이 나쁘면 흑인이 트집 잡을지도 모른다.

전에 한번 어떤 여자가 흑인과 함께 앉기를 거절해서 클럽 문이 일주일간 닫힌 적이 있었다. 백인 색시로서는 당연한 거절이었지만 형식적으로는 인종차별 범주에 드는 일이었다. 흑인들도 그들의 전용 클럽에 가거나 일반 클럽에서도 결코 백인 색시를 상대하려 하지 않는데 그날 여자의, 클럽의 운이 나빴던 거다.

초록색 와이셔츠를 입은 흑인은 맞은편 자리에서 줄곧 선희를 지켜보았다. 짓궂음이 지나쳐 야비한 느낌을 주었고, 선희는 화를 삭이며 입구를 계속 쏘아보았다. 벌써 이십 분이 흘렀다. 처음 선희

자리에 왔던 얌체 백인도 보이지 않았다. 백까지 세고 자리에서 일어나리라. 그때 흑인이 부른다면?

초침처럼 숫자가 머릿속으로 지나가는데 이십을 채 못 넘기고 멈췄다. 선희를 향해 한 남자가 다가오고 있었다. 표정 없는, 그러나 낯설지 않은 눈이. 남자가 선희 앞에 서자 선희는 먼저 "마크." 낮게 소리쳤다. "집에 갔더니 문이 잠겨 있었어. 그래서 클럽으로 왔지."

마크는 자리에 털썩 앉으며 넥타이를 느슨하게 풀었다. 까만색 정장 차림이었고 희고 견고한 얼굴이 어제완 달리 19세기의 사내 같았다.

"이렇게 빨리 보게 될 줄 몰랐어. 내가 당신 옷을 맡고 있지만."

"오늘이 월급날이야. 당신에게 한 달 살림 돈을 주겠어. 다른 남자를 캐치하지 않기를 바라."

선희는 기쁨을 숨기지 않고 두 개비 담배에 불을 붙여 하나를 마크에게 내밀었다.

"당신과 만날 줄 알았으면 화장을 좀 하고 나올걸."

초록색 와이셔츠의 흑인은 요란하게 울리는 하드록에 손장단을 맞추고 있었다. 그의 행동이 선희의 미감(美感)에 맞지 않았지만 마크가 옴으로써 부담감도 덜었다. 흑인의 자의식을 건드렸다는 부담감.

마크가 세븐업을 주문하느라 주위를 살피는데 하늘색 옷을 입은 한 여자가 다가오고 있었다. 종업원 제복을 입지 않았으므로 마크는 들었던 손을 내렸다. 여자가 그들 옆으로 스쳐 가려는데 초록색 와이셔츠의 흑인이 손짓했다.

"여기 소주와 아스크를 갖다줘."

"난 웨이트리스가 아냐. 웨이트리스한테 시켜."

미인은 아니지만 갸름한 얼굴에 하나로 묶은 머리가 단정해 보이는 여자였다. 여자가 새침한 표정을 하자 남자는 짓궂게 웃었다.

"여기 앉아서 함께 술을 마시자."

"미안해. 나는 앉을 자리가 따로 있어."

여자는 선희도 느낄 정도의 경멸의 눈초리로 흑인을 내려다보았다. 맞은편에 앉은 흰옷의 흑인이 초록색 와이셔츠 남자에게 못마땅한 표정을 지었다. "짐, 다른 여자도 많아."

여자는 흑인이 앉은 테이블 다음다음 자리에 가 선희와 마주 보이는 위치에 앉았다. 그쪽에는 백인 세 명과 또 한 여자가 앉아 있었다. 그들이 여자를 부른 것에 틀림없었다.

초록색 와이셔츠의 남자는 여자의 뒷모습을 지켜보았으므로 여자가 그곳에 앉는 것도 보았다. 남자의 좁은 이마에 주름이 지층처럼 물결쳤다. 종업원이 흑인의 테이블에 소주와 아스크를 놓고 곧 선희 자리로 와서 마크가 시킨 세븐업을 내려놓았다. 옆에서 샴페인을 터뜨리는 소리가 들렸다. 선희가 그들에게서 고개를 돌리고 담배를 집어 드는데 흑인 특유의 목소리가 귀에 들려왔다.

"어느 연구가에 의하면 흑인의 평균 페니스 길이가 십이 센티라는데 이건 유럽인도 같대. 그런데도 흰둥이들은 우리의 힘을 두려워하는 것 같아. 검은 섹스를 말이야. 우리의 그것이 여자를 때려 눕힐 만큼 굉장한 것이라고 상상하고 있는 것 같아. 저 여자도 흑인의 검은 섹스를 두려워하고 있는 것이 틀림없어. 사실은 검은 페니스에 강간되기를 바라는 부류란 말이야."

초록색 와이셔츠의 남자는 아예 여자 쪽으로 돌아앉아 큰 소리로 떠들었다. 그들 사이의 테이블이 비어 있었으므로 여자와 함께 앉은 백인들도 고개를 돌리고 흑인을 바라보았다.

"닥쳐, 이 먹통아." 여자가 싸늘하게 내뱉는데 옆에 앉은 백인은 여유만만하게 웃어 보였다. 잠시 사이를 두고 그 백인이 나섰다.

"미국 역사학과 교수들이 역대 가장 위대한 대통령을 뽑았는데 팔십 프로 이상의 득표로 링컨이 일 위였어. 그러나 나는 그렇게 생각지 않아. 링컨이 노예해방을 했다는 점에서야. 흑인 노예는 해방시키는 것이 아냐. 니거들을 잘 봐. 그들의 팔은 무릎까지 내려와. 팔이 이렇게 긴 것은 고릴라나 원숭이지 사람이 아냐."

백인은 어느새 자리에서 일어나 어깨를 늘어뜨리고 원숭이 흉내를 냈다. 그들 사이로 웃음소리가 들렸다. 선희가 굳은 얼굴로 양쪽을 바라보는데 눈앞에서 무언가 번쩍하는 것이 날아갔다. 흑인이 던진 소주병이 박살나면서 맥주병들이 요란하게 굴러떨어졌다. 흰옷의 흑인이 빈 테이블을 밀치고 백인을 덮쳤고 여자들의 비명 소리가 울렸다.

마크는 선희 손을 잡고 재빨리 클럽을 나섰다. 뛰어가던 헌병과 세차게 부딪쳐서 선희는 한길까지 나와서도 몸이 얼얼했다. 마크는 한 팔로 선희의 어깨를 두르며 "미국의 추태야." 낮게 내뱉었다.

"우월감이란 건 무서운 거야. 가장 비인간적인 것 같아. 남자들의 여자에 대한 우월감, 백인들의 유색인종에 대한 우월감. 당신의 나라는 인종차별로 그 극단을 보여 주고 있어. 월남 난민이 십칠 일간 바다를 헤매다 미국에 들어왔을 때도 국스는 물러가라고 외쳤지."

"개척 시의 아메리카 대륙은 그 자체로써 하나의 신화였어. 당시엔 호두를 따기 위해 몇 그루의 호두나무를 통째로 잘랐지. 나무에 오르는 노력을 하지 않아도 될 만큼 호두나무가 많았던 거야. 또 비둘기를 잡기 위해 하늘에 대포를 쏘았고 단번에 물고기를 잡기 위해 큰 그물을 끌고 호수를 돌아다녔어. 자유에 대한 갈망이 그들에게 풍부한 자원의 아메리카를 주었는지도 몰라. 그들은 항상 감사의 기도를 드렸지. 그러나 동시에 오만했어. 아메리카의 소수민족이었던 인디언을 고귀한 야만인이라 부르면서 제거했어. 또 보다 큰 수확을 얻기 위해 흑인을 노예로 끌어와 짓밟았어. 어느 역사가는 미국을 이렇게 말하지. 성공적으로 불건전하게 된 나라라고. 미국은 지금 흑인 문제로 골치를 앓고 있지만 그건 미국의 업이야. 자기가 한 만큼 받는다는 법칙이지."

인과응보라는 거지. 선희는 이 말을 떠올리곤 흠칫했다.

"자기가 한 만큼 받는다는 법칙, 그건 무서운 거야. 신도 도울 수 없어."

연록이 짙어지려는지 비가 내리기 시작했다. 이틀째 내리는 비로 라일락이 지고 헤뜨러진 봄 공기가 잿빛으로 가라앉았다. 집들이 빼곡히 들어찬 골목엔 인적이 드물었고, 누가 레코드를 틀었는지 들창으론 색소폰 소리가 은은하게 울렸다.

장 마담 집 여자들은 이날 샌디 방에 모였다. 사팔통으로 돈내기를 하고 오전부터 화투를 쳤다.

애니는 모처럼 화투를 잡자 잡기가 썰물처럼 싸악 가시면서 눈을 반짝였다. 애니는 처음부터 돈을 따기 시작했고 미라는 갖고 있는 돈을 다 잃고 애니에게 천 원 빚졌다. 애니는 단 한 번 선희에게 사백 원을 잃었으나 그 돈을 미라에게 갚으라고 미루었다. 애니 앞에는 돈이 쌓여 있었다. 입바른 샌디는 그중 사백 원을 빼서 선희 앞에 놓았다.

"그렇게 하기 없어. 계산 똑바루 하라야."

두 시가 조금 지나서 선희는 자리에서 일어났다. 앉아 있기가 지루해서 목욕을 갈 생각이었다. 선희가 일어서자 애니는 화투를 챙기다 말고 뒤로 물러나 앉았다.

"이제 그만해. 배도 고프고 뭣 좀 먹었음 좋겠어."

애니 앞에는 천 원짜리와 오백 원짜리가 대여섯 장 쌓여 있었다. 선희도 미라도 잃고 샌디는 본전에서 이백 원을 땄다.

"씨팔, 어제 꿈에서 횡재를 했는데 개꿈이잖아. 꿈에서 말이야, 천 불을 손에 쥐었어. 꿈에서도 가슴이 두근두근한데. 그 돈으로 하얀 옷장 사고 가구들을 몽땅 갈아치웠어. 나머지로 장 마담 빚도 갚고. 신나더라. 개꿈이지만 한번 더 꿨으면 좋겠다."

샌디는 방바닥에 벌렁 드러눕고 애니는 생글거리며 돈을 세었다.

"할아버지가 내 앞에만 모였네. 삼천구백 원 땄어. 한턱낼게. 뭐 먹고 싶어?"

"비 오니까 걸쭉한 것 먹고 싶다. 순대지짐 같은 거."

미라 말에 샌디가 "소주도 껴라." 하고 덧붙였다.

비가 와서 시장도 한산했다. 정육점의 붉은 형광등이 더욱 침침하게 보이고, 하늘을 가린 천막지 아래로 채소들이 그림처럼 진열돼 있었다. 무료하게 담배를 피우던 생선 가게 아줌마는 여자들이 지나가자 게 한 마리를 집어 들어 보였다.

"색시들, 싱싱한 게 먹어 봐. 오늘 새벽에 잡아 온 거야. 미군 신랑도 좋아해."

"미군 신랑이 겟값 따로 안 줘요."

애니 말에 웃으며 몇 발짝 더 가자 순대집과 튀김집이 나왔다. 막 잠을 깬 듯 머리가 부스스한 여자들이 그 앞에 진을 치고 있었다.

그들 앞에 놓인 소주잔이 쓸쓸하면서도 정겹게 느껴졌다.

애니는 부추지짐과 순대, 튀김을 한 아름 샀다. 앞장서서 시장을 빠져나가다 오뎅 가게 앞에 멈춰 섰다. 그 옆에 포장마차가 있었다. 애니가 포장마차 안을 기웃하고 선희에게 손짓했다. 해물을 파는 집이었다.

애니는 멍게, 해삼과 소주 반병을 시켰다. 홍합이 담긴 양동이에서 김이 오르는 것을 보고 그것을 미라와 선희에게 하나씩 집어주었다.

해삼을 먹는데 한 흑인이 포장 속으로 얼굴을 디밀었다. 근육이 드러날 정도로 몸에 달라붙는 분홍색 셔츠를 입은 흑인이었다. 비를 맞았는지 흑인의 땅갈색 얼굴이 번들거렸다. 흑인은 애니 옆으로 비집고 들어섰다. 그는 해삼을 먹는 애니를 야릇한 얼굴로 바라보다 해삼을 손으로 가리켰다.

"이게 뭐냐?"

"해삼이야."

"핸섬?"

애니는 흑인을 빤히 쳐다봤다. 흑인은 포장마차 주인이 멍게 똥을 씻어 내는 것을 보며 얼굴을 찌푸렸다. 애니는 짓궂게 포크를 흑인에게 내밀었다.

"이거 핸섬한 거니까 먹어 봐."

"이게 핸섬해? 그럼 내가 이걸 닮았어? 사람들은 내게 핸섬하다고 말해."

애니와 미라가 머리를 맞대고 웃었다. 애니는 까맣게 번들거리는 해삼을 집어들고 그 앞으로 내밀었다.

"정말 당신과 닮았어."

405

흑인은 몸을 흔들며 웃었다. 그의 손엔 어느새 애니의 우산이 쥐어져 있었다. 애니는 입가에 비웃음을 흘렸다.

"저렇게 못생긴 건 난생처음 보네."

선희는 그들을 남겨 두고 혼자 나섰다. 애니와 흑인이 주고받는 수작이 이내 끝날 것 같지 않았다. 시장을 빠져나와 한길로 나서려는데 한 여자가 선희의 시야로 들어왔다. 여자는 아이만 한 인형을 가슴에 안고 진창길로 치마를 끌며 가고 있었다. 머리는 비에 젖어 실타래처럼 엉켜 있었다. 입술로는 경련을 일으키듯 미소 짓고 있으나 눈엔 초점이 없었다.

선희는 여자를 직감적으로 알아보았다. 어두운 불빛 아래서 본 것과는 전혀 다른 모습이었으나 모나였다. 선희와 앉아 있는 남자에게 형겊 장미를 보낸 모나, 골목 입구에서 보셋집의 두 여자가 예사롭게 모나를 바라보았다.

"비가 오는구나. 모나가 인형을 안고 돌아다니는 걸 보니."

"소문난 갈보였는데 갓난아기를 양자로 보낸 후 비만 오면 저러지……"

모나가 선희 옆으로 지나갔다. 선희와 정면으로 마주쳤으나 모나는 전혀 알아보지 못했다. 모나의 가슴에 안긴 인형만 허공으로 파란 눈을 치뜨고 있을 뿐. 선희는 돌아서서 우두커니 모나의 뒷모습을 지켜보았다.

모나는 우산도 없이 비 오는 거리를 헤매 다닌다. 난 그걸 알아. 소낙비를 맞고 나면 우산이 필요 없어지지…… 더 이상 자기를 보호할 데가 없으니까. 인생의 비, 비…… 레인, 레인, 소낙비, 소낙비에 젖어 본 사람만이 인생을 말할 수 있다.

혼과 육체가 분리되는 아픔은 소낙비였다. 혼의 부정, 그것은 거대한 벽이었다. 파랑새는 찢긴 날개를 접고 상처를 치유해 줄 진실을 찾아 서투른 걸음으로 방을 헤매었다.

……

백금 반지를 낀 남자가 있었지.

좋아하던 여자가 이별하면서 준 반지였다.

기혼자였기에 그 반지는 더욱 순수했다.

죽을 때까지 끼라고 선희는 북돋았다.

그 반지 얘기를 한 날,

그는 길을 가다 말고 조용히 술을 한잔 마시자고 했다.

그가 간 곳이 숲속의 방갈로였으나 선희는 그가 영혼의 남자임을 믿었다. 얼마나 순진한가.

선희는 코를 고는 남자 옆에서 뜬눈으로 밤을 새우고 이른 새벽에 혼자 일어났다.

어렴풋이 잠을 깬 남자는 눈도 제대로 뜨지 않고 벽에 걸린 제 양복을 손으로 가리켰다. "돈 좀 가져가요."

……

한때

선희가 모델을 섰던

아마추어 화가들의 모임에 나오는 사람 중

가장 행복한 순간에 죽고 싶다

는 남자가 있었다.

청년 시절에 여자 옆에서 자살 기도를 한 적도 있었던 남자였다.

그는 일 년 만에 선희와 대면하곤

널 찾았어, 여자는 그런 것 모르지,

나무라듯

말했다.

그날 그는

너무나

자연스럽게

너와 자고 싶어,

라고 말했다.

그 후로도 만나면 그렇게 되었다.

아이처럼 보챘으니까.

어느 날 선희는 그의 회사로 낙엽을 동봉한 편지를 보냈다.

지금은 10월이고 11월이 곧 올 것이므로

그나마 행복하다는

그렇고 그런

내용 없는 편지였다.

그 뒤 두 사람이 만났을 때

남자는 난색을 하며 말했다.

비서가 편지를 뜯어 봤다고.

그날 그의 화제는

'여자의 값싼 감상'이었다.

비가 더 세차게 온다. 우산을 너무·앞으로 기울이고 걸었는지 바지가 척척하다. 비에 젖었다. 따뜻한 아랫목에 앉고 싶어. 기순 언니한테 가 볼까. 선희는 불현듯 기순을 떠올리고 걸음을 늦추었다. 그동안 문득문득 기순이 생각났다. 기순에게 가지 못했던 것은······ 기순 앞에서 인생 강의를 할 자신이 없기 때문이겠지. 생각에 몰두해 손을 놓았는지 목욕 주머니가 발 앞에 떨어졌다.

선희가 젖은 머리로 집에 들어와 방문을 여는데 샌디 방문이 빼꼼 열렸다. 미라가 고개를 내밀며 밖으로 나서자 뒤이어 샌디가 얼굴을 내밀었다. 무슨 일이 있나? 선희가 방에서 옷을 벗는데 샌디가 들어왔다.

"너 아까 애니랑 같이 나갔지."

선희는 담배를 집어 들고 방바닥에 주저앉았다.

"무슨 일이야."

"애니가 아까 어떤 먹통을 데리고 왔잖아. 그년 일만 해치우고 빨리 보내질 않고 돈을 적게 준다고 먹살 잡고 늘어졌단 말이야. 문제는 그게 아냐. 톰슨이 오늘따라 빨리 집에 왔어."

"애니는 지금 어디 있어?"

"제 방에 갇혀 있어. 아래층에 뚝 떨어져 있으니 동정을 살필 수가 있나. 톰슨 성미에 가만 놔두지 않을 텐데."

"그래도 애니는 그동안 얌전했어. 톰슨을 좋아하니까."

그때 미라가 이마를 찌푸리며 들어왔다.

"그 앞에 있어도 아무 소리 안 들려. 얻어맞으면 애니가 소리라도 칠 텐데."

"내버려 둬. 걔는 한번 당해야 돼. 톰슨이 강아지까지 훔쳐다 줬잖아. 그렇게 좋은 남자 만났는데 바람피울 생각을 해?"

미라와 말을 주고받다 샌디는 담배를 피워 물었다. 홈통으로 물 쏟아지는 소리가 세차게 들려왔다. 샌디는 발을 뻗어 방문을 밀어 찼다. 낙숫물이 슬레이트 지붕 끝에서 방문 앞으로 떨어지고 있었다.

"추적추적 내리는 것이 비가 금방 그칠 것 같지 않다."

　　　모든 외로운 사람들을 보라

결혼식을 올렸던 교회에서
엘리너 릭비는 쌀알을 줍는다
문 옆의 항아리 같은 표정으로
창가에서 기다리며 꿈속에 산다
그건 누구를 위해서일까
모든 외로운 사람들은 어디서 오는가
모든 외로운 사람들은 어디로 가는가
매킨지 목사는 아무도 듣지 못할
아무도 가까이 오지 않을
설교문을 쓰고 있다
……

마크가 비틀스의 레코드를 가져왔다. 선희는 마크와 나란히 벽에 등을 기대고 말없이 레코드를 들었다.

"미국의 내 방엔 아직 비틀스 사진이 걸려 있을 거야." 마크는 레코드 재킷을 들여다보며 혼잣말을 했다. "비틀스 노래엔 현대의 우수 같은 것이 있어."

……엘리너 릭비는 그 교회에서 죽었다. 그녀의 영원한 이름과 함께 매장되었지. 장례식엔 아무도 와 주지 않고……

마크는 입속으로 노래 가사를 읊었다. 마크의 검은 눈이 이날은 우울해 보였다. 선희는 마크의 흰 발등에 우울해, 라고 손가락으로 썼다. 추적거리는 빗소리가 반주곡처럼 간간이 들려왔다.

"써니, 오늘은 무얼 했어?"

"이 집 여자들과 화투를 했어. 목욕을 했고 또…… 당신을 기다렸어."

마크가 선희의 뺨을 가볍게 두드렸다.

"난 지난겨울에 한국에 나왔어. 이곳에 와서 여자와 사는 것은 처음이야."

"나도 그때 여기에 왔어."

"당신은 여기 오기 전에 어디 있었지? 말하기 싫으면 하지 않아도 좋아."

"기지촌엔 처음이야. 여기 오기 전 나는 서울 내 집에서 살았어."

"당신 얘기를 듣고 싶어. 알고 싶어."

선희는 마크를 바라보기만 했다.

"이해 못 할 거야. 나도 설명할 수가 없어."

"당신은 다른 여자들과 좀 달라. 난 그걸 알아."

선희는 생각을 정리하듯 이곳에 처음 온 일을 떠올렸다.

"지난해 여름에 나는 이종사촌을 만나러 이곳에 왔어. 그애는 고등학교를 졸업한 해 집을 나갔어. 영리한 친구였는데 돈밖에 모르는 엄마를 증오했어. 삼 년 동안 소식이 없었지. 그애는 지난해 봄에야 가족 앞에 나타났어. GI와 결혼해서 겨울에 미국으로 간다는 얘기를 했어. 나는 그 애를 다시 만나게 되어 기뻤어. 우리는 어릴 때부터 친구였으니까. 내가 그 애를 만나러 처음 이곳에 왔을 땐 그저 보고 싶다는 생각뿐이었어. 그러나 두 번째 갔을 땐 다른 생각을 갖고 있었어. 마크, 이런 때를 생각해 봐. 비가 오는데 나만 우산이 없어. 비를 조금 맞을 땐 피할 곳을 찾지만 옷이 흠뻑 젖고 나면 차라리 소나기가 편하게 생각돼. 우산을 준비하지 않은 건 물론 나의 무지 탓이야."

"써니, 소나기의 의미가 뭐지."

411

"절망 같은 것."

선희의 입에서 무심히 '절망'이 튀어나왔고 마크는 선희를 물끄러미 바라보았다.

"그러면 사촌이 미국으로 들어갈 때 여기에 온 거야?"

"저 전축은 그애가 준 거야. 내 방에 있는 가구 모두 다. 덕분에 나는 빚 없이 이 집에 들어왔어. 첫 달 방세까지 그애가 내 주었으니까. 물론 그애는 내가 여기 오는 것을 좋아하지 않았어. 여긴 기지촌이야. 그애는 미국인과 결혼했지만 미국인을 싫어해. 내게 미국인의 자만심과 비정함을 말해 주었어. 내가 사는 현실을 견디지 못한다면 이곳도 못 견딜 거라고 했어. 나는 미국인에 대해 아무런 기대도 갖고 있지 않다고 말했지. 그건 사실이야. 난 아무에게도 기대하지 않아. 내 결정은 벌써 이루어졌고 나 자신도 어쩔 수 없었어."

나흘째 내리던 비가 그날 오후 늦게야 그쳤다. 땅은 질척거렸으나 흐린 하늘 한 틈으로 햇살이 비쳤다. 선희가 장을 보아 집으로 들어오는데 미라가 대문 앞에 서 있었다. 미라는 잠옷을 입은 채 긴 머리를 풀어뜨리고 있었다. 늘 헤실헤실 웃음을 흘리지만 흰 잠옷을 입어서인지 몽유병 환자 같았다. 선희는 미라 앞에 멈춰 섰다.

"미라야, 왜 대문 앞에 서 있어?"

"으응, 에브리바디 컴 인이야."

미라는 늘 약을 먹는다. 옵타리돈을 열 개, 스무 개씩 삼킨다. 샌디와 선희가 먹지 말라고 충고해도 중독되다시피 하여 소용없다. 선희는 미라 팔을 잡고 층계를 오르려다 애니 방을 흘끗 보았다.

"애니는 아직?"

"응, 조용해. 한번 더 불러 볼까?"

수돗가 앞에 있는 애니 방엔 자물쇠가 채워져 있다. 팔랑개비처럼 돌아다니는 애니여서 나갔는지도 모르지만 이틀째 얼굴을 못 보았다. 아래층에 혼자 떨어져 있어 뻔질나게 이 층으로 놀러 오는 애니인데.

미라가 애니 이름을 부르며 콩콩 문을 두드렸다. 아무 소리도 들리지 않았다. 미라는 이번엔 톰슨 이름을 불렀다. 혹시 애니가 갇혀 있는 건 아닐까? 분노로 꿈틀거리던 톰슨의 얼굴이 얼핏 떠올랐다.

미라는 더 이상 두드리기를 포기하고 불안하게 서 있는 선희에게 손을 내저었다.

"없어. 톰슨이 이따 오면 물어봐야지. 만약 안 오면 문을 부숴. 이상해."

선희가 애니의 상태를 안 것은 마크가 막 들어오고 나서다. 저녁을 준비하는데 누가 문을 두드렸다. "써니 언니." 문을 여니 미라였다. "애니가 있잖아." 선희가 방에서 나서자 미라는 다급하게 말을 이었다.

"애니가 병원에 갔대. 톰슨이 안고 데려갔나봐. 톰슨이 여태 애니를 침대에 묶어 놓고 오늘 돌아와선 주먹으로 사타구니를 내려쳐 피가 펑펑 쏟아졌대."

"뭐라구?"

선희는 더 물으려다 말았다. 입을 다물지 못하고 서 있는데 미라는 샌디 방으로 들어가 버렸다. 선희는 입술을 깨물고 한동안 밖에 서 있었다. 선희가 들어서자 마크가 무슨 일이냐고 물었다. "끔찍해." 선희는 얼굴을 찌푸렸다.

"애니가 방금 병원으로 갔어. 일이 생겼어. 살림하는 흑인이 있는데 애니가 바람을 피우다가 그에게 들켰거든. 그가 애니의 몸에

복서처럼 타격을 가해서 하혈이 심하대."

선희의 목소리가 높아졌으나 마크는 가만 바라보기만 했다. 선희는 동의를 구하듯 말을 덧붙였다.

"애니는 고소할 거야. 남자의 폭력을 그냥 받아들이면 안 돼. 나쁜 남자잖아."

"써니, 내가 생각하기에 그건 단순한 폭력이 아니라 폭력으로 가려진 톰슨식 사랑의 표현이야."

"광기가 아니고? 어떤 폭력도 미화할 수는 없어."

선희가 화를 내니 마크는 진정하라는 듯 한 손을 내리는 시늉을 했다.

"폭력은 분명 범죄이지만 내 눈으로 보면 그 흑인은 여자를 사랑할 줄 아는 것 같아. 내가 그 일을 당했다면 아무 일도 없었을 거야. 나도 폭력을 싫어하고 기피하지만 그의 열정만은 놀라워. 사랑을 소유하려는 왜곡된 욕망이라 하더라도. 내가 갖지 못한 것이니까."

말하다 말고 마크는 주머니에서 손지갑만 한 빨간 상자를 내놓았다. 선희는 무심히 그것을 바라보았다. "당신에게 나를 표현할 수 있는 건 이런 정도야." 눈이 마주치자 마크는 선희 앞으로 상자를 디밀었다. 상자를 열어 보니 시계가 들어 있었다.

시계 알엔 인조 보석이 박혀 있고 시곗줄은 몇 개의 금실이 엮인 것처럼 섬세하게 달려 있었다. 장식적이어서 시계라기보다 팔찌 같았다.

"마크, 고마워. 남자에게서 이런 선물 처음 받아 봐. 기분이 아주 좋은걸."

선희는 환히 웃으며 시계를 손목에 찼다. "좋은 여자에게 선물을 한 남자가 없었다니 믿기지가 않는군." 마크가 고개를 내젓는데 문득 남백 선생이 떠올랐다. 선희가 모델을 할 때 그녀를 따라다녔던 화가. 선희에게 빨간 구두를 사 주었던 아버지 같은 사람이었다. 육순의 나이였으며 키가 작고 볼품이 없었으나 선희의 값어치를 알아준 예술가였다.

그가 그린 선희의 누드화는 포장된 채 아직도 선희 방 다락에 올려져 있을 것이다. 풍만한 나신이 갈대밭에 구름처럼 누워 있는 그림이었다. 호기심이 가득한 눈은 아이의 그것이었으나 젖꽃판은 팬지꽃같이 붉었고 음부에 검은 모자가 덮여 있었다. 마치 상장(喪章)처럼.

그 노화가는 지난봄 프랑스로 떠났다. 그가 떠나기 며칠 전 선희는 병원에서 나오며 울었다. 그는 그날 마지막 여생은 선희 옆에서 보내겠다고 다짐했다. 이국의 도시에서 빨간 차를 타고 다시 만날 것을 약속했다. 선희는 희망을 가졌으나 겨울이 되도록 그는 엽서 한 장 보내지 않았다. 두려웠는지도 모른다. 선희의 미래가 그의 어깨에 얹히는 것이. 무엇보다 화가에겐 그림이 생이었다.

마크가 저녁 식사를 끝내고 나자 선희는 약을 먹으라고 환기시켜 주었다. 마크는 십여 일째 항생제를 먹고 있었다. 처음엔 요도에서 고름이 나왔으나 이제는 그친 듯했다. 마크는 약을 먹고 나서 길쭉한 성기를 꺼내 들여다봤다.

"이따금 통증이 와. 하지만 일주일 뒤면 완쾌될 거야. 당신에게 미안해."

선희는 마크의 늘어진 성기를 바지 속에 넣어 주었다. 지퍼를 올리며 마크 뺨에 입을 맞추었다.

"난 상관없어. 그래서 시계를 사 온 거야?"

"시계는 훔친 거야. 내 명예를 걸고. 내가 들키면 주인이 부대에 고발할 수 있으니까."

선희는 마크에게서 한 발 물러섰다. 농담인 줄 알았으나 마크의 표정엔 움직임이 없었다.

"난 슬래키 보이였어. 입대하고부터는 더 이상 그런 충동을 느끼지 않았지만."

"농담하는 거지?"

마크는 담배를 피워 물곤 침대에 걸터 누웠다.

"하이스쿨에 들어가던 해야. 그저 인생을 알고 싶었고, 혼자 살고 싶었어. 주유소나 창고에서 일을 하고 돈을 벌었지만 지칠 때는 도둑질을 했지. 길에 세워 둔 자동차 부속품을 떼 내기도 했고, 레스토랑에서 고급 식기를 훔치기도 했어. 일 년 뒤엔 다시 집에 들어갔지만 한동안 도둑질을 계속했어. 학교 다닐 때는 책만 훔쳤지."

"들킨 적은 없어?"

마크가 누운 채 어깨를 으쓱했다.

"내가 무엇을 훔치는 건 그것이 필요해서가 아냐. 들키지 않기 위해서지."

"무슨 뜻이야?"

"중요한 것은 훔칠 때의 순간이야. 스릴을 즐기는 거지. 그것이 권태에서 벗어나는 하나의 방법이야."

선희는 마크를 물끄러미 바라보다 두 손을 깍지 끼었다.

"난 도둑이 철학을 가지고 있다곤 생각지 않았어. 마크, 시계를 훔쳐 온 당신 마음을 알았으니 우리 이제 저 시계를 주인에게 돌려주면 좋겠어."

"그럴 필요 없어. 난 내일 당신과 함께 가서 시곗값 백오십 불을 지불할 거야. 당신이 떳떳이 가지도록. 훔친 뒤 그럴 생각을 했어. 난 이제 더 이상 슬래키 보이가 아니거든. 여자의 아름다운 마음은 훔치고 싶지만."

마크는 조용히 몸을 일으키곤 선희 가슴을 손가락으로 가리켰다.

애니는 입원한 지 이틀 뒤에야 의식을 회복했다. 한 달 넘게 치료해야 한다니 중상이었다. 선희와 여자들이 문병 갔을 때 톰슨과 기순이 와 있었다. 애니는 문병 온 여자들을 힘없이 바라보기만 했고, 옆에 서 있는 톰슨을 보고도 아무 말 하지 않았다. 톰슨은 애니 손을 잡고 눈물을 글썽거렸다. 무슨 말을 할 듯 입술을 움직였으나 제 손으로 입을 막았다.

"야, 톰슨이 네 남편이냐 뭐냐. 그렇게 널 구속하고 싶으면 이혼하고 결혼을 해 주든지. 너 치료 끝나고 나면 당장 이 자식 고소해."

샌디는 흥분해서 얼굴까지 붉어졌다. 살짝 얽은 콧등을 찡그려 마맛자국이 두드러져 보였고, 올려 묶은 머리가 흔들렸다. 미라는 옆에서 공연히 울기 시작했다. 애니는 그제야 입을 뗐다.

"난 톰슨을 고소 안 해. 난 톰슨 미워하지 않아."

톰슨은 울음을 삼키고, 애니 가슴에 얼굴을 파묻었다. 선희가 조용히 자리에서 물러나자 여자들도 뒤따라 병실을 나섰다. 흥, 춘향이 났구나, 났어. 애니를 윽박지르던 샌디도 병원 밖으로 나서자 잠잠했다. 제멋대로이고 기가 센 애니가 핼쑥한 얼굴로 누워 있는 것을 보니 가여운 생각이 드나 보다. 보통 때 애니였다면 링거병이라도 뽑아 톰슨에게 던졌을 것이다. 앞서가던 샌디가 말없이 걸어오는 기순을 향해 돌아섰다.

417

"언니가 애니라면 어떨 것 같아."

"글쎄, 원수가 될 수도 있지만 그 입장이 돼 봐야 알겠지?"

"나도 애니처럼 톰슨 같은 남자를 고소 안 할지 몰라. 우리 다 알잖아. 톰슨은 애니를 사랑해. 눈이 뒤집혀서 폭행을 하긴 했지만 이 바닥에서 그런 남자가 아니면 누가 우릴 사랑하겠어. 가족들도 색시를 찾아와서 미제 깡통까지 들고 가는데."

"애니도 속은 외로워서 톰슨 같은 남자를 사랑하는 거겠지."

선희 말을 들으며 기순은 신호등 앞에 섰다.

"왜 놀러 안 와? 재미있나 보지?"

"재미있어질 때 놀러 갈 거예요. 언니 앞에 있으면 내가 초라해져요."

"어려운 말이야."

파란불이 켜져서 길을 건너려는데 미라가 선희 팔을 잡았다.

"우리 오랜만에 파라다이스 가 볼까? 날이 좋으니까 집에 들어가기 싫어."

파라다이스는 기지촌에서 조금 벗어나 들판 쪽에 있는 유원지다. 기순만 돌아가고 여자들은 파라다이스로 향했다. 들판에서 인분 냄새가 뒤섞인 훈풍이 불어왔다. 막 자라기 시작한 보리가 초록의 물결로 일렁였고, 늦봄의 햇살이 따갑게 콧등으로 내리쬐었다. 길 한옆으로 노란 장다리꽃이 한 무리로 피어 있었다. 좁은 황톳길로 짧은 티셔츠를 입은 공군들이 자전거를 타고 달려갔다.

평일이어서 파라다이스는 그다지 붐비지 않았다. 탁구장과 당구장에 서너 명이 있을 뿐 다른 오락장은 거의 비어 있었다. 미라는 그네를 보자 뛰어가 올라섰고 샌디는 그 옆에 있는 사격장으로 갔다. 선희는 등 뒤로 햇살을 받으며 못가로 걸어갔다. 귀에 익은 팝송이 스피커에서 울려 나왔다.

……나의 서머 와인은 양딸기, 버찌, 그리고 봄 천사의 키스가 합쳐져 만들어졌지……

옆으로 두 명의 미군이 자전거를 타고 스쳐 갔다. 페달을 햇빛에 번쩍이며 허리를 굽히고 제비처럼 달려가는 모습이 경쾌했다. 뒤에서 여자 말소리가 들려왔다.

"앞에 간 애, 며칠 전 내가 캐치했던 애 친구야. 이쁘게 생겼지? 빨리 따라가 붙자."

"둘 다 어려 보여. 난 저렇게 젊은 애들이 좋아."

두 여자가 자전거를 타고 선희 옆으로 스쳐 갔다. 둘 다 얼굴이 상기되었고 반들거렸다. 한 여자는 몸에 꼭 붙는 티셔츠를 입었는데 양딸기 같은 젖꼭지가 그대로 드러났다. 여자의 흰 바지 뒷주머니에는 '키스 마이 애스'라고 쓰여 있었다. 내 엉덩이에 입 맞춰라. 선희는 속력을 내어 미군들을 뒤쫓아 가는 여자들을 한참 지켜보았다. 긴 머리가 허공에서 물결쳤다.

선희가 못가에 서 있으려니 샌디가 부르는 소리가 났다. 못이 마주 보이는 풀밭에 몇 개의 야외 테이블이 놓여 있고, 샌디는 그중 한 자리를 차지하고 있었다. 여태 그네를 탔는지 미라는 보트장을 스쳐 샌디 쪽으로 뛰어왔다.

샌디는 벌써 아스크와 소주를 시켜 놓았다. 미라는 자리에 앉자마자 막 샌디가 따른 술부터 맛보았다. 입술에 묻은 술을 혀로 핥곤 잔에 소주를 더 부었다.

미라의 손이 코앞에서 어른거려서 선희는 무심히 그것을 봤다. 뼈만 드러난 손등엔 세 개의 흉터가 마맛자국같이 찍혀 있었다. 그것은 눈에 띌 정도로 이지러졌고 손등은 격전지처럼 황폐하게 보였다. 선희는 미라의 손등을 가만 만졌다. 미라는 스스럼없이 손을 내밀었다.

"약 먹고 한창 깡패 짓 할 때 담뱃불로 그랬어. 몇 년 전만 해도 통신 부대가 있는 오정리에서 칠공주단이라면 알아줬다구. 내가 그 중의 셋째였어. 그때 늘 칼을 갖고 다녔는데."

"흥, 그 칼로 지 손목이나 그었겠지. 니가 하는 짓은 다 그래."

샌디에게 퉁을 듣고도 미라는 웃기만 했다. 동생같이 마음이 쓰이는 미라에게 선희가 한마디했다.

"자기 몸은 자기가 아껴야 돼. 자기가 자기를 버리면 누가 널 아껴 주겠어."

"알아, 언니. 약 먹는다고 모르지 않아. 모르는 것 같아도 다 안단 말이야."

그들은 술을 비우고 자리에서 일어섰다. 보트장도 탁구장도 있었지만 더 있다 가자는 말은 아무도 하지 않았다. 애니가 병실에 누워 있는 모습을 보아선지 기분이 가라앉았다.

미라는 혼자 백 미터쯤 앞서가고 있었다. 바람을 타듯 걸음이 가벼웠고, 뱀 무늬 옷 때문에 미라의 몸이 더욱 유연해 보였다. 미라의 옷처럼 하늘거리는 나비가 미라의 머리 위로 날아갔다. 흰나비였다.

미라는 흰나비를 따라 한길에서 숲 오솔길로 들어섰다. 숲 입구에 큰 무덤 하나와 작은 무덤 두 개가 나란히 있었다. 어느 가난한 집 식구 무덤은 아무도 돌보지 않아 풀이 무성했고, 미라는 어느새 맨발로 풀밭에 섰다.

흰나비가 아기 무덤 위로 날아갔다. 미라는 흰나비를 따라 아기 무덤 위로 뛰어 올라갔다. 팔을 뻗고 허공을 휘저었으나 흰나비는 영 잡힐 것 같지 않았다. 미라는 환호성을 내며 아이같이 무덤 위에서 뛰었다. 샌디가 미라를 기다리다 지쳐 풀밭에 주저앉았다.

"봄에 흰나비를 처음 보면 엄마가 죽는다고 하잖아. 어릴 때 흰나비를 보고 울면서 집에 뛰어가던 생각나네."

선희는 그날 오랜만에 밤 외출을 했다. 부대에서 가져온 통조림으로 저녁을 먹고 나자 마크가 클럽에 가자고 제의했다.

"술을 마실 수 없잖아." 선희의 말이 끝나기도 전에 마크는 한 손을 들어올렸다.

"난 이제 술을 마셔도 돼. 오늘 검진받았어. 치료는 끝났어."

선희는 루주만 바르고 나갈 채비를 했다. 청바지를 입으려 했으나 마크가 치마 입기를 원했다. 선희는 스스럼없이 응했다. 집에서는 늘 바지만 입었다. 마크는 선희의 다른 모습을 보고 싶은 것이 틀림없었다.

해는 아직 기울지 않았다. 선희는 더위를 조금 느꼈다. 밤에 쌀쌀할 것을 예상하고 긴팔 목수 원피스를 입었기 때문이다. 어깨까지 오는 머리도 거추장스러워 손수건으로 묶는데 가게 앞에 붙은 아이스크림 광고가 눈에 띄었다. 선희는 가게 앞에 서서 아이스크림을 달라고 했다. "두 개요?" 주인이 묻자 마크가 손을 내저었다.

"써니, 아이스크림 먹지 마."

"난 찬 것이 먹고 싶어."

"먹지 마."

말소리는 부드러웠지만 마크는 양미간을 세우고 있었다. 선희는 별생각 없이 주인으로부터 아이스크림을 받아 들었다. 마크가 고개를 흔들었다. "플리즈."가 새어나왔다. 선희는 의아했지만 아이스크림을 무를 수도 없었다. 선희는 모른 체하고 아이스크림 껍질을 벗겨 버렸다. 이어 손지갑을 열자 마크가 재빨리 돈을 냈다.

가게에서 나오자 마크는 선희 손에 들린 아이스크림을 빼앗아 쓰레기통에 던졌다. 먹을 마음은 벌써 가셨지만 선희는 약이 바짝 올랐다. 선희는 마크 등 뒤로 소리쳤다.

"마크, 왜 그러는 거야?"

마크가 돌아서며 잠시 침묵을 지켰다.

"써니, 당신은 자신의 몸에 너무 무관심해. 난 당신이 살찌고 둔해지기를 원치 않아."

"그래도 아이스크림을 뺏는 건 지나쳐. 난 당신 마누라가 아냐."

골목에서 한길로 막 나서려는데 두 여자가 연이어 골목으로 뛰어갔다. 한길은 다른 때보다 번잡한 것 같았고, 긴장된 공기가 감돌았다. 몇 발짝 앞에 한 남자가 보도를 바라보고 서 있었다. 선희는 그제야 오늘이 토벌 날인 줄 깨달았다. 이곳에 있는 수백 명의 여자들 중 패스가 없거나 검진을 받지 않은 여자들을 추려 내는 일이었다. 보건소 직원이 선희 앞으로 손을 내밀었다.

"아가씨, 패스 좀 봐요."

선희는 패스를 가지고 나오지 않았다. 화가 난 선희를 뒤따라 오던 마크가 옆에 다가와 섰다.

"이 여자는 나의 여보다. 지금 산보 중이어서 패스를 가지고 나오지 않았다."

"패스 없이 왜 다녀. 패스가 있으면 가져오라구. 그럼 놓아줄 테니."

젊은 남자는 일부러 심술궂게 맞섰다. 선희를 잡기로 작정한 듯했다. 실랑이를 하기 싫어서 선희는 마크에게 패스를 갖다 달라고 부탁했다.

마이크로버스엔 십여 명의 여자들이 잡혀 와 있었다. 거의가 짙은 화장을 했고, 흐린 전등 아래 서로 얼굴을 외면하고 있었다. 뒷자리에 앉은 여자는 큰 소리로 울어 댔다. 두 여자가 창으로 목을 빼고 미군과 이야기했다.

"걱정하지 마. 일주일 안으로 멍키 하우스에서 나올 수 있을 거야."

그중 한 여자는 미군을 보내고 가방에서 머리빗을 꺼내 빗었다. 뒷자리에서 울음소리가 더욱 크게 들려왔다. 여자는 친구를 따라와 미군과 합석했을 뿐이라고 울먹였다. 머리를 빗던 여자가 뒤돌아보며 소리쳤다.

"듣기 싫어. 여기가 니네 안방이야?"

선희가 창밖을 보고 있을 때 한 여자가 부대 앞에서 잡혀 왔다. 여자는 약간 둔해 보이는 체격에 안경을 쓰고 있었다. 세련되지 않은 대학 신입생처럼 보여서 선희는 잘못 잡혀 왔구나, 생각했다. 여자는 선희 옆에 앉아서 보건소 직원에게 항의했다.

"부대에 영어 회화 배우러 다니는데 패스는 무슨 패스를 내놓아요."

"검진해 보면 다 아니까 가만 있어."

"그럼 벌써 한 달째 사귀었는데 아무 일 없어요?"

"그럴 줄 알고 데려왔어."

어린애처럼 퉁퉁거리며 말하던 여자는 안경을 벗어 손수건으로 닦았다. 여자의 평퍼짐한 얼굴이 비곗덩어리 같았다. 선희는 혐오감을 느끼며 창 쪽으로 고개를 돌렸다. 마크가 유리창을 손가락으로 치고 있었다.

선희가 차에서 내리자 마이크로버스가 움직이려 했다. 다른 곳으로 이동하는 모양이었다. 한 여자가 창밖으로 얼굴을 내밀고 소리쳤다.

"제니, 톡 투 미스터 유. 오케이?"

선희 바로 뒤에 서 있던 여자가 차를 향해 손짓을 했다. 부탁을 받은 제니였다. 선희는 순간 주춤했다. 여자들 입에서 거침없이 나오는 영어가 갑자기 생경하게 들렸다. 차가 선희의 시야에서 미끄러져 나갔다. 얼핏 어두운 불빛 아래 모여 있던 여자들이 나방이 떼처럼 떠올랐다.

"마크, 클럽엔 가지 않겠어. 자전거를 타고 강에 나갈까."

봄밤의 쾌적한 공기가 얼굴에 휘감겨 왔다. 민가의 불빛이 멀리서 가물거릴 뿐 사방은 어두웠다. 나무들은 어둠 속에 장승처럼 버티고 있고 좁은 길이 자전거의 불빛으로 희미하게 드러났다.

길이 고르지 않아서 몸이 가볍게 진동했다. 바람에 부푼 마크의 흰 운동복이 선희의 시야를 막았다. 선희는 발에 힘을 주고 서서히 속력을 늦추었다. 아산만의 강줄기가 아교질처럼 괴어 있었다.

강을 보면 언제나 낯익은 느낌이 든다. 어둠 속에서도 강 냄새를 맡을 수 있다. 어느 곳에서 만나든 그것은 고향처럼 아늑하다. 엄마 가슴처럼 부드러워서 산 자는 발을 씻어 주고 죽은 자는 뼛가루를 받아 주지…….

송림 사이로 수면이 번뜩였다. 마치 한 마리의 새가 수면을 스쳐 간 듯했다. 문득 선희는 전생에 새였는지 모른다는 생각이 들었다. 예전에 강물을 따라 흰 날개를 펼치고 날아다닌 것 같았다. 떠돌이처럼 헤매는 자신이 새의 분신인 듯 느껴졌다. 옛날 옛적의 한 마리 새가 오늘은 갈보가 되어 강가를 달려간다.

강물이 이따금 출렁거릴 뿐 사방은 고요했다. 하늘엔 별이 총총해서 그 빛이 땅으로 쏟아질 듯했다. 선희는 마크와 나란히 소나무에 몸을 기댔다. 강물은 그들 발아래로 긴 허리를 누이고 있었다. 강 건넛마을에서 몇 개의 불빛이 가물거렸다. 선희는 눈을 빛내며 나직하게 말했다.

　"불빛이 있어서 밤이 좋아. 어떤 고통의 집도 밤엔 아름답게 보이거든."

　"그건 눈을 가리는 환상이야. 제기랄, 타임 스퀘어도 할렘가도 밤엔 아름답게 보여. 허상의 아름다움이야. 아름다움이란 거리에서 오는 것이 아닐까. 저 강 건너 등불이 아름다운 것은 그 거리가 그리움을 주기 때문이야."

　"그 말도 맞아. 기지촌의 야경도 아름답지. 그러나 이곳은……."

　환락의 손바닥일 뿐, 오만한 아메리칸이 달러를 뿌리는 붐 타운이며 된장 냄새와 레이션 냄새가 뒤섞인 난장일 뿐. 선희도 그것을 잘 알고 있다. 선희는 불을 쫓는 나방이처럼 이곳에 오진 않았다. 허영도 가난 때문도 아니고 방종도 아니었다. 이곳에 온 행위에 의지가 따랐다면 막다른 벽에 부딪친 자가 전쟁터에 자원하듯 허무의 의지이리라. 마크가 선희 어깨에 팔을 두른 채 눈을 가만히 들여다보았다.

　"써니, 당신은 여기서 인생을 즐기지 않아. 그렇지?"

　"그런지도 몰라. 시간이 헛되이 지나가는 것을 자주 느껴."

　"당신은 책을 보고 멋을 부리지도 않아. 남자에게 매달릴 마음도 없어. 다른 여자들관 다르지. 정신은 움직이나 육체는 굳어 있어. 그리고 그 정신도 그다지 건강한 것은 아니야. 자의식에 묶여 있어. 그것이 당신의 특성이며 매력이기도 해. 배부른 양보다는 고난의 산양이 매력 있듯이."

선희의 입가에 웃음이 떠오르다 사라졌다. 선희는 마크, 하고 망설이듯 말을 꺼냈다.

"내게 이 생활이 맞기도 하고 안 맞기도 해."

마크의 시선을 의식했으나 선희는 앞만 바라보았다. 잠시 후 마크가 선희의 손을 잡았다. 손바닥을 펴게 하고 마크는 손가락으로 글씨를 썼다. 입으로 알파벳을 또박또박 발음하며.

"에스…… 에이…… 아이…… 엔…… 티, 세인트군, 당신은."

선희의 시야로 순간 불빛이 흔들렸다. 강물이 바람에 일렁였는지도 모른다. 이번엔 선희가 마크를 바라보았다. 세인트…… 성녀라구? 마크의 얼굴에 비웃음 같은 건 없고 조각처럼 움직임이 없었다.

"마크, 기분이 묘해. 나도 자신이 싫어. 나는 뛰어나지도 못하면서 평범하지도 못해. 순간순간은 취해 살지만 끝에 맛보는 것은 공허감뿐이야. 난 오픈 게임만 수없이 치르고 나가떨어진 권투 선수와 같아. 처음엔 세상이 나를 받아 주지 않았지만 이제는 내가 그 속에 끼어들 수가 없어. 난 응시자가 된 거야."

그때 하늘 한쪽에서 별똥별이 길게 꼬리를 그리며 떨어졌다.

마크가 그것을 가리켰다.

"써니, 유성을 보면 소원을 말하는 거지. 당신 소원을 말해 봐."

마크가 가리킨 하늘에 별똥별은 이미 사라졌다. 모르겠어, 하고 선희는 말했다. 마크의 손이 선희의 얼굴을 스쳤다.

"당신은 이상한 여자야. 그래서 좋아. 써니, 난 흥분할 것 같아."

어디로 가는 것일까.

선희 앞에 한 남자가 걸어가고 있다. 미술대학의 교학과장……
또 선희 옆에 세 사람이 걸어간다. 선희가 살던 동네의 구멍가게 주
인아저씨, 두 사람은 기억이 날 듯 말 듯 한데 아무튼 아는 사람이
다. 모두 시골길로 가는 걸 보면 소풍을 가는 거다. 날씨도 맑다.

얼마를 가다 주위를 휘둘러보니 혼자 낯선 거리에 있다. 사람
들은 어디로 갔을까? 다시 앞을 바라보니 로마의 원형극장 같은 건
물이 우뚝 서 있다. 선희는 자석에 끌린 듯 그 건물 안으로 들어선
다. 어둡다. 천장으로 물이 새고 그것이 벽에도 번져 흐른다. 희미한
불빛을 따라 더듬거리며 터널을 빠져나오자 저만치 앞에서 전등불
이 화려하게 빛나고 있다.

시장이다. 유리문을 밀고 들어서니 색색 가지의 옷감들이 각
점포마다 쌓이고 펼쳐져 있다. 전등불 아래 펼쳐진 옷감들이 눈이
아프도록 현란하다. 그 포목점들을 지나 미로를 빠져 걸어 나오자
다시 원형극장 같은 건물 밖이었다.

눈앞에 세 갈래 길이 있다. 큰 신작로가 앞으로 뻗어 있고 양편
으로 골목이 있다. 선희는 신작로로 가지 않고 왼쪽 샛골목으로 건
너간다. 좁고 언덕진 골목이다. 몇 걸음 걸어가 언뜻 앞을 보니 골목
한 모퉁이에 연탄이 쌓여 있고 얼굴이 시커먼 거구의 연탄장수가
선희를 쏘아보며 길을 가로막고 서 있다. 연탄집게를 손에 쥔 채.

막다른 골목이었다.

선희는 자동인형처럼 벌떡 일어났다. 땀에 젖었는지 목덜미가
끈끈했고 한참 눈을 뜨고 있으니 희끄무레한 어둠이 다가왔다. 주
위를 두리번거리자 탁자 위에 놓인 주전자가 눈에 들어왔다. 목이
말랐으므로 선희는 일어나 주전자를 집어 들었다.

낡은 커튼이 드리운 창에도 엷은 잿빛이 밀려와 있었다. 가만

창을 바라보노라니 땅이 젖어드는 소리가 들리는 듯했다. 비가 오나? 몇 시나 됐을까? 시계를 보려다가 선희는 방문을 열어젖혔다.

밖으로 고개를 내미는데 층계 앞에 서 있는 사람이 눈에 들어왔다. 미라가 층계 앞에서 신발을 고쳐 신고 있었다. 미라는 어느새 곱게 화장하고 번들거리는 흰 비옷을 입었다. 선희는 멈칫하며 두 팔로 몸을 감았다. "미라야." 선희가 나직이 부르자, 미라는 놀란 듯 선희 방 쪽을 흘끗 보았다.

"쉿! 다 자는 줄 알았는데 언니가 깼구나."

미라는 눈웃음을 흘리며 입술에 검지를 댔다. 화장에도 핼쑥하게 보였다. 약을 먹고 밤새 잠을 자지 않았나 보다. 미라는 잠옷 차림으로 서 있는 선희에게 간다는 손짓 하고 층계로 내려갔다. 이 새벽에 어디로 가는 걸까. 비가 오는데 우산도 없이. 넋 빠진 사람처럼 방문 앞에 서 있던 선희는 잠시 후 급히 신발을 신었다.

뛰듯 층계를 내려가 대문 밖으로 나서니 미라는 벌써 골목 끝으로 걸어가고 있었다. 흰 비옷을 입은 미라가 나비처럼 이내 눈앞에서 사라졌고, 선희는 미라가 빠져나간 골목길을 한참 동안 뚫어지게 지켜보았다. 언젠가 선희가 떠나야 할 길이었다.

— 강석경, 『밤과 요람』(민음사, 1983);
『나는 너무 멀리 왔을까』(문학동네, 2021)

김향숙(金香淑·1951~)

　　김향숙은 1951년 부산에서 태어나 부산여자고등학교를 거쳐 1973년 이화여자대학교 화학과를 졸업했다. 1977년《여성동아》여류장편소설 공모에 「기구야 어디로 가니」가 당선되어 등단했다. 당시 이 소설의 본심을 맡았던 소설가 강신재는 "금일적인 허무감을 기초로 수치심과 주저를 상실한 세대가 뭔가 진실한 것을 추구해 몸부림치는 모습을 그린 점"을 높이 평가했다. 26세의 젊은 가정주부로 1975년과 1976년도에 연거푸 공모에 응모했다가 탈락한 집요한 문학 지망생이었던 김향숙은 등단 후 감각적인 문장과 밀도 있는 구성으로 주목을 받았다. 등단 이후 7년여의 공백기를 가진 김향숙은『종이로 만든 집』(1989)으로 연암문학상을, 「안개의 덫」(1990)으로 동인문학상을 수상했다.

　　소설집『겨울의 빛』(1986),『수레바퀴 속에서』(1988),『종이로 만든 집』에는 각각 젊은 여성의 불가해한 욕망이 그려진 「겨울의 빛」(1984)과 분단으로 고통 받는 개인, 특히 남편·오빠·아들이 떠난 이후 남은 아내·누이·딸의 삶을 조명한 「부르는 소리」(1984)와 「그물 사이로」(1985), 그리고 학출 노동자의 삶을 선택한 여자 대학생을 그린 「얼음벽의 풀」(1989) 등이 실려 있다. 사회적으로 성공한 남성 주인공들의 욕망, 번민 그리고 위선을 다룬 「수레바퀴 속에서」(1988)나 「환절기 소묘」(1988) 등도 김향숙 소설의 중요한 한

축을 형성한다. 이후 소설집『그림자 도시』(1992)와『물의 여자들』
(1995), 연작소설집『문 없는 나라』(1990)와『스무 살이 되기 전의
날들』(1993), 그리고 장편소설『떠나가는 노래』(1991)『서서 잠드
는 아이들』(2000)을 펴내 가정과 학교라는 삶의 현장에서 중산층
여성과 10대 청소년들이 겪는 다양한 고통을 부조해 낸다.

  김향숙 소설이 가진 득의의 영역인 '치밀한 심리 묘사'는 현실
의 가공할 만한 위력에 깊이 침식당한 나머지 자족적 내면세계가
눈앞의 사건과 분리되어, 이를 소유할 수 없는 개인의 비극을 암시
하는 장치라 할 수 있다. 어떤 사태의 표면이 아닌 이면에, 사건의
클라이맥스보다는 사후事後/死後의 삶에 현미경을 들이대는 김향숙
소설은 1980년대 주류 리얼리즘문학론의 한계를 드러내는 동시에
1990년대 이후 본격적 성장을 보인 여성주의 문학의 한 기원을 이
룬다.

손유경

종이로 만든 집

두통약을 삼킨 뒤 주방을 나온 영옥 씨는 현관 쪽으로 걸었다. 머리 위에 무쇠솥이라도 올려놓은 듯한 걸음걸이였다. 머리 전체가 쇳덩이로 여겨지는 두통이 심하기도 했지만 두 다리의 힘이 빠진 때문이었다. 빈속으로 들어갔던 술이 이제야 제 힘을 발휘하는 것 같았다. 차가운 대기가 필요했다. 자신의 팔다리가 연체동물의 그 것처럼 여겨지는 마뜩찮은 이 느낌을 떨쳐 버리려면.

눈동자를 거의 덮은 눈꺼풀 사이로 광택제로 줄곧 닦여진 초록색 아스타일이 깔린 네모난 공간이 비춰 들었다. 마루와의 턱은 낮고 아스타일의 반짝임은 유별난 데다 구석에 놓인 우묵한 항아리의 마른 꽃 때문에 신발을 신고 벗는 곳이라기보다 거실의 한 부분 같았던 곳. 영옥 씨는 그곳으로 내려서지 못했다.

때에 전 뒤축은 안으로 굽혀졌고 풀어헤쳐진 끈의 빛깔은 잿빛인 운동화 한 켤레가 치우지 못한 쓰레기처럼 현관 바닥을 어지럽히고 있었던 것이다. 한 짝은 거실과 현관 바닥 경계 지점에, 또 한 짝은 현관문 쪽으로 내동댕이쳐진 그것들엔 신발 임자가 그것들을 벗었을 때의 마음이 그대로 드러나 있는 것만 같았다. 어쩌면.

영옥 씨는 급하게 허리를 수그려 운동화 두 짝을 들어 올렸다. 몽롱한 취기가 사라지고 노여움으로 번쩍이는 그 여자의 눈은 현관 옆으로 붙은 딸의 방 쪽으로 돌려졌다. 초록빛 아스타일 공간이 불현듯 자신의 마음으로 여겨지는 느낌에 빠져들면서였다. 이것을 딸의 방으로 던져 버릴 수만 있다면. 하지만 영옥 씨는 곧 몸을 돌려세워야만 했다. 도망이나 치듯 허둥대는 몸짓으로. 흐느껴 우는 딸의 울음소리가 새어 나왔던 것이다.

운동화를 들고 주방 뒤쪽의 세탁실로 가는 동안 영옥 씨의 이마에는 주름살이 패였다. 운동화에서 풍겨져 나오는 악취 때문만은 아니었다. 딸의 울음소리가 새로운 줄다리기를 알리는 신호쯤으로 여겨졌던 것이다. 운동화를 캄캄한 타일 바닥으로 내던진 뒤 세탁실 문을 닫은 영옥 씨는 머리를 저었다. 그러고는 얼마 동안 세탁실 문에 등을 기댄 자세로 가만히 서 있었다. 가슴 한가운데로 거멀못이 박혀 드는 듯하면서 식탁 위의 전등 불빛이 천천히 사위어 가는 느낌이 엄습했던 것이다. 그뿐이었을까. 이마로는 식은땀이 돋으면서 구토증마저 치밀어 오르고 있었다.

물을 마시고 누워야만 한다는 생각으로 싱크대의 개수대로 다가간 영옥 씨는 윗몸을 깊숙이 수그렸다. 물을 마시기 전에 우선은 토하고 싶었던 것이다. 아무것도 넘어오지는 않았다. 저녁은 숟가락을 들다 말았고 점심 식사 또한 바쁜 중에 경황이 없다 보니 우유 한 잔으로 때웠던 터였다. 주먹으로 쉬임 없이 가슴속 거멀못 언저리를 두드렸어도 욕지기는 가라앉지 않을 뿐이었지만 영옥 씨는 마침내 토하기를 포기해야 했다.

눈앞이 가물거리는 현기증 때문에 어서 빨리 몸을 눕히고 싶어

겠던 것이다. 찬물 두 컵을 마신 뒤에 거실로 나갔는데 걸음보다 빠른 시선은 저 혼자 안방 문에 닿아 있었다. 영옥 씨는 시선을 따라 걸을 뿐이었다. 팔다리가 흐느적대는 느낌에도 익숙해졌는지 아주 느릿느릿 움직이는 구름을 밟는 기분마저 맛보면서. 술에 취할 때마다 언제나 잠을 자곤 했던 영옥 씨로서는 처음 경험하는 기분이었다. 두통만 아니라면 구름을 밟는 이 기분을 즐길 수도 있으리라는 생각을 하게 된 그 여자의 입가로는 어느덧 엷은 웃음마저 떠올랐다.

떠오르는 순간 자취도 없이 스러지고 말았지만. 얼굴의 표정은 가면을 씌우기라도 한 듯 딱딱해지면서 두 다리 또한 족쇄라도 채워진 듯 움직이려 들지 않았음에랴. 소리의 덫. 딸의 울음소리가 드높아졌던 것이다. 이건 마치. 영옥 씨의 버들잎 같은 눈썹의 끝은 위로 솟구쳤다. 딸의 울음소리라는 올가미가 펼쳐지기만 하면 옴싹달싹하지 못하는 포로처럼 갇혀 들고 마는 자신에 화가 치밀어 올랐던 것이다.

이럴 수는 없어. 영옥 씨는 안방으로 가야 한다고 생각했다. 줄다리기를 하더라도 맨정신이어야 할 터였다. 지금의 그 여자는 너무 지친 상태였다. 그렇다면 그 점을 딸에게 말해 주는 것이 좋을지도 몰랐다. 그러나 주방과 거실을 경계 짓는 칸막이 노릇까지 겸하는 장식장에 기대어 선 영옥 씨는 손바닥으로 귀를 막고서 붙박이처럼 서 있을 뿐이었다.

내버려두면 지치게 될 것이다. 혼잣말을 하는 영옥 씨는 안방으로 들어가는 자신의 모습을 보고 있었다. 그러는 동안 그 여자의 귀와 손바닥은 더욱더 밀착되고 있질 않았던가. 이상한 것은 그럼에도 불구하고 모든 소리들은 생생하게 잡혀 들고 있다는 점이었다. 조금도 수그러들 줄 모르는 딸의 울음소리, 뒷담을 통해 노랫가락처럼 흘러 들어오는 뒷집 주인의 시조 읊는 소리, 골목길을 지나가는 차바퀴 구르는 소리들……

영옥 씨는 그만 손을 내리고 말았다. 딸의 울음소리를 담 너머로 내보낼 수 없다는 생각 때문이었다. 그리고 남편의 귀가가 그리 멀지 않았으리란 사실을 다시 한번 깨우치게 되었던 것이다. 어떻게든 남편이 돌아오기 전에…….

두 팔로 자신의 가슴을 싸안은 모습으로 딸의 방문 앞에 선 영옥 씨는 곤혹에 찬 표정이었다. 어떻게 해야만 남편에게 알리지 않고서도 예전의 딸의 모습으로 돌아오게 할 수 있을지 막막하기만 했던 것이다. 영옥 씨에게 딸은 여전히 미로로 여겨질 뿐이었음에랴. 지금껏 해 왔던 줄다리기를 되풀이한다고 해서 그 미로의 입구와 출구를 찾아낼 것 같지도 않지만 더욱 난감한 점은 딸과의 대면 자체를 피하고 싶은 마음. 바로 그것이었다.

너무 지쳤을 때의 자신은 그 여자에게도 낯선 모습을 보여 주곤 해 오질 않았던가. 사나와지고 딱딱해지며 어디선가 솟아오르는 악의를 감당하기 어렵기 일쑤였다. 스스로를 믿기 어려우므로 딸의 방으로 들어가는 일이 이토록 못내 내키지 않는 것이리라. 하지만 물러설 여지가 없으니 어쩔 수 없는 노릇이었다. 잠들지 않았을 수많은 귀들과 딸의 울음소리…… 안 될 일이었다.

영옥 씨는 마침내 센 힘으로 문을 밀어젖히면서 딸의 방으로 들어갔다.

책상 옆의 바람이 빠진 둥그렇고 커다란 공 모양을 한 샛노란 빛의 휴식용 의자에 몸을 앉혔다. 얼마 동안은 레이스 커튼 너머의 검정빛 얇지 않은 쇳조각을 붙여 놓은 것도 같은 창을 바라만 보고 있었다. 이렇게 해서라도 딸과의 대면의 순간을 늦추고 싶었던 것이었겠지만 어쩌면 계속해서 울기만 할 뿐인 딸에 대한 무언의 시위였을지도 몰랐다. 더 이상 너에게 끌려다닐 수는 없다는.

몇 분인가가 흘렀다.

영옥 씨는 고개를 돌려 갔다. 우혜는 여전히 침대 머릿장 앞을 떠나지 않고 있었다. 세운 두 무릎 사이로 얼굴을 파묻은 변함없는 모습이었다. 그 웅크린 딸의 모습을 바라보는 영옥 씨의 눈밑 피부는 전류에라도 닿은 듯 경련했다. 어미의 인내심을 실험하기라도 하는 듯 줄곧 울어 대는 딸에 대한 짜증스러움 때문이었다,

"언제까지…… 그렇게 울기만 할 테냐."

말을 끝내기도 전, 영옥 씨의 시선은 창문 언저리로 향했다. 딸이 신고 있는 양말 두 짝의 색깔이 제각각임을 알아본 다음 순간의 일이었다. 자신도 모르게 자꾸만 머리를 젓던 영옥 씨는 이윽고 눈을 감았는데 그나마의 도피가 허용된 것은 불과 몇 초간에 지나지 않았다.

"엄마 가슴은 시멘트 벽으로 만들어졌을까요?"

울었던 사람의 것 같지 않은 기막히게 명료한 목소리가 귀를 파고들었던 것이다. 어쩌면 이런 순간이 오기를 기다리고 있었던 것이었을까. 놀람과 황당함이 깃든 영옥 씨의 눈은 딸의 얼굴로 미끄러져 내렸다. 딸과 어머니는 서로의 눈들을 뚫어져라 처다보았다.

"관두는 게 낫겠다."

시선을 먼저 비킨 쪽은 어머니였다. 터지기 직전의 폭발물. 눈물에 젖은 딸의 눈에서 타오르던 적대감의 불길이라니. 그 불길의 맹렬함은 영옥 씨가 이 방을 떠나기 전보다 더욱 깊어져 있질 않았

던가. 영옥 씨는 머리를 수그리고 말았다. 좀 전에 술을 마셨던 것이 잘된 일인지 아니면 그 반대쪽인지 알 수 없다는 느낌에 빠져들면서였다.

술을 마시지 않았더라면 어떻게 해서든 딸을 다그쳤을 자신임을 모르지 않았기 때문이었다. 그러나 지금은 아무래도 딸과 맞설 긴장감을 되찾을 수 없는 터였다. 그 여자의 눈에는 어느덧 낭패의 기색이 뚜렷했다. 이렇게 뒷걸음치는 모습을 보여 준다는 것이 딸의 공격 의지를 높여 주리란 생각이 들기도 했던 것이다. 그리고 그 여자의 그런 생각은 틀리지 않았다.

"엄마는…… 엄마가 과녁이 되는 것을…… 견딜 수 없는 모양인데요."

비양대는 딸의 목소리가 이어졌던 것이다. 영옥 씨의 응답은 침묵이었다. 공격의 화살을 맞아야만 하는 과녁 노릇을 되풀이하고 싶지는 않았던 것이다. 지난 몇 시간 동안 이미 넘치도록 많은 말의 화살을 받질 않았던가. 딸은 정말이지 어미의 가슴이 시멘트 벽으로 만들어졌다고 믿고 있는 것 같았다. 갑자기 난데없이 나타나서 독 묻은 화살들을 날려 보냈다. 술을 마시지 않았더라면. 영옥은 고개를 끄덕였다. 그 여자와 딸은 밤을 새우게 됐을지도 몰랐다. 피투성이 가슴인 채로.

"엄마가 고개를 끄덕이시는 것은 제 말에 동의하신다는 표신가요."

아니면 새로운 작전 구상 중이신가요. 그렇게 따져 묻는 딸의 입가로는 보일 듯 말 듯한 비웃음이 어렸다. 바로 그때 이제는 엄마가 거인처럼 보이지 않느냐는 물음이 영옥 씨의 입에서 튀어나왔다. 딸의 얼굴을 지켜보면서였다. 딸의 공격에 멀미가 난 때문만은 아니었다. 딸의 입가의 비웃음이 눈을 파고드는 순간 어째서인지 엄마가 거인처럼 보인다고 말하던 때의 딸의 모습이 되살아났던 것이다. 그 말이 남겼던 석연치 않은 느낌을 떨쳐 버리고 싶었던 것이었으리라. 하지만 자신의 말이 끝나기도 전 밀랍 인형처럼 그 표정이 굳기 시작하는 딸의 얼굴을 보면서 방패막이를 휘두를 때를 놓치실 엄마가 아니었어요 하는 말을 듣게 되자 영옥 씨는 자신의 기분을 알 수 없다는 느낌에 빠져들고 말았다. 딸의 눈에 떠오른 절망감을 보는 동안 그 여자 자신의 속조차 미궁으로 여겨지기 시작했던 것이다. 딸을 이해해야 한다는 마음이 앞서는 것인지 딸에게 마냥 공격을 당할 수 없다는 마음이 더욱 승한 것인지 헤아리기 힘들 뿐만 아니라 어쩌면 그것을 제대로 알고 싶어 하지 않는 것도 같았기 때문이었다.

그때 그 넌덜머리 나는 딸의 울음소리가 다시금 터져 나왔다. 엄마는 제가 거짓말을 했다고…… 그렇게 생각하는 것일까요 하는 울음 섞인 목소리도. 아아 터져 나오려는 한숨을 삼키려고 애쓰는 영옥 씨는 짐짓 딸의 발목 쪽으로 시선을 던져 두고 있었다. 하고 싶은 말을 거두어 두려는 뜻에서였다. 딸이 거짓말을 했으리라곤 생각하지 않는데도 어째서인지 입술 언저리를 맴도는 말은 생각과 일치하지 않았던 바에랴. 그러니 차라리 아무런 말도 하지 않고서 그냥 넘어갔으면 하고 바랄 뿐이었다. 그러나 딸은 그대로 물러서려 하지 않았다. 왜 대답을 하지 않느냐고 다그쳐 왔던 것이다. 영옥 씨는 자신의 생각을 말해 버려야 한다고 생각했다. 그런데 입술 사이로 흘러나온 말이란.

"생각을 하는 중이란다."

"그렇다면…… 엄마와는…… 엄마와는……"

우혜는 갑자기 미친 듯 머리를 좌우로 흔들었다. 두 주먹을 꼬옥 움켜쥐고서였다. 어쩌면 이럴 수가 있을까요. 엄마는 벼랑 아래로 굴러떨어질 것 같은 딸의 두려움을 건성으로만 받아들였어요. 그런데도…… 나는 이런 줄도 모르고…… 내가 어리석었어요. 바위처럼 둔하기만 했어요. 몸을 일으켜 세운 우혜는 방 안을 왔다 갔다 하며 소리쳤다. 난 엄마를 아프게 하고 싶지 않았어요. 그래서 혼자 버티어 보려고. 버틸 수 있는 한 버티어야 한다고…….

"내가 이 방을 나갈까."

딸의 흥분을 가라앉히려면 자신이 이 방을 나가는 것이 좋으리란 생각을 하게 된 영옥 씨는 그렇게 물었다. 너무 지쳐서인지 딸의 울부짖음이 참기 어려운 소음으로 여겨지기도 했던 것이다.

"엄마는…… 말할 수 없이 잔인해요."

결과는 더욱 나빴다. 내가 혼자 있는 것을 아주아주 두려워한다는 것이…… 엄마에게는 느껴지지 않는 것일까요. 혼잣말을 하듯 낮게 웅얼대기 시작한 우혜는 서 있을 힘마저도 앗겨 버렸는지 원래의 자리로 돌아가 헝겊 인형이 무릎을 꿇듯 그렇게 주저앉았다. 엄마는 날 사랑하지 않아요. 사랑한다면…… 우혜는 머리를 흔들었는데 그런 딸을 바라보는 영옥 씨의 눈에는 차츰 난감한 빛이 두드러지고 있었다. 엄마는 날 사랑하지 않는다는 딸의 이야기 때문은 아니었다. 그것은 너무나 어처구니없는 억지에 지나지 않아 영옥 씨 마음에 아무런 반향도 불러 일으키지 못했음에랴. 영옥 씨는 오히려 혼자 있는 것을 아주아주 두려워한다는 그 먼젓번의 말에 붙들려 있는 참이었다. 딸이 잠들 때까지 이 방에 머물러 있어야 한다는 것이 견디기 힘든 고역으로만 여겨졌던 것이다.

"그런데…… 난 엄마가 날 사랑한다고 믿었던 것이었어요.

그동안의 저는 엄마에게 말 잘 듣는 인형에 지나지 않았을 테니까…… 사랑한다는 착각은 어려운 일이 아니었겠지만요."

우혜는 가만히 얼굴을 들어 올렸다. 자신도 모르게 눈을 감았던 영옥 씨의 창백한 얼굴은 붉은빛으로 물들었다. 절망감으로 가득 찬 맑고 슬픈 딸의 눈이 그 여자의 가슴에 이상한 부끄러움의 감정을 불러일으켰던 것이다. 그러나 그 부끄러움은 받아들일 수 없는 감정이었다. 그동안의 저는 엄마에게 말 잘 듣는 인형에 지나지 않았을 테니까요라는 딸의 이야기를 받아들일 수 없듯. 그래서 영옥 씨는 무슨 말을 해야 한다고 스스로를 채근했는데 소용없는 일에 지나지 않았다. 입은 열리지 않았던 것이다. 딸과의 사이에서 있었던 일들이 상념의 공간에 병풍처럼 펼쳐지고 있질 않았던가.

누군가 갑자기 초인종의 돌출 부분을 눌렀다. 6시가 좀 넘었던 시각. 외출에서 돌아온 영옥 씨가 손을 씻던 중이었다. 집 안의 정적을 단숨에 흔들어 놓겠다는 파괴 의지가 깃든 것도 같았던 벨 소리였다. 마당의 단풍나무, 마음먹고 수집해 온 접시들, 그리고 집 안을 채우는 정적, 또는 즐거움까지를 자신에게 속한 것, 그러므로 자신과 같은 것으로 받아들이는 영옥 씨는 계속되는 벨 소리에 적대감마저 맛보며 대문에 다다랐다. 누구냐고 물었지만 대답은 들려오지 않았다. 걸쇠를 열었다. 끈적대지 않는 콜탈 같은 어둠이 골목 안을 채우고 있었다. 가로등이라곤 골목 입구에 서 있는 전봇대에 매달린 알전구뿐인데 그것의 촉수는 매우 낮아 어둠을 밀어내기보다 오히려 곧 어둠에 묻혀 버릴 것만 같은 형상이었다. 그런 데다 초인종 소리가 너무 높고 길어 영옥 씨는 현관에서 작동하게 되어 있는 대문의 전등 스위치를 올리는 것도 잊고 나온 터였다.

김향숙

바지에 헐렁한 스웨터 차림으로 고개를 푹 수그리고 서 있는, 여자인지 남자인지 구분이 쉽지 않는 눈앞의 인물이 우혜라는 생각을 쉽게 떠올릴 수 없었던 것은 그러므로 영옥 씨 불찰이 아닐 수도 있었다. 더욱이 눈앞의 인물이 커다란 가방을 메고 있었던 터여서 잡화물을 팔러 다니는 고학생인가 하는 생각이 앞서기도 했던 것이다. 그러자 대문을 열던 때의 울적하던 마음은 가라앉으면서 이 시간까지 행주니 좀약, 수세미 등을 팔러 다녀야만 하는 상대의 처지가 안스럽게 여겨졌기에 팔 것이 있으면 꺼내 보라고 원래의 목소리로 말했다.

상대방의 고개가 돌려진 것과 같은 순간이었다. 세상에. 영옥 씨의 벌려진 입은 닫히지 못했다. 스웨터 소매자락 안의 팔뚝에 소름마저 돋고 있었다. 우혜가 아니었던가. 여느 때의 모습과는 너무나도 달라진. 어깨까지 늘어뜨려졌던 머리칼은 사내아이의 것처럼 잘라 놓았고 그것보다 더욱 끔찍했던 것은 딸의 표정이었다. 영옥 씨는 자신도 모르게 그만 눈을 감고 말았다. 적대감과 두려움, 그리고 비웃음, 걷잡기 힘든 격정이 뒤섞인 우혜의 두 눈을 차마 맞바라볼 수가 없었던 것이다. 하지만 딸의 눈은 이미 총알이 되어 영옥 씨의 가슴에 박혀 든 터였다.

"엄마 눈에…… 제가 마치 괴물처럼 비춰 든 것 같은데요."

우혜는 턱을 치켜들면서 말했는데 그러는 동안 딸과 어머니의 눈길이 얽혔다. 어떻게 된 일이냐고 영옥 씨가 물었다. 들어오라는 말이 먼저여야 하지 않느냐고 우혜가 받아 말했다. 어둠 속에서도 딸의 두 눈은 이상한 빛을 발하고 있었다. 먹이를 찾아 오래 헤매다 마지막 포획물을 겨냥하고 있는 짐승의 눈과도 흡사했다. 영옥 씨는 한 걸음 뒤로 물러섰고 우혜는 대문 안으로 들어서면서 무엇 때문인지 흥, 코웃음을 쳤다.

대문을 잠그기 시작하는 영옥 씨의 손놀림은 서툴렀다. 어미를 포획물로 여기는 딸에 대한 분노의 감정 때문이었다. 두 다리도 후들거리고 있었다. 그 순간 딸은 영옥 씨에게 딸이기도 했고 어른에게 무례한 형편없는 여자애이기도 했다. 딸임을 잊을 수 있었다면 뺨을 갈겨 주었을 것만 같았다. 힘껏, 그리고 대문 밖으로 내쫓았으리라. 하지만 우혜는 그 여자의 딸이었다. 딸이 이런 모습으로 변모하게 된 연유를 먼저 알아야 할 것이었다. 마당은 좋은 장소가 못 되었다. 우혜가 무슨 소리라도 지르게 된다면…….

영옥 씨는 딸 곁으로 다가갔다. 여기 계속 서 있을 거냐. 우혜는 기침을 터뜨렸다. 옆집의 이 층 거실 창이 열리는 소리가 들려오고 있었다. 어, 시원하다. 대학을 졸업한 뒤로 십 년째 놀고 있는 옆집 큰아들 목소리였다. 보일러를 켰는데 문을 열면 어째예. 감정이 실리는 일이 드문 옆집 큰며느리 목소리는 낭랑했다. 밤의 대기 속에서는 소리의 반향이 크기 일쑤였다.

들어가자. 영옥 씨는 속삭이듯 다시 한번 말했다. 옆집 큰아들과 큰며느리가 베란다로 걸어 나오는 기척이 들려오면서였다. 옆집 베란다에 서면 영옥 씨네 마당을 훤히 내려다볼 수 있었다. 아이도 없는 옆집 큰아들 내외가 밤마다 베란다의 비닐 의자에 앉아 군것질을 하거나 차를 마시면서 주거니 받거니 이야기하곤 해 왔던 것을 우혜인들 모를 리 없는 일이었다. 영옥 씨는 마당과 현관을 잇는 층계로 올라섰다. 층계 있는 곳으로만 몸을 옮기면 옆집 베란다의 눈길에서 벗어날 수 있었던 것이다. 담벼락을 덮고 있는 수령이 긴 감나무 때문이었다.

우혜는 그러나 몸을 움직이려 들지 않았다. 옆집 베란다 쪽을 올려다보고 있었다. 요새 밤공기는 보약보다도 몸에 이로울 것 같다는 옆집 큰아들의 감탄하는 목소리가 이어지고 있었다. 뭐라 말하기 어려운 향기가 떠돌고 있는 것 겉애예. 낙엽 냄새도 나고예. 참 아름다운 계절이라예. 이런 때는 살아 있는 것도 고맙고……. 동네 사람들로부터 약간 모자라는 사람 취급을 당하는 옆집 큰아들 부부는 뭐가 즐거운지 하하하 소리 높여 웃기 시작했다.

"우혜야."

영옥 씨가 입을 열었을 즈음 우혜의 입에서도 웃음이 터져 나왔다. 정말 웃기지도 않아요. 살아 있는 것도 고맙다니……. 영옥 씨는 딸의 손목을 움켜잡았다. 생각보다 쉽게 우혜는 현관 안으로 이끌려 들어왔다.

"가여운 사람들을 조롱해선 안 되는 일이야."

"엄마의 자애심은 엄마가 무시할 수 있는 사람들에게만 해당하는 미덕이죠."

그렇지 않느냐고 우혜가 반문했다. 그리고는 미간을 깊게 찌푸리더니 머리를 흔들었다. 아주 힘겨워 보이는 모습이었다. 자신의 머리가 흡사 바윗덩어리로 여겨지는 것도 같았다.

"엄마가 날 이리로 끌어들인 것은 자애심 때문도 아니었어요. 엄마는 내가 패잔병 같은 모습으로 집에 내려온 것을 옆집 사람 누구에게도 보이고 싶지 않았던 것이었어요."

현관 불빛 아래서 본 우혜 얼굴은 흙빛에 가까웠다. 피부는 물에 적셔진 해면과도 흡사했고 움푹 꺼진 눈 아래쪽은 검은빛을 띤 채였다. 그리고 비웃음으로 뒤틀린 입술 주위에는 건포도 열매를 매달아 놓은 듯했다. 살아 있다는 실감이 나는 것은 오직 눈뿐이었다. 하지만 그 눈빛이란…….

우혜는 중병을 앓고 있다. 분명히 몸 어딘가에 이상이 생겼으리라. 영옥 씨는 우혜를 병원으로 데려가야 하지 않을까 하는 생각을 했다. 그러는 동안 우혜는 현관 옆방인 제 방으로 빠르게 걸음을 옮기기 시작했다. 그 방은 춥다고 영옥 씨가 말했지만 우혜는 개의치 않았다. 영옥 씨는 별수 없이 딸의 뒤를 따랐다. 먼저 문 오른쪽 벽에 부착된 난방 스위치를 돌렸다. 그리고 그 옆의 전등 스위치도. 딸의 입에서 불 끄라는 비명과도 흡사한 고함 소리가 터져 나온 것은 바로 그때였다.

영옥 씨는 침대 머릿장 쪽으로 파고들며 허둥지둥 얼굴을 숨기려고 하는 우혜를 지켜보았다. 불을 두려워하는 커다랗고 구겨진 나방. 스위치는 내려졌다. 전 아무것도 보지 않기를 원해요. 눈에 띄는 것 모두가 가슴을 찌른다는 우혜의 탄식 같은 목소리는 전류가 되어 영옥 씨 심장에 꽂혔다.

"우혜야, 차근차근 얘길 해 주겠니."

딸 가까이로 다가간 영옥 씨는 방바닥으로 내려앉았다. 우혜가 내쉬는 숨소리는 몹시도 거칠어져 있었다. 천식 환자의 그것과도 흡사했다. 아픈 곳을 얘기하라고 말하는 영옥 씨의 눈에는 초조한 빛이 뚜렷했다.

"제발 침대에 눕도록 해라."

딸은 어머니가 시키는 대로 하려 들지 않았다. 입을 열지도 않았고 몸을 움직이려고 하지도 않았다. 입을 커다랗게 벌리고 하아…… 가쁜 숨을 내쉬고만 있었다. 그 일을 되풀이하면서 간혹 머리를 흔들었을 뿐이었다. 마침내는 주먹으로 자신의 머리를 때리기도 했다. 이것이 상자라면 내던져 버리겠어요, 웅얼대면서. 두통약을 먹겠느냐고 영옥 씨가 묻자 내 머리속엔…… 고장 난 라디오가

들어 있는 것 같은데요 하는 말이 우혜의 입에서 흘러나왔다.

"목청껏 여러 사람들이 싸우고 있어요. 전 제 힘으로 그 사람들을 몰아낼 수가 없어요. 그 사람들은 그런데…… 모두들 검사 노릇을 하고 있어요. 피고인은…… 서우혜 한 사람뿐이어서…… 지금도…… 서우혜 너는…… 아픈 척을 하고 있을 뿐이라는 목소리가 울려 대고 있는데……"

영옥 씨는 책상 위 갓등의 불을 밝혔다. 우혜의 고개는 무릎 사이로 떨구어졌다.

"지난주 토요일, 엄마는 너와 통화했었어. 그때 넌 별일 없이 잘 지낸다고 했어."

대체 어떻게 된 일이냐고 영옥 씨는 거푸 묻지 않을 수 없었다. 시선은 딸에게서 떨어질 줄 모르고 있었다. 문득 입구와 출구를 헤아리기 힘든 미로가 그 여자의 머릿속에 펼쳐졌다. 영옥 씨는 그 미로를 빠져나가야 한다고 생각했다. 무슨 일이 있다 하더라도. 하지만 그 여자가 알고 있는 것은 패잔병, 피고인 두 글자뿐이었다. 게다가 그 여자는 마음을 느긋하게 가질 수가 없는 형편이었다. 우혜의 상태가 심상치 않다는 두려움, 그 두려움 속에서도 우혜가 강의를 빼먹기 시작한 지가 여러 날 되었으리란 의구심이 고개를 쳐든 때문이었다. 영옥 씨는 언제부터 강의를 듣지 않았느냐고 물었다. 그 여자는 딸의 침묵에 부딪쳐야 했다. 눈썹의 끝이 위로 솟구쳤다. 딸의 침묵이 강의를 빠뜨렸다는 수긍으로 받아들여지면서 딸을 움직이는 것은 전적으로 딸 자신이라는 생각에 사로잡혀 든 것이었다. 서울행 마지막 열차, 내일 아침 대학의 강의실에 앉아 있는 우혜. 영옥 씨는 역으로 달려가고 싶은 충동을 떨쳐 버리기 위해 딸이 했던 말을 상기해야만 했다. 그 사람들은 그런데…… 모두들 검사 노릇을 하고 있어요. 심호흡을 한 뒤 다시 한번 물었다. 강의를 며칠이나 빠뜨렸냐고.

"엄마는 내가 강의를 얼마 동안 빼먹었나 그것만 궁금하군요. 내가 몇 끼니를 굶었나 그런 것은 안중에도 없어요."

고개를 쳐들고 어머니를 바라보는 딸의 번들대는 검은 눈동자는 금방이라도 앞으로 튀어나올 것만 같았다. 어째서인지 딸의 눈을 맞바라볼 수 없는 영옥 씨에게 머릿속의 미로는 사라지고 없었다. 피고인석에 앉은 자신의 모습이 그 자리를 차지했던 것이었다. 딸의 눈을 보는 순간 그 여자는 딸이 수백 번도 넘게 제 어미를 피고인석에 앉혔음을 느낄 수 있질 않았던가. 영옥 씨의 콧잔등엔 곧 주름이 잡혔다. 손바닥들은 아랫배를 누르고 있었다. 갑자기 시작된 장이 꼬이는 듯한 아픔 때문이었다. 몸 안의 기관들이 딱딱한 나무토막으로 변하는 듯한 느낌도 함께였다.

영옥 씨는 손바닥으로 아랫배를 누른 채 마루방과 연결되어 있는 주방으로 나갔다. 딸에게 저녁을 먹게 해야 한다는 생각이 머리를 떠나지 않았던 것이다. 하지만 얼마 동안은 식탁 의자에 가만히 앉아 있어야만 했다. 심장의 동계도 불규칙적으로 뛰고 있는 터였다. 또한 온몸이 더워지면서 목젖 언저리로 뜨거운 불덩어리가 솟구쳐 오르고 있었다. 어느덧 그 여자의 입에서는 아아 비명같이도 들리는 한숨 소리가 흘러나왔다. 자신을 억제해야 할 때면 언제나 그러했듯.

스스로도 억제하기 힘든 어떤 열기가 휘몰아쳐 올 때, 영옥 씨로서는 결코 볼 수 없었던 그 눈은 어둡고, 사납고, 난폭한 빛을 발하곤 했다. 좀 더 젊었던 무렵, 영옥 씨는 남몰래 접시들을 깨뜨리고 흉한 욕설들을 웅얼대곤 했었다. 그러노라면 그 여자를 휩쓰는

김향숙

그 광폭한 열기로부터 좀 더 빨리 벗어날 수 있게 되는 듯했던 것이었다. 나이가 들면서는 그런 스스로를 용납할 수 없어지면서 자제하려고 애쓰게 된 터였다. 두 주먹을 움켜쥐고서 아아아 한숨을 토해 내게 되었다. 그래도 진화되지 않는 불길은 눈물이 되어 얼굴을 흥건히 적실 때도 있었다. 울고 난 다음의 마음속은 모든 것이 타 버린 빈 들판처럼 여겨지곤 하질 않았던가. 지금은…… 계속해서 뜨거운 한숨만 쏟아져 나올 뿐이었다. 벼랑 끝으로 어머니를 몰아세우는 딸의 환영이 눈앞을 떠나지 않는 때문인지도 몰랐다. 엄마의 자애심은 엄마가 무시할 수 있는 사람들에게만 해당되는 미덕이죠. 엄마는 내가 패잔병 같은 모습으로 집에 내려온 것을 옆집 사람 누구에게도 보이고 싶지 않았던 것이었어요. 딸의 목소리마저 갈퀴가 되어 영옥 씨의 머릿속을 헝클어 놓고 있는 참이었다. 영옥 씨는 불현듯 식탁 의자에서 몸을 일으켜 세웠다. 딸을 맞서 싸워야 할 대상으로 여기는 자신의 감정을 내버려두어서는 안 될 것만 같았으므로.

안방에서 전화벨 소리가 울리기 시작한 것은 바로 그때였다. 영옥 씨는 불현듯 남편을 떠올렸고 구원의 밧줄을 손에 넣은 느낌마저 맛보았기에 나를 듯한 걸음으로 두 대의 전화기가 올려진 문갑 앞에 다다랐다. 문갑과 나란히 놓인 화장대 위 탁상시계는 7시 15분을 가리키고 있었다. 영옥 씨의 손은 오른쪽 전화기의 송수화기를 들어 올렸다. 왼쪽의 크림빛 전화기와 오른쪽 전화기가 울리는 발신음의 차이는 아주 명확해서 혼동하는 일은 일어나지 않았다.

"여보세요."

마음속 혼돈스러움이 조금도 엿보이지 않는 밝고 예의 바른 목소리가 영옥 씨의 입술 사이로 흘러나왔다. 습관의 무서운 힘. 검정

빛 송수화기는 일종의 나팔이라고 생각해온 결과였다. 나요. 남편이었다. 영옥 씨는 소리 내지 않는 심호흡을 했다.

"당신 혼자 저녁을 먹어야겠는데, 괜찮겠소."

변함없이 부드러운 남편의 목소리는 어제와 똑같은 말을 되풀이하고 있었다. 영옥 씨는 송수화기의 전화기 본체를 잇는 꼬인 줄을 만지작거리고 있었다. 구원의 밧줄을 손에 넣은 느낌은 잠시였을 뿐, 우혜가 내려왔다는 것을 말해야 좋을지, 어떨지 구분이 쉽지 않았던 것이다. 그러는 동안 영옥 씨의 눈길은 문갑 오른쪽 가장자리께에 올려진 가족사진이 든 액자로 향했다. 은으로 된 액자 속의 우혜는 아버지, 어머니 등 뒤에 서서 활짝 웃고 있었다. 1년 전 3월, 그러니까 우혜의 대학 입학식 전날에 찍은 사진이었다. 목표를 달성한 만족스러움, 미래에 대한 기대감이 깃든 딸의 청결한 눈빛이라니. 무엇일까. 무엇이 우혜를 망가뜨렸던 것이었을까.

"괜찮지 않다면…… 오실 수 있겠어요."

영옥 씨는 그만 그렇게 말하고 말았다.

"무슨 일이 있었소."

피고인은 서우혜 한 사람뿐이어서…… 영옥 씨는 머리를 흔들었다. 날카로운 무엇이 가슴 속살을 긋는 느낌 속에서 이 순간 남편은 아무래도 국외자라는 생각이 뇌리를 스쳤던 것이다. 딸은 그 여자만의 분신, 또 하나의 자신이 아니었던가.

"무슨 일은요."

한번 해 본 소리였다고 영옥 씨는 말했다. 아내를 의심할 줄 모르는 것 같은 남편 서영세 씨는 그래 당신 혼자 밥 먹는 일이 얼마나 고역스러운지…… 내가 모르지 않는데 하고 받아 말했다. 일주일에 한 번쯤 집에서 저녁 식사를 할 뿐인 서영세 씨는 이 시각이면 일과처럼 꼬박꼬박 집에다 전화를 넣곤 해 온 터였다. 그럴 때마다 영옥 씨는 마음 쓰지 말라고 말해 주기 일쑤였다.

때때로 아주 드물게 혼자의 식사가 쓸쓸할 때도 있었지만 그 여자는 혼자일 때 편안함을 느끼는 편이기도 했던 것이었다. 낮 동안 사람들과 어울리는 경우가 흔했기에 잠들기까지의 몇 시간을 휴가처럼 여길 수도 있었다. 그렇지만 남편은 자신의 아내가 바깥사람의 일에 부담을 주지 않으려는 뜻에서 그렇게 말하는 것으로만 받아들이는 기색이었다. 그것은 어쩌면 영옥 씨가 남편 서영세 씨 주위 사람들로부터 좋은 아내의 본으로 꼽혀 온 때문이기도 했을 터였다. 서영세 씨 윗사람 부인들은 무슨 일이 있을 때마다 영옥 씨를 부르기를 좋아했다. 그런가 하면 아랫사람 부인들은 윗사람 티를 내지 않는 영옥 씨가 언니처럼 여겨진다며 따르곤 해 왔던 것이었다. 남편의 자신에 대한 신뢰의 감정을 그러므로 영옥 씨는 당연한 것으로 받아들여 오질 않았던가.

반찬을 골고루 챙겨 먹으라는 남편의 말은 계속되고 있었다. 영옥 씨는 통화를 끝내고 싶었기에 찻물을 올려놓았다는 말을 했다. 그것으로 그 여자는 자상한 남편의 배려의 말로부터 놓여나게 되었다. 남편이 돌아오기 전까지 딸의 변모의 연유를 알고 싶은 그 여자는 마음이 급해져 있지 않았던가. 자신이 맛보았던 낭패감, 불쾌감을 남편에게 전해 주지 않으려면 서둘러야만 했던 것이다. 지체하지 않고 안방 문을 열고 나갔다. 놀랍게도 안방 문으로부터 멀어지기 위해 뒷걸음치는 딸의 모습이 영옥 씨 눈에 들어왔다.

"아버지께…… 저의 낙향을 보고드렸나요."

수집품인 접시들과 화분이 올려진 신발장에 등을 기댄 우혜는 추궁하듯 물었다. 목소리는 날카로웠고 입술 끝으로는 여전히 노골적인 비웃음이 각인처럼 아로새겨져 있었다. 어느 쪽이라고 말하는 것이 좋을까. 영옥 씨는 딸을 똑바로 쳐다보았다. 그사이 딸의 입가에 비웃음은 씻은 듯 사라지고 없었다. 현관을 밝히는 불을 등지고 선 우혜의 표정을 헤아리기란 그러나 쉬운 일이 아니었다. 얼굴 곳곳에 드리운 그림자 때문에 흡사 가면을 쓴 모습 같기도 했던 것이다.

"엄마는 지금…… 어떻게 말하는 것이 유리할까 궁리하고 있어요."

그렇지 않느냐는 물음이 덧붙여졌다. 영옥 씨는 웃어야 한다고 스스로에게 말하고 있었다. 딸의 태도는 나쁘지만 정신만은 온전한 것으로 여겨지면서 어느 정도의 여유를 되찾을 수 있기도 했던 것이다. 어떻게 해서든 정면 대결을 피해야만 할 것 같질 않았던가.

"어서 빨리 집으로 와서 우혜 혼을 내 주어야 한다고 말하려다 참았는데."

영옥 씨는 웃으면서 말했다.

"엄마는."

딸은 어머니의 말을 가로막았다. 엄마의 딸이 이렇게 망가지고 말았다는 것을 아버지한테 알리고 싶지 않았겠죠. 엄마의 마음속엔 누구에게나 으시대고 싶어 하는 취미가 있으니까요.

영옥 씨가 간신히 만들어 냈던 웃음의 수명은 너무 짧았다. 엄마의 속마음을 탐험해 보는 일은 우리 둘 다에게 유용한 일일 것만 같은데요. 우혜야. 영옥 씨의 싸늘한 눈길을 딸은 보고 있지 않았다. 다시 한번 대문 밖으로 내쫓긴 딸의 모습이 그 여자의 눈앞에 떠올랐던 것이다. 난 널 쫓아낼 수도 있어. 입속말을 하는 이 순간 영옥 씨는 정말이지 우혜를 조금도 사랑하고 있지 않았다. 그 여자를 사로잡고 있는 것은 모욕감뿐이었다. 어떤 식으로든 이 모욕감을 되돌려주고 싶을 뿐이었다. 영옥 씨는 딸의 어깨를 잡으려고 두 손을 뻗었다.

구겨 논 가면을 쓴 것 같은 얼굴을 한 우혜는 팔을 들어 올려 머리를 싸안았다. 그러고는 마루바닥 위로 주저앉았다.

"머리가…… 머릿속이…… 불칼로 마구 쑤셔 대고 있어요."

우혜야. 우혜야. 영옥 씨도 딸 곁에 웅크리고 앉았다. 어떻게 아픈 것인지 말을 해야지. 가만히 내버려두라는 말이 우혜의 입술 사이로 흘러나왔다. 얕은 신음 소리가 계속되었다. 통증의 흔적은 딸의 얼굴에 뚜렷이 드러나고 있는 참이었다. 칼로 그은 듯한 미간의 세로의 금들, 움직이는 벌레와도 흡사한 눈썹, 비뚤어진 입술, 병원으로 데려가야 한다. 혼잣말을 되풀이하면서도 영옥 씨가 할 수 있는 일이란 두 손을 맞잡은 채 딸을 지켜보는 것에 지나지 않았다. 딸의 몸에 손을 대기라도 한다면 딸을 휘젓고 있는 통증이 더욱 날카로워질 것만 같았으므로.

영옥 씨에겐 아주 길게 느껴진 얼마간의 시간이 지났다. 우혜는 웅크렸던 허리와 어깨를 폈다. 흉터와도 같았던 금들도 사라지기 시작했다. 그리고 무엇보다도 눈을 덮었던 이상한 열기도 엷어지고 있었다.

"이젠…… 나아졌어요."

한결 조용해진 목소리로 말하며 아주 조심스레 머리를 움직여 보기까지 하는 터였다. 돌멩이가 가득 찬 것 같지만 그 끔찍한 통증은 가라앉은 것 같다는 말도 뒤따랐다. 자신도 모르게 한숨을 몰아쉰 영옥 씨는 언제부터 아프기 시작했느냐고 다그쳐 물었다. 우혜는 입을 열지 않았다. 다시 한번 물었어도 마찬가지였다. 혼자만의 생각에 빠져든 모습으로 망연히 앉아 있더니 허청대는 걸음을 하고서 제 방으로 돌아가 버렸다. 어쩌면 뇌에 문제가 생긴 것일까. 어쨌든 저녁 식사 준비를 해야 한다는 생각으로 주방으로 향하는 영옥 씨는 새로운 긴장감에 휩싸여 들고 있었다. 입버릇처럼 머리가 깨어질 듯 아프다 아프다 말했던 친구의 아들이 얼마 전 뇌수술을 받았던 사실이 상기되었던 것이다. 영옥 씨는 그러나 곧 머리를 저었다. 친구의 아들은 어렸을 때 자전거 충돌 사고, 높은 담벼락에서 뛰어내리기 등으로 머리를 다쳤고 오랜 기간 동안 두통에 시달려 왔지만 우혜에겐 그런 전력이 없었던 터였다. 더욱이 우혜의 눈을 덮었던 이상한 열기를 생각하면…….

그렇다면 뇌의 기질적 이상이라기 보다…… 씻은 쌀을 전기밥솥에 앉히던 영옥 씨는 하던 일을 그만둔 채 식탁으로 가서 물 한 잔을 따라 마셨다. 엄마의 속마음을 탐험해 보는 일은 우리 둘 다에게 유용한 일일 것만 같은데요. 딸의 비양거림이 돌덩이가 되어 가슴에 박혀 들면서였다. 우혜의 마음속엔 나에게 쏟아내지 못한 원망의 말들이 가득 쌓여 있을지도 모른다 하는 생각도 불현듯 고개를 쳐들었던 것이다. 그렇지 않아. 어떻게 그런 일이 있을 수 있다는 것일까. 영옥 씨는 고개를 저었다. 영옥 씨와 우혜는 기실 가장 사이가 좋은 모녀의 전형으로 꼽혀 온 터였음에라. 영옥 씨는 그야말로 헌신적인 어머니가 아니었던가. 매사에 최선을 다하고 싶어 하는 그 여자에게 자식이라곤 오직 우혜 하나뿐이었던 것이었다. 희망, 사랑인 딸을 위해 못 할 일이라곤 없었다. 그 여자는 과외 수업이 금지되기 직전까지 딸에게 일류 선생의 과외를 받게 했고 오직 공부에 전념할 수 있도록 딸의 몫의 자질구레한 모든 일들을 대신 처리해 주었다. 매일같이 더운 점심 나르기를 빠뜨리지 않았고, 특히고3 일 년 동안은 택시를 대절해서 밤 10시 30분 학교 정문 앞에서 기다렸다 집으로 데려왔다. 딸의 고단함을 덜어 주기 위해서였다. 그런 반면 그 여자의 수면 시간은 네 시간을 넘지 못했다. 딸보다 늦게 자고 빨리 일어나야 하기 때문이었다. 그 밖에 열거할 수조차 없는 세세한 일들은 또 오죽 많았던가. 그 여자는 정말이지 온갖 역할을 다해 왔던 것이었다. 목욕탕에 갈 때면 때밀이에서부터 가끔씩 토해 내는 딸의 자잘한 신경질 쓰레받기, 팝송을 좋아하는 친구 노릇까지. 학년 석차 3등을 넘어서지 않으려면 딸은 오직 책상 앞에만 앉아 있어야 했고 그 일은 딸에게 친구가 없다는 소외감을 불러일으키기 일쑤여서 그 여자는 특히 친구 노릇에 열성을 쏟지 않을 수 없기도 했던 것이었다. 주위의 모든 사람들은 언제나 친구 같은 모녀간이라고 했고 우혜 역시도 엄마만 한 친구가 없어요 하고 말해 온 형편이었다.

전기밥솥의 코드를 꽂는 영옥 씨는 계속해서 머리를 흔들었다. 눈빛의 의혹스러움은 아주 조금도 엷어지지 않은 듯했다. 난데없이 까마득히 잊고 지냈던 고등학교 동창인 명순 씨의 모습이 되살아났던 것이다. 지난해 겨울 어느 날, 명순 씨는 갑자기 병원에 입원했던 것이었다. 음식을 전혀 먹을 수 없게 된 때문이라 했었다. 음식 거부증이라니. 대체 무슨 병에 걸린 것일까. 사람들은 걱정했는데 내과 의사와 정신과 의사가 함께 내린 결론이란 신체엔 아무런 문제가 없다는 점이었다. 그 이상한 증세는 결국 홀어머니의 외동딸인 명순 씨에게 쌓였던 친정어머니로 향한 표출되지 못한 원망의 감정이 빚어낸 것임이 밝혀졌던 것이었다. 〈내가 너를 어떻게 키웠는데〉에 묶여 결혼 상대를 찾을 때도 홀어머니를 모실 수 있는 남자를 찾아야 했던 명순 씨의 음식 거부증은 리비아 근무를 하게 된 남편을 따라가지 못함으로써 시작된 것이라 하질 않았던가. 홀어머니는 딸의 결혼 생활 20년 동안 줄곧 딸과 함께 살아왔는데 그 이야기는 결국 명순 씨가 건축 기사인 남편의 임지로 따라가지 못했다는 내용인 셈이었다. 공사 현장은 외지고 척박한 곳이기 일쑤였으므로 홀어머니가 반대했기 때문이었다. 꽃꽂이 사범인 명순 씨 어머니는 딸과의 헤어짐을 받아들일 수 없었나 보았고 또 사위의 임지로 따라감으로써 꽃꽂이 사범인 자신의 일을 그만두기를 원치 않았던 모양이었다. 20년을 그렇게 살아온 끝에 사위는 드디어 리비아로 떠나게 되었는데 그곳에만은 가족 동행이지 않으면 안 된다고 주장하고 나오자 홀어머니는 딸에게 떠나라는 허락을 내리고 말았다 했다. 노인네인 자신만은 사막의 나라에 갈 수 없다는 단서를 붙이고서였다. 그다음은 계속되는 눈물, 푸념이라지 않았던가. 노인네이며 심장이 좋지 않은 자신이 어느 날 홀로 죽을지도 모른다는 것이었다. 명순 씨는 결국 남편을 따라가지 않겠다고 말했고 그날부터 음식을 들 수 없게 된 모양이었다. 그때 병문안을 다녀오면서 친정어머니를 모시거나, 그렇지 않은 동창들마저도 모두 명순 씨를 이해할 수 있노라고 말했던 터였다. 막내딸인 데다 어머니가 일찍 돌아가신 때문이었을까. 그날의 동창들 이야기가 영옥 씨에겐 실감할 수 없었을 뿐이었다.

　냉장고 문을 열고서 음식이 든 접시들을 꺼내 식탁 위로 올려놓는 영옥 씨의 입술은 자신도 모르게 달싹거리고 있었다. 난 우혜에게 부모를 책임지라는 말 따윈 한 번도 한 적이 없었고……. 우린 사이가 좋았고……. 딸이 좋아하는 달걀말이를 만들기 위해 달걀을 꺼내 싱크대 쪽으로 걸어가는 동안 영옥 씨는 결국 다음과 같은 결론을 얻었다. 깊이 궁리해 보았어도 자신에게서 문제의 실마리를 찾을 수 없었던 때문이었을까. 아무래도 문제의 근원지는 대학과 우혜일 것이라는 쪽으로 생각이 모아졌던 것이다. 하지만 미로의 입구는 여전히 숨겨져 있을 뿐이었다. 대학의 문제점 가운데서도 가장 위험한 데모와 우혜와의 줄 긋기가 가능하지 않은 때문이었다. 12년 동안의 우등생이었던 딸은 대학 4년을 통해서도 그 성적을 유지하게 되기를 바라고 있었던 것이었다. 좋은 학점을 얻는데 방해가 될까 봐 써클 활동도 하지 않는 딸은 습관은 독약 같다는 말을 편지에 적어 보낸 일이 있기도 했던 터였다. 대학생이 된 지 녁달 뒤 그러니까 작년 7월 초의 편지에서였다. 난 아직도 대학생이란 실감을 하지 못하고 있어요. 습관은 독약처럼 강한 힘을 지니고 있으니까요. 대학생이 되기 전의 내가 꿈꾸었던 대학생인 나의 모습과는 전혀 다른 모습인 채 생활하다니, 기숙사 방, 도서관, 강의실만을 오갈 뿐이죠. 실망이야 하고 투덜대지만 습관의 힘에 묶여 옴짝할 수 없어요. 게다가 졸업정원제의 덫이 우리를 기다리고 있는 형편이니까요. 올봄에 보내져 온 또 다른 편지의 내용도 일 학년 때의 것과 크게 다르지 않았다. 엄마는 엄마의 딸이 데모와 연관이 없기를 바란다고 말씀하셨어요. 엄마는 우혜를 모르지 않으니까 진정한 데모 행렬 속의 우혜를 떠올려 보았던 것은 아니었으리라 믿어요. 우혜는 자신만을 생각할 뿐이죠. 아침이나 저녁이나 언제나 자신만을. 전공 과목을 공부하게 되면서는 더욱이나. 때때로 난 이런 나 자신에 싫증을 느끼곤 하죠. 실망감을 맛볼 때도 많아요……. 사람들은 비슷한 것 같으면서도 얼마나 다른지요. 내 또래들의 그다지도 다른 특성을 생각할 때면 자신은 더욱 작아져 가는 느낌에 붙들리고 말아요. 결론적으로 말한다면 데모 행렬의 일원이 되기에 우혜는 적합하지 않다는 것이어요. 우혜는 자신의 희생을 참을 수 없으니까요.

　당근 채 썬 것, 파 다진 것을 속으로 달걀말이를 만든 영옥 씨는 이윽고 된장찌개 뚝배기에 멸치와 물을 올려놓았다. 그리고는 양파 껍질을 벗기기 시작했다. 장난감 같은 3인용 전기밥솥은 더운 김을 뿜어내기 시작했는데 그즈음 그 여자는 갑자기 과도를 빼 들어 양파의 여기저기를 찔러 대었다. 그 여자 안의 어떤 폭발할 것 같은 힘이 시킨 일이었다. 왜, 왜, 왜, 소리칠 수만 있다면, 영옥 씨는 그렇게 할 수 없으므로 수도꼭지의 찬물을 받아 얼굴에 끼얹었다. 그러는 동안 남편의 동료의 아내이며 고등학교 동창이기도 한 문자 씨가 했던 말이 뇌리 한구석에서 되살아나고 있었다. ㄱ읍으로 가서 태양초를 사 오던 날, 그러니까 이 주일 전 일이었다. 돌아오는 시외버스의 라디오에선 쓸쓸한 햇빛, 점점 멀어져 가는 듯한 하늘, 보도를 휘덮은 갈색 낙엽들, 그리고 유혹당하고 싶은 계절 운운하는 달콤한 목소리가 흘러나오고 있었다. 그때 마침 남편 몫의 십전대보탕도 지으러 가야 하고 모과차도 만들어야지 하는 생각을 했던 영옥 씨는 고개를 돌려 옆자리 문자 씨를 보며 당신도 그래 하고 물었다. 웃으면서였다. 문자 씨는 그러자 무슨 얘긴데 하고 반문했다. 라디오…… 못 들었어? 라디오에서 뭐라고 했는데. 아래로 덮여 있던 문자 씨의 눈꺼풀은 천천히 위로 밀려 올라갔다. 졸았느냐고 영옥 씨가 묻자 아이들 생각을 했다고 말한 문자 씨는 얼마 동안 입을 열 듯 말 듯 하더니 대학이란 곳이 고등학교와 크게 다르긴 한 모양이라는 난데없는 이야기를 시작했다. 인애가 조금씩 달라져 가고 있거든. 인애가. 영옥 씨의 윗몸은 문자 씨를 향해서 돌려졌다. 문자 씨의 딸 인애는 우혜와 같은 나이였다. 같은 국민학교 중학교를 다녔고 고등학교는 추첨에 의해 다른 곳으로 가게 되었다. 공부를 특별히 잘해 모두가 들어가기 바라는 국립대 학생이 되었는데 영옥 씨는 딸 우혜가 친구의 딸의 성적에는 미치지 못한다는 것이 언제나 약간 마음에 걸렸던 터였다. 문자 씨의 딸에 대한 열성이 자신의 것과 비교할 수 없는데도 인애가 뛰어나다는 것이 아무래도 부당하다는 느낌마저 맛보게 했던 것만 같았다. 그러면서도 인애가 대견하게 여겨졌고 그 아이가 어떻게 뻗어 나갈 것인가 기대하지 않을 수 없었던 터였기에 영옥 씨는 인애만 한 애가 어디에 있겠어, 하는 말을 했다. 그래…… 지금도 나무랄 데가 없지……. 그런데 점점 고집장이가 되어 가는 듯해서…… 뭐라고 말을 할 수 있을지…… 그래 자신을 조금도 중요하게 여기지 않는다고 할 수 있을 것 같아. 문자 씨는 곤혹에 찬 표정을 하고 있었다. 무슨 말인지 모르겠다고 영옥 씨는 말했다. 문자 씨는 고개를 끄덕였다. 나도 사실은…… 인애를 잘 모르겠어. 그저 대학생이 된 뒤로 그 앤 나하고 조금씩 조금씩 멀어져 가는 것 같다고 느끼게 되는데…… 당신은 그렇지 않느냐고 물었다. 우혜와 난 언제나처럼 친구 사이로 지내 오지만, 영옥 씨의 입가로는 보일 듯 말 듯 웃음이 떠올랐다. 우혜는 아직까지 제 또래 친구보다는 날 좋아해서 우리는 어디든 함께 다니지. 이야기는 거기서 끊어졌다. 버스가 시외버스 주차장에 도착하면서였다.

문자에게 전화를 넣어 볼까. 보글보글 끓기 시작하는 된장찌개 뚝배기 속에 마늘 다진 것, 파 썬 것을 넣는 영옥 씨는 곧 그런 생각을 하는 자신에 실소했다. 미쳤어. 영옥 씨는 혼잣말을 했다. 사람들 사이에 너울이 없기를 바란다는 문자 씨는 마음이 여리고 솔직한 편이었는데 또 바로 그 점 때문에 누구에게나 쉽게 말을 옮기게 됨을 모르지 않았던 것이다. 악의에서는 아니라는 것을 영옥 씨는 익히 아는 터였다. 기실 영옥 씨는 문자 씨를 가장 친한 친구로 여겨

오질 않았던가. 그렇긴 했지만 몇 해 뒤면 혼사를 치뤄야 할 딸의 건사에는 빈틈이 없어야 할 것이었다. 전염병 균보다 빨리 움직이는 말임을 모르지 않는다면.

영옥 씨는 된장찌개 뚝배기를 식탁 위로 옮겨 놓은 다음 밥공기에 밥을 담았다. 우혜를 데리러 갈 필요는 없었다. 제 발로 걸어왔던 것이다. 어머니와 딸은 각각 싱크대와 찬장을 등진 채 마주 보며 앉았다. 식탁 의자에 앉은 우혜는 걸신이라도 들린 듯 허겁지겁 밥을 퍼 넣었다. 된장찌개 국물, 달걀말이는 순식간에 우혜의 위로 옮겨졌다. 한 공기의 밥도 숟가락을 놓지 않은 우혜는 입술 가에 붙은 밥알까지도 입안으로 밀어 넣으며 며칠 만에 먹는 밥인지 모르겠다는 혼잣말을 했다.

"그럼 그동안은 굶었다는 얘기냐."

영옥 씨는 숟갈을 내려놓았다. 어느덧 한 공기의 밥을 밥솥에서 담아 제자리로 돌아오던 우혜는 오늘이 무슨 요일이냐고 불쑥 물어 왔다. 영옥 씨가 목요일이라고 말하자 그 순간 우혜의 눈엔 놀라움의 빛이 스쳐 지나갔다. 목요일…… 우혜는 손가락을 꼽으며 들리지 않는 목소리로 웅얼댔다. 세 개의 손가락을 꼽았다. 또 고개를 갸웃하며 네 개의 손가락을 꼽기도 하면서였다. 그러더니 미간을 찌푸린 채 머리를 흔들더니 식사를 시작했다. 두 번째의 밥공기도 곧 비었다. 영옥 씨는 그런 딸을 지켜보고만 있었다. 며칠 동안 잠을 잤는데…… 아직도 목요일이라니…… 하는 말이 우혜의 입술 사이로 흘러나왔다.

"어떻게 된 일이냐."

며칠 동안 잠을 잤다면. 영옥 씨의 눈엔 사정없는 비난의 빛이 떠올랐다.

"진정으로 죽음을 선택할 수 없는 비겁한 무리들은 잠 속으로 나마 피난 가길 좋아하는 것 같은데요."

우혜의 눈빛도 강팔라졌다. 자살 미수? 영옥 씨는 자신의 얼굴에 보이지 않는 뺏뺏한 마스크가 씌워지는 느낌이었다.

"엄마는 죽음에의 유혹을 느껴 본 적이 없었을까요?"

"우혜야."

영옥 씨의 입은 벌려진 채로 있었다. 우혜는 머리를 저었다. 엄마는 마치 삶의 귀결지가 죽음이란 사실을 모르는 사람 같아요. 그렇게 말한 우혜는 갑자기 식탁 의자에서 몸을 일으켜 세웠다. 제 배를 봐 주세요. 풍선처럼 부풀어 오르고 있지는 않나요.

"우혜야. 넌 지난주 토요일까지 아무 일 없다고 했었어."

영옥 씨는 부르짖듯 말했다.

"전 노력을 했어요. 엄마도 아시다시피 전 노력파였으니까요."

우혜는 털퍼덕 식탁 의자에 걸터앉았다. 난 날 망가뜨리려는 힘과 싸우려고 했어요. 패배 따윈 내 몫이 아니라고 생각했으니까요. 우혜는 머리를 격렬하게 가로젓고 있었다. 무슨 힘이 널 망가뜨린다는 것이냐고 영옥 씨는 안타까운 어조로 물었다. 그것을 제가 어떻게 알겠어요. 우혜의 두 눈은 다시금 이상한 열기로 덮였다. 목소리는 뾰족하게 높아졌다. 입가의 비웃음도 되살아났다.

"난 어쩌면 피해자인지도 모르겠어요."

딸과 어머니의 시선이 부딪쳤다. 잠시 후 영옥 씨는 딸이 외삼촌은 언제쯤 수용소를 나오게 되느냐고 말하는 것을 들었다. 그 여자는 눈을 감고 싶었지만 안간힘을 다해 딸의 시선을 받아 내고 있었다. 딸에게 어미가 벼랑 아래로 굴러떨어지는 모습을 보여 주고 싶지 않았던 것이다.

"무슨 얘기를 하고 싶은 것일까……."

엄마는 멍청한 분이 아니니까 제 얘길 알아들었어요. 영옥 씨는 머리를 저었다. 그렇지 않아. 목소리는 들릴 듯 말 듯 낮았다. 니가 피해자라고 하는 말을 이해할 수가 없는걸. 그것을 이해하게 되면 엄마가 나한테 미안해야 되니깐 그러고 싶지 않은 것 아니겠어요. 우혜는 영옥 씨의 말을 가로막았다. 몰이꾼과 같은 눈을 하고서였다.

"엄마는 아무래도 딸의 정신에 금이 가고 있다는 것을 받아들이고 싶어 하지 않는 것 같아요."

"닥쳐."

그따위 말을 함부로……. 우혜는 핑곗거리를 찾고 있다. 영옥 씨를 사로잡은 직감이었다. 그리고 영옥 씨는 스스로 직감을 믿어 온 터였다.

교활한 것. 엄마가 너한테 미안해해야 한다니. 그 여자의 손은 딸의 뺨을 스치고 말았다.

"진실 앞에서 어떤 사람들은 평정을 잃는 것 같았어요. 그런데 그것은 피내림인 것을 다시 한번 확인하게 되고 말았어요."

우혜의 눈은 검고 조그만 불덩어리였다. 피내림. 손바닥보다 좀 더 단단한 무엇이 있다면. 아니 우혜의 머리를 어딘가에 짓찧을 수만 있다면. 영옥 씨는 그러나 가쁜 숨을 내쉬며 두 손으로 얼굴을 감싼 딸이 제 방으로 달려가는 뒷모습을 보아야만 했다. 지금 딸의 뒤를 쫓는다면 자신이 어떤 행동을 취하게 될지 자신할 수 없다는 두려움 때문이었다. 생전 처음 맞닥뜨리게 된 딸에 대한 미움, 혐오의 감정, 배신감 때문에 평정을 잃은 터가 아니었던가. 뿐만이었으랴. 딸과 가까이 있고 싶지 않다는 느낌 또한 그 여자를 사로잡았던

김향숙

것이었다. 그리고 그 느낌은 사람 관계 자체에 대한 불신감에서 비롯된 것인지도 몰랐다. 자신의 몸을 통해 생명을 얻은 딸조차 여지껏 그 여자가 알았던 딸과는 전혀 다르다는 사실. 그 여자를 사로잡고 있는 것은 믿을 것이 없다는 허망함뿐이었던 것이다.

남편이 오기 전까지 딸의 변모의 연유를 알아야겠다던 생각은 어디론가 사라져 버리고 없었던 터였다. 어느덧 딸의 방 쪽은 쳐다보기도 싫어진 영옥 씨는 식탁 위를 대충 정돈한 뒤 안방으로 가서 담요를 들쓰고 누웠다. 딸에 의해 외삼촌이 들먹여진 뒤끝인 때문이었을까. 몇 달 동안 까마득히 잊고 지냈던 둘째 오빠가 그 여자의 눈에 떠오르고 있었다. 올케와 함께 면회를 갔던 것은 다섯 달 전쯤이었던가. 지난 이십여 년 동안 사람들의 시선이 칼날처럼 보여지는 환시 현상 때문에 짧게는 일 년씩 길게는 삼 년씩 수용소 생활을 하게 된 둘째 오빠였다. 지난번의 면회를 통해서도 둘째 오빠의 증세에는 별다른 차이가 없었음을 확인할 수 있었을 뿐이었다. 영옥이 너는 계속 무럭무럭 자라는구나. 면회실에서도 구석 자리를 차지하고선 리놀륨 바닥만 내려다보았다. 끝없이 눈꺼풀을 껌벅이면서. 오른쪽 왼쪽 검지손가락들은 양쪽 귀를 막고서였다. 저놈 죽여라 하고 밤낮으로 들려오는 환청 때문이라 했다. 식구들끼리 한 번도 입 밖에 내어 말한 적은 없었지만 그 증세는 아무래도 큰오빠의 죽음과 관계가 있었으리라. 전쟁이 일어났던 그다음 해 일월 초순의 어느 날, 지리산에서 남몰래 내려와 사과 창고에 숨어 지냈던 큰오빠의 은신 사실이 밝혀졌던 것이었다. 보성전문 3학년인 큰오빠가 24살, 보통학교를 졸업한 뒤 공부에 뜻이 없어선지 이 일 저 일에 손대곤 했던 작은오빠가 23살, 호열자로 언니를 잃었던 영옥 씨가 13살 되던 때였다. 유난히 추운 겨울 점심 나절이었다. 집 안에는 영옥 씨와 어머니뿐이었다. 아버지는 육촌 당숙의 장례식엘 갔고 작은오빠는 그 전날 친구의 결혼식이 있다며 ㅁ읍으로 가서 돌아오지 않은 터였다. 갑자기 트럭이 들이닥쳤다. 어머니가 감추어 두었을지도 모를 찐고구마를 찾기 위해 방을 나온 영옥 씨가 마루를 내려섰을 때 마을을 에워싸는 얕은 산자락을 따라 트럭이 달려오는 모습을 보았는데 그것이 영옥 씨네 마당으로 들어섰던 것은 빈손인 그 여자가 마악 부엌을 나오던 순간이었다. 두 사람이 뛰어내렸고 트럭은 집 뒤의 사과밭으로 질주하고 있었다. 그리고 얼마후…… 영옥 씨와 어머니는 다리 부상 때문에 심하게 절룩거렸던 큰오빠가 사과밭 사이로 허우적거리며 달려가는 것을 보았고 여러 발의 총알이 그 여자들의 몸에 박혀 드는 전율에 휩싸였다. 희디흰 모포처럼 사과밭을 덮었던 눈, 붉은 꽃잎이 되어 눈발을 적셨던 선혈…….

영옥 씨는 담요를 들치고 일어나 앉았다. 더 이상은 떠올리고 싶지 않았던 것이다. 감당할 수 있을 정도의 고통스러움일 때 그것은 망각의 심연 속으로 내던져지지 않을 수 있는지도 몰랐다. 적어도 영옥 씨에겐 그러했다. 그 여자는 차마 기억하고 싶지 않은 일들은 잊고 살아온 터였다. 작은오빠의 가출, 어머니의 죽음, 그리고 그 여자가 고등여학교를 마치던 해, 그때까지 사과밭을 지키며 작은오빠를 기다렸던 아버지를 찾아왔던 죽음, 그 모든 것들을 잊을 수 없었다면, 잊어야 한다고 스스로를 다그쳤던 것도 서른이 되기 전까지의 일이었다. 나이 들수록 과거의 어둠이 무겁고 진하게 여겨지면서 절로 잊게 되었던 것이었다.

보료 위에 웅크리고 앉은 영옥 씨의 눈은 어느덧 숫자를 다룰 때의 그것과 흡사해져 있었다. 아직도 그 여자는 과거의 세세한 뒷

골목으로 돌아다닐 수 있을 만큼 강해지지 못했던 터였다. 더구나 지금의 그 여자에겐 피할 수 없이 맞닥뜨려야만 하는 일이 주어져 있는 형편이었던 바에랴.

딸의 내면 속으로 잠수해야 할 것이었다. 딸의 상태가 심상치 않다는 느낌 속에서도 될 수 있는 대로 딸을, 하루라도 빨리 학교로 돌려보내야 한다는 원칙을 잊은 적이 없었던 것이다. 하지만 영옥 씨는 곧바로 일어서지 못했다. 어째선지 그렇게 되지 않았는데 마침 전화가 걸려오기도 했던 때문이었다. 이번에는 왼쪽 크림색 전화기를 통해서였다.

"자넨가."

ㅈ동의 육촌 손윗동서였다. 내색한 적은 없었지만 영옥 씨는 배움에 비해 말이 정연한 이 손윗동서를 좋아하지 않았다. 기회 있을 때마다 아들을 두지 못한 6촌 시동생을 가엾게 여겨 양자 문제를 운운해 온 때문이었다. 월남 파병 때 남편이 얻어 왔던 병 때문에 영옥 씨 내외는 우혜 동생을 얻을 수 없었는데 그 내용을 모르는 손윗동서가 아들 없는 탓을 영옥 씨에게 돌리는 것이 언짢았던 것이다. 그뿐이었을까. 육촌 손윗동서는 그 여자 소생의 작은아들을 양자로 데려가라는 제안을 여러 차례 해 오기도 했던 것이었다. 처남이 없다는 것 때문에 딸의 혼사에서도 손해를 보리라는 말도 서슴지 않았다. 그리고 이런 것들보다 더욱 마음에 걸렸던 것은 육촌 손윗동서의 친가가 영옥 씨 친가 ㅎ리 옆 마을 ㅁ리라는 점이었다. 내 친구 중에는 ㅎ리로 시집간 아이가 둘이나 된다는 이야기를 했을 때 육촌 손윗동서의 눈에는 상대방의 상처를 들여다본 자의 우월감이 깃든 것도 같았다 영옥 씨는 그렇다고 해서 배타적인 감정을 드러내고 싶지는 않은 터였다. 그러나 때때로는 어쩔 수 없이 의례적인

목소리를 내게 되고 말았다.

"어디 몸이라도 아픈가."

영옥 씨에겐 조금도 궁금하게 여겨지지 않는 서씨 일가 친척들의 근황을 전하던 육촌 동서는 말머리를 돌려 그렇게 물어왔다. 영옥 씨는 몸살 기운이 있다고 대답했다. 두 식구 살림을 살면서도 몸살을 앓는가. 공격할 기회가 주어질 때면 절대로 물러서지 않는 육촌 동서였다. 바쁜 일이 있었다고 영옥 씨는 덧붙여 말했다. 우혜 아버지를 돕기 위해서는 몸이 둘쯤이었으면 좋겠다는 말도 이어졌다. 영옥 씨 또한 상대방의 취약 지구를 모르지 않았던 것이다.

"그래 되련님도 그런 말씀은 하시데. 동서 도움을 많이 받고 있다고."

눈치 빠른 육촌 동서는 여기서 영옥 씨의 공적을 치하했다. 하지만 그다음 말이란. 그래도 동서는 남편 복 많은 아내라는 말이 육촌 동서의 입에서 흘러나왔던 것이다. 아 되련님은 인물 좋겠다 모셔야 할 시어른들 안 계시겠다, 되련님 사회적 지위 번듯하겠다…… 누구나 그만한 신랑 만나기 쉽지는 않다는 것 동서는 알아야 한다. 영옥 씨는 미간을 찌푸렸다. 뭔가 부탁의 용건이 있으리라 여겨졌던 것이다. 과연 그 짐작은 어긋나지 않았다. 육촌 동서는 영옥 씨의 남편 복을 얼마 동안 더 입에 올리고 난 다음 큰아들의 취직 건을 디밀었던 것이다. E 건설이라는 회사 이름까지 함께 밝히면서였다.

"되련님이 한 말씀만 하면 간단한 일이 아니겠는가."

더욱 놀라운 것은 그다음 말이었다. 되련님 위치에서 그 정도 부탁을 하면 E 건설에서는 오히려 좋아할지도 모를 일이네. 세상 물정에 밝다 못해 잘못 알게 된 것 같은 육촌 동서와의 통화가 역겨

김향숙

워진 영옥 씨는 우혜 아버지한테 전하겠다고 말했다. 육촌 동서는
한마디 덧붙이는 것을 잊지 않았다.

"우리 동네 미니수퍼집의 시동생은 되련님보다 계급이 한참이
나 아래인데도 수퍼집 딸을 방송국 경리 사원으로 취직시켰다 하
데."

정말이지. 혼잣말과 함께 고개를 젓는 영옥 씨는 송수화기를
팽개치듯 내던졌다. 남편한테 그럴 만한 힘이 없으리라는 것, 설령
있다 해도 그 힘을 행사하지 않으리라는 것, 미니수퍼네 집 딸의 취
직이 거짓이 아닐 수도 있다는 것(영옥 씨는 그동안 몇 차례씩이
나 미니수퍼네집 시동생의 영향력에 대한 세세한 이야기를 들어 온
터였다), 귓전을 떠나지 않는 서방님이 한 말씀만 하면 간단한 일
이 아니겠는가라는 말, 그 모두가 그 여자의 마음을 묶는 동앗줄로
여겨지면서 참기 어려운 짜증이 치밀어 올랐던 것이다. 잊고 싶기
만 한 남편 주변의 세력 분포 기상도를 새롭게 떠올리게 된 때문이
었다.

영옥 씨의 남편은 주류가 아닌 터였다. 3년 전 12월 어느 날 남
편이 속해 있는 집단의 주류가 비주류들을 어떻게 대우하는지 영옥
씨는 이미 똑똑하게 경험한 터였다. 남편은 일주일 동안 집에 돌아
올 수가 없었다. 영옥 씨는 그 역사가 격변하는 일주일 동안 가슴이
숯이 되어 남편의 안위를 염려해야만 했었다. 친하게 지내 온 몇 집
에 전화를 해 보았지만 그들의 대답은 모른다는 것이었다. 그들의
남편들 또한 귀가하지 않는다는 사실을 알게 되었지만 영옥 씨는
그때 분명하게 느낄 수 있었던 것이었다. 그들의 남편들 또한 귀가
하고 있지 않긴 하지만 그들은 남편들의 안위를 걱정하지는 않는다
는 것을.

그 점을 느끼면서 그제야 불현듯 그들은 주류에 속하는 남편을 가졌고 그 여자 자신은 그렇지 못하다는 것을 깨우치게 되질 않았던가. 물론 그날 이전이라고 해서 주류와 비주류 간의 금에 대해 전혀 의식하지 않을 수 있었던 것은 아니었다. 비주류의 수가 열세이기도 했고 우선 주류들의 동기회 모임 소식을 들을 때마다 그 모임에 참석할 수 없다는 것 때문에 약간의 소외감을 맛보게 되곤 했기 때문이었다. 그렇긴 했지만 3년 전 12월 이전의 전체적인 분위기는 주류, 비주류 양갈래가 두드러지는 것을 바람직하지 못한 것으로 여기는 기류 속에 있다고 할 수 있었다.

고질병처럼 되어 온 주류의 우대 때문에 비주류의 사기 저하도 집단을 이끌어 가는 수뇌부에겐 문제점으로 여겨졌고, 또 어느덧 비주류의 숫자가 많아지면서 비주류 나름의 발언권도 강해져 가는 추세 때문이었다. 앞으로는 비주류가 요직에 발탁되는 사례가 늘어날 것이란 관측 역시 꽤 신빙성 있는 것으로 받아들여지기까지 했던 터였다.

게다가 영옥 씨의 남편은 비주류 중에서는 언제나 선두 주자로 달려온 처지였다. 주류에 속하는 윗사람의 신임은 두터웠고 그 결과 소위 요직이란 보직을 맡아 온 터여서 영옥 씨는 오히려 비주류 동기회 모임에서 조금은 견제당하는 듯한 기분마저 맛보게 되기도 했던 것이었다.

뿐 아니라 그때까지 영옥 씨가 교류했던 안사람들의 대부분은 주류였음에도 그들끼리의 결속력을 보여 주는 일이 일어나지 않던 형편이었다. 보직을 놓고 주류들끼리의 경쟁 또한 치열했기에 주류들 속에서도 작은 균열은 생겨나기 마련이었던 것이었다.

그런저런 연유들로 해서 그다지 비주류임을 의식하지 않았던 영옥 씨는 결국 3년 전 12월에 접어들면서부터 불벼락을 맞듯 자기네가 금 바깥의 처지임을 깨우치게 된 터가 아니었던가. 일주일간 남편이 격리당한 채로 지내야 했던 것은 서곡에 지나지 않았다 할 수 있었다. 그때까지 남편이 맡고 있던 보직으로 볼 때 별 무리없이 가능하리라 여겨졌던 진급 심사에서 누락되었고 보직 또한 외곽으로 밀려나게 되었던 것이었다.

그러는 동안 주류에 속했던 남편의 동료, 후배들의 변신이란……. 3년이란 시간 속에서 그 엄청난 변화가 가능하다는 것 자체가 도무지 믿기 어려웠을 뿐이었다. 마치 요술 영화를 보는 듯할 때가 얼마나 많았던지. 더욱 기가 막혔던 것은 그 요술 영화의 장면들을 누구에게도 말을 할 수 없었다는 점이었다. 어디 그뿐이었을까. 오직 상대방의 행운을 사심없이 축하해 주어야만 하는 축하객 노릇은 얼마나 끔찍했던가. 그랬기에 영옥 씨는 오히려 3년 전의 12월을 잊으려고 노력해 온 터였다. 격변과 공신들과 주변 사람들의 전리품. 이런 식의 발상 아래서는 심장이 망가지고 말 것 같았으므로. 남편과 나의 몫은 이것뿐이다라는 식으로 스스로를 달래야만 하지 않을 수 없었던 바에랴.

"웃기는 여자야……"

아무것도 모르면서 모르는 것이 없는 양 설쳐 대는 육촌 동서 때문에 또 한번 지옥 속으로 떨어뜨려졌던 영옥 씨는 혼잣말을 하다말고 갑자기 일어섰다. 안방 문을 열고 바람처럼 달려갔다. 딸의 방에서 들려오기 시작한 창에 찔린 짐승의 신음 소리 같은 울음소리를 도무지 참을 수 없었던 것이다. 대체 어쩌자고 저 따위로 울음을 터뜨린단 말인가.

"입 닥쳐."

두 주먹을 불끈 쥔 영옥 씨는 침대 머릿장에 등을 기대고 웅크려 앉은 딸을 내려다보았다. 입 닥쳐. 울음소리는 계속되고 있었다. 영옥 씨는 딸의 어깨를 움켜잡았다. 그 여자가 할 수 있는 한 힘껏. 딸은 몸을 비틀면서 어머니의 손을 떨쳐 내려 몸부림쳤는데 울음소리는 조금도 잦아들 줄 몰랐다.

"넌…… 니가 이 꼴이 된 것 소리쳐 외치고 싶은 모양이야."

영옥 씨는 목청을 높이고 말했다. 이 순간처럼 딸이 미웠던 적이 또 있었을까. 그 여자는 딸이 어미인 자신에게 이 같은 고통을 주는 일이 너무나 부당하게 여겨졌을 뿐이었다. 형편없이 제멋대로인 이런 행동을 언제까지나 받아들일 수만은 없는 노릇이었다.

"입 닥치지 않으면 용서하지 않을 거야."

"엄마가 한결같이 변함없이 의식하는 것은 남의 눈이나 귀일 따름이죠."

지금도 그것만을 염려하고 있다고 우혜는 소리쳤다. 딸의 괴로움 따윈 안중에도 없다는 말도 덧붙여졌다.

"난 널 괴롭히는 것이 무엇인지 듣고자 했어. 그런데 넌 알 수 없는 얘기만 늘어놓았지."

딸을 마주 보며 앉은 영옥 씨의 목소리는 들릴 듯 말 듯 낮았다. 딸이 울기를 그치면서 그 여자를 사로잡았던 격정도 가라앉기 시작했던 것이다. 그리고 또 조금은 새롭게 시작된 딸과의 줄다리기가 지겹게 여겨지는지도 몰랐다. 아니면 두려워하는지도…… 영옥 씨는 어느덧 방바닥을 내려다보고 있었는데 그러는 동안 불현듯 딸의 울음소리는 혼자 있고 싶지 않다는 신호일지도 모른다는 생각에 사로잡혔다. 영옥 씨는 눈길을 들어 올렸다.

"그것을 알면…… 그런데 난 그것을 알 수가 없어요."

467

속삭이듯 낮게 말하는 딸의 두 눈으로는 공포와도 흡사한 두려움이 몰려들고 있었다. 우혜야. 영옥 씨는 자신도 모르게 팔을 내밀었다. 안개 가득한 깊은 협곡에서 길을 잃고 헤매는 아이의 모습이 딸의 얼굴 위로 겹쳐 떠오르면서였다. 그리고 그 아이의 귀를 파고드는 듯한 산짐승의 울음소리가 그 여자의 가슴속으로 세차게 박혀들기도 했던 것이다.

　　"엄마 눈에는…… 내가 이상해 보이지 않을까요…… 지금 내 눈에 엄마는 아주 아주 커 보이는데…… 엄마가 너무 커 보여서…… 거인처럼 보이는데요."

　　아, 아니예요 우혜는 머리를 흔들었다. 사실은…… 엄마만 커 보이는 건 아닌걸요. 기숙사의 방 식구들…… 길을 오가는 사람들…… 모두들 그렇게 보였어요. 난 안과에도 가 보았는데 내 눈엔 이상이 없다고…… 그런데도 눈에 비춰 드는 사람들은……. 우혜는 두 손으로 얼굴을 가렸다. 난 어쩌면 피해자인지도 모르겠어요. 그런 일이 언제부터 시작되었느냐고 묻는 영옥 씨의 머릿속으로 조금 전 딸이 했던 말이 되살아나고 있었다. 우혜는 지금 지독한 혼돈 상태에 빠져 있다. 영옥 씨는 곧 스스로에게 타이르듯 말했다. 최악의 경우 정신과엘 데리고 가 봐야 한다는 생각은 한 터였지만 그러나 가능한 한 자신의 선에서 해결해야겠다는 마음에서 놓여난 것은 아닌 때문이었다. 그것이 그 여자가 살아온 방식이질 않았던가. 스무 살을 넘기기 전 양친과 큰오빠를 잃고서도 그 가혹함에 무너져 내리는 일 없이 스스로의 삶을 지켜 왔던 영옥 씨였다. 마흔이 넘은 지금에까지 그 여자가 늘 마음속에 새겨 두고 있는 말은 삶의 이면에는 잔혹함과 무자비함이 숨겨져 있다는 것이었다.

　　그것들에 맞서 싸우려는 의지가 없는 한 삶의 대열에서 낙오하리란 믿음 또한 그 여자가 삶에서 얻을 수 있었던 교훈이기도 했던 것이었다. 삶이 그 여자에게 마련했던 가혹함에 부딪쳐 넘어지지 않는 것이야말로 삶을 이기는 길로 여겨 온 터였다. 딸에게도 그것을 가르쳐야 한다고 믿는 영옥 씨는 다시 한번 똑같은 물음을 되풀이했다.

우혜는 머리를 저을 뿐이었다. 언제부터인지…… 헤아리기가 쉽지 않아요. 늘…… 깨어질듯 머리가 아프기만 해서……. 잠시 후 미간을 잔뜩 찌푸린 우혜의 입에서는 폭탄 같은 말이 튀어나왔다.

"누군가 내 뒷머리에 대고 총을 한 방만 쏴 준다면…… 더 바랄 것이 없겠는데요."

"어쩌면 그런 험한 말을……."

기억하고 싶지 않은 일들은 망각의 심연 속에 던져 둔 채로 살아왔다고 믿는 영옥 씨는, 그러나 이 순간 별수 없이 사과밭을 물들였던 선혈을 다시 한번 떠올리지 않을 수 없었다. 못된 것. 어디 할 말이 없어서. 노기로 번쩍이는 영옥 씨의 눈은 딸에게로 박혔다. 어느덧 딸은 그 여자에게 삶 그 자체로 여겨질 뿐이었다. 가혹함이란 덫으로 그 여자를 시험해 보기 일쑤였던. 나쁜 자식. 엄마를 조금이라도 생각한다면…… 그런 말을 할 수는 없는 말이야. 어쩌면…… 세상에. 영옥 씨의 목소리는 떨려 나왔다. 두 눈을 덮었던 노기는 그 사이 걷잡을 수 없는 적의의 빛으로 변해 있었다. 그 여자가 숨을 돌릴 만하게 되면 그것을 시샘이라도 하듯 새로운 덫을 준비한 채 달려오는 삶에 대한 적의. 그리고 오직 자신의 문제에 골몰해 있을 뿐인 딸에 대한 배반감.

"내가 널 어떻게 키웠는데…… 넌 조금도 가족들 생각은 하지 않고서, 엄마가 너한테는 그다지도 하찮은 존재였다니……"

영옥 씨를 맞바라보는 딸의 눈의 격렬함도 드세어졌다.

"엄마는 지금도 내가 널 어떻게 키웠는데 타령이군요. 딸의 고통에는 구경꾼 노릇을 한 뿐이면서…… 모범 어머니상이라도 받아야 한다고 엄마는 생각할지 모르지만…… 천만에요 엄마는 사육사였어요. 아시겠어요. 다시 한번 말해 드리겠어요. 사육사라고……"

방 안에는 침묵이 찾아왔다.

영옥 씨는 자신의 손을 내려다보고 있었다. 딸의 방을 나가고 싶을 뿐이었지만 몸을 움직일 최소한의 기운조차 추스릴 수 없었으므로 침대에 등을 기댄 채였다. 사육사의 손에 쥐였음직한 채찍을 찾을 수 있을까 했지만 그 여자의 손은 빈손인 터였다. 채찍이라니. 그 여자는 계속해서 머리를 저었다. 그러는 동안 책상이 놓여진 벽에 걸린 액자가 영옥 씨의 눈에 잡혀 들었다.

딸이 고등학교 졸업식장에서 받았던 교육장 상장이었다. 졸업식장에서 우혜는 그것을 영옥 씨에게 바쳤다. 이건 엄마의 몫인데요라고 말하며. 영옥 씨는 물론 그때라고 해서 그 상장이 자신의 몫이라고 여겨지지는 않았던 터였다. 그렇다고 하여 그때로부터 2년이 채 지나지 않아 사육사라고 매도당한다는 것이 온당한 일로 여겨지지 않는 것도 숨길 수 없는 속마음이었다.

우혜는 지금까지 주욱 학생이었다. 학생의 할 일은 학업에 몰두하는 것이라고 믿고 우혜가 그렇게 할 수 있도록 도와주었다. 전심 전력을 다해서. 그 결과 딸은 명문 대학의 일원이 될 수 있었던 것이었으리라. 영옥 씨의 추궁하는 듯한 눈은 딸에게로 돌려졌다. 우혜가 입을 연 것은 바로 그때였다.

"엄마의 관심사는 언제나 껍데기에만 국한되어 있었을 뿐이었어요. 변함없이 줄곧."

외면적인 자격 갖추기에만 급급했다는 말도 이어졌다. 그것 말고도 중요한 것이 엄마에게 있었을까요. 우혜는 쉬지 않고 계속해서 말했다.

"난 내 딸이 전문가로서의 삶을 살았으면 좋겠다. 엄마가 너 또래였을 때는 그냥 누구의 아내가 되는 것만을 생각했지. 하지만 느희들 시대는 달라. 누구의 아내이면서 자신만의 일을 해 나간다는 것. 충분히 가능한 일일 거야. 준비를 하면 좋겠어. 전문가란 하루아침에 될 수 있는 것이 아닐 테니까. 다른 일엔 한눈팔지 않도록. 난 엄마의 편지글을 외울 수 있어요. 엄마는 그 같은 억압을 주지 말았어야 했어요."

"억압이라니. 난 너에게 좋은 삶을 살게 해 주고 싶었을 뿐이었어."

"엄마가 알고 있는 좋은 삶이란 어떤 것일까요. 남이 그럴싸하게 여기는 박사 학위를 얻는 것인가요. 그따위 학위가 보장해 줄지도 모르는 안락한 삶인가요."

"그런 식의 발상은 공정하지가 못해."

영옥 씨는 소리쳤다. 전문적인 일은 그 일을 하는 당자에게 충족감을 맛보게 한다는 말을 토해 내는 그 여자는 불현듯 이런 류의 이야기가 딸의 혼돈과 무슨 관계가 있다는 것인지 하는 물음에 사로잡혀 들었다. 무엇 때문에 삶을 계속하고 싶지 않다는 것일까. 그것을 따져 물어야 한다고 생각했다. 하지만 생각은 말의 형태로 드러날 수가 없었다. 우혜의 공격 때문이었다. 엄마는 전문가로서 일을 해 보지 못했다. 그러니까 엄마가 들먹였던 충족감도 일반론에 근거한 추측 이상이 될 수 없을 것이다.

영옥 씨는 머리를 젓기만 했다. 자신이 딸에게 불신의 대상이 되고 있을 뿐이라는 생각에도 불구하고 낮의 전람회장에서의 주인 공 경원 씨 모습을 전해 주고 싶은·열망을 누를 수 없었던 것이다. 다행히도 경원 씨는 딸에게도 모르는 사람이 아닌 터였다. 아 어떻 게 하면 경원 씨의 그 빛나던 모습을 보여 줄 수 있을까. "한 점 골 라 주시겠습니까." 단정하게 빗어 넘긴 머리와 깨끗한 와이셔츠 때 문에 그 느낌이 정갈해 보였던 감색 정장 차림의 남자가 경원 씨를 보며 말했다. 더할 나위 없이 정중한 태도였다. 최고급품의 본견 드 레스의 호화로운 질감과 디자인 때문인지 몹시도 화사해 보였던 경 원 씨는 감색 정장이 내민 명함을 보며 물었다. "회장님의 분부신 가요." "분부시라기보다 사모님의 작품을 한 점 구입하시고 싶으시 다는 말씀이 계셨습니다." 감색 정장은 다시 한번 허리를 수그렸다. "작품을 보시지도 않으신 채 말입니다." 경원 씨는 신호를 보내던 참이었다. 머리가 짧고 어째선지 양복이 썩 잘 어울리지 않는 남자 들. 잘 차려 입은 부인네들로 복잡한 전시회장 안으로 끝없이 밀려 드는 꽃바구니들 때문이었다. 그림들이 걸린 벽 앞으로는 이미 꽃 바구니들이 빼곡 들어서 있어 이제 더 받아들인다면 그림보다는 꽃 들의 경연장으로 여겨질 것만 같았다. 그런데도 꽃바구니를 들고 온 사람들은 이걸 어디 놓지요 하며 자신들의 꽃바구니를 굳이 전 시회장 안으로 들여놓으려 할 뿐이었다. 전시회 초청장을 발송하는 일 음식 주문하는 일 등을 함께 해 왔던 영옥 씨는 꽃바구니들을 물 리치지 않으면 그림들의 색감이 살아나지 못할 것으로 여겼기에 출 입구 가까운 곳에 서서 밀려드는 내방객을 맞고 있는 경원 씨를 찾 게 된 것이었다. "가서 회장님께 말씀드리세요. 그림을 원하신다면 오셔서 선택하셔야 한다고 말이죠. 작품과 상품의 차이점을 이해하 시는 분이라면 제 말을 이해하시리라 믿어요." 경원 씨는 감색 정장을 보고 있지 않았다. 경원 씨를 민 선생으로 부르는 여자들을 맞이하고 있었다. 베레모와 특별히 눈에 띄는 옷차림들인 걸 보면 그림 그리는 사람들인 듯싶었다. "2년 만에 신작 작품전이라니. 대단한 작품열이야." "바깥양반 외조가 어지간한 모양이네." "이번 봄엔 유럽으로 스케치 여행도 다녀왔다면서." "선생님들이 오시니까…… 어디론가 숨고 싶어졌어요." 경원 씨는 갑자기 수줍은 표정이었다. 그러면서도 영옥 씨에게 조금만 기다려 달라는 눈짓 보내기도 잊지 않았던 터였다. "민 선생은 그 점이 장점이야. 작품전 한두 번으로 대가연하는 사람들이 얼마나 많은데." "좀 더 다듬었어야 했는데요." 베레모들은 더 이상 경원 씨 곁에 머물 수 없었다. 밀려드는 손님들 때문이었다. 영옥 씨도 어떻게든 수화로나마 통해 봐야겠다는 생각이 앞섰기에 손가락으로 꽃바구니들을 가리켰다. 꽃들이 너무 많다. 입으로 그렇게 벙긋거리며. 갑자기 경원 씨 눈이 커졌다. 모두 내보내라는 눈짓을 보내왔다. 모두 다? 모두 다. 영옥 씨는 다시 한 번 눈으로 확인했다. 변함없었다. 전시회장 안은 그림만으로. 그러자 영옥 씨는 우선 새로 들어오려는 꽃바구니들로부터 거절하기 시작했다. 단호하게. 그리고는 경원 씨네 기사 장군을 찾아 사모님이 전시회장 안의 꽃들을 내가야 한다고 말했다는 것을 전했다. 꽃들을요? 장군은 믿기지 않는다는 듯 고개를 갸웃하더니 사람들 속을 헤집고 다녔다. 잠시 후엔 영옥 씨 남편의 후배이며 경원 씨 남편인 이명훈 씨가 나타났다. 꽃들을 치우라고 저 사람이 말했습니까. 꽃들이 너무 많으면 그림의 색상들이 죽을 수도 있다고 영옥 씨는 말해 주었다. 물론 그런 점을 고려할 수도 있겠습니다. 그렇지만 오늘은 오프닝 날이고…… 꽃을 보내 준 사람들에 대한 배려도 필요하지 않겠습니까. 그냥 놔두는 것이 나을 것 같다고 말한 이명훈 씨는 곧 몇 사람들에 둘러싸였다. 이곳 지방 방송국 사람들인 듯했다. 영옥 씨는 어찌할 바를 몰랐으므로 다시금 경원 씨 쪽으로 몸을 돌렸다. 어쩌면 회장님들께서는 한결같이 바쁘시군요. 이번의 회장 비서는 밤색 정장이었다. 아. 예. 수그린 허리는 펴지지를 않고 있었다. 가서 제 말을 전하시죠. 작품을 상품으로 여기는 분께는 그림을 넘길 수 없다고 말이죠. 밤색 정장은 뒷걸음질 쳤고 경원 씨 등 뒤에 서있던 사람들은 머리를 젓고 있었다. 저 따위 사람들이 회장입네 하고 앉았으니. 개탄할 일이 아니라네. 이 같은 발상이 가능했던 까닭에 회장이 될 수 있었을 테니. 어깨를 으쓱하며 새로운 손님을 맞던 경원 씨는 이윽고 영옥 씨의 시선의 덫에 갇혔다. 영옥 씨는 자신의 등 뒤에 선 이명훈 씨를 엄지손가락으로 가리키며 머리를 저었다. 경원 씨 눈에는 반발하는 빛이 뚜렷하게 떠올랐다. 여긴 내 작품 전시회장이라는 말을 영옥 씨는 읽을 수 있질 않았던가. 그때 장군이 경원 씨 옆으로 다가가고 있었다. 영옥 씨는 경원 씨 부부가 눈과 손짓으로 말을 주고받는 것을 지켜보았다. 쉽게 결론이 나지 않는 것 같았다. 하지만 결국 오래 끌지는 못했다. 이명훈 씨가 자신의 옆에 선 카메라를 멘 남자를 가리키면서 경원 씨의 항복을 얻어 내게 되었던 것이었다. 상기한 표정의 경원 씨는 얼마 지나지 않아 카메라 렌즈를 향해 자신의 작품 세계를 말하기 시작하였다.

아, 그때의 경원 씨는 얼마나 빛나 보였던 것이었을까. 말을 끝낸 영옥 씨의 얼굴에는 아직도 부러운 빛이 역력하게 떠올라 있었다. 하지만 우혜의 표정은 달랐다. 입가는 뒤틀렸는데 조소 때문이었다.

"그 여자는 옛날부터 예술가인 척 폼 잡기 좋아했는데 이제는 드디어 남편을 이용해서 한밑천 긁어모으려 들었군요."

"그 여자라니. 한밑천 긁어모으다니…… 세라 엄마, 아빠를 잘 아는 처지이면서 어떻게 그렇게 말할 수가 있어."

딸을 노려보는 영옥 씨 눈은 다시금 몰려든 노기로 번쩍였다.

"잘 아니까 그렇게 말할 수 있는 것 아니겠어요. 2년 전의 첫 번째 작품전 때 세라 엄마는 그림이 잘 팔린다는 사실을 황홀하게 받아들였다고…… 엄마는 그렇게 말해 주었어요. 그리고 그때도 그림을 사 간 사람들은 하나같이 세라 아빠를 만나고 싶어 했던 회장들이라고 하셨어요. 오늘이라고 달랐을까요. 그런데 세라 엄만…… 착각에, 타락에…… 듣기만 해도 역겨울 뿐인걸요. 세상은 정말이지…… 어른들이란 정말이지……."

우혜는 머리를 흔들었다. 대청소가 필요해요…… 엄마한테도 실망이구요 하는 말을 웅얼거리면서였다. 그러더니 미간을 잔뜩 찌푸린 채 어쩌면 그 전시회에 다녀온 느낌이 일을 하는 사람의 충만감 쪽으로만 모아질 수 있는지…… 이해하기가 어렵다는 말을 토해 냈다.

"엄마는 철저하게 개인적 삶의 테두리 안에만 머문 채로 살아가고 있어요."

영옥 씨는 딸의 성토를 듣고만 있었다. 대청소, 개인적 삶의 테두리 안……. 이런 말을 듣는 동안 편지를 통해서는 알 수 없었던 딸의 마음속 한 부분을 엿본 듯한 느낌에 사로잡혀 든 것이었다. 뿐이었을까. 3년 전 12월 이후의 경원 씨네의 그 찬란한 변모를 떠올리게 되기도 했던 것이었다. 주류에 속했던 이명훈 씨가 파격적인 위치에 이르게 되었고 전 재산이었던 방 두 칸짜리 아파트 전세금은 오십 평의 아파트와 공업 단지의 땅으로 늘려져 있었다. 그리고 누구로부터 눈여김을 받지 못했던 경원 씨는 일약 두 번의 작품전을

김향숙

갖게 되면서 유능한 화가라는 평판을 얻었다. 경원 씨의 작품 구상을 위한 잦은 해외여행과 기사 장군이 딸린 고급 승용차. 영옥 씨는 고개를 저었다. 남의 행운을 시기해서는 안 될 일이다. 자신을 찾아 주지 않은 행운을 불평한다는 것은 지옥으로 발을 내딛는 것과 같은 일일 터였다.

"매사를 악의적으로 본다는 것은 스스로를 불행하게 만드는 길이기도 하다는 걸 우혜는 알아야 할 거야."

영옥 씨는 입을 열었다. 스스로에게도 들려주고 싶은 말인 때문이었을까. 그 여자의 목소리는 낮고도 부드러웠다.

"난 한 가지 궁금한 점이 있어요."

칼날 같은 딸의 눈길이 영옥 씨 눈에 꽂혔다.

엄마는 스스로를 불행하게 만들고 싶지 않기 때문에 진실을 못 본 척하는 것일까요. 아니면 진실을 꿰뚫어 볼 수 없을 만큼 바보인 것일까요. 우혜는 눈을 깜박이지도 않고 영옥 씨를 지켜보면서 말했다. 대체 무슨 엉뚱한 이야기를 하느냐고 말해야 한다고 영옥 씨는 생각하고 있었다. 그러나 어째서인지 입은 열리지 않았다.

"지난 2년 동안 엄마는 겉모습으로 볼 때 아무런 동요 없이 지내 온 것 같았어요. 바보가 아니었다면 마땅히……"

잘못된 역사의 진행에 분노의 감정을 터뜨렸어야 했어요. 엄마는 그런데 엄마 나름으로는 피해자인데도 불구하고 그것을 전혀 깨닫지 못한 것처럼. 영옥 씨는 그만 일어서고 말았다. 이런 이야기를 듣게 될 줄은 짐작조차 할 수 없었던 일이었다. 우혜는 내가 알던 딸이 아니었다. 떨리는 두 다리로 뒷걸음치고 있었다. 주방을 횅하니 가로질러 식탁 의자에 앉은 그 여자는 계속해서 물을 들이켰다. 우혜는 우혜는. 영옥 씨의 눈에 깃든 의혹의 빛은 점점 뚜렷해져 갔다.

아니. 그럴 수는 없어. 미친 듯이 고개를 흔들던 그 여자는 딸의 방으로 달려갔다.

"한 가지만 물어보자. 그러니까 넌…… 그러니까……"

제 머리칼을 쥐어 뜯던 우혜는 고개를 쳐들고 영옥 씨를 노려보았다.

"엄마는…… 내가 데모에 뛰어들어 정학 처분이라도 받았나 그걸 걱정하고 있어요."

아아. 우혜는 침대를 덮은 면으로 된 덮개를 움켜잡으며 울음을 터뜨렸다. 그렇게 될 수만 있었다면…… 그렇게 될 수 있도록 간절히 바라고…… 또 바랐지만…… 난 그럴 수가 없었어요. 주방으로 돌아온 영옥 씨는 계속해서 물을 들이켰다. 물통은 곧 바닥을 보였고 갈증은 가라앉지 않았으므로 그 여자는 찬장에서 꺼낸 포도주를 마시기 시작했다. 작년에 그 여자 자신이 담궜던 포도주의 맛은 달콤하고 향그러웠지만 지금의 영옥 씨는 그것들을 조금이나마 감지할 수도 없는 터였다. 어느덧 쫓기듯이 몹시도 빠르게 술잔을 입으로 가져가는 것은 이미 갈증에서가 아닌, 술기운에 빠져들고 싶다는 바램 때문이 아니었던가.

우혜를 까마득히 몰랐었다는 자괴감만을 견딜 수 없어서만은 아니었다. 바로 어제 스동 사모님 댁에서의 일을 잊고 싶어서였다. 또한 그 여자 자신을. 그 여자는 주량이 꽤 센 편이었는데 삶에 대해 백기를 흔들고 싶어질 때마다 술을 마시고 잠 속으로 떨어짐으로써 항복을 면할 수 있었던 습관 때문이었다. 깊은 잠을 자고 난 뒤면 잠들기 직전의 그 벼랑에 선 듯한 느낌은 누그러지곤 했던 것이었다. 그 여자가 지금껏 삶의 무자비함에 무릎 꿇지 않았던 것도 어쩌면 술이 있어서였는지도 모를 일이었다. 오롯이 맨정신으로 버티어 내

477

김향숙

지는 않았던 것이었다. 완전히 정신을 잃게 될 때까지 마시는 것으로 정면 대결을 피해 온 셈이었으리라.

그런 면에서 본다면 오늘 밤의 영옥 씨는 불운한 편이라고 할 수 있을 것 같았다. 공교롭게도 집 안에 남겨진 술의 양이 얼마 되지 않았던 것이다. 그 여자는 자신이 원하는 대로 곯아떨어질 수가 없었고 그 결과 떠올리고 싶지 않은 상념으로부터도 벗어날 수가 없었을 뿐이었다. 난…… 난…… 빈 잔과 빈 술병을 뚫어져라 쳐다보았던 영옥 씨는 갑자기 두 팔로 머리를 싸안았다. 엄마는 철저하게 개인적 삶의 테두리 안에만 머문 채로 살아가고 있어요. 딸의 목소리가 되살아나면서였다. 엄마는 스스로를 불행하게 만들고 싶지 않기 때문에 진실을 못 본 척하는 것일까요. 아니면 진실을 꿰뚫어 볼 수 없을 만큼 바보인 것일까요.

영옥 씨는 머리를 저었다. 반박할 아무런 말을 떠올릴 수 없는 자신이 황당하게 여겨지는 느낌 속에서 다시금 얼굴이 달아오르고 가슴이 뜨끔한 것은 ㅅ동 사모님 댁에서의 일을 아무래도 외면할 수 없는 때문이었다. 어제 점심나절 영옥 씨는 칼국수를 먹으러 오라는 ㅅ동 사모님의 전화를 받고 ㅅ동으로 가야만 했다. 가정부 아주머니가 친척 상을 당해 시골로 내려간 뒤 아직 돌아오지 않은 터라 아예 장을 봐 가지고서였다. 3년 전 12월, 남편이 어디에 무슨 이유로 격리당하고 있는지 알았으면서 말해 주지 않은 것, 그다음 해의 진급 심사에서 그토록 유별났던 남편과의 친밀함에도 불구하고 결국 남편 아닌 주류 출신을 선택했던 사실 등을 떠올리면 몹시도 서운했지만 영옥 씨는 그러나 내색하지 않고 ㅅ동을 드나들어 온 것이었다. 우혜 엄마가 이해해 주어야 해. 우리 집 그 양반 혼자 하는 일이 아니어서 역부족이었다는 것이었어. 이즈음 때가 때이니

만치 다른 사람들이 고집을 꺾으려 들지 않아 물러설 수밖에 없었
다고…… ㅅ동 사모님의 미안해하는 말에 마음이 누그러져서는 아
니었다. 아주 젊었을 때 같은 사택 단지 안에서 몇 해씩 함께 살기도
했고 그 이후로도 지금까지 줄곧 남편 상관 부인의 연을 맺어 오면
서 알게 모르게 든 정을 쉽게 내 몰라라 던질 수는 없어서였다. 그리
고 또 ㅅ동은 아직 힘을 행사하는 측에 속하고 있는 것이었다. 2년
전에 ㅅ동 저택으로 옮겨 갈 무렵만 해도 실세 중의 실세라 했지만
어째서인지 작년 봄엔 또 옷을 벗고 다른 기관으로 옮겨 가면서 최
고 수뇌부와는 멀어졌다는 풍문에 휩싸였던 형편이었다. 그렇긴 했
지만 옮겨 간 기관의 그 막강한 힘이라니.

진급이 끝내 안 된다면 힘 있는 누군가의 도움으로 새로운 자
리를 구해야 할 남편의 처지를 모를 리 없는 영옥 씨는 그런저런 연
유들로 해서 ㅅ동 출입을 마다할 일이 결코 아니었던 것이었다. 더
욱이 ㅅ동 어른이 옷을 벗고 난 뒤로는 바로 그 사실 때문에라도 더
욱 지성으로 대해 왔다고 할 수도 있었다. ㅅ동 사모님 역시 무슨 일
이 생기기만 하면 딸린 아이 없는 영옥 씨를 불러 대곤 했으므로 일
주일에 두세 번씩 그 댁엘 가는 일도 드물지 않다 보니 어느 때는
ㅅ동의 살림을 살아 준다는 생각을 떠올리게 될 때마저 있질 않았던
가. 언제서부터인가 김장이나 손님 초대 음식 마련하는 일, 상 차리
는 일, 대청소, 장 보는 일이 모두 영옥 씨 몫이 되었던 때문이었다.

그랬던만큼 칼국수 만드는 일쯤이야 아무 일도 아니어서 영옥
씨는 네 사람분의 칼국수를 순식간에 맛나게 준비할 수 있었던 것
이다. 네 사람 분량이 되었던 것은 언제 그 댁의 외아들 원조가 그
시간까지 외출하지 않고 집에 머물러 있어서였다. 또 한 사람 분량
은 운전도 하고 마당 청소며 온갖 자잘한 심부름을 맡아서 하는 파

견 나온 청년 몫이었다. 그런데 일이 터진 것은 네 사람이 마주 보며 식사를 하던 중이었다. ㅅ동 사모님은 가정부 아주머니가 없으니 이 군 상을 따로 차리지 말고 함께 들게 하라고 말했던 터여서 우혜와 국민학교 동기 동창이기도 한 원조와 청년이 나란히 앉게 된 것이었다. 딸 셋을 둔 뒤에 얻은 막내이고 외아들이기도 해서였을까. 원조는 좀 멋대로이고 독선적인 데가 있는 성격이었는데 재수에도 실패하고 이곳 지방 대학생이 된 뒤로는 더욱 그 점이 두드러져 보였다. 음식 준비로 바쁜 영옥 씨에게 물 한 컵을 자신의 방으로 가져다 달라고 인터폰에 대고 말한 적도 있었고 태연한 얼굴로 바지를 다려 달라고 주문하기도 했던 것이었다. 난 거짓말을 할 줄 모른다는 것이 큰 약점이에요라는 말을 앞세우고서 영옥 씨가 만든 음식에 대한 투정도 서슴지 않곤 했는데 어제 역시 난 칼국수를 좋아하지 않아요. 말하더니 곧장 숟갈을 내려놓고선 청년더러 일어서라고 다그쳤던 것이었다. 외출을 하려고 하니까 지금 당장 나가서 차에 시동을 걸어 놓으라는 명령 투의 말과 함께였다. 칼국수를 다 먹지 못했던 청년은 식사를 끝내고 나가겠다고 말했는데 그때 원조의 반응은 얼마나 놀라웠던 것이었을까. 시건방진 자식. 명령 복종 몰라. 소리치며 청년의 멱살을 움켜잡고 일으켜 세웠던 것이었다. 원조야. ㅅ동 사모님이 언짢은 얼굴을 했지만 원조는 개의치 않았다. 정신 상태가 틀려먹었어요. 어떻게 이 자식이 어머니와 한 식탁에서 식살 할 수가 있겠어요. 어머니가 설령 그렇게 하라고 했더라도 사양을 했어야 했어요. 이 친군 우리 집 손님으로 초대받은 입장이 아니라구요. 엄연히 근무 중인데…… 그러면서 청년의 무릎을 걸어 차질 않았던가. 청년의 입에서 난 이원조의 기사가 아니라는 말이 터져 나오면서 사태는 더욱 나빠져 갔었다. 원조가 미친 듯 주먹을 휘둘렀고 드디어는 청년도 한주먹 내질렀는데 그것이 공교롭게도 원조의 입술을 스치면서 약간의 피가 스며 나왔던 것이었다. 그 순간 사모님의 얼굴은 일그러졌다. 그 모습을 본 순간 영옥 씨의 입에서는 어떤 말이 튀어나왔던가. 철창 맛을 보고 싶은 모양이군요. 청년은 두 팔을 늘어뜨렸고 원조는 마음껏 주먹질을 할 수 있었다. 사모님의 만류가 건성인 것을 알아차렸던 때문인지도 몰랐다.

난 어제 원조를 꾸중했어야만 했으리라. 아니 그것보다도 청년에게 그따위 말을 하지 않았어야 했다. 빈 와인 잔을 바라보던 영옥 씨는 고개를 흔들었다. 자신이 과녁이 되면서 불현듯 스동으로 옮겨 간 이래로 사모님의 언동에도 조금씩 변화가 일기 시작했다는 것에 생각이 미쳤던 것이다. 힘은 분별력을 잃게 하고…… 혼잣말을 하던 영옥 씨는 갑자기 반가운 부름에 응하기라도 하듯 재빠른 동작으로 일어섰다. 전화벨 소리가 귀에 와닿는 순간의 일이었다.

잠시 후 문갑 앞에 오른쪽 무릎을 세우고 앉은 그 여자는 어느덧 여느 때의 표정을 되찾은 모습이었다. 딸이 미로로 여겨지는 느낌은 여전했고 뒷머리 또한 무거웠지만 이 순간 누군가와 이야기할 수 있다는 것은 상념의 덫으로부터의 해방으로 여겨졌던 것이다. 게다가 영옥 씨는 오늘 밤 이미 그 여자 나름으로는 지나치리만큼 상기하고 싶지 않은 옛일들에 사로잡혀 든 터였다. 괴롭기만 할 뿐 아무런 이득도 없는 일이었을 뿐이었다. 스스로를 괴롭히는 일 따윈 정말이지 그 여자의 취미에 어긋나는 일이었음에랴.

"혼자지?"

문자 씨였다. 10:02분. 문자 씨의 딸 인애 얼굴이 떠오른 것은 우혜 때문인지도 몰랐다. 또한 태양초를 사러 갔던 이후 문자 씨의 얼굴에는 엷은 수심이 떠나지 않았다는 것에도 생각이 미쳤던 것이었으리라.

"그럼."

여느 때와 별다르지 않은 자신의 목소리를 듣는 영옥 씨 눈에는 얼핏 안도하는 빛이 스쳤다.

"이상하게 오후 내내 기분이 저조했는데……."

문자 씨는 그렇게 시작했다. 세라 엄마가 부럽다는 생각이 들기도 하면서 말이야. 모르는 사람의 전시회에 갈 적이면 감정이 정화되기 마련이었는데 세라 엄마 그림을 보면서는 차라리 눈을 감고 싶은 마음이었으니까. 본론은 이것이 아닐 것이란 예감을 떨쳐 버릴 수 없는 영옥 씨는 그러나 한껏 부드러운 목소리로 누구나 마찬가지였으리라고 말했다. 하지만 문자 씨가 했던 말에 엇비슷한 내용을 부언하고 싶지는 않았기에(영옥 씨는 어느 순간에나 스스로를 가엾게 여기고 싶지 않은 터였다.) 아뭏든 많은 느낌을 얻을 수 있었던 기회가 되었다라는 말도 덧붙였다. 어떤 사람들은 세라 엄마가 세라 아빠를 등에 업고 그림 장사로 나섰다고 이야기하기도 했지만……. 영옥 씨는 말을 멈추었다. 전시회장에서 그 여자 귓가에 대고 그렇게 말했던 남편과 동기지만 한 계급 아래인 김장호 씨 아내인 회자 씨 모습과 딸의 목소리가 되살아났던 것이다. 그 여자는 옛날부터 예술가인 척 폼 잡기 좋아했는데 이제는 드디어 남편을 이용해서 한밑천 긁어모으려 들었군요. 영옥 씨는 그러나 곧 머리를 흔들었다. 한 가지 일에 꾸준히 정진하다 보면 좋은 결실을 얻게 된다는 점을 다시 한번 깨닫게 되질 않았겠어. 영옥 씨는 빠른 어조로 계속했다. 세라 엄만 몇 해 전까지만 해도 내조엔 영점인 아내로 평가받기 일쑤였지. 그림을 핑계로 부인회 모임에조차 등한하곤 했었으니까. 하지만 오늘 전시회장의 세라 엄마를 볼 때면 누가 그런 말을 할 수가 있겠어. 나도 그 생각을 했었다고 문자 씨가 말했다. 그리고는 한숨을 내쉬었다. 언제적부터 인애에게 너만은 자신의 일을 붙잡아야 한다고 말해 줘 왔는데…… 잠시의 침묵 끝에 문자 씨는 우혜는 학교 잘 다니느냐고 물어 왔다.

문제의 핵심은 역시 인애였어. 입속말을 하는 영옥 씨의 두 눈엔 어떤 기대의 넘마저 떠오르고 있었다. 인애의 문제는 무엇일까. 우혜처럼 난데없이 어미를 비난하려 들었을까. 잘못된 역사의 진행을 막지 못한 공모자…… 이렇게 소리쳤을까. 아뭏든 함께 이야기하다 보면 딸의 미로의 입구와 출구를 의외로 쉽게 찾을 수 있게 될지도 모른다. 우혜에게도 문제가 생겼어. 영옥 씨는 그렇게 말해야 한다고 생각했다. 그러나 그 여자의 입술은 인애한테 무슨 일이 일어났느냐고 묻고 있었다. 어떡해야 좋을지 모르겠어. 문자 씨의 말은 쉽게 이어지지 않았다. 그리고 어순 또한 제멋대로였을 뿐이었다.

"대학이란 곳이 고등학교와 다른 것만은 분명한지…… 인애 아버지가 알면…… 당신도 알잖아, 인애 아버지 성미 칼 같은 것…… 인애가 학교를 관두려고 하는 걸 아는 날에는……"

"학교를 관두려고 하다니."

영옥 씨 눈에는 경악의 빛이 뚜렷했다. 인애는 가히 수재라 불렸던 터였다. 이와 같은 말을 듣게 될 줄은 정말이지 전혀 짐작 밖의 일이었던 것이다.

"지난 여름방학이 끝날 무렵 시내서 만났을 때 인애는 그때까지도 너무나 달라지지 않았던데."

청바지에 티셔츠, 단발머리, 멋 부릴 줄 모르는 고등학생 같았던 인애였다.

김향숙

"달라져야 할 겉모습은 그대로고 변하지 말았으면 하는 그 안은…… 아니 안이 아니지. 머릿속이 달라졌어. 그래 머릿속이지. 안은 여전히 따뜻하고."

영옥 씨는 전화기 옆 액자 속의 딸을 보고 있었다. 미지의 영혼을 대하는 느낌이 새롭게 그 여자에게 엄습하기 시작했다. 단절감과 배반감 그리고 서먹함마저도…… 갑자기 송수화기를 내려놓고 싶은 충동에 마저 휩싸여 들게 되질 않았던가.

"아니…… 모르겠어. 난 인애를 모르겠어."

문자 씨는 다시 한번 한숨을 내쉬었다. 뭐라고 말을 해야 한다고 영옥 씨는 스스로를 다그쳐야만 했다. 반란을 꿈꾸는 젊은 영혼들과의 대면에서 벗어나고 싶을 뿐이었지만 문자 씨를 그냥 팽개쳐 둘 수는 없을 것만 같았으므로.

"인애는……"

하고 영옥 씨는 시작했다. 맥 풀린 목소리였다. 예전의 인애를 입에 올려 보는 일이 무의미하게 여겨졌던 것이다. 하지만 어찌 알랴. 그것이 문자 씨에게 도움이 될지도 모르는 것이다.

"줄곧 모범 답안지로 불려 왔잖았어? 모든 일을 제가 알아서 처리해 왔고…… 그러면서도 제 공부만 챙기는 식으로 이기적이지도 않았어. 머리 나쁘고 게으르고 의욕 없는 애들도 항상 돌봐 주려고 했다던걸."

그래서 우혜한테 인애 본받으라는 얘길 자주 해 왔던 터였는데…….

영옥 씨는 말끝을 흐리고 말았다. 이따위 말을 계속하는 자신에 대한 혐오감을 누를 수 없었던 것이다.

"인애가 좋은 성품을 타고난 것을 난 늘 고맙게 여겼는데……

지금은 제 일만 염두에 두는 쪽으로 자라도록 했더라면 좋지 않았을까 싶기만 해.”

줄곧 제 일만 염두에 두는 쪽으로 행동했던 우혜의 오늘 밤 모습을 본다면. 영옥 씨는 여전히 맥 풀린 목소리로 당신답지 않은 말은 하지 않는 것이 좋겠다고 말했다.

“모르겠어…… 인애가 하는 얘길 듣고 있으면…… 땅 밑이 흔들리는 것 같았는데…… 난…… 어떻게 해야 좋을지…… 그 애는 그런데 너무나 단단해서……”

젊음. 단단함. 그런 말을 입속말로 웅얼대는 영옥 씨는 몹시 지친 모습이었다. 눈꺼풀은 거진 눈동자를 덮은 채였다. 취기 때문이기도 했고 본론으로 들어가지 못하고서 외곽을 맴돌기만 하는 문자 씨의 떨리는 듯한 목소리가 신경에 거슬린 때문이었다. 상대방이 오랜 친구가 아니었다면 말을 하려면 듣는 사람 처지도 염두에 두어야 한다고 소리쳐 주었을 것만 같았다. 그러나 언제까지나 했던 말을 되풀이하게 할 수는 없는 터여서 영옥 씨는 결국 인애가 무슨 이야기를 했느냐고 강한 어조로 다그쳐 묻고 말았다. 온몸으로 번져 가는 듯한 취기에서 벗어나려면 그 여자 자신도 지껄여야만 했던 것이다.

“어쩌면 벌써 학교를 그만뒀을지도 모르겠어. 2주일 전에 인애는 더 이상 학교를 다닐 필요를 느끼지 않습니다 하고 편지를 보내 왔었는데……”

편지에는 기숙사를 곧 나가게 될 것이라고 적혀 있었다는 문자 씨의 말이 계속되었다. 그런데 난 두려워서…… 기숙사로 그 사실을 확인해 보지 못했어.

“바보같이. 이게 무슨 엉터리 같은 얘기야.”

인애가 무슨 이야기를 했느냐고 물었던 것도 깜박 잊게 된 영옥 씨는 냅다 소리쳤다. 두 눈의 번쩍임도 순식간에 되살아나고 있었다.

"두려워서 확인 전화를 못 했다니. 당신이 인애 동생이야. 뭐 이따위로 말랑한 에미가 있어. 평소에 에미 노릇 어떻게 했길래. 인애를 당신 그렇게 키웠어. 기숙사도 제 마음대로 드나들고 학교도 제 기분대로 관두고 싶으면 관두고…… 이따위 얘기가 어딨어."

자식들은 어느덧 부모들을 삶의 믿을 만한 안내자나 보호자로 여기지 않는다, 그 생각이 영옥 씨를 큰 분노의 감정에 휩쓸리게 했던 터였다. 그들은 그들 스스로의 의지를 삶의 지표로 삼으려 들게 된 것이다. 이것이 온당한 일일까. 그 여자는 불규칙적으로 거칠어졌던 숨을 가라앉히려 애쓰며 머리를 흔들었다. 그러는 동안 문자 씨는 기어들듯 낮은 목소리로 웅얼대고 있었다.

"어떻게 이런 일이 가능하기나 한지…… 왜 이렇게 되고 말았는지…… 난 아무래도 이해할 수가 없어……. 인애는 지금까지 나무랄 데라곤 없는 애였어…… 공부도 행동거지도…… 그런데 갑자기 자신이 옳다고 생각하는 대로 살아야 한다면서……"

대학은 잡균으로 가득한 이상한 곳인가. 우혜도 인애도…… 그리고 원조도 대학생이 되면서 달라졌다. 영옥 씨는 입속말을 했다. 지금까지 가장 적나라하게 변화한 것은 원조였던 터였다. 원조는 붙임성이 좋고 인정도 많아 공부 머리는 뛰어나지 않았지만 호감을 품지 않을 수 없었다. 그런데 작년서부터 차츰 무례하고 제멋대로인 행동을 보여 주곤 해 오질 않았던가. 아무래도 원조는 대학으로부터 가해져 오는 압박감을 그때그때 터뜨렸고 우혜나 인애는 한꺼번에 폭발시키게 된 것이 아니었을까.

"난 인애를 이해할 수가 없어. …… 어떻게 그런 생각을 하게 되는지…… 자신만을 주체로 여기는 삶에서 벗어나고…… 싶다는 그런 얘기를 했는데……"

자신만을 주체로 여기는 삶. 영옥 씨는 문득 골목길 건너편 벽돌집 딸의 경우를 회상했다. 국민학교 교사 부부의 큰딸이었던 민재는 인애나 우혜보다 4년 위였는데 특별히 공부를 잘해 인해가 다니는 대학에 단과대학 수석으로 입학함으로써 주목과 화제의 인물이 되었던 터였다. 다른 동네의 여학생들이 떼를 지어 벽돌집을 찾아오기까지 했을 정도로 민재의 명석함은 사람들 입을 오르내리지 않았던가. 아니 명석함 때문만은 아닐지도 몰랐다. 교복을 입지 않을 때의 민재의 두드러진 옷차림, 천진해 보이지만 몹시 쓸쓸해 보였던 표정, 언제나 홀로 다닌다는 점, 그 모든 것들이 민재 또래 여학생들의 호기심을 자극했던 것 같았다. 그 무렵 벽돌집 여교사는 얼마나 자랑스러운 낯을 하고 다녔던지. 어떤 사람들은 민재가 리본에서부터 맞춤 구두까지 일류품으로만 갖추고 다니는 점에 대해 좋지 않은 말을 하는 것 같지만……. 난 우리 민재가 모든 면에서 뛰어나니까 옷차림의 격도 같은 수준으로 맞춰 주고 싶을 뿐이었어요. 이렇게 정성 들여 키우다 보면 민재 스스로도 앞으로의 자신의 삶 또한 마땅히 이러해야 한다고 자연스레 믿게 될 것 같았다는 말도 서슴지 않고 덧붙이곤 했는데 그러나 그 결과는 어떠했던가.

대학에서의 한 학기 생활을 끝내고 내려왔던 민재는 여름방학 동안 줄곧 역 앞 광장에서 여호와를 믿으라고 외치게 된 것이었다. 수줍지만 밝고 힘찬 목소리로. 옷차림이란 검정 치마에 흰 블라우스였다. 몹시 쓸쓸해 보였던 얼굴은 간 곳이 없었음에랴. 여교사는 울부짖음, 꾸중, 죽고 말겠다는 몸부림 모든 것을 다 했지만 딸의 마

김향숙

음을 돌리지 못하였다. 그러더니 민재는 결국 일 년 만에 학교를 관두었고 여호와의 믿음을 알리는 일, 꽃을 팔러 다니는 일에 바쁘다고 하더니 어느샌가 미국으로 삶의 근거지마저 옮겼다고 했다. 남편은 흑인으로 할렘가에서 살며 부부 전도사로 활동 중이라는 소식이 계속해서 전해져 왔는데 물론 벽돌집 여교사로부터가 아니었다. 민재와 중·고등학교 동기 동창인 골목길 모퉁이에 자리한 우리목욕탕집 둘째 딸이 미국 이민 간 언니와 함께 뉴욕 몇 번가로 쇼핑을 갔다가 만나게 되었던 것이었다. 그것이 작년 가을의 일이어서 그무렵 민재는 다시 한번 화제의 인물로 등장하질 않았던가. 그 머리 좋던 아이가 왜 그리 되었을까. 욕심 많은 여선생이 딸을 세상으로부터 가두어 키워서였겠지. 공부가 지겹던 나머지 몰두할 다른 무엇을 찾게 되는 동안 이상한 종교에 빠져들게 되었을 것이다. 모두들 고개를 갸웃대며 한마디씩 했다. 그러는 동안 어쩌면 대학과 민재 자신에 대한 실망감이 너무 컸던 때문인지도 모른다 하는 말이 튀어나왔는데 이곳 지방 대학 간호학과 선생인 경자 씨로부터였다. 신입생이 되면 아이들은 대체로 그 두 가지 실망감을 함께 맛보게 되기 마련이거든. 대학이 꿈꾸고 기대했던 곳과는 다르다는 것, 그리고 나는 대체 어떤 존재인가 하는 물음에 눈을 뜨게도 되니까 하는 말이 이어졌는데 영옥 씨는 그때 경자 씨의 그 말을 건성으로 들어 넘겼을 것이었다.

대학이 꿈꾸고 기대했던 곳과는 다르다는 것. 그리고…… 입속말로 웅얼대는 영옥 씨는 자신도 모르게 고개를 끄덕이고 있었다. 대학에 문제점이 있으리라고 여겼던 좀 전의 추측이 확신으로 변하면서였다.

인애 말로는 오늘의 대학은 원래의 제 몫을 앗겨 버린 불구의 신세라는 거였어. 그러니 그곳에 더 머물러야 할 까닭이 없노라고. 문자 씨의 말은 계속되고 있었다. 내버려두면 인애는 결국 제뜻대로 하고 말 텐데.

"어떻게 하면 그 앨 붙들어 맬 수 있을까."

"당신이 우선 서울로 올라가. 방을 얻든지 해서 당신이 인애를 감시하도록 해야지. 학교엘 가지 않겠다고 하면 끌고서라도 가야지."

영옥 씨는 민재 이야기를 했다. 시기를 놓쳐서는 안 된다는 말도 덧붙였다. 자신에게 들려주는 말이기도 했다. 당신 인애 아버지 성격 몰라서 그런 말 하느냐고 문자 씨가 영옥 씨의 말을 가로막았다. 그 양반은 다니기 싫다고 하면 내버려두라고 할 사람이야. 부모 뜻에 어긋나는 자식은 필요없다고 잘라 말할 텐데. 문자 씨의 한숨소리가 깊어졌다.

"그렇지 않아도 요즈음 대학생들을 얼마나 못마땅해하는데……"

영옥 씨는 고개를 끄덕였다. 며칠 전 부부 동반 모임에서 만났던 인애 아버지 김명구 씨의 말이 되살아났던 것이다. 정치는 어른들 영역에 속하는 문제다. 아마튜어들의 훈수가 통하는 장기판이 아닌 것이다. 그 점을 우리 어른들은 분수 모르는 아이들한테 가르쳐야만 할 것이다.

"인애와 나는 쫓겨날지도 모를 일인데…… 그러니까 난 서울로 갈 수가 없어. 결국…… 인애는 민재라는 아이처럼 제 고집을 굽히려 들지 않을 것이고…… 그러면 인애 인생은…… 어쩌면 이런 일이 일어날 수 있는지."

문자 씨는 그만 울음을 터뜨렸다. 그리고 다음 순간 전화를 끊

김향숙

는다. 인애 아버지가 온 것 같아 하는 당황한 어조의 말을 끝으로 통화는 급작스레 끝났던 것이다. 송수화기를 내려놓은 영옥 씨는 손바닥으로 관자놀이께를 눌렀다. 두통이 시작되었던 것이었다.

바람 빠진 공 같은 의자에서 영옥 씨는 몸을 일으켜 세웠다. 젊어서부터 남편의 짚차가 집 가까이로 올 때마다 내기 마련인 둔중한 자동차 바퀴 구르는 마찰음을 놓친 적이 없었던 그 여자의 귓전으로 귀갓길 마지막 꺾기를 한 뒤 우리목욕탕을 지나는 짚차의 기척이 잡혀 들었던 것이다.

"아버지가 오시나 보다."

늪의 바닥 같았던 방 안의 공기는 순식간에 팽팽한 긴장감을 띠었다. 영옥 씨는 딸을 보았고 고개를 쳐든 우혜의 눈에는 당황함과 놀람의 감정이 엇갈려 스쳐 지났다. 짚차는 소달구지가 아니어서 어느덧 옆집 대문 앞을 지나는 중이었다.

"뭐라고 말씀드려야 할지……"

남편에게 무슨 말을 해야 좋을지를 생각해 두지 못했던 영옥 씨는 딸을 쳐다만 볼 뿐이었다. 갑자기 우혜의 손은 크림빛 갓등이 씌워진 스탠드의 스위치를 잡아당겼다. 방 안은 어둠으로 채워졌다.

"난 아파서 내려왔고…… 지금은 약 먹고 잠들었다고 하세요."

딸은 허둥지둥 침대 위에 올라갔다. 간신히 잠들었으니 깨워서는 안 된다고 하셔야 해요. 그때 짚차가 대문 앞에 멈춰 섰다. 딸의 방을 곧바로 나온 영옥 씨는 대문의 걸쇠를 벗기며 우혜가 왔어요 하고 말했다. 조금은 근심 어린 어조였다. 우혜의 갑작스런 귀가가 몸살 때문임을 남편이 알아채 주기를 바랐던 것이었다. 그러자 대문 안으로 들어서면서 아내의 어깨에 팔을 얹으려 했던 서영세

씨는 우혜가 내려왔다니 탄성처럼 말하면서 딸의 방 쪽으로 고개를
돌려 갔다.

"애비 얼굴도 안 보고 꿈나라로 가셨나 본데……"

어디가 아프냐고 서영세 씨는 물어 왔다. 아내의 눈을 쳐다보
면서였다. 감기 몸살이 심했던 모양인데…… 겨우 잠들었으니 깨우
지 않는 것이 좋겠어요. 영옥 씨는 현관으로 오르는 층계로 걸음을
옮기며 계속해서 말했다.

"며칠 심하게 앓으면서 제대로 끼니를 찾아 먹지 못했던지 얼
굴이 영 못쓰게 되었어요."

거실 마루로 올라선 영옥 씨는 다시 한번 그대로 내버려두는
것이 좋겠다는 말을 덧붙였다. 그리고는 안방으로 가기 위해서인
듯 몸을 돌렸다. 딸의 방문 앞에 선 서영세 씨는 움직이려 하지 않
았다.

"내 언젠가는 이런 일이 있을 줄 알았어요. 그래서 우혜를 서울
로 올려 보내는 일이 탐탁잖게 여겨졌던 것이었는데……"

딸에게는 무조건 관대한 서영세 씨는 혼자 생활이 얼마나 힘들
었으면 하고 말하면서 딸 방과 아내를 번갈아 쳐다보았다. 공부가
뭐 그리 대단한 것이라고 4년씩이나 떨어져 살아야 한다는 겐지. 혀
를 차기까지 하는 남편을 거실 마루에 남겨 둔 채 영옥 씨는 재빠른
걸음으로 안방으로 돌아왔다. 평소에는 딸을 귀하게 여기는 남편의
살뜰한 정을 자랑으로 삼았던 터였음에 반해 이 순간엔 그저 감상
적인 사람으로 비춰 들면서 얼굴마저 대하고 싶지 않아진 까닭에서
였다. 딸이 빠른 시일 내에 평정을 되찾지 못한다면 그 책임은 결국
어미인 자신의 몫이 되리란 생각이 머리를 짓누르는 때문인지도 모
를 일이었다. 집안일, 아이 교육 문제 모든 것을 아내에게 맡겨 왔던

서영세 씨가 우혜의 서울 진학에 대해서만은 선뜻 찬동하지 않았던 것이었다. 딸과 함께 살 수 있는 시간을 앗기고 싶지 않다는 이유에서였다. 영원히 사는 것도 아닌데 이렇게 떨어져 산다는 것은…… 고개를 저었던 것이었다. 물론 그때 영옥 씨는 주저하지 않고 서울 진학을 결정할 수 있었다. 딸과 떨어져 지내야 하는 것. 딸이 기숙사 생활을 해야 한다는 것이 마음에 걸렸지만 자신의 딸이 명문 대학생이 되어야 한다는 것은 의문의 여지 없는 절대적 명제로 다가왔음에랴.

남편에게 잠시라도 어지러운 방 안 풍경을 보여 주고 싶지 않아선지 머릿속 어지러운 상념에도 불구하고 재빠른 손길로 보료 위의 담요를 개키던 영옥 씨는 일을 끝내기도 전 문 쪽으로 걸음을 옮기기 시작했다. 안방으로 다가오는 남편의 발자국 소리를 듣는 순간 찻물을 올려야 한다는 생각이 머리를 스쳤던 것이다. 늦은 귀가를 하기 마련인 남편에게 인삼 가루와 꿀을 넣은 차를 마시도록 해 온 것은 20년 가까이 계속되어 온 습관이었음에랴. 마악 손잡이를 잡으려는데 바깥쪽에서 방문이 먼저 열리면서 남편이 들어섰다. 찻물을 올려야겠다고 영옥 씨는 고개를 수그린 채 말했다.

"차는 급하지 않으니까."

영옥 씨는 고개를 들고 남편을 맞바라보아야 한다고 생각했다. 여느 때는 무덤덤한 것 같지만 때로는 아주 예민해지곤 했던 남편이어서 몸살만으로 넘어가지 않을 수 있다는 생각과 함께 남편에게 할 말이 남았으리란 느낌이 전해져 왔던 것이다. 영옥 씨는 남편의 눈에다 시선을 고정시켰다. 그러자 과연 우혜가 내려온 것은 단순히 몸살 때문만은 아닐 수도 있다는 이야기가 서영세 씨 입에서 흘러나왔다. 그러는 동안 서영세 씨가 뻗은 두 팔은 영옥 씨 어깨 위로 얹혀졌다.

"졸업정원제가 아이들을 압박한다는 기사를 어디선가 읽었어요. 당신은 우혜를 위해서였겠지만…… 대학생이 된 뒤에도 계속해서 몰아세운 편이었거든."

서영세 씨는 한껏 부드러운 목소리로 말했다. 부모의 기대라는 것이 아이들에게 무거운 등짐이 될 수도 있는 것 아니겠오. 어쩌면 우혜는 대학생이 되고서도 진정한 해방감을 한 번도 누리지 못했을 수도 있어요. 남편은 영옥 씨의 윗몸을 자신에게로 밀착시키려 했지만 영옥 씨는 오히려 뒷걸음칠 뿐이었다. 졸업정원제를 들먹이는 남편이 너무나 단순하게 여겨지면서 짜증마저 치밀어 올랐던 것이다. 언젠가 딸이 졸업정원제가 아이들을 억누르는 덫이 되고 있다는 이야기를 한 적이 있긴 했지만 그것은 어디까지나 전체적인 분위기를 설명하려는 뜻에서임이 분명한 일이었다.

"어쩌면 졸업정원제와 우혜를 연결 지을 수가 있어요."

남편을 노려보듯 쳐다보며 그렇게 말하는 영옥 씨 눈에는 생생한 모욕감마저 깃들어 있었다. 우혜와 졸업정원제를 묶는다는 것은 결국 남편이 딸의 능력을 믿지 않아서라는 생각이 고개를 쳐들었던 것이다. 우혜는 12년 동안의 우등생이었어요. 그런 것은 하위권의 아이들에게나 해당되는 이야기겠죠. 아내의 어조가 심상치 않다고 여겼음인가. 언쟁을 싫어하는 서영세 씨는 자신의 주장을 더는 되풀이하려 들지는 않았다. 당신 말이 옳아. 우혜에 대해서는 나보다도 당신이 전문가니까. 조금 전보다 더욱 부드럽게 말을 이어 갔다.

"어쨌든 심한 경쟁감 속에서 생활한다는 것은 좋은 일이 아니오. 언제나 스무 살일 수 있는 것은 아니질 않소. 행복하고 즐거운 대학 생활을 보낸다는 것. 내가 우혜에게 바라는 것은 오직 그것뿐

김향숙

이라 이 말이요."

　서영세 씨는 웃옷을 벗기 시작했다. 남편의 옷을 옷걸이에다
걸고 있는 영옥 씨의 쌍꺼풀 진 큰 눈은 어느덧 누르기 힘든 격정으
로 번득였다. 아무것도 모르면서 날 극성 어머니로 단정 짓는 일 따
윈 그만두라고 소리치고 싶은 충동 때문만은 아니었다. 우혜가 딸
이 아닌 아들이었더라면 지금과 같이 근사한 말을 입에 올릴 수 있
었겠느냐는 입에 올리지 못한 물음이 가슴을 찔러 대었기도 했고
또 우혜가 아들이 아닌 까닭에 오늘 저녁에 있었던 일들을 말할 수
없는 자신에 대한 답답함이 겹쳤던 때문이었다.

　아아 우혜가 아들이기만 했더라면. 영옥 씨는 눈을 감았다. 모
범 어머니상이라도 받아야 한다고 엄마는 생각할지 모르지만……
천만에요. 엄마는 사육사였어요. 아시겠어요. 다시 한번 말씀드리
겠어요. 사육사라고요. 엄마가 알고 있는 좋은 삶이란 어떤 것일까
요. 남이 그럴싸하게 여기는 박사 학위를 얻는 것인가요. 그따위 학
위가 보장해 줄지도 모르는 안락한 삶인가요. 엄마는 스스로를 불
행하게 만들고 싶지 않기 때문에 진실을 못 본 척하는 것일까요. 딸
의 쟁쟁한 목소리가 되살아나면서 영옥 씨는 그만 방바닥으로 주저
앉고 말았다. 옷장에 채 걸리지 못한 남편의 웃옷과 함께. 아주 깊고
깊은 나락으로 떨어져 내리는 느낌 속에서 그 여자가 감지할 수 있
었던 하나의 생각은 무엇이었던가. 그 여자에게 주어진 유일한 자
식이 딸이라는 사실이 너무나 부당한 업이라는 것. 그것이었다.

—《문학사상》, 1989년 1월;
김향숙, 『종이로 만든 집』(문학과비평사, 1989)

김승희(金勝熙·1952~)

김승희는 1952년 전라남도 광주에서 태어나 광주 서석국민학교, 전남여자중학교에 진학했고 이때 이상의 문학에 매료되었다. 숙명여자고등학교를 거쳐 1970년에 서강대학교 영문학과에 입학했다. 1973년《경향신문》신춘문예 시「그림 속의 물」이 당선되며 활동을 시작했다. 1979년 서강대학교 대학원 국문학과에 입학해 현대시를 전공하고, 같은 해 첫 시집『태양미사』를 출간했다. 1994년《동아일보》신춘문예에 소설「산타페로 가는 사람」이 당선되어 화제가 되기도 했다. 1995년 8월에 미국 캘리포니아대 버클리 캠퍼스 객원 부교수로 한국 현대시를 가르쳤다. 1998년 1월부터 1년간 미국 캘리포니아대학교 한국학과 전임강사를 지냈다. 1999년 3월에 귀국하여 서강대학교 문학부 국어국문학과 교수로 부임했으며, 고정희상, 올해의 예술상 등을 수상했다.

김승희는 첫 시집인『태양미사』와 두 번째 시집『왼손을 위한 협주곡』(1983)에서 태양을 소재로 한 시를 주로 쓰며 태양을 향한 동경으로 영원성에 도달하고자 하는 열망을 드러낸다. 자칫 관념성에 매몰될 수 있는 주제의 시편들에서도 김승희는 감각적 이미지를 적절히 활용해 자신의 절대적 지향을 세련되게 표현했다. 세 번째 시집인『미완성을 위한 연가』(1987)와 네 번째 시집『달걀 속의 생』(1989)에서는 고통받는 여성들의 삶을 집중적으로 그려 낸다. 김승희는 파격적이라 할 만큼 적극적인 저항의 목소리로 '여성적인 시'에서 '여성주의적인 시'로 이행하는 움직임을 보였다. 시집『어떻게 밖으로 나갈까』(1991)와『세상에서 가장 무거운 싸움』(1995)에서는 상대적으로 저항 정신이 사그라든 1990년대 분위기에서 남성 중심 사회에 편입되는 여성들을 비롯해 일상에 잠식되는 현대인들에 주목했다. 시집『빗자루를 타고 달리는 웃음』(2000)과『냄비는 둥둥』(2006)에서는 이를 세계적인 문제로 확장해 여성 연대의 지평을 넓혔다.

김승희는 남성 중심의 사회가 강요하는 전통적인 모성에 대해서는 부정적이지만 모성 자체에 대해서는 수용적인 모습을 보인다. 그는 자신이 깊이 천착했던 '태양' 못지않게 '어머니'에 주목하며 어머니의 삶에서 어머니가 되는 딸의 삶까지 이어지는 계보를 짚어 낸다. 어머니-딸로 대대로 이어져 온 여성의 고통을 드러내며 이를 삶의 동력으로 삼았다는 데 김승희 시의 의의가 있다. 김승희는 남성의 전유물로 치부되던 지성을 적극적으로 활용해 남성 중심 사회를 통찰하면서도 허무주의에 매몰되지 않았다. 또한 뚜렷한 연대 의식을 갖고 여성의 삶을 섬세하게 형상화해 독자적인 시 세계를 구축했다.

성현아

내가 없는 한국문학사

나는 무의미시 순수시의 시대에
순수시를 쓰지 않았고
참여시의 시대에도
참여시를 쓰지 않았다.(쓰지 못했다)
나는 80년대 한국시사의
알 라 모드
해체시의 시대에도
해체시를 쓰지 않았고(못했고)
상업주의적 사랑시의 시대에
사랑시를 쓰지 못했으며(않았으며)
민중시의 시대에도
민중시를 쓰지 않았다.(쓰지 못했다)

요즈음 말로 한다면
독재 지배 이데올로기를 방조해온

497

김승희

매판미학의 일부
흉칙한……
(오, 맙소사, 난 내 죄가 그렇게
추한지 몰랐고
다른 죄도 많기 때문에
난 정말 상처와 피고름으로 인각된
거북이 등처럼 균열된 — 무늬 —
혼비백산을 움켜잡고
언제나 임종전야 — 언어에
목을 매달고)
아뭏든, 언어가 나의 아멘이었었지.

어느 날 산사에서
하얀 벽지 위에 쥐벼룩이 기어가는
것을 보았다.
손톱으로 막 누르니까
일점 피를 남겼다.
우향좌, 좌향우 같은
어중간 나에게서도
그런 일점 피가 나올까.
깨끗이 도배된 벽지처럼 무늬맞춰 발라진
한국문학사 앞에서
나 오늘 한 마리 쥐벼룩
여류 쥐벼룩(이곳에서 방점은 매우 중요하다)
구원은 없더라도

아멘을! 멈출 줄 모르는 아멘을!
멈출 수가 없으니……

— 김승희,『달걀 속의 생』(문학사상사, 1989)

불의 딸과 태양숭배

나는 한때 기억이라는 괴물을 너무 두려워하여 차라리 광인이 되어 기억상실증에 걸렸으면 좋겠다고 꿈꾼 적이 있었다.

기억이란 프랑켄쉬타인 박사와 같다. 자기의 소유물을 상실하지 않기 위해 불사의 것으로 만들려는 다이몬적인 욕망을 지녔다. 게다가 기억은 번식을 한다. 독사가 한배 새끼를 깔 때마다 무지막지하게 많은 숫자로 새끼를 불리듯이 기억은 무섭도록 많은 공포와 죄의식을 새끼를 치듯 기르고 있다.

인간은 현재가 불행한 것이 아니라 무섭고 슬픈 기억 때문에 불행한 것이라고 말한 아우구스티누스는 진정으로 옳다.

나의 소원이 있다면 얼굴을 완전히 성형을 하고 이름을 바꾸고 기억상실증에 걸린 채 아르헨티나만큼 먼 이국의 바닷가에서 숨어 사는 것이라고 말한 적이 있을 정도로 나는 기억이라는 괴물을 싫어했다. 회상이라는 것이 도무지 싫은 것이다.

그러다 어느 날 나는 마그리뜨의 저 위대한 그림 〈므네모시네〉를 보게 되었다.

바다를 배경으로 이마에 선혈의 꽃 같은 피를 흘리고 있는 대리석 여인. 그리고 므네모시네가 제우스와 아홉 밤을 동침하고 낳은 아홉 딸들이 뮤즈라는 것도 알았다. 기억의 여신이 바로 예술의 원천이자 모태라는 것을, 기억을 회피하고서는 더 이상 문학을 할 수 없다는 것을 알았을 때 나는 하는 수 없이 자기 상처를 스스로 핥아서 상처의 독을 뽑아내는 야생 짐승처럼 살지 않으면 안 된다는 것을 알았다.

나는 한때 광인이 된 니체의 지극히 평화로운 치매성을 아름답다고 생각했고 「자연이 그의 극단적인 영혼을 미치게 만든 것은 저주가 아니라 마지막 자비였다」는 의견에 공감했으나, 사람은 살아 있는 한 자기 별에 끼쳐진 점성술을 풀려고 노력하는 동안만 아름답다는 의견으로 바뀌어졌다.

무수하게 아름답고 행복한 순간들이 많았으리라. 그러나 그런 것들은 덧없이 사라지는 먼지들처럼 시간 속에 흔적을 찾을 수 없다. 다만 남아 있는 것은 무한처럼 하얗게 파괴되어 버린 유령도시(ghost-city)에 홀로 눈부시게 남아 있는 거대한 토템폴처럼 지울 수 없는 고통의 흔적들뿐이다.

그것은 생명의 초점인 페니스처럼 어둡고 불확실한 기억의 땅 위에 돌출해 있고 우리가 기억이라고 말할 때 내가 죄와 고통만을 연상한다는 것은 움직일 수 없는 나의 불행이겠으나 그러나 내가 그 다이몬적인 힘에 기대어 아직도 시를 쓰고 있음을 생각해 본다면 삶이란 아주 최악의 경우에 있을 때라도 그렇게 나쁜 것은 아닌지도 모른다.

Amor fati! 운명을 사랑하라!

기억은 언제나 희미해지지
않으면
안
되
지
그리하여 죄조차도
아득한 성운 속으로
흘러
사라지지 않으면
안
된
다

므 네 모 시 네
연기 같은 부 드 러 움

영원한 고리 속으로
피가
흐
른
다

— 시 〈므네모시네〉 전문

아마 네 살 때쯤이었나 보다. 웬일인지 두 살박이 기어다니는
동생과 나만이 목포 이층집의 외진 방 안에 남겨져 있었는데 마침

그때 바로 이웃집에서 큰불이 났다.

모태처럼 약간 어두운 방이었다고 생각된다. 이층의 방문 틈으로는 언제 연기가 스며들었는지 방 안은 공중목욕탕처럼 부우했고 어디선가 이상한 빛 같은 것이 희미하게 끼치는 것 같았다.

아래서부터는 뭉게뭉게 연기가 맴돌며 문틈으로 기어 올라왔고 그래서 순식간에 방 안은 마치 무중력상태에 오른 우주선처럼 몽롱하게 흔들리며 부유했다. 아무 느낌도 없었고 아무 소리도 들리지 않았다. 단지 기어다니는 젖먹이 동생이 마치 장난감처럼 꼬물대는 것이 아련히 느껴질 뿐이었다. 태(胎) 속에서 움직이는 아주 몽환적인 몸짓 같았다. 시간이 얼마나 흘렀는지 전혀 기억할 수 없다. 영원한 시간이란 것이 있다면 바로 그것일 것이다.

영겁의 시간이 흐른 뒤 어디선가 갓난애의 울음소리가 찢어지는 듯이 들렸다. 내 동생 팥쥐의 울음소리였다. 팥쥐는 질식할 것 같은 기분을 본능적으로 느꼈는지 굉장히 크게 울어 댔다. 진짜 큰 울음소리였다. 그때서야 바깥의 모든 소리들이 힘차게 유리창을 뚫고 들어오기 시작했다. 아우성, 고함 소리, 함성, 쩔쩔매는 소리, 울부짖는 소리.

— 이층에 애기들이 있다! 애기들이!

— 저기 우리 애기들이 있어요 !

비로소 엄마의 목소리가 들려왔다. 엄마는 이웃집에 불이 났다는 말을 듣고 시장에서부터 숨이 끊어져라 달려왔던 것이라고 했다.

— 콩쥐야. 이 층 문을 열어라. 그리고 계단을 굴러라. 어서.

찢어지게 우는 팥쥐의 울음소리 사이로 엄마의 비명 같은 소리가 들려왔다.

나는 더듬더듬 손을 내밀어 이 층 문고리를 열어젖혔다. 아래

김승희

충으로 가는 계단은 미칠 듯이 아름다운 불의 범람이었다. 아 — 이 세상에 그토록 아름답고 풍부한 불이 또 있을까. 그보다 더 찬란한 불을 나는 다시 볼 수 있을까.

그런데 거기 불의 한가운데 어머니가 서 계셨다. 그 장면을 생각하면 어머니는 흰옷을 입고 성모의 왕관을 쓰고 있는 듯이 생각된다.

— 자, 어서, 이리 온. 어서.

나는 본능적으로 팥쥐를 계단으로 밀어뜨리고 나 역시 두 눈을 감고 불 속으로 뛰어들었다. 무서운 불 속에는 어머니, 나의 어머니가 서 계셨고, 어머니가 두 팔을 벌리고 그토록 애소하는 슬픈 눈동자로 노래하듯이 나를 부르고 계셨으므로 불 속으로 뛰어든다는 것은 곧 나에게 사랑을 의미했고 산다는 것을 의미했던 것이다.

가시면류관처럼 찬란한 불꽃의 화관을 쓰고 하얀 두 팔을 벌리고 불 속에 서 있는 어머니. 업보(業報)의 불 속에 타오르면서 그러나 마치 스스로 자기의 나쁜 업보를 속죄하고 있는 듯이 성스럽고 슬픈 표정을 짓고 있던 어머니.

그때 나에게 산다는 것은 곧 불 속으로 뛰어드는 것을 의미했고 다른 선택은 있을 수 없었다. 이제 영원히 나에게 있어서 산다는 것은 불 속으로 뛰어드는 일이 될 것이다. 마치 큰불에 스스로 삼켜지면서 삶을 얻는 부나비의 실존적 고리와도 같이.

그 화재 사건은 내 운명극의 예고편과도 같은 것이었다. 그리고 속편은 금방 다시 이어졌다. 여섯 살이 되었을 때 우리는 다시 광주로 돌아가게 되었다. 광주(光州)는 우리말로 「빛고을」로서 유난히 빛이 강한 마을이라는 뜻으로 이름이 지어진 것 같다.

태양이 서럽도록 화려한 고장. 봄이면 안개와 아지랭이가 유난히 짙어서 그것들이 걷히고 났을 때 태양이 창세기의 원초처럼 솟아오르는 모습은 가히 장엄하다고 표현할 수밖에 없을 것 같다. 장엄미사. 화려하도록 아름다운 에너지의 불의 춤.

아침에 눈을 뜨면 무등산으로부터 무수히 날아오는 검은 새 떼들을 볼 수 있었다. 그 새 떼들은 마치 검은 죽지마다 태양빛을 듬뿍 묻혀 오는 듯이 화려하게 번뜩였다. 까마귀 떼들이었다.

광주에서는 거의 늦잠을 자 본 기억이 없다. 까마귀 떼들이 마치 번쩍거리는 거울을 들고 태양을 실어 나르는 듯이 유난히 아침이 환했기 때문이었다. 또한 시대의 현상이기도 했겠지만 그 당시 광주에는 유난히 문둥이들이 들끓었다. 소록도에 문둥이들을 격리 수용하는 요양소가 처음 생긴 무렵이라 문둥이들이 소록도로 향해 가다가 머무르기도 했고, 소록도에서 도망쳐 나온 문둥이들이 도회지에 대한 회포도 풀 겸 해서 배회하고 어슬렁거리기도 했다.

태양과 문둥이 — 그리고 독사처럼 차갑게 번뜩이던 녹음의 푸른 덩어리들. 그것들은 마치 내 원초의 색상표와도 같다.

어느 날 밤이었다. 식구들은 저녁밥을 먹고 등나무 아래 내놓은 등의자에 앉아 무연히 평화를 즐기고 있었다. 그런데 갑자기 서쪽 하늘이 무섭도록 밝아지는 것이었다. 조금 있다가 하늘은 마치 불꽃놀이 때 폭죽을 쏘아올리는 것처럼 불꽃으로 수놓아졌고 동네 전체가 마치 조명탄을 받은 듯이 환해졌다.

불이야 — 불이야 — 하는 함성이 먼 곳에서부터 들렸고 계속 폭약을 터뜨리는 듯한 폭음이 귀를 멍멍하도록 울려 댔다. 세상에 불구경만큼 재미있는 것이 또 있을까. 한이 많은 사람은 제 집에 불이 나도 불구경을 하느라 집을 다 태운다는 말이 있다.

나는 아버지와 어머니의 손을 잡고 신이 나서 계속 달려갔다.

그런데 그때의 그 속력 속에는 불에 대한 숨 가쁜 그리움, 충동적인 욕망 같은 것이 묻어 있는 듯이 느껴진다. 불이 유혹처럼 나를 끌고 나 역시 나체의 울부짖음 같은 격정으로 무섭도록 강력하게 불덩어리에 이끌렸던 것이다.

성냥 공장에 불이 났었다. 그리하여 깡통에 담긴 유황에 불길이 닿을 때마다 그것들은 샴페인 축제처럼 펑 ― 펑 ― 소리를 지르며 터져 나가 하늘에 찬란히 명멸하는 갖가지 불꽃의 모양을 수놓고 있었다.

무섭게 많은 성냥들이 마치 다이너마이트의 도화선에 불을 갖다 댄 것처럼 지글거리며 확확 타올랐고 어디에선가 잔인할 정도로 향기로운 화약 냄새가 흘러들고 있었다.

사람들은 유령처럼 몰려서서 상상을 초월하는 큰불에 넋을 잃었는지 미동도 못 했고 그 어마어마한 아름다움에 현혹되어 최면에 걸린 듯했다.

나는 갑자기 온몸이 가려워지며 불 가까이 더욱더 불 가까이 빠져들고 싶어 못 견딜 지경이 되었다. 성냥 공장의 한가운데로 뚫고 들어가 그 불의 중심에 서서 두 손을 앞으로 모으고 내가 가장 잘 부르는 노래를 한 곡만 부르고 싶었다. 뛰어들어 펑 ― 펑 ― 터지는 유황 병처럼 신명차게 온몸을 찢기고 싶었다. 찢어지면서 조명탄처럼 화려하게 높이 솟구치고 싶었다.

바로 그때였다. 한 남자의 그림자가 성냥 공장의 타오르는 중심으로 몸을 던져 뛰어들었다. 너무나 순식간의 일이라 그 남자는 마치 진공소제기 속으로 무자비하게 빨려 들어가는 먼지처럼 작게 보였다. 그 순간 나만은 그것을 알고 있었다. 남자가 불 속으로 뛰어들었을 뿐 아니라 불이 또한 그를 강력하게 끌어들인 것이라고.

남자의 몸은 춤을 추는 듯이 파닥이다가 금방 화려한 불기둥이 되었다. 그는 마을에 흘러 들어온 불행한 문둥이였다.

그 남자를 생각하면 시바의 우주적 무용이란 말이 떠오른다.

힌두에서 일출의 태양은 브라마, 즉 창조신이고, 정오의 태양은 비쉬누, 보존신이며, 일몰의 태양은 시바, 즉 파괴의 태양신이다.

시바는 한 손에 우주의 끝장을 의미하는 파괴와 죽음과 불타는 터전을 상징하는 불을 들고 있으며 다른 왼손엔 영원한 축복의 열반을 상징하는 연꽃이 그려진 작은 북을 들고 있다. 즉 시바는 고통받는 인간을 해방시켜 구원하기 위한 파괴신으로서 고통스런 형상과 이름들을 불로써 멸하고 새로운 생명을 주는 재생산을 위한 파괴신인 것이다.

시바의 불꽃은 영원한 우주적인 에너지다. 시바의 우주적인 무용은(우리의 마음속에 있는) 우주의 중심인 치담바람에서 행해지며 그것은 창조→보존→파괴→망상을 쉬게 함→해방(구원·은총)의 우주적인 몸짓으로 진행된다.

시바의 춤은 영원하며, 어디에서나 그는 춤춘다. 춤을 추면서 그는 자연의 첩첩이 싸인 현상을 이끌어 가고, 불로써 고통을 멸하여 새로운 열반의 생명으로 이끌어 간다.

지금 그대가 고통스럽고 불행하다면 그대는 자신이 시바신의 우주적 무용의 어느 한 갈피에 들어 있는 것이라 생각하고 시바의 다음 무용을 기다리라. 시바의 우주적 무용은 우리의 피가 돌 듯 순환하고 있으며 모든 곳에 편재하고 있기에 어디에서나 우리는 시바의 우아한 무용을 볼 수가 있다.

시바는 또한 코브라 뱀을 거느리고 있다.

「코브라의 나선적인 사리는 우주의 진화나 생명의 원리를 나타내며 이빨에 담긴 치명적인 독은 퇴화 혹은 죽음의 원리를 나타내기 때문에 코브라는 시바의 특별한 표상이 되었다. 그리고 주기적으로 허물을 벗는 습관은 환생 혹은 재생의 상징이었다.」

——E. B. 하벨

성냥 공장의 화염 속에 스스로 몸을 던져 춤추듯 퍼덕이다 쓰러지던 문둥이의 극채색의 춤은 바로 시바의 우주적 무용의 하나가 아니겠는가. 시바의 불은 파괴이며 자비이고, 멸망이며 쇄신이고, 죽음이며 또한 재생인 것이다. 문둥이는 시바의 불로써 자신의 고통을 멸하였다. 그리고 시바의 우주적 무용에 따라 이승의 천형을 벗고 다른 생으로 구원된 것이었다.

> 타오르지 못하면 죄를 느끼는
> 나는 하나의 양초입니다
> 이제 제물은 준비되었으니
> 부디 나의 심지 위에
> 고운 불을 놓으십시오 ──
>
> 촛불이 이 세상에 만드는
> 어둠의 공백을 바라보고 있노라면
> 모든 벽은 문이 되고,
> 이해할 수 없게도
> 고문의 노래는

황홀한 불 속에 작열합니다

누가 나의 운명의 검은 자오선을
저 하얀 불 속에
휘어넣을 수 있을까요,
나 스스로 몸을 굽혀
저 가혹한 불꽃의 먹이가 되지 않는다면
나는 대체 어디에서
삶의 젖을 빨아야 하나요?

오, 그러나, 잠깐만,
나에게 모짜르트를 들을 시간을 주세요,
산 채로 번제를 지피기 위해서는
약간의 마취가 필요하지 않을까요?

슬로우 비디오처럼, 천천히,
나는 나의 나체를 불의 제단에
눕힙니다

인육의 촛불이 꽃처럼 타오릅니다
신이여, 이것이 나의 경배,
나의 포만인 것입니다,
나의 박애인 것입니다,

심령이 불태워진 자는 복이 있나니

김승희

뼈에서 새가 솟을 것이오 ──

심령을 불태우는 자는 무궁하리니

태양이 저의 것이라 ──

누군가 내 긴 뼈의 맥을 짚으며

건반을 누르듯 ── 하염없이 ──

화음의 우주를 쓰다듬고 있읍니다 ──

── 시 〈태양성서〉 전문

이것은 시바의 우주적 무용에 바치는 나의 생명의 서(書)이다. 황홀한 불, 그러나 위험한 파멸의 불, 그러나 그리운 불, 내 뼈를 씻어 죄와 업보를 멸해 주는 자비와 세례와 정화의 불, 오 그러나 화택(火宅)이라 불리는, 삶의 고통이 끝나지 않는 치열한 불도 언제나 이 땅 위엔 존재하고 있다.

아홉 살쯤 되었을까. 어느 여름날 저녁이었다.

광주의 여름날 저녁은 매우 길고 파랗고 신비할 정도로 우수가 스며 있고 맑다. 흡사 요술 만화경 속의 한 장면처럼 희미한 등불들의 거리엔 불을 그리워하다 죽은 하루살이 날벌레들의 시체가 먼지처럼 날아다니다 때로는 우리의 입속으로나 눈 속으로 기어 들어가기도 한다. 그런 저녁이면 사람들은 식구들을 대동하고 시원한 물가로 나선다.

강물이라고 부르고 싶지만 그러나 개천에 불과한 광주 천변에 어느 날 저녁 서커스가 들었다. 나도 어머니의 손을 잡고 곡마단 구경을 나섰다. 트럼펫 소리가 흐르고 여기저기 모깃불이 피워지고 울긋불긋 서커스단의 포장이 드리워진 천변 풍경은 마치 비현실의 채색화와 같았다.

슬프고 굼뜬 피에로들, 색 있는 스토킹을 신은 소녀 곡마단원들, 우락부락하고 거친 야생의 냄새를 피우는 남자들, 곱추 배우와 난장이 단원들, 그리고 무엇보다 환상적인 것은 검은 바탕에 은박 금박이 화려하게 찍힌 무대복을 입은 미소년과 미소녀들과 흰 말과 푸른 뱀과 또한 이상한 짐승들이었다.

곡마단원들은 무언가 신비롭고 이상한 삶을 살고 있으리라는 막연한 환상은 동경이라기보다는 불안한 애수를 느끼게 해 주었다.

토성의 띠처럼 신비스럽고도 숙명적인 어떤 분위기가 그들에겐 마력처럼 감돌았다. 나는 그들이 돈을 벌면 그것을 모조리 은화나 금화로 바꿔 악마에게 한 닢 두 닢 바치는 것이라고 생각했다. 그러면 악마는 꽃잎처럼 붉은 입술을 내밀어 그들의 검은 머리칼에 입맞추며 축복하기를 「세상에서 가장 신비한 곡예를 할 수 있는 재능을 받거라」라고 말하는 것 같았다.

나는 이상하게도 남보다 비범한 천재성이란 반드시 악마와의 비밀 거래로부터 얻어지는 것이라는 생각을 어릴 때부터 가지고 있었던 것 같다. 그리고 나 역시 악마와 거래하고 싶다는 비밀한 욕구에 홀로 얼마나 몸을 떨곤 했던 것일까.

트럼펫 소리가 흘러가고 휘황한 조명등의 붉고 푸른 색채들이 달리고 이승의 사람들 같지 않은 흰 가루 부대를 뒤집어쓴 듯한 곡마단원들이 모두 막 뒤로 사라지자 드디어 어둠이 내리고 무대 위에 신비가 시작되었다.

여러 가지 마술들, 말을 타고 곡예하는 소녀들의 번쩍이는 아름다움, 도무지 이 세상 일 같지 않은 줄타기 광대, 그리고 종이꽃 드레스로 몸을 치장한 미녀와 푸른 뱀의 위험한 놀이들, 피에로의

김승희

무언극, 그리고 그 무시무시하게 찬란한 공중 트라피스[1]의 차례가 왔다.

허공에 가느다란 그네들이 매어 달리고 은박 금박으로 번쩍이는 푸른 공단 스커트에 꽉 끼는 검은 타이즈를 입은 아름다운 여자와 신비한 남자가 저 높은 하늘 위에서 목숨을 걸고 곡예를 하는 것이었다.

아 — 나는 그것을 사랑이라고 생각하고 싶었다. 무시무시하게 높은 하늘의 저 꼭대기에서 남자와 여자는 숙명처럼 흰 그네를 타고 날며, 그네를 굴러 서로의 손을 아프게 붙잡고, 몸을 던져 허공에서 뒹구는 곡예를 하고, 다시 헤어져 자기 그네로 돌아가면 무서운 외로움이 하늘에 번졌다.

남자의 얼굴은 신비에 취한 듯이 아름다왔고 여자의 얼굴은 밀랍을 바른 듯이 하얬다. 그네를 굴러 서로가 몸을 의탁할 줄 하나 없는 막막 무한한 허공에서 두 사람은 마치 죽음처럼 굳게 손을 잡고서 폭약 같은 사랑의 꽃으로 절정에서 웃고 있었다.

사방은 쥐 죽은 듯 조용했고 가마니를 깔고 앉은 객석엔 한숨과 같이 경탄이 맴돌았다. 내 손을 잡고 있는 엄마의 손이 경련을 하듯 조금씩 떨리고 있었다. 엄마의 떨리는 손은 아 — 저것이 바로 인생이야 — 속삭이는 듯했다.

나는 그때 어머니에 대한 어떤 슬픔을 느낀 듯이 생각된다. 저것이 바로 인생인데 — 삶이라는 것인데 — 어머니는 어쩐지 저렇게 살고 있지 못한 것이라는 비애가 마치 절망처럼 느껴졌던 것이다.

---

1   트래피즈, 공중 그네.

나의 손가락 역시 떨리고 있었다. 두 여자의 피는 마주 잡은 손바닥을 통하여 아프게 서로 스미는 듯했다. 어머니와 나의 피는 동시에 보다 강한 생명의 욕구, 강렬한 사랑에의 부름, 죽음과 맞설 만한 찬란한 절정에의 그리움으로 마치 심한 매질을 당한 것처럼 떨리고 있었던 것이다.

어머니와 딸은 언제나 같은 고향의 사람들인 법이다. 어머니와 나는 공중 트라피스의 그 완전한 황홀에 취하여 울부짖지 않고서는 못 배길 만한 삶의 욕구에 강하게 폭력처럼 머리채를 잡혀 흔들리고 있었던 것이다.

우리는 행복을 기다리는 것일까? 그것은 아닌 것 같다. 우리는 행복이 모자라서 불행한 것은 아니다. 다이너마이트와도 같이 아름답고 눈부신 삶의 열정들의 편린에 대한 기나긴 기다림. 그런 찬란한 전설의 부재가 우리를 슬프게 하는 것이다.

행복이란 단지 슬픈 상투어에 지나지 않는다. 그때 그 공중 트라피스의 눈부신 곡예를 바라보면서 나는 이미 결정적으로 운명의 얼굴과 마주친 듯한 기분을 느낀다.

내가 원하는 것은 행복이 아니라 강렬하게 집중된 삶을 사는 것, 자기 몸의 피란 피는 모조리 뽑아 투명한 시험관에 넣고 마치 중세 암흑시대의 연금술사가 했듯이 부글부글 마술의 불을 지펴 끓여 거기에서 형형색색의 비현실의 비약(祕藥)이 피어오르는 것을 보고 싶었던 것인지도 모르겠다.

그것은 시바의 딸들의 자연스런 소망일 것이다.

시바의 딸들은 파괴하고 저항하고 멸망시키고 구원하며 자신의 자궁으로 무언가 신비스런 생명을 낳는다. 그것은 예술작품과 같은 것일 수도 있고 트리스탄과 이졸데처럼 무섭도록 처절한 사랑

513

일 수도 있으며 잔다르크처럼 영원히 지울 수 없는 용기일 수도 있다. 시바의 딸들은 생명의 강 속에 멈춰 있지 않고 흐름과 더불어 강렬하게 흘러간다.

어머니와 나는 손을 잡고 여전히 여흥으로 흥청거리는 곡마단의 천막을 떠나 집으로 돌아가고 있었다. 칠석날이 가까와 오고 있었다. 하늘엔 온통 별과 은하수들이 바쁜 듯이 분주하게 흘러가고 있었다.

어머니는 무슨 근심거리나 있는 듯이 힘없이 걷고 있다가 불현듯이 입을 열어 말했다.

「콩쥐야. 아까 그 공중곡예 참 좋지? 그렇지 않니?」

「네.」

「너는 꼭 그렇게 살거라.」

그날 밤 나는 꿈에 불타고 있는 목포의 이층집을 보았다. 부나비처럼 춤추며 퍼덕이던 문둥이의 마지막 미소와 공중 트라피스를 하던 황홀한 무희의 모습도 보았다.

그들은 불타는 이층집 계단으로부터 별똥별처럼 마구 떨어지고 있었다. 그것은 황홀한 춤이었고 귀신 붙은 찬란한 무용이었다. 그리고 불꽃들은 하나하나 덩굴장미의 꽃송이들이 넘실넘실 흔들리듯이 가지를 타고 올라가며 그 사람들의 몸을 맛있게 먹고 있었다. 그 불의 한가운데 나의 어머니가 어딘가 아픈 듯이 힘없이 서 있었다. 그녀의 얼굴은 울고 있었다.

이탈리아 말로 죽음은 모르테(morte)이고 사랑은 아모레(amore)

이다. 사랑 속에는 죽음이 들어 있고 죽음 속에 또한 사랑이 들어 있다는 것이다.

그 둘 사이의 역설적 연관에 유의할 것. 불을 사랑한다는 것에는 어쩐지 모르테와 아모레의 숙명적 뒤얽힘이 가장 강하게 끼쳐져 있는 것 같다. 일몰의 태양신 시바의 춤을 생각해 볼 것. 시바의 우주적 무용 — 그 스텝 하나하나를.

— 김승희, 『33세의 팡세』(문학사상사, 1985)

김승희

최승자(崔勝子·1952~)

    최승자는 1952년 충남 연기에서 태어났다. 서울 수도여자고등학교를 거쳐 1971년 고려대학교 독문과에 입학해 교지《고대문화》의 편집장을 맡았다가 유신 시대에 블랙리스트에 올라 졸업을 하지 못했다. 이후 홍성사 편집부에 들어가 편집자로 일하던 중 1979년《문학과지성》에 「이 시대의 사랑」 등을 발표하며 시단에 나왔다. 홍성사를 그만둔 뒤로는 다른 직업을 갖지 않고 번역을 하며 시를 썼다. 시집으로『이 시대의 사랑』(1981),『즐거운 일기』(1984),『기억의 집』(1989),『내 무덤, 푸르고』(1993),『연인들』(1999),『쓸쓸해서 머나먼』(2010),『물 위에 씌어진』(2011),『빈 배처럼 텅 비어』(2016) 등이 있다. 긴 공백기를 거치고 11년 만에 출간한『쓸쓸해서 머나먼』으로 초시간적·우주적 사유를 선보이며 대산문학상을 수상했다. 최승자는 1980년대를 대표하는 독보적 시인이자『짜라투스트라는 이렇게 말했다』,『자살의 연구』,『워터멜론 슈가에서』,『상징의 비밀』,『빈센트, 빈센트, 빈센트 반 고흐』,『죽음의 엘레지』등을 번역한 뛰어난 번역가이기도 하다.

    최승자는 1980년대를 대표하는 시인으로 한국 현대시사에 이름이 올라 있다. 살아남은 자들이 죄의식과 부끄러움을 느껴야 했던 1980년대에 최승자의 시는 버림받은 사랑과 광주 학살로 표상되는 시대 현실의 폭력에 맞서 자기 모멸의 태도로 부정 정신을 드러낸다. 여성 시의 주체가 어떻게 지독한 자기 모멸과 혐오를 딛고 반전의 계기를 마련하는지, 그리고 그것이 시대의 윤리와 보편성을 어떻게 획득하는지 보여 준다. 이후에도 최승자의 시는 무자비하고 참혹한 세계에 맞서 욕된 삶에서 벗어나기 위한 존재의 소멸, 죽음을 열망하며 시대와의 치열한 싸움을 지속한다.

여성 시문학사에서 최승자의 시는 새로운 여성 주체의 선언으로 시대의 폭력성을 부정하는 방법을 보여 주었다는 점에서 높이 평가받았다. 「일찌기 나는」(1981)에 등장하는 "일찌기 나는 아무것도 아니었다"라는 문장은 자신의 존재를 부정하는 선언인데, '일찌기'라는 부사를 통해 이 선언은 역사성을 갖게 된다. 자신의 몸을 더럽고 하찮고 무의미한 아브젝트(abject)들에 비유함으로써 이 시는 자기혐오와 부정의 정동을 드러낸 1980년대 여성 시의 주체 선언이라는 의미를 획득한다. 『즐거운 일기』에 수록된 「Y를 위하여」는 낙태 시술을 받는 여성의 처참한 심경을 그린 시로 여성만이 경험할 수 있는 고통을 버림받음과 애증이라는 보편적 정서로 확장한다. 자궁이 무덤이 되는 상상력, "널 죽여" "내 속에서 다시 낳고야 말 거"라는 고백의 말은 우리의 신체에 강렬한 아픔을 아로새긴다. 최승자의 시에 지속적으로 나타나는 양가적 태도 또한 여성 시의 특징으로 재평가될 필요가 있다.

이경수

일찌기 나는

일찌기 나는 아무것도 아니었다.
마른 빵에 핀 곰팡이
벽에다 누고 또 눈 지린 오줌 자국
아직도 구더기에 뒤덮인 천년 전에 죽은 시체.

아무 부모도 나를 키워 주지 않았다
쥐구멍에서 잠들고 벼룩의 간을 내먹고
아무 데서나 하염없이 죽어 가면서
일찌기 나는 아무것도 아니었다

떨어지는 유성처럼 우리가
잠시 스쳐갈 때 그러므로,
나를 안다고 말하지 말라.
나는너를모른다 나는너를모른다.
너당신그대, 행복

너, 당신, 그대, 사랑

내가 살아 있다는 것,
그것은 영원한 루머에 지나지 않는다.

— 최승자,『이 시대의 사랑』(문학과지성사, 1981)

Y를 위하여

너는 날 버렸지,
이젠 헤어지자고
너는 날 버렸지,
산 속에서 바닷가에서
나는 날 버렸지.

수술대 위에 다리를 벌리고 누웠을 때
시멘트 지붕을 뚫고 하늘이 보이고
날아가는 새들의 폐벽에 가득찬 공기도 보였어.

하나 둘 셋 넷 다섯도 못 넘기고
지붕도 하늘도 새도 보이잖고
그러나 난 죽으면서 보았어.
나와 내 아이가 이 도시의 시궁창 속으로 시궁창 속으로
세월의 자궁 속으로 한없이 흘러가던 것을.

그때부터야.

나는 이 지상에 한 무덤으로 누워 하늘을 바라고

나의 아이는 하늘을 날아다닌다.

올챙이꼬리 같은 지느러미를 달고.

　　나쁜 놈, 난 널 죽여 버리고 말 거야

　　널 내 속에서 다시 낳고야 말 거야

내 아이는 드센 바람에 불려 지상에 떨어지면

내 무덤 속에서 몇 달간 따스하게 지내다

또다시 떠나가지 저 차가운 하늘 바다로,

올챙이꼬리 같은 지느러미를 달고.

오 개새끼

못 잊어!

　　　　　　　　　　── 최승자, 『즐거운 일기』(문학과지성사, 1984)

김혜순(金惠順·1955~)

　　김혜순은 1955년 경상북도 울진군에서 태어났다. 건국대학교 국어국문학과를 졸업했고 동 대학원에서 박사학위를 취득했으며, 현재는 서울예술대학 문예학부 문예창작전공 명예교수다. 1978년 《동아일보》 신춘문예에 문학평론「시와 회화의 미학적 교류」가 입선해 비평가로 먼저 등단했고, 1979년 가을 계간 《문학과지성》에 시「담배를 피우는 시인」 외 네 편을 발표하며 시단에 나왔다. 시집으로『또 다른 별에서』(1981),『아버지가 세운 허수아비』(1985),『어느 별의 지옥』(1988),『우리들의 음화』(1990),『나의 우파니샤드, 서울』(1994),『불쌍한 사랑기계』(1997),『달력 공장 공장장님 보세요』(2000),『한 잔의 붉은 거울』(2004),『당신의 첫』(2008),『슬픔치약 거울크림』(2011),『피어라 돼지』(2016),『죽음의 자서전』(2016),『날개 환상통』(2019),『지구가 죽으면 달은 누굴 돌지?』(2022)가 있고 시론집으로『여성이 글을 쓴다는 것은』(2002),『여성, 시하다』(2017),『여자짐승아시아하기』(2019), 시산문집으로『않아는 이렇게 말했다』(2016) 등이 있다. 2019년 시집『죽음의 자서전』으로 그리핀 시문학상을, 2023년 시집『날개 환상통』으로 미국 전미도서비평가협회상을 수상했다.

　　김혜순의 시 세계는 글쓰기를 하나의 운동처럼 파악해 민중·민족·젠더가 교차하는 데 그 정체성이 있다. 첫 시집『또 다른 별에서』는 시적 대상을 주관적으로 바라보고 섬세한 언어로 표현함으로써 대상과 세계의 새로운 면을 발견하게 했다. 이후 김혜순은 한자리에 고정되지 않는 역동적인 언어로 출산, 미술·연극·판소리 등 예술작품, 무가 바리데기, 시대의 폭력성 등을 재조명했다. 김혜순에게 시인은 귓구멍처럼 텅 빈 자이면서 귀처럼 열려 있는 자다. 여성에 의한 여성적 시 쓰기의 의미를 질문하며 몸으로 쓴 시를 실험해 온 김혜순에게 시는 '쓰는' 것이라기보다 '하는' 것이다. '하다'는 김혜순의 시 세계를 대표하는 시적 언어이자 태도이다. 시론집 『여성, 시하다』에서 여성은 '시하는' 존재이며, 시인 스스로 '새의 시집'이라고 명명한 시집 『날개 환상통』은 '새하는' 기록이다.

김혜순에게 글쓰기는 여성으로서 거대 담론과 제도에 파문을 일으키는 꾸준한 운동이다. 타락, 몰락, 퇴폐, 쓰레기들, 유령은 기존의 시 장르 문법에 구멍을 내기 위해 그가 포착하고 발명한 시적 대상이자 정체성이다. 성실한 시인이자 시론가로서 김혜순은 타자의 목소리와 구별 없이 함께 발성할 복수 화자의 가능성을 발견했다. 또한 김혜순은 여성 시를 시 장르의 억압에 질문하는 일종의 메타시로 보았다. '여성시=고백'이라는 편견과 여성 시의 화자가 단지 독백적 진술을 할 뿐이라는 고정관념을 부수며 여성 시를 둘러싼 풍문을 비판했다. 한국 여성 시사에서 김혜순은 모든 이분법들 사이에 존재하고자 하는 여성 시를 발견했다는 평가를 받는다. 김혜순이 추구한 여성 언어는 위반의 언어이자 사랑의 이름이다.

황선희

기어다니는 나비

음악이 피리 구멍에서 나오듯
느타리버섯이 진창에서 벗어나오듯

어두운 자궁 속에서 고고의 힘찬 울음이 터져나오듯
쓰러진 육체의 구멍 속에서부터 고통에 찬
영혼이 벗어나오듯

그렇게 무거운 살을 털어 버리며
영겁의 기억의 무게를 벗으며
터져나오려는
수천의 무지개빛 종소리를 틀어 쥐고
고치를 벗어나 더듬이를 세우고
형형색색의 날개를 펴 마악,
저 푸른 하늘로 투신하려 할 때
갑자기 스러지듯 드러눕는

무심한 번개 한 자락
내 두 날개를 짓뭉개 버렸지

　　—— 김혜순, 『아버지가 세운 허수아비』(문학과지성사, 1985)

김혜순

딸을 낳던 날의 기억
——판소리 사설조로

거울을 열고 들어가니
거울 안에 어머니가 앉아 계시고
거울을 열고 다시 들어가니
그 거울 안에 외할머니 앉으셨고
외할머니 앉은 거울을 밀고 문턱을 넘으니
거울 안에 외증조할머니 웃고 계시고
외증조할머니 웃으시던 입술 안으로 고개를 들이미니
그 거울 안에 나보다 젊으신 외고조할머니
돌아 앉으셨고
그 거울을 열고 들어가니
또 들어가니
또 다시 들어가니
점점점 어두워지는 거울 속에
모든 웃대조 어머니들 앉으셨는데
그 모든 어머니들이 나를 향해

엄마엄마 부르며 혹은 중얼거리며
입을 오물거려 젖을 달라고 외치며 달겨드는데
젖은 안 나오고 누군가 자꾸 창자에
바람을 넣고
내 배는 풍선보다
더 커져서 바다 위로
이리 둥실 저리 둥실 불리워 다니고
거울 속은 넓고넓어
지푸라기 하나 안 잡히고
번개가 가끔 내 몸 속을 지나가고
바닷속에 자맥질해 들어갈 때마다
바다 밑 땅 위에선 모든 어머니들의
신발이 한가로이 녹고 있는데
청천벽력.
정전. 암흑천지.
순간 모든 거울들 내 앞으로 한꺼번에 쏟아지며
깨어지며 한 어머니를 토해내니
흰 옷 입은 사람 여럿이 장갑 낀 손으로
거울 조각들을 치우며 피 묻고 눈 감은
모든 내 어머니들의 어머니
조그만 어머니를 들어올리며
말하길 손가락이 열 개 달린 공주요!

— 김혜순, 『아버지가 세운 허수아비』(문학과지성사, 1985)

김혜순

양귀자(梁貴子·1955~)

양귀자는 1955년 전북 전주에서 태어나 5세 때 아버지 별세 후 홀어머니 아래서 큰오빠와 함께 성장했다. 전주여고 재학 시절부터 문학에 소질을 보였고 원광대학교 문예작품 현상모집에 소설이 당선되어 문예장학생으로 국어문학과에 입학했다. 대학 졸업 후 잠시 중고등학교에서 교사 생활을 했고 1978년《문학사상》에「다시 시작하는 아침」,「이미 닫힌 문」으로 신인상에 당선하면서 본격적인 작품 활동을 시작했다. 이후 소설집『귀머거리새』(1980),『원미동 사람들』(1987)이 크게 주목받으며 1980년대 대표 소설가로 자리 잡았다. 이후 장편소설『나는 소망한다 내게 금지된 것을』(1992),『천년의 사랑』(1995),『모순』(1998) 등 연이어 화제작을 발표하며 독자들의 사랑을 받았다. 1999년에 전주의 대표 지역 서점인 홍지서림을 인수해 지역 문화 발전에 기여했다. 1992년『원미동 사람들』로 유주현문학상,「숨은 꽃」(1992)으로 이상문학상,「곰 이야기」(1996)로 현대문학상,「늪」(1999)으로 21세기문학상을 수상했다.

양귀자의 작품은 전반적으로 계층 간의 갈등, 소외된 사람들에 대한 관심, 그에 대한 연민과 반성적 성찰을 담고 있다. 특히『귀머거리새』,『원미동 사람들』에서 볼 수 있듯 변두리 사람들의 일상적인 생활을 현실적으로 포착한다. 1987년 6월항쟁을 기점으로「천

마총 가는 길」(1988), 「기회주의자」(1989)와 같은 작품들을 통해 지식인 중산층의 눈으로 현실의 폭력성을 묘파했으며, 이후 소시민의 애환, 중산층의 자기반성 등 휴머니즘 색채를 띠었다.

양귀자의 소설은 초중기까지 주로 급속한 산업화로 인한 경쟁 체제, 그로 인해 소외된 소시민, 변두리 사람들의 이야기를 다루어 휴머니즘 인간관을 보여 준다는 평을 받았다. 또한 계층 간 갈등 문제에도 관심을 드러내며 국가권력의 폭력과 이에 대한 중산층 지식인의 성찰과 의지를 형상화했다. 그러나 파격적인 여성상을 등장시키며 새로운 면모를 보여 준『나는 소망한다 내게 금지된 것을』을 기점으로 여성 문제에 대한 강화된 의식이 드러난다. 이 작품은 여성 문제 인식이 추상적이라는 이유로 본격 페미니즘 소설이라고 부르기엔 아쉽다는 평단의 반응이 있었지만, 남성 중심 사회에 대항하는 파격적 여성상을 그려 대중의 엄청난 환호를 받았다. 20년이 훌쩍 지나『모순』이 여성주의적 관점에서 대중적인 독해가 이루어지며 '2021년 국내 대형 서점 베스트셀러'에 오르는 등 다시 주목을 받았다는 점에서도 여성문학사적인 의의가 있다.

오자은

원미동 시인

　남들은 나를 일곱 살짜리로서 부족함이 없는 그저 그만한 계집 아이 정도로 여기고 있는 게 틀림없지만, 나는 결코 그저 그만한 어린 아이는 아니다. 세상 돌아가는 이치를 다 알고 있다, 라고 말하는 게 건방지다면 하다못해 집안 돌아가는 사정이나 동네 사람들의 속마음까지도 두루 알아맞힐 수 있는 눈치만큼은 환하니까. 그도 그럴 것이 사실을 말하자면 내 나이는 여덟 살이거나 아홉 살, 둘 중의 하나이다.

　낳아 놓으니까 어찌나 부실한지 살아날 것 같지 않아 차일피일 출생 신고를 미루다 보니 그렇게 된 것이라 하는데 그나마 일곱 살짜리로 호적에 올려놓은 것만도 다행인 셈이었다. 살아나기를 원하지 않았을 엄마 마음쯤은 나도 이미 알고 있는 터였다. 아버지는 좀 덜하지만 엄마는 나만 보면 늘상 으르렁거렸다. 꿈도 꾸지 않았던 자식이었지만 행여 해서 낳아 봤더니 원수 같은 또 딸이더라는 원성은 요사이도 노상 두고 하는 입버릇이니까 서운할 것도 없었다.

　그것은 뭐 내가 일찌감치 철이 들어서가 아니라, 우리 집 사정

이 워낙 그러했다. 내가 태어나던 해에 벌써 스물이 넘어 처녀티가
꼭 밴 큰언니에서 중학교 졸업반이던 막내언니까지 딸이 무려 넷이
었다. 마흔셋에 임신인지도 모르고 너댓 달 배를 키우다가 엄마는
여기저기 용하다는 점장이들한테 다녀 보고는 마침내 낳을 결심을
했었다는 것이다. 모든 점장이들이 '만장일치'로 아들이라고 주장
해서였다. 그런 판에 또 조개 달고 나오기가 무렴해서였는지 냉큼
쏙 빠져나오지 못하고 버그적거리는 통에 산모를 반죽음시켜 놓았
다니 나로서는 입이 열 개라도 할 말이 없는 형편이다. 그렇지만 실
제로는 여덟 살이다, 아홉 살이다 자꾸 이랬다 저랬다 하는 엄마도
과히 잘한 것은 없다. 내가 뭐 뺄셈 덧셈에 아주 까막눈인 줄 알지만
천만에, 우리 엄마는 내가 세 살이 될 때까지도 혹시 죽어 주지나 않
을까 기다린 게 분명하다.

　　내가 얼마나 구박덩이에 미운 오리 새끼인가를 길게 설명하고
싶지는 않다. 진짜 하고 싶은 이야기는 그런 따위 너절한 게 아니라
원미동 시인(詩人)에 관한 것이니까. 내가 여러 가지 것을 많이 알
고 있다고는 해도 솔직히 시가 뭔지를 정확히 설명할 수는 없다.
얼추 짐작하기로 그것은 달 밝은 밤이나 파도가 출렁이는 바닷가에
서 눈을 착 내려 감고 멋진 말을 몇 마디 내뱉는 것이 아닐까 여기지
만 원미동 시인이 하는 것을 보면 매양 그렇지도 않은 모양이었다.
우리 동네에는 원미동 시인 말고도 원미동 카수니 원미동 멋장이,
원미동 똑똑이 등이 있다. 행복사진관 엄 씨 아저씨가 원미동 카수
인데 지난번 전국노래자랑 부천 대회에서 예선에도 못 들고 떨어졌
다니 대단한 솜씨는 못 될 것이었다. 소라 엄마가 원미동 멋장이라
는 것은 내가 가장 잘 안다. 그 보라색 매니큐어와 노랑머리는 소라
엄마뿐이니까. 원미동 똑똑이는, 부끄럽지만 우리 엄마이다. 부끄

럽다는 것은 남의 일에 간섭이 심하고 걸핏하면 싸움질이나 해 대는 똑똑이는 욕이나 마찬가지라는 것을 알기 때문이었다.

원미동 시인에게는 또 다른 별명이 있다. 퀭한 두 눈에 부스스한 머리칼, 사시사철 껴입고 다니는 물들인 군용 점퍼와 희끄무레하게 닳아빠진 낡은 청바지가 밤중에 보면 꼭 몽달귀신 같다고 서울미용실의 미용사 경자 언니가 맨 처음 그를 '몽달 씨'라고 부르기 시작했다. 경자 언니뿐만 아니라 우리 동네 사람이라면 누구나 그를 좀 경멸하듯이, 어린애 다루듯 함부로 하는 게 보통인데 까닭은 그가 약간 돌았기 때문이라는 것이었다. 언제부터 어떻게 살짝 돌았는지는 모르지만 아뭏든 보통 사람과는 다른 것만은 틀림없었다. 몽달 씨는 무궁화연립주택 3층에 살고 있었다. 베란다에 화분이 유난히 많고 새장이 세 개나 걸려 있는 몽달 씨네 집은 여름이면 우리 동네에서는 드물게 윙윙거리며 하루 종일 에어콘이 돌아가는 부자였다. 시내에서 한약방을 하는 노인이 늘그막에 젊은 마누라를 얻어 아기자기하게 살아 보는 판인데 결혼한 제 형 집에 있지 않고 새살림 재미에 폭 빠진 아버지 곁으로 옮겨 온 막둥이였다. 그것부터가 팔불출이 짓이라고 강남부동산의 고흥댁 아줌마가 욕을 해 쌓는데, 아들이 아버지와 함께 사는 게 왜 바보짓이라는 건지 알 수가 없었다.

그런 몽달 씨에게 친구가 있다면 아마 내가 유일할 것이었다. 몽달 씨 나이가 스물일곱이라니까 나보다 스무 살이나 많지만 우리는 엄연히 친구이다. 믿지 않겠지만 내게는 스물일곱짜리 남자 친구가 또 하나 있다. 우리 집 옆, 형제슈퍼의 김 반장이 바로 또 하나의 내 친구인데 그는 원미동 23통 5반의 반장으로 누구보다도 씩씩하고 재미있는 사람이었다. 나는 매일같이 슈퍼 앞의 비치파라솔 의자에 앉아 그와 함께 낄낄거리는 재미로 하루를 보내다시피 하였는데 요즘은 내가 의자에 앉아 있어도 전처럼 웃기는 소리를 해 주거나 쭈쭈바 따위를 건네주는 법 없이 다소 퉁명스러워졌다. 그 까닭도 나는 환히 알고 있지만 모르는 척하는 수밖에. 우리 집 세째 딸 선옥이 언니가 지난달에 서울 이모 집으로 훌쩍 떠나 버렸기 때문인 것이다. 김 반장이 선옥이 언니랑 좋아 지내는 것은 온 동네가 다 아는 일이지만 선옥이 언니 마음이 요새 좀 싱숭생숭하더니 기어이는 이모네가 하는 옷가게를 도와준다고 서울로 가 버렸다. 선옥이 언니는 얼굴이 아주 예뻤다. 남들 말대로 개천에서 용이 났다고 해도 과언이 아닐 만큼 지지리 궁상인 우리 집에 두고 보기로는 아까운 편인데, 그 지지리 궁상이 지겨워 맨날 뚱하던 언니였다.

참말이지 밝히고 싶지 않지만 우리 아버지는 청소부이다. 아침 새벽부터 저녁 늦게까지 남의 집 쓰레기통만 뒤지고 다니는 직업이라 몸에서 나는 냄새도 말할 수 없을 만큼 지독했다. 아버지만이 아니라 밝히고 싶지 않은 것이 또 있다. 큰언니는 경기도 양평으로 시집가서 농사꾼 아내가 되었으니 상관없지만 둘째 언니 이야기는 말하기가 부끄럽다. 둘째 언니는 처음에는 버스 안내양, 그다음에는 소시지 공장의 여공원, 그다음에는 다방에서 일하더니 돈 버는 일에 극성인 성격대로 지금은 구로동 어디에서 스물여섯 살의 처녀가 대포집을 열고 있다. 언젠가 한번 가 봤더니 키가 멀대같이 큰 남자가 하나뿐인 방에서 웃통을 벗어부친 채 잠들어 있고 언니는 그 옆에서 엎드려 주간지를 뒤적이고 있지 않은가. 그만한 정도로도 나는 일이 되어 가는 모양을 알 수가 있었다.

우리 엄마와 청소부 아버지는 딸년들이야 시집 보낼 만큼만 가르치면 족하다고 언니들을 모두 중학교까지만 보냈는데 웬일인지

533

선옥이 언니만 고등학교를 보냈었다. 그래서 더 골치이긴 하지만. 기껏 고등학교까지 나왔으니 공장은 싫다, 차라리 영화배우가 되는 편이 낫다고 우거지상을 피우던 언니가 김 반장네의 콧구멍 같은 가게가 성이 찰 리 없을 것이었다.

이제 겨우 일곱 살짜리가, 사실은 그보다야 많지만 왜 나이 많은 떠꺼머리총각들하고만 어울리는지 이상하겠지만 그것은 결코 내 책임이 아니었다. 단짝인 소라를 비롯하여 몇 명의 친구들이 작년과 올해에 걸쳐 모두 국민학교에 입학해 버렸고, 좀 어려도 아쉰 대로 놀아 볼 만한 아이들까지 깡그리 유치원에 다니기 때문에 아침밥 먹고 나오면 원미동 거리에는 이제 두어 살짜리 코흘리개들밖에 남지 않는 것이다. 설령 오후가 되어도 사정은 마찬가지였다. 끼리끼리만 통하는 아이들이 좀처럼 놀이에 끼워 주지 않기 때문에 나는 그만 홀로 뚝 떨어져나와 외계인처럼 어성버성한 아이가 되어 버렸다. 우리 동네에는 값이 싼 유치원도 많고 피아노 교습소도 두 군데나 있지만 엄마는 꿈쩍도 하지 않는다. 단칸방에 살아도 모두들 유치원에 보내느라고 아침마다 법석인데 나는 이날 입때껏 유희 한 번 제대로 배워 보지 못한 것이다. 아버지가 남의 집 쓰레기통에서 주워 온 그림책이나 고장난 장난감이야 지천으로 널렸지만 이제는 그런 것들에는 흥미도 없으니 아무래도 나는 어른이 다 된 모양이었다.

몽달 씨와 친구가 된 것은 올봄, 바로 외계인 같던 시절이었다. 형제슈퍼 앞에서 어슬렁거리며 김 반장이 언제나 말동무가 되어 주려나 눈치만 보고 있는데 바로 내 뒤에 똑같은 자세로 김 반장 눈치를 보는 몽달 씨가 있었다. 염색한 작업복 주머니에서 꼬깃꼬깃한 종이를 펼쳐 들고 주춤주춤 내 옆의 빈 의자에 앉은 그가 "경옥아"

하고 내 이름을 불렀을 때 정말이지 나는 기절할 정도로 놀랐다. 좀 바보이고 약간 돌았다고 생각했으므로 언젠가는 그가 보는 앞에서 도 "헤이, 몽달귀신!" 하고 놀려 댄 적도 있었던 나였다. 놀라서 입을 쩌억 벌리고 있는 내게 그가 다음에 건넨 말은 더욱 기가 찼다.

"너는 나더러 개새끼, 개새끼라고만 그러는구나……."

나는 눈을 둥그렇게 떴다. 몽달귀신이라고 부른 적은 있지만 결코, '참말이지 하늘에 맹세코' 그를 개새끼라고 부른 적은 없었다. 그래서 나는 나도 모르게 고개를 마구 저어 댔다. 그런 나를 보는지 마는지 그는 계속해서 말했다. 너는 나더러 개새끼, 개새끼라고만 그러는구나…….

지금 생각해도 참 어이가 없는 노릇이지만, 세상에 그게 바로 시라는 것이었다. 김 반장이 몽달 씨에게 시를 쓴다 하니 멋있는 시를 한 수 지어 보라고 했다는 것이다. 그 청을 받고 몽달 씨는 밤새 끙끙거리며 시를 쓰려 했으나 도무지 마음먹은 대로 되지 않아 어느 유명한 시인의 시를 베껴 왔는데 그 구절이 바로 그 시의 마지막이라고 했다.

"에끼, 이 사람아 내가 언제 자네더러 개새끼, 개새끼 그랬는가?"

김 반장은 으례 그럴 줄 알았다는 듯 몽달 씨 어깨를 툭 치며 빈정대고 말았지만 나의 놀라움은 쉽게 가시지 않았다. 기억을 못해서 그렇지 그를 향해 개새끼, 라고 욕을 한 적이 꼭 있었던 것같이만 생각될 지경이었다. 김 반장이야 뭐라건 말건 몽달 씨는 그날 이후 며칠간은 개새끼 시를 외우고 다녔고 나는 김 반장 외에 몽달 씨까지도 내 친구로 해야겠다고 속으로 결심해 두었다. 시인하고 친구가 된다는 것은 구멍가게 주인과 친구되는 것보담은 훨씬 근사했으니까.

그렇긴 했으나 약간 돈 사내와 오랜 시간을 어울려 다닐 만큼 나는 간이 크지 못했다. 게다가 김 반장은 마음이 내키면 언제라도 알사탕이나 쭈쭈바를 내놓을 수 있지만 몽달 씨는 그런 면으로는 영 젬병이었다. 그는 오로지 시에 대하여 말하고 시를 생각하고 시를 함께 외우자는 요구밖에는 몰랐다. 그에게는 시가 전부였다. 바람이 불면 '풀잎에 바람 스치는 소리' 때문에 가슴이 아프고, 수녀가 지나가면 문득 "열일곱 개의 또는 스물한 개의 단추들이 그녀를 가두었다"라고 부르짖었다. 그는 하루 종일이라도 유명한 시인들의 시를 외울 수 있었다. 그것만이 아니었다. 외운 시구절만 가지고 몇 시간이라도 대화를 할 수 있다고 그가 말하였다. 그게 바로 시적 대화라고 가르쳐 주기도 하였다. 그러기 위해서 그는 밤새도록 시를 읽는다고 하였다. 몽달 씨는 밤이 되면 엎드려 시를 외우고, 다음 날이면 그 시로써 말하는 사람이었다.

시를 빼고 나면 나와 마찬가지로 몽달 씨도 심심한 사람이었다. 낮 동안에는 꼼짝없이 젊은 새어머니와 한집에서 지내야 하기 때문에 끊임없이 동네를 빙빙 돌면서 시간을 때워 나갔다. 내가 김 반장과 마주 앉아 별로 새로울 것도 없는 이야기를 하다 보면 어느샌가 슬쩍 다가와 약간 구부정한 허리로 의자에 주저앉곤 하는 몽달 씨는 나보다 훨씬 강렬하게 김 반장의 친구가 되었으면 하는 소망을 품고 있는 것처럼 보였다. 우리들은 제법 뜨거운 한낮 동안 각기 편한 자세로 앉아 신문을 읽거나 졸거나 하는 무료한 시간을 보내다가 막걸리 손님이라도 들이닥치면 몽달 씨와 나는 재빨리 의자를 비워 주곤 김 반장이 바삐 설치는 모양을 우두커니 바라보곤 하였다. 김 반장은 몽달 씨가 시가 어쩌구 하며 이야기를 꺼내기라도 할라치면 대번에 딴소리를 해서 입막음을 하기 때문에 몽달 씨도 김 반장 앞에서는 도통 시에 대한 말을 입에 올리지 않았다. 대신에 내가 원미동 시인의 '시적 대화'를 끊임없이 듣는 형편이었다.

　그때까지만 해도 몽달 씨보다는 김 반장과 함께 있는 것이 더 좋았었다. 김 반장이 그 커다란 손바닥으로 내 엉덩이를 철썩 치면서 "어이, 경옥이 처제!" 하고 불러 주면 기분이 그럴싸해서 저절로 웃음이 비어져 나왔고 가끔 가다 오토바이 뒷좌석에 앉아 함께 배달을 나가기라도 할라치면 피아노 배우러 가던 계집애들이 손가락을 입에 물고 부러워 죽겠다는 듯이 나를 바라봐 줬었다. 김 반장이 말 많은 원미동 여자들 누구하고도 사이좋게 지내면서 야채에다 생선까지 떼어다 수월찮게 재미를 보는 것을 잘 아는 고흥댁 아주머니도 "선옥이가 인물만 좀 훤할 뿐이지 그 집안 꼬라지로 봐서 김 반장이면 횡재한 거야"라면서 은근히 선옥이 언니를 비아냥거렸다. 흥, 나는 고흥댁 아주머니의 마음도 알아맞힐 수 있다. 선옥이 언니보다 한 살 많은 딸이 하나 있는데 인물이 좀 제멋대로인 것이 아줌마의 속을 뒤집어 놓은 것이다. 그러면서도 지난번엔 김 반장 같은 사위나 얼른 봐야 될 것 아니느냐는 은혜 할머니 말에는 가당찮게도 코웃음을 쳤었다.

　"요새 시상에 뭐 부모가 무슨 상관있답여? 그래도 갸가 보는 눈이 높아서 엥간한 남자는 말도 못 꺼내게 하요잉. 저기 은행 대리가 중매를 넣어 왔는디도 돌아보도 않읍디다. 전문학교일망정 대학 물도 일 년 남짓 보았고 해서, 아는 게 아주 많다요."

　그런 말을 들을 때마다 나는 목구멍이 근질거려서 견딜 수가 없었다. 왜 목구멍이 근질거리는가 하면 나는 또 다른 비밀을 하나 알고 있기 때문이었다. 이것은 정말 특급 비밀인데 만약에 이 사실을 고흥댁 아주머니가 알았다가는 어떻게 수습이 될는지 내가 더 걱정인 판이다.

복덕방집 딸 동아 언니가 누구와 좋아 지내는가는 아마 나밖에 모르는 일일 것이다. 지난봄에 소라네 집에 놀러 갔다가 우연히 알게 된 사실로 소라조차도 영 모르고 있으니 나 혼자만 꿍꿍 앓다 말아야 할 것이긴 하지만, 그날 이후 복덕방 식구들만 만나면 내가 더 안절부절이었다. 여태까지 누구에게도 털어놓지 않은 말이라 좀 망설여지긴 하지만 아이, 할 수 없다, 이야기를 꺼냈으니 털어놓을밖에. 동아 언니는 소라네 대신설비에서 소라 아빠의 일을 거들어 주는 노가다 청년하고 연애를 하는 판이다. 그것도 보통 사이가 아니다. 지난 봄날, 소라네 집에 갔다가 소라가 보이지 않아 무심코 모퉁이를 돌아 나와 옆구리 창으로 가게를 기웃 들여다보니 그 두 남녀가 딱 붙어 앉아서 이상한 짓을 하고 있지 않은가. 동아 언니는 그렇다치고 청년은 땀까지 뻘뻘 흘리면서 언니의 머리통을 꽉 껴안고 있었는데 좀 무섭기도 하였다.

이야기가 괜히 옆으로 흘렀지만 아뭏든 선옥이 언니가 김 반장 같은 신랑감을 차 버린 것은 좀 아쉬운 일이기는 하였다. 김 반장이야 아직도 미련을 버리지 못하고 있는 터이라 나만 보면 지금도 언니가 왔는가를 묻기에 여념이 없었다. 허나 선옥이 언니는 처음 떠날 때도 그랬지만 요사이 한번씩 집에 들를 적에도 형제슈퍼 쪽은 쳐다보지 않는다. 어떨 때는 "어휴, 저 거지발싸개 같은 자식"이라고 욕도 막 내뱉는데 어떻게 알았는지 이모네 옷 가게로 심심하면 전화질이라고 이를 갈았다. 가만히 눈치를 보아 하니 선옥이 언니도 요새 새 남자가 생긴 것 같고 전과 달리 아무 데서나 속옷을 훌렁훌렁 벗어던지며 옷을 갈아입는데, 그 속옷이 요사무사하게 생겨서 내 눈을 달뜨게 하곤 했다. 좀 만져라도 볼라치면 언니는 내 손을 탁 때려 버렸다.

"어때, 이쁘지? 경옥이 넌 이런 것 처음 보지? 이거, 모두 선물 받은 거다."

끈으로 아슬아슬하게 꿰매 놓은 저런 팬티 따위를 선물하는 치도 우습지만 그것을 자랑하는 언니는 더욱 밉상이어서 그럴 때면 속도 모르는 김 반장이 불쌍해지기도 하였다.

몽달 씨가 있음으로 인하여 김 반장의 주가가 더 올라가는 점도 있었다. 나야 어린애니까 형제슈퍼의 비치파라솔 아래서 어슬렁거려도 흉볼 사람은 없지만 동갑나기인 몽달 씨가 하는 일도 없이 가게 근처를 빙빙 돌면서 어떨 때는 나와 같이 쭈쭈바나 쪽쪽 빨고 있으면 오가는 동네 어른들마다 혀를 끌끌 찼다.

"대학 다닐 때까진 저러지 않았대요. 저도 잘은 모르지만 학교에서 잘렸대나 봐요. 뭐 뻔하죠. 요새 대학생들 짓거린. 그리곤 곧장 군대에 갔는데 제대하고부턴 사람이 저리 됐어요. 언제나 중얼중얼 시를 외운다는데 확 미쳐 버린 것도 아니고, 아주 죽겠어요."

몽달 씨 새어머니 되는 이가 김 반장에게 하소연하는 소리였다. 형제슈퍼 단골인 그녀는 "아주 죽겠어요"가 입버릇이었다.

"내 체면을 봐서라도 옷이나 좀 깨끗이 입고 나다니면 좋으련만, 아주 죽겠어요."

말이 났으니 말이지 그 옷차림은 형제슈퍼의 심부름꾼 복장으로 딱 걸맞았다. 종일 의자에서 빈둥거리기도 지겨운지라 우리는 곧잘 가게 일도 마다 않고 거들었었다. 우리 둘이서 기껏 머리를 짜내어 하는 일이란 게 고무호스로 가게 앞에 물을 뿌려 주는 정도였다. 포장이 덜된 가게 앞길의 먼지 제거를 위해서나 여름 땡볕을 좀 무디게 하는 방법으로는 그 이상도 없어서 김 반장도 우리의 일을 기꺼이 바라봐 주곤 일이 끝나면 기분이란 듯 요구르트 한 개씩을 던져 주기도 하였다.

그러다 차츰차츰 몽달 씨 몫의 일이 하나둘 늘어 갔는데 가게 앞 청소나 빈 박스를 지하실 창고에 쟁이는 일 혹은 막걸리 손님 심부름 따위가 그것으로, 몽달 씨가 거드는 일이 많으면 많을수록 김 반장은 더욱 의젓해지고 몽달 씨는 자꾸 초라하게 비추어지는 게 나에겐 참으로 이상한 일이었다. 김 반장도 그걸 모르지는 않았을 것이다. 그래서 언젠가는 아주 정색을 하고서 몽달 씨 어깨를 꽉 껴안더니 이렇게 말하기도 하였다.

"자네 같은 시인에게 이런 일만 시키려니 미안하이. 자네는 확실히 시인은 시인이야. 언제 바쁘지 않을 때는 정말이지 자네 시를 찬찬히 읽어 봄세. 이래 뵈도 학교 다닐 때 위문편지는 내가 도맡아 써 주곤 했던 실력이니까."

그러면 몽달 씨는 더욱 신이 나서 생선 잘라 주는 통나무 도마까지 깔끔히 씻어 내고 널부러져 있는 채소들을 다듬고 하면서 분주히 설치는 것이다. 하지만 이제껏 몽달 씨의 시 노트를 읽어 본 적이 없는 김 반장이었다. 몽달 씨가 짐짓 아직 자기 시는 읽을 만하지 못하니 유명한 시인들의 시나 읽어 보지 않겠느냐고 구깃구깃 접은 종이를 꺼낼라치면 김 반장은 온갖 핑계를 다 대서라도 줄행랑을 치면서 그가 보지 않은 틈을 타 머리 위에 대고 손가락으로 빙글, 동그라미를 그려 보였다. 그것도 모르고 몽달 씨는 언제라도 김 반장에게 들려줄 수 있도록 꼬깃꼬깃한 종이쪽지들을 호주머니마다 가득 넣어가지고 다녔다. 그때쯤엔 나도 몽달 씨의 시적 대화에는 질려 있어서 덩달아 자리를 피했고 김 반장을 따라 머리 위에 손가락으로 동그라미를 그려 댔다. 약간, 아니 혹시는 아주 많이 돈 원미동 시인은 그래도 여전히 형제슈퍼의 심부름꾼 꼬마처럼 다소곳이 잔심부름을 도맡아 가지고 있었다.

분명히 말하지만 보름 전쯤 그 사건이 일어날 때까지만 해도 나는 김 반장이 내 세째 형부가 되어 주길 은근히 바라고 있었다. 농사짓는 큰형부는 워낙이 나이가 많아 늙은 아버지 같아서 싫었고 둘째 언니야 아직 공식적으로는 처녀니까 별 볼 일 없는 데다 형부다운 형부는 선옥이 언니가 결혼해야 생길 터이니 기왕이면 김 반장 같은 남자가 형부가 되길 바란 것이었다. 하기야 네째 언니도 시방 같은 공장에 다니는 사내와 눈이 맞아서 부쩍 세수하는 시간이 길어지긴 했지만 그래 봤자 앞차가 두 대나 밀려 있으니 어림도 없었다. 선옥이 언니와 김 반장이 결혼하면 누가 뭐래도 나는 형제슈퍼에 진득이 붙어 있을 수 있는 자격을 갖게 되는 셈이었다. 기분이 내키면 삼백 원짜리 빵빠레를 먹은들 어떠하랴. 오밀조밀 늘어놓은 온갖 과자와 초콜렛과 사탕이 모두 내 손아귀에 있다, 라고 생각하면 어쩔 수 없이 나는 흐물흐물 기분이 좋아졌다.

그런데 정확히 열나흘 전의 그 일로 인하여 나는 김 반장과 형제슈퍼의 잡다한 군것질감을 한꺼번에 포기하였다. 모르긴 몰라도 이런 나의 처사는 백번 옳을 것이었다. 그 사건의 처음과 끝을 빠짐없이 지켜본 유일한 목격자는 나 하나뿐이었지만 그렇다고 내가 본 것을 누군가에게도 늘어놓지는 않았다. 웬일인지 그 일에 관해서는 입도 뻥긋하기 싫었다. 그런 채로 나 혼자서만 김 반장을 형부감에서 제외시켜 버렸던 것이다. 또 하나, 아주 용기를 필요로 하는 일이었지만 그날 이후에는 김 반장이 내 엉덩이를 철썩 두들기며 어이, 우리 경옥이 처제 어쩌구 할 때는 단호하게 그를 뿌리치고 도망 나와 버리곤 하였다. 물론 그가 내미는 쭈쭈바도 받아먹지 않았다.

그 사건은 초여름밤 열 시가 넘어서 일어났다. 그날은 낮부터 티격태격해대던 엄마와 아버지와의 말싸움이 저녁에 이르러서는 본격적으로 시작되었었다. 네째 언니는 야간 조업이 있다고 늘상 열두 시가 다 되어야 돌아오는 처지라 만만한 나만 엄마의 분풀이 대상이 되어서 낮부터 적잖이 욕설도 들어 먹었던 차였다. 싸우는 이유도 뭐 그리 대단한 게 아니었다. 아버지가 쓰레기 속에서 주워 온 십팔금 목걸이를 맥주 네 병으로 맞바꾸어 간단히 목을 축이고 돌아왔노라는 말을 내뱉은 뒤부터 엄마의 잔소리가 시작된 게 원인이었다. 새삼 길게 이야기할 것도 없고 요지는 맥주 네 병으로 홀랑 마셔 버리느니 지 여편네 목에 걸어 주면 무슨 동티가 날까 봐 그랬느냐는 아우성이었다. 엄마가 지금 손가락에 끼고 있는, 약간 색이 변한 십팔금 반지도 아버지가 주워 온 것인데 짜장 목걸이까지 세트로 갖출 뻔한 것을 놓쳐서 엄마는 단단히 약이 올랐다. 그러던 말싸움이 저녁에 가서는 기어이 험악한 욕설과 아버지의 손찌검으로 이어지길래 나는 언제나처럼 슬그머니 집을 빠져나와 비어 있는 형제슈퍼의 노천 의자에 앉아 있었다. 가끔씩 있는 일로서 머지 않아 아버지는 엄마를 케이오로 때려눕힌 뒤 코를 골며 잠들어 버릴 것이었다. 그다음엔 눈물 콧물 다 짜낸 엄마가 발을 질질 끌며 거리로 나와 경옥아!를 목청껏 부를 판이었다. 그때나 되어 못 이기는 척 들어가 잠자리에 누워 버리면 내일 아침의 새날이 올 것이 분명하였다.

집에서 나온 것이 아홉 시쯤, 그래서 김 반장도 가겟방에 놓은 흑백텔레비전으로 저녁 뉴스를 시청하느라고 내가 나온 것도 모르고 있었다. 장가 들면 색시가 컬러텔레비전을 해 올 것이므로 굳이 바꿀 필요 없다고 고물 텔레비전으로 견디어 내는 김 반장의 등허리를 홀낏 쳐다보고 나는 신발까지 벗고 의자 위에 냉큼 올라앉았다. 잠이 오면 탁자에 엎드려 한숨 졸고 있어 볼 생각으로 나는 가물가물 감기는 눈을 비비며 이리저리 몸을 뒤척이고 있었다. 거리는 그날따라 유난히 한산했고 지물포나 사진관도 일찌감치 아크릴 간판에 불을 꺼 둔 채였다. 우리정육점은 휴일인지 셔터까지 내려져 있었다. 그 옆의 서울미용실은 경자 언니가 출퇴근을 하기 때문에 아홉 시만 되면 어김없이 불을 꺼 버린 채였다. 형제슈퍼에서 공단 쪽으로 난 길은 공터가 드문드문 박혀 있어서 원래 칠흑같이 어두웠다. 한 블록쯤 가야 세탁소가 내비치는 불빛이 쬐끔 새어나올 뿐이고 포장도 안 된 울퉁불퉁한 소방도로 옆으로는 자갈이며 벽돌 따위가 쌓여 있었다.

바로 그때 공단 쪽으로 가는 어두운 길에서 뭔가 비명 소리도 같고 욕지기를 참는 안간힘 같기도 한 소리가 들려왔다. 아니, 그때 나는 비몽사몽 졸음 속에서 헤매고 있었기 때문에 정확하게 어떤 소리를 들은 것은 아니었다. 이제 생각하면 그 순간에는 분명 잠에 흠뻑 취해 있었음이 분명했다. 그럼에도 불구하고 그 소리를 들었던 것처럼 생각된 것은 꿈속에까지 쫓아와 악다구니를 벌이고 있는 엄마와 아버지의 모습을 보고 있었던 탓인지도 몰랐다. 하여간 허공을 가르는 비명 소리가 꿈속이었거나 생시였거나 간에 들려왔던 것은 사실이었다. 움찔 놀라며 눈을 떴을 때는 이미 누군가가 어둠을 뚫고 뛰쳐나와 필사적으로 가게를 향해 덮쳐 오는 중이었다. 그리고 그 뒤엔 덫에서 뛰쳐나온 노루 새끼를 붙잡으러 온 것이 확실한 젊은 사내 둘이 가쁜 숨을 몰아쉬며 쫓아오고 있었다.

공교롭게도 나는 불빛에서 약간 비껴 난 쪽의 의자에 앉아 있었기 때문에 그들의 눈에 띄지 않았다. 더욱 공교로웠던 것은 마침 가게 주변엔 아무도 없었다는 사실이었다. 때에 따라서는 비치파라 솔 밑의 이 의자로는 턱도 없이 모자랄 만큼의 사람들이 왁자하게 모여 막걸리 타령을 벌이는 경우가 종종 있었다. 대개는 일을 끝내고 돌아가는 공사장의 인부들이었다. 그 사람들이 아니더라도 동네 사람 몇몇이 자주 이 의자에 앉아 밤바람을 쐬기도 했는데 그날은 아무도 없었다. 갑작스런 사태에 놀라 어리둥절하는 사이 도망자는 곧장 가게 안으로 들어가 버렸고 뒤쫓아온 사람 중의 하나는 가게 앞에, 또 하나는 마악 가게 속으로 들어가는 중이어서 나는 그들의 모습을 비교적 자세히 볼 수 있었다.

"야, 이 새꺄! 이리 못 나와!"

가게 안으로 쫓아 들어가면서 소리치고 있는 사내는 빨간색의 소매 없는 런닝셔츠를 입고 있어서 땀에 번들거리는 어깨죽지가 엄청 우람하게 보였다.

"깽판 치기 전에 빨리 나오란 말야!"

가게 앞에 서서, 씩씩 가쁜 숨을 몰아쉬며 이마의 땀을 훔치고 있는 사내는 두 개의 웃저고리를 한 손에 거머쥐고 있었다. 그도 당연히 런닝셔츠 바람이었지만 소매도 달린, 점잖은 흰색이었으므로 빨간 셔츠에 비해 훨씬 온순하게 보여졌다.

도대체 무슨 일일까. 호기심을 이기지 못한 나는 가게 옆구리의 샛문을 통해 안을 들여다보았다. 그새 사내의 발길에 채여 버린 도망자가 바닥에 엎어져 있었고 김 반장이 만약을 위해 사내 주변의 맥주 박스를 방 안으로 져 나르면서 뭐라고 소리치고 있었다.

"김 형, 김 형…… 도와주세요."

쓰러진 남자의 입에서 이런 말이 가느다랗게 흘러나온 것은 그 순간이었다. 그와 동시에 빨간 셔츠의 사내가 다시 쓰러진 자의 등 허리를 발로 꽉 찍어 눌렀다.

"이 새끼, 아는 사이요? 그러면 당신도 한번 맛 좀 볼 텐가?"

맥주병을 거꾸로 쳐들고 빨간 셔츠가 소리 질렀다. 김 반장의 얼굴이 대번에 하얗게 질려 버렸다.

"무, 무슨 소리요? 난 몰라요! 상관없는 일에 말려들고 싶지 않 으니까 나가서들 하시오."

그때 바닥에 쓰러져 버둥거리던 남자가 간신히 몸을 비틀고 일 어섰다. 코피로 범벅이 된 얼굴이 슬쩍 드러나 보였는데 세상에, 그 는 몽달 씨임이 분명하였다. 그리고 보니 빛바랜 바지와 물들인 군 용 점퍼 밑에 노상 껴입고 다니던 우중충한 남방셔츠가 틀림없는 몽달 씨였다. 아까는 워낙 눈 깜짝할 사이에 가게 안으로 뛰어들었 기 때문에 얼굴을 볼 겨를이 없었다.

"이 짜식, 어디로 토끼는 거야! 너 같은 놈은 좀 맞아야 돼."

흰 이를 드러내며 빨간 셔츠가 으르렁거렸다. 순간 몽달 씨가 텔레비전이 왕왕거리고 있는 가겟방을 향해 튀었다. 방은 따로이 바깥쪽으로 난 출입구가 있었기 때문이었다. 그러나 몽달 씨보다 더 빠른 동작으로 방문을 가로막아 버린 사람이 있었다. 바로 김 반 장이었다.

"나가요! 어서들 나가요! 싸우든가 말든가 장사 망치지 말고 어서 나가요!"

빨간 셔츠가 몽달 씨의 목덜미를 확 나꾸어챘다. 개처럼 질질 끌려 나오는 몽달 씨를 보더니 밖에 있던 흰 런닝셔츠가 찌익, 이빨 새로 침을 뱉아 냈다. 두 사람 다 술기운이 벌겋게 오른, 번들거리는 눈자위가 징그러웠다. 나는 재빨리 불빛이 닿지 않는 구석으로 몸

545

을 피했다. 무섭고 또 무서웠다. 저렇게 질질 끌려가는 몽달 씨를 위해서 내가 해야 할 일이 무엇인지 알 수가 없었다. 도무지 가슴이 떨려 숨도 크게 쉬지 못할 지경이었는데도 김 반장은 어지러진 가게를 치우면서 밖은 내다보지도 않았다.

두 명의 사내 중에서도 빨간 셔츠가 훨씬 악독한 게 사실이었다. 녀석은 몽달 씨의 머리칼을 한 움큼 휘어 감고서 마치 짐짝을 부리듯이 몽달 씨를 다루고 있었다. 끌려가지 않으려고 버둥거리다가는 사내의 구둣발에 사정없이 정갱이며 옆구리가 뭉개어졌다. 지나가던 행인 몇 사람이 공포에 질린 얼굴로 그들을 지켜보았다. 구경꾼들이 보이자 빨간 셔츠가 당당하게 외쳐 댔다.

"이 새끼, 너 같은 놈은 여지없이 경찰서로 넘겨야 해. 빨리 와!"

불 켜진 강남부동산 앞에서 몽달 씨가 최후의 발악을 벌여 놈의, 손아귀에서 빠져나왔다. 그러나 이내 녀석에게 머리칼을 붙잡히면서 부동산 옆의 시멘트 기둥에 된통 머리를 받쳤다. 쿵. 몽달 씨의 머리통이 깨져 나가는 듯한 소리에 나는 눈을 감아 버렸다. 숨이 막힐 것만 같았다. 행복사진관과 원미지물포만 지나고 나면 또다시 불빛도 없는 공터가 나올 것이므로 몽달 씨를 구해 낼 시기는 지금밖에 없다. 몽달 씨가 악착같이 불 켜진 가게 쪽으로만 몸을 이끌어 갔기 때문에 길 이쪽은 텅 비어 있었다. 몇몇 사람들이 있기는 하였지만 그들은 섣불리 끼어들지 않고서 당하는 몽달 씨의 처참한 꼴에 혀만 끌끌 차고 있었다.

"빨리 가, 이 자식아! 경찰서로 가잔 말야!"

빨간 셔츠가 움켜쥔 머리칼을 확 나꾸어채면 몽달 씨는 시멘트 바닥에서 몸을 가누지 못해 정말 개처럼 두 손을 바닥에 짚고 끌려

갔다.

"왜 이러세요…… 내게 무슨 잘못이……있다고……."

행복사진관의 밝은 불빛 앞에서 몽달 씨가 울부짖으며 사내에게 잡힌 머리통을 흔들어 대다가 녀석의 구둣발에 면상을 짓밟히기 시작하였다. 마침내 나는 내달리기 시작하였다. 두 주먹을 불끈 쥐고 녀석들 곁을 바람같이 스쳐 나는 원미지물포로 뛰어들었다. 가게는 텅 비어 둔 채 지물포 주 씨 아저씨는 아랫목에 길게 누워 텔레비전을 보느라 바깥의 소동은 까맣게 모르고 있었다.

"깡패가, 깡패가 몽달 씨를 죽여요!"

주 씨 아저씨는 그 우람한 체구에 비하면 말귀를 빨리 알아듣는 사람이었다. 벼락같이 튀어나와 마침 자기 가게 앞을 끌려가고 있는 몽달 씨의 꼴을 보고는 냅다 소리를 질렀다.

"죄가 있으모 경찰을 부를 일이제 무신 일로 사람을 이리 패노? 보소! 형씨, 그 손 못 놓나?"

투박한 경상도 말이 거침없이 쏟아져 나오자 녀석도 약간 주춤했다.

"아저씨는 상관 마쇼! 이런 놈은 경찰서로 끌고 가야 된다구요."

"누가 뭐라카노. 야! 빨리 경찰에 신고해라. 당신네들이 사람 뚜드려 가며 경찰서까지 갈 것 없다. 일 분 안에 오토바이 올 테니까."

"이 아저씨가…… 이 새끼, 아는 사람이요?"

"잘 아는 사람이니 이카제. 이 착한 청년이 무신 죄를 졌다꼬 이래 반 죽여 났노? 무슨 일이라?"

그제서야 빨간 셔츠가 슬그머니 움켜쥔 머리칼을 놓았다. 몽달 씨가 비틀거리며 주 씨 곁으로 도망쳤다.

"아무 잘못도…… 없어요…… 지나가는 사람 잡아 놓고……
느닷없이 때리는데."

더듬더듬, 입안에 괴어 있는 피를 뱉어 내며 간신히 이어 가
는 몽달 씨의 말을 듣노라고 주 씨가 잠시 한눈을 판 것이 잘못이었
다. 멀찌감치 서서 구경을 하고 있던 사람들 중에서 누군가가 소리
쳤다.

"어어, 저 봐요. 저 사람들 도망쳐요!"

정말 눈 깜짝할 사이였다. 벌써 공단 쪽 길로 튕겨 가는 모양
으로 발자국 소리만 어지럽고 녀석들은 어둠 속에 파묻혀 버린 뒤
였다.

"빨리 가서 잡아야지 저런 놈들 그냥 두면 안 돼요!"

언제 왔는지 김 반장이 발을 구르며 흥분하고 있었다. 금방이
라도 잡으러 갈 듯 몸을 솟구치는 꼴이 가관이었다.

"소용없어. 저놈들이 어떤 놈이라고."

"세상에, 경찰서로 가자고 그리 당당하게 굴더니 도망치는 것
좀 봐."

"그러니까 그냥 닥치는 대로 골라잡아 팬 거군. 우린 그것도 모
르고 정말 도둑이나 되는 줄 알았지 뭐야!"

"여기는 가게들이 많아 환하니까 어두운 곳으로 끌고 가서 작
신 팰려고 수작을 벌였군."

"그래요. 아까 보니까 저 윗길에서 이 총각이 그냥 지나가는데
불러 놓고 시비드라구요. 아휴, 저 총각 너무 많이 맞았어. 죽지 않
은 게 다행이야."

"그럼 진작에 말하지 그랬어요?"

"누가 이 지경인 줄 알았수? 약국에 가는 길에 그 난리길래 무서워서 저쪽으로 돌아갔다가 약 사 갖고 와 보니 경찰서 가자고 여태도 패고 있던걸."

모여 섰던 사람들이 저마다 한마디씩 떠들어 대기 시작했다. 조금 아까까지도 텅 비어 있다시피 한 거리였는데 언제 알았는지 이 집 저 집에서 쏟아져 나온 사람들이 웅성거리며 피투성이가 된 몽달 씨를 기웃거렸다. 참말이지 쥐어뜯긴 머리칼하며 길바닥을 쓸고 온 옷 꼬락서니, 그리고 피범벅이 된 얼굴까지가 영락없이 몽달귀신 그대로였다.

"무신 놈의 세상이 이리 험악하노. 이래 가꼬는 사람이라 할 수 있겠나?"

주 씨가 어이없어 하는데 또 김 반장이 냉큼 뛰어들었다.

"그러게 말입니다. 하여간 저놈들을 잡아 넘겼어야 하는 건데…… 좀 어때? 대체 이게 무슨 꼴인가. 어서 집으로 가세. 내가 데려다줄게."

김 반장이 몽달 씨를 부축해 일으켰다. 세상에 밸도 없지, 그 손을 뿌리치지 못하고 몽달 씨는 김 반장의 부축을 받으며 집으로 갔다.

몽달 씨를 다시 보게 된 것은 그로부터 꼭 열흘이 지난 며칠 전이었다. 그 열흘간을 어떻게 보냈는지는 설명하기도 귀찮을 정도였다. 몽달 씨와 더불어 다닐 때는 몰랐지만 막상 그가 없으니 심심해서 미칠 지경이었다. 하루가 꼭 마흔 시간쯤으로 늘어난 느낌이었다. 때때로는 형제슈퍼의 의자에 앉아 있은 적도 있었지만 이미 김 반장과는 서먹한 사이가 되어 버려서 그다지 자주 찾지는 않았다. 그날 밤, 내가 몰래 가게 안을 훔쳐보고 있은 줄을 모르는 김 반장만

양귀자

큼은 예전과 다름없이 굴고 있기는 하였다.

"경옥이 처제. 요새는 왜 뜸해? 선옥이 언니 서울서 오거든 직방으로 내게 알리는 것 잊지 마라. 그러면 내가 이것 주지!"

김 반장이 쳐들어 보이는 것은 으레 요깡이었다. 껍질에는 영양갱이라고 씌어 있는 이백 원짜리 팥떡인데, 그것을 죽자사자 먹고 싶어 하는 것을 아는 까닭이었다. 그러나 흥, 어림도 없지. 선옥이 언니가 오게 되면 김 반장의 비겁한 행동을 미주알고주알 일러바쳐서 행여 남아 있을지도 모를 미련까지도 아예 싹둑 끊어 버리게 하자는 것이 내 속셈이었다. 어찌 된 셈인지 선옥이 언니는 한 달가까이 집에는 콧배기도 내비치지 않고 있었다. 얼마 전에 서울에 다녀온 엄마 말로는 양품점이 한 달에 두 번 노는데도 집에는 올 생각 않고 왼종일 쏘다니다 밤 늦게서야 기어 들어온다는 것이었다. 게다가 이모가 받아 본 전화 속의 남자들만도 서넛이 넘어서 양품점 전화통이 종일토록 불나게 울려 대는 통에 지간 년은 저한테 걸려 오는 전화받기에도 바쁜 형편이라 했다. 엄마를 쏙 빼닮아 말뽄새가 거칠기 짝이 없는 이모가 보나 마나 바가지로 퍼부었을 선옥이 언니의 흉 보따리를 잔뜩 짊어지고 온 엄마의 마지막 결론은 갈데없이 원미동 똑똑이다웠다.

"선옥이 고년, 이왕지사 바람 든 년이니까 차라리 탤런트나 영화배우를 시키는 게 낫겠읍디다. 말이사 바른말이지 인물이야 요즘 헌다 하는 장미희보다 낫지……."

"미쳤군, 미쳤어. 탤런트는 누가 거져 시켜 주남. 뜨신 밥 먹고 식은 소리 작작해!"

그렇게 몰아붙이면서도 아버지는 으레 흐흐흐 웃고 마는 게 예사였다. 딸 많은 집구석에 인물 팔아 돈 버는 딸년 하나쯤 생긴다 해서 나쁠 것도 없다는 웃음이 분명했다.

"서울 사람들은 눈도 밝지. 선옥이가 명동으로 나갔다 하면 영화배우 해 보라고 줄줄이 따라다닌답니다. 인물 좋은 것도 딱 귀찮다고 고년이 어찌 성가셔 하는지……."

엄마도 참, 입술에 침도 안 바르고 고흥댁 아줌마한테 이렇게 주워 섬기는 때도 있다. 그러면 여태도 동아 언니 콧대가 하늘 높은 줄 모르게 솟아 있다고만 믿는 고흥댁 아주머니도 지지 않고 딸 자랑을 쏟아놓았다.

"우리 동아는 요새 피아노도 배우고 꽃꽂이학원도 다닌다고 맨날 바쁘요. 시방 세상은 그 정도의 신부 수업인가 뭔가가 아주 필수라 한다드만."

엄마도 엄마지만 고흥댁 아주머니 말은 듣기에 거북하였다. 대신설비 노가다 청년한테 시집가면 피아노는커녕, 호박꽃 한 송이 꽂을 일도 없을 것이니까. 어른들은 알고 보면 하나밖에 모르는 멍텅구리 같을 때가 종종 있는 법이다. 그 사건 이후, 김 반장에 대한 이야기만 해도 그렇다.

"김 반장 그 사람 참말이제 진국은 진국인기라. 엊그제만 해도 복숭아 깡통 하나 들고 몽달 청년한테 가능갑드라. 걱정도 억시기 해 쌓고, 우찌 됐건 미친놈한테 그만큼 정성들이는 것만 봐도 보통은 아닌 기 맞다."

지물포 주 씨가 행복사진관 엄 씨한테 하는 말이었다. 세 살 많다 하여 어김없이 형님으로 받드는 엄 씨가 고개를 끄덕이며 맞장구 치는 것을 보고 있으면 내 속이 터질 것만 같았다. 그렇지만 이상하게도 그 밤의 일을 속시원히 털어놓을 수가 없었다. 그러고 보면 이 김경옥이야말로 진국 중에 진국인지도 모른다.

몽달 씨가 자리 털고 일어난 이야기를 하려다가 또 다른 쪽으로 새 버렸지만 몽달 씨야말로 진짜 이상한 사람이었다. 오후반인 소라가 등교 준비를 해야 한다고 서둘러 저희 집으로 가 버린 때니까 정오가 조금 지나서였을 것이다. 집으로 가다 말고 문득 형제슈퍼 쪽을 돌아보니 음료수 박스들을 차곡차곡 쟁여 놓는 일에 땀을 뻘뻘 흘리고 있는 몽달 씨가 보였다. 실컷 두들겨 맞고 열흘간이나 누워 있었던 사람이라 안색은 차마 마주 보기 어려울 만큼 핼쑥했다. 그런데도 뭐가 좋은지 히죽히죽 웃어 가면서 열심히 박스들을 나르고 있는 게 아닌가. 그것도 김 반장네 가게에서. 아무리 눈을 크게 뜨고 보아도 몽달 씨가 분명했다. 저럴 수가. 어쨌든 제정신이 아닌 작자임이 틀림없었다. 아무리 정신이 좀 헷갈린 사람이래도 그렇지, 그날 밤의 김 반장 행동을 깡그리 잊어버리지 않고서야 저럴 수가 없다는 게 내 생각이었다.

잊었을까. 그날 밤 머리의 어딘가를 세게 다쳐서 김 반장이 자기를 내쫓은 부분만큼만 감쪽같이 지워진 것은 아닐까. 전혀 엉뚱한 이야기만도 아니었다. 텔레비전에서도 보면 기억상실증인가 뭔가로 자기 아들도 못 알아보는 연속극이 있었다. 그런 쪽의 상상이라면 나를 따라올 만한 아이가 없는 형편이었다. 내 머릿속은 기기괴괴한 온갖 상상들로 늘 모래주머니처럼 빽빽했으니까. 나는 청소부 아버지의 딸이 아니라 사실은 어느 부자집의 버려진 딸이다, 라는 식의 유치한 상상은 작년도 못 되어 이미 졸업했었다. 요즘의 내 상상이란 외계인 아버지와 지구인 엄마와의 사랑, 뭐 그런 쪽의 의젓한 것이었다. 아뭏든 나의 기막힌 상상력으로 인해 몽달 씨는 부분적인 기억상실증 환자로 결정되었다. 그렇다면 이제는 확인할 일만 남은 셈이었다. 오래 기다릴 필요도 없었다. 나는 김 반장네 가게 일을 거들어 주고 난 뒤 비치파라솔 밑의 의자에 앉아 뭔가를 읽고 있는 몽달 씨에게로 갔다. 보나 마나 주머니 속에 잔뜩 들어 있는 종이조각 중의 하나일 것이었다. 멀쩡한 정신도 아닌 주제에 이번엔 기억상실증이란 병까지 얻어 놓고도 여태 시 따위나 읽고 있는 몽달 씨 꼴이 한심했다.

"이거, 또 시예요?"

"그래. 슬픈 시야. 아주 슬픈……."

몽달 씨가 핼쑥한 얼굴을 쳐들며 행복하게 웃었다. 슬픈 시라고 해 놓고선 웃다니. 나는 이맛살을 찡그리며 몽달 씨 옆에 앉았다. 그리고 아주 낮은 목소리로 물었다.

"이제 다 나았어요?"

"응. 시를 읽으면서 누워 있었더니 금방 나았지."

금방은 무슨 금방. 열흘이나 되었는데. 또 한번 나는 몽달 씨의 형편없는 정신 상태에 실망했다.

"그날 밤에 난 여기에 앉아서 다 봤어요."

"무얼?"

"김 반장이 아저씨를 쫓아내는 것……."

순간 몽달 씨가 정색을 하고 내 얼굴을 쳐다보았다. 예전의 그 풀려 있던 눈동자가 아니었다. 까맣고 반짝이는 눈이었다. 그러나 잠깐이었다. 다시는 내 얼굴을 보지 않을 작정인지 괜스레 팔뚝에 엉겨 붙은 상처 딱지를 떼어 내려고 애쓰는 척했다. 나는 더욱 바싹 다가앉았다.

"김 반장은 나쁜 사람이야. 그렇지요?"

몽달 씨가 팔뚝을 탁 치면서 "아니야"라고 응수했는데도 나는 계속 다그쳤다.

"그렇지요? 맞죠?"

그래도 몽달 씨는 못 들은 척 팔뚝만 문지르고 있었다. 바보같이. 기억상실도 아니면서⋯⋯. 나는 자꾸만 약이 올라 견딜 수 없는데도 몽달 씨는 마냥 딴전만 피우고 있었다.

"슬픈 시가 있어. 들어 볼래?"

치, 누가 그따위 시를 듣고 싶어 할 줄 알고. 내가 입술을 비죽 내밀거나 말거나 몽달 씨는 기어이 시를 읊고 있었다. ⋯⋯마른 가지로 자기 몸과 마음에 바람을 들이는 저 은사시나무는, 박해받는 순교자 같다. 그러나 다시 보면 저 은사시나무는 박해받고 싶어 하는 순교자 같다⋯⋯.

"너 글씨 알지? 자, 이것 가져. 나는 다 외웠으니까."

몽달 씨가 구깃구깃한 종이쪽지를 내게로 내밀었다. 아주 슬픈 시라고 말하면서. 시는 전혀 슬픈 것 같지 않았는데도 난 자꾸만 눈물이 나려 하였다. 바보같이, 다 알고 있었으면서⋯⋯ 바보 같은 몽달 씨⋯⋯.

(*소설 속에 인용된 시는 순서대로 김정환, 이하석, 황지우 씨의 작품임.)

—《한국문학》14권 8호, 1986년 8월;
양귀자, 『원미동 사람들』(문학과지성사, 1987)

차정미(1957~)

차정미는 1957년 전남 보성에서 태어났다. 1983년《시조문학》에 「종의 변신을 위한 서시」로 추천되었고 1985년《시인》3집에 연작시 「고향 사람들」, 「무등아 너 왜 거기 우뚝 서 있기만 하느냐」 등을 발표하며 시단에 나왔다. 한국가정법률상담소 출판부장, 민족문학작가회의 회원으로 활동했다. 1989년에 첫 시집 『눈물의 옷고름 깃발 삼아』를 '차정미 여성문제시집'으로 출판한 이후 『딸에게 주는 사랑노래』(1993), 『테트리스와 카멜레온』(1994), 『빈들에 혼자인 사람일수록』(1994) 등의 시집을 출간했다.

첫 시집 『눈물의 옷고름 깃발 삼아』는 여성의 삶을 억압하는 가부장제 질서와 독재 권력에 저항하는 시로 채워졌다. 「이 땅의 어머니들」 연작시는 부당 해고에 맞서 분신한 노동자 열사의 어머니, 구미 유학생 간첩단 사건으로 사형선고를 받은 아들의 어머니의 목소리로 자식의 뜻을 따라 투쟁의 삶을 택하는 강한 모성을 보여 준다. 「매매춘 공화국」 연작시는 국가 폭력과 외화벌이의 희생양이 되었던 이 땅의 여성에 대해, 「이름도 없이 빛도 없이」 연작시는 '일본군 위안부' 문제에 대해 선구적인 인식을 보여 주었다. 「어머니, 최후의 식민지」 연작시에서는 여성해방이 곧 민족·민중 해방이라는 인식을 드러낸다.

이경수

이름도 없이 빛도 없이 10
─ '정신대'를 생각한다

1
위·안·부
누가 역사의 수렁 속
피고름으로 얼룩진
그대들 이름 잊으랴
무명의 그대들, 빛도 없이
식민지 백성의 서러움
온몸으로 온몸으로 쳐 받았거니
무시무시한 정글 속
진흙 구덩이
포탄 속을 헤쳐 가며
그대들 때론 탄약 운반원
그대들 때론 취사요원
그대들 때론 부상병 임시 간호원
되었다 해도

하늘이 두렵구나
그대들 하룻밤 수십 명의 왜놈들
날카로운 성기의 창끝에 찔려
아랫도리 피고름으로 아물 날 없고
결국 성병으로 말라리아로
나무토막처럼 픽픽 쓰러져 갔다지
컴컴한 지하 방공호 속에 갇혀
누가 그대들 무참히 짓밟았는가
가슴속 피맺힌 한을 품고
누가 그대들 가슴에
자결의 비수 꽂게 했는가
그대들의 상처받은 자궁
민족의 자궁
처절한 그대들의 이름
위·안·부
우리들의 어머니

2

매춘 관광 꽃바람 타고
외화 획득 경제성장 역군(?) 되어
식민치하
가난에 몸을 떨던
위안부의 어진 딸들 자라
오늘 또다시 엔화에
목숨 같은 몸을 파누나

끝도 없는 역사의 수렁 속
상처와 억압의 수모
죄악과 죽음
차별과 한만이
그대들의 이름이라고
착취의 그늘
수치와 고통 아픔과 눈물만이
그대들의 숙명이라고
전쟁보급품
정액받이 일회용 소모용품
그대들의 표상이라고
누가, 누가 말하는가
우리들의 어머니
위·안·부
짓밟힌 민족의 어머니시여

— 차정미,『눈물의 옷고름 깃발 삼아』(동광출판사, 1989)

최명자(1957~)

　최명자는 1957년 강원도 화천군 사내면 광덕리에서 화전민의
딸로 태어났다. 함경도에서 피난 온 아버지와 황해도에서 피난 온
어머니가 분단 이후 결합한 가정이었다. 최명자는 화천 광덕국민학
교를 졸업하고 집에서 농사를 지으며 가사를 돌보았다. 열일곱 살
이 되던 해에 어머니가 사고로 돌아가시고 열아홉 살 되던 해에 화
전민 철거령이 내리자 아버지가 충격으로 중풍에 걸려 몸져누웠
다. 졸지에 가장이 된 최명자는 아버지 병간호를 하며 닥치는 대로
일했지만 3년 후 아버지마저 돌아가셨다. 이후 오빠와 동생의 학비
를 벌기 위해 1980년 서울에 올라와 시외버스 안내원으로 일하다
1983년 건강 악화로 퇴사했다. 첫 시집 『우리들 소원』을 1985년에
출간했다.

　1970년대의 노동 현실을 주로 그리는 최명자의 시는 1980년
대 중반에 시집으로 출간되었다. 최명자의 시는 전국에 문학회를
찾아 수기와 시를 쓰는 노동자들이 늘어나던 시절의 분위기를 보
여 준다. 특히 지방에서 서울에 올라온 젊은 여성들이 버스 안내원
이나 식모살이, '여공'이나 술집으로 향하던 개발 시대의 분위기
와 여성 노동자의 척박한 현실을 서발턴의 목소리로 진솔하게 말
했다는 점에서 여성문학사에서 최명자의 시가 지니는 의미를 평가
할 수 있다. 민중·노동·젠더가 교차하는 자리에 최명자의 시도 놓

인다. 최명자는 『우리들 소원』에서 버스 안내원 경험을 바탕으로 1970~1980년대 여성 노동자의 현실과 그 속에서 느낀 소외와 감정 노동을 주로 그렸다. 「코」는 "오뚝하고 예쁜 내 코"가 복코인 줄 알았는데 "안내원 생활 하면서" "비염"이라는 직업병에 걸리고 "사오 일 연속 배차"에 "코피를 한참씩 쏟아야" 하고 승객과 시비가 붙어도 코를 시빗거리로 삼는 등 수난이 끊이지 않음을 보여 주는 시이다.

이경수

코

엄마는 날더러
지 애비 닮아서 다 못생겼는데
코 하나만큼은 오뚝하니 예쁘다고
외가집을 많이 닮았다고 하셨다

아버지도 심부름시킬 때마다
코가 예쁜 것은 오복 중에 하나라고
훗날 좋은 신랑 만날 거라며
도톰하니 할머니 닮았다고 하셨다

오뚝하고 예쁜 내 코가
안내원 생활 하면서 줄이줄창 말썽이니
제일 먼저 걸린 직업병이 비염이었고
사오일 연속 배차가 들어 피곤하면
코피를 한참씩 쏟아야 했다

최영자

차안에서 승객과 시비가 붙으면 으례히
내 코를 들먹이며
뾰죽하게 생긴 것이 성질 사납게 생겼다고
오뚝한 것을 뾰죽한 것으로 몰아붙였다

비염을 이년이나 계속 앓고
아침 저녁으로 코피를 쏟고
못된 성격의 대상이 되어 희생하는
내 코의 수난은
나 혼자의 고통으로만 받아들여지지가 않는다

끝이 없는 장시간 노동의 가혹함과
안내원 전체의 직업병
천박하게만 인식되어 온 여차장의 슬픔은
안내원이라면 누구나 당하는
타당치 않은 수모이기에 가슴이 아프다

— 최명자, 『우리들 소원』(풀빛, 1985)

정명자(1958~)

정명자는 1958년 전남 목포에서 태어나 목포 혜인여중을 졸업하고 1975년 인천 동일방직에 근무하며 노동조합 활동을 하다가 노동운동에 눈뜨게 되었다. 전태일 열사의 죽음,《동아일보》기자들의 집단 해고 사건 등을 보며 노동운동의 필요성을 더욱 절감했다고 시인은 고백한다. 1978년 '동일방직 노조 똥물 투척 사건'으로 해고되었다. 1983~1985년에 경동산업에서 근무하며 노조를 결성하려다 해고되었다. 1985년 시집『동지여 가슴 맞대고』를 출간했다. 1986년 1970년대에 해직된 노동자들이 만든 한국노동자 복지협의회 인천지부에서 노동 상담을 시작했다. 1987년 노동자 대투쟁의 시기에 인천 지역에서 노동조합 결성을 도왔으며 결혼해서 삼양동에 정착했다. 1995년부터 2002년까지 미아동 세입자대책위원회를 꾸려 가난한 사람들의 주거권 확보 활동에 전념했다. 2007년 12월부터 전태일 재단 소식지《사람세상》에 친구들 이야기를 연재하면서 지역의 취약 계층 취업 상담을 해 왔다.

정명자의 시는 1970년대 노동 현실을 주로 그렸지만 시집은 1980년대 중반에 출간되었다. 민중·노동·젠더가 교차하는 자리에 정명자의 시가 놓인다. 첫 시집『동지여 가슴 맞대고』에 수록된「잊지 못할 1978년 2월 21일」은 1970년대 노동운동에서 중요한 의미를 가지는 '동일방직 노조 똥물 투척 사건'을 낱낱이 생생하게 기록

한다. 대의원 선거를 진행 중이던 동일방직 노조 여성 조합원들에게 동일방직의 남성 조합원들이 선거함을 부수고 똥물을 투척해 충격을 준 이 사건을 그린 시로 시인은 "선진조국"의 기치 아래 여성 노동자들에게 가해지던 이중적 억압을 정확히 포착했다. 「동생에게」는 당시 '여공'이라 불린 여성 노동자가 가난한 가족을 부양하고 동생의 학비를 대기 위해 자기 인생을 저당 잡힌 고통스러운 현실과 동생 역시 자신과 같은 길을 걸을까 두려워하는 언니의 마음이 잘 그려진 단편 서사시이다.

이경수

잊지 못할 1978년 2월 21일

때때로 지난 일들이 지금 진행되는 일처럼
생생하게 역력히 되살아난다
1978년 2월 21일 대의원 선거날
선거 한번 민주적으로 해보자 기대에 부풀었던 날 새벽
낯익은 동료들
술냄새를 풍기던 보건반 박씨의
촛점 없이 하얗게 변색된 얼굴을 뒤따라
대의원 선거장은 똥물로 아수라장
"똥 먹고 싶지 않으면 싹 나가!"
부라리며 고함지르며 덤비던 광란의 눈동자
"아저씨 진정해요. 이럴 때가 아니에요."
뜨거운 눈물 애절한 호소
"비켜! 니년들이 뭐 잘났다고……
시키는 대로 일하지 않고 까부는 년들에게는 똥물이 약이야."
폭력 남발

565

악성범죄의 현장
작업은 거부되고 범죄자들은
자율을 부르짖던 모두를 몰아내기 위한 시도 단행
지부장의 자격을 박탈하고
동일방직 민주노조는 사고지부로 낙인찍고
민주노동조합을 때려잡는
조직행동대라 칭하는 200여 명의 깡패를 현장으로 난입시키고
아 ― 자율은 똥물 진창 속에 묻혔고
노동조합법은 권모술수의 앞잡이로 둔갑
견딜 수 없는 치욕의 날들
살아 숨만 쉬는 허깨비 아닌 우리 모두
우리의 정당성을 밝히기로 하고 단식으로 항의농성
똥물 먹고 살 수 없다
우리가 빨갱인가
자율적인 노조활동 보장하라
대의원 선거 치르게 하라
백날 같은 하루 백날 같은 한 시간
정신 잃고 들것에 실려 나가고
가족들의 아우성은 더욱 커지고
뜻을 같이하는 동지들의 동맹단식이 이어지기를 13일
사태는 급속도로 위급해지고
현장으로 복귀만 하면 모든 문제는 백지화시킨다
정부의 고급관리와 종교계 인사들께서 합의
대의원 선거도 무사히 치르게 한다
아 ― 가슴 터지는 승전가

얼싸안고 얼싸안고 웃고 울고 나딩굴고

솜먼지 자욱한 일터로 가자

선진조국 잉태하는 기계 앞으로 가자

그런데 맑은 하늘에 개벼락?

무단결근으로 사칙 위반한 죄

소요를 유발시켜 회사의 위신을 추락시킨 죄

생산량을 50% 감소시키고 불량품의 급증으로 막대한 손해를

유발시킨 죄로 124명 해고

또 범죄 유발 악성범죄 재유발

"우린 어떻게 살아요?"

"입 닥쳐."

입술은 곤봉에 짓이겨지고

"같이 살아 봅시다."

허우적거리는 손과 발은 쇠사슬로 조이고

범죄자들은 버젓이 어깨에 힘주어 행세하기를

선량한 노동자들은 전과자

피보다 진한 우리 모두의 눈물

피보다 진한 우리 모두의 한

아 ── 식모살이 버스 안내양 봉제공장 시다

들통나면 가차없이 해고 해고……

차라리 웃음 팔고 몸을 파는 창녀짓을 해서라도

목구녕에 풀칠해야 살지

질서정연한 공단 거리

찢어진 무심한 모집공고 앞에서 피를 토하는 듯한 애절한 한숨

그러나

정명자

이대로는 죽을 수 없어
죽는다면 이 세상을 떠도는 원귀라도 되어
진실을 위법한 범죄자들 가슴과 머리를 도려내고
전과자 된 양심과
핏빛보다 진한 눈물로 목욕시켜
사랑 앞에 무릎 꿇고 과오를 반성시키는
이런 각오로 살아야 한다
때때로 이런 생각만 하면 나는
가슴이 뜨거워지고
맥박도 뜨거워지고
정신이 맑아지고
아 — 살아야 한다
진실과 정의의 기치를 들고 끝까지 살아야 한다

— 정명자, 『동지여 가슴 맞대고』(풀빛, 1985)

황인숙(黃仁淑·1958~)

황인숙은 1958년 서울에서 태어나 서울예술대학 문예창작과를 졸업했다. 1984년《경향신문》신춘문예에「나는 고양이로 태어나리라」가 당선되어 등단했다. 1988년 첫 시집『새는 하늘을 자유롭게 풀어놓고』이후『슬픔이 나를 깨운다』(1994),『우리는 철새처럼 만났다』(1994),『나의 침울한, 소중한 이여』(1998),『자명한 산책』(2003),『리스본행 야간열차』(2007),『못다 한 사랑이 너무 많아서』(2016),『내 삶의 예쁜 종아리』(2022) 등의 시집을 출간했다. 그밖에도 수필집『나는 고독하다』(1997),『육체는 슬퍼라』(2000),『인숙만필』(2003),『이제 다시 그 마음들을』(2004),『나 어렸을 적에』(2005),『그 골목이 품고 있는 것들』(2005),『목소리의 무늬』(2006),『해방촌 고양이』(2010) 등과 어른을 위한 동화『지붕 위의 사람들』(2002)이 있다.

황인숙의 초기 시는 경쾌한 언어 감각과 용수철처럼 튕겨 나가는 자유분방하고 탄력적인 상상력을 통해 밝고 생기 넘치는 에너지를 보여 주며 1980년대 여성 시의 주된 흐름과는 또 다른 개성을 만들어 간다. 그것은 서울 출생의 시인이 체득한 대도시에서 발생한 감각이기도 하다는 점에서 1990년대 시로 이어지는 징후를 읽을 수 있다.「나는 고양이로 태어나리라」에서 보여 준 고양이를 통해 좀처럼 길들지 않는 자유롭게 탈주하는 상상력은 황인숙의 시가 추구하는 주체의 성격을 짐작게 한다. 거대 담론에 포섭되지 않는 새로운 방식으로 자기 목소리를 내려는 여성 시 주체의 단초를 여기서 읽을 수 있다.

이경수

나는 고양이로 태어나리라

이 다음에 나는 고양이로 태어나리라.
윤기 잘잘 흐르는 까망 얼룩 고양이로
태어나리라.
사뿐사뿐 뛸 때면 커다란 까치 같고
공처럼 둥굴릴 줄도 아는
작은 고양이로 태어나리라.
나는 툇마루에서 졸지 않으리라.
사기그릇의 우유도 핥지 않으리라.
가시덤풀 속을 누벼누벼
너른 벌판으로 나가리라.
거기서 들쥐와 뛰어놀리라.
배가 고프면 살금살금
참새떼를 덮치리라.
그들은 놀라 후닥닥 달아나겠지.
아하하하
폴짝폴짝 뒤따르리라.

꼬마 참새는 잡지 않으리라.
할딱거리는 고놈을 앞발로 툭 건드려
놀래주기만 하리라.
그리고 곧장 내달아
제일 큰 참새를 잡으리라.

이윽고 해는 기울어
바람은 스산해지겠지.
들쥐도 참새도 가버리고
어두운 벌판에 홀로 남겠지.
나는 돌아가지 않으리라.
어둠을 핥으며 낟가리를 찾으리라.
그 속은 아늑하고 짚단 냄새 훈훈하겠지.
훌쩍 뛰어올라 깊이 웅크리리라.
내 잠자리는 달빛을 받아
은은히 빛나겠지.
혹은 거센 바람과 함께 찬 비가
빈 벌판을 쏘다닐지도 모르지.
그래도 난 털끝 하나 적시지 않을걸.
나는 꿈을 꾸리라.
놓친 참새를 쫓아
밝은 들판을 내닫는 꿈을.

—《현대시학》1984년 3월;

황인숙, 『새는 하늘을 자유롭게 풀어놓고』(문학과지성사, 1988)

김경미(金慶美·1959~)

김경미는 1959년 서울에서 태어나 한양대학교 사학과를 졸업하고 고려대학교 대학원 국어국문학과에서 석사를 수료했다. 1983년《중앙일보》신춘문예에 「비망록」이 당선되어 등단했다. 1989년 첫 시집 『쓰다 만 편지인들 다시 못 쓰랴』이후 시집으로 『이기적인 슬픔들을 위하여』(1995), 『쉿, 나의 세컨드는』(2006), 『고통을 달래는 순서』(2008), 『밤의 입국 심사』(2014), 『카프카식 이별』(2020) 등을 출간했다. 그 밖에 수필집 『바다, 내게로 오다』(2004), 『행복한 심리학』(2010), 『심리학의 위안』(2012), 『그 한마디에 물들다』(2016), 『너무 마음 바깥에 있었습니다』(2019) 등이 있다. KBS 1FM 방송작가, MBC 라디오 방송국 스크립터로도 활동한 김경미는 2007년 한국방송작가협회 라디오 작가상을 수상하기도 했다. 2008년 미국 아이오와대학 주최 국제창작프로그램(IWP)에 참여 작가로 선정되어, 한국 참여 작가로는 처음으로 IWP 발행 웹진 *92st Meridian*에 영역 시 두 편이 수록되었다. 노작문학상, 서정시학 작품상 등을 수상했다.

김경미의 시에는 대도시 서울에서 태어나고 자란 체험과 야간여고 교사를 비롯해 라디오 방송 작가로 활동한 경험 등 지식인 여성의 목소리가 반영되어 있다. 「야간여고 수업」에서 낮에 일하고 밤에 공부하는 이 여학생들은 "무료함으로 면도칼을 씹어 뱉는 거친"모습을 보이거나 "어떻게든 적의를 드러내고파 하는 마음을" 숨기지 못한다. "술주정뱅이 아버지와 가출한 엄마/ 지겨운 가난이 빚어낸" 현실이 버거워 "낮소주 못이겨 국사책 깊이 얼굴 묻고 자는" "불량소녀 어깨들이 얼마나 여린지" 너무 잘 알아 "목만 메이는" "초임 여교사"의 목소리로 시인은 가난과 노동에 시달리는 야간여고 학생들의 현실을 그려 낸다. 첫 시집에서 시대와 그 속에서 살아가는 여성의 현실을 드러낸 김경미는 이후 삶에 대한 깊은 사유와 감각으로 존재론적 통찰의 시 세계를 보여 준다.

이경수

야간여고 수업

누가 알까
초봄은 언제나 겨울보다 춥고
무료함으로 면도칼을 씹어 뱉는 거친 여자애들
어떻게든 적의를 드러내고파 하는 마음을
부기 여선생 따귀를 갈기기도 하고
대학생과 살림을 차린 열 여섯 살
낮소주 못이겨 국사책 깊이 얼굴 묻고 자는
수업을 방해하는 저 높은 숨소리를 누가 알까
손 곱은 봄밤 야간교실에서 보면
불량소녀 어깨들이 얼마나 여린지
비닐보다 여린 그 어깨들로 한껏 부대끼다
혹은 이기고
혹은 찢겨져서
돌아오거나 끝내 돌아오지 않는 야간수업
역사수업 말고 사랑얘기 해주세요

김경미

술주정뱅이 아버지와 가출한 엄마
지겨운 가난이 빚어낸 사랑얘기밖에는 우린 몰라요,
열 일곱 살 얼굴에 핀 버짐을 보며
초임 여교사는 목만 메이는데

누가 알아 얘기해줄까
사랑이 유리창보다 얇은 어깨를 낮게 되는 땅에서
검은 창 너머
주번아이 들고 가는 주전자 속 보릿물 같은 사랑얘기
우리들 이뤄야 할 사랑얘기를
누가 알아 얘기해줄까

— 김경미, 『쓰다 만 편지인들 다시 못 쓰랴』(실천문학사, 1989)

허수경(許秀卿·1964~2018)

  허수경은 1964년 경남 진주에서 태어났다. 진주여고를 거쳐 경상대학교 국어국문학과를 졸업하고 서울에 올라와 방송국 스크립터로 일하면서 봉천동, 이태원, 원당, 광화문 근처에서 살았다. 1987년《실천문학》에「땡볕」외 네 편을 발표하면서 시단에 나왔고, '21세기 전망' 동인으로 활동했다. 1988년 첫 시집『슬픔만 한 거름이 어디 있으랴』이후 1992년 두 번째 시집『혼자 가는 먼 집』을 출간하고 그해 늦가을 독일로 건너가 뮌스터대학교에서 고대 근동 고고학을 전공해 박사 학위를 취득했다. 독일인 지도교수와 결혼해 독일에 자리 잡은 후로도 발굴 현장을 따라다니거나 모국어로 시를 쓰면서『내 영혼은 오래되었으나』(2001),『청동의 시간 감자의 시간』(2005),『빌어먹을, 차가운 심장』(2011),『누구도 기억하지 않는 역에서』(2016) 등의 시집을 출간했다. 그 밖에도 장편소설『모래도시』(1996),『아틀란티스야, 잘 가』(2011),『박하』(2011), 창작동화와 번역서, 그리고『길모퉁이의 중국 식당』(2003)을 비롯한 여러 권의 에세이집을 출간했다. 2018년 암 투병 끝에 타계했다.

  허수경은 여섯 권의 시집으로 한국 현대시사에 독보적인 자리를 구축한다. 허수경 시의 변모는 언어와 장소성의 변화로 읽을 수 있다. 첫 시집에서는 진주 방언으로 진주의 장소성과 역사성을 드러냈다면, 두 번째 시집에서는 서울에서의 체험과 외로움이 그려진다. 독일로 떠나고 긴 공백 후에 나온 세 번째 시집에서는 모든 것을 고국에 두고 떠나온 독일에서의 이방인 같은 삶, 그곳에서 얻은 세상의 폭력에 대한 새로운 인식이 드러난다. 네 번째 시집부터는 세계 곳곳의 발굴지를 다니며 체득한 감각으로 반전 평화시의 성격을 보인다. 다섯 번째 시집에서는 인류의 문명사 전체에 대한 통찰이 드러나고, 마지막 시집에서는 기억을 통해 과거와 화해하는 허수경의 시적 주체와 예언적 시간이 포착된다.

여성문학사에서 1980년대 허수경의 시는 민중·민족·젠더를 교차하고 관통하는 선구적인 인식을 드러낸다. 「폐병쟁이 내 사내」에는 여성 주체가 죽어 가는 사람을 살리는 생명력을 지닌 존재로서 허약한 남성에게 새 생명을 불어넣는 강인한 존재로 그려진다. 허수경의 시는 세상의 아픈 사내들을 모두 끌어안는 강인한 어머니와 사랑에 투신하는 여성의 모습으로 빼앗기고 짓밟힌 이 땅 민중의 역사를 애도하는 슬픔과 사랑의 미학을 구현한다. 이후 세 번째, 네 번째 시집을 거치며 세상의 폭력에 사랑으로 맞서는 반전 평화시라는 새로운 영역을 개척하며 디아스포라적 감각으로 여성 시의 경계를 확장하고 심화한다.

이경수

폐병쟁이 내 사내

그 사내 내가 스물 갓 넘어 만났던 사내 몰골만 겨우 사람꼴 갖춰 밤 어두운 길에서 만났더라면 지레 도망질이라도 쳤을 터이지만 눈매만은 미친 듯 타오르는 유월 숲속 같아 내라도 턱하니 피기침 늑막에 차오르는 물 거두어 주고 싶었네

산가시내 되어 독오른 뱀을 잡고

백정집 칼잽이 되어 개를 잡아

청솔가지 분질러 진국으로만 고아다가 후 후 불며 먹이고 싶었네 저 미친 듯 타오르는 눈빛을 재워 선한 물같이 맛깔 데인 잎차같이 눕히고 싶었네 끝내 일어서게 하고 싶었네

그 사내 내가 스물 갓 넘어 만났던 사내

내 할미 어미가 대처에서 돌아온 지친 남정들 머리맡 지킬 때 허벅살 선지피라도 다투어 먹인 것처럼

어디 내 사내 뿐이랴

— 허수경, 『슬픔만 한 거름이 어디 있으랴』(실천문학사, 1988)

아버지, 나는 돌아갈 집이 없어요

당신은 당신의 집으로 돌아갔고
돌아갈 집이 없는 나는
모두의 집을 찾아 나섭니다

밤별에는 집이 없어요
구름 무지개 꽃잎에는 우리의
집이 없어요 나는 아버지가 돌아간
집에는 살 수 없는 것
세월이 가슴에 깊은 웅덩이로 엉겨 있듯
당연한 것입니다

전쟁을 겪어 불행한 세대와
전쟁을 겪지 않아 불행한 세대가
세월의 깃을 재우는 일조차 다른 것
그래서 나는 돌아갈 집이 없어요

배고픈 어미가 아이를 낳고 기르는
땅을 가로질러
함께 일을 하고 밥을 먹고 함께 노래를 하고 꿈을 꾸고

아버지 나는 갑니다
모두의 집을 찾아 칼을 들고
눈물 재우며

— 허수경, 『슬픔만 한 거름이 어디 있으랴』(실천문학사, 1988)

여성평우회(1983~1987)

여성평우회는 한국 여성의 억압이 가부장제·산업화·분단 등에 의해 구조화되었음을 정면으로 응시한, 분단 이후 최초의 단체로서 1983년 6월 18일에 창립했다. 3인 공동대표와 여섯 개 부서 체제를 갖추고 여러 방면에서 사업을 전개했다. 인천 지역 빈민 여성과 어린이를 위한 '큰물공부방'과 '햇살공부방'은 회원 개인의 헌신이 더해져 큰 성과를 냈고, 직장 여성을 위한 '여성학 교실'을 열어 학습과 토론의 장을 마련했으며, 기관지《여성평우》와 자료집『빈민 지역의 여성과 아동』등의 간행물을 펴내 교육·홍보·기록의 선순환을 도모했다. 더 나아가 여성 문제를 사회적·정치적인 것으로 의제화한 실천은 다른 여성 단체와 연대해 의미 있는 족적을 남겼다. 가족법개정을 위한 '여성연합회'(1984), 25세 여성 조기 정년제 철폐를 위한 '여성단체연합회'(1985) 등이 대표적이다. 비록 노선 차이에 따른 이론 투쟁으로 1987년 8월 해산했지만, 이 또한 여성평우회와 여성운동에 거는 여성들의 커진 기대를 반영한 결과였다. 이런 데에는 이 단체의 대중 활동이 문화 운동에서 고무되었던 사정과 무관하지 않다. 그 중심에 바로 '여성문화 큰잔치'가 있다.

1984년 10월 27~28일 '일하는 여성'이란 주제로 서울 흥사단 회관에서 열린 '여성문화 큰잔치'는 티켓 1천 장이 다 팔렸을 정도로 폭발적 호응을 일으켰다. 행사는 고사告祀를 지내는 것으로 시작해,「여성 인권의 노래」,「가요, 나는 가요」등의 노래를 함께 부르고, 주제 강연「새로운 여성문화의 장을 열면서」가 진행된 후, 이 행사의 하이라이트인 연희마당 네 개가 차례로 올라갔다. 연희마당은 여성을 둘러싼 주요 쟁점을 풍자와 희화화로 재치 있게 전달한 '딸놀이마당'으로 열렬한 지지를 받으며 시작해, 농촌에서 상경한 여성 노동자의 체험을 담은 15분짜리 단편영화를 상영, 여교사와 버스 안내양의 실제 사례, 마지막으로 집단적 해원과 미래를 위한 기원을 담은 소슬굿으로 행사를 마무리했다. 이 행사는 하루 두 번 열렸으며, 사진·시·그림·여성 문제 자료·여성 일지 달력 등을 전시 판매하는 장외 행사가 함께 진행됐다.

'여성문화 큰잔치'에는 1970년대부터 약진해 온 마당극 운동의 성과가 고스란히 반영되어 있다. 이는 마당극 운동을 해 온 이들의 역량이 여성평우회의 비전과 결합한 덕분이었다. 특히 이 행사의 기획과 연출, 소슬굿까지 맡은 김경란은 핵심 인사로서 이후 여성평우회의 문화 운동을 주도해 나갔다. 이 공연은 그해 12월 부산 가톨릭센터의 초청을 받았으며, 1985년 6월 창립 2주년을 기념해 '분단 40년의 여성 현실과 여성운동'이라는 주제로 유사한 구성의 문화 행사를 치렀고, 10월에는 제2회 '여성문화 큰잔치'를 개최해 순회공연을 하는 등 연이어 대성공을 거두었다. 이 성과는 여성운동에서 문화 운동의 가능성을 타진하는 계기가 되었고, 여성평우회의 해산 이후 창립된 한국여성노동자회의 문화 운동에 계승되었다. 물론 이 모든 것은 '일하는 여성'을 포함한 '모든 여성'이 스스로 삶의 주체가 되기를 열망하지 않았으면 일어나지 않았을 일이다.

이승희

여성문화 큰잔치 연희마당

여성문화 큰잔치

1. 고사
2. 같이 민요 부르기
3. 이야기마당 "새로운 여성문화의 장을 열며"
4. 연희마당
   첫째 마당: 딸놀이 마당
   둘째 마당: 소형 영화 마당
   세째 마당: 여성 문제 사례극 마당
   네째 마당: 소슬굿 마당

(원주) '여성평우회'가 주최하는 제1회 여성문화 큰잔치는 "가부
장제의 억압에서 벗어나 여성 주체의 문화를 창출한다"는 기치
아래 1984년 10월 27·28일 양일간 동숭동 흥사단 강당에서 펼
쳐졌다.

고사문

유세차
갑자년 시월 스무이렛날
오늘이 무슨 날이냐
계집 사내 구별 않고
위아래 할 것 없이
둘레둘레 모여 앉아
고사 한번 지내라니
어허 쉬잇
고사가 별것이더냐
원래 고래등 같은 기와집선
상다리 휘어지도록
산해진미 차려 놓고
초가집 사는 농투성이는
개다리소반에 북어대가리
그도 저도 없으면
정한수 한 대접 눌러 담고
정갈한 새 옷에
쪽진 머리 조아리며
네 번 절하고
성주님 발원이오!
조상신, 터주신, 조앙신, 삼신신,
온갖 잡신 젓수시오!
하늘 같은 우리 낭군

알토란 같은 자식새끼
일 년 내내 무병하고
먹을 것 입을 것 걱정 없이
남은 목숨 살 것이며
자손은 천세 만세 번창토록
하늘에서 굽어 살피시고
땅에서 지켜 주사이다.
손발 따로 없이
빌고 빌다가
오손도손 나눠 먹고
도란도란 얘기나 하면
아 그만이지
이 소란이 웬 말이냐!
내 가만가만 보아하니
금단이, 섬섬옥수, 여편네
마누라쟁이, 선생님, 싸모님
거기다가 친구, 식구
주렁박 달리듯 모였으니
고사는 고사로되
고사판이요
판은 판이로되
신명 나는 맘판이라
발원심이 많으면 많은 대로
적으면 적은 대로
자초지종이나 들어 보고

소원 성취 빌어 주세!

거두절미하고
광화문에 대문짝만 한
방문 나붙은 거나 훑어보세
아, 글쎄
말만 한 계집들이
큰 잔치 벌여 놓고
우리네 노래 배우고
담소하고
꼭둑각시 놀음에다
활동사진 돌아가고
무당 년 굿에다가
술상까지 본다는데
자고로 계집이란
문자 쓰면 삼종지도라
얼굴이 박색이건
나 같은 양귀비상이건
능력 있고 유능한 낭군 만나
딸은 관두고
아들로만 쑥쑥 뽑아
천년만년 살고 지면
아 고것이 시셋말[1]로

---

1   시쳇말.

여자의 행복이고
사랑받는 아내의 길이지
하라는 공부하고는 담을 쌓고
하던 일은 내팽개치고
젖 달라고 보채는 애는 본 척 만 척
두런두런 소곤소곤
듬성듬성 옹기종기
무리 짓고 떼 지어 앉았으니
어디 한번 네 본색이나
소상히 밝혀 보자.

어허 내 너 본 지 오래다
임란 때 왜구에 짓밟혀 죽은
정조 귀신
시엄씨 등쌀에
죽지 못해 살다가
혀 깨물고 죽은 귀신
여우 같은 첩년에게
독살당한 귀신
동학군에게 쌀 퍼 주다
곤장 맞아 죽은 귀신
개화병 들린 남편 구박에
한 맺혀 죽은 귀신
치마허리 터지도록
만세 부르다 죽은 귀신

만주, 태평양 떠도는
정신대 귀신
어린 시동생 숨겨 주다
국방군 총탄에 맞아 죽은 귀신
로스께, 양키 온갖 코쟁이
오물받이 귀신
만원버스에서 떨어져 죽은
안내양 귀신
방직기계에 손 잘린
몽달귀신
쪽발이 피하다 호텔에서
떨어져 죽은 기생 귀신
똥물 뒤집어쓴
노조 간부 귀신
젖이 몽땅 잘린
처녀귀신
농협 빚 못 갚고
농약 먹고 죽은 귀신
남편, 자식 고기밥 만들고
눈 못 감는 과부 귀신
탄광에다 무덤 판
남편 부르다 죽은 귀신
자식 먹을 것 하나 못 대서
비관하다 죽은 껌팔이 귀신
귀신 중에서도 상귀신

오상원우회

칼 품고 죽은 귀신
서리서리 한 맺혀 죽은 귀신
귀신 중에서도 무섭다는
계집 귀신만 골라다가
원 풀고 한 풀으니
사연이 만장이요
한숨이 구름이라
젯밥도 못 얻어먹은 귀신
한풀이나 할짝시면
이 큰 잔치 가당치 않으나
내 본시부터
숨도 안 쉬고 찬찬 살펴본즉
두 눈은 초롱이요
두 귀는 쫑긋이라
이리 뛰고 저리 살피며
조상신 불러내고
성한 사람 모아 놓고
서로서로 이야기하다
바른 행실 찾아내고
자기 주제, 남 사는 꼴
조목조목 따져 알고
주저앉아 통곡하다가
두 눈 번쩍 광채 나고
팔다리 몹시 놀리며
큰 힘 모아 나아가니

오호 성주신, 터주신, 조상신
소원이오!
부디 부디 맺힌 한은
두리둥실 풀어내어
원통방통하지 않게
다발다발 엮으시고
눈물 콧물 짜지 않고
억울한 일 하나 없이
허리 펴고 가슴 떡 벌리고
함박웃음 잊지 않고 살다가
일하고 싶을 때 일하고
먹고 싶을 때 먹고
춤추고 싶을 때 춤추는
희망 천지만 켜켜이 쌓이도록
성주신, 조상신, 조앙신,
발원이오!
맺힌 한 풀고
쌓인 원 풀어서
그 큰 바램
오로지 한곳에 모아 나가면
일하는 사람은
일한 만큼
땀 흘린 사람은
흘린 만큼
큰소리치며

배짱 부리고
인간답게 사람같이
한평생 살다 죽어서
옛귀신 같은 원이나 없게
성주신, 삼신신, 온갖 잡신께
비나이다.
상향.

첫째 마당: 딸놀이 마당

휘몰아치다 맺어지는 듯 다시 이어지는 농악대 잡색놀이의 흥
겨움에 강강수월래·놋다리밟기 등 여성용 민속 연희와 노래들이
삽입되어 짜여진 마당이다. 이 마당은 지신밟기 때의 농악대 굿패
가 가가호호 돌아다니며 집 안 구석구석마다에서 축화기복(逐禍祈
福)의 떠들썩한 의식을 거행하듯, 여성 문제 전반에서 주요 쟁점으
로 떠오르는 문제들을 하나씩 잡색놀음으로 펼쳐 나간다. 뒤이어질
보다 구체적인 사례에 의한 본격 판벌임을 예비하는 앞놀이 격의
마당이기도 하다. 여성 문제만을 국한된 소재로 삼아 놀이화한 것
이기에 따로 '딸놀이'라 명명하였다. 놀이의 순차적 구성은 다음과
같다.
　(1) 농촌 여성들의 쉴 틈 없이 바쁜 생활과 시어머니의 '비나
리'에서 보듯 여전히 완고한 남아 선호 사상에 희생되는 여성들의
고단한 팔자가 자진모리장단에 맞추어 전개되고 농악의 〈태극진·
방울진〉 동선들은 운명인 양 어지럽다. 〈강강수월래〉 놀이의 일부

인 〈문지기〉를 하고 나서 풍물에 구음(口音)으로 얹어 부르는 사설 "갓마흔에 아들 낳아 판·검사로 만들어서 농부 신세 면해 보세"는 '아들'에게 집약된 농민들의 희망을 지적하는 동시에, 달갑지 않게 태어난 딸들의 슬픈 운명을 환기시킨다.

(2) "가요 가요 나는 가요 공장엘 가요." 아들들의 출세를 위해 교육도 제대로 받지 못하고 돈벌이차 대처에 있는 공장으로 간다. 〈강강수월래〉에 뒤따르던 놀이 〈청어 엮자〉의 꼬여드는 모양은 흡사 방적 공장을 연상시키고 "공공공장 가자 야근 특근 잔업하러"로 바꿔 불러 여성 근로자의 현실을 보여 주고 나아가 남성인 중간관리자와의 갈등 또한 노골화된다.

(3) "가요 가요 나는 가요 몸 팔러 가요." 또 다른 딸들은 창녀가 되었다. 포주의 포악한 착취와 '관광 역군'이라는 미명하에 가리워진 관광 기생의 처참한 현실이 묘사된다.

(4) 길쌈과 연관되는 여성 전용의 놀이 〈놋다리밟기〉를 응용, 딸들의 희생으로 아들들이 차지한 고시 패스의 영광을 상징하듯 딸들이 만든 놋다리를 아들들이 밟고 지나간다. 성공한 아들에게 '마담 뚜'가 제시하는 슈퍼프리미엄을 지참한 후보자 명단이 결혼 세태를 풍자한다.

(5) 이혼 문제, 가족법 개정 문제. 가장 일반적인 남성 횡포인 '외도'와 '폭력'을 들어 여성 측이 이혼을 소청하나 사내의 오입쯤은 당연시 여기는 사회 풍토에 의해 거부되고, 〈쥐잡기놀이〉식으로 여성을 학대하는 폭력의 난무는 여성의 비극을 부른다. 이런 문제를 제도적으로나마 해결해 보려는 가족법 개정안은 유림[2] 측의 격

---

2   유학을 신봉하는 무리.

렬한 반대에 부딪히고 모든 문제를 사랑받는 아내로서의 여성적 자질 개발로 해결해야 된다는 일부 여성 인사의 왜곡된 처방도 곁들여진다.

(6) 결혼·출산과 취업 문제. 남성과 대등한 위치에서 능력을 경쟁해 보려는 여성들의 정당한 의지를 용납치 않는 현 사회 현실을 급속한 템포의 대사 연결로 보여 준다.

(7) 에어로빅 댄스판. 이 판이 신나는 춤판으로만 일관될 수 없는 이유는 에어로빅 등이 여성을 상품화·비인간화하는 상업주의에 부응하는 행위이기 때문이다. 이에 대한 경고가 계속 마이크로 울려 퍼진다.

(8) 끝마무리는 이시미[3]의 등장으로 전개된다. 〈꼭둑각시놀음〉에 나오는 흉악한 짐승인 '이시미'는 모든 여성운동에 반기를 드는 남성 중심의 보수적 사고방식과 사회 관습을 상징하고 있다. 이 시미를 술래 삼아 〈꼬리따기 놀이〉식으로 잡힐 듯 말 듯 긴박하게 돌다가 드디어 이시미에게 먹혀 버리고 만다. 여성 문제의 복잡함 및 그 해결의 날이 아직은 요원함을 고하는 것이리라.

농촌 여성 거리

배우들, 〈비타령〉을 부르며 판에 등장한다.

노래가 끝나면 모두 한쪽으로 모이고 시어머니가 나와서 며느

---

3   이무기, 큰 구렁이.

리에게 일을 시킨다.

시어머니 아이고마. 해가 중천에 떴다 아이가. 콩밭에 김매러 안 가나?

　　　잡색들, 김매는 동작으로 판을 이리저리 돌아다닌다.

시어머니 뭐 하노, 시에미 굶겨 죽일려고 작정을 했나?

　　　잡색들, 밥상을 차려 시어머니 앞에 놓는다.

시어머니 숭늉 가져온나.

　　　잡색들, 정신없이 숭늉을 들고 온다.

시어머니 야야, 새참 내온나.

　　　잡색들, 새참 차리는데 시어머니, 또 성화를 부린다.

시어머니 아이고마, 얼라 자지러진다. 뭐 하노? 퍼뜩 젖 안 물리고.

　　　잡색들, 아이에게 젖을 물린다.

시어머니 아이고, 허리 쑤셔 못 살겠네. 얘야, 군불 좀 지피거래이.

　　　잡색들, 군불을 지피다 말고 힘든 일과에 지쳐 꾸벅꾸벅 존다.

시어머니, 잡색들이 앉아서 졸고 있는 사이를 이리저리 다니다 가 혀를 찬다.

시어머니 쯧쯧, 그렇게 코를 골고, 졸고 있으면 우짜노?

잡색들, 잠을 쫓으려 하나 여전히 졸고 있다.

시어머니 우야돈동, 합궁을 해 가지고 대를 이을 아들 하나 봐야 되지 않겠나? 뭐 하노? 퍼뜩 가라는데. 퍼뜩 가라카이.

잡색들, 시어머니가 고함치는 소리에 놀라 깬다. 이때 장구 '딱' 을 쳐 준다. 모두 일어나 삼채장단에 맞춰 춤을 추며 판을 돌다 가 할머니를 중심으로 달팽이진을 말아 삼신할머니께 비나리를 한다.

할머니 비나이다. 비나이다. 삼신할머니께 비나이다. 벌씨로 딸만 다 섯 아입니꺼? 제사 지낼 아들 하나 없읍니데이. 문중에 대가 끊깁니데이. 아들 하나 점지해 주이소. 지발 아들 하나 점지 해 주이소.

할머니가 비는 동안 잡색들도 달팽이진의 중심을 향해 빈다. 일 단 할머니가 말을 맺으면 모두 함께 중심을 향해 절을 두 번 하 고 나서 갑자기 배를 잡고 고꾸라진다. 삼채 입장단에 맞춰

잡색들 아니고 배야. 아이고 배야.

장단	(삼채) 덩따쿵따 덩따쿵따.
잡색들	아이고 배야. 아이고 배야.
장단	(삼채) 덩따쿵따 덩따쿵따.
잠색들	(함께) 응애, 응애.

잡색 중에 한 명은 아들을 낳아서 뛸 듯 좋아하며 일어나서 판을 돌며 춤을 춘다. 나머지 잡색들은 딸을 낳아서 땅을 치며 대성통곡을 한다.

잡색 1	아들이다! 얼씨구 좋구나. 만세……
잡색들	아이고, 딸, 딸, 또 딸! 아이고 내 팔자야.

잡색들, 정신없이 울고 있을 때, 시어머니가 나와서 며느리를 구박한다.

시어머니 야야. 이 문둥이 가시나야. 남들 다 쑥쑥 뽑아내는 아들 하나 못 놓고 뭐 했노? (씨근덕거리며) 딸만 낳은 주제에 산간을 사흘씩이나 할라카나? 아이고마, 꼴도 보기 싫다. 썩 나가거래이. 뭐 하노? 뭐 하고 있노? 썩 나가라는데.

장구 '딱' 소리 나면 앉아서 울던 잡색들 일어나 아기를 품에 안고 삼채장단에 맞춰 판을 돈다. 적당히 돌다가 한쪽에서 문지기를 만들어 간다. 문지기가 다 만들어지면, 아들을 안은 시어머니가 문지기를 통과하며 선소리를 하고, 잡색들 함께 뒷소리를 받는다.

시어머니 갓마흔에 아들 낳아

잡색   갓마흔에 아들 낳아

시어머니 어서어서 키워 내어

잡색   어서어서 키워 내어

시어머니 판·검사를 만들어서

잡색   판·검사를 만들어서

시어머니 농부 신세 면해 보세.

잡색   농부 신세 면해 보세.

장구 '딱'을 치면 잡색들 문지기 만든 것을 풀어서 사이사이 엇갈린 방향으로 허리 굽히고 엎드린다. 시어머니가 아들로 하여금 늦다리를 밟는 형식으로 뒤에서부터 앞으로 나오고 잡색들 〈둥당에 타령〉을 뒷소리만 부른다. 노래가 끝나면

시어머니 야 이 가시나야, 하나밖에 없는 동생인데 우짜겠노. 우야돈동, 니 동생 공부시켜 갖고 판·검사 맹글어서 농부 신세 면해 보자꼬마.

장구 '딱' 치면 잡색들 일어나 한 방향으로 서서 앞사람 어깨에 손을 얹고서 〈가요 가요 나는 가요〉 노래를 가사 바꾸어 부르며 판을 돈다.

가요 가요 나는 가요

가요 가요 나는 가요 돈 벌러 가요

부모 형제 멀리 떠나 공장에 가요 (두 번 반복함)

노래가 끝나면 〈강강수월래〉의 '청청 청어 엮자 위도군산 청어 엮자'를 '공공공장 가자, 야근 특근 잔업하러'로 바꾸어서 부르며 청어엮기를 한다. 청어엮기가 다 되면 그중 한 사람이 나와서 작업반장이 되고 다른 사람들은 노동자가 된다. 노동자들은 일부는 앉고 일부는 서서 졸고 있는 대형을 만든다.

근로 여성 거리

작업반장 우리는 대한의 노동자! 노동자 이꼬올[4] 애국자!

(판을 돌아다니며 관객을 향해 선서를 한다.)

새마을 산업 역군 선서! 하나, 우리는 산업 역군으로서의 긍지와 자부심을 가지고 조국 근대화에 앞장선다. 둘, 오로지 조국과 민족을 위해 나 한 몸 희생한다 생각하고 하루에 열여섯 시간씩 한 달에 25일을, 그리고 나머지 5일은 특근! 특근으로 채워서 몸뚱이가 부서져라 일만 한다. 셋, 모든 작업 현장에서 일체의 불만 없이 회사에 충성한다. 그리하여 회사의 발전이 곧 나의 발전의 근본임을 깊이깊이 깨닫는다. 넷, 작업 현장에서의 노사간 마찰은 폭력이 아닌 대화와 타협, 대화, 타협, 대화, 타협, (새삼 깨달은 듯이) 민주! 민주적으로 해결한다. 다섯, 모든 여성 근로자들은 성적인 매력을 유감없이 발휘하여 남성 근로자들의 피로를 풀어 주어 생산성 향상에 이바지한다. 박수!

---

4 'equal'. 동등하다, 같다.

(관객들에게 박수 치라고 강요하다가 노동자들이 박수는 안
치고 졸고 있는 모습을 보고는 흥분해서 노동자들에게 달려
간다.)
아니? 이것들이 군기가 빠졌잖아. 뭣들 하는 거야? 야, 여기
가 너희들 데려다가 공짜로 밥 멕여 주고 잠 재워 줄려고 차
려 논 회산 줄 알아? 빨랑빨랑 일해!

작업반장의 고함에 놀란 노동자들 판에 흩어져서 제각기 근로
현장에서의 일 춤을 추고 있다. 작업반장, 노동자들 사이로 돌
아다니며 일하는 모습을 지켜보다가 혼자 흥분해서

작업반장 뭐? 노동자의 인권? 인권 같은 소리 하네. 야, 돈 버는 데 인
권이 어디 있고 인정이 어디 있고 양심이 어디 있냐? (혼자서
씨근거리다가 갑자기 배를 움켜쥐면서)
뭐? 배가 아프다고? 생리휴가를 달라고? 웃기시네. 야, 생리
안 하는 여자 봤어? 아픈 배 움켜쥐고 죽어라고 일해서 이만
큼이나 사는 거고 국가도 튼튼해진 거야. 알어? (자기 말에
혼자 도취되어 고개를 끄덕거리다가 노동자들의 일하는 모습
이 마음에 안 드는 듯 성화를 낸다.)
(판을 돌아다니며) 이따위로 일해서 어떻게 작업량 채우나?
매수 더 뽑아! 불량 내지 말고 정신 차려!(졸고 있는 노동자를
어이없는 듯 쳐다보다가 발길질을 하며)
이게 진짜…….

발로 채인 노동자가 쓰러져 울고, 옆에 있던 노동자가 대든다.

노동자 1   왜 때려요, 아저씨. 일만 하면 될 거 아니에요.

작업반장   (어이없다는 듯, 관객들에게) 허, 저 저년이 무식해서 저래요. 못 배우고 저학력이거든요. (다시 노동자 1을 보며) 야, 이년아, 좀 배워라, 너같이 대드는 년들 때문에 전체 노동자상이 흐려지는 거야. 뭐 불순분자가 따로 있는 줄 알아? 다 너 같은 년을 두고 불순분자라고 하는 거야. 야, 배워서 남 주냐? 꽃꽂이도 배우고 요리도 배우고, 맛사지법도 배우고, 예의범절이란 것도 좀 배워라, 응?

(돌아다니며 일하는 모습을 보다가 예쁘장한 여자 노동자를 한참 쳐다보더니, 등을 툭 치며)

(근엄하게) 야, 너 이리 따라와 봐, 빨리 따라와!(노동자를 앞에 데려다 세워 놓고 찬찬히 훑어본다.)

야, 피곤하지? (입맛을 다시며) 너 참 잘 빠졌다. 내 말 잘 들으면 3교대 야근조에서 빼 줄께.

작업반장, 떨고 있는 노동자를 덮친다.

노동자   왜 이러세요. 어머니!

노동자의 절규와 동시에 판은 잠시 정지 동작 상태로 있고, 장구 장단이 들어가면서 서서히 삼채 춤을 추며 판을 돈다. 다시 문지기를 만들고 시어머니가 문지기를 통과하며 선소리를 하고 잡색들이 함께 뒷소리를 받는다.

시어머니   갓 마흔에 아들 낳아

잡색   갓 마흔에 아들 낳아

시어머니 어서어서 키워 내어

잡색   어서어서 키워 내어

시어머니 판·검사를 만들어서

잡색   판·검사를 만들어서

시어머니 부귀영화 누려 보세

잡색   부귀영화 누려 보세

      장구 '딱'을 침과 동시에 앞에서처럼 놋다리밟기 형태를 만들어
〈둥당에 타령〉 뒷소리를 부르고 시어머니는 아들로 하여금 놋
다리밟기를 시킨다.

시어머니 야야. 하나밖에 없는 아들인데 우짜노. 우야돈동, 니 동생 공
      부시켜 갖고 판·검사를 만들어서 영화부귀 한번 누려 보자
      꼬마.

매춘 여성 거리

      장구 '딱' 치면 잡색들 일어나 한 방향으로 서서 앞사람 어깨에
손을 얹고서 〈가요 가요 나는 가요〉를 노래 가사 바꾸어 부르며
돈다. 〔가요 가요 나는 가요 가요 가요 나는 가요 몸 팔러 가요/
588로 양동으로 몸 팔러 가요/ 가요 가요 나는 가요 몸 팔러 가
요/ 쪽발이 양키에게 몸 팔러 가요〕 노래가 끝나면 판의 한쪽에
서 반원을 그리고 서서 모두 〈캉캉〉 춤을 춘다.

잡색   (춤추며) 하나, 둘, 셋, 넷. 원, 투, 쓰리, 포.

춤이 끝나면 포주와 포주를 등으로 받치는 잡색이 앞으로 나온
다. 나머지 잡색들은 그중 한 명의 지시에 따라 손님을 접대하
는 기생 교육을 받는다. 포주가 대사하는 동안 각자의 위치로
가서 일부는 술 따르고, 일부는 고스톱을 치고, 일부는 화장을
하고, 일부는 잡담을 한다. 한 명은 일어서서 스트립쇼를 연습
하고, 한 명은 몸져 누워 있는 상태이다. 포주는 잡색 등에 발을
올리고 서 있고 옆에서는 포주의 발을 맛사지한다.

포주   자원 원료가 빈약한 우리나라 같은 데선 수출해 봤자 소용이
없어요. 우리나라에서는 밑천 안 들이고 몸뚱이 하나로만 버
는 정직한 외화 획득이 최선의 방책이에요. 금번,
(판을 돌아다니며 관객을 향해)
우리 정부에서는 부강 한국을 위해서 여성 인력 20만을 풀가
동시키고 있읍니다. 대한민국 만세! 애국 다찌[5] 만세! (목소
리를 낮추며) 니뽄이노, 노동자노, 청소부노 여러분. 논개 정
신, 정신대의 전통을 이어받은 한국의 후예들이 환락의 고
장, 서울에서 여러분을 애타게 기다리고 있으므니다. 저렴한
가격으루 꿈과 향락과 쎅스를 배부르게 즐겨 주시라니까요?
(위협적인 목소리로) 싸모님들, 우리가 없으면 어떻게 돼요?
이 사회 남자는 물건이 썩어! 몸 대 주고 물건 빨아 좋은 일
하고 손가락질받는 우리 일부일처제 사회의 고매한 하수구,

---

5   '일본인 관광객을 상대로 하는 성매매'를 의미하는 은어.

숭고한 시궁창 덕분에 여러분이 미제 물건 쓰고 애인 안 잃고 사는 것 아냐?
(기생 잡색들 사이를 돌아다니다가 스트립쇼를 연습하는 기생에게 가서)
손님을 고도의 기술로 녹여서 300불 팁 목표 달성하도록!

포주가 어깨를 탁 치면, 기생 잡색, 염려 말라는 몸짓을 보인다.

포주   (또 다른 잡색에게) 야, 증 있어?

기생1   네, 있어요.

포주   우리에게는 학벌, 고상한 몸, 그리고 증이 생명이야. (획 돌아서서) 아! 인삼, 산삼, 고삼, 중삼, 아다라시[6], 유부녀, 입맛에 맞춰 드리겠읍니다.
(판을 설치고 돌아다니다가 몸져 누워 있는 기생을 본다.)

포주   야, 이년아, 손님 안 받아?

기생 2   아이, 몸이 아파서 못 하겠어요. (울먹인다.)

포주   안사장이 아까부터 기다리잖아. 어디 한두 번 해 보던 짓이냐? 어서 일어나 손님 받아.

기생 2   손님 받는 것도 이젠 지겨워요. 내 몸이 이렇게 아픈데…….

포주   (멱살을 잡고) 야! 내가 널 얼마나 주고 사 왔는데, 쌍!(밟는다.)

기생 2   (도망치려 하다 푹 쓰러지며) 어머니!

6   あたらし. '새롭다'라는 뜻의 일본어로, '성경험이 없는 여성'을 의미하는 비속어.

기생의 절규와 동시에 판은 잠시 정지 동작 상태가 된다. 장구 장단이 들어가면서 서서히 삼채 춤을 추며 판을 돈다. 다시 분지기를 만들고 시어머니가 다 큰 아들이 된 잡색 한 명을 데리고 문지기를 통과하며 선소리를 하고 잡색들 함께 뒷소리를 받는다.

시어머니 갓 마흔에 아들 낳아
잡색   갓 마흔에 아들 낳아
시어머니 어서어서 키워 내어
잡색   어서어서 키워 내어
시어머니 판·검사를 만들어서
잡색   판·검사를 만들어서
시어머니 부귀영화 누려 보세
잡색   부귀영화 누려 보세

장구 '딱'을 침과 동시에 잡색들은 무릎을 꿇고 엎드리고 아들은 잡색들 등을 밟으며 나온다. 잡색들 〈비타령〉을 불러 주고 놋다리밟기가 끝나면 한 명이 나와서 머리에 어사화를 씌워 준다.

어머니   아이고마, 내 새끼 고시 파스[7] 했다 아이가.

어머니와 아들, 신나게 춤추며 판을 돈다.

7   패스.

어머니   인자는 누구 집 딸이 며느리가 될지 몰라도 부귀영화 누리는
　　　 건 시간 문제 아이가.

기생 점고 거리

이때, 집색 한 명이 일어나서 뚜마담이 된다.

뚜마담   훠이, 개천에서 용 났다네. (소리 지른다.) 아, 슈퍼프레미엄
　　　 이라네. (한숨 돌리고) 중매 하면 마담, 마담 하면 뚜, 뚜하면
　　　 바로 저올습니다. 일단 한번 믿어 보시라니깐요. 자! 그럼, 첫
　　　 번째 상품. (기생 점고하듯 이름을 한 명씩 부른다.)
뚜마담   ○○이―!

엎드려 있던 잡색 한 명이 일어나 판사가 된 아들을 향해 포즈
를 취하며 돈 세는 동작을 한다.

뚜마담   미국 모 대학 경영학과를 배회한 국제적 계주!

아들, 훑어보다가 싫은 표정을 짓는다. 잡색 '흥' 하며 물러간다.

뚜마담   그러면 다음 상품, ○○이―!

잡색 한 명이 일어나서 아들을 향해 쎅시한 포즈를 취한다.

뚜마담   미모의 겨울 여자, 남근 숭배 사상 끝내줘.

아들, 훑어보다가 싫다는 몸짓을 한다. 잡색, 뒤로 물러나 앉는다.

뚜마담   세 번째 상품. ○○이—!

잡색 한 명이 일어나 거만하고 당당하게 아들을 향해 포즈를 잡는다.

뚜마담   모 장관의 숨겨 논 외동딸, 영주권도 획득하고, 이혼 경력은 법적으로만 전혀 없음.

아들 훑어보다가 못마땅하다는 몸짓을 한다.
잡색 '에이 주제에' 하며 물러간다.

뚜마담   이번엔 마지막 상품, 이 상품이 당첨되면 스텔라, 99평짜리 빌라를 코미션으로 줘야 해.

이때, 잡색 중 한 명이 일어나 앞으로 나오며 당선된 포즈를 취한다.

뚜마담   얘, 얘, 너는 아니야.

잡색, 몹시 창피해하며 '아유 쪽팔려.' 하면서 뛰어 들어가 숨는다.

뚜마담   으음, 투 스타즈 도터! 지참금은 백지수표! ○○이―!

잡색 한 명이 일어나 거만하고 당당하게 아들을 향해 우아하게
웃는다. 아들, 몹시 만족한 표정으로 훑어보다가 뚜마담을 향해
고개를 끄덕인다. 뚜마담과 잡색, 손뼉을 치며 좋아한다.

잡색   당첨, 당첨! 엄마, 나 당첨 먹었어.

중산층 여성 거리

아들, 잡색, 뚜마담, 장단에 맞춰 신나게 춤을 추고 나머지 잡
색들은 판 가장자리로 물러나 앉아서 박수를 쳐 준다. 뚜마담도
들어가 앉고 아들과 당첨된 잡색, 마주 서서 〈해방춤〉을 한 귀
절 춘 다음, 판사가 중앙에 천정을 보고 눕는다. 잡색, 판사 다
리 사이로 들어가선 춤을 춘다.

판사 부인 (동작을 멈추고) 여보, 우리가 한 몸이라는 건 이제 증명됐지
요? 그러니, 우리 재산, 공동 명의로 합시다.

판사 부인, 판사가 누웠던 반대 방향으로 배를 깔고 눕는다. 판
사, 일어서서 부인의 다리 사이를 왔다 갔다 하다가, 멈춰 서서

판사   어차피, 우리는 사랑하는 사인데 누구 이름으로 하면 어때?
부인   (고개를 들고) 당신은 생명보험도 들지 않았잖수? 그러다가

만약 당신이 꼴까닥하기라도 하면 그 엄청난 상속세를 어떻게 물어요? 그러니 우리 재산, 공동 명의로 합시다.

판사   그러면 (천천히 크게 뛰면서) 비싼 거, 비싼 거 비싼 거 비싼 거는 다아 내 이름으로 하구. (빨리 적게 뛰면서) 싼 거 싼 거 싼 거 싼 것(잠시)도 다 내 이름으로 하지.

부인   아이, 공동 명의로 해요.

판사   그럼, 화끈한 고성능 내 물건 당신 명의로 하구랴.

판사, 엉덩이를 크게 두어 번 흔들며 말하고는 부인 위로 엎어진다. 이때 잡색 중에 한 명이 뛰어나온다.

외도 남편 거리

미세스 외도   미세스 외도예요. 못 살겠어요. 이혼시켜 주세요, 판사······ 님······ (판사 부부를 보더니 눈을 가리며 돌아서서) 에그머니나, 못 볼 걸 봤네.

판사 부부, 후다닥 일어나 들어가고 미세스 외도, 한쪽 구석으로 가서 앉는다. 잡색 한 명이 일어나 두리번거리며 나온다.

외도 남편   (관객에게) 내 마누라 못 봤어요? 혹시 내 마누라 못 봤어요? (두리번거리며 찾아다니다가 미세스 외도를 발견하고는 달려가 손을 들어 위협하며)
아니, 이년이! 남자가 바람 좀 폈기로 쨍알거리기는, 콱! 야,

남자의 매력이 뭐냐? 박력과 정력, 이거 아니겠어? 이거 빼면 시체라구. 그리고 내가 외도를 하되 첩을 두었냐, 살림을 차렸냐? 그까짓 것 닳지도 않는 것 좀 즐기겠다는데…… (관객을 향해 자랑스럽게) 외도를 하자면 적어도 나 정도는 되어야겠지. 으음, 월요일! 원래 노는 날입니다. 명동, 종로, 광화문, 신사동, 야! 아가씨들 참 쎅씨하네요. (관객 한 명을 가리키며) 이따 끝나고 나 좀 봐요. 화요일! 화끈하게 노는 날입니다. 룸싸롱 김마담, 아, 테크니크 끝내줘. 수요일! 수요일은 수수하게 쪽발이 현지처 아르바이트하는 데 가서 (이때, 옆에 있던 잡색이 외도 남편 다리를 얼싸안는다.) 성급하긴, (빼내며) 근데, 이런 여자일수록 지독해서 아침이 되면 내가 빙빙 돌아요. (머리를 빙빙 돌린다.) 목요일! 목이 터져라 노는 날입니다. 어이, 미스타 박!(관객 한 명을 가리키며) 총각은 거기라야 는다구. 이태원의 창순이들 말이야. 순 양키하고만 붙어먹어 가지고 앞뒤 체위가 아주 다양해요. 금요일! 금방 하고 또 하는 날이에요. 미스 김과 쇼트타임, 미스 최와 롱타임, 토요일! 내가 아무리 김외도라 하지만 토요일쯤 되면 토할 것 같아요. 그래도 그저 허리에 손만 가면 오줌이 질 — 질 —. 일요일! 일찍 하고 한 번 더 하는 날입니다. 사우나탕에 가서 목욕 싹 하고 때밀이 아가씨와 두어 판 붙고 나면 피곤이 싹 풀리는 게 내일부터 다시 시작하는 데 아무 지장이 없어요.

외도 남편, 노래 〈가슴이 찡하네요 정말로〉를 부르며 춤을 춘다.

가슴이 찡하네요 정말로 가슴이 찡하네요 못 말려 (으샤으
샤)

정력이 남아도네 못 말려 (으샤으샤)

마누라야 부엌에서 살림하고 (으샤으샤)

난난난 좋은 것은 이것뿐 오 예!

폭력 남편 거리

미세스 폭력 밤낮 없이 두들겨 패서 못 살겠어요. 미세스 폭력이에요.

외도 남편이 폭력 남편이 되어 미세스 폭력을 잡으려고 뛰어다
니고 잡색들은 손을 잡고 원을 만들어서 〈쥐잡기 놀이〉를 한다.
미세스 폭력, 잡색들의 도움으로 얼마간 피해 다니다가 폭력 남
편에게 잡힌다. 집색들은 뒤로 물러가 가장자리에 앉고 폭력 남
편, 부인을 사정없이 때리고 찬다. 매맞던 부인, 잡색들의 응원
으로 남편을 물고 꼬집고 잡아당기며 대든다. 그러나 역부족인
미세스 폭력, 심하게 걷어차이며 바닥에 쓰러져 버린다. 폭력
남편, 한 발을 아내 위에 올리고 승리의 표시를 한다. 이때 쥐잡
기를 하는 동안 마이크를 통해서 아나운서와 해설자가 부부 싸
움을 현장 중계한다.

아나운서 네, 지금부터 부부 싸움의 현장, 안방 생중계를 시작하겠습니
다. 링 위의 선수는 막강한 스타, 폭력 남편과 연약한 아내 선
수입니다. 자, 가정에 계신 여성 동지 여러분, 아내 선수에게

611

힘찬 응원을 부탁드리는 바입니다. 말씀드리는 순간, 남편 선수의 강타 날아갔습니다. 아내 선수, 볼을 피해 안방에서 부엌으로, 부엌에서 광으로, 광에서 마당으로, 마당에서 지하실로 타석을 옮겨 가고 있습니다.

해설자　네, 그래 봤자 역시 별 볼일 없을 겁니다.

아나운서　앞으로 벌어질 상황에 대해서 한 말씀.

해설자　차라리 조용히 앉아서 원 투 스트레이트를 허용하는 것이…….

아나운서　네, 말씀드리는 순간, 남편 선수의 어퍼커트, 3루타입니다. 아내 선수의 얼굴에 정면으로 강타한 볼이 튀어서 유리창을 깨고, 거울을 깨고, 장독을 깨고, 기왓장에 맞았습니다. 남편 선수, 롱 숏을 쏘았습니다. 네, 이때 홈그라운드의 장점을 살린 아내 선수, 자식들의 벌 떼 같은 성원에 힘입어 남편 선수의 바짓가랑이를 잡고 일어섰습니다. 네, 물어뜯고 있습니다. 비장의 무기, 손톱이 등장했습니다.

해설자　쯧쯧, 미련합니다.

아나운서　그러나, 역부족임이 여실하게 보입니다. 남편 선수 롱 숏. 네, 장외 홈런입니다. 홈런, 홈런!

해설자　(아내 선수의 쓰러지는 장면과 맞아떨어진 순간) 저것 보십시오. 에이! 통쾌하군요.

아나운서　참, 비참하네요, 일방적인 승리로 끝났습니다.

해설자　일반적이고 당연한 승리이지요.

아나운서　참, 찜찜하네요.

아나운서·잡색　(동시에) 이러니, 어떻게 살겠어요? 이혼시켜 주세요.

유림 거리

유림　　어험, 아니, 어디서 꼬끼요 닭 우는 소리가 들리는가. 아무리 세상이 바뀌었다고 하지만 감히 여자의 입에서 이혼 소리가 나오다니? 자고로 여자란 시부모 공경하고 남편에게 순종하고, 자식 잘 건사하는 것이 현모양처의 도리이거늘, 다소 살기가 힘들다 하여 가정을 헌신짝 버리듯이 하니, 이는 실로 나라가 망할 징조로다. 어흠, 음, 요즘, 일부 몰지각한 (관객을 가리키며) 여자들이 가족법 개정 운운하면서 혼란을 야기시키고 있다 하니, 이는 사회의 안정된 기반을 뿌리째 흔드는 처사가 아니고 무엇이겠느냐? 현재 주장되고 있는 가족법 개정안은 남성 중심의 현 사회질서에 대한 정면 도전임이 분명한데, 호주 제도를 없애자는 것은 아니, 박씨의 여자 집에 어찌 김씨의 여자가 와서 대를 이을 수 있단 말인가! 씨는 씨로서 유지되는 것이니라. 또 가족을 금수로 아는지 동성동본 혼인을 주장한다 하니, 이는 그야말로 통탄할 일이로다. 서구에서도 여자가 결혼을 하면 남편의 성을 따르는바, 그래도 우리나라는 시집을 가도 자신의 성씨는 그대로 간직하니 이는 세계에서 가장 민주적인 나라로다. 세상 여자들이여! 자유에도 한계가 있고 평등에도 차별이 있다는 걸 모르는가? 어흠! (거들먹거리며 퇴장)

취업 여성 거리

동동실   안녕하세요? 사랑받는 아내 교실, 동동실이에요. 아유, 남편 하고 싹! 갈라서시겠다구요? 왜요? 남편이 바람피워서? 쯧 쯧쯧, 그거 다 여자가 할 탓이에요, 여자가. 아니, 그래, 여자 가 오죽이나 못났으면 남편한테 두들겨 맞아. 아아, 그렇게 펑퍼짐하게 퍼질러 앉아 가지고 징징대고 있으니까 그렇죠. 그러지 말고 분한 마음 삭히고 제 말 좀 들어 보세요. 우선 헬 스 클럽에 가서 살 좀 빼고 사우나탕에 가서 땀 좀 빼요. 그리 고 핑크빛 칼라의 잠옷을 걸치고서 남편에게 쎅씨하게 어필 해 보세요. 아, 남편이 무쇠가 아닌 이상, 아내가 이렇게 노력 하는데 어찌 아내를 사랑해 주지 않겠어요? 자, 생각해 보세 요. 매력, 매력! 그것만이 바로 여자의 살 길 아니겠어요? 텔 레비전은 뭐 하러 봐요? 그런 거나 배우지.

동동실의 대사가 끝나자마자 잡색들, 후다닥 일어나 판을 이리 저리 다니며 제 나름대로 함께 살 수 없는 이유, 이혼해 달라는 호소 등을 외친다. 그러다가 판에서 사선이 되게 일렬로 정돈 하여 서면, 장구 '딱' 소리와 함께 앞사람부터 정면을 보고 있던 몸을 왼쪽으로 (옆사람을 향해) 방향 바꾸어 한마디씩 하며 옆 사람 어깨를 친다.

잡색 1   취직? 여긴 여자는 안 뽑아!
잡색 2   능력? 웃기시네. 여자는 그저 미모!
잡색 3   커피 탈 줄 알아? 안 그럼, 곤란해!

잡색 4   결혼한 여자를 누가 뽑나!

잡색 5   스물다섯? 여기가 무슨 양로원인 줄 아나?

잡색 6   누구 빽이야?

잡색 7   모집할 땐 공채, 뽑을 땐 특채!

잡색 8   기부금 얼마? 그걸로는 간에도 안 차!

잡색 9   학력이 너무 높아!

잡색 10   학력이 너무 낮아!

잡색 11   지방 대학? 안 뽑아!

잠색 12   어깨에 힘 좀 빼!

잡색 13   남자랑 똑같은 월급을 달라고? 주제를 알아야지.

잡색 14   생리휴가, 산전산후휴가? 여기가 뭐 부녀보호소인 줄 알아?

마지막 잡색까지 갈 동안 모두 정지 동작 상태로 있고, 다시 끝에서부터 한 사람씩, 앞사람의 어깨를 치며 180°를 돈다.

잡색 14   어이, 시집이나 가지.

잡색 13   여자는 결혼이 최고야.

잡색 12   요리나 배우시지.

잡색 11   솥뚜껑 운전이나 잘하라구.

잡색 10   아들이나 낳지.

잡색 9   여자는 그저 부엌 살림이 최고란다.

잡색 8   꽃꽂이나 배워.

잡색 7   빨래나 잘하지.

잡색 6   애나 잘 키워.

잡색 5   기저귀나 빨아.

잡색 4 가계부 정리 다 했어?

잡색 3 애 우는 소리 안 들리니?

잡색 2 여자는 남편 잘 만나는 게 복이라구.

잡색 1 남자 있으면 지금이라도 가고 말겠다.

왜곡 여성상 거리

사선으로 정돈된 상태로 대사가 다 끝나면 잡색 1부터 판 중심으로 나와서 포즈를 취하며 조상(彫像)을 만든다. 이때의 대사는 과장되거나 CM송에 맞춰서 한다.

잡색 1 여자는 밤에 이루어진다. 오버나잇 썩세스!

잡색 14 너무너무 먹고픈 거 있지? 맞아 맞아 아다라시!

잡색 2 남성은 청결한 여성을 좋아한다. 베타지노딘[8]!

잡색 13 얼굴만이 여자의 전부인가? 바스트!

잡색 3 난 큰 게 좋더라. 빵빠레!

잡색 12 촉촉히 적셔 주세요. 아무 데나 스킨!

잡색 4 여자는 몸으로 말한다.

잡색 11 가지세요 입술, 시세이도!

잡색 5 피부를 감싸는 부드러운 유혹, 소프트 나이트가운!

잡색 10 세 번은 짧고 세 번은 길게, 흔들어 주세요 뱅뱅!

잡색 6 당신도 커질 수 있읍니다. 매만져 주세요. 바스트 크림!

---

8 질세정제.

잡색 9   조금씩 조금씩 열리고 있다. 무릎과 무릎 사이, 팬티스타킹.

잡색 7   아름다움은 여성의 신용장!

잡색 8   보이진 않지만 (저고리를 벗는다.) 보이고 싶다. 손수건과 팬
         티의 조화 (바지를 벗는다.) 조은님 팬티!

         잡색 8이 옷을 벗어서 던지고 조상이 되어 있는 잡색들 주위를
         뱅뱅 돌며 오방진장단에 맞춰 요란하게 춤춘다.

영노   (손뼉을 치며) 자, 준비하세요. 원, 투, 원 투 쓰리 포!

         장구 장단에 맞춰 조상을 풀고 에어로빅 대형으로 서서 영노를
         따라 에어로빅을 춘다. 이때 마이크에서는 괴성을 지르며 정신
         없이 만든다.

마이크   처먹어라 처먹어! 코카콜라 마셔라, 마시고 살쪄라 살쪄! 찐
         살 빼라, 흔들어! 흔들어! 발라라 발라 처발라라 처발라. 그
         리세요 입술! 쎅스 어필! 어필!

         계속 소리 지르고, 잡색들 춤추다가 점점 지쳐서 흐느적거린다.

마이크   뛰어라 뛰어! 땀 빼라구! 처먹고 찌고 찐 살 빼! (반복)

영노   아이, 아줌마, 뭐 하는 거야. 이래 가지고 어떻게 살을 빼 ― 흔
         들란 말예요. 어깨를 젖혀요. 아줌마, 좀 신나게 흔들어 봐요.

         영노의 성화에도 불구하고 잡색들, 완전히 기진맥진한 모습이

다. 영노, 성을 상품화하는 잡지의 광고들을 들고와 '쎅스!' 하고 판에다 확 뿌린다. 지쳐 있던 잡색들, 갑자기 영노의 주위로 몰려든다. 영노를 중심에 놓고 무릎 꿇고 앉아 황홀해하기도 하고 괴로워하기도 하는 등 온갖 모습을 연출한다. '가지세요, 가지세요'를 연방 외치면서 더듬기도 한다. 영노, 내려다보며 웃다가 춤을 추며 자리를 이동하면 잡색들 몸은 가만 있고 고개만 돌려 영노를 본다. 영노는 다시 '돈!' 하고 외치며 지폐를 확 뿌린다. 잡색들, 아귀다툼을 하며 쫓아와 허겁지겁 돈을 줍고, 서로 싸우고, 악을 쓰고 한다. 영노는 다시 반대편에 가서 '권력!' 하고 외치며 주먹을 쥐어 들고 서 있는다. 잡색들, 동작을 느리게 하여 서서히 일어나 빙빙 돌면서 신음 소리를 내며 영노 주위에 모인다. 잡색들이 천천히 허물어지면 영노는 제국주의와 쎅스를 상징하는 깃발을 들고 춤을 정신없이 춘다. 잡색들, 무릎 꿇고 앉아 허위적대는 춤을 춘다. 영노가 춤을 추다 잡색 사이로 들어오면 장단 느려지고 늘어진 깃발을 향해 모두들 멀거니 바라본다. 장구 '딱' 소리가 나면 동작을 멈춘다. 잡색들 머리 위에 깃발이 늘어져 있다. 삼채 장단이 나오면 서서히 일어나 판을 돌며 퇴장한다.

둘째 마당: 한국 영화의 현황

영화는 현대사회에서 대중문화의 대표적인 매체로서 자리 잡고 있다. 한국 영화는 의미심장하게도 개항기 열강의 상품 판매를 촉진시키기 위한 수단으로 도입되었고(미국 연초 회사의 담뱃갑을 몇 갑 가지고 오면 활동사진을 보여 준다는 식의 방법), 그 이후 본격적인 일본의 식민정책이 전개되면서 정책 보급을 위한 수단으로 활용되었다. 해방 후 많은 외화가 수입되었고 60년대 말까지도 영화는 현상 유지의 차원에서 상업적으로 명맥을 유지해 왔다. 그러나 70년대 고도성장 정책 이후 80년대 각종 레저 산업과 스포츠가 활기를 띰에 따라 영화는 상업적으로도 침체의 위기를 맞고 있는 실정이다.

영화는 다른 매체와 비교해서 엄청난 제작비가 들고 엄격한 유통 과정이 존재한다는 면에서 특수한 성격을 지니게 된다. 이처럼 영화라는 매체가 가지는 특수성은 한국의 경우, 대중들에게 눈요깃감의 단순한 오락거리를 제공하는 대중문화의 대표적인 기능으로 이용되어 왔다고 할 수 있다. 영화라는 매체가 가지는 특수성의 중요성 여부는 한국 영화사에서 일제시대를 살펴보면 쉽게 드러난다. 즉 민족 영화의 선구자라 불리우는 나운규(羅雲奎)의 경우 초기에 그가 보여 주었던 민족적 경향은 일제가 구축한 영화 산업 구조 속에서 제작·유통되면서 결국 그 구조 속으로 편입되었다. 따라서 한국 영화 침체의 원인을 물량의 부족으로 돌린다거나 감독·스탭·배우의 자질 부족으로 돌리는 것은 영화라는 매체가 가지는 특수성을 간과하거나 애써 외면하려는 의도로밖에 보이지 않는다.

80년대 민중 문화 운동의 흐름 속에서 영화 운동도 그 궤를 같이하고 있다. 영화 운동은 민중의 삶을 영화 속에서 진정한 모습으로 표현해 내고 그러한 내용을 다양한 형식의 실험을 통해 형상화하고, 자생적인 구조(제작과 유통)를 구축할 때 현실적인 뿌리를 내릴 수 있다. 영화는 다른 어느 매체보다도 상업주의의 폐해가 크다고 할 수 있다. 이러한 폐해를 여성 문제의 면에서 살펴본다면, 한

예로 70년대에 양산된 호스테스물 영화의 경우 그들의 삶을 정직하게 표현해 내고 그러한 삶의 고통과 분노, 그럴 수밖에 없었던 배경의 묘사를 제대로 보여 줬다기보다는 그들의 삶을 피상적으로만 표현하여 오히려 왜곡시켰다고 하겠다. 영화 속에서의 여성의 모습은 수동적인 삶을 그대로 받아들이는 순종형의 여성(역사물의 경우), 무분별한 성의 유희를 삶의 가장 중요한 가치로 삼고 즐기는 여성(대개 중년 부인과 여대생) 등이 그 주종을 이룬다. 영화는 다른 어느 매체보다도 더욱 강력하게 성을 상품화시키며 여성의 삶을 왜곡시키고 있다.

이번 영화 작업은 근로 여성의 이야기를 담은 것으로 주로 수기와 근로 여성과의 대화를 통한 자료에 의존하였다. 앞서 살펴본 것처럼 지금까지의 영화에서는 근로 여성, 농촌 여성, 윤락 여성 등등 모든 계층의 여성의 삶이 왜곡되어 왔다고 해도 과언이 아니다. 이번 작업은 지금까지의 영화에서 왜곡된 여성의 삶을 지양하여 구체적이고도 진정한 삶의 모습을 형상화시키려고 한 것이다.

농촌에서 태어나서 가난을 이겨 보려고 서울로 상경한 소녀의 체험이 영화의 뼈대를 이루는데 이 소녀의 생활 속에서의 어려움과 그 어려움을 극복하려는 의지, 자신의 부당한 생활에 대한 사회적 깨달음의 과정 등을 지식인적 도식 속에서가 아니라 구체적 삶 속에서 표현될 수 있도록 노력했으나 여전히 과제로 남는 문제이다. 이러한 과제는 앞으로의 영화 운동이 풀어 나가야 할 중요한 임무이고, 이 과제는 구체적인 영화 작업의 경험 속에서 극복되어야 할 것이다.

셋째 마당: 여성 문제 사례극 마당

가부장제적 이데올로기와 반봉건적인 남녀 차별 관습은 가정에서뿐만 아니라 사회로까지 확장되어 여성의 억압을 가중시키고 있다.

셋째 마당에서는 이러한 여성의 현실이 드러나는 실제적인 현장의 사례를 몇 개 선정하여 극으로 꾸며 보고자 하였다. 사회구조의 불평등 문제는 단순히 구조 내에 편입된 여성 근로자의 무지나 빈곤으로 인해 나타나는 것만은 아니다. 이는 한 개인의 문제라기보다는 산업사회가 안고 있는 모순과 가부장제의 무지한 윤리가 전 여성들에게 복종을 강요하는 현상인 것이다.

사례극의 첫 번째는 현재 여성 직업으로는 비교적 조건이 좋다고 인식되고 있는 교사직의 문제점을 고발한다. 일반 사무직 여성은 물론이거니와 여교사에게도 강요되고 있는 가부장제적 윤리를 개사곡으로 엮은 노래촌극으로 꾸몄다. 특히 사립학교에서 공공연히 강요되고 있는 임신퇴직제와 기부금 문제, 또한 교사로서가 아니라 여성으로서의 자세 강요 등의 문제에 초점을 맞추었다.

우리 사회의 어느 계층에서나 행해지고 있는 남성 사회의 횡포는 직업의 고하를 막론하고 거의 일반화되어 있다. 인간 생활의 가장 자연스러운 현상인 임신과 출산이 '일의 능률'이라는 명목 아래 파렴치한 행위로 간주되는 것이다. 거의 모든 직장에서 여성의 능력에 상관이 없이 결혼을 하게 되면 퇴직을 하게끔 규정하고 있으며, 뿐만 아니라 일상생활에서도 가족적 분위기라는 허울 좋은 명목 아래 '여자다운 여자'를 강요하고 있는 실정이다.

이 극에서는 몇 해 전 광주여고에서 있었던 임신 여교사와 동료 여교사들이 대동단결하여 10개월 동안 모두 한복을 입고 출근을 해 임신 여부를 숨겼던 사건을 바탕으로, 무시되고 있는 교권에 대한 것들을 노래를 빌어 희화화시키고 있다.

두 번째 사례극은 지난 8월 서울 창진운수회사의 안내양이었던 장길복(여·23세) 양이 승객과의 사소한 마찰로 인해 회사 측으로부터 사표를 강요받고 자살한 사건을 소재로 했다. 항간에서는 단순한 사표 강요에 자살이라는 그런 극단적인 방식을 취한 장 양의 의식에 문제가 있고 무슨 젊은 애가 그리 독하냐고 운운하지만, 과연 이 자살 사건을 단순히 한 개인의 심정적인 죽음으로만 볼 수 있을까? 이는 오로지 극대 이윤 추구를 위해 근로자의 생존은 어떠하든 상관 않는 기업의 냉혹한 논리가 개인에게 그대로 적용되어 한 인간을 죽음으로까지 몰고 간 것이라 보아야 한다. 더구나 이 사건의 희생자가 어린 나이의 여성 근로자라는 점에서 가부장제의 남성 지배 체제가 여성에게 가하는 억압의 깊이를 더욱 느낄 수가 있다.

이처럼 교사직에서의 임신 퇴직 차별 문제와 안내양의 자살 등은 곧 사회구조의 모순과 남성 지배 체제의 혹독한 논리가 여성에게, 그리고 근로자에게 가한 거대한 압박이며 그 책임은 당연히 사회에 있는 것이다. 바로 이런 관점에서 여교사와 안내양이 당하는 차별적이고 억압적인 현실을 연극으로 꾸며 봄으로써, 여성 문제에 대한 사회적 인식을 더 깊이하여 앞으로의 문제 해결 방향을 함께 모색해 가고자 한다.

여교사 임신 퇴직 마당

한복을 입은 여교사들이 합창단원이 되어 2열 횡대로 정돈하여 서면, 교감선생님이 지휘봉을 들고 등장한다.

교감   선진 시대 여교사 창가.

여교사들, 〈새 나라의 어린이〉에 맞춰 노래한다.

여교사들   새 시대의 여교사는 상사에게 복종합니다. 임신하면 퇴직하고 기부금을 냅니다.

이때 노래를 하면서 노래 가사에 맞는 동작을 함께 붙인다. 교감은 지휘를 한다.

교감   아니, 김 선생, 그런 식으로 상사에게 복종해 가지고 어디 점수 따겠어요? 그리고 여러 선생님들, 기부금 운운하는 대사가 나오니까 다들 얼굴이 삶아 놓은 우거지상들이 되는데 들어올 때 기백만 원 기부금 내신 거, 다 학교를 위하는 길이고 그 길이 곧 여러 선생님을 위하는 길이에요. 아깝다는 생각은 다 버리고 선진 시대 여교사의 이념을 생각하면서 씩씩하게 다시 한번!

여교사들, 앞의 노래를 다시 한다.

교감 아, 좋아요, 좋아, 그만하면 됐어요. 에, 또, 오늘 아침 조회사
는, 요즘 보니까 교감인 나보다 더 늦게 출근하는 여선생님
들이 있어요. 아니, 교사면 다 같은 교사입니까? 여러분들은
어디까지나 여자로서, 교사이기 이전에 여자로서의 본분을
망각해서는 안 될 줄로 압니다. 그러니까 아침에 출근할 때
에도 좀 빨리 와서 교무실 청소도 하고, 내 얘길 해서 안됐지
만 교감인 내 책상도 좀 닦아 주고, 또 퇴근할 때에는 어떻게
여선생이 먼저 퇴근합니까? 문단속 다 해 놓고, 교무실 집기
도 제자리에 놓여 있나 보시고 뒤늦게 나가야 될 줄로 아는
바입니다. 다음! 항간에 듣자 하니 어떤 학교에서는 일부 몰
지각한 여교사들이 파렴치하게도 임신을 해 갖고 그 사실을
학교에 자수도 하지 않은 채 몇 달씩이나 숨기고 다니는 예
가 있다고 하는데 이렇게 임신한 여교사는 여러분도 아시다
시피 학생들에게 시각 공해예요, 시각 공해! 우리 학교에서
는 교칙상 절대로 용납 안 되느니만큼 여러 선생님들 이 점
명심해 주기 바라겠어요. 자, 수업들 들어가시죠.

교감은 퇴장하고 임신한 여교사가 한 발 앞으로 나와 노래 〈나
어떡해〉를 부른다.

임신 여교사 나 어떡해 임신한 거 뽀롱나면
        나 어떡해 학교에서 쫓겨나면
        누구 위해 빚돈 내어 기부금 바쳤나 — 아.
함께   야 아 —
        당당했던 내가 떳떳했던 내가 주눅 들 줄이야.

교사 1   선생님 주눅 들지 마세요.

교사 2   네, 그래요, 주눅 들지 마세요.

교사 3   아, 저에게 아주 기발한 생각이 있어요.

함께   뭔데요?

교사 3   우리 모두가 열 달 동안 똑같이 한복을 입는 거예요.

함께   어머, 정말 감쪽같겠네요.

여교사들, 왼쪽 오른쪽으로 몸을 돌려 가며 〈J에게〉를 부른다.

함께   J, 결혼이 죄인가요. J, 임신이 죄인가요. 그러면 당신이 내 대신
         아이를 낳아 봐요.

교감이 등장하여 〈아리송해〉를 부르며 교사들 뒤를 밟는다.

교감   아리송해! (아리송해!) 아리송해! (아리송해!)
         어떤 선생이 임신했는지 난 모르겠네! (모를 거야.)
         이 선생님 배를 봐도, 난 모르겠네! (모를 거야.)
         저 선생님 배를 봐도, 난 모르겠네! (모를 거야 ─)

교감, 한쪽으로 가서 고민하는 모습으로 서 있다. 교사들,
〈당신은 모르실 거야〉를 부른다.

교사들   당신은 모르실 거야 그 누가 임신했는지
         세월이 흘러가 봤자 그때도 모르실 거야
         방학 때 출산을 하고 새 학기 시작되면은

내 배는 홀쭉해져서 정말로 감쪽같겠지.

이때 노래 가사에 맞게 율동을 붙여서 하고 마지막에는 손을 들어 '딱' 소리를 내고 노래가 끝난 뒤에도 그대로 들고 있다. 교감 〈J에게〉를 부른다.

교감   J, 난 정말 악랄해. J, 난 너무 잔인해. 누가 임신을 했는지 찾고야 말 테니까. (교사를 가리키며) 김 선생, 우리 학교 토요일날 운동회 있는 거 아시죠? 그때에 내빈들이 (관객을 가리키며) 요것보다 조금 더 오실 텐데, 그날 쓰게 김치 좀 담그세요. 조금만, 그저 한 200포기만 담그시는 데 여선생님들 솜씨를 충분히 발휘하셔서 맛깔스럽게 좀 담그세요.

교감이 일을 시키면 몇 명이 준비한 앞치마를 꺼내 두르고 일을 한다.

교감   정 선생, 여기 장학사님들 오셨는데 커피 좀 깔끔하게 내오세요.

몇 명이 앞치마를 꺼내 두르고 일을 한다.

교감   조 선생! (손을 어루만지며) 소문에 듣자 하니 꽃꽂이 솜씨가 빼어나다는데 교장실에 꽃이 시들었어요. 아, 여선생님들이 그런 것 좀 알아서 눈치껏 못 합니까? 교감인 내가 꼭 이래라저래라 말해야 되겠어요?

몇 명이 앞치마를 두르고 일을 한다.

교감　　　　송 선생님, 우리 내일 오후에 이사회 있는 것 아시죠? 가정 선생님들 다 동원하시고 모자라면 다른 여선생님들 모두 동원해서 탕수육 좀 푸짐하게 만들어 내오시고 옆에 오셔 가지고 써빙도 좀 하세요. 자, 일들 하세요.

선생님들 모두 앞치마를 두르고 일을 하고 있으면, 교감은 왔다 갔다 하며 배에다 귀도 대 보고, 유심히 살피기도 하며 누가 임신했는지 찾는다.

교감　　　　(노래로) 못 찾겠다 꾀꼬리 꾀꼬리 꾀꼬리
　　　　　　나는야 정말로 야마 돌아
　　　　　　못 찾겠다 꾀꼬리 꾀꼬리 꾀꼬리
　　　　　　나는야 정말로 야마 돌아.

이때 교사들도 '꾀꼬리' 가사를 함께 부른다. 교감, 노래 끝나고 울상 짓고 들어가면 교사들 〈클레멘타인〉 곡에 맞춰서 노래한다.

교사들　　　여보 여보 학교에서 접대부 일 했더니
　　　　　　팔다리가 후들후들 뒷골이 뻐근해
　　　　　　여보 여보 미안해요 저녁밥 좀 지어 주
　　　　　　반찬일랑 아무거나 대충대충 차려 주.

학부모, 등장하며 〈밤차〉 곡에 맞춰 노래한다. 교사들 장단 넣는다.

학부모   누가 내 새끼 때려 (바밤 빠밤)

그 자식이 어떤 아인데 (바밤 빠밤)

감히 여자가 때려 (바밤 빠밤)

나는 정말 참을 수 없어.

교감   (머리를 조아리며 나와서) 육성회 이사님 나오셨읍니까? (다시 조아린다.)

학부모   안녕하세요? 제가 3학년 1반의 안똑똑이 어머니 됩니다.

교감   익히 알고 있는 바이올시다.

학부모   제가 이렇게 찾아온 것은 다름이 아니라요, 우리 안똑똑이가 학교에서 매를 맞고 오다니 이게 말이나 돼요? 우리 안똑똑이는 (손가락 4개를 펴며) 4대 독자예요, 4대 독자. 내가 걔를 어떻게 키운지 아세요? 걔가 잠이라도 잘라치면 할머니마저도 걔 다리를 타넘지 않는데 하물며 여선생이 우리 안똑똑이를 마구 때려 가지고 멍이 이만 ── 큼 (두 팔을 크게 벌렸다가 손톱만큼 가리키며) 들었어요. 제가 이걸 찾느라고 시간이 좀 걸렸어요. 당장에 그 여선생을 불러다가 내 앞에서 무릎을 꿇게 하든지 모가지를 자르시든지 양단간에 결정을 내려 주세요.

교감   잠깐만 고정하시면 제가 담임선생님을 불러오겠읍니다.

학부모   당장에 불러다가 조치를 취해 주세요.

교감   김 선생님! 잠깐만 나와 보세요.

임신 여교사, 앞으로 나와 학부모에게 인사를 한다.

교감	선생님 반의 안똑똑이 어머님이십니다.
학부모	선생님 그러실 수가 있어요? 4대 독자예요, 4대 독자! 그런 아이를 마구 때려 가지고 멍을 이만큼 (원을 크게 그렸다가 손톱만큼 가리키며) 들게 만드실 수가 있는 거예요? 아휴, 분해!
교감	김 선생! 그렇게 주먹을 휘두르고 싶으면, 아, 나가서 태권도 도장을 차리시든지 쿵후 사범으로 나서든지 하실 일이지 그렇게 물의를 빚어서야 되겠어요?
학부모	멍이요, 글쎄. 이만 — 하게 (교감과 함께) 들었단 말예요. 어떻게 하시겠어요?
교감	어떤 경우에라도 체벌은 안 돼요. (노래로) 안 돼 안 돼.
교사들	(손을 들어 손바닥을 펴며) 돼요, 돼요.
교감	정말 안 돼.
교사들	돼요, 돼요.
교감	체벌은 정말 안 돼.
교사들	돼요!
학부모	당장에 처벌을 해 주세요. 도저히 못 참겠어요. 우리 안똑똑이가 어떤 아인데 그 애를 감히 그렇게 때릴 수가 있는 거예요?
교감	저, 교감인 제 체면을 봐서 한 번만 눈감아 주세요.
학부모	아니, 아무리 교감이라도 그렇지, 어떻게 눈감아 줄 수가 있어요? 도저히 못 참아요.
교감	(검지손가락 하나를 들고) 한 번만…… 딱 한 번만…….
학부모	(노래로) 참으라니 참겠어요 시말서 쓰게 하시면 이번만은 참겠어요 쪽팔려도 참겠어요

먼 훗날 당신이 또 때린다면 그때는 얄짤없이 모가지예요.

학부모, 획 돌아서 나가고 그 뒤에 대고 교감, 허리 굽혀 인사한다.

교감	김 선생! 내가 애들 체벌 주는 걸 뭐라고 합니까? 때릴 때 때리더라도 교육적으로 기술적으로, 멍 안 들게, 표 안 나게, 흠집 안 생기게, 증거 안 남게 때리라 이 말씀이에요. 안 그래도 요즈음 문교부에서도 체벌의 한계를 정하지 못해서 시비가 일고 있는데 이렇게 학교 명예를 실추시켜서야 되겠어요? 그리고 아, 때리더라도 골라 가면서 때려야지, 빽 있는 애를 때리면 어떡합니까? 아, 보세요. 시말서 쓰라고 하잖아요.
김선생	(노래로) 너무합니다, 너무합니다.
교사들	(노래로) 교권은 어디 갔어요.
교감	(노래로) 교권이 무어냐고 물으신다면 눈물의 열매라고 말하겠어요. 옛말에 선생님 똥은 왈왈! 강아지도 안 먹는다잖아요. 참고 또 참다가 그래도 못 견디면 사표 쓰고 나가 주세요.
교사들	싫어, 싫어, 싫어!

김 선생이 갑자기 돌아서면서 '웩' 하고 손으로 입을 가린다. 교감, 나가려다 다시 되돌아와서 눈을 둥그렇게 뜨고 둘러본다.

여교사 1 어머 선생님, 아까 점심 드신 게 체하셨나 봐요.
여교사 2 어머, 나도 속이 불편하네요. 웩!

여교사 3 저도 그래요. 웩!

여교사 전부 다 손으로 입을 가리며 '웩웩'거리고 있을 때 김 선생님 나와서 '도, 미, 솔, 도' 음에 맞춰 지휘한다. 교감, 정신없이 당황하다가

교감 못 찾겠다 꾀꼬리 꾀꼬리 꾀꼬리, 나는야 정말로 야마 돌아!
(노래 마친 후, 울상이 되어 머리를 저으며 퇴장한다.)

교사들 (노래 '사나이로 태어나서')
여교사로 태어나서 임신도 좀 했다만 (허이허이!)
우리가 못 한 거 있다면 말해 봐 말해 봐!
수업과 잡무 속에 시달리면서도
자율 학습 보충수업 방송 수업도
학교에서 시키는 대로 모두 다 해냈다, 해 줬다.
(모두들, 오른팔을 들어 씩씩하게 노래를 한 뒤 서로서로 인사를 하며 치하한다.)
선생님, 열 달 동안 정말, 수고 많이 하셨어요. (퇴장)

버스 안내양 자살 마당

판의 한쪽에는 버스 회사 부장이 의자에 앉아 있고 그 뒤에는 계장이 서 있다. 반대편에는 사무를 보는 아가씨가 서 있고 판 중앙에는 안내양들이 승객으로 나와 있다.
장길복, 승객들을 팔로 밀면 승객들은 욕지거리를 한다, 운전

사, 한 발 떨어져서 운전하고 있다.

장길복   안으로 좀 들어가 주세요, 네? (승객을 민다.)
승객 1   야, 그만 밀어.
승객 2   우리가 짐짝이냐?
장길복   협조 좀 해 주세요. (승객을 민다.)

승객 사이에서 비명이 들린다. 무척 소란스럽다.

운전사   야, 빨랑빨랑 해!
장길복   (까치발로 승객을 밀며, 손바닥으로 승객들을 두 번 치며) 오
         라잇!

운전사, 운전대를 잡고 이러저리 방향을 바꾸다가 장길복이 '스
톱!' 하고 외치면 갑자기 '끽!' 외치며 급정거한다.

승객 3   아이쿠, 이게 뭐야?
승객 4   이거 운전을 어떻게 하는 거야?

승객들, 투덜거리면서 옷을 털고 일어난다.

운전사   여기서 세우면 어떡해? 교통 오잖아.
장길복   손님이 세우라는데 어떡해요. 아저씨, 차비 주세요.

승객들 차례로 '뒤에' 하며 손가락으로 뒷사람을 가리킨다. 장

길복 맨 뒤에 있는 손님에게 가서 차비 달라고 손 내민다.

승객   야, 누가 차비 떼어먹을까 봐 그래? 쌍판때기 하고는…… 그
             따위로 생겨 먹었으니까 차장질이나 해 먹지.

모두 제자리에 서 있고 장길복이 고개 떨군 채 서 있다. 사무직
여성이 앞으로 나와 장길복 앞에 서며 관객을 향해

미스 리 자! 여러분, 써비스직이란 말 그대로 써비스를 하는 직업이
             에요. 이렇게 찡그린 얼굴로 (장길복의 얼굴을 들어 올리며)
             어떻게 승객 여러분께 좋은 인상을 주겠어요. 우리 회사 사
             시가 뭐죠? 정직과 친절! 네. 오늘도 웃는 얼굴로 승객 여러
             분께 봉사하는 거예요. 아시겠어요? (부장 쪽을 보며) 어머,
             부장님 나오셨어요? (인사한다.)
부장   (앉은 채) 아, 오늘도 비번은 없어요.

승객들, 모두 안내양이 되어 불평한다. 역할 바꾸기.

안내양 1 그건 너무해요.
안내양 2 정말 너무해요. 한 달에 25일이나…….
부장   (인상을 쓰며 불평 소리를 끊고서) 왜들 이래! 회사 사정 다들
             알잖아?
미스 리 누구는 뭐 한 달에 25일 근무 안 해요? 직업의식이 문제예요.
             직업의식이 투철하지 못하니까 이런 불평들이 나오는 거라
             구요.

이때 운전사가 검신원이 되어 호루라기를 '휙' 분다. 안내양 주위를 왔다 갔다 하며

검신원   모두 소지품 그대로 두고 밖으로 나와. 뭘 꾸물거리고 있어? 늦게 나오는 사람은 수상한 거야.

다시 한번 호루라기를 '휙' 불면 안내양들 일렬로 정돈하여 선다. 검신원, 앞에서부터 한 명씩 몸수색을 하다가 중간의 한 명을 집어낸다.

검신원   야, 너 이리 나와 봐.
안내양   왜 그러세요?

검신원, 안내양의 몸을 마구 더듬는다. 안내양, 어쩔 줄 몰라 하다가 마침내 주저앉아서 운다.

검신원   이거 왜 이래? 내가 지금 너를 어떻게 하겠다는 거야, 뭐야? 너 같은 건 줘도 안 먹어. 내 참, 차장이나 상대하고 있으려니까 별 같잖은 것이 다 지랄이네. 아! 니네들 말이지, 식당 여편네하고 짜고서 토큰 삥땅 치는 년들 걸리면 콩밥 먹을 줄 알어. 내가 다 안다구. 알았어? 교대!

안내양들, 한쪽으로 물러가고 사무직 여성, 부장에게 아부한다.

미스리   어머, 부장님, 어디 편찮으세요?

부장　　(배를 쓸며) 아, 어제 너무 많이 마셨나 본데, 미스 리. 약 좀
　　　　사 오지. 아, 아니, 우선 커피 한잔 타 줘.

미스 리　네, 부장님.

　　　　미스 리, 나가서 커피 타 오고 이때 계장 앞으로 나가서 전화 오
　　　　는 소리를 내며 전화를 받는다.

계장　　'따르릉!'(수화기를 들며) 아, 여보세요. 네 맞습니다. 아니 뭐
　　　　라구요? 아이구 이거 죄송하게 됐습니다. 네. 저희 회사가 다
　　　　그런 건 아닙니다. 어쩌다 그런 년들이 간혹 있지만…… 아
　　　　이구 죄송합니다. (이쪽저쪽으로 굽신대며) 고발만은…… 아
　　　　이구, 감사합니다. 죄송합니다. 감사합니다. 죄송합니다. 감
　　　　사합니다. (수화기를 내려놓고) 이것 봐, 미스 리, 가서 장길복
　　　　이 좀 데려와.

부장　　여봐. 배 계장 무슨 일이야?

계장　　아니 이것들이 또 사고를 냈지 뭡니까?

부장　　뭐야?

계장　　재수가 없으려니까 상대가 구청 민원실 직원이지 뭡니까? 고
　　　　발하겠다고 방방 뜨는데요.

　　　　이때, 사무직 여성 뒤를 장길복이 들어와 선다.

계장　　야, 장길복이, 너 도대체 근무를 어떻게 하는 거야? 버스 좀
　　　　타더니 눈에 뵈는 게 없어?

장길복　왜 그러세요? 저는 잘못한 거 없는데요.

계장   야, 내가 승객이라도 너같이 오리발 쭉 내미는 애는 얄미워
        서라도 고발해 버리겠다. 야, 장길복이, 좀 와서 (앞으로 한
        발 나와 고개 숙이며) 죄송합니다. (돌아서 보며) 이렇게 좀
        못 하냐? 넌, 왜 그 모양이냐? 사사건건.
부장   여러 말 할 것 없이 버스 타기 싫으면 사표 쓰고 나가라고 해.
장길복   제가 잘못했다면요, 다시는 그런 일이 없도록 할께요. 사표
        쓰라는 말씀은 하지 마세요.
미스 리   도대체, 넌 근무를 어떻게 했길래 그런 전화가 오게 만드니?
장길복   동대문에서요…….

        계장, 술취한 승객이 되어 뛰어나가며 버스 안에서 흔들거린다.
        장길복이 잡는다. 역할 바꾸기.

승객   야, 여기 내려.
장길복   아저씨, 여기선 안 서요.
승객   야, 너 아까 동대문 가냐고 할 때 간다고 했잖아.
장길복   여기는 빨간 딱지만 서는 데예요. 다음 정거장에서 내려서
        조금만 걸어가세요.
승객   뭐? 야, 걷고 싶으면 너나 걸어. 난 못 걸어. 빨리 세워!
장길복   아휴, 세울 수가 없는 데라니깐요. 아저씨 취하셨으니까 여기
        좀 앉아 계세요.

        장길복이 승객을 앉히려 하다 차가 흔들려서 밀게 된다.

승객   아쭈, 이게 막 밀어? 너는 애비 에미도 없냐? 야! 이 차 어느

회사 소속이야? 몇 번이야?

장길복   술 취하셨으면 가만히 있다 내리세요.

승객   이년이! (따귀를 때린다.)

장길복   왜 때려요. (울먹인다.) 다음이 파출소니까 거기 가서 따져
봐요.

승객, 슬슬 눈치 보며 뒷걸음치다가 다시 계장의 위치로 와서

계장   니가 그따위로 하니까 그런 거 아냐.

장길복   그럼 세울 수가 없는데 어떻게 하란 말예요?

부장   야 — 장길복이 말 잘하네.

장길복   너무하시잖아요. 회사에서 승객한테 전화 한 번 왔다고 앞뒤
따져 보지도 않고 사표 쓰라는 법이 어딨어요?

부장   지금 니가 나하고 논리적으로 따져 보자는 거냐? 야, 너 참
똑똑하구나. 그렇게 똑똑한 년이 왜 밤낮 차장질이냐? 나가
라, 나가. 응!

계장   나가라, 장길복이. 너 너무 똑똑해서 우리 회사에서 못 쓰겠다.

장길복   저 못 나가요. 제가 잘못한 게 없는데 왜 나가요? 그리고 저
버스 타면서 생긴 관절염 치료비 보상해 주세요. (한쪽 무릎
을 땅바닥에 댄다.)

부장   (일어서서) 야, 이게 어디 와서 팅팅 팅기고 있어? 나가, 나
가!

계장   나가. (발로 밀친다.)

장길복   집에다 돈 부칠 것도 있구요. 지금 저를 어디서 받아 주겠어
요? (울먹인다.)

637

부장 시끄러워! 기집년이 아침부터 짤짤 짜는 게 운수 회사에서
제일 재수 없다는거 몰라?

계장 나가, 나가, 나가! (떠민다.)

장길복 (밀려 나가면서) 어휴, 더러워서 정말!

부장 어디서 굴러먹던 저딴 게 들어와서…… 아이구 골치야. 이봐
미스 리 약 좀 사 와. (미스 리, 약 사러 나간다.) 이번 사건은
그냥 허술히 넘겨선 안 된다구. 회사 기강을 위해서라도 저
렇게 대드는 기집애들은 짤라야 돼.

계장 부장님, 이번 기회에 아주 대청소를 하시지요. 저 미스 리도
한 7년 굴러먹더니 알 거 모를 거 다 알고 마음에 안 드는데,
이번에 참신한 애로 바꿔 보지요.

부장 좋지. 그리고 사장님께서도 자리 하나 만들어 놓으라는 말씀
도 계셨고.

미스 리 (들어오며) 부장님, 약 사 왔어요.

부장 응? 응! 미스 리, 고마워.

미스 리 아이 부장님도 별말씀을…….

계장 미스 리, 나 좀 볼까 ? (한쪽으로 데려간다.)

미스 리 왜요, 계장님.

계장 요즘 미스타 김은 잘 있나?

미스 리 네.

계장 결혼한다더니 어떻게 된 거야? 국수는 언제 먹여 줄 거야?

미스 리 내년 봄쯤에요.

계장 그래서 말인데 말이지. 아, 처녀가 시집갈 때가 되면 좀 바쁜
가? (미스 리 주위를 돌며) 그래서 말인데 말이지. 사장님 지
시도 있고 하니까 집에서 슬슬 쉬면서 시집갈 준비나 하는

게 어때? 아, 그 미스타 김도 결혼해서까지 미스 리를 고생시키게 생기지는 않았던데 말야.

미스 리 무슨 말씀이세요? 저는 결혼해서도 다닐 건데요.

부장 허, 미스 리. 우리 회사에서 결혼한 여자 쓰는 거 봤나?

미스 리 말씀이 틀리잖아요? 제가 처음에 들어올 때는 사장님께서 제가 능력 있는 한 언제까지 일해도 좋다고 하셨는데요.

부장 아, 그거야 사장님 말씀이지, 그 당시 얘기이고. 미스 리도 사회생활 7년씩이나 했으면 이것저것 생각해 볼 텐데 아직도 그렇게 철딱서니 없는 소리를 하고 그러나.

미스 리 아니 그럼, 저더러 지금 노골적으로 그만두라는 말씀 아니에요?

부장 어허. 그걸 그렇게 감정적으로 받아들이나. 누가 당장에 그만두라고 했나. 시간을 두고 차차 생각을 해 보자 이거야. 아, 그리고 이번 문제는 우리끼리 결정할 문제가 아니니까 행여 불만이 있으면 사장님께 직접 찾아가서 따져 보라구.

미스 리, 어이없다는 모습으로 장길복이 쫓겨난 자리로 와서 서 있다. 이때 안내양들 제자리에서 한 명씩 일어나며

안내양 1 길복이가 호락호락 사표 쓸 거 같으니?

안내양 2 말도 안 돼. 전화 한 통 왔다고 사표 쓰라는 게 어딨어?

안내양 3 야, 차장이 아무리 호구라지만 걔네들 진짜 너무한다.

안내양 4 야, 그 부장 새끼, 평소 길복이한테 무슨 감정 있었던 거 아니니?

안내양 5 아뭏든 남자들은 지 밑에 있는 여자들은 다 지 껀 줄 안다

니까.

안내양 6 한 식구처럼 고생하잘 때는 언제고.

안내양 7 퇴직금 안 주려고 그러는 거 아냐?

안내양 8 아니야, 근속 수당 때문에 그럴 거야.

안내양 9 그러면 우리도 언제 당할지 모르는 거잖아?

안내양 10 맞아, 우리 일이야.

안내양 11 만약에 길복이가 사표를 쓰면 우리도 모두 같이 사표를 쓰는 거야.

안내양들, 모두 그렇게 하자며 밖을 향해 원을 만들고 서서 함께 팔짱을 끼고서 천천히 돈다. 미스 리, 발맞춰 도는 안내양들 앞에서 전화를 한다.

미스 리 애, 영숙아, 너무너무 속상해 미치겠는 거 있지. 아, 글쎄 나보고 그만두래. 사장 조카인지 뭔지가 들어온다는 소문이 있었는데 그게 바로 내 자리인가 봐. 500만 원짜리 계도 아직 안 끝났는데 어떡하니? 애애, 내가 7년 동안 이중 장부 쓰면서 얼마나 늙고 뼛골이 빠졌니. 근데 이제 와서 그만두라니 정말 말도 안 돼. 날 살살 달래 가지고 단물 다 빼먹고 이제 와서 그만두라는 게 말이나 되니? 내가 이놈의 회사 그만두면 가만히 안 있을 거야. 세금 포탈한 걸 다 불어 버리든지 해야지. 나는 결혼해서도 직장 생활 하고 싶단 말야. 뭐라구? 어머, 그런 데가 있어? 정말 도와줄 거니? 그래 고마워. 내가 찾아가 볼게. 근데 내가 안내양 애들한테 얼마나 못되게 굴었니? 근데 개네들 의리 하나로 똘똘 뭉치는데 너무 부러워.

난 정말 외로와. 내가 뭔가 크게 잘못 생각한 것 같애.

계장   (뛰어 들어오며) 크, 크, 큰일 났습니다! 큰일 났어요! 부장님.

부장   왜 그렇게 호들갑인가? 그래 또 무슨 일이야?

계장   아. 그 장길복이란 년이 앙심을 품었는지 물탱크에 코를 콱 박고, 눈을 허옇게 뜨고 주, 죽었읍니다요!

부장   확인해 본 거야?

계장   아휴. 생각만 해도 끔찍합니다요.

계장, 뒷걸음치다가 도망가 버리고 안내양들 차례로 한 명씩 뛰어나와서 부장을 에워싸고 소리 지른다. 부장, 겁먹은 듯 조금씩 고개를 떨군다.

안내양 1   뭐? 길복이가 죽다니!

안내양 2   무슨 소리야, 길복이가 죽다니!

안내양 3   그거 정말 확인해 본 거니!

안내양 4   아냐, 어떻게 그럴 수가 있니!

안내양 5   그럴 리가 없어, 그럴 리가 없다구!

안내양 6   길복이는 자살할 애가 아니야!

안내양 7   길복아!

부장을 에워싼 채 정지 동작 상태로 있다. 어용기자, 사진을 찍으며 들어온다.

기자   (안내양에게 마이크를 들이대며) 누가 죽었어요? (옆 사람에게) 그 아가씨 몇 살이에요? 혹시 남자 관계 복잡하지 않았어요? 임신하고 있었던 거 아냐? 참 내, 말들도 안 하네. (퇴장하며) 특종 잡으러 왔다가 날 샜군. 괜히 데스크 혼자 방방 떴잖아.

부장　　(공포에 질려서 소리 지른다.) 이, 이것들이. 나, 나가, 나가!

부장, 자리에서 일어나 도망쳐 나가고 안내양들, 부장이 앉아 있던 빈 의자 주위에 푹 고꾸라진다. 이때 한 명이 나와서 마이크에 대고 장길복의 유서를 읽는다. 안내양들, 처음엔 흐느껴 울다가 점점 오열을 터뜨리며 길복이를 부르며 절규한다. 유서를 읽는 동안 반대편에서 장길복이 나와 절망과 고통의 몸짓으로 바닥에서 뒹군다. 한편, 배경음악으로 상여 소리나 슬픈 민요가 흐른다. 장길복 허공을 응시하다가 쓰러지며 절규한다.

유서　　정순아, 상실아, 순이야, 미안해. 이렇게 죽고 싶지는 않았어. 아픈 엄마 생각, 동생 학비 생각하며 서울로 올 때도, 라면으로 간신히 끼니를 때워 가며 철야 작업을 할 때도 난 울지 않았어. 난 살고 싶었어. 검신원 아저씨가 몸수색을 하며 갖은 모욕을 다 해도 난 참았어. 이를 악물고 돈 모아서 이 지경을 벗어나 보자는 희망으로 참았는데…… 그렇지만 이젠 자신이 없어. 아무리 뼈빠지게 일해도 그런 날이 나한테 올 희망은 안 보여. 억울해. 너무 억울해서 못 살겠어. 이렇게 죽어라 하고 일하는데도 왜 이렇게밖에 못 살아야 하니? 우리 엄마랑 동생들은 어떻게 하니?

엄마. 미안해요. 길순아, 네가 학교를 그만두고 취직하러 올라오겠다는 편지 받았어. 너만은 어떡하든 나같이 안 만들려고 애썼는데…… (울먹인다.)

얘들아, 날 바보 같은 애라고 욕해 줘. 난 진 거야. 하지만 너희들은 나처럼 바보가 되면 안 돼. 가난하게 태어났다고 언제까지 이렇게 짓밟혀 살 수는 없어. 나는 더 이상 견디지 못하고 너희들을 떠나지만 제발, 제발 너희들은 끝까지 용기를 잃지 말아 줘. 내 몫까지 살아 줘. 안녕.

장길복　(쓰러져 있다가 손을 들어 일어서려고 하며) 엄마! 난 억울해요. 엄마, 엄마 나 살고 싶어요. (다시 고꾸라진다.)

안내양들, 서서히 꿈틀거리며 〈전진가〉를 부르다가 일어서서 장길복과 함께 한 명을 무등 태우고 판을 돈다. (이때, 사무직 여성과 기자, 무리에 합세한다.) 노래는 계속 이어지고 장길복, 안내양의 무리 앞에서 구호를 외친다. 안내양들, 따라서 외친다.

장길복　안내양의 생계를 보장하라!
　　　　검신 행위 철폐하라!
　　　　지정된 근무일을 지켜 달라!
　　　　운전기사와 안내양의 저임금을 인상하고 근로조건을 개선하라!
　　　　안내양의 인격을 존중해 달라!

이때 마이크를 통해 안내양뿐 아니라 근로 여성 문제에 대한 성명서가 낭독된다. 안내양들, 노래 부르며 퇴장한다.

성명서   우리는 오늘날 기업과 사회 그리고 국가가 져야 할 보다 큰
책임을 오히려 연약한 근로자들에게 귀결 지어 버리는 오늘
의 세태를 통탄하지 않을 수 없다.

우리는 근로자의 인권침해나 비인도적인 처우, 열악한 근로
조건, 전근대적인 노사관계 등의 문제들이 아직도 우리 사회
의 일반적인 문제라는 점을 분명히 환기시키고자 한다.

우리는 이와 같은 불행한 사태가 더 이상 발생되지 않도록
하기 위하여 정부와 기업에 대해 다음의 사항들에 대한 시정
을 강력히 촉구하며, 만약 우리들의 이러한 요구 사항이 관
철되지 않을 경우 우리는 이에 대해 강력한 투쟁을 전개해
나갈 것을 밝히는 바이다.

첫째, 정부와 사용자는 모든 근로자들에게 인간의 존엄에 합
치된 진정한 자유와 권리의 행사를 보장하라.

둘째, 모든 기업은 조속한 시일 내에 전근대적인 노무관리
방법을 불식하고 합리적인 노무관리 관행과 민주적인 노사
관계를 확립할 것이며 저임금, 장시간 노동 등의 열악한 작
업환경을 개선하여 근로자의 인권과 노동권 그리고 생활권
을 확고히 보장하라.

셋째, 정부는 기업에 대한 근로감독 행정을 보다 강화하고
노사관계 정책·제도를 개선하여 이러한 사건들이 발생할 수
있는 잠재적 가능성을 원천적으로 배제하라.

넷째 마당: 소슬굿 마당

이 마지막 마당은 무교(巫敎)적 통과의례의 하나인 '소슬굿' 형식을 빌려, 어둠의 역사로서의 여성사를 함축시키고 미래를 향한 우리들의 결단과 기원을 응축시킨 마당이다. (1) 살풀이 (2) 병신춤 (3) 작두놀이의 세 과정은 그대로 여성사의 과거·현재·미래를 뜻하기도 하고, 주관적·개인적 한풀이가 집단성을 획득했을 때에 발휘하게 되는 객관적 자기 인식의 힘과 그 힘을 바탕으로 펼쳐 나갈 소망스런 앞날을 예시해 주는 것이기도 하다. 마당의 도입은 어둠으로부터 시작된다.

(1) 살풀이

어둠 속에서 하나하나 촛불이 밝혀진다. 어둠 속을 뚫고 솟아오르는 정갈한 빛들은 억울한 한평생을 살아 내던 여인들의 애소(哀訴)인 양 차라리 한스럽다. 저 어둠 속에 이 땅의 딸들이 감내해 온 오욕과 수난의 역사가 그 숨결도 고스란히 살아남아 있기 때문일까. 향을 꽂는다. 여성사 한 걸음 한 걸음을 떼어 놓았던 수많은 여인네들의 낱낱한 숨결이 느껴진다. 그 숨결의 처절한 한숨 소리를 받아 안은 듯 무녀(巫女)는 천천히 살풀이의 첫 동작을 시작한다. 느린 살풀이 장단에 맞추어 무녀는 손끝에 돌려진 흰 천자락으로 한 많은 여인들의 넋을 길어 올린다. 잔잔한 흐느낌과도 같은 춤사위 사이사이 어쩔 수 없이 터져 나오는 오열의 몸짓이 더할 수 없이 서러웁다. 그러던 한 순간, 꿈결 같던 춤사위가 문득 그쳐지고 무녀의 시선이 서서히 주위를 돌아본다. 돌아다보며, 나만이 아니라 너도 그녀도 모두 억압 속에서 힘없고 나약한 존재들로 살아오고

여성평우회

있었음을 깨닫는다. 객관적 깨달음이 시작된 것이다.

(2) 병신춤

일그러진 손, 찌그러진 표정, 절뚝이는 발……, 각양각태의 병신놀음이 신나는 삼채가락으로 펼쳐진다. 나만 병신이더냐 너도 병신이로구나 너만 병신이더냐 내도 병신이로다 — 어두움과 슬픔 속에 갇혀 있던 자신을 객관적으로 깨달았을 때에 터져 나오는 신명 나는 한판 춤이다. 안으로만 삭히던 서러움의 상처를 갖가지 병신 짓을 통해 바깥으로 표출시켜 놓고 보니, 드디어 애절하던 슬픔의 벽은 무너지고 저기 뒤돌아서 앞이 안 보이도록 울고 서 있는 내 모습이 비로소 보인다. 내 모습 닮은 너에게 내가 손을 내밀고 너 또한 내게 손을 내미니 우리는 드디어 거대한 하나가 된다. 작은 불빛이 모여 어둠을 이기듯, 드디어 해야 할 몫을 스스로 깨닫는 순간이다. 이제 하나 된 우리로서 조심스럽게 첫 땅을 디디리라.

(3) 작두놀이

신오른 무녀는 시퍼런 작두날 위에서 잰 장단으로 춤을 추며 더욱더 신올리기에 박차를 가하고, 나머지 사람들은 그 주위를 돌며 춤춘다. '살풀이'와 '병신춤'이 눈물과 신명을 거치며 겪는 진통을 함축하고 있다면, '작두놀이'는 진통을 통해 도달한 집단 정서와 객관적 자기 인식을 신올리듯 솟구쳐 오르게 하는 과정이다. 새로운 미래의 창조를 다짐하고 암시하는 것이기도 하다. 무당 주위를 돌며 춤을 추는 군상들은 그 창조의 역사를 끌고 나갈 개개인들로, 이 잔치판에 끼지 못한 다른 처지의 여성들 동료들까지를 대표하고 있다. 이들의 군무는 이미 도달한 인식의 육화(肉化)이며 또 자기 구원에 대한 갇힌 의지 표명이기도 하다. 신오른 무녀의 휘감기듯 풀어지는 춤사위와 잰 발놀림에도, 그 주위를 도는 군상들의 마구잡이 춤사위 하나하나에도 솟구쳐 올려진 의지와 힘이 만들어 갈 내일의 바람직한 여성사가 소망처럼 투영되어 있으니, 우리들 개개인 바로 저 군무 속 춤꾼의 일원이 아니고 무엇이랴.

— 민족극연구회 대본선편집위원회 엮음, 홍석 편,

『민족극대본선 1』(풀빛, 1988)

또 하나의 문화(1985~2003)

1980년대 여성운동은 민주화운동에의 적극적 참여 속에서 새로운 사회운동으로 부상한다. 1983년 6월에는 '여성평우회'와 '여성의 전화'가, 1984년 4월에는 '민주화청년연합'의 '여성부'가, 1984년 12월에는 '또하나의 문화'(이하 또문)가 결성된다. 여성운동은 1980년대 민중운동·민주화운동과의 대중적 사회적 기반을 공유하는 한편 여성운동의 어젠다를 독자화하면서 사회적·역사적 지평을 확대하고자 했다. 이 시기 등장한 여성주의 무크는 이러한 정치적·지적 담론장과 함께 페미니스트 여성 지식인 집단의 등장, 여성문학과 페미니즘 비평의 본격적인 형성을 보여 준다.

1985년 2월 창간해 총 17호를 발행한《또 하나의 문화》는 대표적인 여성주의 무크이다. 조형, 조혜정, 조옥라, 김은실과 같은 사회학과 여성학을 전공한 대학교수와 작가·화가·사진가 등 여성 예술가들, 대학원생 등이 모인 또문의 주요 활동은 다양한 소모임, 무크《또 하나의 문화》간행, 1987년 12월 출판사 설립 등이다. 특히 매체를 통한 의사소통과 조직화, 글쓰기와 다양한 표현 양식, 그것을 통한 일상과 의식에서의 여성주의적 대안 문화의 실천을 지향했다. 무크의 다양한 어젠다 중 '여성의 삶과 몸의 경험에 관한 적극적 글쓰기와 말하기'라는 제호는 여성주의 출판 운동의 진가를 보여주었다. 고정희와 박완서가 동인으로서 참여한 '여성해방의 문학'

(3호, 1989)에서부터 '새로 쓰는 사랑 이야기'(7호, 1991), '새로 쓰는 성 이야기'(8호, 1991), '여자로 말하기 몸으로 글쓰기'(9호, 1992), '새로 쓰는 결혼 이야기 1, 2'(11, 12호, 1996) 등은 성폭력, 결혼, 성 등의 경험을 다시 쓰고 말하기가 여성적 주체의 형성 과정임을 드러냈다.

이혜령

좌담 '또 하나의 문화'를 펴내며

사회

고정희

좌담 참석자

김애실, 장필화, 정진경, 조옥라,

조은, 조형, 조혜정

정리

김효선, 배선희

시간

1984. 10. 7. 11:00~4:00

장소

조혜정 동인의 집

'또 하나의 문화'는 다양한 삶의 형태를 인정하는 사회를 지향한다.

고정희　처음에 '또 하나의 문화' 운동은 열려진 의식을 가진 사람들을 대상으로, 어떤 제한 없이 취지에 동의하는 동인을 모으는 일로부터 시작됐습니다. 지금까지 약 백여 명의 동인이 참여한 것으로 알고 있는데요, 폭넓은 사회운동의 성격을 띠고 있는 '또 하나의 문화'에서 이끌어 가고자 하는 것은 어떠한 것인가? 여기부터 얘기를 시작해 볼까요?

장필화　'또 하나의 문화'라는 것이 기존 문화가 가지고 있는 보수성, 즉 사회 구성원에게 기존 문화에 순응하기를 강요하는 보수성과 개인의 창의성을 억압하는 획일성에서 벗어나려는 한 노력이 아닌가요?

조옥라　정확히 보셨어요. 우리는 '또 하나의 문화'를 내면서 다른 사람들이 그렇게 이해하기를 원해요.

장필화　그런 의미에서 '또 하나의 문화'는 복수여야 하지 않을까요? '한 개'의 문화라는 의미로 들리기도 해요.

조혜정　'또 하나'라고 형용사를 붙인 것은 바로 여러 개의 문화가 있을 수 있다는 것을 함축하고 있죠. 기존 문화에 대항하는 문화가 여러 개 있을 수 있는데 그중에 하나라는 거죠. 사실은 '반문화'라고 하는 것이 더 적합하지 않느냐고 하는 이들도 많아요. 또는 '다른 문화', '대안 문화'라고 부를 수도 있는데 이런 의식의 첫 발디딤은 하나의 작은 목소리로 시작하죠. 이것이 점차 퍼져서 지배 문화가 될 수도 있고 부분 문화로 정착될 수도 있는 것인데 이러한 과정까지 생각해서 '또 하나의 문화'라는 제목이 채택된 것입니다.

또 하나의 문화

조형　그러니까 우리가 바라기는 결국 다양한 소리가 만들어지고 받아들여지는 사회를 이루자는 것이지요.

조옥라　지금 현재도 많은 사람들이 이와 같은 생각을 하고 있지만 그것이 하나의 하위문화로는 형성되어 있지 않습니다. 그래서 조직화된 하나의 하위문화를 형성하려는 것이 이 운동의 목적입니다.

흑백논리를 지양하는 대안 문화

고정희　아까 反文化반문화라는 말이 나왔는데 우리가 그 말을 사용하는 것은 문제가 있을 것 같아요. 문화에 대한 어떤 모델이 정해져 있다는 얘긴가요? 어떤 문화에 대한 반대인지가 분명해지면 '또 하나의 문화'의 내용이 더 잘 설명될 수 있을 것 같습니다.

조혜정　'반문화counter-culture'라고 할 때는 지배적인 상징체계에 대한 대안적 상징체계를 말하는 거지요. 여기서는 특히 가부장제나 남녀 불평등에 대한 반대를 의미합니다.

조은　남녀 관계에 관한 한 반문화라 할 수 있지요.

조옥라　관료주의나 획일주의에 대한 우리의 반대 역시 현 사회의 통념에서 볼 때는 반문화적인 요소입니다.

고정희　사회에서는 일반적으로 다양한 문화를 인정하지 않는 문화가 오히려 반문화적이라고 생각할 수 있지 않을까요? 우리 스스로를 반문화라고 하는 것은 좀 생각해 봐야 할 것 같습니다.

조혜정 反반, 反반 하면서도 실제로 새로운 대안을 제시하지 못하는 반대는 결과적으로는 기분풀이에 지나지 않게 되고 그래서 오히려 기존 체제 유지에 기여하는 수가 없지 않아요.

조형 사실 부정한다고 해 놓고 실제로는 그걸 부정하는 것이 아니라 오히려 그 대상에 더 집착하는 현상을 주위에서 흔히 볼 수 있지요.

조은 그런 의미에서 우리는 '反반'의 슬로건을 내리는 데 있어 조심스런 태도를 가져야 할 것 같아요.

조형 해결 방안이 제시되지 않거나 또 제시된 것이라도 한꺼번에 완전히 바꾸려고 하는 극단적 형태이므로, 우리는 이 두 가지가 다 싫다는 거죠.

장필화 두 가지 다 대안을 내놓고 바꾸려는 것 아닌가요?

조형 대안은 제시하나 그것을 강요하지는 않는다는 거죠.

조옥라 그렇지만 신념을 갖는 사람들이나 그러한 방향으로의 변화를 갈구하는 이들에게는 힘이 되는 운동을 하겠다는 것입니다. 적어도 변화의 노력이 생활화되어야 한다는 것이고요.

문제의식이 강한 개인이 모이면 실천적인 새로운 '또 하나의 문화' 가 형성되고, 변화하려는 노력은 생활화되어야 한다.

장필화 그렇다면 우리가 추구하고 제시할 수 있는 대안의 문화, 새로운 가치 체계의 문화란 어떤 걸까요? '또 하나의 문화'가 바라보고 가는 '해'는 무엇인가요?

조형 사람들이 사회와 관념의 노예가 되지 않고 자유롭게 사는

또 하나의 문화

사회?

조혜정 양성적 인간, 다원적인 문화, 간단히 표현하면 이렇게 되겠지요?

조옥라 좀 덜 경쟁적이고 인간의 가능성을 충분히 개발할 수 있는 사회, 이런 사회를 이루기 위해서 현재 우리가 여성적이라고 정의 내리고 있는 것과 남성적이라고 정의하고 있는 것들이 서로 모아져서 더욱 포용력 있는 가치 체계가 기반이 되는 사회를 만들자는 거지요.

조형 남녀 관계의 불평등이 다른 영역으로 확대되기 때문에 논의의 초점은 남녀 관계에 두지만 우리의 궁극적 관심은 획일주의와 권위주의, 그리고 보다 더 근본적인 불평등의 문제지요.

조옥라 많은 사람들이 여성운동이라고 하면 모든 것이 여성이 주체가 되어서 지금의 남자들이 가진 지위를 여자가 누려 보려 한다고 생각해요. 우리가 얘기하고자 하는 바는 '남성' 자체가 나쁜 게 아니라 남성적인 논리를 모든 면에다 적용하고자 하는 것이 나쁘다는 거지요. 우리가 남자의 위치에 있지 않기 때문에 불평등하다는 것이 아니라 그런 현상이 나타나게 된 근원적 차원에서의 불평등 구조를 문제 삼는 것입니다. 우리가 남자와 똑같은 지배자가 되겠다는 것은 전혀 아니죠.

조혜정 궁극적으로 가부장제의 변화가 목표가 되겠지요. 그리고 그 변화를 위한 방법론에서도 우리 운동은 특성을 갖습니다.

김애실 지금까지의 운동은 제도적인 변화에 치중했고 따라서 제도 개혁의 차원에서만 논의하여 왔는데 여기서는 그 변화를 생활을 통해 이루어 보려고 하는 점을 강조하는 것이 특징이라면 특징이죠.

조은 　맞아요. 지금까지는 사회과학의 논리로 너무 구조적인 변화만을 강조하고 일상생활의 구체적 변화를 간과한 측면이 있었어요. 구조와 개인, 제도와 생활은 분리될 수 있는 것이 아니지요. 특히 여성운동은 일상적이고 개인적이라는 이유로 운동의 차원에서 무시되는 경향을 보여 왔는데 사실은 일상적인 변화, 삶의 양식의 변화가 궁극적인 목표 아니에요?

조옥라 　더 구체적으로 말하면 남녀 관계의 변화가 제도의 변화만으로 해결될 일시적인 것은 아니지요. 그보다 훨씬 더 근원적이면서 일상적인 것이니까 아주 장기적인 노력이 필요하죠.

조혜정 　멀고도 가까운 거죠. (웃음) 제도적인 변화가 표피적인 것일 때 그것에 집착하는 것은 에너지 낭비입니다.

조형 　변화라는 게 제도적인 면에서의 변화와 일상생활에서의 변화가 같이 되면 좋은데 언제나 둘이 함께하지 않거든요. 우리의 경우에는 해방 이후에 제도적으로는 상당히 서구 것을 많이 받아들였죠. 가족과 관련된 여성 문제는 가족법 개정만 제대로 통과되면 이제 제도상으로는 어느 정도 균형을 이룰 수 있지요. 그러나 근원적인 문제는 아직도 그대로 남아 있는데 그 원인은 뭐냐는 것입니다. 제도상의 변화도 일상생활을 끌어올 수 있으므로 그것도 아주 중요하지요. 그러나 현재로는 양자 간의 거리가 너무 먼 것이 문제입니다. 우리의 입장은 생활의 변화가 훨씬 뒤처지고 있어서 이쪽을 밀어주어야 한다는 거지요.

조혜정 　강조되어야 할 것은 개인적으로 생활화하는 것뿐만 아니라 그런 사람들이 모여 변화를 위한 노력을 기울이는 것, 즉 집단이 형성되고 그 집단이 새로운 하위문화를 파생시킨다는

또 하나의 문화

측면입니다. 그렇게 되면서 사회 전체의 변화 가능성이 생겨 나는 거지요.

조형　　개인적으로 그렇게 실천하는 사람이 있다 해도 모두 다 원자 로 흩어져 있으면 그것이 변화로 이어지지 못합니다.

조혜정　사회적인 힘이 될 수 있느냐 없느냐가 중요한 거지요. 모였 을 때만이 비로소 하나의 새로운 삶의 형태가 정착될 수 있 는 겁니다.

고정희　그러면 이렇게 정리될 수 있을까요? '또 하나의 문화'를 내게 된 동기가 다양한 삶의 형태를 포용하는 문화를 지향하고 분 산된 개인의 힘을 조직화시키는 것이라고요.

조혜정　그렇습니다. 우리 문화 자체를 다양한 문화를 포괄하는 것으 로 만들자는 것이고, 방법에 있어서는 남녀평등을 논점으로 삼는 모임을 통하여, 그리고 더 구체적으로는 활자 매체를 토대로 새로운 상징과 의미를 우리 사회에 심어 보자는 것입 니다.

지금은 남녀 관계가 재정의되어야 할 때

고정희　그러기 위해서는 새로운 남녀 관계의 정의가 필요하겠지요? 지금까지의 남녀 관계가 그 자체로서 남녀 모두에게 정당한 것이었는지 또 합리적인 것이었는지 생각해 봐야 될 것 같습 니다.

조은　　변화하는 사회에서 자신의 역할을 찾아야 하는 대부분의 여 성들은 의존적인 기존의 남녀 관계가 변해야 한다고 생각하면서도 그냥 참고 있지요. 또한 지금의 남녀 관계가 남자에게도 불편한 것이 아닐까요?

조형　남자들에게는 기존의 남녀 관계가 상당히 편리한 방식으로 되어 있는 것 같지만 좀 더 깊이 살펴보면 성차별주의적 문화가 사회의 불평등 문제를 그 근저에 깔고 있고 우리 사회의 권위주의적, 획일적인 문화를 강화해 주는 측면이 있어요. 그 경직된 사회의 원리는 남자에게도 어김없이 적용되고 있읍니다.

조혜정　또 장기적으로 보아서 이러한 불평등한 남녀 관계가 사회 발전에 과연 기능적인지도 문제 삼아야 합니다.

조형　관점에 따라 누군가가 희생되어야만 하는 사회에 살고 있는 한, 남녀 모두가 불평등한 구조의 희생자라고 볼 수 있지요.

조혜정　그렇기 때문에 한편은 희생하고 한편은 기생하는 현재의 남녀 관계는 장기적인 사회적 발전의 측면에서 재정의되어야만 합니다. 그 재정의된 내용을 여기서 밝혀 보려는 것입니다.

공적 영역=남성, 사적 영역=여성의 이분법, 과연 정당한가.

장필화　기존의 남녀 관계는 공적 영역과 사적 영역의 이분법에 따라 규정되어 왔지요. 공적 영역은 공식적이고 제도적이며 사회 변화를 주관하는 중심적 활동이 전개되는 부분으로서 남성의 영역이라고 인정되어 온 반면, 사적 영역은 가정을 위시한 비공식적 영역으로서 여성의 영역으로 인정되어 왔잖아요? 남녀 관계가 재정의되어야 한다는 것을 인정한다면 그것

또 하나의 문화

의 근본적인 문제인 공사 영역의 이분법이 재검토되어야 할 것 같아요.

조혜정 공적-사적 영역의 엄격한 구분과 그것이 위계질서화되어 있는 현상에 대한 이야기를 해야겠지요. 전통적 가부장제 사회에서도 공사 구분은 존재하였는데 현재의 양상과 다른 점은 그때는 사적 영역이 비교적 컸었고 양자가 유기적으로 연결되어 있었다는 점이겠지요. 산업화되면서 공적 영역은 급격히 확대되고 따라서 사회는 인간성이 무시되기 쉬운 공적 영역 우선주의, 예를 들어 경제발전 우선주의 등의 성격을 강하게 띠게 됩니다. 한편 공적 영역이 거대 조직화되고 경쟁이 치열한 곳이 될수록 사적 영역은 공적 영역으로부터 유일하게 인간성이 보장되는 '피난처'로 등장하게 되며 사수되어야 할 어떤 것으로 인지되지요. 이때 여성은 그 사적 보루를 지키는 주인공이 됩니다. 이러한 과정을 통해 사적 영역은 그리고 그 영역을 지켜 온 여성들은 변동을 주도하는 공적 영역에서 점차 유리되고 보수성의 온상으로, 수동적 시민으로 남게 됩니다. 반면 남성들은 공적 영역에서 더욱 쫓기고 인간성을 실현할 장소마저 잃어 가지요. 공적 영역이 월등한 비중을 갖는다는 것, 공사 간의 유기적 연결이 안 된다는 것은 단기적으로 볼 때 효율적인 사회발전을 가져올지 모르지만 결국은 효율적인 시스템이 될 수 없습니다. 인간의 욕구와 창조성이 수렴되지않는 체제이기 때문이지요. 이런 맥락에서 여성의 사회 진출은, 즉 공적 영역에의 진출은 이 양 영역의 이분화가 변화되는 과정으로 풀어질 수 있습니다. 공적 영역과 사적 영역 간에 유기적 연결이 가능해지고 좀 더 인간 위주의 사회로 향해 가는 과정 말입니다.

조형   공·사의 이분화 논의에 있어서 생기기 쉬운 혼돈을 피하기
       위해 이런 문제를 논의해 볼 필요가 있겠어요. 우리 사회는
       서양 사람들이 생각하는 공적-사적 영역의 구분과는 다른
       양상을 보이고 있지 않아요?

장필화   우리 사회는 그것이 더욱 복합적으로 얽혀 있는 것 같아요.

조혜정   공적-사적 영역의 부정적 결합 형태는 우리 사회의 한 특징
       을 이루고 있지요. 대다수의 사회에서 이런 현상이 발견되지
       만 우리나라는 좀 극단적인 경우 같습니다.

정진경   남자들의 경우에 선배나 인맥 같은 것이 비공식이면서 공식
       에 수렴되는 형태 말이지요?

조형   현재로 공적 영역과 사적 영역이 가장 뚜렷이 지켜지는 것은
       여자의 영역과 남자의 영역인 것 같습니다. 그래서 더욱 이
       성별 구분에 매달리는지도 모르죠. 서양에서는 공·사를 잘
       구별하면서도 부인이 파티에 참석하거나 하는 식으로 해서
       형식적이나마 공사의 영역을 연결시키려 하지요. 그런데 우
       리는 그 부분이 연결이 안 되면서 실제로 '무대 뒷방'에서는
       공무가 사적인 차원에서 처리되고 있지요. 즉 형식적으로는
       분리가 된 것으로 되어 있지만 실제로는 안 되어 있는 미분
       화 상태라고 하겠습니다.

조혜정   그래서 사적인 영역에 남아 있는 것으로 되어 있는 여성이
       비공식적으로 사회적 영역에 손을 뻗치게 되어 여러 가지의
       사회적 비리가 일어나지 않습니까? 이 문제를 해결하기 위해
       서는 여성이 비공식적으로 손을 안 뻗치게 공식적인 사회 진
       출의 길을 터 주어야 할 것입니다. 이는 아마도 우리 사회의

또 하나의 문화

음지를 줄이는 데 있어 하나의 효과적인 방법이 될 것입니다.

조은　하여간 우리나라의 경우는 공·사라는 것이 이런 특수한 면을 지니고 있으니 그 표현 대신 '가정과 사회의 분리'라는 표현을 쓰는 것이 오해의 여지를 줄이게 되겠읍니다.

조형　그러면 공식적인 여성의 사회 진출에 관해 좀 이야기해 봅시다. 오랫동안 가정의 영역에 머물던 여성이 사회적 영역에 처음 들어갈 때는 자기 모델이 없어요. 이런 때에 여성들이 나타내는 행동상의 특징은 크게 두 가지로 나누어 볼 수 있는데, 하나는 남장을 한다든지 근엄한 표정을 짓는다든지 하는 등으로 남성적인 기준에 맞추는 것이고 다른 하나는 남성이 요구하는 여성상에 따라서 완전히 여성답게 행동하는 경우이지요. 그런데 이 두 가지가 모두 형식에 있어서는 남성적이에요. (웃음)

조옥라　지금 같은 구조에서 성공할 수 있는 여성은 다수가 공식적인 영역에서는 매우 근대적으로 남성과 같은 역할을 하고 사적인 영역에서의 기존의 남녀 관계의 형태에서 크게 벗어나지 않는 방식으로 처신을 해 온 사람들이지요.

장필화　벗어나지 않는 정도가 아니라 그 역할을 훨씬 더 성공적으로 해야지, 예를 들면 비위를 잘 맞춘다든지……. (웃음)

조혜정　이 문제에 있어서는 시대적 특수성의 맥락에서 이해되어야 할 겁니다. 선배들을 나무랄 수도 없는 게, 그렇지 않으면 살아남을 수도 없었거든요. 그만큼 상황이 어려웠던 거죠. '여성과 조직' 즉 기업체나 정부 조직 등에서 활약하는 미국 여성에 관한 연구 결과에서 밝혀진 사실인데요, 공적 영역에 진출한 여성들은 자기 업무 외에 모성적 역할을 하든가, 그 조직의 마스코트 역할을 하든가, 성적 대상물이 되든가, 철의 여인 Iron Maiden이 되든가 이 네 가지 유형 중 어느 하나 또는 그 이상의 역할 기대에 맞추어야 했다고 합니다.

조형   '철의 여인'이라기보다 명예 남자지요. (웃음)

조혜정   그렇게 해서 선배들은 그나마 살아남았는데 이제 우리 세대에서는 살아남는 것만이 문제가 아니라 바로 그 공적 영역의 문화 자체를 변화시켜야 한다고 봅니다. 사회생활을 하는 것 자체가 현대적인데 가정에서는 여전히 전통적이어야 한다는 이중적인 기준을 적용하지 말고, 즉 이중적인 생활을 거부하고 우리 자신을 있는 그대로 드러내어 사회적 영역을 확대·변경시켜 가야 한다고 봅니다.

조옥라   그렇다면 이제까지의 선배들의 공적 영역에서의 활약이라는 기초에서 우리가 새로운 가치관을 만들어 내고 있다는 얘기가 되네요. 만약에 그런 모델들이 없었다면 우리는 어떤 의미에서 지금과 같은 가치관을 제시하기 힘들지 않을까요?

조형   그래서 우리는 선배들을 객관적으로 볼 때 이해할 수도 있어요. 자신들이 생활을 하면서 느낀 체험에서 자기 모습을 만들어 갔던 거지요. 그동안 속으로 느끼는 혼란도 컸었겠구요.

조혜정   그런 면에서는 지금 여성들이 사회적 영역에 들어가기가 훨씬 쉬워진 겁니다. 우리 자신의 주장을 할 만한 여유와 힘이 생긴 것이죠.

조형   쉬워졌다. 쉬워졌다?! (웃음)

여럿   상대적으로 보아야죠. (의미심장한 웃음)

장필화   앞으로의 행동 강령에서는 쿼터제냐, 완전한 제도적 변화, 즉 180도의 회전까지 포함되어야 하느냐, 이 두 가지가 문제인 것 같아요. 가정과 사회가 유기적 관계를 맺을 수 있기 위한 제시와 욕구, 이건 다시 말해서 이제까지 공적 영역을 접한 남성들이 사적 영역으로 들어와야 한다는 얘기지요. 아버지의 역할 변화가 함께 논의되어야 합니다.

조혜정 그건 너무나 분명한 사실입니다. 여성이 사회의 영역으로 들어갈 때, 그리고 그 사회적 영역을 변화시켜 나갈 때, 남성은 그래서 비워진 가정 내의 영역을 메꾸고 가정의 영역에 변화를 가져와야지요. 그렇지 않으면 여성은 여전히 두 영역에서 이중의 역할을 해야 하고, 이렇게 되면 시간이 아무리 흘러도 사회 변화는 불가능합니다.

정진경 그리고 남자가 가정의 빈 공간에 참여한다는 것이 남자로서는 자기가 결여하고 있던 점을 메워서 자기 스스로는 더 바람직하고 풍부한 삶을 살 수 있게 된다는 점을 고려해야 합니다.

이분법에 근거한 고정형에서 선택 가능한 양성성으로

고정희 여자가 공적 부문에 들어가고 남자가 사적 영역에 들어오고 서로가 상대방의 영역에 들어 간다면 어쩌면 중성화를 말하는 건가요, 아니면 제3의 어떤 건가요? 양성적 인간화가 새로운 남녀 관계를 정립하는 데 있어서 어떤 역할을 할 수 있을까요?

정진경 통념적으로 정해진 여성다운 기질과 남성다운 기질은 실제로 한 개인 내에 공존하고 있어요. 인간의 진면목을 파악하기 위해서는 성별에 따른 고정관념을 주장하기보다는 개인의 차이로 보려는 노력이 필요해요. 양성적 인간은 고정적 관념에 따라 정의된 스테레오 타입에 맞추어 사는 인간보다 훨씬 풍부한 삶을 살 수 있어요. 양성적 인간의 개념이 바람직한 새로운 인간상으로서 제시되고 있는 이유는 바로 여기에 있어요. 이것을 공·사의 개념과 연결해 보자면 공적·사적 부문이 개방되어 모든 기회가 사람들에게 열려 있을 때 어떤 사람은 사회에서 활동하기를 좋아할 수도 있고 또 어떤 사람은 "난 그런 것이 적성에 맞지 않고 아이 기르는 게 이 세상에서 제일 보람 있다"고 하는 사람이 있을 수 있죠. 이런 문제는 여자·남자의 문제를 떠나서 완전한 개인적 선택의 문제로 되어야 한다는 거죠. 그렇게 되면, 양성성은 개인적 적응과 행복의 열쇠임과 동시에 좀 더 조화로운 관계 형성의 열쇠가 될 수 있지요.

'서구적', '아시아적', 그리고 '한국적' 여성운동

고정희   이 운동이 '서구적'이라는 비난을 받을 여지가 있는 것 같은데, 주축 동인들이 모두 외국에서 공부를 했다는 점에서도 그렇고요. 그 점에 대해서 어떻게 답할 수 있을까요?

조옥라   글쎄요. 우리 사회에서는 한동안 '전통적'이란 것은 모두 나쁜 것으로 매도하는 경향이 있더니 요즘 와서는 '서구적'이란 명목으로 매도하는 경향을 보이는 것 같습니다. 몇 년간의 외국에서의 경험이 사회를 좀 더 객관적으로 보는 데, 그

또 하나의 문화

리고 이 운동이 취하는 방향과 방법에 있어 좀 더 다양한 대안들을 갖게 한 면에서 보탬이 된 것은 사실일 것입니다 만…….

조형   '서구적'이라는 그런 막연한 비난에 대해서는 우선 '서구적' 이란 것이 무엇을 의미하는지를 구체적으로 밝혀 보는 것이 도움이 되겠군요. 즉 '서구적 여권운동'이라 할 때, 일반적으로 떠올리게 되는 상에 대한 점검이 필요한데요. 사실 이 문제는 이 책에 싣기로 한 '아시아 여성 연구 및 행동 연결망, AWRAN' 지면 논단에서 충분한 논의가 되고 있습니다. 여기서 되풀이할 필요가 없을 것 같습니다.

조혜정   그리고 이 모임은 주축이 따로 있는 것이 아니라, 동인들이 '만들어 가는' 개방된 모임임을 잊지 말아야 할 것입니다. 열린 체제로 조직하고자 한 이유도 바로 '한국적'이고자 했기 때문이지요. 우리 것일 때만이 운동은 가능해지는 것 아닙니까?

변화의 대안은 창조적인 참여 속에 있다.

고정희   그러면 이야기를 돌려 봅시다. 우리가 기존 문화의 기준을 바꾸려고 할 때에 그것을 대신할 만한 전략적인 대안을 과연 제시하고 있는지가 문제가 되는데요.

조혜정   내 생각에는 인간의 창조력이 중시되어야 할 것 같아요. 많은 동인들이 참여하고 그 힘이 모아졌을 때, 어떤 방향으로 나아갈 것인지 분명해지겠지요. 일정한 형태로 구체적으로 미리 정해 놓기보다 가능성을 믿는 것, 그리고 그 가능성이 자랄 수 있는 자리를 마련하고 길을 열어 보자는 것이지요.

고정희 그렇다 하더라도 우리가 살고 있는 사회는 일정한 조직과 규율로 구체화되어 있어요. 이 구체화된 사회를 깨뜨리려고 했을 때 좀 더 구체적인 대안이 제시되어야 하는 건 당연하잖아요?

조옥라 우리가 얘기하는 것은 맨 마지막 단계에서 말하는 것이 아니에요. 지금은 하나의 과정의 시작입니다. 매우 개방적인 한 움직임의 시작이에요.

조형 점점 구체적이 될 겁니다. 이미 우리 계획에 들어가 있잖아요? 창간호에는 안 실리지만 다음 호에는 자기 생활을 기존의 모델과 좀 다르게 꾸며 가는 사람들의 이야기가 실릴 거예요. 구체적 모델의 제시지요. 그런 것이 우리 사회에서 좀 더 보편화되어야 합니다.

조혜정 현재 어떤 행동 노선을 분명히 하고 있지 않음은 사실입니다. 그 이유는 우리의 목표가 새로운 제도를 이루어 갈 사람, 평등주의적인 사람을 키워 내는 데 있기 때문입니다. 물론 남자도 포함해서죠. 예를 들어 평등한 의식이 일관되게 나타나는 교과서를 쓸 사람, 텔레비전 프로그램을 만들 사람, 그 외 정치가, 법관, 교사 등 평등사상에 근거해서 자신의 삶을 꾸려 가고 전문적 영역에서 능력을 살려 갈 사람을 키우는 것 말입니다. 변화를 위한 움직임을 지속적으로 이끌어 갈 사람들이 모아지고 커야 합니다. 현재는 그것이 가장 시급한 과제라고 생각합니다.

또 하나의 문화

운동의 대상: 모순을 느끼고 있는 젊은 세대

고정희   그러면 '또 하나의 문화'가 관심을 가지고 있는 대상은 어떤 층인가요?

장필화   제가 알기에는 대학을 졸업한 젊은 여성을 대상으로 하는 것 같은데 사회운동의 측면에서 '엘리티시즘'을 전제하고 나간 다는 비판이 있을 수 있겠는데요?

조형   처음부터 끝까지 우리가 특정 계층에만 국한해서 관심을 두 는 것은 아니라는 점을 밝혀 두어야 하겠군요. 그렇지만 대 학을 졸업하고 문제를 심각하게 느끼는 사람들이 우리들 발 기 동인들 눈에 많이 뜨인다는 사실도 부정할 수 없죠. 그 사 람들이 사실은 남녀평등한 삶을 향한 기본적인 요구가 가장 큰 집단이고 실제로 내적인 갈등을 많이 느끼는 집단이라고 생각해요. 어떤 면에서 가장 불쌍하죠. (웃음)

조혜정   강단에서 여성학을 가르치는 사람으로서 현실적 차원에서도 지속적으로 지원해 주어야 할 책임을 느꼈어요. 평등한 삶을 살라고 가르쳐서 내보내고 나서 졸업 후에 깨져 나가는 경우 를 많이 보게 되거든요. 그때마다 회의를 느끼게 되죠.

김애실   다수의 고등교육을 받은 여성들이 머릿속으로 의식화되었 는데 실제 생활은 그렇지 못한 상태에서 자유롭지 못하게 살 고 있잖아요. 남녀가 평등하고 조화롭게 살아야 된다고 생각 하면서 실제로는 갇혀서 살아가는 사람들이고……. 이들이 바로 남녀 관계의 새 문화를 가장 절실히 원하고 있는 집단 이죠.

조형   이건 다른 차원의 얘기지만 새 문화 형성의 효과가 교육받은 계층에만 국한되는 문제가 아님을 인식해야 해요. 하류층의 여성들이 '뭐가 되고 싶다' '이렇게 살고 싶다' 할 때 대부분의 모델은 중상류층의 모습이 되거든요. '일 안 하고 편한 삶' 등의 모습 말이죠. 이런 면에서 문제를 앞서 느끼고 있는 계층을 대상으로 일 안 하는 삶이 부도덕적이라는 것을 알게 하는 게 이중의 효과를 낼 수 있지요.

조옥라 그래요. 너무 쉽게 '엘리티시즘'이라고 해서는 안 될 것 같아요. 실제로 기존의 남녀 관계에서의 모순을 생활 속에서 가장 많이 느끼고 있는 계층이고 문화적인 파급 효과를 크게 미칠 수 있는 계층이니까요.

조형 좀 더 욕심을 낸다면 이 사람들에게서 엘리티시즘을 뽑아내 버리는 데까지 가야지요.

조혜정 하여간 우리의 우선적인 대상은 구체적으로 두 종류의 사람들로 나누어 볼 수 있어요. 하나는 일상생활의 차원에서 문제를 느끼는 사람들로 현재 사회 활동을 하고 있는 여성들과 그 주변의 사람들이 되겠죠. 의식적 차원에서 준비되지 않은 채 이들은 혼자서 현실의 어려움을 감당하느라고 지극히 힘든 노력을 하고 있지요. 또 하나는 고등교육을 통해 남녀는 평등하다는 의식은 깨우쳤으면서도 구체적 현실의 장애에 부딪쳐서 제대로 자아실현을 하지 못하고 있는 지식층 여성이나, 소수의 좀 더 풍성한 삶을 살고자 하는 남성들이겠지요. 그들이 현재 자신이 하는 일에 자부심을 갖게 되고 구체적 현실의 장에서 서로 용기를 북돋우면서 발전적 대안을 찾도록 새로운 모델을 제시하고 밀어주어야 한다고 생각해요. '이렇게 생각할 수도 있구나' '이렇게 살 수도 있구나' 하고 생각하고 또 실천할 수 있게 말이에요.

조옥라　문제를 해결하려고 아무리 애써도 혼자라면 주위 사람들로
　　　　부터 따돌림받고 소외되어 자꾸 뭔가 크게 잘못하고 있다는
　　　　생각을 하게 되는 경향이 있지요.

조형　　그러니까 항상 자신이 없지. (웃음)

김애실　예를 들어 거세고 오만하다는 평을 받고 자신 스스로도 그런
　　　　식의 평가를 은연중에 받아들일 수 있는데, 비슷한 사람끼리
　　　　의 모임을 통해서 결코 그런 건 아니라는 걸 확인할 수 있는
　　　　겁니다.

의식은 실천을 통해서 확인되어야 한다.

김애실　의식이 깬 사람도 자기 의식을 확인해 보고 구체적인 행동
　　　　방안을 제시받을 수 있는 게 중요해요. 제가 여기 온 목적은
　　　　바로 이런 데에 있어요.

조옥라　우리가 장기적인 소집단 운동을 하려고 하는 목적도 바로 그
　　　　런 데에 있는 것 아니에요? 조직 활동을 통해서 우리 스스로
　　　　가 의식한 것을 실천하는 거예요.

정진경　'또 하나의 문화'를 하면서 사람들을 만나면 한 번씩 이 얘기
　　　　를 꺼내게 되는데 별로 큰 고민 없이 살아갈 거라고 생각했
　　　　던 친구들이 의외로 굉장한 호응을 보일 때가 있어요. 대학
　　　　졸업하고 결혼하고 아이를 기르면서 예전에 생각지도 못했
　　　　던 차별을 생활 안에서 느낄 때가 많대요. '내가 참고 말지'
　　　　하면서 한없이 가다 보니까 어느 날 갑자기 폭발한다는 거예

요. 이것이 '의식의 게임'이라고 볼 수도 있겠는데요. 대학 시절까지 계속되어 왔던 의식의 성장이 멈추었다가 다시 깨어났지만 행동적인 대안이 안 서니까 정리가 안 되고 갈등을 겪게 되나 봐요.

조형   그런 사람들이 신경정신과에 갈 필요가 없다는 걸 우리가 보여 줘야지. (웃음)

김애실 지금의 성인 남자들이 다음 세대에게 남성적 역할의 모델을 제시한다고 생각할 때 좀 더 신중한 대책이 있어야 하지 않을까요?

창간호의 주된 주제 ── 자녀 양육

고정희 다음 세대에 기대하는 운동이라는 얘기가 나왔는데요, 이 문제가 결국 창간호의 특집인 자녀 양육과 연결되는군요.

조형   미래에다 포석을 놓고 다음 세대를 기대하는 장기적인 투자가 되어야지요.

조혜정 자녀 양육의 문제는 '다음 세대의 형성'이라는 장기적 측면과 지금 현재 자녀 양육을 담당하고 있는 '부부 관계의 변화'라는 두 가지 문제를 포괄하고 있읍니다. '또 하나의 문화' 운동이 지향하는 '더욱 인간적인 사회로의 변화'라는 목표와잘 부합하는 문제이면서 동시에 현실적으로 전통적인 생활 규범에 문제가 많다는 것을 느끼고 있는 직업을 가진, 또는 직업을 가질 여성들과 그 가족이 당면하고 있는 문제이므로 창간호의 특집으로 잡았읍니다.

또 하나의 문화

동인 모임 — 소집단 활동과 글을 통한 만남

고정희   이 운동의 특성이랄까 기존 사회운동과의 차이에 대해 말씀
        해 주시겠어요?

조혜정   기존의 사회운동은 성원들이 자주 만나고 온몸을 맞대며 목
        표 달성에 전적으로 매달리는 형태가 주였던 것 같습니다.
        '또 하나의 문화' 운동에서는 그런 면에서 좀 달라요. 이 운
        동의 중요한 특성은 활자 매체를 통한 운동 방식을 채택하
        는 데 있겠지요. 문자는 시간과 공간을 초월해서 더 많은 이
        들과 의사소통을 할 수 있는 강력한 수단입니다. 우리나라가
        오랜 문자 문화를 가져 왔다고는 하지만 실상 자기 생각을
        글로 표현하는 능력이 개발되어 있지 않아요. '글'을 통해서
        자기의 의사를 표현할 수 있는 사람이 절실히 요구됩니다.
        그렇기 때문에 우리들이 이미 가진 두 차례의 모임이 글쓰기
        특강이었읍니다. 모든 동인들은 이 무크지에 자기의 생각을
        실을 수 있어요. 현대사회에서 문자나 영상 매체를 활용하지
        않은 사회 개혁 운동이 가능할까요?

조옥라   그러나 우리의 활동이 책을 출간하는 것에만 국한되어 있지
        않음을 분명히 해야 합니다. 관심 가진 문제를 깊이 연구하
        고 의견을 나누고자 하는 다양한 소집단 활동이 바로 출판
        활동의 지지 기반 내지 그 토대가 되어야 합니다.

고정희   그러한 구상에 맞추어 소집단 중에서 자유 기고가들의 모임
        이 있지요? 이것 외로 계획하고 있는 소집단은 어떤 것들이
        있을까요?

조혜정   우리 역사에서의 여성운동을 연구하는 모임과 남녀평등의

시각에서 우리 역사를 재조명해 보는 모임, 문학작품에 나타난 성차별주의를 연구 분석하여 새로운 문학 풍토 형성을 도우려는 모임이 이루어지고 있습니다. 매스컴의 문제점을 분석하고 바람직한 매스컴의 형성을 돕는 모임, 또 책을 만들기 위해서는 컷을 그리거나 사진을 찍는 이들의 모임이 중요합니다. 이상적인 탁아소를 구상하고 있는 모임도 있고, 창조적 어린이들을 위한 모임도 구상 중입니다.

장필화   언어분석을 주로 하는 소집단도 있어야 되겠지요. 새로운 단어를 만들고 찾아내는 작업이 필요합니다. 페미니스트 극단, 직장생활연구회 등도 필요할 것입니다.

조은   우리 소집단은 고발성을 띤 모임, 학술적 모임, 동인들의 직장과 가정에 걸친 일상생활에서의 문제를 풀어 가는 모임으로 나뉠 수 있겠지요.

고정희   동인들은 '또 하나의 문화'의 전체 운동에 어떻게 참여하나요? 소집단 활동만으로는 전체적인 결속이 약하지 않을까요?

조혜정   이 모임의 취지에 동조하는 이들은 누구나 자기가 원하는 주제하에 소집단을 만들 수 있습니다. 그리고 각 소집단 활동의 '경과 보고' 모임에는 동인 모두가 초대되어 모이지요. 우리나라에서는 유치원 애들까지 바쁘다니까, (웃음) 모두가 한자리에 자주 모인다는 것은 시간 낭비이고 사실 불가능해요. 전체 동인들 간에는 주로 무크지와 동인회보, 그리고 '특강' 형식의 강연회를 통하여 유대망이 연결될 것 같습니다. 한 소집단이 전체 동인의 모임터가 될 책방을 하나 얻게 될 가능성도 있습니다.

조은   그러니까 우리의 만남은 소집단 활동을 통해서 유대감을 형
       성하고 스스로 성장하는 발판을 마련합니다. 동시에 '지면에
       서의 만남'을 지향하는 거죠. 그 글의 성격도 지식 전달이나
       언어의 기교가 아니라 체험에서 우러나는 문제의식을 정리
       하면서 발견한 대안을 여러 사람들과 나누어 갖고 이 과정을
       통해서 개인의 문제의식이 종합된 창조적인 '또 하나의 문
       화'로서 자연스럽게 발전될 것입니다. 우리가 애초에 의도했
       던 대로 분명한 관점의 제시, 이상과 현실을 연결하는 작업,
       그리고 의식 있는 여성들을 모으고 함께 커 가는 작업의 핵
       심으로 이 책을 펴내게 된 것입니다.

고정희   너무 오랜 시간이었읍니다. 이 좌담을 통해서 '또 하나의 문
       화' 운동의 성격이 어느 정도 윤곽이 드러난 것 같습니다. 미
       진한 부분은 다음 호에서 더욱 발전적으로 전개되리라 믿습
       니다.

                                    —《또 하나의 문화》1호(평민사, 1985)

여성(1985~1989)

《여성》은 1985년 12월 창작과비평사가 간행한 무크이다. 주로 서울대와 이화여대 출신의 진보적 여성운동을 지향하는 여성 지식인들이 편집진과 필진이었다. 2호(1988), 3호(1989)는 '여성사연구회' 이름으로 발간되다가 4호부터 《여성과 사회》로 이름을 바꾸어 연간지로 간행했다. 무크 《여성》의 창간과 모색 과정은 한국 진보적 페미니즘 진영이 학술 운동으로 가시화되는 양상이었다. 사유재산의 철폐와 여성해방을 한 궤로 놓는 인식을 표방하고, 당대 민족·민주운동과 여성운동의 조응을 주장했다. 다른 한편 기존 여성학 연구가 구미 이론의 소개에 그친 것을 비판하며, 전 분야에서 공동으로 구체적인 한국 여성들의 문제를 연구할 것을 천명했다.

《여성》에 공동 집필한 글 「여성의 눈으로 본 한국문학의 현실」(1호), 「여성해방의 시각에서 본 박완서의 작품 세계」(2호), 「『토지』에 나타난 여성 문제 인식과 역사의식」(3호)과 같은 글은 당시 새롭게 부상한 페미니즘 비평의 논쟁적이고도 도전적인 의식을 잘 보여준다. 한편 역사학자 정현백의 「여성 노동자의 의식과 노동 세계」(1호)는 1980년대 초반 간행된 석정남, 순점순, 송효순, 장남수 등 여성 노동자 수기에 대한 최초의 본격적인 분석적 연구이다.

이혜령

『여성』 1집을 내면서

해방 이후 현대사의 흐름 속에서 여성은 우리 사회가 안고 있는 모순을 가장 심화된 형태로 겪어야 했다. 이는 여성들이 이중적인 억압 속에 놓여 있기 때문이다. 외세에의 종속과 분단, 독재 정권과 독점자본의 지배라는 모순에 여성으로서의 성적 억압이 결합되어 우리 여성들을 가장 참담한 삶의 고통 속으로 몰고 갔던 것이다.

이러한 이중적인 억압은 여성이 우리 사회의 모든 억압을 물리치는 데 있어서 누구보다도 앞장서 가장 철저하게 싸워야 한다는 당위성을 제시하고 있다. 현 사회의 모순이 철저히 극복되지 않을 경우 여성은 필연적으로 가장 불리한 위치에 놓이게 된다. 따라서 여성은 모든 집단, 모든 인간이 해방되지 않으면 스스로도 해방될 수 없는 가장 혁명적인 집단이다.

그러나 다른 한편으로 이 이중적인 억압은 곧 여성이 해방을 위한 싸움으로 나아감에 있어 극복해야 할 장애를 한 가지 더 안고 있음을 뜻한다. 여성은 수천 년 동안 자신의 세계를 가정에 한정하도록 길들여져 왔다. 오늘날 많은 여성들이 사회적 노동에 참여하고 있으나 우리 사회가 여성이 원래 있어야 할 곳을 가정으로 규정하고 사회적 노동은 항시 부차적이고 예외적인 것으로 취급한다는 점에서 상황은 그리 다를 바가 없다. 여성은 각 개별 가정 속에 고립되어 사회와 직접적인 연결을 차단당함으로써 자신의 억압을 사회적 억압으로 느끼지 못하고 이 억압의 해결을 전체 사회적인 시야에서 찾지 못해 왔을 뿐만 아니라 사회적 문제에 대한 전체적인 전망마저 가질 수 없었다.

앞서 말한 사회변혁에서의 여성 대중의 선도적 역량을 현실화하여 여성의 이중적 억압을 해결하기 위해서는 가정이라는 굴레를 넘어 여성 억압의 사회적 의미를 인식하고 나아가 우리 사회의 정치·경제·사회적 문제에 대한 통일적인 인식이 이루어져야 한다. 여성 대중의 잠재력은 숱한 여성들의 피나는 싸움 속에서 이미 드러나고 있다. 이제 여성운동은 의식의 장애를 극복하고 통일적인 전망을 회복하여 여성 대중을 올바른 방향으로 이끌어 가야 한다. 그럼으로써만 여성운동은 우리 사회의 총체적 변혁에서 적극적이고 주체적인 역할을 수행할 것이다.

이것이 의미하는 것은 여성 문제를 좁은 영역에 가두어 남성에 대한 여성 차별만을 문제로 삼는다거나, 사회변혁의 움직임을 추종하면서 여성 문제라는 또 하나의 문제를 덧붙이는 식의 여성운동과의 철저한 결별이며 오히려 전체 운동의 이념 자체가 전체성과 통일성을 지님으로써 현 단계를 지양해야 한다는 근본적인 문제 제기이다. 왜냐하면 사회의 총체적 변혁, 즉 새로운 사회와 해방된 인간을 향한 운동이 사회의 가장 심화된 모순의 담당자인 여성에 대해 눈을 감아 버리고 그 모순의 해결을 먼 훗날의 일로 미루어 놓거나 부차적이라 치부해 버리는 것은 곧바로 운동 그 자체의 한계를 뜻하기 때문이다. 여성해방에 관한 불철저한 인식은 불철저한 세계관과 연결될 뿐 아니라 인간 해방을 위해 가장 철저히 싸워 나갈 수 있는 집단을 무시한 어떤 해방도 불완전할 수밖에 없다.

이런 생각에서 우리는 인간 해방을 위한 총체적 이념의 정립과 여성운동의 일대 전기를 마련해야 할 필요를 절감하였다. 그리고 그러한 직업의 작은 첫 시도로서 『여성』을 내놓게 되었다. 이 무크를 통해서 우리는 우리 생활의 모든 측면에서 고도화되고 일상화된 여성에 대한 억압을 다각적으로 폭로하고 그 해결을 모색해 나갈 것이다. 이번 1집에서는 여성 문제와 여타 문제를 분리시켜 고찰하는 방식을 극복하고 여성을 억압하는 구조가 사회 전체의 불평등 구조와 어떻게 긴밀하게 상호 연결되어 있는가, 그리고 여성을 억압하는 이데올로기가 어떻게 전체 지배 이데올로기와 관련되어 있는가를 밝히고자 하였다. 특히 특집에서 이 사회에 만연해 있는 여성에 대한 허위의식의 양상을 집중적으로 분석해 보고자 하였다. 그리하여 인간의 의식과 관련이 있는 여러 분야 — 문학·교육·대중매체 — 를 대상으로 다양한 측면의 분석과 아울러 이 다양함이 연유하는 하나의 뿌리를 밝혀내고자 노력하였다. 문제의 해결은 그 다양한 현상을 설명함으로써가 아니라 그 문제를 야기시킨 본질적인 원인의 규명이 있어야 한다는 인식을 모든 글의 출발점으로 삼았다.

그러나 이 책 역시 여성해방을 향한 먼 여정의 첫 발자욱에 지나지 않음을 말하지 않을 수 없다. 겸허한 마음으로 남녀 독자들의 많은 질정을 바란다.

『여성』 1집이 나오기까지 실로 많은 분들이 수고를 아끼지 않으셨다. 지면으로나마 깊은 감사를 드린다. 특히 창작과비평사의 여러분들께도 감사를 드린다.

1985년 11월

여성 편집위원회

─《여성》1호(창작과비평사, 1985)

여성의 눈으로 본 한국문학의 현실

정은희·박혜숙·이상경·박은하[1]

우리 현실에서, 여성의 관점에서 문학작품을 검토·비판하는 작업은 그 필요성이 절실함에도 불구하고, 기성의 평단에서는 이런 시도가 이루어진 적이 없었으며 적절하게 참조할 수 있는 외국의 선례도 거의 없는 실정이다. 그렇다고 해서 이런 방향으로 자신의 문제의식을 심화시키고 전문적인 훈련을 쌓은 어떤 개인이 나와 주길 마냥 기다릴 수만은 없어 이번 공동 작업이 구상되었다.

우리는 평범한 여성 독자로서 문학작품을 읽을 때 느끼던 불만과 의혹, 바램 등을 정리해 보자는 소박한 문제의식에서 출발했으나, 문제를 제기하고 작품을 선정·분석하며 문장 하나하나까지 함께 검토하여 공동의 합의에 도달하기까지엔 어려움이 많았다. 채 해결되지 못한 과제들이 적지 않지만, 공동의 토의와 상호 비판·격려가 없었던들 이만한 성과도 이루어지기 어려웠을 것이다. 또한 개인 작업이 가지기 어려운 광범한 문제 제기, 다각도의 문제 규명의 노력도 공동 작

---

1   (원주) 차례대로 1958년생, 1959년생, 1960년생, 1960년생. 모두 서울대학교 국문
     과 졸업.

업을 통해 행해질 수 있었다고 믿는다. 이 글이 이루어진 과정이 그랬듯이 이 글의 장점과 단점, 성과와 한계 또한 공동 작업자 개개인이 아니라 하나의 전체인 우리가 함께 감당할 것이다.

— 필자 일동

1. 머리말

문학작품 속에서 우리는 수많은 여성을 만난다. 이 여성들의 삶은 문학이 주는 감동 속에서 잔잔하게, 때로는 강렬하게 우리의 머릿속에 들어와 오래도록 남는다. 그중 몇몇은 남성들에 의해 이상적 여인상으로 추앙되거나 여성 자신에게 자기실현의 모범으로 여겨지기도 한다.

사회의 기존 의식이 사회 구성원의 의식 활동에 영향을 미친다는 것은 말할 나위도 없는 사실이다. 여성에 대한 다양한 형태의 허위의식이 사회 내에 깊이 뿌리내리고 있는 한 그 사회 구성원인 작가가 생산한 문학작품 역시 일정 정도 허위의식에 사로잡혀 있게 마련이다. 이런 점에 있어서는 작가가 여성이든 남성이든 정도의 차이는 있을지언정 마찬가지이다. 작가의 세계관이나 비판 정신이 투철할 때에만 저 두터운 허위의식의 장벽을 뚫을 수 있다. 이때 진정한 비평가라면 작가가 미처 의식하지 못한 허위의식을 밝혀내고 작가·독자와 더불어 참된 삶을 모색하는 데 기여해야 할 것이다. 이처럼 비평은 그 본질로서 가치판단을 요구한다. 그런데 남성 중심적 가치 기준이 곧바로 보편적 가치 기준으로 등치되어 왔고 대부분의 비평가 또한 남성이었다는 역사적 상황에서는 여성 문제에 관한 한 비평가 역시 작가와 마찬가지로 남성 중심적 사고에 함몰되어 비판적 인식을 지니기 어려웠다. 따라서 현실을 살아가는 여성들이 느끼는 구체적 억압 상황이나, 그 억압 상황이 이 사회 전반의 지배적인 이데올로기와 직접적 연관을 가진다는 점을 전혀 간과하지 못하였던 것이 현실이다.

이제 억압의 대상자인 여성은 자신의 문제를 인식하고 해결해 나가는 과정에서 문학작품에 담긴 남성 중심적 사고의 허구성을 보다 더 정확히 볼 수 있고 또 보아야 한다. 우리의 작업은 이러한 문제의식에서 출발한다. 그러나 논의의 편의상 일단 대상 작품을 남성 작가의 작품에 한정시켰다. 여성 작가의 경우는 그녀가 여성이기 때문에 여성의 현실을 민감하게 포착하기는 하지만, 다른 한편 남성 지배 사회에서 자신을 인정받으려는 무의식적인 노력으로 자신도 모르게 남성 중심적 사고를 내면화함으로써 작품 세계가 이중적인 모습으로 나타나므로 이 부분의 섬세한 분석은 별고를 요한다.

여성의 관점에서 해방 이후의 한국 소설을 일별해 보면 대부분의 작품에서 여성은 작가의 관념에 의해 일방적으로 대상화되고 있거나, 여성의 주체적 모습이 그려졌다고는 해도 그 본질에 있어서는 여전히 왜곡되어 있다. 심지어는 민중문학을 지향하고자 하는 작가의 작품에서조차 민중 여성은 창녀 집단으로 안이하게 대표되며 그들의 참된 모습조차 제대로 그려져 있지 못하다.

이러한 불철저함은 작품은 세계관을 이루는 다른 부분 — 예컨대 이데올로기의 선택, 소시민 의식의 극복, 민족의식 등 — 에도 투영되어 일정한 한계를 지닌 세계관으로 머물게 된다. 따라서 우리는 작가가 여성을 형상화하는 양상을 추적해 가면서 그릇된 여성관을 지적해 내고 이러한 여성관이 작가의 세계관과 어떤 연관 관계를 지니는지 규명해 보고자 한다.

2. 이념의 관념성과 여성의 대상화
최인훈 『광장』
이문열 『영웅 시대』

최인훈의 『광장』은 "지적으로 충분히 세련된 문체로 이데올로기와 사랑에 대해서 이야기하고 있는"(김현) 60년대 최고의 소설로 언급되어 왔다. 그것은 '북쪽'이란 단어가 꿈속에서나 내뱉는 말이었던 50년대의 금기를 깨뜨리고 남과 북을 등가로 놓았으며 분단을 최초로 문제시하였다는 점에서 당대로서는 선진적이었다. 그러나 『광장』의 선진성은 관념만이 한 걸음 앞섰던 소시민적 지식인의 자의식에서 비롯되었기 때문에 일정한 한계를 지닌다. 『광장』은 80년대에 들어와서도 대학생들의 필독서로 계속 권장되고 있는데, 비판적 시각을 갖추지 못한 신입생들이 작가의 관념에 현혹되고 있으며 특히 무의식적으로 남성 주인공과 자신을 동일화시켜 작가의 그릇된 남성 지배 이데올로기에 자신도 모르게 오염될 가능성이 있다. 따라서 『광장』의 소위 "이데올로기와 사랑"의 정체와 허구성을 정밀히 밝혀내고 그 허구성이 작가의 그릇된 여성관과 어떻게 상호 작용하는지를 밝힐 필요가 있다.

『광장』은 주인공 이명준이 중립국으로 가는 배 위에서 회상하는 형식으로 엮어져 있다. 회상 형식은 현실보다는 현실을 받아들이는 주인공의 주관에 촛점을 맞추는 형식이다. 따라서 이 작품은 형식 자체부터 주관적이고 관념적이다. 그 회상은 현실에 대한 패배의 보상 체계를 중심으로 ① 남쪽 시절, ② 북쪽 시절, ③ 중립국 행 배 위로 재구성된다.

남쪽 시절, 해방 후 만주에서 귀국한 이명준은 이념을 선택해서 월북한 아버지로 인한 현실적 부담감과 분단 직후의 정치 상황으로 인하여 자폐적인 삶을 살아간다. 이러한 현실의 패배에 대한 일차적인 보상 체계로서 이명준에게는 철학이 "모든 것이자 모든 것을 갚고도 남을 꿈을 보여 주는 단 하나의 것"이었다. 그러나 관념철학이라는 보상 체계는 월북한 아버지의 대남 방송으로 인해 S서 취조라는 현실적 사건에 부딪힐 때 그 무력함이 일거에 드러난다. 이명준은 S서 취조를 계기로 스스로 자신의 세계에서 추방시켰던 아버지의 존재가 의미하는 현실을 받아들일 수밖에 없었다. 삶의 어떤 단계에서 패배가 중요한 것은 이 패배가 자신의 진정한 모습과 아울러 현실을 파악하고 반성할 수 있는 계기로 작용할 수 있을 때이다. 그러나 이명준은 남쪽 현실에 질려 버린 상태에서 "수태고지의 천사"——마리아의 성령 잉태를 알린 천사. 이런 감정은 월북 행위에 주체적 의지가 개입되지 않았음을 보여 주는데, 이러한 화려한 비유로 월북이 주인공에게는 필연적이었다고 치장된다——인 선술집 주인의 이북 배가 있다는 속삭임에 월북을 감행한다.

따라서 월북은 이념의 선택이 아니라 자리 옮김에 불과하며 "난데없는 빛"이라는 감각적 차원에 불과하다. 이데올로기가 "모든 역사적 사회적 존재 여건에 필연적으로 부착된 국면과 또한 여기에 결부된 세계관이나 사고방식"(만하임)을 지칭한다면 이데올로기의 선택이란 적어도 지식인에게 있어서는 자신과 세계의 모순을 해결하기 위한 실천적 노력으로 이루어진다. 이런 의미에서 보았을 때 이명준의 삶은 남북 어느 쪽에서나 비이데올로기적이다.

　북쪽 시절의 삶은 남쪽에서의 현실도피에서 공화국을 자신이 도맡아 보살펴야 한다는 적극적인 열정으로 바뀌었을 뿐, 혁명을 "만주의 저녁 노을처럼 핏빛으로 타면서 나라의 팔자를 고치는 들뜸" 정도로밖에 바라보지 못하는 차원이다. 이 낭만적인 들뜸의 상태가 개인주의적이라고 비난받을 때 이명준은 "어리광을 피우려는 저의 손길을 위대한 인민공화국은 매정스럽게 뿌리쳤다"라는 치기 어린 원망에서 자신의 성격이 북조선 사회에서의 상황을 어렵게 만들고 있다고 불평한다.

　성격은 비록 개인에 따라서는 다양한 편차를 보이지만 전체적으로는 이데올로기 재생산 과정으로서의 사회화 과정에서 형성되므로 철저히 사회적이고 역사적이다. 그러나 이명준은 남과 북의 이데올로기에 대한 자신의 대응 방식을 모조리 성격의 문제로 환원한다. 북조선 사회가 혁명과 인민의 탈을 쓴 영원한 부르조아사회다라고 부르조아사회와 소비에트 사회를 한꺼번에 매도할 때, 도리어 그의 세계관이야말로 자신의 우월성을 견지하고자 하는 정신적 귀족주의에 근거하고 있다. 그에 따르면 "강철과 같이 철저한 실천가가 되라."는 편집장의 충고는 "자본주의사회의 저 뒤얽힌 산업 질서의 개미굴 속에서 나날이 사랑스러운 부드러움을 잃어 가는 사람들과 똑같이 되는 정신적 타락"을 의미한다. 정신적 귀족이 어떻게 자아비판을 할 수 있겠는가? 그럼에도 불구하고 자아비판을 할 수밖에 없는 상황에서는 자기 갱신의 한 과정일 수 있는 자아비판이 오히려 요령의 값진 깨달음으로 자리 매겨질 뿐이다. 따라서 그는 자신의 우월성이 객관적으로 확보될 수 있는 시점까지는 영악스럽고 조심스럽게 처신하고자 한다.

　그런데 6·25라는 현실적 충격은 "혼자서 마음 안에서 해낸 꼼꼼한 계산보다 당장 눈앞에 보이는 밖의 움직임이 더 그럴듯해 보였고 속물로 보이는 사람들이 실은 정치적 어른이었음"을 깨닫게 한다. 따라서 그들보다는 훨씬 더 앞서겠다는 조바심에서 그는 예전에 그가 직접 S서에서 당한 폭력, 그토록 증오해 왔던 고문을 방법론으로 택하게 된다. 폭력이 그 파괴력에도 불구하고 일단 의미를 지닌다면 저항 폭력으로서 새로운 세계를 향한 비전 가운데 행해질 때만이다. 그러나 이명준의 폭력에는 상대방에 대한 우월성을 확보하고자 하는 엘리뜨 의식이 용트림하고 있으므로, 남쪽 시절의 유일한 친구였던 태식을 과거 자기 여자였던 윤애의 남편이라는 이유 때문에 고문하고 윤애를 이긴 자의 전리품으로서 능욕하려는 추악한 모습을 띠게 된다.

　그러나 "[고문의] 그 길은 길이자 벼랑 끝이었다. 저쪽을 없애 버리고는 내기를 할 수 없기 때문이다. 분별이 없어진 몸은 어울릴 값어치가 없었다." 왜냐하면 주인과 노예의 인지 투쟁에서처럼 인간은 자기와 대등한 능력을 가진 자에게서 얻은 승리만을 승리로서 인정할 수 있으므로 고문받는 자가 더 이상 반응을 보이지 않을 때 고문에서 얻을 수 있는 충족감은 끝나 버리기 때문이다.

　남과 북에서 모두 패배해 버려 어느 곳에도 돌아갈 수 없었던 포로 시절, 그는 '막다른 골목에 몰린 짐승'이었다. 이때 중립국이 그 옛날 "수태고지의 천사"처럼 "난데없는 밧줄"로 나타나자 이명준은 손뼉을 쳤다. "판문점 쌍방의 설득자들 앞에서처럼 시원한 일이란 그의 지난날에서 두 번도 없다"는 그의 중립국 선택은 치기 어린 복수심일 뿐, 북쪽 선택과 마찬가지로 이데올로기의 선택이 아니었다. 자기가 속한 장(場)에서의 모순을 해결하려는 노력 없이 또 한번 장소만 옮겨 앉으려고 했기 때문에 그의 패배는 필연적이었다.

그 패배는 처음에는 중립국행 배 위에서 당한 집단 폭행으로 나타나는데, 그 원인은 중립국으로 가던 사람들이 보여 준 "대체 이 동지는 우리 자리에서 보는 게 아니고 감독자처럼 군단 말이야"라는 집단 거부감에서 비롯되었다. 이명준은 제3국 선택의 배 위에서조차 예전의 태도를 그대로 고집하여 통역 역할과 배 위의 실권자 선장과의 친분으로 다른 동행자에 대한 우월감을 획득한다.

그렇다면 『광장』에 일관되어 있는 이 우월감의 실체는 무엇인가? 우월감은 보통 엘리뜨 의식으로 불린다. 엘리뜨는 늘 자신이 이기기를 바라는데, 엘리뜨에게 있어서 승리란 사회를 변혁하는 과정에서 인간의 존엄성이 구현되는 승리가 아니라 기존 사회구조 내에서 자신의 우월성을 인정받으려는 특권 의식에 지나지 않는다. 그러나 엘리뜨는 우월성을 추구하는 과정에서 기존 사회구조의 문제점을 인식하기도 하는데, 이 문제점은 기존 사회에 대한 거대한 거부의 물결인 광장에 대한 인식으로 집약된다.

광장이란 자기가 서 있는 현실에서 자기 변신과 실천을 통해서 이루어지는데 이명준은 자기 변신을 회피함으로써 눈앞의 현실은 거짓 광장이며 진짜 광장은 어딘가에 완성된 형태로 존재한다고 규정하고 자신은 단지 그곳을 선택하기만 하면 된다고 생각한다. 그러나 스스로 광장을 만들지 않는 한 광장은 이 세상 어느 곳에도 없다. 이명준이 상정한 광장 역시 어느 곳에도 존재하지 않는다. 문제점이 노정된 현실은 이명준에게는 거짓 광장으로 비치기 때문에 참여할 수도 없고 그렇다고 자기 변신을 수반하지 않는 한 엘리뜨 의식의 기반인 거짓 광장을 완전히 부정할 수도 없다. 이 두 갈등 사이에서 고민하던 엘리뜨가 택할 수 있는 길은 밀실이다. 밀실이란 사회와는 철저히 분리된 개인 공간이며 그러한 밀실 속에 들어앉은 엘리뜨는 비록 주관적이기는 하나 자신의 우월성을 확보할 수 있다.

이명준이 택한 밀실은 관념철학과 여성이다. 그러나 관념철학이라는 밀실은 이미 작품의 초반부에서 붕괴되어 버렸고, 그 이후에 등장하는 여성의 경우에는 밀실의 요건인 우월성을 보장해 주기 위해서 여성을 대상화해야 할 필요성이 생긴다.

"늘 광짜리이기를 바라는" 이명준의 사랑은 피난처로서의 의미를 지닌다.

나는 밖에서 졌기 때문에……〔은혜에게〕 이처럼 매달리는 걸까. 이긴 시간에도 남자가 여자에게 이토록 사무치는 마음을 가질 수 있을까. 아마 없을 테지. 졌을 때만 돌아와서 기대는 곳. 기대서 우는 곳. 철학을 믿었을 때 그녀들에게 등한했었다. 사회 개조의 역사 속에 새로운 삶의 보람을 걸어 보려던 월북 직후의 나날, 윤애도 떠오르지 않았다.

이명준이 관념철학이라는 밀실에 들어앉았을 시절, 여자는 밀실의 기능이 아니라 관찰의 대상이었으며 연애는 "희한한 기술"의 차원이었다. 그러나 S서 사건 직후 관념철학의 허구가 폭로될 때 여자는 "누를 듯 무거운 공기에 견디다 못해서 쫓아온 피난처"의 의미로 바뀐다. 이제 여자는 "화려한 원피스로 차리고, 손이 닿을 거기에 다소곳이 선 물자체"로 대상화되며 연애는 "부드러운 살결이 벽처럼 둘러싼 이 물건을 차지해 보자는 북받침"이고 이것을 달성

했을 때는 "가장 값진 전리품에 대한 승리"를 만끽한다. (방점 — 인용자)

이러한 대상화 과정에서는 여성이 독자적 삶의 주체라는 시각은 들어설 자리조차 없으며, 여자는 자기가 누군지 모르는 짐승이므로 남자만이 그 이름을 가르쳐 줄 수 있고 그 이름은 "아름다운 얼굴"뿐이다. 그 아름다운 얼굴에서는 주체적 삶을 위한 노력의 초보적 형태인 앎에 대한 욕구는 철저히 거세되어야 한다.

그녀는, 금박이 입혀진 두툼한 책이 즐비하게 꽂힌 책장이 놓인 방 안에 오히려 끌리는 듯했지만, 그녀의 손을 이끌어 푸른 들판으로 이끈다. 저 방 안에 들어가 보았자 아무 재미도 없어, 정말이야. 내가 장담해. 그런 생각에서, 그 아름다운 얼굴에 생각으로 인한 흉한 주름을 잡히게 하고 싶지 않다는 아낌에서였다.

고분고분하면 좋아라 하고 마다하면 비로소 그녀는 움직이지 않는 물건이 아니고 '사람' 하나라는 것을 알아차렸다.

감지덕지할 이명준의 아낌은 여자가 '사람'이 될 수 있는 전제 조건인 지식을 독점하여 여자를 언제나 '물건'으로 소유하고자 하는 남성 중심적 이기심 외에 아무것도 아니다. 이 이기심이 "처음 안 여자의 모든 것을 한꺼번에 알려고 했던 조바심"(그것이 실존 연습인 양 그럴듯하게 명명하는데 사실 일방적인 성욕이다.)으로 표현될 때 윤애는 자기가 그 대상으로 전락하고 있다는 견딜 수 없는 느낌으로 이명준을 거부한다. 그러나 그다음 날 자기가 행여나 상대방을 상처 내지 않았나 하는 두려움과 자기보다 더 똑똑한 남자의 지적이 옳을지 모른다는 두려움, 그리고 상대방의 바람을 충족시켜 줘야 한다는 그릇된 희생 의식 등으로 뒤범벅이 된 채 남자에게 매달린다. 이러한 갈등을 "비싸게 군다"와 "욕정" 사이의 혼란으로밖에 받아들이지 못할 때 이명준은 윤애를 전혀 이해하지 못하고 있는 것이다. 이는 명준 스스로가 윤애를 대상화하고 있는 데 그 근본 원인이 있으며 명준이 이후에 윤애에 대한 자신의 태도를 반성한다고는 하지만 그것은 "당당한 비판이 되지 못하고 자기변호가 섞인 애매한 감정에 머무르고 만다."(백낙청)

따라서 북쪽에서도 여자만 바뀌었을 뿐 조금의 변화도 없이 마찬가지의 양상이 재현된다. 그런데 현실적으로 이명준에게는 더 이상 옮겨 갈 수 있는 곳이 없기 때문에 남쪽보다도 더 심한 왜곡이 이루어진다. 즉 명준에게 있어서 발레리나 은혜는 "부드러운 가슴과 젖은 입술을 지닌 인간의 마지막 온상"이며 "모든 광장이 빈터로 돌아가도 남는 벽", 사람이 기대어 "새로운 해가 솟는 아침까지 풋잠을 잘 수 있는 진리의 벽"이자 "어머니"였다.

이러한 왜곡은 "무지한 여자한테서 쉴 데를 얻자는 저 좋을 마련"에 불과하며, 될 수만 있다면 은혜와 자신을 바꾸고 싶다는 바람은 결코 바뀌어질 리 없다는 자신감에 기인한 가진 자의 일시적 투정에 불과하다. 따라서 이 기능이 완벽하게 수행되려면 사회적 존재로서의 은혜의 주체성은 사라져야 한다. 즉 이명준에게 있어서 은혜는 어느 사회에서나 이데올로기에 관계없이 살 수 있는 여자, 로자 룩셈부르크가 될 수 없는 여자로 주관적으로 규정된다. 따라서 은혜의 직업적 성공은 사랑을 위해 내팽개쳐져야 한다고 강요된다.

당과 사랑 중 하나를 버리라는 이명준의 강요는 여성의 직업적 성공과 사랑을 양자택일의 문제로 바라보는 흑백논리이다. 이제까지 명준은 은혜를 사상과는 무관한 여자로 규정해 왔으므로 여기서당의 의미는 사상이 아니라 발레리나로서의 직업적 성공을 의미한다. 따라서 여자가 직업을 버리는 일이 사랑을 위한 증거라는 이명준의 억지는 은혜에게만 일방적으로 해당되며 이것은 사랑이란 미명하에 강요되는 희생이고 곧 예속 ― 지배 관계이다. 이명준이 은혜의 직업을 인정한 경우는 단 한 번, 원산 공연 이후 "많은 사람들이 모인 놀이마당에 서 있던 여자를, 자기 잠자리에 데리고 들어온 남자가 느끼는 으쓱함" 때문이었다.

이러한 논리는 낙동강 전선에서 은혜와의 재회에까지 조금의 수정도 없이 일관되어, 종군 간호병인 은혜가 환자들 때문에 명준을 밀치고 일어날 때, 매우 서운해하는 에고이즘으로 나타난다. 사랑이란 쌍방이 주체성을 인정한 위에서 의식적인 노력으로 서로의 발전을 실현해 가는 과정이지, 결코 사회와 절연된 상태에서 사랑에 모든 희망과 좌절을 건 병적 상태가 아니다. 이러한 상태는 열정과 성욕의 교묘한 합일에 힘입어 단시간 동안만 존재할 수 있을 뿐이다. 따라서 이명준이 상정한 낭만적 사랑의 본질은 이데올로기에서의 일시적 도피였으며 은혜의 모스크바행과 6·25를 계기로 깨어져 나간다.

은혜의 모스크바행에 대해 명준은 처음에는 "떨어져 살 수 없다."고 사랑을 호소하다가 여의치 않자 "이번에 떠나면 다시는 만날 수 없을 것 같다"는 불확실한 예감으로 위협한다. 은혜는 이러한 이명준의 절박한 사랑에 감동하지만 그 사랑이 자신을 피폐화하고 무력한 존재로만 머무르게 할 때 그 사랑을 거부한다. 즉 모스크바행이라는 현실의 문제에 부딪히자 이명준의 강요에 대하여 "왜 자꾸

당과 인민을 끌어 대세요? 당이 사랑하지 말라는가요? 굳이 한쪽을 버릴 건 없잖아요." 하며 언짢아하다가 자신의 재능을 살리기 위하여 결국은 모스크바로 떠난다. 은혜의 떠남을 배반으로 규정하고 마침내 은혜 자신이 그 배반을 후회하고 간호병으로 지원하여 명준에게 용서를 빈다는 뒷부분의 내용은 삼류 영화 스타일로 작가의 의도적 왜곡이거나 혹은 자기 위안에 지나지 않는다. 설사 은혜가 떠나지 않았다 하더라도 6·25라는 현실적 충격으로 이명준에게 있어서 은혜의 의미는 퇴색되었을 것이기 때문이다. 이명준은 '역사'가 자기를 남겨 두고 줄달음칠 것 같은 무서움과 그를 따라잡으려는 조바심에 차 있었기 때문에 여자는 당분간 아무런 의미도 지니지 않았을 것이다.

따라서 은혜의 모스크바행, 낙동강 전선에서의 전사는 사건의 전개에 아무런 영향을 미치지 못한다. 그것은 그 이전 남쪽에서 윤애와의 관계에서도 마찬가지였다. 윤애와 함께 월북하느냐 혼자 월북하느냐의 문제였지, 윤애가 순순히 행동했더라도 명준의 월북은 이루어졌을 것이다. 여주인공이 사건의 전개에 아무런 영향도 미치지 않음은 『광장』이 철저하게 남성 주인공의 관점으로 씌어졌음을 말해 준다. 따라서 "이명준의 진정한 불행은 윤애가 타부의 벽을 못 넘었다거나 은혜가 전사해 버렸다는 사실보다도 여자한테건 친구한테건 현실의 어떤 일면에 대해서건 독자가 실감할 수 있는 사랑을 한 번도 못 보여 주는 명준 자신의 내성적 폐쇄성에 있다"(백낙청)는 지적은 극히 타당하다.

이러한 폐쇄성은 더 이상 옮겨 잡을 데가 없어졌을 때 결국은 자살로 이어진다. 그것은 윤애와 은혜가 상징하는 과거에서 자유로울 수 없다는 깨달음과 제3국 선택이 불가능하다는 의미이다. 이런 패배의 인정은 전집판에서는 "은혜와 그 딸애의 사랑에의 합일이라는 신내림"으로 채색되어 있다.

만사가 잘될 터이다. 다만 한 가지만 없었다면, 그는 두 마리의 새들을 방금까지 알아보지 못한 것이다. 무덤 속에서 몸을 푼 한 여자의 용기를, 그리고 마침내 그를 찾아내고야 만 그들의 사랑을.

개작에서 나타나는 이러한 철저한 사랑의 허구화는 그 이후의 최인훈의 작품 세계로 이어진다.

최인훈의 『광장』이 광장과 밀실이라는 관념적 이분법으로 현실을 재단하여 그 사이에서 적절하게 설 자리를 찾지 못한 주인공을 죽음으로 몰아넣었다면 『광장』과 유사하게 정치와 개인의 삶이라는 문제를 다룬 이문열의 『영웅시대』는 봉건적 지주에서 한 걸음도 자기 변신을 하지 못한 관념적 지식인 이동영을 주인공으로 설정하여, 그의 몰락을 통해 어떤 이념이든 이념은 권력 추구의 수단에 지나지 않는다는 결론을 내린다. 그리고 『광장』의 윤애나 은혜가 이명준이나 그의 이념과 관련하여 특별히 삶의 변화를 보이지 않고 있는 반면에, 『영웅시대』의 조정인이나 안나타샤는 이동영과 그의 이념을 사랑하고 또 비판하는 인물로서 소설의 뼈대를 이루고 있다. 나아가 『영웅시대』에서 형상화된 조정인과 안나타샤의 삶은 이데올로기의 폐해를 구체적으로 보여 줌으로써 — 물론 작가는 '동영의 노트'라는 장을 설정하여 직접적으로 이데올로기에 대해 논의하지만 이는 소설적 진실과는 별로 관련이 없다 — 이데올로기 기피라는 무책임한 자리에까지 독자를 이끌고 갈 우려가 있다. 그러므로 이들 여성과 이동영의 삶의 진정한 변모를 드러내는 과정을 통해『영웅시대』의 의미를 검증할 필요가 있다.

이동영이 월북하여 만난 안나타샤는 식민지 소작인의 딸로서 해방 후에는 북한의 권력 핵심부에까지 도달했으니 그야말로 "식민지의 딸이 영광스런 혁명의 전위로 성장"했다고 할 수 있다. 그러나 우리가 소설 속에서 구체적으로 만나는 안나타샤는 몰락하는 남로당 출신 지식인 이동영에게 심리적 육체적으로 보상물의 역할을 하는 비극적 순애보의 여주인공일 뿐이다.

처음 이동영이 전혀 낯선 인물로서 안나타샤를 만났을 때 동영은 그녀가 냉철한 이론과 세찬 정열과 비극적 종말을 지닌 로자 룩셈부르크와 닮았다고 생각한다. 그러나 그 안나타샤가 동영의 상급자로서, 즉 정치적 반대파들을 숙청해 나가는 북쪽의 현실적 권력 주체의 일원으로서 나타났을 때 동영은 그녀에 대해 "쌀쌀한 아름다움에 대한 남모를 선망과 그럼에도 불구하고 현실적으로 항상 소리 없이 다가오는 위해(危害)의 전조"를 느낀다. 그리고는 확실한 근거도 없이 대뜸 그녀가 매음이나 그런저런 수단을 통해 권력을 획득했으리라고 추단해 버린다. 여성의 사회적 성공에 대한 이 일반적 관념! 그녀가 정당한 실력을 갖추고 남성들과 대등한, 아니 훨씬 불리한 입장에서 엄청난 노력을 기울여 그것을 성취했다고는 조금도 인정하려 않는다. 일을 수행하는 능력과는 관계없는 사적인 어떤 것 — 미모, 성, 연줄 등 — 에 의해 그러한 위치에 이르렀다고 생각함으로써만 하급자로서의 열등감을 극복할 수 있는 이동영의 의식은 가부장제 이데올로기 바로 그것이다.

그 이후 안나타샤가 과거 동영 자신의 대학생 시절 농촌에서 만났던 소작인의 딸 안명례임을 알게 되자, 선망과 두려움이 모호하게 섞여 있던 감정 상태는 "적의와 반가움, 오만과 굴욕감, 두려움과 경멸, 그런 복잡한 감정들이 똑같은 강도로 얽힌 광기"의 상태로 된다. '선망'이라고 하는 것은 자신과 직접 관계가 없는 우월한 여성에 대한 추상적 감정이었다. 그런데 안나타샤가 동영의 과거와 관계 있는 인물로 되자 '반가움, 오만, 경멸'이라는 구체적인 감정으로 바뀌게 된다. 이러한 동영의 심리는 안나타샤라는 개인을 있는 그대로 전체로서 인정하여 받아들이지 못하고 어떤 방식으로든지 그녀에 대해 우위를 확보하고자 안간힘을 쓰고 있는 상태이다. 과거에 안나타샤는 대학생인 동영을 동경하던 소작인의 딸이었고, 동영은 로자 룩셈부르크와 자수리치[2]의 전기를 그녀에게 주어 가르침을 베푸는 입장으로 동영의 사회적 우위가 확보되어 있었다. 그러나 현재는 안나타샤가 직책상 동영의 상급자이고 허물어져 가는 — 권력관계에서 그리고 이념적으로 — 동영이 숙청당하지 않도록 보살펴 주는 위치에 있기에, 동영은 그녀와의 공적인 관계에서 느낀 무력감과 굴욕감을 보상받기 위해 갖가지 방법을 동원한다.

우선 직책상의 차하급자로서 그녀에게 느끼는 무력감과 굴욕감을 정사에서의 상위로 보상받고자 한다. 즉 안나타샤와 성관계를 맺으면 자신의 우위가 확보되리라고 생각한다. 남녀간의 성관계에서 당연히 남성이 우위를 차지한다는 이 관념은 '정복'이란 단어에 집약적으로 표현되어 있다. 여성은 정복되어야 하는 산이나 바다 같은 자연물, 즉 하나의 대상이고, 인간이 자연을 정복하여 인간의 우위를 입증하고 그 영역을 확보하듯이 남성의 성적 능력은 여성을

---

2   베라 이바노브나 자술리치. 러시아 여성 혁명가, 사회주의자.

정복하는 신비한 힘이며 한번 성관계를 맺고 나면 그 여성은 영원히 남성의 소유물이 된다는 생각이다. 그리고 때때로, 정복당하는 대상이 만만치 않은 경우 — 험한 산, 폭풍우 치는 바다, 그리고 안나타샤처럼 쌀쌀하거나 상급자인 여성 등 — 에 정복의 성취감은 더욱 커진다.

동영은 안나타샤와의 성관계에서 공격적·가학적인 태도까지 취하면서 정사에서 우위를 획득했다고 느끼는 그 분위기를 다른 공적인 관계에까지 연장하고자 한다. 그러나 이 방법은 정사가 끝난 후 동영의 기대와는 달리 안나타샤가 즉시 공적인 차가운 상급자의 위치로 돌아가 동영에게 업무를 지시하기 때문에 보상의 감정은 지속되지 못하고 '정복'이라는 관념의 허구성도 여지없이 드러난다.

이제 동영은 또 다른 한편으로 안나타샤의 사회성과 직책을 적절하게 인정하지 않고 그녀의 삶의 방식을 '권력형 매음'으로 매도·경멸하는 수단을 취한다. 도덕적으로 자신의 우월성을 확보하고자 하는 것이다. 여기서 권력형 매음이란 권력을 성과 교환한다는 의미로서 화폐를 성과 교환하는 부르조아사회의 매음과 동일한 구조를 지닌 것이라고 동영은 생각한다. 부르조아사회에서의 화폐욕과 동일한 수준의 권력의지에 사로잡혀 온갖 비도덕적이고 저열한 수단으로 권력을 획득했다고 간주함으로써 동영은 안나타샤 개인과 또한 그녀가 사회적으로 속한 집단과, 그것을 기반으로 한 그녀의 권력을 한꺼번에 부정해 버리고자 한다. 그러나 안나타샤가 실제로 이동영이나 그의 스승 박영창보다 사태를 파악하고 처리하는 능력이 우월함을 알게 되면서 이 방법은 근거를 잃어버리게 된다. "모스크바 공산 대학이란 것의 정체를 대강 알고 있는 동영에게는 그녀의 정신이란 몇 개의 피상적인 이론과 공식화, 구호로만 치장된 저열한 권력의지에 지나지 않아" 보였지만 "이론파로 알려져 온 자신조차 이상(理想)의 빛에 가리워 보지 못했던 정치 역학의 일면을 그녀는 냉철히 꿰뚫어 보고" 있었던 것이다.

동영이 우월성을 확보할 수 있는 마지막 가능성은 자신이 천석지기 집안의 외아들인 미남 동경 유학생이었고 소작인의 딸 안명례가 그 미남 대학생을 동경했던 과거에서 찾아진다. 동영에게 줄곧 쌀쌀한 분노와 이유 모를 정감 어린 눈길을 보내는 이중적 태도를 보여 왔던 안나타샤가 자기의 과거 — 그 고난에 찬 여정이 '17년 전의 그 수려하던 나로드니끼[3]'를 향한 길이었고 이제 드디어 동영에게 이르게 되었다고 고백했을 때, 과거의 존재 방식이 재현된 것 같았다. 비로소 동영은 우위를 확보하게 되었고 비로소 안나타샤와 온전한 관계를 가질 수 있었다. 동영은 "오직 그 찬란했다고 해도 좋을 추억의 날들"을 배경 삼아서만 그녀에게서 느끼는 이상한 굴욕감과 두려움을 극복할 수 있었다. 동영에게 이르러 그야말로 평범한 여자로 되돌아온 안나타샤는 사랑을 위해 권력을 버리고 동영과의 결혼을 서두른다. 이러한 지경이 되어서는 동영이 인정하고 싶지 않았고 부담스럽기만 했던 그녀의 사회적 능력, 즉 "이따금씩 반짝이는 그녀의 이성적 매력과 종종 동영을 감탄시키는 차갑게 단련된 실천력" 같은 것들이 오히려 동영의 동반자로서의 자격을 갖춘 것으로 해석되어 안나타샤의 기둥서방 노릇을 하고 있다는 불쾌감과 거북스러움을 상쇄시켜 주기까지 하였다. 자기의 소유물임을 확실히 한 연후에야 그 가치를 인정하는 이기심이라고나 할까.

그런데 이상과 같은 이동영의 저 눈물 나는 우월감 확보 노력

3   러시아의 농민해방운동. 인민주의 운동.

695

의 과정에서 주목할 것은 안나타샤가 이념을 실천하는 공적인 모습으로는 전혀 묘사되고 있지 않다는 점이다. 작중의 몇몇 인물의 설명에 의하면 그녀는 소작인의 딸로서 — 아버지는 원래 마름이었으나 병으로 쫓겨난다 — 16세에 빚 탕감으로 지주이자 고리대금업자인 늙은이의 첩이 되었다. 그리고는 지주의 돈을 훔쳐 만주로 달아나 모스크바 공산 대학을 마치고 해방 후에는 권력의 핵심부인 43인 그루빠의 일원으로 북한으로 돌아온다. 그녀의 삶은 빈곤과 비참에 찌든 희망 없는 소작인의 딸이 남장 항일 여성 유격대장으로 알려진 이홍광에게 자신을 투사시켜 스스로 변화해 나간 과정이었고, 그 과정에서 안나타샤는 가능한 수단을 모두 사용했다. 애초 의도적으로 지주의 첩이 되었을 정도인 안나타샤의 삶을 당시의 객관적인 역사 상황 속에 놓아 보자. 그녀의 삶에서 우리는 소작인의 딸로서의 억눌린 상황을 극복하여 자신의 해방과 동시에 이웃의 해방을 추구하는, 그래서 억압받는 집단인 여성의 위치를 여성의 입장에서 가장 적극적으로 변혁시켜 나가는, 그리고 그 길을 바로 민족해방에까지 연결시켜 나가는 주체적인 여성의 삶을 추출해 낼 수 있다. 이 의미만으로도 안나타샤는 우리 소설에서 드물게 보는 발전적 여성상으로 새롭게 부각될 수 있을 만한 인물이다. 그러나 소설 『영웅시대』에서는 이러한 역사적 사정은 단지 서술로만 처리되었을 뿐, 안나타샤와 동영의 관계를 묘사하는 작가의 시선은 그녀의 객관적 위치와 공적인 삶을 전혀 도외시하고 있다. 작품 구조상 동영의 시점에서 북쪽의 사건이 서술되는 탓도 있겠지만 이는 부차적인 것이고 안나타샤의 공적인 모습이 묘사되지 않은 것은 그녀의 실체를 전체적으로 그려 낼 수 없었던 작가의 한계가 아닌가 생각된다. 동영과의 관계에서 안나타샤는 주체적인 자기 확립 없이 그야말로 '순애'의 길을 걸었을 뿐, 그 과정에서 마주쳤을 역사적·사회적인 문제와는 아무런 영향을 주고받지 못한 인물로만 나타난다. 과연 "그 수려하던 나로드니끼에 대한 동경"이라는 정도의 추진력이 삶의 역정을 일관되게 지탱해 주고 이념적인 확고함을 요구하는 정치적 집단의 핵심적 위치에까지 이르게 할 수 있는가. 또 안나타샤가 동영을 만나면서 자기의 과거에 대해 주관적으로 분석하여, 동영이 파악하고 있던 바의 음험한 권력의지를 순애의 과정으로 채색하는 식으로 동기부여를 새롭게 했다 할지라도 그 과정에서 아무런 갈등이 없었겠는가. 그렇지 않을 것임은 상식적으로도 명백하다. 그리고 결말에서 안나타샤가 이동영과의 관계를 "어리석은 감상주의"라고 규정하여 동영이 일본으로 탈출하려는 것을 저지하기까지에는 당연히 안나타샤 개인의 자기 확립 과정과 갈등이 있어야 하며 그것이 구체적으로 묘사되었어야 한다.

이동영과의 관계에서 안나타샤의 형상이 사회적 현실과는 유리되어 왜곡된 모습으로 그려졌다는 것과는 반대로 이동영의 아내 조정인과 그녀의 시어머니의 형상화는 사회적 현실감을 획득하고 있다. 실상 『영웅시대』 전체 분량의 절반은 정인과 시어머니가 동영을 신뢰하고 그 가문을 보존하기 위해 겪은 고통, 그리고 그 고통을 극복하는 의지를 묘사하는 데 바쳐졌다. 여기서야말로 작가는 일제시대와 해방, 6·25의 정치적·사회적 격동기를 겪어야 했던 평범한 아내와 어머니의 삶의 현장 — 여기서 평범하다는 것은 정치나 사상 등은 남편이나 아들의 영역으로 여기며 그에 따르는 영광이나 고통 역시 남편이나 아들과 관련해서만 의미를 지니는 것으로 여긴다는 뜻이다. 이러한 의식 수준은 시어머니와 정인의 세대에서 보편적이었으며 지금도 역시 그렇지 않다고 단언하기는 어렵다 — 을 생생하게 묘사하고 있으며 우리는 이 부분에서 소설적 감동을 받는다. 정인과 시어머니가 돌내골 고향으로 돌아와 '낙끝'이라는 절벽 위에서 치르는 재생(再生)의 의식을 떠올려 보라. 남편에 대한 체념과 자식에 대한 희망으로 고난의 세월을 지탱해 온 우리의 어머니들의 삶의 모습이, 깎아지른 듯한 절벽과 지는 해와 여인의 통곡 속에서 얼마나 절절한 감동으로 펼쳐지고 있는지. 이에 비하면 동영이 병상에 누워 회상하는 그의 이념 편력은 공허할 따름이다.

조정인은 결혼하기 전 『소학』, 『여사서』를 공부했을 뿐인 구식 여성이다. 그리고 남편에 대한 절대적 신뢰, 시어머니에 대한 순종, 가문 보존 의지 등 봉건사회에서 요구하는 여성의 미덕은 모두 갖추었다. 비록 남편 될 이가 한다는 빨갱이 운동이 온몸에 피를 칠하고 체조하는 불길한 어떤 것이리라고 추측하는 정도의 정치적 감각을 지녔을 뿐이지만, "농부의 아내는 함께 들로 나가고 호떡 장수의 아낙은 곁에서 밀가루 반죽이라도 거드는 것처럼" 남편과 함께 생활하고 함께 가치를 생산하는 그러한 관계를 맺기를 원하고 있었다. 그래서 정인은 신식 여학교를 다니면서 동영의 사상을 이해하기 위해 열심히 공부하려 했고, 동영의 지시에 따라 어려운 심부름을 하기도 한다. 동영에 대한 정인의 소망과 열성은 해방, 6·25, 동영의 월북, 휴전에 이르기까지 지속된다. 그러나 정인이 동영을 이해하고자 하는 노력에 대한 현실적 보답은 고통이었다. 해방 직후 동영이 추수한 쌀을 가난한 인민에게 모두 나누어 주었을 때 정인은 살림을 꾸려 나가는 데 어려움을 겪었고, 동영의 지시로 비밀 연락을 하다가 경찰서에서 고문을 받았다. 6·25전쟁이 터지고 북쪽의 패퇴와 더불어 동영이 월북했을 때 정인은 부역자로 처리되어 수용소 생활을 해야 했다. 그리고 마침내 대장 강백정의 아내 필녀의 출산을 도왔기 때문에 — 정인은 이들을 따라 산으로, 동영을 향하여 가려 했다. — 2년여의 옥살이를 해야만 했다. 정인이 이러한 역경을 거치는 동안 대지주로서의 재산은 모두 사라지고, 정인은 저잣거리에서 온갖 수모를 받아 가며 국밥 장사로 생계를 유지한다. 그리고 동영과 동영의 이념에 대한 신뢰와 소망을 부정하는 자리에서 동영의 대치물, 동영을 상실한 데에 대한 보상물의 의미를 지닌 기독교에 의지하게 되는 것이다.

한편 정인의 시어머니는 '가문 보존'이라는 한 가지 명제를 가장 철저하게 구현한 인물이다. 그것을 위해 시어머니는 동영에게 신학문을 배우도록 하고 그가 사상 운동에 가담하는 것을 장려하기까지 했다. 정인을 신식 여학교에 보낸 것도 이혼 사태를 막아 가문을 보존하기 위해서였다. 그러나 남쪽의 상황에서 현실적으로 더 이상 동영에게 기대할 길이 없게 되었을 때는 다시 손자들을 보호하기 위해 남쪽의 상황과 싸우기도 하고 타협도 하면서 가문 보존의 노력에 몰두한다. 그녀가 정인에게 남다른 사랑을 퍼부은 것도 정인이 손자들의 어미였기 때문이고, 완고한 고집을 굽히고 증오를 숨기며 교회에 나가고 자신의 장례까지 기독교식으로 치르는 것도 모두 일관하여 남쪽의 상황에서 살아남는 것, 즉 가문을 보존하기 위한 것이었다. 정인에게 있어 동영과 기독교가 동일한 차원에 놓인 전면적인 신뢰의 대상이었다면, 시어머니에 있어 동영의 사상이나 기독교는 동일하게 가문 보존을 위한 수단이었다. 시어머니는 그 수단들을 가장 구체적으로 확실한 차원에서 이용한 셈이다. 이처럼 조정인과 시어머니는 봉건적 사회에서 요구하는 역할 — 대를 잇는 것, 즉 가문 보존 — 을 가장 열심히 수행한 전형적인 여성들이다. 그리고 그들의 노력이 구체적인 사건, 생생한 삶의 현장 속에서 묘사되었기에 감동을 주는 것이다. 물론 조정인의 경우 아무리 구식 여성이라 하지만 그 격동기에 정치적 갈등을 겪으면서 이념적인 영향을 받지 않는다는 것이 가능한가 하는 의문이 생기기도 한다. 그러나 정인의 모습은 정신적으로 완전히 이해하지 못할수록 육체적으로 더욱 충실하려는 노력이었다는 것, 기독교에의 귀의 역시 논리적 이해를 넘어서는 자기 헌신이라는 점에서 일관성을 지니기에 그녀의 전체적인 형상은 설득력이 있다.

정인과 시어머니의 삶에 대한 동영의 기대 역시 가문 보존이라는 데서 한 걸음도 벗어나 있지 않다. 동영이 정인에게 보낸 편지에는 다음과 같은 구절이 있다.

내 삶에 있어 당신의 역할도 생각해 보았소. 지금까지 나는 당신에게 지나친 욕심을 부린 것 같소. 나는 동지로서 연인으로서 아내로서의 당신을 원했기 때문이오. 이제 그 짐을 덜어 드리겠소. 당신은 아내로서 족하오. 학교 같은 건 잊어버리고 책도 모두 버려도 좋소. 당신은 좋은 아내, 좋은 어머니, 그리고 좋은 며느리만으로도 충분하오.

가문을 유지하기 위한 아내이고 어머니이고(정인도 나중에는 그 시어머니처럼 될 터이다.) 며느리인 여성! 이것은 철저히 가부장제 이데올로기에 기반하고 봉건적 세계를 유지시키는 여성관이다. 그리고 동지이고 연인이고 아내인 여성을 원하는 것을 지나친 욕심이라고 매도하는 것은 동영이 인간의 변화 가능성을 부정하면서 가문 보존을 우위에 두는 봉건적 세계관에 대해 전적으로 공감하고 있음을 드러낸다. 안나타샤를 대할 때에도 동영은 가부장제 이데올로기에 사로잡혀 그녀보다 우월한 위치에 있고자 했을 뿐이라는 앞의 분석 또한 동영의 봉건적 세계관을 보여 주는 것에 다름 아니다.

이렇게 되면 동영이 현실에 부딪혀 행하는 이념에 대한 비판 역시 미덥지 않다. 그의 이념 비판은 여성관과 동일한 수준에서 행해지고 있다. 이동영이 자신이 선택한 이념에 대해 회의하는 것은 남로당 출신으로서 북쪽의 권력으로부터 소외당하는 데서부터 비롯되고 있다. 그가 처음에 식민지 현실로부터 문제를 제기하여 현실을 변혁하고 새로운 세계를 지향하는 하나의 이념을 선택하였다면 그 이념이 실제와 괴리되며 문제 해결에 모순되는 점을 노정할 경우 그것을 비판하면서 새롭게 현실을 극복할 더 나은 방식을 추구하는 것이 정당하다. 그러나 실상 이동영은 봉건적 지주라는 신분에서 조금도 자기 변신을 하지 못한다. 그가 나로드니끄였던 노령 아재(러시아에서 온 아저씨)를 거쳐 아나키스트 박영창 선생에게 연결되었고, 박영창 선생을 따라 볼셰비끼로 전향했다고는 하지만, 그 전향을 뒷받침할 만한 논리적인 이유나 적절한 상황을 알 수 없고, 전향에 따른 자기 모색의 과정 역시 찾을 수 없다. 볼셰비끼인 그가 모든 이념에 대해 비판을 하게 되는 직접적인 근거도 역시 명확하지 않다. 다만 권력에서 소외당하는 과정에서 일방적인 회상을 통해 — 회상이란 과거를 현재의 상황 속에서 주관적으로 재구성해내는 작업이다 — 이념 선택은 봉건지주가 직접적 적대 세력인 부르조아에 대항하여 살아남기 위해 취한 '잔존의 방식'이라고 규정될 따름이다. 동영이 냉철한 자기비판을 거쳐 이념 선택과 전향을 한 것이 아니기에 그가 모든 이념을 극복하여 최후로 도달했다고 하는 기독교적 휴머니즘과 민족주의라는 대안 역시 또 다른 '지주의 잔존 방식' 이상이 될 수 없다. 그리하여 결과적으로『영웅시대』전체는 모든 이념 선택의 의의를 부정하고 이념 기피 증세를 보이게 된다. 그리고 이러한 결과는『영웅시대』의 작가가 인물들의 삶, 특히 안나타샤와 조정인의 삶을 묘사하고 부각시키는 방법의 차이에 의해 더욱 굳건히 뒷받침되고 있다.

　『영웅시대』에서 묘사된바 안나타샤는 이념을 수단으로 자신의 삶을 실현해 나간 여성인 반면, 조정인은 이념에 의해 일방적으로 피해를 받은 여성이다. 이들을 역사적 맥락 속에서 보면 안나타샤는 봉건적 세계를 부수고 새로운 세계를 향해 자기 변신을 해 나갔으나, 조정인은 봉건적 세계에 머물러 있으면서 변화하는 세계에 의해 몰락하게 되고 결국은 현실 초월 — 현실 극복이 아니라 — 의 의미로서 기독교 세계에 몰입해 버렸다. 이 두 여성을 형상화함에 있어 작가는 안나타샤의 현실 극복의 삶을 간략한 서술로 처리하고 그것을 단지 권력의지로 점철되고 동영과의 관계에서 순애의 스토리로 채색되는 멜로드라마의 형태로만 왜곡하여 묘사했고, 반면에 이념에 피해를 입으면서 가문을 보존해 나온 조정인과 그 시어머니의 삶은 구체적 상황 속에서 생생한 현실감을 가지고 묘사하고 있다. 이 점은 이동영을 형상화하는 데에도 마찬가지로 적용되는데, 동영이 이념을 실현해 나가는 삶, 그의 이념적 편력은 간략한 서술이나 관념적인 대화로 처리되었고, 반면 안나타샤와의 사적인 관계만을 구체적으로 묘사하여 독자로 하여금 이동영의 실체를 온전하게 파악할 수 없게 만들었다. 이처럼 작가가 이념을 실현해 나가는 면모를 제대로 묘사하지 못하고, 안나타샤의 경우처럼 일면적으로 묘사할 수밖에 없는 것은 그의 세계 인식의 한계를 노출하는 것이다. 이념에 일방적으로 피해를 입는 여성 조정인이나 봉건적 가문 보존 의지의 화신인 시어머니의 생생한 모습이 작가 자신의 가족을 모델로 한 것인 데 비하여, 안나타샤는 완전히 허구적 인물이고 또한 여러 가지 제약에 묶였었다는 해명이 있을 수도 있다. 그러나 역사적 자료들과 현실에서의 인간의 삶을 관찰함으로써 현실보다도 더 생생한 전형적인 인간의 삶을 그리는 것이야말로 진정한 작가의 역할일진대 그러한 소재 차원의 해명은 별로 설득력이 없을 것이다. 그렇다면 결국 『영웅시대』의 작가는 안나타샤가 표상하는 바와 같은 이념 실현에 부정적 시각을 가졌으며 조정인이 표상하는 봉건적 세계에 의식적으로든지 무의식적으로든지 공감하고 있었기 때문이라는 데서 해답을 찾아야 한다. 그리고 작가는 안나타샤와 조정인 두 여성을 형상화함에 있어서 묘사하는 태도를 달리함으로써 현실에서 이념이란 권력 추구의 수단으로 이용되든지 아니면 이념의 피해자만 있을 뿐이라는 점을 그다지 사실적이지 못한 방법으로 역설하려고 노력했다는 판단이 내려진다.

　　최인훈의 『광장』과 이문열의 『영웅시대』는 발표 시기의 차이를 반영하면서 약간의 변모를 보이기는 하지만 기본적으로 주인공의 의식 수준이나, 이를 바라보는 작가의 세계 인식은 거의 동일한 차원에 있다고 보여진다. 그것은 이 두 작품에서 소재로 다루어지고 있는 이념 선택의 문제가 전적으로 관념적이고 비현실적인 방법으로 다루어지고 있다는 점에서 찾아질 수 있다. 이념 선택이란 자신이 이러저러한 이념을 선택했다고 표방함으로써 이루어질 수 있는 것이 아니다. 이념의 선택이란 내용적으로 모든 사물을 바라보는 새로운 눈과 구체적인 면에까지 이르는 정치의식을 수반하지 않으면 공허해지기 십상이다. 따라서 이념의 선택이 관념적으로 이루어질 경우 현실의 구체적인 사항에서는 늘 문제점을 노정하게 된다.

우리는 이 장에서 관념적인 이념 선택에서 보여지는 여러 문제들을 분석하면서 특히 여성의 대상화에 관한 문제점을 중점으로 삼았다. 이 두 작품에서 나타나는 여성관이나 여성상을 분석하면서 우리는 새로운 이념을 선택하고자 하는 또는 선택했다고 하는 사람 모두에서 기존의 지배 이데올로기에 철저히 물들어 있는 모습을 발견해 낼 수 있었다. 이렇듯 구체적인 사항에서 노정되는 문제점은 단지 그 문제에 관한 보완으로 극복될 수 있는 것이 아니다. 이는 그의 이념 선택이 지니는 전반적인 문제점, 즉 자기 변신을 이루지 못한 겉치레만의 이념 선택임을 나타내 준다. 이명준 역시 이념을 선택하지 못한 자폐적인 관념철학자임이 판명되었고, 남로당 당원이었던 이동영 역시 작품 속에서는 봉건적 세계관을 고수하는 지식인으로 판명되었다. 이념의 선택이란 추상적인 인식의 차원에서 이루어지는 것이 아니라 모든 면에서의 새로운 시각을 요구한다는 점을 강조해 두고 싶다.

3. 여성의 왜곡된 주체성
조해일 『겨울여자』
김승옥 「야행」

조해일의 『겨울여자』는 유이화라는 여성이 이웃 사회와의 관계에서 자기 변화를 거쳐 성장해 가는 과정을 그린 소설로 주인공 여성이 자각과 행동에 의하여 주체적인 삶을 살아가는 과정을 형상화했다. 이 작품은 신문에 연재될 당시 기존의 윤리 규범에 충격을 던져 유이화가 '성녀냐 창녀냐' 따위의 논쟁을 불러일으킬 만큼 새로운 남녀 관계를 제시하고 현재의 가족 형태를 부정하는 파격적인 여성상을 형상화하고 있다. 『겨울여자』라는 소설이 등장하게 된 배경과 그 의의, 그리고 해방된 여성으로 부각된 유이화의 실체를 점검하는 것은 70년대에 있어 여성 자신의 자각, 사회적인 여성의 객관적 위치, 그 주체적 활동의 한 측면의 수준과 한계를 검토하는 작업일 수도 있다.

유이화는 이른바 "아무에게도 속해 있지 않으면서 동시에 누구에게나 속해 있음"을 표방한다. 다시 말해서 어느 개인하고도 아무런 특별한 관련을 맺지 않는 상태에서 자신을 필요로 하는 누구하고도 자유롭게 관계를 맺는다는 입장이다. 이 입장은 얼핏 보기에 여성의 주체 선언이다. 그러나 선언의 의의는 그 구체적 측면이 객관성을 지닐 때만 유효하다.

집과 학교 사이를 오가던 여고생 유이화는 처음 악덕 정치가인 아버지 때문에 고민하는 민요섭을 만난다. 그런 과정에서 민요섭이 자살하자 이화는 자신의 결벽증 때문에 자신의 육체를 요섭에게 나누어 주기를 아껴서 그를 죽였다고 생각하여 "육체라는 것이 그렇게 아낄 만한 특별한 물건이 아니며 애초에는 자기라는 개체 자체가 그렇게 아끼고 도사릴 만한 존재는 아닌지도 모른다"는 생각을 한다. 이 생각은 더욱 진전되어 개체와 개체를 얽매어 놓는, 상대에 대한 합법적 소유 형태인 가족은 철저한 이기주의의 발현에 불과한 것이므로 사람의 사람다움을 지키기 위해서는 타기되어야 할 것이라는 데에 이른다. 이화는 데모하다가 군대에 간 대학생 우석기, 오수환, 대학교수 허민, 미국 유학생 안세혁 등 자신에게서 위안을 얻고자 하는 남성들과 잠자리를 같이한다. 또한 잡지사 기자 생활을 하면서 공단, 빈민 지역 탐방 기사를 쓰는 것이 계기가 되어 자신이 살아왔던 안온한 세계와는 다른, 생존 자체가 문제가 되는 세계를 접한다. 그리고 빈민 지역에서 무료이발소 겸 야학을 경영하는 김광준과 만나게 되어 그를 도와 같이 일하게 된다.

이렇게 보면 『겨울여자』는 자기방어적인 결벽증을 지녔던 한 여고생이 다른 사람의 삶에 관심을 가지면서 자기 의식의 테두리를 벗어나 정직한 양심을 가지고 판단하여 옳다고 여겨지는 또는 할 만하다고 생각하는 일을 해 나가는, 주체적인 여성으로 변화하여 가는 과정을 보여 준다 하겠다. 자기 인식을 실천하기 위해서 가족을 부정하고 여성의 입장에서 새로운 성도덕을 주장하여 그 주장을 실천에 옮기며 70년대 사회문제로 부각된 공장 노동자와 빈민의 삶에까지 관심을 기울인 여성의 모습을 그릴 수 있었던 것은 작가 조해일이 풍속·세태를 그리는 데 뛰어난 점과 무관하지는 않을 것이다.

그런데 유이화의 인식과 실천은 과연 현실과의 관계에서 타당하며 또한 진정으로 보다 더 새로운 (혹은 더 나은) 것일까?

이화는 고등학교 시절 헌 교과서를 팔면서 그렇게 교과서를 팔아서 생긴 돈은 확실한 자기 몫이라고 느낀다. 그뿐만 아니라 교과서를 파는 것은 "자기에겐 이젠 별 소용이 없어진 물건을 다른 사람이 활용할 수 있도록 해 주는 의미도 있다"고 적극적 의의를 부여한다. 즉 자기의 소유물 중 자기에게 소용없는 것은 남이 활용할 수 있게 해야 된다는 것이다. 이 관념은 바로 이화의 육체관으로 연결된다. 자기의 소유물인 육체가 그렇게 아낄 만한 특별한 물건이 아니라고 생각될 때 그것을 필요로 하는 남에게 내어 주어야 한다는 생각인 것이다. 따라서 유이화에게서 육체는 교과서와 마찬가지로 남이 필요로 하면 언제나 내어 줄 수 있는 하나의 물건으로 여겨짐을 알 수 있다.

이 태도는 다른 남성과의 관계에서 자신을 '한잔의 물'로 비유하여 목마른 상대방에게 당연히 그 물을 마시게 해 주어야 한다는 데서 명확해진다. 이화 즉 여성의 육체는 하나의 물건일 뿐이고 남성의 필요에 따라 언제나 제공될 수 있는, 아니 제공되어야 하는 것이라고 규정하고 있음을 나타내는 것이다.

위와 같은 인식 형태로 이화가 자신의 육체를 대상화함에 따라 이화가 남성과 맺는 관계는 한 인간이 다른 한 인간과 만나는 것이 아니라 자기의 필요 없는 소유물을 상대방의 필요에 따라 넘겨주고 자신은 보상을 받지 않는다고 하는 일방적이고 시혜적인 관계로 된다. 아니, 이화 스스로는 자신이 가족이기주의를 벗어난다고 하는 만족감을 받는다. 이런 관계에서 당연히 이화 자신의 성적인 욕망은 아예 없는 것으로 보인다. 나아가 이것이야말로 이화의 청순함이라고 ─ 『겨울여자』 중의 한 장은 '성처녀'라는 제목을 붙이고 있다 ─ 작가는 강변하고 있다. 자기에게 소용없는 물건을 남에게 주는 것을 훼손되지 않은 청순함이니, 자기를 헌신하는 성처녀라는 식으로 표현하는 작가의 의식 저변에는 여성을 전인으로 바라보는 것이 아니라 정신과 육체를 분리시켜 그 상호 관련을 전적으로 부정하고, 남성과 여성이 대등한 입장에서 상호간에 주고받을 수 없다는 것, 여성이 자기의 주체적 욕구를 표방하고 행동하는 것은 가치를 훼손하는 것이라는 인식이 자리하고 있다.

이는 사유재산 발생 이후 남성의 지배하에 놓이게 된 여성의 억압의 역사와 관련시켜 보면 여성을 주체가 아니라 하나의 대상으로, 소유해야만 하는 물건으로 파악하는 가부장적 남성 지배 이데 올로기가 모습만 달리하여 주장되고 있음을 알 수 있다. 아니 오히려 이화의 주체적 행동임을 『겨울여자』 전면에 내세워 이를 교묘하게 은폐함으로써 그 유지를 더욱 강화하는 셈이다.

이런 관계에서는 또 여성의 육체를 소유했다고 자만하는 남성 자신도 역시 진정한 관계에는 이르지 못한다. 이런 이데올로기하에서 이화의 육체는 필요를 메꾸는 수단일 뿐이니 상대방 남성에 대해 이화는 자신의 육체만을 제공할 뿐 그녀의 전인격을 걸지는 않는다. 이것에 대해 이화는 대한민국의 모든 남성이 자신의 애인이며 모든 남성의 애인이 되기 위해 어느 특정한 남성과의 배타적인 관계를 맺을 수 없다는 논리를 주장한다. 이화와 특별한 즉 상식적인 애인 관계를 맺기를 원했던 오수환, 김광준 등은 이화의 논리를 수긍하지는 못하면서 편의적인 선에서 그 논리와 타협한다. 즉 자신들도 대한민국의 남성이니 이화의 애인이 될 수 있고 그러므로 이화에게 성관계를 요구할 수 있다는 것이다. 이것은 현실적으로는 이화와 특별한 관계를 맺는 셈으로 칠 수 있다. 그러나 동시에 이화가 언제라도 자기들 아닌 다른 남성들과 성관계를 가질 가능성이 있으며, 자신들이 그것을 제어할 수 없다는 점에서는 전혀 이화와 특별한 사이임을 주장할 수 없다. 그래서 그들은 이화의 사상은 자신들과 같은 평범한 세속 인간은 아직 이해할 수 없는 성스러운 것이라고 신비화하여 자신들의 모순 상태를 은폐한다.

이화의 명분에 편승, 이화의 육체를 이용하는 — 광준이나 수환은 이용할 의도를 지니지 않았고 이화를 통해 구원받았다고 여기나 그것은 낭만적인 환상이다. 따라서 실질적으로는 이용했다고 볼 수 있다 — 관계는 육체적 욕망의 해소 이상의 진정한 인간의 만남은 되지 못한다.

다음으로 유이화는 가족에 대해서 어떻게 파악하고 있는가. 가족이라는 범주는 한 개인이 자기의 육체를 아끼는 것처럼 그 구성원을 아끼는 철저히 이기적인 집단이라고 인식한다. 왜냐하면 가족은, 사회적 문제 때문에 구성원 중 누가 조금이라도 다친다면 그 문제의 중요성 여부는 차치하고 그 구성원의 안위만을 생각하는 집단이기 때문이다. 그런데 어떤 공동체가 요구하는 것과 그 공동체 바깥의 더 큰 공동체가 요구하는 것이 서로 다를 때 그 구성원은 윤리적으로 더 옳은 쪽, 비중이 더 큰 쪽을 선택하는 것이 온당하다. 이화는 비중이 더 작다고 판단한 자신이 속해 있는 가족공동체로부터 벗어나고자 하며, 또 하나의 가족공동체를 이루는 절차인 결혼을 거부한다.

이러한 이화의 주장은 부분적으로는 당시 사회에 팽배한 소시민적 이기주의에 대한 날카로운 항의이다. 술 취한 대학교수 허민을 돌보느라 외박을 하고 돌아온 날 가족들이 이화를 비난했을 때 이화는 가족들이 걱정한다고 하여 추운 날 길에 쓰러진 병자를 그대로 내버려두고 올 수는 없지 않느냐고 반박하며 이웃에 대한 관심과 사랑을 주장한다.

이러한 이화의 주장은 70년대에 광범하게 제기된 공장 노동자의 문제, 도시 빈민 문제가 일상성에 묻혀 있던 지식인과 소시민을 자극한 것과 무관하지 않다. 또한 구체적으로 『겨울여자』에서 우석기는 학생운동을 통해, 김광준은 빈민촌에서의 야학 활동으로 사회적 문제를 해결하려 노력한다. 이화가 자기 폐쇄적인 민요섭과의 만남에서 출발하여 마지막에 야학 교사인 김광준을 만나게 되는 것도 그녀가 계속 사회적 관심의 폭을 넓혀 가는 것과 더불어서이다.

이화는 민요섭을 통해 악덕 정치인의 존재를 알고, 우석기를 통해 학생들이 데모하는 이유와 그것을 탄압하는 세력을 느끼게 된다. 그리고 잡지사 기자로 김광준을 취재하러 갔다가 빈민촌의 문제를 느끼고 결국은 김광준을 돕기 위해 직장까지 그만두는 것이다.

그러나 여기서 간과할 수 없는 것은 이화의 현실 인식은 어디까지나 오로지 남성과의 관계를 통해서 이루어지고 이화 자신이 직접 사회 현실과 맞부딪치는 경우는 없다는 점이다. 따라서 그녀의 인식 수준은 대단히 표피적이고 주관적이다. 가령 인쇄 공장에서는 일에 비해서 보수가 너무 적고 작업환경이 나쁘다는 점을 문제로 느끼지만 거기서 일하는 직공들이 일 자체에 대해서 "저이들대로 보람을 느끼면서 일하고 있다"고 생각한다. 공단에 가서도 자신보다 나이 어린 수백 명의 소녀들이 일하고 있는 모습을 목격했을 때 그들이 처한 현실 즉 이농, 임금 문제를 파악하기는 했지만 이화의 직접적인 감각은 "많은 사람들이 어떤 한 가지 일을 위해 질서정연히 움직이고 있는 모습의 아름다움, 이를테면 매스게임 같은 것의 아름다움"을 느끼는 수준이다. 이런 피상적인 인식은 자연히 자신의 문제해결 방식에도 그대로 드러난다.

이화가 부인하는 가족제도나 결혼이란 바로 자신의 가족, 자기의 결혼에만 국한된 것이다. 가족제도 자체를 부인하느냐는 물음에 대해 "절대로 그렇지 않아요. 저한테 다른 대안이 없기 때문이에요. 그래서 전 누구보고도 결혼하지 말라고 권하진 못해요. 다만 사람들이 조금씩이라도 가족이기주의에서 벗어나 주었으면 하는 바람은 갖고 있지만"이라고 대답한다. 원래 현재의 일부일처제 가족 형태는 사유재산의 소유관계를 확고하게 하기 위한 것이다. 이화가 말하는 바의 가족이기주의 역시 이 소유 관계를 기반으로 하여 그것을 유지시키는 추동력이다. 그런데 가족제도 자체를 바꾸지 않고서 어떻게 가족이기주의를 타파할 수 있을까. 이화 자신부터 이기주의를 벗어나고 다른 사람들도 조금씩 그렇게 하면 가능하리라는 이화의 주관주의는 그녀가 이혼한 허민과 강윤희 부부를 재결합시켜 그들의 가족관계를 확고하게 하는 것에서 그 허구성이 바로 드러난다. (이 재결합의 과정은 전연 묘사되고 있지 않으므로 갈등을 해소하는 재결합 자체가 허구라고 볼 수 있다) 더구나 작품의 결말 부분에서 이화는 김광준이 결혼할 때까지, 즉 이화를 필요로 하는 동안은 다른 사람의 필요에는 따르지 않고 김광준만을 따르겠다고 결심한다. 물론 김광준이란 인물이 자기 가족의 이기주의로부터 벗어나 있고(재벌인 아버지로부터 이탈해 있음), 그가 하는 일이 가난한 이웃과 삶을 나누는 일이기 때문에 이화가 이런 결심을 한다고는 하지만 이것은 "누구하고도 특별한 관계를 맺지 않는다."는 이화의 출발점을 부정하고 일상적인 사회제도 속으로 도로 편입되는 것이다. 그것도 한 단계 고양된 수준이 아니라 김광준의 보조자 역할만 자처하는 수준이다.

이런 문제점은 어디에서 비롯되는가? 여기서 다시 이화의 자기 확립 과정의 출발점으로 돌아가 보아야 할 필요가 있다. 이화의 사고와 행동의 근거가 되고 또한 소설 『겨울여자』가 전개되어 나가는 입점(立點)은 도대체 어떤 것인가. 사건의 시작은 민요섭의 죽음에서부터이다. 민요섭이 이화를 끌어안으려 할 때 이화는 도망쳤다. 그 이후 요섭이 죽자 이화가 그의 죽음은 자기 탓이라고 인식하는 것으로부터 이화의 행적이 전개되는 것이다. 과연 이 인식은 객관적으로 필연적이고 타당한 것인가. 평범한 중산층 가정의 한 여고생 — 이화의 아버지는 교목이다 — 이, 남성이 갑자기 자신을 포옹하려 할 때 달아나는 것이야말로 당연하지 않은가. 상식적으로 판단한다면 이화는 강간당할 뻔했다. 그러니 이화가 민요섭을 냉정하게 대하고 다시 만나지 않은 것은 당연하다. 그런데 민요섭은 자살한다.

민요섭은 부도덕한 아버지에게 저항하는 유일한 방법으로 그러한 아버지를 허용하는 세상 자체를 싫어하면서 자기 방에 틀어박혀 학교에 가지 않는 것을 택한 인물이다. 이런 인물에게 있어 자기가 혐오하는 세상이 자신과 관계없이 굳건하게 있는 바에는 주관적으로 적극적으로 스스로를 세상으로부터 제거하는 것으로써 세상에 대한 자신의 항의를 표출할 수밖에 없다. 그러니 자살했다. 그런데 작가는 난데없이 이화에게 이화의 이기주의 혹은 결벽증이 그를 죽였다고 뒤집어씌우는 것으로부터 이 장편소설을 시작한다. 성적 폭력의 피해자라 할 이화가 졸지에 자기의 강간범의 살인자가 되어 죄의식, 자책감을 느껴야 된다는 것이『겨울여자』가 깔고 있는 기본 전제이다. 소설이 이 전제로부터 전개되었기 때문에 자신을 폭행하는 남성이 죄책감을 느끼지 않도록 이화는 다소곳이 그 폭행을 받아들여야 하고, 그 남성의 만족감(혹은 정복감 — 처녀지를 개척하는 기쁨)을 위해 이화는 항상 자신에 대해 무지하고 청순해야 한다.

이상에서 보면 이화의 현실 타파적인 사고와 행동은 현실적인 동기에서 출발하여 구체적인 행동들을 보여 준다고 하지만 어디까지나 왜곡된 주체성에 머무를 뿐이고, 결과적으로는 현재의 사회적 상황을 그대로 유지시키며 한편으로 남성 지배 이데올로기를 교묘히 은폐하고 있는 것이다. 유이화가 현실과 맺는 관계 또는 작가 조해일이『겨울여자』에서 현실을 파악하는 관점은 소설 중의 이동 사진관에 대한 삽화로 정확하게 표현된다.

사진의 배경이 될 호수와 산 그리고 서양식 별장 건물과 숲, 푸른 하늘과 흰 구름 따위가 그려진 간판 그림 같은 것을 그 그림 앞에 고정된 의자와 함께 바퀴를 달아서 끌고 다니는 사진사가 있었다. 말하자면 움직이는 간이 사진관이었는데 그녀가 그것을 목격했을 때는 마침 골목의 한 주부가 아기를 안고 그림 앞에 앉아 사진을 찍고 있었다. 나이가 이화 또래밖에 안 되어 보이는 주부였고 가난의 때가 입술과 눈 주위에 역력했으나 사진기를 향해 웃고 있는 그녀의 표정은 더없이 자랑스럽고 행복해 보였다.

이 주부의 모습은 바로 이화의 모습이며 동시에 작가의 모습이다. 자신의 삶의 터전인 현실은 의식에서 배경으로 물러나 있어, 그 본질을 인식하지 못한 채 그 앞에서 혼자 마음먹기에 따라 미소를 지으면 그 현실은 훨씬 행복하고 자랑스러운 한 장의 사진이 되어 자신의 수중에 들어온다는 철저한 주관주의의 모습이다.

결국 『겨울여자』는 구체적 현실을 인지하고 주체적 삶을 영위하는 여성을 등장시켰지만 그녀의 주체성이라는 것은 여성을 대상화하는 관념 ── 남성의 필요, 소유욕에 신속하고 적절하게 부응하는 여성이 '이상적인 여성'이라는 것 ── 을 보다 섬세하게 은폐한 것에 지나지 않는다.

좀 더 구체적으로 『겨울여자』에서 형상화된 여성의 주체성은 다음의 두 가지 문제점을 지닌다. 하나는 그 행동 동기가 남성과의 관계를 통해서 주어지고 있다는 점, 즉 자신이 발 디디고 있는 현실 상황이나 문제에서 출발하는 것이 아니라는 점이다. 또 다른 하나는 비록 그 동기가 누구에 의해 주어졌건 관계없이 그녀가 진정으로 자신의 주체성을 확립하여 한 인간으로 바로 설 줄 아는 여성이 되는 것이 아니라 결과적으로 남성의 보조자 역할에 머무는 과정이었다는 점이다. 따라서 『겨울여자』에서는 여성의 주체성을 올바로 그려 낼 수 없었다는 결론이 내려진다.

 『겨울여자』에 나타난 여성 주인공의 주체성이 그 출발점이나 전개 과정, 그리고 주체성의 귀착점이라는 면 모두에서 문제점을 노정하고 있다면 김승옥의 「야행」은 약간 다른 측면에서 우리의 관심을 끈다. 즉 인간의 주체성이란 자신의 문제점을 출발점으로 하여 인간 전체의 문제로 나아가는 하나의 과정으로서 의미를 지니는데, 이 과정상에서 인간 전체의 문제 및 새로운 사회에 대한 전망을 모색하는 방향으로 나아가지 못함으로써 여성 주체성의 왜곡된 면모를 드러내는 것이 바로 김승옥의 「야행」이기 때문이다.
 「야행」은 주인공 현주가 자신의 삶에 문제를 제기하는 데서 출발하고 있다. 그녀는 한 직장에서 같이 근무하던 사람과 결혼한 후에도 그 사실을 숨기며 생활하는데 이 허위적인 삶은 그녀에게 견딜 수 없는 고통으로 다가오게 되며 이 허위를 그대로 간직한 채 현실에 안주하는 남편을 증오하게 된다. 비굴한 남편에 대한 증오는 일반 소시민의 비겁함을 혐오하는 과정으로 이어진다. 따라서 그녀가 시내 한복판 여관에서 당한 강간 사건은 소시민의 비겁함과 대조되면서 강간범의 용기가 새로운 의미로 부각되기에 이르고, 소시민의 일상성을 탈피하기 위한 방법으로 용기 있는 남자를 만나기 위한 현주의 야행이 시작된다. 즉 그녀의 야행은 누군가 용기 있는 남자에게서 강간을 당하기 위해 밤거리를 헤매는 것이었다. 강간이란 그녀에게 있어서 소시민의 일상성을 탈피할 수 있는 충격적인 것이었다. 그러나 그녀의 야행은 단순히 남편 외의 다른 남자에게 강간을 당함으로써 색다른 분위기를 느껴 보기 위함은 아니었고 강자 앞에서 공포와 혼란을 경험하고 그 분위기 속에서 자신의 허위를 고백하며 강자의 힘을 빌려 구원에 이르고자 함이었다.

현주라는 한 여성이 자신의 생활을 직시하고 그 생활의 문제를 어떻게든 해결해야 한다는 의지를 보인다는 점에서 이 작품은 한 소시민 여성의 주체적인 각성을 그려 냈다고 평가할 수 있다. 그러나 이 과정이 과연 한 여성의 진정한 주체성이었는가 하는 점은 검토의 여지가 있다.

"남편의 수입만으로는 생활이 주는 평범한 행복을 얻어 낼 수 없을 것 같은 불안에 사로잡혀" 또한 "좀 더 저축이 불어날 수 있다는 가능성을 차 버리고 싶지가 않"아서 그 여자는 남편과 한 직장에 근무하면서도 이 사실을 2년 동안 숨긴 채 살아야 했고 그 연극의 보상물로 자신에게 주어질 미래의 평범한 안락을 꿈꾸고 있었다. 그러나 그 여자는 타성처럼 굳어진 자신의 거짓된 삶을 직시하면서부터 미래의 안락보다는 현재의 허위를 더 문제삼게 되었다. 나아가 타성화된 허위가 받아들여질 수 있는 기반인 소시민성 전반에까지 문제의식을 지니게 된다.

2년 동안이나 잘 지내 오다가 불현듯 현주가 자신의 삶을 더러움으로 받아들이게 되는 계기는 어떤 것이었는가? 그것은 바로 소시민의 타성에 대한 자각이었다. 처음에는 미래의 안락을 위해 속임수 정도는 사용할 수 있으리라 생각했고 또 속임수는 자신들의 꿈을 이루어 줄 수 있으리라 믿었다. 그러나 날이 갈수록 거짓은 습관처럼 굳어 버려 마치 가면이 얼굴에 완전히 밀착되어 애초 자신의 얼굴이 어떤 것이었는지 모를 만큼 가면의 얼굴이 자신의 것으로 되어 버린 것이다. 이러한 위기에서 그녀는 문제의식을 가지게 되었고 자신의 허위적인 가면을 더러움이라고 인정하게 된다.

자신의 삶에서 발견된 타성화된 허위는 그녀가 밤거리를 헤매면서 만난 많은 소시민들에게서 발견되었다.

더구나 짓궂은 장난인 듯이 가장하고 있는 사내들의 그 행위 속에는 대낮의 생활로부터, 이 도시로부터, 자기의 예정된 생활로부터, 자기가 싫증이 날 지경으로 잘 알고 있는 자기 자신으로부터 도망해 보고 싶은 욕구가 움직이고 있음을 현주는 알고 있는 것이었다. 또 그 여자는 알고 있었다. 도망할 수 있는 사람과, 욕구는 있지만 그러지 못하고 마는 사람이 있다는 것을. 닭껍질 같은 목줄기, 구겨진 대형 봉투, 그리고 이제는, 여자의 꿋꿋한 침묵 때문에 불안하여 떨리기 시작한 목소리. 이 사내는 평생 도망가지 못하고 말리라. 그의 말마따나 일인당 백 원씩 받는 택시 합승으로 집으로, 그의 일상으로 돌아가는 수밖엔 없으리라.

소시민들이 지닌 속성을 날카롭게 인지하고 있다는 점에서 현주는 한 걸음 나아가 있다고 평가할 수 있다. 그러나 이러한 소시민의 허위적인 타성을 극복할 현실적 대안이란 점에서 소설 속의 현주는 왜곡된 면모를 보이고 있다.

소시민성이란 시민혁명 이후 부르조아사회가 그 체제를 굳혀 가면서 혁명기의 시민계급이 분화된 결과에서 생겨난 것이다. 따라서 소시민성은 패배한 시민들이 지니게 된 속성이고, 이의 특징은 현실에서 주어지는 조그만 혜택을 지키기 위해, 자기 자신과 나아가 가족의 안전과 이익을 지키기 위해 발달된 성격이다. 한편 이들은 현실에서 패배한 자들이기 때문에 현실에 불만을 지니지 않을 수 없다. 그러나 그들에게는 자신의 현실 조건을 박차고 나설 만큼 다른 대안이 주어지지 않음으로써 다시 나약한 존재로 되돌아가고 만다. 여기서 소시민들은 현실에 대한 불만에 차 있으면서도 한 가닥 이익을 지키기 위해 허위를 용납하게 되고, 이는 본능처럼 굳어져 타성에 젖게 되는 것이다. 따라서 그들이 허위적인 타성을 극복할 수 있는 길은 현실 불만을 넘어서서 새로운 사회에 대한 전망을 획득함으로써이다.

현주는 소시민의 일반적인 속성을 깨우치는 데까지는 나아갔지만 새로운 사회에 대한 전망을 획득하지 못함으로써 올바른 해결책을 찾지 못하게 된다. 그녀가 택한 대안은 단순히 소시민의 일상성을 탈피해 보겠다는 도피 욕구 하나였다. 따라서 강간 사건에 대해서조차 상식을 뛰어넘는 판단을 내리게 된다. 그녀 역시 강간을 바란다는 일이 얼마나 무모하고 비상식적인가를 깨닫고 있다. 그럼에도 그녀는 가치 혼란 속에서 강간을 하나의 해결책으로 택한다.

그 여자는 자기의 욕구가 지나치게 무모하고 비상식적이고 반사회적이라는 걸, 그 욕구의 싹이 자기의 내부를 자극하기 시작하던 처음부터 깨닫고 있기는 했다. 그러나 그 여자로 하여금 그러한 욕구를 갖도록 해 준 어떤 경험이, 그리고 인간이 지니고 있는 욕구는 그것이 어떠한 것이든지 그 속에 한줄기 강렬한 빛을 발하고 있다는 자각이 그 여자로 하여금 그 무모하고 비상식적이고 반사회적이라고 생각되는 울타리를 감히 넌지시 넘도록 한 것이었다. 어느 시간, 어느 장소, 어느 사람들 사이에서는 그

것은 결코 무모하지도 않으며 비상식적인 것도 아니며 반사회적인 것도 아닐 수 있으리라. (방점 — 인용자)

현주의 문제 해결 방식은 그 방법이 어떤 것이든 충격적이기만 하면 된다는 주관적인 모습을 보이고 있다. 소시민성이란 하나의 역사적·사회적 산물일진대, 이를 전체적인 차원에서가 아니라 개인적으로 해결하려는 현상적인 차원의 인식은 결코 아무런 문제도 해결하지 못한 채 다시 현실의 나약한 존재로 되돌아가게 함으로써 악순환이 되풀이되는 것이다.

현주 역시 이 악순환 속에 허덕이고 있다. 타성화된 허위에 공동 책임을 지고 있는 남편과 함께 문제 해결을 모색한다든가, 자기 혼자만이라도 결혼 사실을 알리고 연극을 종식시키는 대신 그녀는 일상성에서의 탈출만을 생각한 것이다.

좀 더 구체적으로 현주의 악순환은 두 방면에서 진행된다. 하나는 직장에서 우연한 실수로 남편에게 사실상 어울리는 '여보'라는 호칭을 사용한 사건에서 보인다. 그러나 남편은 "왜 내가 미스 리 남편 같소?"라는 농담으로 그 사건을 마무리짓는다. 한편 현주는 그 사건에서 이제 연극이 탄로날 때가 왔다고 아니 탄로나야 한다고 생각했다는 점에서 남편보다는 진일보한 면모를 보이지만 어떠한 방법으로 탄로나야 하며, 그 후 자신은 어떠한 생활 양태를 택할 것인지에 대해 전혀 생각이 미치지 못함으로써 그녀 역시 남편과 마찬가지로 직장에서의 거짓 행위에 관한 한 나약한 현실 안주형의 인간으로 귀착하고 만다.

그러나 현주에게 있어서 현실 속의 문제를 해결하기보다는 현실로부터의 도피 경향이 강했기 때문에 이 일은 작품 속에서 커다란 비중을 차지하지 못하고 하나의 삽화로 그치고 있다. 반면 현주가 모색하던 다른 방향의 문제 해결, 즉 더럽고 허위에 가득 찬 소시민의 일상성을 탈피하기 위해 택했던 야행 과정에서는 더 비참한 악순환이 나타난다.

　　그 여자의 서성거림은 번번이 그런 식으로 끝나곤 하였다. 차츰 그 여자는 깨달았다. 사내들이 탈출하고 싶어 하는 욕구는 거의 모두가 조건부라는 것을. 다시 말해서 사내들은 영원히 '이곳'을 떠날 의도는 없어 보였다. 그들은 잠깐 울타리를 뚫고 밖으로 나가 본다. 그러나 아침이 되면 얼른 제자리로 돌아온다. 아니 미처 그것도 아니다. 울타리 안에서 울타리를 만지작거리며 생각만 한없이 되풀이하고 있는 것이다.

　　그리고 그 여자는 새삼스럽게 깨달았다. 자기의 욕구는 반드시 사내들이 자기네의 욕구를 과감히 실천할 때 함께 성취될 수 있음을. 그렇다. 사내가 그 여자의 내부에 공포와 혼란을 일으켜 놓지 않는다면 그 여자는 어떻게 자기의 더러움을 자백할 수 있을 것인가!

　　공포와 혼란 속에서 자신의 더러움을 자백한다는 것은 이른바 칼자루가 자신에게 주어져 있지 않음을 뜻한다. 공포와 혼란을 야기할 수 있는 것은 자신이 아니고 외부에서 주어지는 것이기 때문이다. 일반 소시민의 속성을 너무도 잘 간파하고 있는 그녀가 그럼에도 자신의 문제 해결을 그들에게서 구하고 있었다는 것은 결국 악순환에 지나지 않는다.

　　이 모든 악순환은 그녀가 처해 있던 모순된 현실의 근본 문제를 깨닫지 못한 데서 비롯되고 있다. 피상적인 인식은 피상적인 해결책밖에 제시하지 못한다. 그녀에게 타성화된 허위를 강요했던 것은 여성에게 경제적·법적 차별을 가하고 있는 결혼퇴직제의 문제이다. 그러나 그녀가 자신이 처한 상황의 근본적인 문제점을 인식하지 못하고 더러움이라는 감각적이고 현상적인 인식에 머무르는 한 악순환은 필연적이었다.

결국 현주의 야행은 전망을 상실한 방황으로 그치고 마는 것이다. 그녀가 용기 있는 남자에게 강간을 당함으로써 얻고자 했던 구원조차도 강간을 통해서 이루어질 가능성은 전혀 보이지 않았다. 일반 상식을 지닌 사람으로서 강간을 행할 남자는 없기 때문이다. 설사 강간하려는 남자 앞에서 공포와 혼란을 느끼고 그 속에서 자신의 타성화된 허위를 고백한다 하더라도 그것이 진정한 해방의 길은 될 수 없다. 이는 나약한 인간 개인이 초월자나 강자에게 심리적으로 의존함으로써 자기 문제를 방기하는 자기 위안에 불과하기 때문이다.

이처럼 문제점을 노정하고 있는 현주의 주체성이 지닌 한계는 작가의 비판적인 시선이 전혀 가해지지 않은 채 그려짐으로써 정작 한계로서 받아들여지지 않는다. 이는 작가 자신 역시 현주의 한계를 뛰어넘지 못하고 있다는 점을 나타내 준다. 이러한 작가 의식의 한계는 이 작품에서 소재로 쓰이고 있는 강간을 무비판적으로 수용하고 있는 점에서도 드러난다. 여성에게 있어서 강간이란 사실상 정신적 살인 행위와 맞먹는 것이고 이는 엄연한 범죄이다. 작가는 소시민성에 대해 강한 충격을 주어야 한다는 단선적인 가치판단을 넘어서서 전 사회적인 가치판단을 하지 못한 채 충격만 줄 수 있다면 그것이 범죄이든 무엇이든 관계없이 가치 있는 일이라고 생각하는 것이다. 나아가 강간에 대한 작가의 무비판적 수용은 그것을 통해 일종의 구원에까지 이를 수 있다는 결론을 내리게까지 한다. 이러한 한계는 작가가 새로운 사회에 대한 전망을 모색하는 대신 붓마저 꺾고, 최근 종교에 심취해 있는 모습으로 귀결되고 있다.

결국 이 작품에 그려져 있는 주체성은 작중 주인공이, 또한 작가 역시 문제 해결의 대안을 결여함으로써 진정한 주체성의 실마리조차 풀지 못한 채 왜곡된 면모만을 드러낸다.

『겨울여자』와 「야행」에서 그려지고 있는 여성의 주체성은 결국 진정한 주체성이 아니었음이 확인되었고, 왜곡된 주체성을 그리는 것은 여성의 수동성을 고도의 은폐된 방식으로 고착시키고 있는 것에 불과함을 알았다. 그녀들을 통해 제시되고 있는 주체성은 독자의 측에서 볼 때 전혀 합리적인 문제 해결로 나아가지 못할 것이라는 점을 간접적으로 보여 주고 있음으로써 독자들로 하여금 여성의 주체성 추구 자체를 부정하게 하는 하나의 예증을 제시하는 것이기 때문이다. 문제를 잘못된 방식으로 이끌어 가서 해결을 그르치는 것은 독자에게 아예 문제 제기조차 하지 말아야 한다는 결론에 이르게 만들고 이러한 결론은 "암탉이 울면 집안이 망한다."는 사고방식을 더욱 조장하고 여성이 주체적인 삶을 모색하는 것 자체를 막게 한다. 그러나 진정한 주체성은 끊임없는 문제 제기와 시행착오를 거쳐 이룩되며 이러한 시행착오에 대한 작가들의 애정 어린 비판이 요구된다.

4. 그릇된 민중 의식과 윤락 여성

　　천승세「황구의 비명」
　　조해일「아메리카」
　　황석영「몰개월의 새」

　　70년대 이후 민중운동의 전개는 한국문학사에서도 하나의 전환점을 마련하였다. 지식인적인 관념의 유희와 패배주의에서 벗어나지 못하던 우리 문학이 민중으로부터 역사적 진실을 배우고 그들의 현실과 생명력을 문학을 통해 형상화하면서 우리의 현실에서 문학이 담당해야 할 진정한 역할이 무엇인가를 모색하기 시작했던 것이다.

　　민중문학, 민족문학의 흐름 속에서 산출된 소설 작품들을 여성의 관점에서 검토할 때 우선 드러나는 사실은 소재의 차원에서조차도 민중 여성의 삶을 다룬 작품은 소략하다는 것이다. 빈민 여성, 노동 여성의 현실은 민중문학을 지향하는 작가들의 관심 대상에서 밀려나 있는 반면 윤락 여성을 다룬 작품은 상대적으로 많아서 의외의 느낌을 준다. 이는 지식인 작가의 민중의식의 낭만적 경향이나 민중 여성에 대한 피상적인 인식에서 기인하는 것으로 여겨진다.

　　본장에서는「황구의 비명」,「아메리카」,「몰개월의 새」에서 윤락 여성의 현실이 어떻게 인식·형상화되고 있는지, 그 저변을 이루는 작가 의식은 어떤 것인지를 검토하기로 한다.

　　「황구의 비명」은 제2회 만해문학상 수상작이다. '황구의 비명'은 바로 한민족의 비명을 의미한다고 여겨졌고 그런 의미에서 70년대 민족문학의 기념비적인 작품의 하나로 평가되었는데, 이러한 평가가 여성의 관점에서도 전면적으로 타당한 것인가가 우리의 관심

사이다.

　이 작품은 '나'란 인물이, 아내의 돈을 떼어먹고 자취를 감춘 은주(담비킴)를 찾아 용주골을 방문하여, 거기서 미군 상대의 윤락으로 살아가는 은주에게 연민을 느끼고 자신의 돈을 포기하면서까지 그녀를 고향에 돌려보내는 이야기이다. 민족의 비명을 의미한다는 '황구의 비명'은 결국 은주라는 한 양공주의 비명이라 하겠다. 그렇다면 민족의 일원인 한 여성의 삶과 그 삶을 억압·구속하는 현실의 모순이 어떻게 인식되고 형상화되고 있으며 그 저변을 흐르고 있는 '나'의 관점은 어떤 것인가.

　'나'는 타성으로 가득차 슬프기조차 한 평범한 일상에서 벗어나 기지촌 용주골을 방문한다. 용주골은 흑인이 백인녀를 쥐어 안고 있는 술집의 간판 바로 곁에서 교회의 낮은 종탑이 뎅뎅 울리고 있는 흑인 병사의 전용 지구이며 안면이나 예의는 몰수하고 악바리처럼 살아야 하는 삭막한 땅, 살맛 없는 말세의 끝으로 여겨진다. 여기서 흑인 병사와 상대하는 은주의 윤락 행위는 "기껏 한 뼘이 될까 말까 한 하얀 고무신 곁으로 두 뼘이 다 되는 워커가 묵중하게 놓인" 엄청난 부조화의 장면을 통해 충격적으로 인식된다. 하얀 고무신과 워커의 부조화는 바로 한국과 미국의 관계를 표상하는 것인데, 이는 항공모함 옆에 붙은 소해정, 임진강 나룻배와 외씨고무신 등의 연상이나 어마어마한 체구의 수캐와 조그만 암캐의 교미 장면을 통해 거듭 나타난다.

　한 양공주의 윤락 행위를 통해서 '나'는 미군이 주둔하고 있는 민족 현실의 모순을 인식하게 되는 것인데 그렇지만 이러한 인식은 아픔이라든가 목젖에 걸리는 야릇한 느꺼움이라든가 섬뜩해 오는 한기, 역겨운 메스꺼움 등으로 표현되는 애매한 감상성의 차원을 넘어서지 못하고 있다. 미군을 고객으로 하는 윤락 행위의 기반을 이루는 미국과 한국의 특수한 관계 또한 강자와 약자의 부조화스러운 관계나 억압당하는 약자의 존재에 대한 심정적·추상적인 인식에 머무를 뿐이다.

'내'가 돈을 포기하면서까지 은주의 삶을 개선시키려고 마음먹게 되는 계기는 이러한 '부조화'의 인식과 더불어 은주에 대해 '연민'을 느낌으로써 등장한다. 은주는 '나'를 끌어안고 '나'는 은주를 밀쳐 낸다. 그러자 그녀는 발악적으로 소리친다. "내 아무리 말야, 양놈 좆만 빨구 살지만 말야, (……) 나두우, 곤조통이 있어! 못주겠어, 못 줘! 좆발이 안 서면 군소리 말고 있을 것이지 왜 떠다미는 거야, 왜? 내가 똥개야 똥개애?" 윤락 행위로 살아갈 수밖에 없으며 그것도 미군을 상대로 해야만 하는 은주의 수치심과 설움이 자학적으로 폭발되는 모습을 보는 순간, '나'는 그녀에게 연민을 느끼며 그녀를 고향에 돌려보내겠다고 결심한다.

그렇다면 은주는 어떻게 하여 고향에 돌아가려고 결심하게 되는가. "임질, 바이도꾸, 굼바리 쌍두균, 이런 것들이 터가 쎄서 못살" 정도로 강인하게 살아왔으며 '나'의 집요한 권고조차 거부하던 은주가 고향으로 돌아갈 결심을 하는 계기는, 손주딸을 찾아다니다 죽은 노파의 비에 젖은 시신과 엄청나게 큰 수캐에게 폭력적으로 교미당하면서 고통스런 비명을 내쏟는 암캐를 봄으로써이다. 두 살 난 딸과 늙은 어머니를 고향에 두고 그들과 떨어져 미군 상대의 윤락 행위로 생활할 수밖에 없는 자신의 설움과 고통이 환기되고 은주는 결심을 하게 되는 것이다.

'나'도 은주도 부조화·연민·고통·설움 등의 느낌에 압도되어 있는 만큼, 그런 느낌의 근저를 이루는 구체적인 현실에 대한 인식은 등장하지 않는다. 은주의 고통을 낳고 있는 생활의 실체가 무엇인지 명료하게 드러나지 않으며 은주라는 개인의 불행은 윤락 여성 전반의 삶의 조건에 대한 인식으로 확산되지도, 민족적 모순에 대한 구체적 인식으로 심화되지도 않으며 따라서 개인적인 차원을 넘어선 문제 해결은 제시될 수 없다. 다만 "돌아가야 한다. 은주만이라도 고향에 돌아가야 한다. 어차피 다수의 대중은 우둔한 것이니 다만 한 사람이라도 목이 터지게 고향을 외쳐 봐야 한다." "양색시들로 거리는 금세 버글대고 또 텅 빈다 할지라도, 은주만이라도 그 무료한 모서리를 비워야 한다."는 차원에 머무르고 만다.

　　해결책으로 제시된 고향은 어떤 곳인가? 그곳은 고향의 돌담길, 물레방아 도는 시골과 등치되는 곳. 현실의 제 모순으로부터 자유롭다고 여겨지는 전근대적·자연적 공간이다. 애초에 은주를 고향에서 떠나게 한 것은 현실의 경제적 문제가 아니었던가? 은주가 기지촌을 떠난다 해도 수많은 또 다른 은주가 거기 있지 않은가? 민족 현실과 유리된 고향이란 심정의 세계 내에서밖엔 있을 수 없지 않는가? 이러한 의문이 '나'에겐 문제시되지 않는다. 그뿐 아니라 '내'가 거듭 되뇌는 '황구는 황구끼리' '외씨고무신 옆의 짚신'은 도대체 무엇을 의미하는 것일까. 윤락은 미군을 상대로 하는 경우에만 고통스런 것은 아니다. 또한 '내'가 부조화로 느끼는 그 민족 현실만 사라진다 해서 성의 폭력성이나 윤락도 따라서 자연히 소멸하는 것도 아니다.

　　이러한 인식의 근저에는 '나'의 소시민적 윤리 의식과 생활 감각이 굳건히 자리 잡고 있다. '나'는 용주골에서 새삼스레 자신이 얼마나 행복한 사람인지 긍지를 느끼며, 이전엔 타성으로 가득 차 슬프기조차 했던 일상의 평화를 수시로 떠올린다. 그것은 "정결한

한 여인의 긴 치맛자락이 끌려가는, 아이들의 함성이 꽉 찬, 배드민턴의 어지러운 포물선들이 메운, 그리고 내 자식들이 왕사탕 가게 앞에서 군침을 삼킬 수 있는 그런 예사스러운 골목 안"에서의 평화이다. 이 평화 속에서 분수에 맞게 살면 그만이라는 소시민적 생활 감각은 여성관에서도 문제를 노정시키고 있다.

자신을 유혹하던 양색시와 낮거리라도 신나게 한탕 뛰었더라면 하고 아쉬워한 '나'는 가엾고 측은한 은주를 왜 깊게 안아 줄 수 없는가 하고 엉뚱한 반성을 하게 된다. 그러면서 그것은 얍싸한 위신이나 아내에 대한 정결감 때문이 아니라 "문둥이 자식을 둔 어머니의 아픔"과 같은 것 때문이라 변명한다. 은주 개인에게 느끼는 연민을 차치한다면 '나'에게 있어 윤락 여성 일반은 결국 타락한 존재, 성욕의 대상 이상의 의미는 가질 수 없다. 반면 아내는 최소한의 정결감이 요구되는 존재이다. 윤락 여성과 아내 양자에 대한 이중적 성 관념은 바로 매춘과 결혼 제도가 공존하고 있는 현 사회의 지배적 남성 이데올로기에 다름 아니다.

중편 「아메리카」 역시 기지촌을 배경으로 하고 있으며 '나'란 인물이 윤락 여성의 삶을 통해 미군 주둔의 민족 모순을 인식하며 그를 통해 윤락 여성의 삶의 조건을 개선하려는 모색을 보이고 있다는 점에서 「황구의 비명」과 동일한 주제를 다루고 있다. 그러나 기지촌과 윤락 여성의 현실, 그리고 '나'의 입점은 보다 구체성을 띠고 전개된다.

대학을 중퇴한 '나'는 제대를 한 후 ㄷ읍에서 클럽을 경영하는 당숙에게 기식하러 가며 거기서 한 외방객으로서 클럽의 여성들과 성관계에 탐닉한다. 그러나 흑인 병사의 폭력 앞에 무방비 상태로 놓인 여성을 외면한 자신에 대해 혐오를 느끼면서부터 '나'는 동요하기 시작한다. 살해 사건의 충격, 윤락 여성들의 장례식, 미군의 군표개신(軍票改新)과 윤락 여성에 대한 '토벌' 등의 사건을 잇달아 겪으면서 '나'는 ㄷ읍과 양공주들의 삶을 규정하고 있는 현실의 문제를 규명하고 해결을 모색하려 하는데, 문제의 해결이 유보된 상태에서 「아메리카」는 끝나고 있다.

이 작품에서 주목되는 부분은 '나'의 자기 인식이 변화하며 그와 더불어 윤락 여성에 대한 관점 또한 변화가 야기되는 부분이다. "그때〔흑인 병사 앞에 무방비 상태로 놓인 여성을 외면한 사건이 있던〕까지도 나는 나 자신을 어떤 외방객, 이곳의 운명과 나 자신의 운명은 전혀 다른 것이고 언젠가는 이곳으로부터 떠나게 될 일개 기숙자 내지는 한 사람의 구경꾼 정도로 생각하고 있었던 것이다. 그러한 과실을 깨달을 날은 멀지 않아서 왔다."고 술회되는바, 나의 깨달음이란 소시민적 자기방어 본능을 극복하고 현실을 바르게 인식하고 실천을 모색하려는 양심적 지식인의 자세로의 전화를 의미한다.

이러한 깨달음 이전에 '나'에게 있어 ㄷ읍이나 윤락 여성들은 어떤 의미를 가지고 있었던가? ㄷ읍은 온갖 일락(逸樂)이 기다리고 있을 것으로 보이는 세계에 불과했다. 따라서 ㄷ읍에서의 생활은 여자들과의 접촉으로부터 시작되었고 35개월 동안 군대라는 갇힌 사회 속에서 산, 굶주린 자다운 출발이었다고 술회된다. 따라서 '나'는 반반하다고 느껴지는 여자들의 방은 거의 빼놓지 않고 방문하면서 성관계에 탐닉한다. 그리고 "〔서울에 아가씨가〕많으면 뭐 합니까? 깨놓고 말해서 어디 아무한테나 줍니까? 순수하게 줍니까? 요리 빼고 조리 빼고, 요리 따지고 조리 따지고, 말도 붙여 보기 어렵게 정숙하고, 한 껍질 벗겨 보면 시궁창하고 똑같은 것들이. 여기 아가씨들 얼마나 좋아요? 탁 털어놓고 순수하게. 아무 조건 없이. 까다로운 절차 없이. 시원시원하게 막힌 데 없고."라 말하는데, 이는 자신의 방종한 성적 욕구를 아무런 보수 없이 — 사실 이곳 양공주들에게 보수를 주지 않아도 되는 이유는 그가 한국 남성이라는 이유 때문이다 — 아무런 가책 없이 충족시킬 수 있는 대상일 뿐인 윤락 여성을 순수하고 개방적이며 무조건적으로 사랑할 줄 아는 여성으로 미화함으로써 자신을 합리화하는 것일 따름이다. 그런 만큼 '나'에게 있어선 어떤 여성도 성적 존재로서만 의미 있을 뿐임을 노출시키고 있다.

그러나 ㄷ읍과 양공주들의 삶을 규정하고 있는 민족적 모순을 인식하게 하는 몇몇 사건을 목격하면서 '나'의 이러한 여성관 자체가 변화됨을 볼 수 있다. 그녀들은 더 이상 성적인 대상이 아니다. 그녀들은 민족적 모순의 피해 집단이며 '나' 자신과 전혀 별개의 운명 속에 놓인 존재도 아니다. 그러므로 그녀들의 자치 조직을 통해 그녀들의 삶을 개선해 보려는 희망을 가지기에 이르는 것이며, 그녀들 개개인은 '나'의 욕망과 관련되어 특수화한 개인들로서가 아니라 ㄷ읍의 상황을 전체적으로 파악하게 하는 여러 개인들로서 의미를 지닌다.

'나'란 인물이 본 기지촌 ㄷ읍은 어떤 곳인가. 그곳은 제목이 암시하듯 한국 내의 아메리카이다. ㄷ읍의 경제는 매춘에 의해 지탱되고 있으며 ㄷ읍에서의 매춘은 미군 주둔의 현실을 근거로 존립하고 있다. 그것은 한국에 대한 미국의 영향력과 분리시켜 생각할 수 없다.

ㄷ읍을 지배하는 미국의 힘은 양면적으로 파악되고 있다. 그

지배자로서의 측면은 흑인 병사에 의한 양공주의 살해나 윤락 여성을 미군 당국이 단속하는 '토벌'에서도 드러나지만, 군표개신 사건은 보다 깊은 의미를 내포하고 있다. 물품으로 교환할 수 있기 때문에 높은 화폐가치로 거래되고 있는 군표를 미군 당국은 갑자기 개신한다. 이는 불법 거래되어 편재되어 있는 군표를 사멸시킴으로써 한국 주민 경제에 큰 타격을 가하는, 강력한 경제적 지배자로서의 미국의 면모이다. 다른 한 측면은 ㄷ읍이 홍수라는 자연재해를 당함으로써 드러난다. 동네가 물에 잠기자 미군들은 일사불란하게 주민들을 구명보우트에 태워 미군 부대로 대피시키는 눈부신 작업을 행한다.

'나'는 미군 부대로 간 사람들이 미국 정부가 파견한 군대에 의해 구조되고 보호받는 자신들의 처지를 다행스럽게 여기고 있을까 어떨까 의문을 품어 보지만 "약한 사람, 불행한 사람, 재난을 당한 사람, 이런 사람들을 돕는다는 게 그들의 좌우명 아니냐? 그런 일이 없으면 만들어 내기라도 할 사람인걸"과 같은 당숙의 말로 나의 판단 또한 유보되고 있음을 알 수 있다. ㄷ읍의 현실을 좌지우지하는 미국의 영향력은 지배자로서, 우호자로서 그 면모를 드러내지만 이 양면성은 표면적인 현상일 뿐이며, 그런 우호자란 지배자가 모습만을 바꾼 형태이고 경제적 지배 사실을 교묘히 은폐하는 기능을 한다는 사실은 명징하게 인식되고 있지 않다.

미국을 보는 이러한 시각은 윤락 여성들이 미국을 보는 관점에서도 그대로 되풀이되는 것으로 볼 수 있다. 그녀들의 관점은 이중적이다. ㄷ읍의 윤락 여성 집단에게 있어 미국은 어떤 존재인가. 그녀들의 자치 조직인 '쏨바귀회'에서 회원 장례식을 거행할 때면 평상시와는 달리 하얀 한복을 입은 장례 행렬이 미군 부대 앞에서 한

바탕 시위를 하는 것이 관례로 되어 있다. 특히 흑인 병사에게 살해
당한 한 여성의 장례식에서 그녀들은 상여를 메고 부대 정문으로
밀려 들어가고 그를 저지하는 대규모 헌병 군대를 향해 빗발치는
돌팔매를 날리며 미군에 대한 격렬한 적대 의식을 보이고 있다. 이
러한 적대감은 "쑴바귀는 자기가 한국 사람이라는 사실을 항상 잊
지 않는다."는 '쑴바귀의 맹세'에서도 드러나는바 그녀들 나름의 강
렬한 민족의식이다. 그러나 이는 자연발생적인 민족감정 이상으로
현실에서 구체화되지는 않는다. 그런만큼 그녀들의 집단의식도 심
정적 연대감에 불과하다. 쑴바귀회 회장이 말하듯 그녀들의 대다수
는 회원으로 가입만 되었다뿐 회에 대해 관심도 없으며 누가 죽기
라도 해야 자신의 설움도 포갤 겸 모여드는 것이다. 윤락 여성들은
사회 전체에서 천민 취급을 받기 때문에 자신들끼리의 동질 의식을
강하게 가지며 자기들의 세계에서만 자신들의 인간으로서의 권위
를 다시 발견할 수 있기 때문에 때로 긴밀한 연대감을 가지게 된다.
이 연대감 속에는 그녀들이 생계를 유지하기 위해선 어쩔 수 없이
의존해야만 하지만, 자신들의 고통스런 삶 또한 그와 불가분의 관
계에 있는 남성 일반에 대한 사무치는 원한이 포함되어 있다. ㄷ읍
윤락 여성들의 민족의식, 집단의식도 이런 일반적 사실과 관련된
것이라 하겠다.

그 반면, 윤락 여성들은 성을 통해 자신을 한 남성에게 물건처
럼 완전히 내맡기길 원하며 그렇게 함으로써 계층 상승에 성공할
수 있다. ㄷ읍의 윤락 여성들 개개인에게는 미군 남성은 미국인이
라는 이유만으로도 선망의 결혼 대상자이며 미국인을 따라 미국으
로 이주하는 것은 모두가 부러워하는 행운이다. 그 남성이 미국인
이기에 그녀들의 계층 상승은 훨씬 눈부신 것이 될 수 있음은 물론

이다. 미국에 대한 윤락 여성들의 이중적인 의식은 집단과 개인, 현실의 억압과 그 억압으로부터의 도피욕이라는 분리된 의식의 표현인 것이다.

'나'와 ㄷ읍 윤락 여성들의 미국에 대한 의식이 양면성·이중성의 상태에서 벗어날 수 없는 한 구체적으로 문제를 규명한다든가 현실적으로 문제를 해결하는 것은 가능하지 않다. '나'는 ㄷ읍의 상황을 규명하기 위해 고통스런 노력을 기울이지만 가진 나라와 못 가진 나라의 갈등 관계, 민족적 모멸감, 수치감 등의 낱말의 언저리를 맴돌 뿐이며, '쏨바귀회' 조직을 활용하여 그녀들이 생활을 조금이라도 개선된 상태로 만드는 방법은 없을까라는 모처럼의 모색도 현실에선 여의치 않을 수밖에 없다.

「황구의 비명」과 「아메리카」는 현실의 하층 여성 ─ 윤락 여성의 삶을 문제시하였으며, 민족적인 모순을 인식함으로써 그녀들의 객관적 조건에 대한 인식 또한 심화된 것으로 일단 평가할 수 있다. 그럼에도 불구하고 이들 작품에서 제기된 문제의식은 왜 '고향'이라는 관념적 문제 해결 혹은 문제 해결의 유보 상태로 드러나는 것일까. 거기에는 윤락 여성의 고통스런 삶을 통해 남성 인물들이 비로소 깨닫게 되는 민족적 모순이 현실 전반의 제 문제를 포괄하면서 구체화되지 않고 미국과 한국 관계라는 다분히 추상적인 현실 인식에 머물러 있으며 따라서 민족적인 울분 내지 회의 등의 상태를 크게 벗어나고 있지 않다는 사실이 우선 지적될 수 있다. 한편 윤락 여성의 삶의 조건을 바라보는 남성 인물들의 시각 자체가 민족 문제 ─ 그것도 지나치게 단순한 파악이지만 ─ 라는 단일한 범주에 매달려 있다는 사실도 간과될 수 없다.

「황구의 비명」과 「아메리카」에서는 소시민적 가치관에 서서 양공주의 삶을 그려 냄으로써 양공주라는 민족 모순의 한 양상을 추상적이고 심정적인 차원에서밖에 인식하지 못하고 있으며 이는 윤락 여성 일반이 당하는 성적 폭력과 계층성에 대한 몰이해로 인해 더욱 강화된다. 이들 두 작품에서는 윤락 여성의 문제를 민족 모순의 한 부분으로 인식하고 있는 반면, 같은 민족 남성과 윤락 여성의 관계를 다룸으로써 윤락 여성의 문제를 다른 각도에서 형상화하고 있는 작품이 「몰개월의 새」이다.

　'몰개월'은 파월 장병 훈련소 주위에 형성되어 있는 윤락가의 명칭이며 이곳에는 어디서 흘러왔는지조차 알 수 없는 거의 갈 데까지 간 술집 작부들이 모여 있다. 작중 주인공인 '나'는 몰개월 근처 특교대에서 훈련을 받는 파월 장병인데 주인공은 몰개월 작부 중의 한 사람인 미자라는 여자를 알게 되고 그녀를 비롯한 몰개월 여자들이 베푸는 사랑을 통해 삶의 진실을 발견하게 된다. 몰개월의 파월 장병들이 그곳에 한 달밖에 머무르지 않는데도 그곳 작부들은 장병들에게 애정을 쏟고 그들이 떠난 후 전사 소식이라도 듣게 되면 몹시 마음 아파한다. 미자 역시 자신에게 아무런 이해가 걸리지 않은 주인공에게 김밥과 담배를 싸 들고 면회를 온다든가 그가 몰개월을 떠나기 전에는 자신의 몸까지 기꺼이 주겠다고 하며 떠나는 날에는 몰개월의 다른 작부들과 함께 고운 한복을 차려입고 나와 차 안으로 선물을 던져 넣어 주기도 했던 것이다. 이러한 윤락 여성들의 행위를 이 작품에서는 '사랑'이라는 삶의 진실의 표현으로 해석하고 있다.

　「몰개월의 새」는 지금까지 "절망에 빠진 사람들의 절실한 모습"(오생근, 『창작과비평』 1978년 가을호)을 그렸다는 평가와 "절망적 상태에 놓여 있음으로 해서 안간힘으로 매달리는 인간적 유대에의 확인 행위"(성민엽, 『한국문학의 현 단계 III』, 1984)를 보여 주었다는 평가를 받았다. 여기서 절망이란 주인공과 작부들의 상황 양자를 지칭하는 것으로 판단되며 절망 속에 있는 인간의 만남을 통해 그 과정에서 삶의 진실을 획득하여 가는 것으로 평가하고 있다. 그러나 이 소설의 전체 구조가 한 파월 장병과 윤락 여성의 만남 과정이라 할 때 작품 전반에 깔린 절망의 분위기는 윤락 여성들의 고난에 찬 삶에서 풍긴다기보다는 주인공의 상황과 의식에서 더욱 강하게 풍겨 나오고 있다.

주인공 '나'가 느꼈던 절망의 실체는 이 작품에서는 파월 직전의 감상주의적 절망 외에도 파월이 결정되기 훨씬 이전부터 있어 왔던 외로움과 방황으로 드러나고 있다. 그의 절망이 어떤 성격의 것이었던가 하는 것은 잘 드러나고 있지 않지만 그의 외로움과 방황이 지식인적 고민 과정으로 경사되었음은 부분적으로 엿볼 수 있다. 그러나 그의 고민 과정은 지식인적 색채를 띠면서도 관념적인 형태로는 진행되지 않고 '사랑'에 대한 갈구 과정으로 진행된다. 자신을 버리고 다른 남자에게로 시집간 그의 전 애인을 "약한 것, 부드러운 것, 포근한 것, 누이, 어머니, 여선생, 할머니, 간호원, 보모 그리고 어린애, 비둘기…… 그것이 숨 쉬는 가슴"으로 묘사하고 있는 것에도 드러나듯이 그가 바랐던 것은 완성되고 체계화된 관념형태의 진리라기보다는 인간을 감싸 주는, '사랑' 즉 인간애였다. 그가 절망 속에서 갈구하던 진실이 '사랑'이었음은 그가 파월 직전 서울 여행을 마치고 몰개월로 돌아오는 기차 승강장에서 만난 어느 키 큰 중위와 그의 애인의 이별 장면을 대하는 태도에서도 다시 한번 확인된다.

이와 같이 주인공은 진한 절망 속에서 형이상학적인 고민보다는 삶의 진실을 추구하려고 했었다. 이러한 그의 의식 상황은 윤락 여성들과의 만남 속에도 반영되어 그녀들이 지닌 긍정적 생활 태도나 인간애를 발견하는 과정으로 이어진다.

이것은 하나의 놀라운 발견이다. 그러나 이 발견 과정에는 중요한 결함이 내재되어 있다. 그것은 주인공이 오랫동안 젖어 있던 외로움과 절망이 아무런 역사적 사회적 매개 없이 곧바로 수평 이동되어 윤락 여성들에게서 '사랑'이라는, 절망의 반대편에 위치하는 진실의 발견으로 이어진다는 점이다. 이 경우 절망이 심해질수록 삶의 진실에 대한 애착은 더욱 강해진다. 주인공이 월남 전선에 가서야 윤락 여성들의 긍정적 면모를 확신하게 되는 것도 이 때문이다. 따라서 그 중간 과정에서 윤락 여성의 긍정적 면모를 조금씩 알아차리게 되는 계기들은 상당한 문제점을 노정하게 된다.

이러한 문제점이 어떤 형태로 드러나게 되는지, 작품을 시간 순서대로 재구성해 보면서 구체적으로 지적해 보기로 한다.

처음 특교대에서 야전 훈련을 받고 있었던 '나'는 비 오는 어느 날 동료 장병과 함께 몰개월로 술 마시러 가다가 길거리에 쓰러져 있는 미자를 만난다. 그때 미자를 대하는 주인공의 태도는 애매모호하고 형식적인 동정심과 한편으로는 그런 꼴을 봐야 하는 자기 형편에 대한 비관 및 애정을 수반하지 않은 동물적 성욕이 교묘하게 혼합된 것이었다.

　……비 속에 내던져진 벌거숭이 여자를 그냥 두고 가기에는 좀 언짢은 일이었다. 공연히 우리가 먼 벽지나 부둣가의 어둠 속에 콱 처박히는 듯한 느낌이 들었다. 사실 그랬지만, 나는 서부의

노다지 광산을 찾아든 건달 같다는 생각을 했다. 그리고 무엇보다 시궁창에 처박힌 여자의 그런 모양이 내 욕정을 불러일으켰다. 몇 번 위로 추켜 보면서 나는 곤죽이 된 여자와 자고 싶었던 것이다.

이날 구해 준 것에 대한 보답으로 미자가 어느 토요일 김밥과 삶은 고구마, 담배를 사 들고 면회를 온다. 주인공은 술집 작부가 자기에게 면회 왔다는 사실 때문에 매우 당황하며 심지어 창피스럽게 여기기까지 한다. 미자와 마주 앉아 있는 시간을 줄이기 위해 음식을 마구 입안으로 집어넣는 주인공의 모습 앞에서 미자는 술집 작부답지 않게 여염집 여자 같은 얌전하고 예의 바른 태도로 물주전자를 가져다가 주인공에게 물을 따라 주며 천천히 먹으라고 보살펴 준다.

여기서 윤락 여성에 대한 주인공의 의식에 약간의 흔들림이 생기게 된다. 지난날 미자에게 느꼈던 동물적 성욕은 '창피함'이라는 감정으로 이어지고 있는 반면 미자에게서 여염집 여자의 모습과 모성애를 발견하게 됨으로써 동요가 생긴 것이다.

이같이 이중적인 감정이 혼합되어 있는 동요 상태는 하나의 사건을 겪으면서 통일되어 간다. 미자가 면회 온 날 저녁 갈매기집(미자가 고용되어 있는 술집 이름)에 찾아간 주인공 앞에 난처한 광경이 벌어진다. 더럽게 추근대는 어느 군인의 태도에 화가 난 미자가 군인과 대판 싸움을 벌이면서 그에게 얻어터지는 광경이었다. 여기서 주인공은 그 군인이 중·상사급인 데다 자신은 무단 이탈자여서 나설 수도 없고 또한 정말 미자의 기둥서방이 되는 것 같아서 얼른 갈매기집을 나오고 만다. 미자는 이러한 주인공의 비겁하고 소시민적

인 태도에 배반감을 느끼면서, 갈매기집을 나와 논두렁을 걸어가는
주인공을 불러 세운다.

더욱 난처하게 되어서 나는 차마 모른 척하고 돌아갈 수가
없었다. 미자는 코피가 터져서 얼굴이 피투성이였다. 짜증이 솟
아서 해골 속이 터질 것 같았지만 어금니를 지그시 물고는 미자
를 논가에 데리고 가서 얼굴을 씻어 주었다. 미자는 고분고분했
다. 그럴 때에 나는 그 여자에게 정이 생긴 듯했다.

이것이 주인공의 태도를 변하게 한 사건이다. 그 변화 동기는
몇 가지로 추출해 볼 수 있다. 첫째는 그 이전 면회 왔을 때 미자가
보여 주었던 조신한 태도와 자연스럽게 흘러나오는 모성애적인 정
을 보았기 때문이고 둘째는 미자의 비참한 몰골을 접한 주인공에게
서 형식적인 동정심이 아닌 마음속의 동정심이 우러나왔기 때문이
다. 다시 말해 윤락 여성이 윤락 여성으로서가 아니라 즉 돈을 매개
로 한 성의 대상으로서가 아니라 일반적인 여성의 모습, 다시 말해
가족을 돌보는 가정주부의 모습이나 정숙하고 예의 바른 모습, 고
분고분한 모습을 보였다는 점과 다른 한편 이러한 일반 여성의 모
습과 어우러진 비참한 모습 앞에서 일종의 보호 심리가 작용했기
때문이다.

이 변화는 구체적으로는 애정이 수반되지 않은 동물적 성욕의
상실로 나타난다. 그렇다면 이 동물적 성욕의 상실이 뜻하는 바는
무엇인가? 윤락 여성에 대한 기존의 인식을 벗어나 진보적 인식을
획득한 데서 오는 결과인가? 그렇지 않다. 윤락 여성에 대한 기존의
인식은 그녀들을 돈을 매개로 한 성의 대상으로 보는 것을 그 본질

로 한다. 이 본질이 변화하지 않은 상태에서 윤락 여성에 대한 구체적인 태도의 표현 형태는 두 가지로 나타난다. 그 하나는 애정을 동반하지 않고 단지 돈을 매개로 하여 성관계를 맺는 형태와 다른 하나는 그 기본적인 인식은 변하지 않은 상태에서 그 어느 특정의 윤락 여성에게서 개인적 친밀감이나 동정심, 또는 측은함을 느끼게 되었을 때 성관계를 맺지 못하는 형태로 나타난다. 이때 후자는 상당한 갈등을 포함하게 된다. 즉 윤락 여성에 대한 기존의 인식 테두리 속에서 어느 특정 개인이 윤락 여성에 대해서 어떠한 태도를 취해야 하는가가 커다란 문제로 다가오는 것이다. 즉 그녀를 보통의 윤락 여성과 마찬가지로 성의 대상으로 취급하게 될 경우 지금까지 그녀에게 느꼈던 동정심이나 친밀감 때문에 양심의 가책을 받게 될 것이고 그렇다고 그녀를 완전한 인격체로 대하기에는 한계를 지니는 것이다. 왜냐하면 그녀가 윤락 여성임은 이미 변할 수 없는 사실이고 또한 윤락 여성에 대한 자신의 태도가 기존의 인식을 벗어나지 못하고 있기 때문이다.

이 경우에 바람직한 해결책은 두 가지가 있을 수 있다. 하나는 그녀를 완전히 윤락 여성으로 규정함으로써 윤락 여성 집단의 문제를 사회구조적으로 해결하는 방법인데 이 경우에는 윤락 여성에 대한 기존의 인식을 완전히 극복하고 그녀들을 각각 인격체로 바라보며 그녀들의 잃어버린 인간성을 회복할 수 있는 사회적 방법을 모색해야 한다. 다른 하나는 개인적인 해결책으로 그녀를 다른 윤락 여성과 구별되는 하나의 인격체로 분리해 냄으로써 그녀에게 참된 인간적 사랑과 성욕을 느낄 수 있게 되어야 한다. 그러나 주인공은 이 두 가지 가능성을 모조리 배제한 채 단지 그녀와 성관계를 맺지 않도록 노력하는 정도에 그치고 있다.

나는 빠꿈이(미자)를 먹지 못했다. 낯을 씻길 때부터 먹지
못하게 무관한 사이가 되어 버린 것이다. 식구를 먹어 주는 놈이
어디 있겠는가? 오지게 걸려든 것이다. (방점 — 인용자)

주인공은 윤락 여성에 대한 기존의 인식을 버리지 못한 상태
에서 자신이 어느 한 윤락 여성에게 동정심과 친밀감을 느낌으로써
이전처럼 윤락 여성을 대할 수 없게 된 갈등 상황을 버겁게 느끼고
있다. 즉 윤락 여성에 대한 기존의 인식을 버리지 못한 상태에서 최
소한의 양심을 지킨다는 것이 얼마나 허구적이며 이율배반적인가
를 드러내 준다.

다음 이러한 최소한의 양심이 어떤 형태로 발전되어 가는지 살
펴보도록 하자. 태도의 변화 이후 일정한 제한 속에서 미자와의 만
남을 끌어오던 주인공은 그가 출국하기 이틀 전 서울에서 돌아오는
길에 개울가에서 빨래하는 미자를 찾아간다. 빨래하는 미자의 모습
에서 주인공은 가정주부의 모습을 연상하는 한편 서울의 활기와는
너무나 동떨어진 그 광경에서 자신의 외로운 처지와 이어질 수 있
는 동질감을 느낀다. 그리고 이러한 동질감은, 주인공의 처지를 가
엾어하면서 생활의 고달픔을 자신의 것과 연결시켜 느끼는 미자에
게서 상호 교류되면서 확인된다. 이 동질감의 실체는 무엇인가? 윤
락 여성이라는 민중의 한 부분에게서 느낄 수 있는 계층적 동질감
인가? 여기서 주인공이 느낀 동질감은, 그가 서울을 다녀오면서 그
곳의 화려함과 자신의 외로운 처지가 더욱 대조되어 부각되고 그로
인한 소외감과 격리감, 절망 등이 미자에게서 비슷한 모습을 발견
하면서 느끼는 동병상련적, 자기 위안적 동질감이라 할 수 있다. 즉
계층적 동질감에서 요구되는 일정한 역사적 지향성이 여기서는 엿

보이지 않고 단순한 자기 위안의 확인 정도로 그치고 있기 때문이다. 이는 앞에서도 지적했듯이 주인공의 절망이 아무런 역사적 매개 없이 수평 이동하는 데서 생기는 문제점의 하나라 할 수 있다.

이렇게 상호 교류된 동질감의 이후 전개를 보면 주인공이 느낀 동질감의 허구성은 곧 드러나게 된다. 그날 밤 자기에게 찾아와 밤을 보내면서 성관계를 맺기를 원했던 미자의 마음을 저버리고 그는 동료 장병을 통해 이제는 쓸모없어진 돈을 전달하는 데서 그치고 있다. 주인공과 성관계를 맺음으로써 동질감을 좀 더 발전시켜 보려 했던 미자와는 대조적으로 주인공은 그가 미자와 헤어지는 순간에 이제 자기에겐 쓸모가 없어진 화폐라는 물질적인 것밖에 줄 수 없음을 주인공 스스로 인정하게 됨으로써 그가 느낀 동질감이라는 것은 한갓 쎈티멘탈리즘에 지나지 않았음을 드러내고 있다. 또 한편 미자에게 화폐를 전달했다는 사실은, 앞서 성관계를 맺지 못하는 것이 결코 윤락 여성에 대한 진보적인 인식의 결과가 아니라 자기 갈등의 최소한의 해결책에 지나지 않았던 것과 마찬가지로 윤락 여성과의 관계를 단지 화폐 ── 그것도 이제는 쓸모없어진 화폐 ── 로밖에 이해할 수 없는 물적인 관계로 보고 있음을 나타낸다. 윤락 여성을 화폐를 매개로 한 성의 대상으로 보는 한, 성관계를 맺지는 않았지만 왠지 화폐만은 지불해야 그 관계가 유효한 것처럼 느끼는 것이다. 또 다른 측면에서는 그녀에게 화폐를 전해 줌으로써 자신의 양심을 만족시키려 했다고도 볼 수 있다. 마치 버스 안에서 껌을 파는 소년에게 동전 몇 푼을 쥐어 줌으로써 자신의 양심을 만족시키는 것과 마찬가지로. 결국 이 시기까지도 주인공은 윤락 여성에 대한 기존의 인식에서 한 걸음도 벗어나지 못한 채 그 테두리 안에서 최소한의 양심만을 발동시키려 했다고 말할 수 있다.

이같이 최소한의 양심을 지켜 가는 태도는 두 가지 계기를 통해 비약적으로 발전된 형태를 보이게 된다. 즉 몰개월을 떠나던 날 몰개월의 여자들이 고운 한복을 입고 나와 손수건을 흔들며 선물을 던져 주는 눈물 어린 이별 행사와 또 하나는 월남전이라는 절망의 극한 상황을 접하게 되면서 주인공의 의식은 비약적으로 변화된다.

나는 승선해서 손수건에 싼 것을 풀어 보았다. 플라스틱으로 조잡하게 만든 오뚜기 한 쌍이었다. 그 무렵에는 아직 어렸던 모양이라, 나는 그것을 남지나해 속에 던져 버렸다. 그리고 작전에 나가서 비로소 인생에는 유치한 일이 없다는 것을 알았다. 서울역에서 두 연인들이 헤어지는 장면을 내가 깊은 연민을 가지고 소중히 간직하던 것과 마찬가지로 미자는 우리들 모두를 제 것으로 간직한 것이다. 몰개월 여자들이 달마다 연출하던 이별의 연극은, 살아가는 게 얼마나 소중한가를 아는 자들의 자기표현임을 내가 눈치챈 것은 훨씬 뒤의 일이다. 그것은 나뿐만 아니라, 몰개월을 거쳐 먼 나라의 전장에서 죽어 간 모든 병사들이 알고 있었던 일이었다.

이러한 의식의 비약이 가능했던 것은 월남전이라는 극한의 상황이다. 즉 주인공은 자신의 주관적인 절망 상태를 매개로 하여 윤락 여성에 대한 기존의 인식을 바꾸게 된 것이다. 따라서 여기서는 자신의 절망의 대체물을 발견하기 위해 그 절망과 반대되는 것이면 그것이 어떤 의미를 지니는 것이든 일면적으로 강조하고 예찬하게 된다. 마찬가지로 이 경우에도 주인공은 윤락 여성이 지닌 긍정적인 생활 태도나 '사랑'을 베풀 줄 아는 마음 등을 일면적으로 강조한다. 윤락 여성들이 지니고 있는 이러한 긍정성은 물론 인정하지 않을 수 없는 좋은 면모이다. 그러나 이러한 면은 그녀들이 받고 있는 성적 억압이나 소외 계층으로서 왜곡되어 가는 인간성과 함께 대조되면서 파악되지 않는 한, 자칫 어려운 상황에서 발휘되는 인고의 미를 예찬하는 잘못에 빠지게 된다. 이것은 앞서 지적한 이 작품의 문제점, 즉 주인공의 절망이 아무런 역사적·사회적 매개 없이 절망의 반대편에 위치하는 '사랑'의 강조로 이어지는 데서 오는 문제점의 노정이라 할 수 있다. 이러한 문제점을 내포한 상태에서 발견한 윤락 여성들의 긍정적 면모는 주인공의 주관적 절망 상태가 변화되면 따라서 함께 변할 수도 있는 우연적인 진실의 획득이며 역사적 진실로 승화되기에는 부족함이 너무도 많다.

또한 여기서 주인공이 획득한 윤락 여성에 대한 진보적 인식은 위에서 지적한 문제점 외에도 또 다른 문제점을 지니고 있다. 즉 인식의 변화 과정에서 추출되는 변화 동기의 한계점이다. 주인공의 비약적인 인식 발전을 가능하게 해 주었던 이전의 기반으로서 그가 윤락 여성에 대해 지니고 있던 최소한의 양심이 사실은 반(反)여성적인 기반에 서 있다는 점이다.

주인공이 미자에게 최소한의 양심을 지키게 된 동기들은 대개 미자에게서 일반 여성의 모습 ── 여염집 여자의 얌전하고 예의바른 모습, 혹은 보호 심리를 자극하는 연약한 모습, 혹은 위안을 받을 수 있는 안식처의 느낌 ── 을 발견했을 때이다. 이와 같은 여성의 특성은 여성이 늘 가부장(아버지 또는 남편, 오빠)의 지배와 보호를 받아야 한다는 가부장제 이데올로기하에서 강요받고 혹은 자기 스스로 내화(內化)한 현상이며 이러한 현상을 아무런 비판 없이 받아들인다는 것은 여성이 받고 있는 억압에 대해 아무런 문제의식도 지니지 못하는 지극히 반여성적인 태도라 할 수 있다. 매춘 역시 일부일처제에서 자신들의 아내를 뭇 남성으로부터 보호하기 위해 마련된 가부장제 가족제도의 어두운 측면이라 할 때 하나의 뿌리에서 나온 두 가지 현상 가운데 하나를 기준으로 삼아 다른 하나를 평가한다는 것은 결국 그 뿌리를 캐내지 못함으로써 해결책도 제시하지 못하는 가치 혼란 외에 다름 아니다.

결론적으로 「몰개월의 새」는 가치 혼란에 기반한 최소한의 양심에서 무매개적인 의식의 비약적 전개를 보임으로써 윤락 여성에 대한 진보적 인식의 획득에 한계점을 보이게 된다. 객관적 필연성에 기반한 민중 의식이 아니라면 아무리 민중에 대한 예찬을 퍼붓는다 하더라도 이는 독자들에게 그릇된 민중 의식만을 심어 줄 뿐이며 문제 해결에 아무런 도움도 주지 못하는 지식인적 자기 위안에 빠지게 될 것이다.

앞의 세 작품에서 보이는 윤락 여성에 대한 불철저한 인식을 좀 더 분명히 하기 위해 윤락 여성의 삶을 규정하는 조건이 무엇인지 간략하게 서술해 보기로 한다.

윤락 여성의 삶을 규정하는 조건, 즉 인간의 성이 상품으로 매매되는 매춘 제도의 본질은 무엇인가. 도덕적으로 타락한 여성들이 윤락 여성으로 전화되는 것은 결코 아니며 매춘 또한 왜곡된 경제 활동의 하나인만큼 그 수요-공급 관계가 재생산되는 일정한 사회적 역사적 조건이 있다. 매춘의 수요는 가부장적 가족 구조와 가부장적 이데올로기를 기반으로 하여 지속적으로 창출된다. 가부장적 이데올로기는 가정의 유지·보존을 위해서 순결한 아내, 정숙한 어머니를 요구하며, 남성의 성적인 자유와 그 충족을 위해서는 윤락 여성을 필요로 한다. 현사회에서 매춘은 결혼의 직접적 상관물로서 여성을 성적 대상으로 간주하는 가부장적 이데올로기가 가장 적나라하게 표현된 사회제도의 산물이며 사유재산이 발생한 이래의 남성에 의한 여성 억압의 역사와 그 존립을 함께해 왔다. 한편 매춘의 이러한 수요에 대한 공급은 경제적 불평등에 의해 지속적으로 이루어진다. 윤락 여성의 대다수는 빈곤과 궁핍에 시달리는 하층으로부터 충원되며 직업의 부족이나 저임금으로 인해 노동 여성이 윤락 여성으로 전화되는 것도 보편적인 현상이다. 특히 한국의 현실에서는 6, 70년대의 산업화 과정에서 계층간의 불평등의 심화가 노출되고 농촌이나 도시 주변 출신의 어린 여성들은 공장에서 저임금, 장시간 노동에 시달리거나 혹은 도시의 성 상품 문화의 제물로 전락하고 있다. 덧붙여 분단 상황이라는 특수한 민족 현실도 매춘의 불가결한 조건이 되고 있다. 60만 군인과 4만의 미군은 매춘의 수요자로서 최우위를 차지하며 특히 이태원, 동두천 등 곳곳의 미군 주둔지 근처에 형성된 기지촌은 외세에 의해 억압받는 민족 현실의 상징일 뿐 아니라 강대국의 남성 지배 이데올로기가 약소국의 여성을 성적으로 수탈하는 현대판 정신대와 다름없다. 이처럼 우리 현실에서 윤락 여성의 존재를 가능하게 하는 조건은 민족 현실·경제적 불평등·남성 지배 이데올로기가 긴밀하게 얽힘으로써 형성된다. 이러한 윤락 여성의 존재는 거꾸로 남성 개개인들이 성적인 소비 속에 함몰됨으로써 사회로부터 도피하고 현실의 제 문제로부터 탈출하는 일종의 환각제 기능을 하고 있을 뿐이다.

5. 맺음말

지금까지 우리는 여성의 눈으로 몇몇 문학작품을 분석하면서 문학작품 속에서 여성들이 성의 대상이나 안식처 등으로 묘사되거나 자신의 삶을 올바르게 살아 보려는 여성들의 주체성이 왜곡되는 모습을 지적했다. 나아가 민중문학의 범주에 속한다고 할 수 있는 작품들마저 윤락 여성의 삶을 왜곡된 눈으로 바라보거나 일면적으로 파악하고 있음도 보았다.

이러한 반(反)여성적인 문학 상황은 단지 여성 문제의 불철저한 인식에만 기인하는 것이 아니라 전반적인 역사의식이나 사회의식의 부족, 진보적 세계관의 미비함과 긴밀하게 연결되어 있다. 따라서 문학작품 속에서 올바른 여성의 삶을 그려 내는 작업은 여성 문제의 해결이라는 차원에서뿐만 아니라 새로운 역사의 지평을 여는 것과 직결되는 작업이다. 이러한 작업은 여성 문제의 철저한 인식과 더불어 작가 자신의 세계관을 정립시키는 과정을 필연적으로 요구한다. 그러나 작가의 세계관을 정립하는 과정이 어떠해야 하는가를 논하는 것은 이 글의 범위를 벗어나 별도의 논의를 필요로 하는 것이므로 여기서는 그에 보탬이 될 수 있는 여성 문제 차원에서의 부분적인 제언을 하고자 한다.

여성을 성의 대상이나 안식처로 바라보고 주체성을 지닌 한 인간으로 파악하지 못하는 것은 가부장적 이데올로기의 영향 때문이다. 이러한 가부장적 이데올로기는, 여성을 한 가부장의 지배 아래 놓음으로써, 여성이 현실에서 행하는 가사 노동(즉 노동력의 재생산에 필요한 노동 가운데 사회화되지 않고 여성에게 짐 지워져 있는 노동)을 수탈하고, 나아가 경제적 압박으로 생산 현장에 참여하여 노동하는 여성의 노동력을 가치 절하시키기 위한 차별 이데올로기로서, 철저히 소수의 지배 집단에 봉사하는 지배 이데올로기이다. 따라서 여성의 차별 상황을 유지·강화하면서 종국에는 소수의 집단만을 이롭게하는 가부장적 이데올로기가 문학작품 내에서 철저히 불식되어야 할 것이다.

이 과정에서 작가들은 주체적이고 건강한 여성의 삶을 새삼스럽게 발견하게 될 것이다. 지금까지 성의 대상으로밖에 보이지 않던 여성의 모습에서 자신의 삶을 진정으로 고민하는 모습을 발견할 것이며 모성적인 안식처의 느낌 속에 가려진 여성의 강요된 모성애가 한스럽게 느껴질 것이다. 또한 자신의 삶의 의미를 남성을 통해서밖에 표출할 수 없는 여성들의 왜곡된 삶이 굴레로서 이해될 것이다. 이러한 모습은 작가가 이제부터 모색해야 할 새로운 여성의 모습이라기보다는 오히려 지금 눈앞의 현실에서 허위의식만 벗어던지면 쉽게 포착할 수 있는 것들에 지나지 않음에도 불구하고 이제껏 작가들은 현실의 모습조차 제대로 작품 속에 반영시키지 못했다.

또한 이 과정에서 노동하는 주체로서의 여성의 모습이 부각될 것이다. 남편들에게는 당연하게 여겨지는 아내의 식사 시중, 빨래 시중 등 온갖 써비스는 사실상 노동력을 재생산하기 위한 노동의 일환이다. 그러나 이러한 재생산 노동이 지금까지는 여성의 천부적이고도 당연한 역할로만 규정되어 왔고 이의 노동으로서의 가치는 배제됨으로써 결국에는 가정을 통해 이를 간접 수탈하는 집단들의 이익에 봉사하여 왔다.

이러한 가사 노동의 부담을 안고, 경제적 압박으로 생산 현장에 내몰린 여성들의 이중의 고통에도 역시 관심을 쏟아야 한다. 민중문학의 테두리 속에서 여성이라는 특수성이 무시된 채 일면적으로 그려짐으로써 그녀들의 고통을 조금밖에 이해하지 못했던 점을 반성하면서 노동 여성·농촌 여성·빈민 여성 들의 삶을 작품 전면에 부각시켜야 할 것이다. 이러한 시도는 단순히 소재의 차원에서뿐만 아니라 이들이 진정한 새 사회의 주인이라는 세계관 속에서 진행되어야 할 것이다.

이러한 제반 시도들은 단순히 여성 문제에 대한 관심뿐만 아니라 작가 자신의 철저한 비판 의식과 새로운 사회에 대한 전망을 요구하는 것으로, 이러한 노력의 성과가 하루속히 한국문학의 결실로서 맺어져야 할 것이다.

— 여성 편집위원회 편,《여성》1호(창작과비평사, 1985)

여성운동과 문학(1987~1990)

《여성운동과 문학》은 1987년 6월 이후 기존의 자유실천문인 협의회가 확대 개편한 조직인 민족작가회의가 간행한 무크이다. 1호(1988)는 여성문학분과 위원회가, 2호(1990)는 승격한 조직인 여성문학인위원회가 편했다. 이 무크는 민족문학작가회의가 출범 초기의 짧은 시기 동안 여성문학과 관련된 조직을 둘 만큼 당대 여성운동과 페미니즘 문학비평의 등장에 호응하여 그 산실 역할을 하고자 했음을 보여 준다. 여성 작가인 고정희, 이경자, 윤정모 등이 여성문학분과나 여성문학인위원회에서 활약했다. 《여성운동과 문학》의 주요한 관심은 민족·민중운동에서의 여성운동의 과제, 변혁 운동의 주체로서 여성의 삶을 포착하는 여성문학의 창작과 이론의 실천이라고 할 수 있다. 1호의 「여성문학론 정립을 위한 시론」은 1930년대에서부터 1980년대 여성주의 무크에 이르기까지 여성과 문학을 둘러싼 비평 담론을 비판적으로 해부한 글이다.

이혜령

책을 내면서

오늘 이 땅에서 가장 억눌린 집단은 노동자와 여성이다. 여성들은 특히 노동에 대한 정당한 댓가를 받지 못하고 한국 사회 구조의 총체적 모순 속에서 허덕이며 살아가고 있다. 자본주의는 저임금 구조와 무보수 가사 노동을 통해 여성 노동을 이중 삼중으로 억압, 착취할 뿐만 아니라 이윤을 극대화하기 위해 이데올로기, 법, 제도, 교육, 문화 등을 통하여 여성 억압을 더욱 강화시키고 있다. 이처럼 여성 문제는 성 모순, 계급 모순, 민족 모순이 복잡하게 얽혀 있어 민족·민중운동과 그 운명을 같이할 수밖에 없다. 여성의 완전한 해방은 경제적 자립과 정치적 자유 획득, 건강한 여성 문화 창조를 통해서만 가능하기 때문이다.

따라서 여성해방문학은 올바른 여성해방의 시각이 전제되어야 한다. 나아가 여성들이 처하게 된 억압 현실을 스스로 극복하고 변혁 주체로서 역사 발전에 당당하게 설 수 있도록 실천적인 대안을 제시할 수 있어야만 한다. 노동문학과 더불어 여성해방문학은 같은 시대를 살아가는 모든 작가들에게 주어진 역사의 문학적 과제라 아니할 수 없다.

냉정하게 바라보자. 작가들이 지금까지 여성 문제에 올바른 사상을 갖고 올바른 실천으로 담보해 왔던가. 개화기 이후 여성 작가들은 지식인 여성으로서 좋은 작품 없이 자유연애, 기발한 행동 등으로 뭇사람들의 각광을 받았다. 1930년대의 뛰어난 몇몇 작가들도 민족 모순을 뼈저리게 느끼고 사회의식 소설을 써서 민족문학사에 큰 획을 그었지만 내놓을 만한 여성해방문학을 생산해 내지는 못했다. 해방 직후 민족문학 건설 과정에서도 여성 문제를 바른 관점에서 다룬 작품이 거의 없었고, 그 공백은 1960년대까지 이어졌다. 1970년대는 민중 작가들이 매춘 여성의 삶을 다각도로 그려 냈지만 매춘이 구조적으로 자리 잡을 수밖에 없는 사회 모순, 한미 관계, 여성의 경제적 기반 등에서 여성 문제를 접근해 들어가지 못했다. 특히 1970년대는 여성 노동자들의 민주노조 운동이 치열했음에도 불구하고 창작물은 그에 미치지 못했다.

1980년의 아픔을 겪고 여성운동이 사상적 오류를 극복하고 올바른 실천으로 나아가고 있듯이 여성해방문학 또한 비로소 이론 정립과 작품 창작을 위한 첫걸음을 내딛게 되었다. 퍽 다행한 것은 「민족문학작가회의」 출범과 더불어 여성문학분과도 탄생하게 되어 여성해방문학도 민족·민중문학 건설 과정에 자기 몫과 목소리를 가지게 되었다는 점이다.

먼저 삼중의 모순을 온몸으로 감당하고 있는 기층 여성의 삶을 문학 형식을 통해 적극적이고 다양하게 표출시켜야 할 것이다. 동시에 억압당하는 여성의 삶을 계급, 계층을 초월하여 폭로하고 고발하여야 할 것이다. 그러나 실천을 통한 여성해방의 대안들이 작품을 통해 반드시 드러나야 한다. 여성의 정치 세력화, 일하는 여성의 문화 창출, 노동운동의 과정 등 변혁 운동의 주체로서 여성의 삶이 작품 속에서 반드시 포착되고 용기 있고 대범하게 그려져야 한다.

여성 시각에서 보면 기존의 모든 작품, 문학사도 재평가되어야 한다. 이에 우리는 올바른 여성해방문학을 위해 몇 가지 과제를 해결해 가고자 한다.

첫째, 작가는 올바른 세계관과 여성관을 가져야 한다. 작품 속에서 여성을 단순히 성의 대상으로 보거나 성차별적 관점으로 접근해 여성 문제를 왜곡시켜서는 안 된다.

둘째, 여성해방문학에 대한 심화된 이론이 정립되어야 한다.

셋째, 좋은 작품을 많이 내놓아야만 한다. 구체적인 생산물 없이 이론만 가지고 여성해방문학을 논할 수는 없다. 여성 노동자가 쓰는 문학, 공동 창작, 여성 수난사를 형상화하는 문제, 가리워진 혁명적 여성 투쟁의 현장 등, 작가는 작품으로서 당당히 말할 수 있어야만 한다.

넷째, 한국문학사가 민족·민중문학 관점에서뿐만 아니라 여성문학론적 시각에서도 제대로 기술되어야 한다.

끝으로 『여성운동과 문학』 무크지를 민족문학작가회의 여성문학분과의 첫 생산물로서 내놓게 되어 떨림과 부끄러움을 동시에 느낀다. 문학의 선배와 동료, 후배들, 여성운동가들, 독자 여러분 모두 우리들의 이 부족한 실험을 너그럽게 봐 주길 부탁드린다.

1988. 8.
민족문학작가회의 여성문학분과

── 민족문학작가회의 여성문학분과위원회,

《여성운동과 문학》1호(실천문학사, 1988)

엮은이 소개

여성문학사연구모임

남성 중심의 문학사 서술에 의문을 품고 한국 근현대 여성문학의 유산을 여성의 시각으로 정리하기 위해 2012년 결성된 모임이다. 국문학 연구자 김양선, 김은하, 이선옥, 영문학 연구자 이명호, 이희원으로 구성되었고, 시 연구자 이경수가 객원 에디터로 참여했다.

김양선

서강대학교 영어영문학과를 졸업하고 동 대학원 국어국문학과에서 박사 학위를 받았다. 현재 한림대학교 일송자유교양대학 교수이며, 한국여성문학학회 회장과《여성문학연구》편집장을 역임했다. 저서로『한국 근·현대 여성문학 장의 형성』,『1930년대 소설과 근대성의 지형학』,『근대문학의 탈식민성과 젠더정치학』,『경계에 선 여성문학』등이 있다.

김은하

중앙대학교 문예창작학과를 졸업하고 동 대학원에서 문학박사 학위를 받았다. 현재 경희대학교 후마니타스칼리지 교수, 한국여성문학학회 회장이며,《여성문학연구》편집장을 역임했다. 저서로『개발의 문화사와 남성 주체의 행로』등이 있다.

이선옥

숙명여자대학교 국어국문학과를 졸업하고 동 대학원에서 박사 학위를 받았다. 현재 숙명여자대학교 기초교양대학 교수이며, 《실천문학》 편집위원, 한국여성문학학회 회장을 역임했다. 저서로 『태권V와 명랑소녀 국민 만들기』, 『한국 소설과 페미니즘』 등이 있다.

이명호

경희대학교 영어영문학과를 졸업하고 뉴욕주립대학교에서 박사 학위를 받았다. 현재 경희대학교 글로벌커뮤니케이션학부 영미문화 전공 교수이며, 경희대 글로벌인문학술원 원장, 한국비평이론학회 회장을 역임했다. 저서로 『누가 안티고네를 두려워하는가』, 『트라우마와 문학』 등이 있다.

이희원

이화여자대학교 영어영문학과를 졸업하고 미국 아이오와대학교에서 석사, 텍사스 A&M대학교에서 박사 학위를 받았다. 현재 서울과학기술대학교 영어영문학과 명예교수이며, 한국영미문학페미니즘학회 회장을 역임했다. 저서로 『영미 드라마 속 보통 여자들』 등이 있다.

이경수

고려대학교 국어국문학과를 졸업하고 동 대학원에서 문학박사 학위를 받았다. 현재 중앙대학교 국어국문학과 교수이며, 한국시학회, 한국여성문학학회 편집위원장을 역임했다. 대표 저서로 『한국 현대시와 반복의 미학』, 『불온한 상상의 축제』, 『춤추는 그림자』, 『이후의 시』, 『백석 시를 읽는 시간』 등이 있다.

집필에 참여한 연구자들

강지윤

연세대학교 국학연구원 비교사회문화
연구소 연구원

공현진

중앙대학교 교양대학 강사

남은혜

서울대학교 기초교육원 강의 교수

박지영

성균관대학교 동아시아학술원 연구원.
저서로『'불온'을 넘어, '반시론'의 반어』,
『번역의 시대, 번역의 문화정치』등이
있다.

배하은

대구경북과학기술원 기초학부 교수. 저
서로『문학의 혁명, 혁명의 문학』이 있다.

백선율

가천대학교 리버럴아츠칼리지 강사

성현아

중앙대학교 교양대학 강사. 문학평론가.

손유경

서울대학교 국어국문학과 교수. 저서로
『고통과 동정』,『프로이트의 감성 구조』,
『슬픈 사회주의자』,『삼투하는 문장들』
등이 있다.

안미영

건국대학교 글로컬캠퍼스 교양대학 교
수. 저서로『서구문학 수용사』,『문화콘
텐츠 비평』,『소설로 읽는 한국근현대문
화사』등이 있다.

오자은

덕성여자대학교 차미리사교양대학 교수

이미정

중부대학교 학생성장교양학부 교수

이소영

카이스트 디지털인문사회과학부 강사

이승희

성균관대학교 동아시아학술원 연구교수. 저서로『한국 사실주의 희곡, 그 욕망이 식민성』,『숨겨진 극장』등이 있다.

이혜령

성균관대학교 동아시아 학술원 교수. 저서로『한국 근대소설과 섹슈얼리티의 서사학』등이 있다.

정고은

성균관대학교 문과대학 강사

한경희

한국학중앙연구원 신집현전 태학사 과정생

황선희

중앙대학교 인문콘텐츠연구소 HK+사업단 연구교수

집필에 참여한 연구자들

한국 여성문학 선집 6

1980년대
운동으로서의 글쓰기

1판 1쇄 찍음 2024년 6월 21일
1판 1쇄 펴냄 2024년 7월 5일

지은이   여성문학사연구모임
발행인   박근섭·박상준
펴낸곳   (주)민음사

출판등록 1966. 5. 19. 제16-490호
주소   서울특별시 강남구 도산대로1길 62(신사동)
             강남출판문화센터 5층(우편번호 06027)

대표전화 02-515-2000
팩시밀리 02-515-2007
홈페이지 www.minumsa.com

© 여성문학사연구모임, 2024. Printed in Seoul, Korea
ISBN 978-89-374-5686-2 (04810)
ISBN 978-89-374-5680-0 (세트)

* 잘못 만들어진 책은 구입처에서 교환해 드립니다.
* 이 책의 작품 수록은 저작권자의 확인 및 이용 허락
  절차에 따라 진행되었으며, 저작권자를 찾을 수 없는
  일부 작품의 경우 저작권자가 확인되는 대로 필요한
  절차를 밟고자 합니다.